LA INFIEL

Reyes Monforte

LA INFIEL

Una inquietante novela sobre una española
capturada por el terrorismo islamista

temas 'de hoy. TH NOVELA

Obra editada en colaboración con Ediciones Planeta Madrid – España

Fotografía de contraportada: © Víctor Cucart

© 2011, Reyes Monforte
© 2011, Ediciones Planeta Madrid, S. A. – Madrid, España
Ediciones Temas de Hoy es un sello editorial de Ediciones Planeta
Madrid, S. A.

Derechos reservados

© 2011, Editorial Planeta Mexicana, S.A. de C.V.
Bajo el sello editorial TEMAS DE HOY M.R.
Avenida Presidente Masarik núm. 111, 2o. piso
Colonia Chapultepec Morales
C.P. 11570 México, D.F.
www.editorialplaneta.com.mx

Primera edición impresa en España: abril de 2011
ISBN: 978-84-8460-968-1

Primera edición impresa en México: mayo de 2011
ISBN: 978-607-07-0732-2

Impreso en los talleres de Litográfica Ingramex, S.A. de C.V.
Centeno núm. 162, colonia Granjas Esmeralda, México, D.F.
Impreso en México *–Printed in Mexico*

ÍNDICE

PRIMERA PARTE

25

SEGUNDA PARTE

245

TERCERA PARTE

483

Para Pepe,
mi amor, mi vida, mi todo…

¿Quién podrá vencernos
si es nuestro el amor?
Crispín (Jacinto Benavente,
Los intereses creados)

«Te di el amor, dame tú la vida.»
Jacinto Benavente, *Los intereses creados*

«El ojo por ojo dejará a todo el mundo ciego.»
Mahatma Gandhi

—**E**stoy preparada para morir.

El espejo ante el que se observaba orgullosa y más feliz que nunca devolvía una imagen dantesca de aquel cuerpo menudo, casi infantil a sus catorce años, que segundos antes se despedía de su madre al otro lado del teléfono móvil de última generación. «Me voy al paraíso, mamá. Todo está en manos de Alá. Reza por mí.»

Su escasa estatura —no más de un metro y cuarenta y cinco centímetros— había quedado embutida en un extravagante y rudimentario cinturón de explosivos que le envolvía el pecho y la aprisionaba con violencia, como si aquella funda negra que cubría su cuerpo a modo de lápida conociera su futuro inmediato. El hombre que le había ayudado a vestirse para el gran día tuvo que hacer verdaderos esfuerzos para que aquel precario enramado de cables rojos, plásticos, metales, cinta adhesiva, gomas y explosivos no quedara excesivamente holgado sobre el abdomen de la muchacha. Con toda probabilidad era la primera vez que aquella muchacha de piel clara se dejaba tocar por las manos de un hombre; en todo caso, sería la última. Pero eso no importunaba a Ranya.

Era huérfana de padre y de nueve de sus doce hermanos desde que una patrulla de la policía iraquí junto a un destacamento de soldados norteamericanos asaltó su casa al amanecer, en pleno Ramadán. El primero en morir de un disparo certero en la cabeza fue su hermano mayor, su preferido, al que, además de respetar, amaba y veneraba como si de un dios se tratara, aun cuando fuese el responsable de esposarla con un hombre treinta años mayor que la sometería a un régimen de palizas diarias. Su asesinato frustró el matrimonio. Ranya lloró días enteros por no haber encontrado la muerte junto a él, rabió por no haber abrazado el mismo destino. Fue él, reconocido muyahidín como el resto de sus hermanos, quien la inició en el sagrado arte de la fabricación de explosivos. De su mano de convencido islamista radical, acudió por primera vez al mercado de la ciudad donde se abastecían de cables, piezas metálicas, materiales y sustancias con las que más tarde fabricarían las bombas que ella misma ensamblaba. «Lo hacemos para gloria de Dios. Es nuestra obligación y nuestro deber como buenos musulmanes. La yihad es nuestro camino y sagrado destino. Nunca lo olvides, hermana.» No lo haría.

Aquella calurosa mañana de finales de agosto, con la mirada aún fija en el espejo, Ranya pensaba en que su hermano estaría orgulloso de ella. Y eso bastaba. Morir matando le confería el privilegio de sentirse especial, distinta, y en cierto modo, superior al resto de las mujeres que conocía, a las que se les negaba el derecho a elegir cómo vivir su vida. Por esa razón sonreía con la sola visión de estar letalmente abrazada por kilos de explosivos.

Al otro extremo de la mugrienta habitación convertida en antesala del infierno, Sara observaba la sonrisa en los labios de Ranya, y esa mueca le helaba la sangre. No podía calcular cuánto tiempo llevaba en aquel lugar, pero sin duda era demasiado. Su cabeza parecía flotar y elevarse tres metros por encima de ella. Solo su cuerpo, pesado, rígido, severo, hacía las veces de ancla en la difícil tarea de mantenerla amarrada en aquel puerto de muerte.

A diferencia de Ranya, ella huía del espejo que colgaba de una de las puertas del armario destartalado que prácticamente ocupaba media habitación; una cama diminuta cubierta por un trapo a modo de colcha, y una mesilla rota y coja de una de sus patas eran el resto del mobiliario. No quería adivinar sobre su estómago los diez kilos de material explosivo que le envolvían el abdomen.

Aquel día había comenzado demasiado pronto para ella, como un presagio devastador de que su final también llegaría antes de lo inicialmente previsto. Había pasado la noche en vela, abrazada a su hijo, que fue el primero en desaparecer al rayar el alba. Acompañada de un hombre y una mujer a los que no había visto antes de la noche previa, había llegado a la habitación mucho antes que Ranya, entretenida por entonces en la mezquita, donde pronunciaba sus últimos rezos bajo la bendición de un imán y de algunos de los clérigos que habían dirigido sus jornadas maratonianas de jaculatorias durante los últimos siete días. A Sara prefirieron ahorrarle la visita porque alguien estimó que carecía de sentido.

Como si de un ritual se tratara, aquellas dos personas, sin mediar palabra y sin mirarla a los ojos ni una sola vez, la descalzaron, la despojaron del burka azulado y polvoriento que arrastraba desde hacía una semana, la sentaron en la cama, la obligaron a beber de nuevo una taza del misterioso líquido dulzón y finalmente la instaron a incorporarse y a levantar los brazos para colocarle por la cabeza el cinturón de explosivos. Todavía estaban ajustándole la pretina cuando entró en la habitación una tercera persona. A él sí le conocía. La miró como el escultor que observa su gran obra final y sonrió. Se le notaba satisfecho. Lo estaba.

No podría asegurar con claridad qué hora era, pero sospechaba que estaban a punto de abandonar aquel piso. Ataviadas con la doble piel de suicidas, Ranya y Sara escuchaban las últimas indicaciones sobre los detonadores que portarían ellas y que llevarían también sus acompañantes, que harían las veces de ojeadores y de personal de apoyo en la misión terrorista, por si el afán suicida de alguna de las dos flaqueaba en el último momento y estuvieran tentadas de abandonar. En ese caso, serían ellos los que a través de sus teléfonos móviles harían detonar las bombas que Sara y Ranya llevaban pegadas al cuerpo. Pensar algo así de esta última estaba fuera de lugar: Ranya inspeccionaba extasiada el detonador de color negro con un rotundo botón rojo en su superficie, imaginando el momento en que por fin su pulgar lo apretaría sin enredarse en dudas. «Qué cómodo. Ni siquiera tendré que casar los cables.» Se mostraba exultante, incapaz de disimular sus ansias por empezar. Sus pequeños ojos negros parecían irradiar destellos luminosos y su rostro, de gesto pacífico e inocente, resplandecía como si estuviera a punto de abrir su regalo de cumpleaños. En parte así era. Ese mismo día se cumplían tres años de la muerte de su hermano mayor, tres años desde que su propia muerte empezó a gestarse. No podía encontrar mejor fecha para vengar el asesinato de los suyos.

Sara contemplaba absorta la escena. Tragó saliva lentamente con la sensación de que un nudo se había adueñado de toda su garganta, e impedía el paso del aire. La sonrisa de Ranya no encajaba en aquella escena; sus propios motivos los tenía claros, pero le faltaba conocer el de la feliz niña bomba que segundos antes había presumido sobre su aspecto: «No te dejes engañar por mi cara de niña —le había dicho al atrapar su mirada en el espejo—. Tengo un corazón de piedra». Una vez más Sara insistió en estrellarse contra el mismo muro de fanatismo armado.

—¿Por qué haces esto?

—Porque no puede hacerlo cualquiera —respondió con la confianza que da la seguridad aprendida. Miró a su interlocutora y frunció el ceño sin poder ni querer disimular una cierta decepción—. No te habrás arrepentido, ¿no? —preguntó como quien no quiere dar crédito a sus temores.

La ignorancia sobre todo lo relativo a Sara le daba alas: Ranya no la había visto nunca antes, no sabía por qué estaba allí, por qué razón se la había elegido precisamente a ella para acompañarla en sus últimos momentos de vida. Imaginó que era una más del ejército de mártires que ansiaba explotarse en busca de venganza y justicia, una heroína más que entregaba su vida por la causa, como ella.

—Míranos. Todo el mundo sabrá lo que hemos hecho y estará orgulloso de nosotras. Es nuestro deber. Nuestro destino está escrito.

Sara no se había arrepentido. Jamás quiso verse prisionera entre esas cuatro paredes ni envuelta en una mortaja letal. Su mundo no tenía aquellas dimensiones y mucho menos aquellas obligaciones. El destino escrito por otros, la fatalidad y el odio la habían colocado allí como consecuencia de una maldición, y lo que quería era huir, gritar, pedir auxilio, abrazar a los suyos, pero no podía. Aquella era su penitencia fabricada meticulosamente bajo coacción y engaños y si nada ni nadie lo impedía a tiempo —y no veía cómo—, continuaría adelante con el macabro plan. A esas alturas, ya no creía en milagros.

Aunque había formulado la pregunta en el tono más bajo que fue capaz de encontrar en su garganta, el oído de Najib volvió a dar muestra de su finura, tan solo equiparable a su maestría con los explosivos y a su principal arma en cualquier sentido que la vida le brindara: la seducción. Sara pudo advertir su presencia tras ella. Hacía tiempo que su cercanía había dejado de embaucarle los sentidos para hundirla en el pozo más negro y profundo del terror humano.

—Sara, querida, a veces la muerte es vida para otros. —Su voz continuaba siendo ronca y seductora, pero correspondía a un monstruo sin escrúpulos. Mientras le susurraba al oído, había puesto ante sus ojos una fotografía que la hizo estremecerse: era el retrato de un niño de pelo negro, con dos enormes hoyuelos en sus mofletes y una sonrisa limpia y ligeramente mellada.

Najib le dio un beso en los labios que Sara no pudo esquivar y que logró amargarle el dulce sabor del té que había tomado poco antes. No se atrevió a moverse. Tampoco podía.

El sonido estridente de un teléfono móvil le devolvió la respiración. Por un momento llegó a temer que la pesadilla hubiera comenzado sin previo aviso y miró a su alrededor para comprobar si los dos cinturones explosivos continuaban en su sitio y sin detonar. No supo si se alegraba de que así fuera. Mientras la cubrían con un niqab negro que le llegaba hasta los pies y le concedía tan solo el sentido de la vista, dejando al descubierto sus ojos inyectados en miedo, alguien le introdujo un Corán en uno de sus bolsillos y un pasaporte en el otro. Era el suyo, el que hacía tanto tiempo que no veía.

—La embriaguez de la muerte hace surgir la verdad —le dijo Najib.

Había llegado la hora.

Las calles estaban abarrotadas. Era sábado, hacía semanas que reinaba el buen tiempo y sin duda aquello animaba a la gente a salir de sus casas para disfrutar de una apacible jornada. Lo tenían que hacer a primera hora, ya que el sol castigaría demasiado fuerte conforme la mañana fuese avanzando. A ambos lados de la avenida, niños, mujeres, hombres, familias enteras se arremolinaban en improvisados puestos ambulantes que ocupaban gran parte de la calzada y entorpecían el deambular de personas y el tráfico, que a esa hora ya era abundante.

El calor convertía el cuerpo de Sara en un desbordado riachuelo de sudor sin más escape que los tímidos pliegues del niqab que desnudaban su mirada. Cualquiera que desconociese lo que aquel cuerpo escondía bajo la holgada túnica podría pensar que aquella mujer lloraba ríos enteros. Agradeció no haber seguido las indicaciones que Ranya le había dado nada más verla aquella mañana: «Maquíllate los ojos, recarga las sombras, el rímel, exagera el kohl, que te vean arreglada y guapa, que se fijen en tu rostro y no en tu cuerpo. Así sospecharán menos si te cruzas con algún policía». De haberlo hecho, su cara se habría convertido en un lienzo repleto de chorretones negros sin control, la viva imagen de un zombi. Entendió por qué ella llevaba un severo niqab y su compañera de martirio, una abaya doble que dejaba todo su rostro al descubierto. Ranya lucía hermosa, perfectamente maquillada. Se mostraba sonriente, nada le atemorizaba. Si ella se hubiera dejado el rostro desenmascarado, su semblante de terror no habría pasado inadvertido a los ojos de nadie. Estaba todo pensado.

Sintió que su corazón estaba a punto de estallar estrangulado por la tensión y los nervios, pero aún tendría que esperar unos minutos, recorrer unos metros más para la gran explosión. El cinturón de explosivos la apretaba, tenía la sensación de que le impedía respirar, aunque la falta de aliento provenía en mayor medida de su desasosiego interior. Por momentos notaba picores, pequeños pellizcos y hasta hubiese jurado que alguna leve descarga.

—No lo toques, podrían sospechar. O aún peor, hacernos volar antes de tiempo. —La indicación la escuchó a su espalda. Sin girar su cuerpo, por miedo más que por imposibilidad física, no dudó en contestar sin esperar a que desapareciera aquella sombra que le hablaba.

—Necesito ir al servicio. No aguanto más. No me encuentro bien.

Alguien amarró su brazo con fuerza y la zarandeó sin apenas moverla del sitio. Era el hombre encargado de seguirla y vigilarla, el mismo que portaba el teléfono móvil que, ante la mínima duda, actuaría como detonador.

—Pero ¿qué crees que estás haciendo? ¿Turismo? —Jamás pensó que el odio podría salir a borbotones de la mirada de una persona, pero en aquel instante pudo verlo y sentirlo a milímetros de su aliento—. Háztelo encima. Nadie lo notará.

Le bastó un vistazo en derredor para saber que era cierto; nadie la miraba, ni una sola persona había reparado en ella. Como la habían aleccionado, se había convertido en invisible, en un bulto nada sospechoso, en un espectro en movimiento en el que nadie reparaba. Su reducida visión, limitada a ocho centímetros de tela, le permitió advertir que llegaban a una plaza algo más grande en la que desembocaba la avenida que acababan de abandonar. No vio a nadie conocido. Ninguna de las sombras que la acompañaban desde que salió del piso se hallaba en el diámetro que su enfoque torpemente abarcaba. Tan solo Ranya apareció a su lado, la rozó apenas y le regaló una sonrisa que se le antojó gélida.

—Nos volveremos a encontrar en los cielos. Alá sea contigo.

Sara contempló nerviosa cómo la silueta de Ranya se iba alejando, adentrándose como un fantasma entre la multitud, desprovista de alma e interés para el resto, entre el barullo de la gente, los puestos de ropa preñados de telas de vivos colores, los quioscos de comida, de viejos utensilios de cocina, de electrodomésticos usados, los coches que circulaban casi al paso, los gritos, el fuerte olor de las especias...

En apenas unos segundos la imagen de Ranya desapareció, como si aquel mosaico de vida que se desplegaba a su alrededor la hubiese engullido, y un temor hasta entonces inexplorado hizo presa en Sara. Igual que una orquesta perfectamente afinada y compenetrada, su cuerpo empezó a ponerse en movimiento: una asfixia incontrolable le recorrió el esternón; fuertes palpitaciones provocaban impetuosas un eco brusco y atronador dentro de su pecho, rompiendo las barreras de su corazón; los temblores la conquistaron; las punzadas se abrían paso en sus sienes y su estómago giraba mientras ella intentaba permanecer quieta.

Quería correr, pero ¿hacia dónde?, ¿en qué dirección?, ¿adónde huir? Todas las preguntas cesaron cuando notó la presión en su mano derecha. Estaba agarrotada, con los puños crispados, los dedos apretados con fuerza en torno a... ¿qué? Al abrirlos vio el detonador, que descansaba sobre la palma de su mano. Sin pensarlo, lo arrojó lejos de ella mientras retrocedía sobre sus pasos, girando su cuerpo sobre sí misma como si se sintiera vigilada y custodiada, ahora sí, por un ejército de cien mil ojos. Quería alejarse de aquel metro cuadrado de terreno en el que se encontraba pero el miedo a que alguien detonara su cinturón de explosivos a través del móvil se lo impedía. En cualquier momento podía estallar por los aires, romperse en mil pedazos, y ahí acabaría todo. Y no estaba preparada. No podía afrontarlo. Ni siquiera tuvo valor para pensar en su hijo y en el futuro que le esperaba si ella desistía de su destino. De pronto escuchó un grito desgarrador que enmudeció la estridente algarabía que presidía la plaza.

—*Allahu Akbar! Allahu Akbar!*

Era Ranya, gritando al aire la grandeza de Alá. Logró verla durante una milésima de segundo, el fugaz instante en el que las personas que se encontraban a su alrededor pudieron retroceder un palmo con la esperanza de alejarse de ella. Por un momento hubo esperanza, al ver que la joven apretaba una y otra vez el botón de su detonador sin conseguir el efecto deseado. Pero no pudo ser. La ilusión se volatizó para todos, excepto para la niña suicida.

Una fuerte explosión devoró aquel lugar en la tierra y resquebrajó el cielo. La línea que dividía ambos quedó borrada, abrasada. El vacío campó en la tierra y el mundo se desmembró en medio de una lluvia de piedras, fuego, proyectiles, sangre y restos humanos. El reino de la nada tomó el poder. Nada existía ya. Los sentidos quedaron anulados y era imposible ver, oír... Alguien había apretado un botón y el mundo se había apagado.

Silencio. Silencio absoluto. Todo había sucumbido a un silencio gris.

Poco a poco empezaron a brotar leves silbidos, tímidos aullidos lejanos, alaridos de dolor casi imperceptibles que fueron mudando en gritos aterradores que anunciaban muerte, sangre, desolación y la desesperación más espantosa. Un coro afónico de voces bramaba para hacerse oír, demandando ayuda. Estaban allí y necesitaban ser vistos.

Una luz cegadora actuó de palanca invisible sobre los párpados de Sara, y la forzó a abrir sus ojos despacio, aún acunada en un estado de semiinconsciencia. Sus oídos atraparon sonidos dispersos en el universo recién nacido: una sirena acercándose a lo lejos y engullendo a dentelladas la distancia que la separaba del horror; alarmas de los coches revolucionadas y orgullosas por que el infierno desatado segundos antes no había podido con ellas; llantos de hombres, de madres mutiladas en busca de sus hijos, de niños cubiertos de hollín; unos que se levantaban y miraban sin ver; otros que veían sin querer mirar; siluetas que se abrazaban, que deambulaban en círculos, que se levantaban y caían.

Intentó incorporarse lentamente, pero su cuerpo se negaba a obedecer sus órdenes. En la complicada y lenta maniobra se dio cuenta de que todavía llevaba el cinturón de explosivos. Lo tocó. La fuerza de la detonación la había dejado semidesnuda, la había despojado del niqab y llevaba el pecho al descubierto. Las personas que aún estaban a su alrededor comenzaron a gritar, a señalarla, a dibujar un círculo imaginario que solo la contuviera a ella, donde poder abandonarla para que su presencia no amenazara más. De nuevo el caos, el griterío ensordecedor. Sus fuerzas cedieron y su cuerpo volvió a golpear contra el suelo. Sintió un calor subversivo que le cegaba la visión y le robaba el aliento. El desmayo la devolvía lánguidamente a una realidad ya vivida, rescatada como por ensalmo del olvido prematuro que envuelve los recuerdos, y llevándola consigo a un escenario diferente... Necesitaba distancia, anclarse a aquel recuerdo y rememorar el momento exacto en el que había comenzado a tomar vida aquella pesadilla envuelta en fuego y gritos. Un griterío ensordecedor que enmudecía sus sentidos y que la condenaba al ostracismo.

Sintió cómo una bola de calor la quemaba por dentro y moría en sus labios.

Dieciocho meses antes...

PRIMERA PARTE

«Nadie vive para sí mismo, nadie muere para sí mismo.»

SAN PABLO. *Epístola a los romanos*

I

Sus labios se contrajeron con el primer sorbo de café. Demasiado caliente, siempre le ocurría lo mismo. Las prisas no eran su mejor aliado y menos cuando aparecían a primera hora de la mañana. Mientras engullía un par de galletas integrales, Sara volcaba los cereales en el cuenco favorito de su hijo y sacaba del tostador las rebanadas de pan —que su padre bañaría con un generoso chorro de aceite y un comedido toque de azúcar—; tenía el tiempo justo para terminar de maquillarse y vestirse, afianzarse en sus tacones y asegurarse de que en su maletín no faltara ninguna carpeta imprescindible para su jornada de trabajo, que ese día comenzaba antes de tiempo a causa de una reunión con el claustro de profesores y del inicio del período de exámenes. Miró la hora, y sin apartar su mirada de la pantalla del pequeño televisor que había en la cocina, se asomó al pasillo de la casa, que cada mañana se convertía en eficaz correa de transmisión, y lanzó el primer grito de guerra matutino.

—¡Iván, cariño, date prisa! Vamos a llegar tarde y sabes que no me gusta.

Un nuevo sorbo de café, este más templado gracias a la nube de leche fría que acababa de añadir, le ayudó a digerir la información que acompañaba a las espectaculares imágenes del informativo.

«... triple atentado suicida ha sacudido esta mañana el barrio bagdadí de Karrada, el último de una larga lista de ataques protagonizados por mujeres que se convierten en kamikazes. Con la dificultad que entraña adentrarse en la mente de una persona que decide quitarse la vida para acabar con otras, los expertos en terrorismo islamista barajan distintas hipótesis para explicar este creciente fenómeno. En otro orden de cosas y volviendo a nuestro país, agentes del Cuerpo Nacional de Policía han detenido esta madrugada en Bilbao a trece individuos de nacionalidad argelina y un iraquí, acusados de formar un grupo de crimen organizado que operaba en Vizcaya y que podría haber desviado parte de sus fondos para financiar el terrorismo islamista de Al Qaeda en Argelia. La policía cuenta con pruebas suficientes para...»

—No pararán hasta que acaben con nosotros. —La voz grave de su padre la obligó a girarse—. Eso es lo que quieren.

—¡Papá! —le recriminó en el mismo tono que utilizaba con su hijo de siete años cuando se hacía el remolón entre las sábanas, en un baldío intento de no acudir al colegio.

—Para estos descerebrados, no hay más camino que las bombas. Y los hay que todavía sueñan con recuperar Al Ándalus de manos cristianas, como si la Toma de Granada no hubiese sido hace ya más de cinco siglos, sino hace cinco días. ¡Jesús! Al menos podían soñar con reimplantar el reino nazarí a golpe de gumía o cimitarra, como hacían antes, no sé yo si los explosivos tienen mucho de santo.

—No digas esas cosas. Y menos delante de Iván. —El niño, ajeno a la conversación entre adultos, engullía los cereales mientras jugaba con el coche, regalo del abuelo, que desde hacía dos días no se le caía de las manos. Sara bajó la voz—: Ya sabes que a esta edad son como loros y lo repiten todo. Y no me gustaría tener que ir al colegio a explicarle a la directora que mi hijo tiene un abuelo que se divierte anunciando el fin del mundo.

—Del mundo que conocemos, hija. Cuando todos estos radicales nos echen de nuestra casa —dijo mientras señalaba las imágenes que aparecían en el noticiario—, ya te acordarás de tu padre, ya. Y más tú, que trabajas con ellos y les enseñas cómo mandarnos lejos en nuestro idioma.

—No te metas con mis alumnos, que los años te están haciendo un cascarrabias.

—Yo solo digo...

—Nada, papá, ya está bien, que son buenos chicos y tú eres el primero que dice siempre que no hay que creerse todo lo que ves por la tele.

—Serán buenos chicos, hija, no te digo que no. —Bajó un poco el tono de su discurso—. Solo digo que entre los tantos buenos, o normales, vaya, hay también un buen grupo de desalmados con ansias imperialistas y las peores intenciones.

—Bueno, pues a esos no les aprobaré en mis clases —replicó ella con una sonrisa.

—Tú ríete, pero los extremistas por lo general no se contentan con petardos, hija. A no mucho tardar, nos plantan una guerra en nuestra propia casa. Claro que yo ya no lo veré.

—No digas eso, papá...

Unos años atrás, una inoportuna lesión de espalda postró a Mario en una mesa de operaciones para someterse a una complicada intervención de siete horas; la cirugía le salvó de vivir atado a una silla de ruedas, pero le obligó a dejar su cátedra en la Facultad de Geografía e Historia de la Universidad Complutense de Madrid, y desde entonces le gustaba recrearse en su condición de mortal y presumir de una avanzada edad que todavía no le había llegado. A sus sesenta años, y con un pasado repleto de reconocimientos académicos, la docencia le habría ayudado a paliar el dolor endémico y el ingente vacío que le había dejado la muerte de su esposa en un accidente de coche, ocho años antes. La noticia del fallecimiento repentino de su mujer, con la que había soñado pasear de la mano hasta el fin de sus días, le dejó perdido, le arrebató el norte de un mundo en el que nada tenía sentido excepto una adolescente en una edad rebelde, aún más si cabe ante la brusca desaparición de su madre.

A los pocos meses de perder a su esposa, su hija llegó a casa con la noticia de un embarazo tan inoportuno como no deseado. Con dieciséis años y un cursillo avanzado de madurez vital de procedencia desconocida, la niña se plantó ante el padre y le expuso los términos de la nueva situación. «Papá, no vamos a perder a nadie más en esta familia. Esto es un regalo de Dios y una prueba de que mamá sigue de alguna manera entre nosotros. Creo que merece la pena intentarlo.» Quizá lo entendió como una forma de consuelo, un aliciente para seguir con una vida que se le antojaba cuesta arriba, o puede que le desbordara la entereza de su pequeña en aquel momento, pero Mario recogió el guante lanzado por Sara y se implicó desde el primer día en el embarazo. Cuando nació Iván, solo tuvo ojos para su nieto. Se sentía feliz, protegido en su pequeña familia. No se atrevía a pedirle nada más a la vida. Quizá por eso las continuas e infundadas referencias a su edad se convertían más bien en un juego gamberro pero inofensivo, en un escudo protector, en un guiño presuntuoso para encarar la supervivencia.

Sara se acercó a su padre, le rodeó con los brazos, apoyó la cabeza en su pecho y le plantó un beso. Le encantaba abrazarlo, buscar el latido de su corazón y evadirse de todo como si aún fuera una niña pequeña. Aquel hombre había dedicado su vida a cuidar de ella y ahora había llegado el momento de hacerle entender cuánto se lo agradecía y cuánto le quería. Haría cualquier cosa por él.

—Este viejo padre tuyo…

—¡Ay, papá! —protestó Sara simulando un enfado que no sentía: en realidad adoraba a su padre, daba igual cuánto protestara. Un momento después deshacía el abrazo y miraba de reojo la hora—. Ya se me ha hecho tarde. ¡No sé qué hago! Y hoy tengo exámenes en la escuela. ¡No puedo llegar más tarde que mis alumnos! ¿Llevas tú a Iván al colegio? —le preguntó sin esperar una respuesta que conocía de antemano—. Te prometo que esta noche seguimos hablando de la guerra santa, la Reconquista y todas las conspiraciones maquiavélicas que hagan falta. —Le besó en la frente, achuchó a Iván y salió a la carrera, haciendo verdaderos malabarismos para mantener el equilibrio sobre los tacones.

Estaba feliz con su trabajo en la escuela de idiomas. Nunca le había gustado estudiar, no porque careciera de capacidad para el aprendizaje, sino porque los libros y los planes de estudio no encajaban dentro de sus inquietudes. Desde pequeña había tenido una gran habilidad para los idiomas, algo que su madre, de origen italofrancés, se había encargado de fomentar preocupándose de que la niña, desde una edad muy temprana, se familiarizara con el idioma de sus abuelos maternos. Aparte del español, Sara dominaba el inglés, el francés, el italiano y el alemán.

Cuando sus ojos se detuvieron en un anuncio en el que se requería profesor cualificado para ocupar una plaza en una escuela de idiomas en el centro de Madrid, tuvo una corazonada, y aquel presentimiento no la traicionó: un simple vistazo a su currículo bastó para convencer a la directora, doña Marga, a quien le pareció que Sara encajaba a la perfección con las necesidades del centro:

—No sabes lo bien que nos vienes. Cada día tenemos más alumnos musulmanes que vienen a aprender o a perfeccionar el español. Así les resulta más fácil integrarse, poder desenvolverse en el día a día, ya sabes: entender los precios, los anuncios, los letreros de las tiendas y, por supuesto, conseguir un trabajo. Sus hijos lo tienen más fácil, porque los niños se adaptan enseguida, pero a ellos les cuesta más. Aunque te puedo asegurar que son de lo más aplicado. Aprenden enseguida, y con tus cinco idiomas y algo de mímica si hace falta, seguro que termináis entendiéndoos.

Al principio, como parte del período de prueba, empezó con meras sustituciones y funciones de profesor de apoyo, pero en pocas semanas ya tenía plaza fija y el título de profesora titular, lo que la obligaba a hacerse cargo de varias clases y niveles, y a acudir a la escuela todas las tardes de lunes a jueves, más dos viernes al mes. Las clases eran reducidas y ese detalle favorecía un trato más directo y personal, lo que sin duda ayudaba en el aprendizaje: en su aula la mayoría eran hombres jóvenes, de entre veinte y cuarenta y cinco años, de diferentes nacionalidades, ya que las mujeres y las personas de más edad optaban en su mayoría por el horario de mañana. A Sara le gustaba el trato con los alumnos, le encantaba entablar animadas conversaciones con ellos, atender sus dudas, escuchar sus propuestas, sus puntos de vista, resolver sus problemas…, incluso les ayudaba a la hora de rellenar documentos oficiales que no lograban entender ni siquiera con el diccionario en la mano. «No te preocupes. ¡Cómo lo vas a entender si ni siquiera los españoles lo entendemos por mucho español que sepamos!», solía comentar al ver el rostro de preocupación de algunos de sus alumnos ante algún embrollo burocrático.

Su forma de ser abiertamente curiosa la empujaba a interesarse por las vidas de sus alumnos, por su situación actual, pero las directrices del centro eran claras y más siendo una profesora nueva, joven e innegablemente atractiva, como se encargó de recordarle tanto la directora como la mayor parte del claustro de profesores, en especial Pedro, un gallego dicharachero y bonachón, de mediana edad, que llevaba años de docencia a sus espaldas y que desde el principio simpatizó con ella.

—No te impliques demasiado en asuntos que podrían entenderse dentro del ámbito personal de cada alumno. No te van a respetar más por eso. No hay que confundir las cosas —le recomendaba mientras compartían el café de cada tarde animado con unas pastas que Sara se encargaba de comprar todos los días sin falta para alegrar los descansos de sus compañeros—. Te ven joven, guapa y simpática y algunos pueden confundirse. Debemos saber dónde está el límite para evitar situaciones incómodas para todos. ¡Imagínate que encima se enteran de que traes esta deliciosa merienda! —decía mientras devoraba una nueva galleta cubierta de chocolate y bañada de trocitos de almendra—. No podrías sujetarlos y yo no sabría cómo manejar la situación. Me resultaría realmente incómodo.

—Cómo te gusta exagerar, Pedro. Pareces mi padre —comentaba con cariño.

—Criatura, acabas de hundirme. Tendría edad para serlo, pero no lo soy. Aunque no me importaría actuar como tal siempre que lo necesites.

Pedro sabía de lo que hablaba. Un par de años atrás se había visto implicado sin comerlo ni beberlo en un delicado escándalo con una de las alumnas que asistían a sus clases. Una tarde, con la excusa perfecta que le brindaba la tutoría y aprovechando que los viernes la afluencia de estudiantes y profesores a la escuela era menor, ella le confesó abiertamente que se había enamorado de él y comenzó a insinuarse hasta el punto de que el profesor se vio superado y la obligó a salir del centro. A los pocos días, el padre de la joven, seguido de una buena representación familiar armada hasta los dientes, se presentó en la escuela para pedirle explicaciones, ¿por qué se había intentado propasar con «su niña»? Pedro tuvo la suerte de que tanto la dirección del centro como el resto del alumnado creyeron su versión y desde el primer momento no dudaron en posicionarse a su lado; sin embargo, y aunque en ningún momento se presentó denuncia —algo que incomodaba más a la familia de la joven alumna que al propio Pedro—, eso no le evitó pasar por un período perturbador en el que cualquier mirada, gesto o rumor volvía a alzar sobre él la sombra de la duda. Se volvió más reservado con los alumnos, borró todo rastro de compadreo con ellos y redujo su dosis de encanto que había sido, hasta entonces, marca de la casa. Desde aquel día se negaba a que la puerta de su tutoría permaneciera cerrada, aunque resultara más incómodo debido a los ruidos exteriores que se colaban en la clase: no quería tentar más a la suerte.

Sara le prometió seguir sus consejos al pie de la letra, aunque su carácter extrovertido no se lo pondría fácil. Consideraba que había tenido suerte con sus alumnos, que eran pocos y bien avenidos. Parecían responsables y llegaban con muchas ganas de aprender y pocas de perder el tiempo. La mayoría tenía un empleo que le ocupaba casi todo el día, así que la última hora de la tarde era una de las más solicitadas. En ella contaba con cuatro hombres de nacionalidad china, que siempre se sentaban en la primera fila, atentos y apuntando en sus cuadernos todo lo que Sara escribía en la pizarra; seis árabes procedentes la mayoría de Marruecos y Siria: los más discretos, los primeros en abandonar la clase cuando esta terminaba aunque fuera para sentarse en un banco del parque cercano a la escuela y entablar animadas conversaciones con otros jóvenes de rasgos árabes que se acercaban a ellos; tres indios, los más callados, por lo que Sara solo pudo saber que trabajaban en un restaurante hindú que había abierto sus puertas en aquella zona hacía unos meses; y dos alemanes: un delicioso matrimonio de avanzada edad, vecinos del mismo bloque donde se ubicaba la escuela, que habían decidido instalarse en España con su hija, recientemente casada con un español. Quince alumnos en total, y como los viernes solían reducirse a diez entre viajes de unos y trabajo de otros, acordaron adelantar la clase de ese día a las cinco de la tarde para empezar a disfrutar antes del fin de semana.

Por primera vez en mucho tiempo tenía su vida bajo control y debidamente estructurada. Estaba orgullosa de lo que había conseguido. A sus veinticuatro años de edad, y contra todo pronóstico, tenía un hijo al que adoraba y que crecía sano y feliz, un padre convertido en compañero de confidencias y planes de futuro, un trabajo que le aportaba no solo bienestar personal, sino también una situación económica holgada, y una bonita casa, de propiedad paterna y libre de cargas hipotecarias, bajo cuyo techo había cimentado un hogar acogedor donde el amor y el respeto eran los muros de carga.

Las clases en la escuela de idiomas y el cuidado de Iván ocupaban la mayor parte de su día a día. A primera hora solía acercarle al colegio, luego dedicaba el resto de la mañana a realizar gestiones, ocuparse de la casa y preparar las clases de la tarde, antes de ir a recoger a su hijo a la hora de comer y después, con el postre aún en los labios, vuelta al colegio y corriendo al trabajo, de donde salía cerca de las ocho de la tarde siempre apresurada y a la caza del primer autobús o metro que pasara y la dejara en casa a tiempo para acostar a Iván, preguntarle cómo habían ido las clases y darle el beso de buenas noches. Algún día, cuando la clase se alargaba unos minutos por culpa de las dudas de última hora de un alumno o de alguna reunión imprevista de profesores, Pedro se ofrecía a acercarla a casa, y no admitía un no por respuesta.

Su familia y su trabajo eran sus dos únicos pilares y no necesitaba, de momento, nada más. Hacía poco que había puesto fin a una relación de casi dos años con un joven educado y serio al que conoció una noche a raíz de un robo que tuvo lugar en un local comercial ubicado en los bajos de su casa: como ella vivía justo encima, la policía llamó a su puerta en busca de cualquier información que pudiera ayudar a proyectar algo de luz sobre el suceso, y Miguel era uno de los agentes. Le impresionó desde el primer momento en que le tuvo enfrente. Quizá fue el uniforme, que marcaba una complexión musculada, o su piel cobriza, o puede que fuera la forma en que le hablaba, envolviendo sus palabras en un halo de protección que logró ensimismarla. A Miguel también le gustó aquella joven de traviesos rizos bañados de un nimbo dorado, aún vestida con el pijama de dos piezas que cubría un cuerpo hermoso y proporcionado, aun cuando se empeñase en taparlo con una bata de seda. Las miradas y las sonrisas nerviosas que cruzaron durante el interrogatorio pasaron a ser promesa de algo más cuando él dio un paso al frente:

—Le voy a dejar un teléfono en el que podrá encontrarme si lo necesita… —empezó vacilante el agente Miguel—. Si se acuerda usted de algo más o… —dijo mientras escribía en un papel un número que más bien parecía el de un móvil que el de un fijo. Fue ese detalle y el tímido balbuceo lo que hizo mirar a su compañero de patrulla, que, para disimular una media sonrisa traicionera, decidió seguir escribiendo en su libreta para quitarse de en medio—. Cualquier cosa que quiera decirnos, ya sabe… A cualquier hora del día o de… la noche. Vamos, cuando usted quiera.

—Seguramente lo haré. Quiero decir que seguro que recuerdo algo nuevo mañana, cuando la impresión de todo esto se me haya pasado. —Mario también detectó un titubeo poco frecuente en su hija—. Ya sabe, el robo, el susto, la presencia de la policía… A eso me refiero.

Comenzaron a verse, y si al principio la excusa fue el robo, pronto fue porque la necesidad de estar uno al lado del otro hacía trizas cualquier argucia que se empeñaran torpemente en fabricar. Se entendían a la perfección, en todos los sentidos, y los acompañó desde un principio la suerte de compartir las mismas aficiones sin tener que hacer concesiones a su libertad ni a sus preferencias en aras de contentar al prójimo: a los dos les encantaba el campo, perderse en rutas de senderismo, convivir con la naturaleza, adentrarse en hábitats desconocidos, y hacerlo siempre juntos, con la única y excepcional compañía de Iván, cuando lograban rebajar la dosis de romanticismo y de atracción sexual a la que se entregaban en cada encuentro. La compenetración era absoluta, como si se conocieran de toda la vida: se reían juntos, aprendían el uno del otro y se entendían con solo mirarse a los ojos.

Aquella era la primera relación seria en la que Sara se involucraba —ya que su temprano embarazo fue fruto de un encuentro clandestino, torpe y alocado entre dos adolescentes sin otro afán que el deseo precipitado por descubrir el sexo—, y desde el primer momento contó con el beneplácito de su padre y de su pequeño, que parecía más encantado que su propia madre con la presencia en sus vidas de aquel hombre bueno, con placa, gorra y coche de sirena.

Pasados unos meses, el agente Miguel fue ascendido: dejó de vestir de uniforme y de advertir su presencia con luces rojas y azules, para convertirse en el agente especial Fernández, un sueño acariciado durante largos y complicados años de carrera. A raíz de aquello las horas de trabajo se multiplicaron, el riesgo de las operaciones encomendadas aumentó, su responsabilidad subió enteros y se redujeron los encuentros entre ellos. Miguel se volvió más reservado, menos comunicativo, ya no compartía con Sara las anécdotas de su trabajo, y aunque el amor era el mismo, la intensidad se había reducido tanto como las ocasiones de verse, tocarse y amarse. Al cabo de los meses, podían pasar días sin hablarse —embarcado él en acciones policiales siempre encubiertas— y la brecha que se abrió entre ellos era demasiado ancha como para cerrarla con explicaciones vagas que hablaban de «delitos de Estado», de «infiltraciones de campo» y sobre todo de paciencia. La seguridad nacional era algo demasiado abstracto para justificar todo aquello y no estaba dispuesta a mantener esa situación durante más tiempo, aunque la decisión la desgarrara por dentro. Le quería, pero no de aquella manera. Le necesitaba, pero no a esa distancia. Sara necesitaba una relación más abierta, sin misterios, sin fantasmas, sin tantos silencios. Aprovechó una improvisada visita de Miguel para poner fin a su relación. Los dos lloraron como niños, se lamentaron como adultos y se besaron como lo harían dos condenados a muerte, pero la decisión ya estaba tomada. El agente especial Fernández sabía que su sueño profesional había aniquilado su vida personal y para aquel escozor no había remedio posible.

Desde entonces nadie más se había cruzado en la vida de Sara. Tampoco ella lo propiciaba: se cerró en banda a las cenas para dos, a las invitaciones que hablaban de tardes de cine o noches de teatro, a los mensajes de móviles con insinuaciones veladas, a las llamadas insistentes tras un encuentro imprevisto o algún viaje puntual. Prefería quedarse en casa o disfrutar de todos aquellos apetecibles planes con su familia. Le confortaba, le daba seguridad saber que ellos siempre estarían ahí y que jamás le fallarían. No podía negar que sentía un gran cariño por Miguel, incluso le seguía queriendo y había días en los que le echaba de menos y le ahogaba la tentación de llamarle para quedar y verle, pero no quería complicaciones en su vida. Mejor dejar que el tiempo pasara y con su sabiduría ancestral pusiera las cosas en su sitio.

Con semejante planteamiento, sus salidas de ocio se limitaban a algún que otro café con una amiga entre semana o a alguna fiesta puntual en la escuela de idiomas con motivo del fin de curso, la despedida de algún profesor o la incorporación de uno nuevo.

Y fue en una de ellas cuando Najib Almallah entró en su vida.

2

Al principio no le entusiasmaba la idea de terminar la semana mordisqueando sándwiches rellenos de pasta de salmón, atún, queso, tomate, mayonesa y fiambres varios, y bebiendo refrescos burbujeantes en vasos de plástico transparente. Hubiese preferido cerrar los libros, meterlos en su maletín, desearles un buen fin de semana a sus alumnos y encaminarse a casa con ritmo ligero para enfundarse su inseparable pijama de franela y abrazarse a su hijo, que, siendo viernes como era, tenía permiso para quedarse el sofá frente al televisor aunque el reloj ya hubiera marcado las ocho y media de la noche. Fue Mario quien más insistió para que acudiera a la fiesta en la escuela de idiomas.

—Es viernes. Mañana no te toca madrugar y tendrás todo el fin de semana para estar con Iván. Te conviene salir un poco, hija, que se te está poniendo cara de carmelita descalza. —El comentario provocó un gesto de incredulidad, hermanado con una cierta indignación, que Sara se encargó de exagerar—. ¡No me mires así! Tú no te ves. Si te miraras al espejo, comprobarías que lo que te dice tu padre es cierto.

—Siempre exagerando, papá. No sabía que tuvieras tantas ganas de perderme de vista —bromeó.

Nada más entrar en la escuela de idiomas, vio unas mesas rectangulares dispuestas a lo largo del pasillo que esperaban a ser desplegadas y colmadas de aperitivos una vez terminaran las clases. Los nervios de doña Marga estaban disparados, como siempre que algún acontecimiento alteraba la normalidad del centro y requería mayor vigilancia y dedicación por parte de la directora, y aquel ataque de actividad se convertía en el blanco de todas las ironías del profesorado. A nadie le resultó fácil abrir los libros, escribir en la pizarra las palabras de estudio, repetirlas en voz alta y terminar los ejercicios. El tiempo pasaba lentamente. La eternidad petrificada. Había una fiesta esperando en el pasillo y el simple hecho de imaginarlo barría todo intento de concentración.

El convite se había organizado para despedir a don Venancio, el profesor más veterano de la escuela de idiomas y sin duda uno de los más queridos, y nada más empezar se esfumó toda la pereza que Sara había estado alimentando desde principios de semana. No tardó en entablar animadas conversaciones con los compañeros con los que guardaba una mayor confianza —como Pedro o Carol Brown, la catedrática de inglés, que después de treinta años viviendo en España aún no había logrado desprenderse de su marcado acento de Texas—, y tampoco dudó en participar como oyente de excepción de las anécdotas del laureado don Venancio, que, con más de cincuenta años de docencia, tenía cientos de historias tan divertidas como surrealistas para entretener a quien escuchase. La risa de Sara, aniñada y contagiosa, refrescaba como un manantial helado y cristalino en mitad del desierto e invitaba a unirse a aquel grupo nutrido compuesto en un principio de educadores, y que se amplió más tarde con algunos alumnos que no se resignaban a perderse la retahíla de ocurrencias del homenajeado.

No supo cómo ni por qué había desaparecido de su lado la silueta familiar de Pedro, pero de pronto notó que quien se hallaba junto a ella era uno de sus alumnos más aplicados y con el que apenas había intercambiado más que los saludos de rigor, que él siempre acompañaba con una enorme sonrisa perfilada por unos labios carnosos y una dentadura perfecta. Fue su olfato quien la advirtió del cambio de guardia: un olor a madera con sutiles reminiscencias a canela, suave pero intenso, fresco al tiempo que tremendamente penetrante, invadió sus sentidos y la obligó a dirigir su mirada hacia el recién llegado y unos ojos negros enormes y ligeramente almendrados, poseedores de un brillo especial, le devolvieron la mirada. Clavó en Sara sus pupilas, tan profundas que se antojaba perderse en ellas, y la joven se dijo que aquel chico acababa de salir de una película de dibujos animados de la factoría Disney, de esas que Iván no se cansaba de ver, y en las que los protagonistas se caracterizan por el tamaño desmesurado de sus ojos y de su boca. Dudó de que fuera su alumno, el que solía colocarse casi al final de la clase, siempre cerca de la ventana; el que jamás preguntaba ni se atrevía a responder en voz alta a alguna de las interpelaciones de la profesora; el mismo que solía atender y escuchar con exquisita solemnidad la conjugación de los verbos o las reglas de ortografía, como si estuviera recibiendo las claves para abrir una caja fuerte en la que esperaba escondido un gran tesoro. Por unos segundos, las ocurrencias de don Venancio quedaron en un segundo plano, como si un ligero velo hubiese cubierto sus animadas palabras empañando mínimamente la realidad.

—Hola, profesora. —Se abrieron al fin aquellos gruesos labios para dejar escapar una voz ronca, fuerte, varonil. De poder probarla, hasta hubiese jurado que era dulce.

—Hola, Najib —respondió Sara sin saber si él habría escuchado el fino hilo de oro en el que se había convertido su voz, siempre cantarina, o si directamente lo habían engullido sus cuerdas vocales, como ocurría siempre que se mostraba tímida o nerviosa.

Najib Almallah era marroquí y unos meses atrás había entrado en la clase de los viernes que Sara impartía en semanas alternas. Su español era bastante bueno, cualquiera lo hubiese calificado de casi perfecto, pero insistía en perfeccionarlo para poder ascender y desenvolverse mejor en su vida laboral. Trabajaba vendiendo pisos en una importante agencia inmobiliaria del barrio de Tetuán, en la zona norte de Madrid, y lo tenía todo para ser el buen vendedor que sin duda era: una enorme capacidad de convicción, buenas artes en el trato personal con los posibles compradores —ya fueran hombres o mujeres, jóvenes o ancianos—, una labia barnizada con un acento sensual, ligero, discreto, de origen árabe, y buen aspecto físico con porte de caballero, maneras educadas y aquella eterna sonrisa. Desde que comenzó a trabajar en la agencia, las ventas se habían disparado. En los tres primeros meses logró vender nueve casas y alquilar siete pisos ante la perplejidad generalizada de la empresa y del resto de los trabajadores, y aunque él se refugiaba en la modestia y lo achacaba únicamente a la buena suerte, a estar en el lugar adecuado y en el momento justo, estaba claro que había más arte que buena estrella en aquellos números. Aquello podría haber despertado envidias, antipatías o rivalidades, pero su carácter abierto y encantador, siempre dispuesto a echar una mano a sus colegas, ayudó a espantar todos los fantasmas y más bien se le tenía por el compañero ideal, el empleado perfecto. Ni una sola vez en los dos años que llevaba trabajando en la inmobiliaria de Tetuán cayó enfermo ni puso trabas a un cambio de turno; tan solo la muerte de su padre, un sirio estrictamente religioso que trabajó como obrero de la construcción desde su llegada a España hacía ya diez años, le llevó a cogerse un día libre.

Estaba bien así, no parecía desear más: de hecho, para asombro de sus compañeros y de su propio jefe, rechazó la suculenta oferta de hacerse cargo de una de las sucursales que la empresa pensaba abrir en el centro de la capital. Aún no se sentía preparado, dijo, quería seguir trabajando a pie de calle, ampliar sus conocimientos y empaparse de todos los trucos comerciales que el día a día le dispensaba. Además, ser director de una oficina devoraría parte de su tiempo libre y le robaría horas para estar con su gente y su familia, que a pesar de suponer una verdadera incógnita para sus compañeros, era algo sagrado para Najib.

A sus treinta y cinco años, el mundo inmobiliario le ofrecía un futuro repleto de éxitos y de trabajo, y sin embargo, eso no le hizo dejar a un lado su formación. Así al menos se lo hizo saber a doña Marga cuando, acompañado de otro de los alumnos del centro, también de origen marroquí, se presentó una mañana de lunes con la intención de abrir una matrícula y conseguir plaza: «Me interesarían los viernes por la tarde. Es el único día que libro en la agencia. ¿Dos viernes al mes? Sería perfecto. Todo encajaría. Como hecho a la medida, ¿no es así como se dice aquí en España?». La sonrisa de la directora, a la que todo lo que veía y escuchaba de aquel joven le agradaba, le dio a entender que acababa de convertirse en un nuevo alumno de la escuela de idiomas…, y allí estaba, meses después, en la despedida de don Venancio.

Aún seguía en el olfato y la mente de Sara aquel lejano aroma a canela cuando miró la hora. «¡Mierda!, las doce menos cuarto. ¿Cómo se me ha podido hacer tan tarde?» A esas alturas, confiar en el transporte público era un acto de fe y esperar un viernes frío de febrero a medianoche, sola, bajo un cielo negro y sin estrellas que amenazaba lluvia, no terminaba de encajar en sus planes. Buscó a Pedro con la vista, impaciente, algo contrariada, escudriñando entre los asistentes a la fiesta, que seguían riendo, charlando, bebiendo y comiendo. Pero ¿dónde estaba? «Si hace un minuto estaba a mi lado...» Sus pupilas se movían nerviosas, como cámaras de seguridad en busca de un objetivo. ¿Se había ido así, sin más, sin despedirse? Aquel no era su estilo. No iba con él. Fue Carol quien la sacó de dudas, agarrándola del brazo y llevándola a un aparte:

—A la madre de Pedro le ha dado un infarto —le dijo con su habitual tono tejano—. Se ha ido corriendo al hospital.

En pocos minutos, lo que había comenzado como una aciaga confidencia entre profesores se extendió a la velocidad de la luz, ensombreciendo la fiesta de manera brusca y precipitada y actuando de contundente catalizador para dispersar a los asistentes. Del espíritu festivo de la reunión, de las batallitas de don Venancio, de las charlas con los profesores o los chistes de los alumnos, solo quedó un ambiente cargado por el humo de los cigarrillos, los restos de comida desperdigados en algunos platos de plástico y los globos y los carteles de despedida al viejo profesor, hechos con cartulinas de colores chillones que por entonces se antojaban ridículos al chocar de frente contra el sentir general. Todos fueron abandonando la escuela, solicitando que se les informara del estado de la madre de Pedro en cuanto supieran algo, y ofreciéndose para lo que fuera menester.

Sara volteó de nuevo su muñeca izquierda para ver que las agujas del reloj habían avanzado mágicamente hasta la una de la madrugada. Miró a su alrededor y comprobó que casi todos habían abandonado las instalaciones. Quedaban muy pocas personas, algunas de ellas recogían las mesas, otras cerraban las aulas con llave y apagaban las luces. Se palpó el bolso con la mano hasta que dio con su teléfono móvil, que descansaba en uno de los departamentos exteriores. Desplazando apresuradamente el dedo pulgar por el botón del menú, buscaba desesperada la letra P donde encontrar el número de su padre. Ese era uno de los problemas que habían llegado de la mano de los móviles: con las agendas electrónicas, había volado la costumbre de saber los números de memoria.

María. Mamen. Marta. Médico papá. Mercedes. Mica. MIGUEL. Durante unos segundos el nombre de su ex ocupó la pantalla, y mantuvo su dedo a una distancia mínima del botón mientras esperaba la confirmación de su cerebro sobre lo que por un momento cruzó su mente. Al final desistió de apretarlo y continuó la afanosa indagación. Mónica canguro. Nacho. Nuria. Ocaña. Oriol. Sus ojos radiografiaban el menú del móvil afanándose en encontrar la P. Paloma. Pancho. PAPÁ. «¡Por fin!» Antes de que la yema de su pulgar pulsara la ruedecilla del móvil sobre el nombre que aparecía sombreado en la pantalla, una pregunta la devolvió a la escuela de idiomas:

—¿Está bien? ¿La puedo ayudar? —La pregunta viajaba a lomos de una voz firme y rotunda que sus oídos habían escuchado con anterioridad, e hizo trizas su ensimismado letargo. Él debió de ver la sorpresa en su gesto porque al momento añadió—: Perdone. No quería asustarla. Es que parecía preocupada, como ida, que decís aquí en España. —Era una de sus coletillas preferidas, tan recurrente como innecesaria, ya que su dominio del idioma era más que aceptable.

—No. No, Najib, estoy bien, muchas gracias —acertó a pronunciar sin tener muy claro si lo que decía era cierto—. Estaba buscando el teléfono para llamar a un taxi. Con todo esto de Pedro, me he descolocado un poco… —Miró la cara de su alumno, ¿se habría explicado con claridad suficiente? Por un momento, temió que el español de Najib no fuera tan bueno como todos creían y decidió probar con algo menos coloquial—: Ya sabes, me he descentrado un poco…, despistado, desconcertado, perdido… —Temió que se le acabaran los sinónimos sin entenderse.

—La he comprendido perfectamente, no se preocupe. Mire, es tarde, aquí ya no queda casi nadie, es viernes noche y en esta zona podría esperar más de una hora a que le envíen un taxi. Yo tengo coche y si usted quiere podría acercarla a su casa.

Sara dudó. No le convencía la idea de que uno de sus alumnos la acompañara hasta su domicilio, tenía demasiado presente las palabras de Pedro y del resto de sus colegas advirtiéndola de la necesidad de marcar bien y desde el principio el territorio de cada uno para acotar correcta y profesionalmente los límites de la confianza y del respeto. Pero en ese momento no se trataba de echar un pulso para ver quién mandaba más o menos: Pedro no estaba y ninguno de los profesores se había brindado a llevarla, así que si sus prejuicios u ofuscaciones dejaban pasar por alto aquel amable ofrecimiento, en aras de un supuesto grado de respetabilidad o de malentendida superioridad, iba a quedarse tirada en un Madrid desierto de taxis, y ella lo único que quería era llegar cuanto antes a casa. La confusión la amordazó durante unos segundos que a ella le parecieron horas, y a juzgar por la reacción de su alumno, se diría que había dado voz a sus elucubraciones sin darse cuenta.

—Discúlpeme —le dijo Najib—, no he querido incomodarla. Nada más lejos de mi intención. Solo pensaba que quizá necesitaría mi ayuda. Entiendo que no se encuentre cómoda. Lo comprendo perfectamente, he metido la plata…

—La *pata*... Se dice la *pata*, y no has hecho nada de eso. Al contrario. —Respiró hondo mientras dibujaba una sonrisa en su boca—. La verdad es que me vendría de perlas. He llamado a mi padre, pero como tenía gente en casa, que, por cierto, están todos esperándome, no habrá escuchado el teléfono. —Hizo una breve pausa y añadió sin pensárselo dos veces—: Mi novio está de servicio y no me gustaría tener que molestarle.

No supo a cuento de qué había venido aquella mentira absurda y precipitada, totalmente innecesaria, tejida al calor de una seguridad ficticia. Le pareció una reacción absurda e infantil, pero ya lo había dicho y no había vuelta atrás: no cabía rectificación posible a no ser que insistiera en mostrar toda su torpeza a la hora de encarar una situación, a priori, normal. Temió que su alumno especulara para sí sobre lo tonta y ridícula que era su profesora, y una vez se subieron al coche, viajó con esa incertidumbre durante todo el trayecto, alimentando su temor conforme las ruedas avanzaban. Se habría empachado de vergüenza si la voz ronca y profunda de su improvisado chófer no hubiese roto el silencio que se había instalado entre ellos desde que Najib introdujo en el GPS la calle y el número de la casa de Sara.

—Me ha gustado mucho ser su alumno —dijo de pronto—. He aprendido mucho. Se lo agradezco de verdad. La echaré de menos como profesora. Es usted muy buena.

—¿Es que vas a dejar la escuela?

—La semana que viene, sí.

La noticia la pilló por sorpresa, aunque, sin saber muy por qué, también logró tranquilizarla.

—¿Por qué? —preguntó entre la curiosidad y el temor de pecar de indiscreta.

—Por trabajo. Mi jefe quiere emplearme más horas y no me va a quedar hueco para sus clases. Pero en cuanto tenga algo de tiempo libre, le prometo que volveré. Ya lo creo.

Sara reconoció el principio de su calle y respiró aliviada. Por fin. En cuanto subiera a casa iba a ir directa a achuchar a su hijo; puede que incluso se acurrucara junto a él y decidiera dormir toda la noche en su cama, aunque fuera demasiado pequeña para los dos.

—Es aquí, Najib —dijo mientras se desabrochaba el cinturón de seguridad, aún con el coche en marcha, como si ese gesto le garantizara llegar antes al destino—. En ese portal, donde el luminoso blanco y azul de la tienda de ordenadores.

Cuando el automóvil se detuvo frente al número 8 de la calle Trinidad, el joven puso los intermitentes y bajó del coche a una velocidad de vértigo. Sara no esperó a que —movido por una regla fundamental de todo caballero español, tal y como lo hubiese definido su padre— el muchacho abriera diligentemente la puerta del copiloto. Cuando llegó a su altura, ella ya se había apeado del vehículo y recogido su maletín y su bolso.

—Mil gracias, te agradezco…

—Por favor —dijo indicándole con el brazo el camino hacia su portal—. La acompaño. Este barrio, por lo que veo, está un poco solitario. Así me quedaré más tranquilo.

No entendía por qué aquella presencia masculina y sus insistentes muestras de caballerosidad la perturbaban tanto. Tampoco alcanzaba a comprender por qué le había resultado tan difícil encontrar temas de conversación durante el trayecto, ni por qué le estaba pareciendo igual de embarazoso atinar con las palabras adecuadas para llenar los silencios entre el coche y su portal. Carecía de motivos reales para sentirse nerviosa y sin embargo, hasta que no metió la llave en la cerradura del portal, encendió la luz de la escalera y recibió la mano que le tendía Najib en señal de despedida, no encontró la serenidad que iba buscando.

—Me quedo hasta que la vea entrar y encender la luz de su casa. —Miraba de reojo el ventanal del primer piso, ya que cuando le preguntó por su dirección para introducirla en el GPS, Sara se la dio de carrerilla, piso y letra incluidos. Sonrió ligeramente al advertir que no había luz en la casa—. Por lo visto sus invitados se han debido cansar de esperarla o se han quedado todos dormidos.

—No será necesario —dijo sorprendida—. Ya has hecho bastante. No quiero molestarte más.

—No lo hace, en absoluto. Buenas noches, profesora.

—Buenas noches, Najib.

Tras el apretón de manos, cerró el portón de hierro y se perdió con paso firme en las escaleras que la conducían al primer piso, sin apartar un solo segundo su vista del juego de llaves que portaba en las manos. Ni siquiera se detuvo a esperar el ascensor que solía coger para evitarse subir andando la veintena de escaleras que la separaban de la puerta de su casa. Ascendió veloz, abarcando los escalones de dos en dos, sin dar margen a sus pulmones para acompasar la respiración. El ejercicio extra de la escalinata le robó parte del aliento; la otra parte se la quitó su padre cuando, desde el sofá del salón y todavía a oscuras, le preguntó divertido quién era el galán que la había llevado a casa.

—¡Papá! ¡Qué susto, por Dios santo! Pero ¿qué haces a oscuras? ¿Qué quieres, que me dé un infarto? ¿No estarías espiando?… A tus años…, ¡y a los míos!

—El deber de un padre no tiene fecha de caducidad, tesoro —dijo Mario con el mejor de sus tonos teatreros, mientras se levantaba para encender la luz de la lámpara del salón—. Es que si no, no se va a ir de ahí en toda la noche —dijo refiriéndose a Najib—. ¿Te lo has pasado bien? ¿Quién es? Porque o Pedro ha cambiado mucho, o a este no le conozco…

—Sí, papá, lo he pasado bien. No, no es Pedro. No, no le conoces. Es uno de mis alumnos —respondía mecánicamente a sus preguntas antes de plantear el único tema del que le apetecía hablar—. ¿Iván ya está dormido? ¿Habéis cenado bien o como siempre que no estoy…, pizza y poco más?

—¿Uno de tus alumnos? —preguntó extrañado su padre, haciendo oídos sordos al interrogatorio de su hija.

—Me alegra ver que mantienes intacta tu capacidad auditiva, así nos ahorramos la visita al otorrino. Sí, uno de mis alumnos —dijo mientras se acercaba al ventanal del salón para asegurarse de que Najib se había marchado. Una vez lo comprobó aliviada, corrió las cortinas y bajó un poco la persiana—. A la madre de Pedro le ha dado un infarto. Lo último que nos han dicho es que estaba muy mal. Así que imagínate el fin de fiesta que hemos tenido. Era tarde, todo el mundo estaba nervioso y cuando iba a pedir un taxi, él se ofreció a traerme a casa. ¡Y menos mal porque según me dijo Carol, había una huelga de taxis encubierta en Madrid o algo parecido y me hubiese tocado esperar horas!

Mintió por segunda vez en lo que iba de noche, y como en la primera ocasión, sin entender muy bien por qué. Tan solo sabía que el tema le incomodaba y que no entraba en sus planes extenderse en más explicaciones que consideraba innecesarias.

—Papá, estoy muy cansada. Mañana seguimos hablando. Te quiero. Voy a ver a Iván.

Un beso en la frente zanjó cualquier conato de réplica por parte de Mario, como siempre que no quería abordar un tema, le aburría o simplemente intentaba evitar una discusión.

Cuando abrió los ojos a la mañana siguiente, la asaltaron el aroma a café recién hecho —tostado previamente por su padre en un ritual que se esmeraba en repetir cada fin de semana—, las voces de Iván y los bisbiseos del abuelo, que le recordaba en vano que su madre seguía descansando y que de seguir así lograría despertarla.

Tendida en la cama, evitó que su mente encallara durante más de cinco segundos en su comportamiento absurdo de la noche anterior, en sus incoherentes mentiras y en el recuerdo de Najib, y se levantó animada, con una sonrisa. Solo le nubló el gesto la fatal noticia que recibió de boca del propio Pedro cuando le llamó para interesarse por su madre: la mujer había muerto de madrugada, a la una y media, a la misma hora en que ella corría escaleras arriba mientras su alumno aguardaba fuera a que entrase en casa. No se había podido hacer nada. «Dios así lo ha querido. Él sabrá lo que hace», fueron las únicas palabras de un Pedro recién estrenado en la orfandad absoluta, ya que hacía dos años que había perdido a su padre.

Le hirió en el alma pensar que ella o Iván pudieran ingresar en semejante club algún día. En cualquier caso, se sacudió las sombras que amenazaban con arruinar el fin de semana a su familia y optó por dar una tregua a sus oscuros pensamientos: quizá fuese capaz de alejarlos lo suficiente para evitar que perturbaran su mundo.

3

Sabía que había sido un error imperdonable del que ella era la única responsable. Tenía que haber reservado con suficiente antelación el campamento de Iván para el mes de julio, y eso implicaba haber iniciado los trámites cuatro o cinco meses antes. A esas alturas del calendario, mediados de mayo, todas las plazas estarían ocupadas y encontrar una vacante entraba en el apartado de los sueños imposibles. Y lo peor no sería la penitencia de aguantar la más que lógica retahíla del «te lo dije», que por seguro entonaría su padre de la mañana a la noche, ni siquiera las protestas de su hijo intercaladas con llantos al ritmo de un desesperante «pues yo quiero ir, pues yo quiero ir»... Lo más grave, lo que amenazaba con hacer trizas su particular estado de bienestar, era qué hacer con el niño y dónde colocarlo mientras ella asumía los exámenes finales en la escuela de idiomas.

Mario se habría ofrecido encantado, desde luego: era ella quien no quería cargarle con esa responsabilidad. Sara necesitaba seguir demostrándole que era muy capaz de dirigir con acertado y firme timón su vida y la de su familia, sin que nada ni nadie entorpeciera la ruta fijada por el capitán, que hasta el momento, y si nadie en el puesto de mando disponía lo contrario, continuaba siendo ella. Además, su padre tenía marcado el mes de julio como la única época del año en la que se alejaba de su familia para regresar a su pueblo natal, en la bahía de Santander, donde durante veinte días se reencontraría con un pasado repleto de momentos felices, presencias añoradas y ausencias que aún dolían más en la distancia que cuando se sentaba a contemplar el mar en la playa de Amió; volvía a reunirse con los viejos amigos, las charlas de marineros, los chatos de aguardiente que tenía prohibidos el resto del año, y lo más importante, los recuerdos engordados a golpe de morriña, casi encallados por un engañoso olvido durante los once meses que restaban al anuario. Ni en sus más egoístas pretensiones se planteaba privarle de esa alegría anual que le otorgaba un brillo especial a su mirada conforme la primavera iba llegando a su fin.

Por eso, cuando su amiga Lucía movió ciertos hilos en la enmarañada marioneta de la administración hasta conseguir que uno de los campamentos más atractivos de la oferta estival admitiera al pequeño Iván entre el selecto grupo de afortunados, la persona escéptica en la que se había convertido Sara volvió a creer en los milagros. Los años pasaban, pero aquellas dos amigas de la infancia seguían manteniendo una relación pareja a la de los antiguos novios, y se veían cada fin de semana al amparo de un café o de la última novedad de la cartelera en el cine del barrio. La mañana en la que quedaron para intercambiar información sobre el campamento, una emocionada Sara se hartó a darle besos y Lucía, superada por el exceso de cariño y por tanto besuqueo, no encontró defensa más efectiva que la de enterrarla bajo una montaña de folletos llenos de fotografías de gente sonriendo, parajes de película y textos que parecían salidos de una agencia de viajes en busca de posibles viajeros.

—Si llego a saber que te hacía tanta ilusión, te cobro algo, guapa. Que, tal y como están las cosas, buena falta me hace.

—Acabas de salvarme la vida, Lucía de la Parra Mengual —le encantaba llamarla por su nombre y sus dos apellidos. Llevaba haciéndolo toda la vida. Le sonaba bien—, así que hazme el favor de no ponerte materialista, que no te pega nada.

Sara no se cansaba de releer una y otra vez el programa de las tres semanas largas de campamento que esperaba a Iván, repleto de ejercicios al aire libre —desde rutas a caballo hasta yincanas o excursiones en canoa— al abrigo de los Picos de Europa.

—Bueno, mona, ahora no te pongas estupenda —le espetó Lucía mientras se incorporaba con prisa para regresar al trabajo—. Me voy, que soy una humilde funcionaria y no quiero que por mi culpa siga creciendo el bulo de que somos unos vagos empedernidos. —Ahora fue ella la que le plantó un beso bien sonoro en una de sus aún sonrojadas mejillas—. Y llámame este domingo si quieres que vayamos al cine, que ya sabes que me gusta organizarme con tiempo, no como tú, que lo dejas todo para última hora y pasa lo que pasa. Que si no fuera por tus amigas, que somos unas santas… ¿He dicho *somos*?… Esta manía mía de pluralizarlo todo…

Ya había abandonado la mesa de la cafetería en la que estaban sentadas desde hacía más de veinte minutos, cuando a punto de abrir la puerta de la calle volvió apresurada sobre sus pasos, como si hubiese olvidado algo verdaderamente trascendental.

—Supongo que me invitas al café y al bizcocho de naranja con crema, ese que nunca debí tomar, ¿verdad?

Sara se limitó a devolverle una sonrisa de oreja a oreja. Su gratitud hacia su amiga era infinita y no solo por haberle conseguido una plaza en una de las colonias estivales más demandadas, sus sentimientos correspondían a algo más profundo y alimentado durante años. Adoraba a esa mujer menuda, nerviosa, de apariencia despistada y algo borde, atributos que se quedaban en simple fachada prefabricada a conciencia para ahuyentar a pesados e indeseables. En más de una ocasión, la habían confundido con su hermana mayor, no por el parecido físico —totalmente nulo—, ni porque tuviera más edad —pues compartían mes y año en su onomástica—, sino por la actitud y el cuidado fraternal que siempre le dispensaba. Lucía era su amiga del alma, la fiel compañera que nunca se vio tentada a abandonar el barco, la impertérrita confidente, la única aliada que conservaba de la infancia y, en más de una ocasión, la que hizo las veces de una madre que desapareció demasiado pronto de la vida de Sara por el capricho cruel de un destino que se divirtió jugando en un tramo de la carretera que unía Madrid con Santander. De hecho, al ver cómo la mala estrella se cebaba en la familia de su mejor amiga, Lucía se autoproclamó tía carnal de Iván, hija mayor de Mario y soltera oficial del reino hasta que, como ella misma repetía cuando una segunda copa de vino soltaba su lengua, llegara a su vida el hombre capaz de ponerla patas arriba. «A mi vida... —aclaraba muy seria—, no a mí.»

Se conocieron el primer día de colegio para ambas, cuando sor María decidió que compartieran pupitre. Una hermosa niña de pelo castaño, ojos claros y semblante angelical, y otra morena, pecosa, de enormes e inquietos ojos negros, con una dentadura mellada y un arañazo en su nariz achatada que ya advertía de una naturaleza traviesa: «Soy Lucía de la Parra Mengual y si quieres, ya somos amigas. Tengo galletas de naranja en mi mochila y mi padre es policía. ¿Y tú quién eres? Sí, creo que podemos ser amigas». Veinte años más tarde, allí seguían, devorando dulces de naranja, sellando proyectos comunes y velando la una por la otra.

Ensimismada en los interminables trípticos que encerraban todo un mundo de aventuras y prometían un universo de entretenimiento y formación cultural, Sara permaneció sentada en la misma mesa, la más cercana a la enorme cristalera del establecimiento, ajena al deambular callejero de la urbe. Sus ojos estaban fijos en el caudal de un río que bajaba bravo y sobre el que se deslizaba una balsa hinchable de color rojo donde viajaban felices un grupo de jóvenes, cuando el eco de una pregunta logró arrancarla violentamente de aquella fotografía que abría el folleto principal del campamento de verano.

—¿Un café, profesora?

La proposición le sonó lejana pero lo suficientemente familiar como para dedicar unos segundos a observar a aquel joven que se acercaba con una bandeja en la que reposaban dos tazas humeantes. Durante unos instantes, intentó centrar sus recuerdos, empresa complicada porque su mente aún permanecía en los Picos de Europa, en el rafting y en las jornadas de senderismo.

—No me diga que no se acuerda de mí. Soy Najib, su alumno… Bueno, ex alumno.

De golpe, la luz entró por alguna rendija de su mente y todo cobró sentido.

—¡Dios santo, perdóname! Claro que me acuerdo de ti. —Se sintió totalmente idiota—. No sé dónde tengo la cabeza. Estás tan cambiado. Bueno, quiero decir tan… —Sintió que tardaba demasiado en encontrar un calificativo que respondiera con fidelidad al soberbio físico que tenía ante sí— elegante.

Le costó reconocerle, seguramente por el exquisito traje en el que se había enfundado y que le confería un punto de distinción que no todos lograban, en parte gracias a la llamativa pero exquisita corbata que le anudaba el cuello. Estaba muy atractivo. No es que antes no lo fuera, pero a la escuela de idiomas asistía, como casi todos los alumnos, con ropa de sport, una indumentaria que no siempre logra sacar lo mejor del físico de las personas. Al menos esa fue la explicación más convincente que encontró Sara para justificar el impacto que la visión de aquel hombre le había provocado.

—¿Me acepta el café o voy a tener que insistir de nuevo? Se lo digo porque esto pesa —le confesó con una cautivadora sonrisa, al tiempo que le mostraba cómo sujetaba una pesada carpeta con una mano y con la otra agarraba la bandeja, mientras su antebrazo apresaba unos periódicos que estaban a punto de caer al suelo.

—Perdona, no me había dado cuenta —se excusó para al segundo, y en un acto reflejo e inconsciente, mirar el reloj.

—No me diga que hoy también tiene prisa. No acierto nunca con usted, profesora.

—No, no es eso. Justo hoy no tengo clase. Me toca el viernes libre, ¿recuerdas? Y deja de llamarme profesora, que ya no lo soy. Tutéame, por favor. Además, ya no somos profesora y alumno. ¿Cuánto hace que te fuiste de la escuela? ¿Dos meses…, tres?

—Tres, exactamente. Debo decirle… —Calló por un instante, al advertir el error de tratamiento que no tardó en subsanar—: Debo *decirte*, que ahora ya podemos hablar de igual a igual. —Le divirtió el gesto que arqueó las cejas de su antigua profesora—. Ahora yo también doy clases. De árabe y de cultura islámica.

—¿Por eso vas tan elegante? —añadió tras relajar sus facciones y aceptar el café que Najib le ponía a su alcance, tras retirar a otra mesa vacía los servicios que habían utilizado antes Lucía y ella.

—¿Esto? —preguntó mientras se abría la chaqueta ayudándose con las manos que prendían las solapas del traje. Sara no pudo evitar detener su mirada en aquellas manos grandes, fuertes, bien cuidadas y ligeramente bronceadas—. ¡No, qué va! Esta es la ropa de faena. Vendo pisos y para convencer a la gente de que han encontrado la vivienda de sus sueños, hay que vestir para la ocasión. Una de las primeras reglas del marketing: cuidar el aspecto físico puede ayudar a conseguir muchas cosas. Precisamente venía de enseñar un piso por esta zona y como me sobraba algo de tiempo hasta la próxima cita, decidí entrar a tomarme un café. Y mira por dónde, te encuentro aquí.

La voz de Najib no tembló, aunque sus palabras adulteraban la realidad. Era falso que la casualidad los hubiera reunido a ambos en aquel lugar del mundo: fue algo premeditado, el resultado de un plan preconcebido. Quería verla. Llevaba tiempo intentando forzar el encuentro y, al final, lo había conseguido. Ahora solo tenía que seguir hablando con la esperanza de que aquel encuentro llevase a un segundo, y a un tercero... Pero Sara estaba lejos de intuir aquellos planes y al poco se había abandonado a la conversación, que se extendió durante casi hora y media sin apenas darse cuenta. Por esa pérdida de la noción del tiempo, casi le dio un vuelco el corazón al descubrir en el reloj de pulsera de Najib que era la hora de recoger a Iván en el colegio, y ella ni siquiera estaba en camino.

—Como salga al patio y no me vea, se va a asustar. Siempre estoy yo o su abuelo. No sé cómo se me ha podido pasar la hora, no me he dado ni cuenta... ¡Qué desastre! —decía mientras se apresuraba a recoger toda la documentación del campamento de su hijo y la guardaba a toda prisa en su bolso. Estaba nerviosa, abochornada, y sentía que el corazón le galopaba dentro del pecho a una velocidad endiablada. Juraría que estaba hiperventilando, solo de imaginar la cara de su pequeño al no ver a nadie esperándole en aquel patio tan enorme del colegio, y no parecía haber tranquilizante lo bastante potente para calmar sus nervios, hasta que Najib volvió a separar los labios:

—Tengo el coche aparcado ahí mismo. Te llevo. Llegarás antes. Con un poco de suerte y si no hay tráfico, tu pequeño no tendrá que esperarte más de un par de minutos.

La mirada de Sara era la de una mujer sobrepasada, la de una madre que pierde de vista a su hijo, que momentos antes jugaba en el parque, y de repente desaparece y no vuelve más. Era la viva imagen de la consternación. Y de pronto, una puerta abierta a la esperanza que tímidamente se atrevió a cuestionar, más por vergüenza que por convicción.

—¡Pero tú tienes que trabajar! Tienes que enseñar una casa, me lo has dicho antes.

—Me han anulado la visita. Me mandaron el aviso al móvil mientras tomábamos el café. Los viernes la gente falla a última hora. Además, tu hijo es más importante que cualquier cita inmobiliaria, ¿no crees?

La ansiedad abandonó en parte el cuerpo de Sara, que poco a poco iba recuperando el ritmo cardiaco.

—Vamos, no lo pienses más. Te acompaño. Va a ser lo mejor —le decía Najib mientras dejaba un billete de veinte euros sobre la mesa de la cafetería, para cubrir también la consumición anterior a su llegada, y recogía parte de los bártulos de su nerviosa acompañante—. Confía en mí, llegaremos a tiempo. No va a pasar nada. Hazme caso. Todo irá bien.

El tráfico se alió con los nervios de Sara y cinco minutos antes de las dos, Najib aparcaba su Mercedes en la misma puerta del colegio. La destreza al volante del antiguo alumno había obrado el milagro. Ni siquiera habían abierto las puertas que comunicaban con las aulas, por las que en unos minutos saldría una jauría de niños berreando, mochila en mano, arrastrando el babi reglamentario y degustando por anticipado un ansiado fin de semana.

La profesora encargada de tal menester, la señorita Alicia, una mujer célebre por su mal genio, los miró extrañada, sin entender a qué venía tanto acaloramiento.

—Solo dos minutos y abriré las puertas, ¿de acuerdo? No puedo hacerlo antes de tiempo. Nunca lo hago.

—Muchas gracias, señora. Muy amable. Esperaremos aquí —respondió Najib regalándole la mejor de sus sonrisas. Luego sonrió a Sara, que seguía sofocada por la carrera que se habían dado desde el coche hasta el patio del colegio, pero estaba, sin lugar a dudas, mucho más relajada. Ella le devolvió la mueca y la gratitud. Por fin respiró tranquila.

Justo en el momento en que Najib se ofrecía a terminar las cosas bien y acercarlos a ambos a casa, llegó hasta sus oídos un escandaloso recital de bocinas y cláxones: los vehículos del resto de los padres no podían acceder ni abandonar el centro porque un Mercedes negro, último modelo, bien cuidado y con techo descapotable taponaba la única puerta de carruajes del colegio. De nada sirvieron las sentidas disculpas que les brindó el dueño del vehículo; abochornado, tuvo que soportar con paciencia la lluvia de improperios que le lanzaban las madres desde sus coches, nada partidarias de atender a razones. Entre risas, y sin ocultar cierta vergüenza por el espectáculo que habían dado minutos antes, los tres alcanzaron el número 8 de la calle Trinidad. Los agradecimientos se entrecruzaron en el interior del vehículo, con la promesa de tomarse un café cuando la agenda no hospedara tanto compromiso.

—Gracias por todo, Najib. No sé cómo lo hubiese hecho si no llegas a aparecer.

—No me des las gracias. Ya me devolverás el favor, prometido. Adiós, campeón —le dijo a Iván pasándole la mano por la cabeza en un gesto de cariño—. Ya me contarás cómo te lo pasas en el campamento que te ha encontrado tu madre. Adiós, profesora —se despidió. Sara le miró con una sonrisa al tiempo que movía la cabeza de izquierda a derecha, como reprochándole el tratamiento ya inexistente.

Nada más abrir la puerta del domicilio familiar, Iván salió disparado al salón, donde solía esperarle su abuelo para que le enseñara lo que había hecho en el colegio.

—¿Otra huelga de taxis? —preguntó Mario henchido de sarcasmo mientras abrazaba a su nieto.

—Esta vez ha sido Superman a bordo del Coche Fantástico. —Sara se metió la mano en el bolso y sacó un papel que agitó con chulería en el aire—. Y tenemos campamento de verano.

—¿También obra del Capitán Trueno? —inquirió su padre sin variar el tono, aunque exagerando aún más la intención.

Sara prefirió obviar el comentario y cederle el privilegio de zanjar la conversación pronunciando la última palabra. No estaba en condiciones de alargar el duelo dialéctico del que su progenitor solía salir victorioso. Se encaminó a la cocina, de donde ya salía el característico olor al estofado que Mario se jactaba, cargado de razón, de preparar como nadie. Una vez allí y con la excusa de lavarse las manos antes de poner la mesa, se dirigió a la pequeña ventana situada encima del fregadero y descorrió con sus dedos el fino visillo que la cubría. Pudo ver cómo el coche del que se había apeado hacía unos segundos arrancaba y se perdía al final de la calle, llevándose la promesa de su conductor de encontrarse de nuevo, al menos para devolverle el favor. Ahora era ella la que se regalaba una sonrisa.

No fue necesario contar con la complicidad de la providencia ni con el antojadizo beneplácito del destino para que la profesora y el vendedor de pisos con porte de seductor irresistible volvieran a cruzar sus caminos. Bastó con que él esperase durante casi dos horas dentro de la tienda de informática que había en los bajos de la calle Trinidad número 8, arguyendo una supuesta urgencia por comprar un nuevo teclado de ordenador. También ayudó que ella convenciera a una desconcertada Lucía de la Parra Mengual para que contemplara la posibilidad de cambiar de barrio, ampliando horizontes hasta la zona de Tetuán, eventualidad que desechó hasta que hizo su entrada en las oficinas de la sucursal inmobiliaria donde trabajaba el apuesto vendedor y entendió las auténticas intenciones de su amiga.

Poco a poco, los encuentros dejaron de ser forzados y la naturalidad le ganó el pulso a la teatralidad. Se entendían bien, se añoraban, se apetecían el uno al otro. Les gustaba estar juntos aunque sus agendas se empeñaran en no facilitar los encuentros. Urdían estrategias cuasi militares para coincidir a media mañana, en el escaso margen del que disponía él entre cita y cita para enseñar casas y las escapadas que conseguía idear ella, saltándose el gimnasio, la compra o la consulta del médico aunque amenazara una nueva lista de espera de tres o cuatro meses. Tenían la sensación de estar disputando una reñida partida contra el tiempo en la que a este siempre le salían las mejores cartas. Pero ellos eran buenos jugadores y, no sin esquivar algunas situaciones de tensión, conseguían ganar sobre el tablero. Arañaban de donde no había los minutos y los segundos para poder degustar un café, un té o una cerveza, para mirarse a los ojos, para reír con las ocurrencias del otro, para seguir avanzando en el conocimiento mutuo. Conseguir verse era casi una lotería, el fruto de un esfuerzo que, aunque a veces resultaba desesperante, siempre merecía la pena.

Desde el primer día Sara se negó a que Najib se acercara a recogerla a la escuela de idiomas, aunque eso les hubiese permitido estar juntos los veinticinco minutos que separaban su trabajo de su domicilio. Su nivel de pudor todavía no estaba lo bastante capacitado para soportar el estupor que seguramente aquella incipiente amistad, con visos de alcanzar una categoría mayor, provocaría entre sus compañeros y, lo que aún le preocupaba más, entre sus alumnos. No estaba quebrantando ninguna regla legal o laboral, ni siquiera moral, puesto que desde hacía meses no existía ninguna relación profesional entre ellos, pero por algún motivo prefirió mantenerlo todo dentro de la mayor discreción posible. Además, no estaba preparada para escuchar a su padre fanfarronear sobre las hipotéticas jornadas de paro de los taxistas madrileños cada vez que viera el coche de Superman en la puerta de su casa. No estaba dispuesta a dar pie a más conversaciones sobre superhéroes, que ni siquiera de pequeña habían logrado entretenerla.

A Sara le gustaba aquel hombre. Era educado, amable, trabajador, exquisito en el trato y en las maneras y, cómo negarlo, poderosamente atractivo. Era la primera vez que le atraía la idea de compartir conversación, mesa y mantel, paseo o cartelera con alguien del género opuesto desde que dio por terminada su relación con Miguel. Tampoco podía negar la atracción sexual que le despertaba Najib, siempre bien vestido y perfumado, pulcro, cuidadosamente aseado, con el eterno aspecto de estar recién salido de una refrescante ducha aunque fuera a última hora de la tarde y hubiese comenzado su jornada laboral a las diez de la mañana. Era algo inexplicable, un deseo irracional que en ocasiones la sumergía en un estado de embriaguez sensorial capaz de sonrojarla. Jamás había sido una mojigata en el terreno amatorio, siempre se sintió satisfecha en sus antiguas relaciones, en especial con Miguel, con el que la complicidad era máxima y el entendimiento pleno. Pero aquello que empezaba a sentir se le antojaba diferente. Era algo desconocido, revestido de un halo de misterio, una suerte de morbo que asfixiaba el autocontrol y fomentaba la rendición absoluta de los sentidos. Cuando imaginaba la presencia de Najib o cuando esta era una realidad, sentía cómo su cerebro cedía a un hipnótico y consentido abandono, una especie de fuerza magnética que la lanzaba hacia él. Sara no quería engañarse ni aislarse en un mundo que no fuera el suyo, donde la única fuerza y deseo que podría someterla sería el de su hijo de siete años. Pero era joven y también se merecía vivir y disfrutar de algunas sensaciones que a sus veinticuatro años iría contra natura rechazar por miedo o simple desconocimiento.

Sin embargo, había algo en la actitud de Najib que lograba confundirla y, en cierto modo, le inquietaba. Aquel apuesto caballero hacía todo lo posible por estar con ella, pero cuando estaban juntos declinaba la iniciativa de lanzarse con avidez al descubrimiento de sus cuerpos. No parecía tener prisa al respecto y, aunque había momentos en los que a Sara le consumía el hambre de conocimiento mutuo, tenía claro que ella no iba a dar el primer paso. Quizá era la herencia de una educación religiosa en un colegio de monjas, pero en el fondo aquel letargo carnal en la actitud de Najib le hacía sentirse más respetada. Ella tampoco tenía prisa. La ocasión le ofrecía disfrutar más de aquellos instantes y su imaginación se entretenía trenzando las cuerdas con las que atracar en los puertos que visitaría rumbo a su particular Ítaca.

Cuando el calendario dijo adiós a la primera semana de julio, la casa familiar se transformó en un trasiego continuo de maletas y planes de viaje. Cada año esas cuatro paredes eran testigo de la misma anarquía, del mismo descontrol organizativo, de idénticas tensiones por decisiones nimias como el incluir o no un paraguas en el equipaje, y de similares contratiempos con las maletas, la ropa de temporada, los zapatos con suela de goma o los bártulos de aseo.

Mario encaminaba sus pasos rumbo a su Santander natal, a Pechón, un pueblecito adorable, sereno y con la peculiaridad de reconfortarle el alma, un paraíso terrenal de no más de ciento ochenta habitantes. Por su parte, Iván se enfrentaba a su primer campamento serio, adulto: ahora que tenía siete años, al fin había traspasado esa barrera imaginaria que le impedía codearse con «los mayores». Andaba como loco haciendo conjeturas sobre el mundo de fantasía que prometían los folletos de su campamento, las apasionantes aventuras que correría y los nuevos amigos que encontraría en aquel lejano lugar que su madre se empeñó en mostrarle en un mapa.

Tan solo unas horas antes de que ambos salieran por la puerta, cada cual a su propio destino, Sara dejó caer su agarrotado cuerpo en el sofá de casa, apoyó la cabeza en el respaldo, buscó el mejor lugar en sus lumbares para ubicar un cojín y cerró los ojos. Por fin el silencio, las maletas hechas con los jerséis, las botas y el paraguas a buen resguardo entre el resto del equipaje, la documentación en regla y los billetes preparados, bien a mano para evitar lo que supondría un inoportuno e irreparable olvido. En unos instantes, la tranquilidad volvería a reinar en aquella casa, que durante los últimos cinco días había sido una auténtica algarabía. No es que tuviera ganas de ver a los dos hombres de su vida alejarse de su lado, pero sabía que la ausencia no superaría los veinte días, y que luego los guerreros volverían al hogar con relatos maravillosos.

Un fugaz pensamiento atravesó su mente: Najib. Llevaba casi una semana sin verle. Demasiado ajetreo. Quizá aquellos días de asueto le brindarían algo nuevo, inesperado.

—Supongo que puedo dejarte sola —le confió su padre, mientras se acomodaba a su lado en el sofá.

—Si quieres quedarte y ayudarme a corregir exámenes, serás bien recibido —replicó Sara sin variar un ápice su posición y sin encontrar fuerzas para abrir siquiera los ojos—. Así recordarías viejos tiempos.

—Para encontrarme con el pasado, prefiero encaminarme al norte, si no te importa. Te llamaré todos los días.

—Sí, hazlo. Pero no a todas horas, papá, que te conozco —rogó temiéndose ya un seguimiento policial—. No quiero que hagas como todos los años, que como no hay cobertura te lanzas de madrugada en busca de la única cabina telefónica que hay en la plaza del pueblo para darme las buenas noches y preguntarme si dormía cuando, efectivamente, dormía hasta que sonó el timbre.

Se volvió hacia él y, ahora sí, abrió los ojos:

—Prométemelo ahora mismo. Hazlo o no dejaré que te marches.

—Juventud… —rumiaba Mario en espera de un muletazo dialéctico de su hija.

—Vejez… —le devolvía risueña el envite.

4

Una invitación a cenar.

¿Por qué no? Los dos solos, sin las inoportunas carreras al son que marcase el reloj, sin prisa por llegar a casa para arropar a Iván y darle un beso de buenas noches, sin necesidad de recurrir a mentiras para justificar la tardanza o de entrar en casa de puntillas y a oscuras en un intento de pasar inadvertida sin conseguirlo. Una cena relajada en un lugar tranquilo, da igual dónde, nada de urgencias impuestas que ahogaran deseos. Los dos juntos, cara a cara, sin mil ojos cerniéndose sobre ellos como cuervos sobre una presa herida de muerte, tan solo los suyos, examinándose el uno al otro cada centímetro de piel, cada sombra, cada perfil, cada brillo, cada línea.

Le apetecía brindar con él, aprovechar la tardanza del camarero a la hora de servir el segundo plato para charlar sin la mordaza del tiempo. Elegir el postre después de analizar cuidadosamente las preferencias del otro, sorber la infusión poco a poco, encomendar al tedio la misión de enfriarla sin la presencia apremiante de un cubito de hielo en mitad de la taza. Todo iría ligero, rodado, arrullado en un lecho de suaves plumas, como había soñado mil veces, añorado otras tantas, fantaseado en demasía.

El viernes. A las diez de la noche. Él se encargaría de la reserva y de recogerla puntualmente en la puerta de su domicilio. Ella solo debía encargarse de ir arrebatadora para no desentonar con el entorno idílico. Pero ¿por qué se lo pensaba siquiera si le apetecía tanto ir a esa cena? ¿Iba a tenerle al teléfono durante siglos para darle una respuesta que tenía decidida de antemano y que albergaba un rotundo e impaciente sí? Odiaba esa patológica indecisión infantil, carente de todo sentido común y contraria a su madurez mental y física, que le asaltaba en los momentos cruciales de su vida. Le ocurría desde pequeña y no había logrado vencer ese bloqueo sensorial que le provocaban las situaciones que le eran favorables: igual daba a la hora de recoger las notas (aun sabiéndolas buenas) que en la celebración de su cumpleaños (cuando los regalos y la tarta conseguían avasallarla hasta el autismo). Era como si su cuerpo fabricara una sustancia especial que la obligara a retraerse, a ralentizar su entendimiento. Absurdo pero real. La decisión y el coraje de los que su mente presumía en los momentos complicados se desvanecían cuando los vientos venían de cara. «Herencia materna», le recordaba Mario. Sin embargo, aquella vez no permitiría que hiciera su tradicional aparición estelar. Aceptó la invitación de Najib con un sí claro, absoluto, radiante y apto para soñadores.

A las nueve y cuarto de la gran noche, a quince minutos de que la carroza apareciera ante su casa, su única preocupación era seguir inspeccionando su cuerpo frente al espejo y rezar por no encontrar un indeseable enganchón o alguna arruga indecente sobre la tela del vestido negro que se ceñía a su cuerpo como un guante: delicado escote en uve, tirantes finos, corte impecable que marcaba unas perfectas hechuras y una vaporosa caída unos centímetros por encima de las rodillas. Estaba realmente guapa, espectacular. Nada de usar un maquillaje demasiado recargado, habría restado frescura a su rostro; fuera también tacones; la hermosa y abundante cabellera inundada de rizos platinos, tímidamente recogida en un minúsculo pasador; un pequeño bolso dispuesto en bandolera y algo de brillo en los labios que extendió con el dedo corazón.

Decidió adelantarse al horario de su padre y fue ella quien le llamó al móvil para darle las buenas noches y desearle el mejor de los sueños. No quería llamadas inoportunas que interrumpiesen lo que llevaba esperando tanto tiempo. Luego hizo un rápido repaso mental de las obligaciones pendientes: aquel viernes no tocaba llamada desde el campamento. De hecho, hasta dentro de una semana y conforme a las reglas del campamento —que buscaban limitar la posibilidad de situaciones problemáticas una vez finalizada la conversación con los padres—, Iván no podría llamarla por teléfono. Último vistazo al espejo del tocador para comprobar por trigésima vez que todo estaba en su sitio y ya estaba el claxon reclamándola desde la calle. Sara corrió hasta la puerta, respiró hondo, soltó el aire pausadamente por la boca, cerró la hoja tras de sí y dio tres vueltas a las llaves en la cerradura. Estaba lista.

En la terraza del restaurante reinaba un ambiente agradable, más que adecuado para la conversación *sotto voce* y una velada discretas; nada de ruidos externos que hicieran añicos la tranquilidad del lugar. En una de las esquinas del terrado, un hombre vestido de etiqueta regalaba sus oídos con una delicada melodía que escapaba de entre las teclas de un elegante piano negro: no cesaba de sonreír y asentir con la cabeza a los tímidos aplausos de los comensales. Todo parecía cuidado al detalle, mimado hasta el límite: la exquisita carta del local escrita a mano con una intencionada caligrafía barroca; las diminutas velas blancas ligeramente perfumadas, que iluminaban con temblorosos destellos el centro de las mesas; los pétalos de rosa distribuidos en una aleccionada escenografía dispuesta para la ocasión... Ellos dos parecían formar parte de la pintura idílica en la que se había convertido el lugar.

Najib vestía una camisa blanca perfectamente planchada, por fuera de un pantalón negro de tela fina y suave que caía sobre unos mocasines de piel del mismo color. El contraste de la camisa sobre su piel bronceada y su pelo negro le otorgaba un aspecto inmejorable. Su olor corporal con ligeras reminiscencias a canela volvió a impactar los sentidos de Sara. La conversación entre ambos, salteada por miradas, al principio esquivas y titubeantes, desembocó en un mar de aguas tranquilas, verbo relajado y palabras sinceras. Hubo tiempo y lugar para confidencias nunca antes relatadas, secretos velados, intenciones descubiertas. Era Najib, las mangas remangadas hasta unos centímetros antes de descubrir el codo, quien llevaba el peso de la conversación aquella noche: contestaba los cientos de preguntas de Sara, y no cesaba de mirarla embelesado.

Le preguntaba ella sobre todo por los aspectos relativos a su persona. Era obvia la devoción que él sentía por su familia, en especial por su padre, un musulmán de arraigadas creencias religiosas, respetuoso con todos, a quien su hijo definió como un hombre de paz que no hizo más que encontrar la guerra. Él fue quien le inició en la creencia del islam, «una religión de paz», decía siempre, quien le motivó a la enseñanza y a la lectura del Corán con tal dedicación y amor que Najib conocía de memoria los 114 suras del libro sagrado del profeta Muhammad.

—Ahora soy yo quien da clases a los niños en la escuela de una mezquita. —Sara asintió, aquello ya se lo sabía—. Tendrías que ver sus caras. Disfruto muchísimo con ellos. Me veo reflejado en sus gestos, en sus ojos. Son el futuro y eso exige una gran responsabilidad.

Su semblante resplandecía al evocar a su padre, al repasar las enseñanzas vitales que marcaron su existencia, al rememorar la relación que los unió primero en su Marruecos natal y más tarde en España, pero se anegaba en sombras cuando rozaba el recuerdo de su traumática muerte.

—¿Cómo murió?

A Sara casi se le indigestaron los primeros bocados del segundo plato.

—Lo mataron a palos como a un perro, por pura diversión, por ser diferente, por mostrar sus costumbres. —Ante la mirada de ella, tomó aire y decidió explicarse—: Mi padre trabajaba de peón en una obra cerca de la plaza de Castilla. Siempre iba descalzo, decía que se encontraba más cómodo, que era más él, que se sentía más cercano a Dios y que para trabajar bien la tierra uno debe notarla bajo sus pies. Eso le valió no pocos disgustos porque tenía que ser atendido con frecuencia por un médico. Se le hacían unas heridas muy feas: un día por un clavo oxidado, otro por un cristal roto, por un pedazo de barra metálica… —Hizo un gesto con la mano, restándole importancia—. Solía decirme que eso le endurecía la piel y le ablandaba el corazón, pero lo único que hacía era incomodar al capataz, que bastante mal llevaba ya el radiocasete en el que mi padre escuchaba, bajito y sin molestar a nadie, sus oraciones y sus rezos del Corán. Tampoco le gustaba al patrón que interrumpiera su trabajo varias veces al día coincidiendo con la hora de los rezos. Para no molestar a nadie, se retiraba unos metros, sacaba su alfombra y se arrodillaba sobre ella de cara a La Meca, que en España, por si no lo sabes, está al sudeste. Eran solo unos minutos, que luego recuperaba en su horario de comida o terminando más tarde que el resto si era necesario. No hacía daño a nadie, Sara. A nadie. Quizá por eso fue una presa fácil.

La exagerada manera en que su nuez subió y bajó por su garganta llevó a Sara a pensar que lo que venía a continuación hería a Najib en profundidad. No dijo nada. Guardó silencio y le dejó continuar:

—Una noche al terminar su jornada se presentó en las inmediaciones de la obra un grupo de jóvenes con palos y barras de metal. No era la primera vez que lo hacían pero las otras veces se conformaron con reírse de él mientras rezaba, o con insultarle: le llamaban «Mohamed», le lanzaban carne de cerdo... Aquella noche querían algo más. —Najib esbozó un amago de sonrisa, triste, y Sara se preguntó si debería cambiar de tercio, tratar de llevarle hacia otro tema, pero le preocupaba que aquello le ofendiera. Él continuó tras humedecerse los labios con la lengua—: Traspasaron el periplo de seguridad y cuando llegaron donde estaba mi padre, le rodearon, le rociaron con el alcohol que les quedaba en las botellas que llevaban y le golpearon hasta la muerte mientras le llamaban «moro de mierda», y le gritaban que era hombre muerto. No le conocían de nada. Ni siquiera sabían cómo se llamaba... Cuando Juan, el vigilante de seguridad, quiso darse cuenta, mi padre ya agonizaba. Según me dijo, aún le quedó aliento para decirle: «Me voy con Dios. Voy a encontrarme con Dios».

El descarnado relato sobrecogió a Sara, que no pudo evitar que las lágrimas de pura indignación asomaran a sus ojos.

—Pero ¡eso es horrible, Najib! ¿Cómo... cómo pudo pasar algo así? —dijo mientras le cogía la mano—. Lo siento muchísimo. No sé qué decir. —Se sentía avergonzada por formar parte de una sociedad capaz de esos extremos—. ¿Cómo, en pleno siglo veintiuno, puede pasar algo semejante…?

—Sencillamente pasa. Y no solo aquí.

—No puedo entenderlo. No sé qué decirte…

—No tienes que decir nada. Y mucho menos sentirte responsable del comportamiento de unos bárbaros que nada tienen que ver contigo. También en mi país tenemos un puñado de esos descerebrados. Pero ¿qué digo, qué hablo de países? —Quiso cambiar el tono de aquella conversación que había ido por derroteros muy distintos a aquellos por los que comenzó—. Mi país es este. Aquí he sido bien recibido, me han dado un trabajo, una casa, amigos… Me han abierto la puerta a una nueva vida… y la oportunidad de conocer al amor —dijo buscando la complicidad de ella mientras le devolvía el mimo con un tierno beso que depositó en su mano derecha—. ¿Cómo voy a rechazar todo esto por la sinrazón de unos necios? Perdóname, no he debido contarte nada de esto. No venía a cuento. Y menos en nuestra primera cena. Lo he fastidiado todo.

—No has fastidiado nada. Y nadie va a fastidiar nada esta noche… Te lo prometo.

El resto de la velada transcurrió sin sobresaltos y entre parlamentos ligeros, risas y una conversación amable, esquivando cualquier tema que ensombreciera la noche. Todo discurría por los cauces deseados hasta que Sara aprovechó que su acompañante pagaba la cuenta para excusarse e ir al servicio, que estaba al fondo del local, justo al lado de la sala de camareros y la caja registradora. Le llevó un par de minutos examinar su rostro en el espejo y lo aprobó con un pequeño retoque de brillo en los labios. Fue al salir cuando su corazón volvió a detenerse como lo había hecho durante la cena.

—Seguro que está forrado y mira la propina que deja. —Era la voz de un camarero, el mismo que les había servido la cena—. A exigir aprenden rápido, pero para dar... miran a La Meca y silban. ¡Habría que ver a este en su país! Putos moros...

El camarero, que no había advertido la presencia de Sara, palideció al ver la señal de alarma en el rostro de sus compañeros y al poco la vergüenza de verse descubierto dejó paso al miedo a perder su empleo, si ella pedía hablar con el encargado. Solo pudo bajar la cabeza y esperar un comentario en forma de reprimenda, que, sin embargo, nunca llegó. Aquella mujer con el llamativo vestido negro, que ya había captado durante la cena la atención del servicio, se limitó a lanzarle una mirada inyectada en cólera y, sin más, les dio la espalda y volvió a su mesa, donde ya la esperaba en pie un Najib sonriente y ajeno a lo sucedido.

Aquel incidente, aquel desprecio del camarero y sus duras palabras la acompañaron durante un buen rato, cambiaron su ánimo martilleando su cerebro y se fijaron en su estómago, como una aplicada columna de termitas carcomiendo sus entrañas. Tuvo que ser él quien, después de varias ojeadas para observar el rostro serio de su acompañante, rompiera el incomprensible silencio.

—Estás muy callada, ¿va todo bien? ¿He dicho algo que te haya molestado? Si es así... —No pudo acabar la frase.

—¿Tú? Precisamente tú has sido lo mejor de la noche. De hecho, no quiero que acabe tan pronto. Me apetece una copa. —Pensó en sus palabras y las matizó—. Necesito una copa. Te parece si vamos... no sé. —Dudó unos segundos hasta que se atrevió a verbalizar la idea que le rondaba por la cabeza—. ¿A tu casa... o si prefieres a otro lugar? —Calló a la espera de una respuesta que le confirmara si había pecado de indiscreta.

—Mi casa está bien. —Sonrió abiertamente mientras dedicaba furtivas miradas al retrovisor—. Es pequeña, está algo desordenada, pero es acogedora. Creo que te gustará.

No tuvo tiempo de comprobar si la descripción de la vivienda se correspondía con la realidad. Nada más cruzar el umbral de la puerta, una fuerza les arrojó a uno en brazos del otro, sin esperar a apagar su sed con la copa de la que hablaban minutos antes. Sus cuerpos se entrelazaron, sus lenguas se trenzaron en busca de sensaciones desconocidas, de sabores nuevos, de senderos de placer. Sus manos avanzaban famélicas bajo las ropas, sin dar resquicio a una respiración acompasada, sin tiempo para visualizar el terreno que tocaban, que besaban, que mordían, sin más guía que el tacto que abría canales encendidos en la piel. Sin paradas, sin descanso, sin interrupciones que extinguieran el deseo. Avanzar con una inusitada ceguera hasta un final que, una y otra vez durante aquella noche, se convertía de nuevo en el principio.

—Te voy a conquistar entera. Y cuando lo haya conseguido, volveré a ti para reconquistarte —le gemía al oído un excitadísimo Najib al que parecía irle la vida en aquellas palabras. Sara, por su parte, respondía a ellas con una mayor entrega. Pasaron horas descubriéndose, compenetrándose, rendidos al placer hasta que les venció el cansancio y el sueño los acunó hasta otro grado de inconsciencia.

Sara despertó con una sensación de absoluta aridez en la garganta. Le llevó unos segundos hacerse una rápida composición de lugar y cuando su memoria recuperó para ella los detalles de horas antes, sonrió satisfecha. A su lado, Najib dormía plácidamente, encerrado en una profunda respiración que le elevaba el pecho en cada aspiración. Decidió aventurarse por los pasillos de la casa en busca de un vaso de agua.

No le costó encontrar la cocina, la única habitación iluminada indirectamente por la luz de la calle, una farola convertida en improvisada colmena de insectos que revoloteaban a su alrededor. La luz de la luna inundaba el dormitorio, al que regresó intentando no chocar contra nada, no quería despertarle. Apurando el último sorbo de agua del vaso, la curiosidad la condujo hasta una fotografía prendida con cuatro chinchetas en una de las paredes. En ella se veía a un jovencito Najib que posaba sonriente: hacía el símbolo de la victoria con sus dedos índice y corazón delante de un mapa que le llamó la atención. No logró reconocerlo a la primera, pero al aproximarse un poco más creyó distinguir parte del atlas de Europa en el que España y Portugal aparecían sombreadas en verde con la inscripción en grandes letras de color rojo: DAR AL-ISLAM. No le dio tiempo a procesar la información. El cansancio y una llamada que parecía proceder de ultratumba la alejaron de aquella extraña visión.

—Vuelve a la cama, mi amor —murmuró Najib entre sábanas.

—Ahora mismo. —¿Dónde mejor?

Los primeros rayos de sol entraron por la ventana y rompieron su sueño. Una mirada furtiva al reloj que parecía observarles desde la mesilla: las ocho y cuarto de la mañana. Sábado. Un vistazo alrededor les arrancó a ambos una sonrisa: el desorden reinaba en el suelo de la habitación, plagado de la ropa que se fueron quitando la noche previa. Después vinieron los buenos días, los besos, las risas, la ducha y un reconstituyente desayuno. En el segundo café, Sara recordó algo de la noche anterior.

—El mapa con el que apareces en la fotografía, ¿qué es?

Najib fingió no saber de lo que le estaba hablando.

—¡Ah, eso! Son las típicas fotos que te haces con un forillo y te la cobran a precio de oro. Como aquí cuando te colocas detrás de un mural recortable en el que te hacen meter la cabeza en un agujero hecho para la ocasión, y apareces en la foto vestido de torero o de flamenca. —Sonreía inocente, como el niño que se ha comido todas las galletas que su madre escondía en un armario bien alto para que el pequeño no pudiera acceder a ellas. Bajó la cabeza y la movió a ambos lados, intentando ocultar su rostro y guarecerse de la vergüenza que la pose en aquella fotografía le provocaba—. Sé que es una bobada, pero mis amigos, mis hermanos, todos hicieron la misma gracia y no quise ser el único aburrido que se negara a hacerlo, ya sabes. Además, la guardo porque me la hizo mi padre. Fue en uno de nuestros últimos viajes a Marruecos. Hace muchos años. Me gusta verla porque me recuerda a él. Pero si te molesta...

—¿A mí? ¿Por qué me va a molestar? No creo que nada de lo que hagas o digas me pueda llegar a molestar nunca. Era simple curiosidad. —Sara observó cómo el recuerdo de su padre ensombrecía de nuevo el rostro de Najib e intentó virar la conversación hacia otro rumbo que devolviera la luz a aquellos ojos—. Es más, me gustaría saber mucho más de ti, que me enseñaras más cosas.

—¿Qué quieres saber?

—Todo.

Najib sonrió y ella siguió hablando.

—Quiero que me cuentes cómo se llama esto en tu idioma —dijo mostrándole un lunar que escoltaba su ombligo—, saber qué significan esas letras escritas sobre el cuaderno negro que hay encima de tu mesilla y lo que aparece escrito en ese tapiz que cuelga de la pared de tu cuarto. Quiero que me enseñes a degustar tu comida, a entender tu cultura, a bailar al son de tu música, a disfrutarla y a sentirla aquí dentro... —decía mientras se golpeaba delicadamente el pecho con la mano.

Quería eso y mucho más: deseaba acercarse a sus costumbres, mezclarse con su gente, entrar en su mundo para olerlo, tocarlo, empaparse de él hasta saberlo todo y deseaba por encima de cualquier otra cosa hacer aquel camino de su mano, compartir con él cada segundo.

—¿No me dijiste que eras profesor? —preguntó divertida, mientras ganaba la posición sobre el cuerpo de él, que, de momento, la observaba en silencio y la dejaba hacer, inspeccionando cada movimiento, permitiendo que las piernas de ella encajaran en su cintura como un preciso mecano, escuchando lo que le decía como si de una lección magistral se tratase—. Puedo llegar a ser una alumna muy aplicada.

—De eso no me cabe la menor duda —le dijo mientras su boca volvía a rozar apenas la de ella—. ¿De verdad quieres conocerme mejor? —le preguntó mirándola a los ojos.

—Sí. —Sara tenía los suyos clavados en los labios de él, en sus dientes, en su lengua. No lograba ver más allá, como si el mundo acabara de delimitar su nuevo horizonte en la comisura de aquella boca—. Sí, sí. Claro que quiero.

—Entonces te juro que lo harás.

No mentía.

5

Los días empezaron a menguar en horas y a crecer en intensidad. El mundo de Najib se abría ante sus ojos y sus pupilas temían no ser capaces de abarcarlo todo. Y necesitaba hacerlo. Lo deseaba. Quería sentirse más cerca de él, no solo en un plano físico —algo que cada día conseguían con mayor destreza—, sino también espiritual. Deseaba que también él se sintiera cómodo. No buscaba conceptos abstractos en la persona con la que cada día compartía más vida; solo quería alcanzar una mayor integración con él. Además, algo en su interior le decía que podría llegar a enamorarse de aquel hombre.

Najib había llegado desde Marruecos hacía diez años, junto a su padre y su hermano menor, para construir su hogar y dar una oportunidad a un futuro por el que trabajar. Su madre, según le contó, había muerto por complicaciones durante el parto de su hermano pequeño, Yaser. Aun siendo musulmán, se comportaba como un chico normal, al que su religión no parecía alterarle ni un ápice sus gustos, sus costumbres, sus manías, sus decisiones ni su ritmo de trabajo, de comidas, sus idas y venidas. A sus ojos y a los de cualquiera, de hecho, se alejaba bastante de los estrictos cánones culturales del islam vertidos sobre la estructura social y estallaba en carcajadas cuando, al principio de empezar a salir, Sara se sorprendía al verle pedir al camarero una copa de licor después de las comidas, un gin-tonic después de cenar o se alegraba el café de media mañana con una lágrima de anís o de whisky. O cuando era él quien insistía en acudir a una discoteca, o sacaba un paquete de cigarrillos y se colocaba uno entre los labios, o no se paraba a realizar las reglamentadas cinco oraciones diarias que dictaba el Corán.

—Cariño, soy una persona normal. Además, no todos los musulmanes somos iguales. Cada uno vive esa creencia religiosa como cree oportuno. ¡No me mires así!, tú eres una persona inteligente, bien preparada. Puedo entender que a ellos —decía señalando al resto de la gente— les hayan engañado durante muchos años, ¡siglos!, si te descuidas. Pero ¿a ti? A ti no, amor mío. Tenéis que abrir la mente. Los musulmanes del siglo veintiuno no vamos por la vida con un turbante en la cabeza y largas barbas, bebiendo té a todas horas y rezando por las esquinas. Aunque sobre las mujeres… ¿te había dicho ya que solemos tener tres o cuatro? —utilizaba su mejor tono sarcástico, el más logrado. Ella le golpeaba en el brazo, sonriente—. No te preocupes, tú siempre serás la primera…

Y Sara no tenía por qué dudar de su palabra: sabía que le gustaba jugar a las cartas, comía carne aunque prefería el pescado, perdía la cabeza cada vez que ella estaba entre sus brazos y se apasionaba ante un partido de fútbol —«Aunque aquí en la capital no tengo nada fácil defender mis colores, porque son más blaugranas que blancos», sonreía a sabiendas de la tradición madridista de la familia de ella, en especial de Mario—. No había tantas cosas que les diferenciasen.

—Mírame —le decía—, me conoces… Y espero que no tardes en darte cuenta de que somos el uno para el otro, al margen del dios al que recemos. «A cada uno de vosotros, judíos, cristianos, musulmanes, le hemos asignado una ley y un modo de vida distintos. Y si Dios hubiera querido, ciertamente, os habría hecho una sola comunidad: pero lo dispuso así para probaros en lo que os ha dado. ¡Competid, pues, unos con otros en hacer buenas obras», Corán 5:48. —Sara escuchaba boquiabierta.

Después de esta y otras pequeñas reprimendas similares siempre surgidas a raíz de un comentario sobre su condición religiosa, Sara sentía que sus prejuicios eran tan absurdos como trasnochados, y no pasó mucho antes de dejar de preocuparse por esos aspectos heredados de la sabiduría popular y que le habían jugado alguna que otra mala pasada. Se sintió estúpida por los temores viciados que la atormentaron durante los primeros días de relación, y a punto estuvieron de dar al traste con aquello, cimentados en miedos manufacturados a miles de kilómetros de su corazón. Se calificó de ignorante, infantil y necia, arremetió sin piedad contra aquella ceguera que no le permitía ver más que un aspecto de las cosas, el más sencillo por cercanía, el más cómodo por una cultura impartida e impostada. Y se rio de sus fobias y de sus recelos. Comprendió que Najib, de nuevo, tenía razón: era una persona normal. Justo lo que había buscado toda su vida. Y dio gracias por ello a dios, cualquiera que este fuese.

Durante los meses de verano, la escuela de idiomas reducía las jornadas lectivas para facilitar a los alumnos una concienzuda preparación de los exámenes, y aquello le daba licencia para disponer de más tiempo libre. Durante aquel mes de julio redujo sus horas de tutoría casi a la mitad, y Pedro no pudo dejar de advertirlo.

—¿Qué pasa contigo? Ya no te luces por aquí como antes…

—Sonreía, no quiso decirle que últimamente la notaba algo más distante, ausente, más apurada de lo normal, aunque más guapa que nunca y con una luz especial que irradiaba de su cuerpo—. ¿Va todo bien? Echo de menos nuestras galletas bañadas de chocolate de media tarde.

—No pasa nada, Pedro, no te preocupes —le contestaba. En el fondo le daba pena aquel hombre que tanto se preocupaba por ella. Desde que había fallecido su madre, su bajón anímico había sido considerable y su único entretenimiento para intentar mitigar el dolor de la pérdida era la escuela—. Me concentro mejor en casa para corregir los exámenes y, de paso, preparar los nuevos. Sin Iván y sin mi padre, el piso es un remanso de paz. Me evito las dos horas de desplazamiento entre que voy y vengo... por no decirte los paseos que te ahorro a ti si algún imprevisto de última hora me revienta el horario de mi transporte público. Además, mira cómo esta la escuela..., ¡si casi no vienen alumnos a la tutoría! ¿Y profesores? ¿A cuántos ves tú en sus sitios desde que han empezado los exámenes y este calor imposible?

—Tú, yo, y para de contar.

—Pues eso, Pedrito. Si es que parecemos los de la funeraria, aquí, perennes, por si nos necesitan. ¿Y sabes qué? Que no hace falta. Definitivamente, me cunde más en casa. Como a ellos. —Sara alargó su mano derecha para acariciar la mejilla de su colega—. Ya vendrá el invierno y también tiempos mejores. Para todos. Confía en mí.

—A ti lo que te pasa es que estás enamorada —le retaba él con la esperanza de que soltara prenda, aunque supusiera otro mazazo interno y secreto para su debilitado estado de ánimo—. Algo te traes entre manos, muchachita. A mí no me engañas.

—No digas tonterías. Sabes que cuando ocurra, serás el primero en saberlo. Bueno… —añadía tras pensarlo unos instantes—, el segundo.

Odiaba tener que engañarle, tanto como observar la tristeza que anidaba en sus ojos color miel, los mismos que un día habían sido terreno de perdición de alumnas y profesoras. Pero lo entendía como una mentira piadosa que les ahorraría a todos muchos quebraderos de cabeza, sobre todo a Pedro. Prefería no decir una palabra de su relación con Najib. Una cosa eran sus elucubraciones internas, alimentadas en conversaciones retóricas donde siempre salía victoriosa, y otra muy distinta el mundo exterior, la selva que la esperaba repleta de víboras y especies destructoras dispuestas a disertar sobre un manjar apetitoso —su relación sentimental— sobre el que se abalanzarían, prestas a descuartizarlo sin más. Tampoco le veía el sentido a ir dando explicaciones sobre su vida privada que a nadie tenía por qué interesar, igual que a ella no le incumbía la de los demás. Sería el tiempo, como casi siempre, el encargado de normalizar las cosas. Sin duda la mejor receta, optimizada con el paso de los siglos.

Cada día le gustaba más implicarse en el mundo de Najib. Aquel mes de julio le estaban descubriendo un universo de sentidos, emociones y experiencias. Cualquier acontecimiento que él le propusiera —encaminado, como ella le pidió, a conocerle mejor— la colmaba de expectación y participaba de ello como si de una aventura se tratase, aunque no todas se saldasen con el mismo resultado positivo. Quizá pecó de confiada porque no tardó en ver que a Najib le encantaba enredar con ella y someterla a todo tipo de juegos.

Un día a la hora del almuerzo, le propuso cancelar la reserva que tenían en un restaurante italiano próximo a la casa de él donde ya habían ido a comer en alguna ocasión: en Don Luca, un siciliano sencillo y muy acogedor con las mesas envueltas en manteles de cuadrados verdes y blancos, preparaban la *burrata* más deliciosa, las mejores lonchas de auténtica *bondiola* que Sara podía devorar hasta el empacho y que Najib no tomaba —no porque fuera de cerdo, decía, sino porque su encendido color rojo ya le hacía torcer el gesto—. Nada de Don Luca aquella noche, le dijo; cenarían en casa de él.

Le habló de descubrir un nuevo sabor y ella aceptó el reto de buen grado, sobre todo porque su estómago llevaba horas rugiendo por algo comestible. Todo estaba preparado cuando llegó a la casa en la que pasaba más horas que en la suya propia desde que su padre y su hijo partieron a disfrutar de la primera parte de sus vacaciones. Sobre la mesa aguardaba ya una fuente que desprendía un olor aromático, quizá condimentado en exceso, que realmente alimentaba los sentidos.

—Pruébalo —dijo él buscando la obediencia ciega e inmediata en Sara; tardó en conseguirla el tiempo que empleó ella en coger el tenedor y el cuchillo y hacerse con un trozo de aquella sabrosa carne.

—Exquisito. ¡Qué suave!

—¿Sabes qué es?

Se lo pensó.

—No sabría decirte… Me sabe igual que cualquier trozo de carne que cocino en casa, aunque en presencia de mi padre y de su delicioso guisado de ternera, negaré haberlo dicho. ¿A qué viene todo esto?, ¿dónde está el truco? —le preguntó mientras se metía un nuevo trozo de carne en la boca.

—Acabas de probar carne sacrificada por el rito musulmán.

Ante el anuncio de Najib y encasillado en la categoría de acto reflejo, Sara dejó de masticar. No sabía si lo que acababa de escuchar era bueno o malo y hasta que lograra descifrarlo, optó por dejar el tenedor a un lado. Najib sonreía al ver la duda en el gesto de Sara.

—¿Y eso en qué consiste? —le preguntó sin tragar aún.

—Antes de nada, se coloca al animal orientado a La Meca. Después viene lo difícil, lo que hacen los expertos: ha de ser sacrificado de un solo tajo, que deje dos tercios del cuello con la cabeza y el otro tercio con el cuerpo. Y de ahí, al horno, al baño de especias, a la cazuela, o donde determine el chef de la casa, en este caso, tu fiel servidor. ¿Qué te ha parecido?

Sara permanecía con la boca cerrada y los labios bien sellados, manteniendo ese último bocado entre el paladar y la lengua, sin atreverse a rozarlo siquiera más de lo estrictamente imprescindible. Después de la lección gratuita sobre el sacrificio de una res por el ritmo musulmán, no sabía si devolverlo al plato, tragárselo sin pensar o ceder a la tentación de levantarse, caminar hasta el servicio, cerrar la puerta tras de sí y devolver todo lo necesario para borrar el rastro de la carne en su garganta hasta ser capaz de asimilar todo lo escuchado. Sin saber muy bien el porqué de su reacción, optó por envolver la carne masticada en una servilleta de papel ante la divertida mirada de su cocinero.

—La próxima vez que veas una carnicería *halal*, acuérdate de este bocado.

—*Halal...* —repitió ella.

—*Halal*, sí: lo permitido según los preceptos de la ley islámica. ¿No querías que te enseñara cosas nuevas? —le comentó Najib, que no podía ocultar lo que le divertía la escena—. Si lo prefieres, puedes probar la *harira*, que es una especie de sopa instantánea. Su preparación es menos traumática. Seguro que te sienta bien.

—Tú quieres matarme —dijo cuando finalmente consiguió deshacerse de la servilleta y del cuerpo del delito que escondió en ella—. Y sé por qué lo haces: en venganza por llevarte a comer al japonés de hace dos días. Deberías ser más abierto de mente, ¿no es eso lo que siempre me dices?

—Yo no guardé el *sushi* en una servilleta...

—Solo te dio por examinarlo como si estuvieras en un laboratorio diseccionando el cuerpo de una rana...

Los dos prometieron deshacerse del oráculo de prejuicios que amenazaran su convivencia, también los culinarios. Como siempre, las risas, los arrumacos y las bromas desembocaron en el cuarto de Najib, sobre la gigantesca y mullida cama. Era uno de los lugares donde mejor se entendían y donde sus sentidos no conocían barreras que entorpecieran su entendimiento. Allí todas las sorpresas alcanzaban el agrado mutuo.

—Me dijiste que querías saber el significado de esas letras —dijo Najib aquella misma noche, los dos desnudos y abrazados bajo las sábanas. Señalaba la inscripción del enorme tapiz negro que presidía el lecho—: Son unas palabras del Profeta.

—¿De Mahoma? —Sara miraba ya hacia aquella enigmática leyenda trazada en una hermosa caligrafía árabe.

—Muhammad. Ese es su nombre, Muhammad, no Mahoma como suele decir la gente. Pues bien, él nos dejó dicho: «Dios nos ama cien veces más de lo que una madre ama a su bebé». Eso es lo que pone ahí —dijo señalando el tapiz con un gesto de la barbilla—, son las palabras del hadiz del profeta Muhammad, las favoritas de mi padre. Era algo que él repetía continuamente. Todavía hoy parece que le estoy escuchando, con aquella voz suya, rasgada. Siempre pensé que exageraba: creía que nadie podía querer tanto en la vida, que era algo imposible, un puñado de palabras bonitas que poder incluir en un libro.

Najib se incorporó sobre uno de sus codos y la miró a los ojos antes de seguir hablando.

—Pero gracias a ti me he dado cuenta de que sí se puede amar de esta manera… No sé si Dios nos querrá de ese modo, pero te puedo asegurar que yo he conseguido amarte así.

La capacidad de respuesta de Sara quedó anulada. Le impresionó lo que acababa de escuchar, no solo por el significado que encerraba, que superaba todas sus expectativas sentimentales, sino por el tono que él había empleado. Le impresionó contemplar el brillo en sus profundos ojos negros y se vio atrapada en la vehemencia con la que repitió aquella frase: «Dios nos ama cien veces más de lo que una madre ama a su bebé». Pudo sentir su conmoción bajo la piel. Los dos se miraban presa de la emoción y ella solo pudo pensar que si aquel era el mensaje del Corán —si hablaba de amor, un amor insondable—, estaba dispuesta a leerlo entero. Sara quedó hipnotizada, observándole, esperando, si acaso, algún tipo de reacción por su parte. Solo acertó a musitar algo entre dientes:

—Te amo…

No hubo más lugar para la palabra. En el sentido más estricto y literal de la expresión bíblica —que tanta confusión le sembró siendo una mocosa, cuando la estudiaba en su libro de religión con apenas diez años sin captar el verdadero trasfondo de lo que leía—, aquella noche, más que ninguna otra, el Verbo se hizo carne. Aunque a lo mejor ese no era el significado exacto de la expresión al que se referían las monjas en el colegio… Qué lejos quedaban aquellas turbaciones del alma cobijadas bajo la inocencia del cuerpo.

Algo similar ocurrió un par de días después. Al principio le pareció irreverente proponerlo siquiera, le asustaba sembrar malentendidos, no estaba dispuesta a permitir que amenazaran lo que la vida le había puesto en su camino. Pero fue él quien se erigió en maestro de ceremonias, quien concibió la situación, quien seguramente la ideó, aunque el porqué se le escapaba. Tampoco le turbaba. Se limitaba a dejarse llevar, como casi siempre que de nuevas aventuras se hablaba en aquella relación. Aunque el desencadenante salió de su boca:

—Najib, nunca te veo rezar. —La afirmación fue directa, sin preguntas—. No sé nada de tu religión, pero creía que el musulmán está obligado a cumplir con la oración cinco veces al día: al alba, al mediodía, a comienzos de la tarde, al crepúsculo y por la noche.

—¡Vaya! ¿Y con tanto ajetreo, cuándo tenemos tiempo para nuestro harén? —preguntó curioso sin poder esconder cierta sorpresa.

—No te burles de mí. Es solo una pregunta. Si no quieres, no me la contestes. —Sara pensó que quizá había conseguido incomodarle, se sintió culpable y de no ser por él, la vergüenza la hubiera hundido sin misericordia en el sofá, donde parecía dispuesta a echar raíces.

—Hablemos en serio —dijo sentándose junto a ella—. ¿Qué más has leído? Me interesa.

A Sara le costó romper a hablar. Dudó si responder sería lo más adecuado, si estaba entrando en terrenos pantanosos y rebasando la línea del buen gusto. Tuvo miedo de resultar una necia.

—No mucho. Que recitáis…, que recitan la *Fátiha*, que creo que es el primer capítulo del Corán, y también otras partes del libro sagrado, con diversas plegarias y gestos. Pero ya te digo que quizá no es asunto mío…

—¿Te apetece rezar conmigo? —preguntó serio aunque complaciente.

—No, no, no… No he debido preguntar. Estoy tonta, perdona. —Los nervios comenzaban a apoderarse de su cuerpo y de su lengua—. Mejor cambiamos de tema. Olvídalo. —Otra vez su curiosidad jugándole malas pasadas—. Por si no lo has notado, que estoy segura de que sí, ya me vale con la vergüenza que estoy pasando solita.

En ese momento, y aún con el sabor de la taquicardia en la garganta, notó cómo Najib la tomaba del brazo y la alzaba delante de él, con la espalda de ella apoyada en su pecho. Sara se dejó llevar, entregada a su destino, que no era otro que el de convertirse en una marioneta de trapo maniatada por finos hilos de los que, sin embargo, no podría zafarse.

—Ven, yo te enseñaré. Es un deber universal que tenemos todos, en especial los musulmanes: enseñar al que no sabe.

Najib fue acompañando de delicados movimientos sobre el cuerpo entregado de su pareja cada una de sus indicaciones, que comenzó a declamar en un tono tranquilo, con una inflexión sosegada, una pronunciación clara, abandonándolo en un deje tierno, y en cierto modo satisfecho de ser él el profesor que impartiera aquella clase.

—En la naturaleza hay tres reinos: el mineral, el vegetal y el animal. Esos reinos simbolizan las posturas de la oración musulmana. La montaña permanece siempre de pie, firme, al servicio de su

Creador. Por eso debemos comenzar el rezo de pie, inmóviles, como un mineral. Luego viene el reino animal.

Con suavidad, le indicó que cediera su posición erguida mediante una ligera inclinación hacia delante, que su cuerpo acató sin más.

—Todos los animales persisten inclinados, y esa será la segunda postura del orador: doblado, inclinado para glorificar a Dios, como lo hacen los animales. Y por último, llegamos al reino vegetal.

Najib se hizo con el cuerpo de Sara, por entonces completamente abandonado al mandato de su voz y de sus manos, lo curvó, le ayudó a arrodillarse y a poner poco a poco su frente sobre el suelo.

—A través de las raíces, incrustadas y amarradas en la tierra, las plantas se alimentan y sobreviven. Esa es la tercera postura del rezo musulmán: postergándose ante Dios, nos humillamos ante él. Así, como si estuvieras haciendo una genuflexión, pon la frente sobre el suelo, en la tierra, y mantén la postura de la prosternación ante el Creador. De esta manera, purificarás tu corazón y huirás de las tentaciones humanas. Estarás en paz contigo y con el Creador. «Ha sometido al sol y a la luna a una perpetua revolución», Corán 14:33.

A Sara le encantaba escucharle pronunciar frases extraídas del libro sagrado. Esperó unos segundos hasta que los brazos de Najib la levantaron del suelo. La miró con ternura, casi rozando la devoción, antes de dar una última indicación a su alumna:

—Una cosa más. Para comenzar el rezo, el orador debe decir: solo Dios es grande. «Y el trueno canta la pureza de Dios por su alabanza y también los ángeles», Corán 13:13. —Calló unos segundos, sabiendo que nada iba a romper aquel silencio casi sagrado—. ¿Te ha gustado? Te lo he explicado lo mejor que he podido, como hizo mi padre conmigo. Todo concuerda. Todo encaja. Está escrito: «¿No has visto que en verdad cantan la pureza de Dios todos aquellos que están en los cielos y en la tierra, y también los pájaros con sus bandadas? Cada uno, en verdad, ha aprendido su oficio de oración y su canto», Corán 24:33.

No podía negar que estaba desbordada por la lección y por la facilidad de aquel hombre para recordar fragmentos del libro sagrado. No se atrevió a pestañear siquiera; envuelta en aquel miedo respetuoso, se limitó a darle las gracias.

—Sssh. —El sonido escapó de sus labios mientras posaba su dedo índice sobre la boca, aún temblorosa, de Sara—. Todavía no hemos terminado, hay algo que debe abrir cada rezo, algo que no hemos hecho... —La besó ligeramente en los labios, consciente de dejarla hambrienta—. Pero hay solución, siempre la hay. Siguiendo las directrices de la oración ritual, *azalá*, tendríamos que haber comenzado con el requisito de la limpieza: elegir un lugar limpio, puro, donde lavarse el cuerpo antes de entregarse a la oración: «Y que del cielo he hecho descender el agua sobre vosotros para que os purifiquéis con ella», Corán 8:11. Lavarse con agua significa arrepentirse de tus pecados. La purificación. Y para eso se debe lavar toda parte del cuerpo capaz de cometer pecado. Y no hay que olvidar que somos pecadores.

Sara observó cómo una de las manos de Najib interrumpía el diminuto cauce del agua de la pequeña fuente, hecha a base de piedrecitas negras y grises, que descansaba sobre la cómoda de seis cajones de su habitación.

—Primero las partes del cuerpo que están a la vista de todos: con la boca se come y se habla. —Posó sus dedos largos y esbeltos, mojados tímidamente de agua, sobre los labios de ella—. Con las manos se pega, se roba, se escribe, se mata. —Volvió a repetir la operación, esta vez humedeciendo sus manos y siguiendo con el resto de su anatomía según iba enumerándola—. Con los brazos se lucha, se agarra, se para. Con los pies se camina por el sendero del pecado, se corre por él. Con la nariz se olfatea, se huele, se curiosea. Con el rostro se abusa del poder. Con los ojos se mira, se espía, se desea. Con la cabeza se piensa, se medita, se especula. Con las orejas se escucha el pecado…

Su voz y sus manos se detuvieron a un mismo tiempo, eficaz diapasón del ritmo cardiaco de su aprendiz.

—Ahora bien, es en las partes no expuestas donde anida el pecado carnal.

Najib la tomó de la muñeca y la condujo hasta el aseo. No dejaron de mirarse ni un solo instante, ni siquiera cuando ambos se colocaron bajo la ducha y él giró uno de los grifos, cubriéndolos de inmediato un velo transparente. El agua se lo llevó todo menos la sensación de plenitud y admiración en la que había quedado la alumna. Aquella noche no hubo lugar para más teoría.

Llevaba días con la desazón que engendran las tinieblas de la duda y aquello comenzaba a herirla por dentro. Necesitaba preguntárselo, saciar su incertidumbre, inocente, pero presta en la carrera de convertirse en letal. Cada vez que intentaba abrir la boca y devolver el embrión que paría su insaciable curiosidad, una fuerza extraña y completamente inoportuna demolía la voluntad acumulada y tiraba de ella, como si quisiera detener el derrumbe que seguiría en el hipotético caso de que sus verdaderas intenciones se manifestaran sin trabas. Después de la experiencia seudoacadémica sobre el rezo musulmán, se debatía al respecto de indagar o no sobre algo tan aparentemente frívolo como el círculo familiar y las amistades de la persona a la que no se cansaba de descifrar y cuyo mundo no cesaba de deshojar.

—Pero ¿dónde están? ¿Nunca quedas con ellos? ¿Cómo es que no me los has presentado?

Siempre le ocurría igual. Primero lanzaba sin más el arsenal de preguntas y luego deseaba que se la tragase la tierra. Su obsesiva fiscalización de la realidad era una debilidad, un defecto o una cualidad, según quien lo observara, que la superaba en todos los sentidos. Simplemente, escapaba a su control.

—¿Te avergüenzas de mí y por eso no quieres que les conozca? No creas, podría entenderlo —insinuaba con un alto grado de falsedad en su intención.

—¿Quién te ha hecho tan curiosa? —exclamaba sonriente Najib, que en cada giro de preguntas de su novia, expresión que le encantaba utilizar para regocijo de Sara, veía una puerta abierta a otra de sus grandes interpretaciones, en las que disfrutaba tanto o más que ella—. Ese fisgoneo puede resultar peligroso o protector; puede ponerte en la cuerda floja o tejer la red bajo tus pies que amortigüe tu caída. Me gusta. Te hace más irresistible.

Sara sonreía, aunque sabía que no debía abusar. La confianza no era tan buena consejera como pregonaban algunos crédulos.

—Tienes razón —continuó pensativo—. No los veo mucho, pero es que ahora has aparecido tú. Lo cierto es que, por una serie de motivos, a ellos les ha costado más integrarse. No, no, no… Respira.

Najib alzó la mano y frenó con un gesto firme una nueva pregunta cuando aún no le había dado oportunidad de contestar a la anterior.

—¿Recuerdas hace unos días?, ¿cuando me preguntaste si yo rezaba? —Sonrió al interpretar el rubor en el semblante de ella—. Antes solíamos coincidir en la mezquita: todos los viernes acudíamos allí y, bueno, yo sigo yendo, sobre todo en invierno, para dar clase de cultura islámica y de árabe a los más pequeños, aunque eso es distinto. Lo que pasa es que ahora no acudo tanto como ellos. Para disgusto de mi padre, no resulté el hijo perfecto, el que hubiera seguido sus pasos, su incondicional entrega, su acérrima condición de musulmán... No todos somos iguales, no todos seguimos el mismo camino. Cada uno interpreta su misión en la tierra de una manera y la mía nunca fue la oración. Y eso el Creador lo sabe. Y como sabio que fue, lo dejó escrito para que todos pudiéramos leerlo y seguir sin más nuestro camino, por muchas piedras que algunos intenten colocarnos con el único propósito de desviarnos de él. ¿Sabes la parábola que contaban los místicos musulmanes? Presta atención porque sé que estos relatos te gustan.

Carraspeó un par de veces, sabedor de que ya se había ganado el interés de su única audiencia, y al poco su voz la zambullía en la historia de una pequeña aldea en la que un día, de pronto, apareció un enorme y manso elefante. La gente se congregó a su alrededor, también un grupo de ciegos que vivía en aquella aldea y que, al igual que el resto, estaba deseando saber más sobre aquella bestia. Al final, decidieron permitir que los cuatro ciegos se acercaran allí donde oían el ruido, y extrajeran sus propias conclusiones sin más herramienta que el tacto: acordaron que cada uno de los invidentes lo tocase para hacerse una idea del animal, y así lo hicieron. Uno le tocó una pata y exclamó: «El elefante es como una columna recta, alta, firme, poderosa». Un segundo le acarició la trompa: «Te confundes, el elefante es como un pilar curvado». Un tercero tentó uno de los colmillos. «Os equivocáis ambos, es como una piedra pulida.» Y el cuarto palpaba ya la oreja del paquidermo y afirmaba convencido: «Nada de eso, esta bestia es como un ala extendida». Y ninguno mentía, aunque tampoco nadie pudo dar fe de cómo era, en verdad, un elefante.

—Ahora sustituye a Dios por el elefante y a los ciegos por los hombres —le dijo Najib, y aguardó un segundo antes de continuar hablando—: Cada uno llega a él de una manera, lo percibe de forma distinta, pero le siente, que es lo importante. Cada uno lo alcanza a través de parámetros diferentes, evoca unas conclusiones y todas son correctas. Y ahí entramos todos, con nuestras diferencias, nuestros caminos y nuestros atajos personalizados. «A cada uno de vosotros le hemos señalado una vía y un camino; si Dios hubiera querido, en verdad, habría hecho de vosotros una sola comunidad. Pero no. Para probaros en lo que os da, rivalizad en las buenas obras; hacia Dios es el regreso para todos, luego Él os informará de aquello en lo que divergíais», Corán 5:48.

Sara le observaba en silencio, una vez más sorprendida por sus palabras y los mundos que abría ante ella.

—No somos tan distintos. ¿Cómo decís vosotros? ¡Ah, sí!: todos los caminos conducen a Roma.

—¿Cómo lo haces? —preguntó al fin, obnubilada por la facilidad con la que él encontraba la frase sagrada exacta para cada momento—. ¿Cómo consigues recordarlo todo?

—Amando cada día más. —Najib reformuló su frase, aun podría mejorarla—: *Amándote* cada día más.

Sara esquivó el cumplido dibujando una tímida sonrisa en sus labios y quiso saber más. Como de costumbre, se lanzó sin red.

—Pero ¿por qué ya no os veis tan a menudo? Tú y tus amigos. ¿Por qué nunca te he visto con tus familiares? ¿Os ha pasado algo?

—Las cosas cambiaron a raíz de la muerte de mi padre... Aunque en realidad lo hicieron mucho antes. —Najib mantuvo su mirada prendida en un punto indefinido de un horizonte cercano pero algo difuso, y finalmente preguntó—: ¿Tú recuerdas dónde estabas el 11 de septiembre de 2001?

Observó cómo el rostro de Sara se llenaba de sombras, como si estuviera bajo el influjo de un eclipse de sol.

—¿Y el 11 de marzo de 2004?, ¿lo recuerdas? Yo nunca podré olvidarlo. Me pasé el día rezando para que no fueran árabes. Pero lo fueron. Recuerdo que tardé dos días en salir a la calle. Lo hice el sábado por la mañana y ese mismo día se supo que habían detenido a tres marroquíes como posibles autores del atentado en los trenes. Por entonces trabajaba de repartidor en un supermercado, nada fijo, hacía cualquier tipo de trabajo que me saliera aquí o allí. Cuando me faltaban dos calles para llegar al trabajo, una mujer que venía caminando por la acera de enfrente me llamó «moro de mierda». Lo repitió dos veces, sin más. Ni siquiera se detuvo para insultarme, simplemente lo soltó y siguió su camino. En mi vida he sentido más vergüenza. Desde entonces tuve la impresión de que me miraban de otra manera; era una sensación extraña.

Najib pasó a explicarle a Sara cómo la tristeza que aquel primer día unió a todo el mundo se convirtió de pronto en desconfianza, en odio, en un extraño deseo de venganza que convertía en sospechoso a cualquiera que llevara en el rostro rasgos árabes; cómo el vestir una chilaba o una abaya, o el simple hecho de entrar en una mezquita borraba de un plumazo la presunción de inocencia.

—La gente ya no me miraba a los ojos, como si temiera encontrar en ellos una amenaza. No me saludaban como antes, como mucho una mueca de compromiso, rápida, y nada más. Notaba que algunas personas me esquivaban, que no les gustaba tenerme cerca: en el metro nadie se sentaba a mi lado, preferían ir de pie o cambiar de vagón; incluso algunos de mis vecinos evitaban subir conmigo en el ascensor. Opté por utilizar las escaleras. Resultaba más cómodo para todos.

Le habló de las tiendas o los bares en los que llegó a sentirse como un apestado, al ver que muchos salían de ellos cuando él entraba. Le habló de pintadas en las calles, allí donde nunca antes había habido un problema: «Moros no», «Asesinos», «Árabes fuera de España». Las paredes de las casas, las persianas de los comercios, las puertas de los portales, las farolas, los buzones, los quioscos se convirtieron en el soporte perfecto para insultos y amenazas que parecían escritos por el mismo demonio.

Conforme recordaba, los ojos de Najib se iban encendiendo y su verbo parecía haber tomado carrerilla y no estar dispuesto a frenar. Sin embargo, su narración era calmada, como si la perspectiva de los hechos narrados confiriera a su recuerdo la dosis justa de frialdad.

—Una de las cosas más humillantes me pasó en la academia de idiomas a la que asistía junto a otros extranjeros para recibir clases de español. —Al ver que Sara arqueaba las cejas aclaró—: No, no la tuya, esto fue mucho antes, en 2004, en otra distinta a la que solo asistíamos tres árabes. Ni siquiera recuerdo la nacionalidad del resto. El caso es que un día, el profesor comenzó a repartir el temario por las mesas y al llegar a nuestras altura nos saltó, como si no estuviéramos allí, como si no nos hubiese visto. Nos ignoró. Supongo que era su modo de hacernos saber que no éramos bien recibidos, así que recogimos nuestros cuadernos y nuestros libros y nos marchamos de la academia.

—¿Nadie salió con vosotros? —No podía creérselo.

—¿A disculparse?, ¿a mostrarnos su solidaridad? —Él negó con la cabeza—. También perdí el trabajo. No me lo dijeron claramente, pero el encargado del supermercado me hizo saber después de muchos rodeos que los clientes quizá no aceptaran de buen grado abrir la puerta de su casa y encontrar a un árabe con su compra en las manos. Me costó asumirlo, aunque lo entendí.

Sara se acercó algo más a él, ambos sentados al borde de la cama, le cogió la mano y se la apretó con fuerza. Necesitaba hacerle saber que estaba allí, con él, que al menos en aquel momento no estaba solo.

—Lo peor sucedió unas semanas más tarde. Una noche iba caminando con una amiga por la calle del Carmen, cerca de la Puerta del Sol, cuando un grupo de chavales que acababan de salir de una de las bocas del metro empezó a insultarnos y al final vino a por nosotros. Ella llevaba el hiyab y eso no pareció gustarles, así que se lo arrancaron de la cabeza entre gritos y empujones. Intenté mediar, claro, y recibí una paliza que me dejó semiinconsciente en el suelo. Yo no me movía, no intenté defenderme, pero incluso así continuaron dándome patadas. Eso no he podido olvidarlo. Esa sensación tan irreal… ¿Por qué seguían golpeándome si estaba indefenso? ¿Por qué…? Recuerdo más o menos las luces de la ambulancia y a una doctora que me atendió muy atentamente, la verdad. Después de eso me costó varios días volver a salir a la calle. Me daba miedo que la gente pudiera pensar que todos los musulmanes éramos iguales, que todos éramos unos asesinos, y me asusté muchísimo, como en la vida lo había hecho. Nunca me había pasado nada parecido. Jamás había tenido un problema de integración desde que llegué a España. Y todo me cayó de golpe… Me avergüenza decírtelo, pero la verdad es que lloré muchísimo… —Sonrió—. Yo es que lloro mucho, ¿sabes?

Miró a Sara y vio que estaba llorando, en silencio. Le enjugó las lágrimas con los dedos y buscó reemplazarlas por una sonrisa.

—¿Ves lo que acarrea hacer tantas preguntas? Te lo advertí. —Tampoco ahora logró que sonriera—. Aquello fue inevitable: cuando pasa algo en el mundo con los musulmanes, me lo achacan a mí o al primero que pase por la calle. Pero no les culpo. No podría. Sería injusto. Seguramente yo hubiera reaccionado igual que ellos.

—Lo siento muchísimo, Najib. No tenía ni idea —acertó a pronunciar—. Hubiese dado lo que fuera por estar contigo y ahorrarte todo aquel mal trago, toda esa horrible experiencia. ¡Qué mal lo debiste de pasar! No es justo…

—Todos lo sentimos mucho. En cierta manera, aquel 11 de marzo nos mataron un poco a todos, y cada uno se cura las heridas como buenamente puede. Pero, por favor, no quiero que te pongas triste… —Intentó cambiar el rumbo sombrío de la conversación—. Eso fue hace ya más de cinco años. Luego las cosas se han ido relajando un poco, bastante: me han vuelto a mirar a la cara, a saludar, me han dado un trabajo maravilloso y para ser sinceros, he ganado muchísimo con la nueva profesora de español que encontré en otra escuela de idiomas —le dijo buscando un guiño de complicidad.

Sara le cogió la cabeza entre sus manos y le besó. Siempre le había deslumbrado su forma de ser, descaradamente abierto, amable, educado, sano, con aquella simpatía que derrochaba y siempre tan dulce y tierno, especialmente con ella. Pero ahora que conocía el pesado bagaje que el pasado había cargado a sus espaldas, aún le admiraba más, valoraba más su personalidad, su agradable manera de ser, su forma de mostrarse a los demás. El rencor no le había hecho mella y lejos de abrigar un sentimiento de venganza, alimentado por odios enquistados y rencores alojados en su subconsciente, derrochaba comprensión ante la injusticia que se había cruzado en su camino. Todas esas cualidades no hacían más que engrandecer el cariño que sentía por él, el amor que había empezado a gestarse en su interior y que amenazaba con quedarse durante un tiempo bastante largo.

Podría enamorarse de aquel hombre a quien le aterraba el odio irracional y le avergonzaba confesar que lloraba mucho. Podría, sí. Aunque seguramente ya lo estaba.

6

La pérdida del Paraíso debió de ser algo parecido. Fue el primer y único pensamiento que le cruzó la mente cuando la claridad del sol entró en la habitación a través de las rendijas de la persiana, diminutas pero de proyección abismal, y la obligó a abrir los ojos. Veinticuatro horas y el vergel terrenal al lado de Najib se desvanecería. No estaba dispuesta a consentir que desapareciera sin más, pero era consciente de que la intensidad se rebajaría y lo entendió como una cruel e inoportuna injusticia. ¿Por qué? ¿Dónde residía el pecado que exigiera semejante penitencia, donde un día sin él representaría una vida en el infierno? Era adulta desde mucho antes de su mayoría de edad, independiente por méritos propios, trabajaba, pagaba sus impuestos, cuidaba y protegía a su hijo como buena madre que se consideraba, amaba a su padre —y a su madre, aun en el recuerdo—. No hacía mal a nadie, no incumplía los sagrados mandamientos y, sin embargo, un tremendo castigo amenazaba con apartar de su lado a la persona con la que quería pasar, no sabía si el resto de sus días, pero al menos una buena parte de ellos.

Faltaban solo veinticuatro horas para que regresaran Mario e Iván; uno de su retiro espiritual en Pechón, otro de su campamento de verano en los Picos de Europa. Tanto Najib como ella sabían que el mes de agosto sería un dique en su relación: el futuro inmediato de Sara consistía en pasar quince días junto a su familia y en esos planes no había aforo para su presente. Quince días. Dos semanas. Bien podía asemejarse a una eternidad después del intenso maratón de encuentros, uniones y perfecta convivencia.

En un principio pensaron en salir su última noche juntos antes de la gran separación, cenar en algún lugar idílico, tomarse una copa en una terraza tranquila y quizá que el amanecer los encontrara en alguna discoteca de moda de la capital, que comenzaba a prepararse para la espantada de agosto. Pero la necesidad de estar uno pegado al otro y no admitir la distancia que supondría una mesa y un mantel entre sus cuerpos les hizo replantearse la velada. Se quedarían en casa de Najib, su santuario particular durante los últimos días. Allí planificaron una cena —fría por la comida que colmaba sus platos, no por sus miradas ni por sus secretos a la luz de las dos velas que él había comprado y encendido para la ocasión—, y hablaron, rieron, protagonizaron silencios cargados de sueños y fantasías, se abrazaron y se amaron sin descanso, sin mesura que entorpeciera su entrega, como si el calendario les negara pasar más hojas. Solo se concedieron un respiro cuando la sed amenazó con agrietarles la garganta y Najib abandonó su privilegiado lugar entre las sábanas para regresar a los pocos segundos con una botella de agua recién salida de la nevera. Apoyado en el marco de la puerta, bebió de la botella observando a Sara, que le esperaba para aplacar su sed.

—¿Quieres bailar? —le preguntó él mientras dejaba la botella sobre la cómoda y buscaba algo en las repisas del estante superior—. Aquí está. Esta canción me encanta. ¿Te suena Steve Earle?

Colocó el CD en el reproductor y se dirigió a la cama, no sin antes recuperar la botella de agua que ofreció a Sara. Cuando la música inundó cálidamente la habitación acompañada por una voz rasgada, le tendió la mano y ella aceptó, sorprendida aún por la inesperada propuesta. Estaban desnudos, tan solo cubiertos por un tenue haz de luz que proyectaba contra sus cuerpos la esplendorosa luna llena que gobernaba la noche. Najib la estrechaba contra su desnudez, como si no se cansara jamás de recorrer su piel, de olerla, de mirarla, de sentirla, de acariciarla. Sus manos no podían permanecer quietas en la cintura de Sara, necesitaban explorar más allá, en busca de territorios ya conquistados y otros ávidos por reconquistar, como le confesó el primer día que sus cuerpos se convirtieron en uno.

—Es la primera vez que bailamos. Deberíamos hacerlo más.

—Te voy a echar de menos —respondió Najib como si no hubiera escuchado el comentario—. Espero que no bailes con nadie más. Creo que no podría soportarlo.

—Te aseguro que no lo haré. Al menos de esta manera. —Levantó su cabeza instalada plácidamente sobre el pecho de él y buscó sus ojos negros, que en aquella penumbra resplandecían con un brillo mayor—. Solo serán quince días y créeme si te digo que se me hará más largo que a ti.

—Júrame que vas a volver, que no te olvidarás de mí, que regresarás a mis brazos tal y como estás ahora. —Su tono se tornó serio, como si presagiara un posible abandono, como si pensara que ella no iba a volver. Sara pudo notar que el cuerpo de Najib se tensaba y que incluso cesaba el ligero balanceo al son de los compases de aquella melodía—. Júramelo.

—No puedo creer que lo dudes. No lo hagas.

—Necesito que me lo jures.

—Te juro que volveré y vendré a ti nada más hacerlo.

—Si vuelves, ya sé que no te irás. De eso me encargaré yo. Tú solo regresa a mí y yo haré el resto.

El liviano contoneo de sus cuerpos volvió a envolverlos.

—No había escuchado nunca esta canción —reconoció Sara—. Me gusta.

—«John Walker's Blues.» Es una de mis preferidas. Su letra alberga una historia apasionante. Algún día te la contaré.

La inevitable curiosidad de Sara ni siquiera se interesó por conocerla, tampoco prestaba atención a las palabras, apenas oía de fondo la música. Prefería continuar acunada contra el pecho de Najib, sin preocuparse por más historia que la que se encontraba escribiendo en aquel momento, con ellos como únicos protagonistas. ¿A quién podían importarle los entresijos de aquella tonada con ecos country? ¿Acaso sería más importante que lo que tenía entre manos? ¿Por qué iba a interesarle? ¿Qué era aquello que podría desviar su atención de la piel suave y aterciopelada de su pareja de baile? Lo descubriría tarde, cuando ya no hubiera remedio.

Fue allí donde le sorprendió el alba, profeta del despertar de aquel sueño abrazado durante años y vivido intensamente en las últimas jornadas. Sara miró el pequeño reloj despertador que parecía observarle con la misma insistencia con que ella pretendía esquivar su visión. Eran las siete y cuarto de la mañana. Tenía que irse. Salir de aquella cama. Abandonar el calor almacenado bajo sus sábanas donde quedaba el testimonio de un amor vivido y sentido, nunca antes experimentado. Alejarse del cuerpo de Najib, de sus caricias, de sus palabras, de su pasión, de sus enseñanzas, de su fervor.

Faltaban solo cinco horas para la llegada del autobús que traía a Iván de vuelta a casa y solo la visión de ese momento logró que desapareciera la tristeza de su semblante y se borrase el gesto mustio que se había apoderado de su expresión nada más despertar. Tenía muchas ganas de verle, de abrazarle, de comérselo a besos mientras él —ya lo sabía ella— apartaría la cara muerto de vergüenza al tiempo que le diría: «Aquí no, mamá, que me ven mis amigos». Estaba impaciente por escuchar sus historias, por ver cómo las prisas por ponerla al día provocaban un aluvión de palabras que se amontonaría en su boca y tropezaría con su lengua, poniéndole aún más nervioso. ¿Cuánto hacía que no le veía? Veinte días. Casi tres semanas. El mismo tiempo que había pasado con Najib. Ahora la normalidad, la rutina, la vuelta a la realidad urgía en la puerta, la golpeaba sin piedad reclamando su espacio y protagonismo.

Camino de su propia casa, a quien encontró Sara aporreando la puerta, dejándose los nudillos y fisgando como un vulgar ladrón entre los cristales de la puerta del portal, fue a su padre. Mario había adelantado su regreso. No fue por voluntad propia: un cambio de última hora acordado por la compañía aérea había decidido adelantar dos horas y treinta minutos su vuelo para evitar problemas con una supuesta huelga encubierta del personal. Se le informó del cambio a través de un breve mensaje enviado a su teléfono móvil y ahora aquel inesperado adelanto y el fortuito olvido de sus llaves le mantenían inquieto frente al portal de su casa, con su maleta de piel marrón, unas bolsas que parecían llenas de regalos para la familia y una obcecación enfermiza por lanzar miradas rápidas a la esfera de su reloj de muñeca, sin que sus alterados ojos pudiesen siquiera concretar la hora. Parecía desesperado, perdido, y su cara mostraba la misma expresión de abatimiento que un niño al que la mano de su madre soltó en mitad de un mercado: recorría un trayecto imaginario trazado por su impaciencia, de un lado a otro de la calle, intentando encontrarle sentido a la situación en la que se encontraba mientras marcaba desesperado un número de teléfono del que no recibía ninguna respuesta. Sara se tanteó el bolsillo del pantalón. Vacío: había olvidado el móvil sobre la mesilla del dormitorio de Najib, junto al despertador. La sangre de todo el cuerpo empezó a incendiarla por dentro, hasta alcanzar una temperatura que a punto estuvo de hacerla entrar en ebullición.

—Papá, pero ¿qué haces aquí? —La pregunta adquirió un tono más cercano al reproche que a la sorpresa por lo imprevisto del encuentro.

—Es mi casa, no sé si te acuerdas. ¿Dónde quieres que esté? —replicó él aliviado al ver llegar a su hija, con quien no tardó en fundirse en un largo y sentido abrazo. Le gustaba aquella sensación de tener a su pequeña nuevamente entre sus brazos: aquel arrumaco sincero tenía la facultad de devolverle, aunque fuera por unos segundos, su papel de protector, un rol que no estaba dispuesto a abandonar por mucho que comprendiera que la vida tendría otros planes para ella—. Valiente recibimiento. ¡Que qué hago aquí, me dice! Si llego a sospechar tanto entusiasmo, me quedo en Pechón.

—No seas tonto. Me refiero a que llegas casi tres horas antes de lo previsto. Tenías que haberme avisado. Podría haber ido a buscarte al aeropuerto y luego los dos juntos habríamos ido a recoger a Iván. ¿Por qué no llamaste?

—Lo he hecho. Y lo hice ayer. Pero me saltaba constantemente tu buzón de voz. Debes de tener quince o veinte llamadas perdidas mías. Por cierto, ¿dónde estabas? —Echó un vistazo de nuevo a su reloj: las nueve menos cuarto.

Ese tipo de preguntas no ayudaba a rebajar la temperatura sanguínea que seguía recorriendo las venas de su todavía destemplado cuerpo como si fuera la lava de un volcán en permanente erupción.

—Salí un momento a... —No estaba acostumbrada a mentir y mucho menos a su padre. Odiaba verse en esa situación. Sabía que no era buena disfrazando la realidad y eso la incomodaba aún más—, a comprar algo de pan para el desayuno. Pero no sé qué habrá pasado que la panadería estaba cerrada.

—Juraría que estaba abierta cuando pasé hace veinte minutos en el taxi que me trajo del aeropuerto... —comentó Mario mientras cogía su maleta del suelo, sin que su observación contemplara ningún atisbo de maldad, y mucho menos de sospecha.

—Bueno, papá, me refiero a que no tenían lo que yo quería. Así que como si lo estuviera. En esa panadería cada día tienen menos cosas. No sé ni para qué voy.

Por fin en casa. Sara ayudó a su padre a entrar el resto del equipaje y sin dignarse a echar un vistazo a lo que se escondía en esas bolsas de regalo, como hubiese hecho si una desconocida zozobra histérica no le estuviera martirizando el estómago, corrió al cuarto de baño con la excusa de una urgencia. Abrió el grifo del lavabo para refrescarse la cara. Repitió el gesto sobre las muñecas y el cuello y, sin dejar de correr el agua, observó su rostro en el espejo. Descubrió un sutil rubor en sus mejillas y temió haberse delatado. La abominada normalidad. La bienvenida a la rutina. De nuevo las preguntas las hacían otros y no ella. Se alegraba de ver a su padre, pero el reencuentro había sido demasiado precipitado. La máquina de la desconfianza empezó a engrasar motores en su interior y temió que su padre intuyera algo, como si su perspicacia de académico jubilado —la misma que detectaba a los alumnos copiando en sus exámenes— le hubiera informado de los movimientos de su hija durante su ausencia. Intentó recuperarse del sobresalto. Respiró hondo tres veces, exagerando la inhalación tal y como él mismo le había enseñado cuando era una niña, y salió de su escondite.

—Y dime, ¿cómo ha ido todo? ¿Cómo siguen las cosas por el pueblo? —le preguntó—. ¿Estaban todos, alguna baja? Y tu amigo Gerardo, ¿se ha echado novia por fin? ¿Vendió el terreno aquel que le quería quitar el Ayuntamiento? ¿Qué pasó al final con el vecino que electrificó el vallado para que no le entraran las vacas en su propiedad?

Su desaforada palabrería contrastaba con el mutismo de su padre, que no pudo disimular el gesto de extrañeza ante la incontinencia verbal de su hija. A punto estuvo aquel mohín paterno de pararle el corazón por tercera vez en la misma mañana. «Sabe algo, seguro que sabe algo. Alguien me habrá visto con Najib y le habrá ido con el cuento. Como si lo viera. Lo sabe. Seguro que lo sabe. Si no, no me estaría mirando de ese modo.» Las revoluciones de sus pensamientos chirriaban en el interior de su cerebro, que imaginaba echando humo.

—Pero ¿qué te pasa, hija? Estás acelerada y cuando te atollas, es porque algo sucede. ¿Va todo bien?

El diagnóstico de Mario, lejos de inquietarla, logró calmar su desasosiego al ver alejarse de su horizonte la sombra del peligro de una sospecha paterna.

—Todo va perfecto, papá. —Pudo notar cómo sus músculos faciales se relajaban y aprovechó para plantarse y darle un sentido beso a su padre—. De hecho, no podía ir mejor. Ya tendremos tiempo de hablar. Tengo muchas cosas que contarte.

El regreso de Iván transcurrió mucho más tranquilo, todo según lo previsto. A las doce en punto llegaron al patio del colegio los autobuses repletos de niños, que bajaban hartos del maratoniano trayecto desde los Picos de Europa y deseosos de avistar a los suyos en medio de una multitud. Por su parte, los padres esperaban ansiosos a que se abrieran las puertas de los autobuses, dispuestos a lanzarse sobre ellos después de tanto tiempo de ausencia. Los niños llevaban en las manos regalos que ellos mismos habían hecho en algún taller del campamento —desde cartulinas dibujadas con diferentes trazos y colores hasta objetos multiformes a base de piedras, ramas, hojas y barro—. Sara buscaba inquieta la negra cabellera de Iván. La memoria le devolvió la ropa con la que se fue hacía tres semanas —pantalón beis, camiseta verde, gorra azul marino y una pequeña maleta roja y amarilla—, y buscó su réplica entre la jauría de infantes desatada en medio de la explanada del centro escolar. Sus ojos no conseguían divisarle.

—¿Le ves, papá? —La negativa del abuelo no hacía más que incrementar la ansiedad materna—. ¿Puedes verle? —Ninguno era Iván. Todos gritaban demasiado. Pasaron unos minutos hasta que la voz del pequeño llegó a los oídos de su madre.

—¡Mamá! ¡Mamá! ¡Estoy aquí! —Iván agitaba sus brazos intentando captar su atención—. ¡Ven a ayudarme, que yo solo no puedo con todo esto!

Mario y Sara corrieron hacia el autobús junto al que se encontraba el chaval. Además de la maleta, traía un verdadero arsenal distribuido en varias bolsas y mochilas.

—Ha sido imposible convencerle para que lo dejara todo allí arriba —les dijo una de las monitoras que se había acercado a ellos por la espalda. Le revolvió el pelo al pequeño, en un gesto cariñoso—. Es un niño estupendo, no sabe lo bien que se ha portado, ¡aunque no ha parado un momento!, ¿verdad, Iván? —Avistó de pronto a otros padres con los que parecía urgirle hablar—. Que pasen un feliz verano. ¡Hasta el año que viene!

Después de aquello, el día se llenó de anécdotas, historias, cuentos, recuerdos, regalos, cotilleos que salían en tropel de la boca de los recién llegados y colmaban los oídos de Sara, atrapando todo el interés de la jornada. No hubo un minuto de descanso, ni siquiera durante la otrora intocable siesta que, por una vez y sin que sirviera de precedente, desapareció de la agenda de Mario. La retahíla de leyendas, chismes, sucedidos y evocaciones dramatizadas de las vacaciones no daba tregua ni respiro al silencio. Habían entrado en una espiral que no cesó hasta que el sueño venció a los narradores de tan insignes aventuras. Primero acostó a Iván, roto por el cansancio y el cúmulo de adrenalina prodigada durante el día. Probablemente ni sintiera el beso de buenas noches de su madre, el primero después de una sequía de ellos que el pequeño extrañó especialmente durante la primera semana de campamento. También Mario llegó con ganas de cariño y atenciones, pero sobre todo de parlamento, de conversación, de confidencias con su hija, con quien el diálogo y la oratoria tomaban forma de ring dialéctico. Ambos estaban tan cansados que hubo que aplazar el asalto al día siguiente.

Cuando cayó rendida en la cama, con el cuerpo convertido en un contenedor de tensiones, nudos y cansancio, Sara se sintió culpable. En todo el día no había tenido un minuto para dedicarle a Najib. Ni siquiera treinta segundos para pensar en él. Le sorprendió aquel vacío emocional: ¿cómo era posible? Tan solo unas horas antes su cuerpo se sentía incapaz de pasar un segundo privado de la adictiva compañía de aquel hombre y, de repente, el olvido más absoluto. Demasiadas sensaciones, demasiado ruido a su alrededor. Demasiada de la, hasta hace unas horas, temida normalidad. Mañana intentaría hablar con él. Recordó que su teléfono móvil seguía olvidado, abandonado en el cuarto de su amante, en algún rincón del dormitorio donde moraba veinticuatro horas antes. Se preguntó si habría recibido alguna llamada de su amor, si él se habría dado cuenta de su olvido, si habría encendido el móvil y la curiosidad o la soledad le habrían llevado a abrirlo y curiosear entre sus botones, como seguramente hubiese hecho ella si la situación fuera la inversa.

En mitad del tiovivo oscilante de preguntas y suposiciones cayó en el más profundo de los sueños. En él no la esperaba Najib, ni Iván, ni Mario. Solo un extraño y desconocido escenario donde se vio a sí misma, vestida con un elegante y sugerente vestido blanco de gasa que envolvía su cuerpo, bailando en brazos de un hombre apuesto al que en un principio no pudo reconocer. Cuando elevó su mirada se encontró con el rostro del camarero que insultó a Najib en el restaurante donde la pareja compartió su primera cena. «Moro de mierda», le dijo sonriente. «Moro de mierda», repitió mientras abría su boca de manera extravagante hasta alcanzar unas dimensiones fantasmagóricas. La inesperada visión hizo que Sara intentara zafarse de su indeseable pareja de baile, pero le resultaba imposible: la tenía sujeta por las manos, sus muñecas estaban pegadas con una especie de cola adhesiva y una cuerda gruesa, trenzada con una cadena, unía su cintura a la de él. Era imposible librarse de aquel ser monstruoso y deforme. Los dos eran uno. El sonido de la música resultaba ensordecedor y sus oídos estuvieron a punto de estallar al reconocer la canción que taladraba sus tímpanos: la misma que acompasó horas antes sus pasos de baile junto a Najib. Su cuerpo giraba sobre sí mismo, una y otra vez, haciendo que su espectacular vestido de gasa flotara en el aire y le otorgara una apariencia de ángel, mientras ella lloraba y clamaba por ser liberada, y el camarero escupía sonoras carcajadas al ritmo de la espectral melodía. De repente, la música cesó y ella se desplomó sobre un suelo brillante, húmedo y frío que comenzó a llenarse de sangre. Su cuerpo estaba paralizado, negado a todo movimiento que intentara. Le costaba respirar. Tuvo ocasión de observar cómo un cielo azul celeste la contemplaba y empezó a sentir frío. Sus oídos pudieron percibir el sonido de la escarcha que iba congelando su piel. Poco a poco todo se fue nublando. Sara cerró los ojos. La oscuridad se impuso a las imágenes, al universo del color. Todo se fundió en negro.

A la mañana siguiente el recuerdo de aquel sueño incoherente e indescifrable le legó un peculiar desasosiego interior que la acompañó durante los primeros instantes del día. Evocaba un ligero malestar disfrazado de ardor, como el regusto que deja en la garganta y aloja en la boca del estómago una comida pesada y grasienta. Sus elucubraciones danzaban torpemente en su cabeza al son del eco de aquella abrupta ensoñación delirante, mientras marcaba desde el teléfono de casa el número de móvil de Najib. Las llamadas se sucedían sin que terciara una contestación, y prefirió probar de nuevo antes de dejar un mensaje en el contestador. Nunca le gustaron esos trastos: hacían que se sintiera ridícula. Cuando las señales de llamada del segundo intento se agotaron y se disponía a dejarle un mensaje, sus ojos contemplaron, a través de la ventana de la cocina, una figura familiar que se acercaba a su casa. No podía ser. No quería que fuera. Najib. A cuarenta pasos de su portal. A veinte. A diez.

El telefonillo que conectaba la calle con el recibidor de la casa sonó estrepitosamente, rompiendo el sopor del hogar y su propio ensimismamiento, aunque ella aún no pudo mover ni un músculo.

Recordó aquella película de Alfred Hitchcock que había visto de niña en televisión y que tanto le había impresionado: en ella un hombre sufría un accidente de coche y, aunque le resultaba imposible mover ninguna parte de su cuerpo, podía ver, sentir y escuchar todo lo que sucedía a su alrededor y, lo que resultaba más agobiante, cómo todos los que acudían a ayudarle le daban por muerto; cuando el forense certificó su muerte, una lágrima de impotencia rodó por la mejilla de aquel hombre y sacó de su error al galeno. Definitivamente, algo similar estaba sufriendo el organismo de Sara. Solo cuando su padre contestó al interfono, su cuerpo salió de golpe del letargo.

—Hija, un joven pregunta por ti. —Mario bajó la voz, no quería que sus próximas palabras llegasen a oídos de quien solicitaba su presencia—: Creo que es Superman, pero no estoy muy seguro. Siempre confundo a los superhéroes.

Cuando su padre acudía al sarcasmo era francamente difícil enmendarle la plana o seguirle el juego, y mucho menos hacerlo con sus mismas armas. En ese campo era todo un maestro y de momento no había encontrado competencia que amenazara su reinado. Sara intentó amonestarle el comentario pero abandonó el intento cuando comprendió que no valía la pena. Nadie más que ella podría entenderlo.

El corazón se batía en duelo con su pecho por salir disparado en busca de cualquier orificio que encontrara en su cuerpo y el más próximo era la boca. Quizá por eso le costó abrirla y pronunciar palabra cuando vio a Najib esperándola en el salón de su casa. Era como si los personajes de un mundo imaginario se volcaran en el mundo real y tomaran vida en escenarios que les eran ajenos, amenazando la rutina de los seres que en verdad vivían en ellos. Sus miradas se cruzaron como si hubiesen transcurrido siglos desde que sus retinas atraparan su última imagen, desde que sus cuerpos se humedecieron con gotas de sudor. Fue él quien rompió el silencio.

—Se te olvidó el móvil. No sabía cómo hacértelo llegar y pensé que lo más adecuado sería acercarme a tu casa para dártelo —dijo mientras le tendía el teléfono.

—¡Sí, el móvil, mi móvil! ¡Sí, sí, mi teléfono! Qué cabeza la mía. Muchas gracias. No sabía dónde lo había dejado olvidado. Gracias por molestarte. Muchas gracias. Gracias. Porque has venido desde la academia de idiomas, y eso es un paseo…, un paseo muy grande. Desde la escuela hasta esta casa hay un trecho pero que muy largo. —Creyó conveniente remarcar la idea de la enorme distancia entre ambos emplazamientos, ante la atenta, y, a esas alturas, atónita presencia de su padre. No había comenzado aún a titubear pero entendió que el peligro la rondaba, e intentó controlarse—. Gracias. Mil gracias. Te lo agradezco mucho. ¡Mi móvil! Menos mal que ha aparecido. Gracias. Muchas gracias.

—Eso ya se lo has dicho —comentó sonriente Mario, que reconocía el atolladero en el que se zambullía su hija cuando los nervios la amenazaban—. ¿Por qué no le preguntas si le apetece un café o un poco de agua para resarcirse del largo camino?

—No, no, no le apetece. —Frustró en seco el ofrecimiento una sobrexcitada Sara.

—Bueno, quizá estaría bien… —interrumpió Najib para pasmo de ella.

—Vale, pues si quieres, nos lo tomamos abajo. Papá, enseguida vuelvo. Adiós. No tardo.

El sonido del portazo cortó de plano el diálogo absurdo que se había iniciado. La mirada que dedicó Sara al recién llegado no ofrecía dudas: acercarse hasta su casa no había sido una buena idea. Y así se lo hizo saber.

—¿Estás loco?

—Sí. Por ti —contestó mientras sus manos intentaban prenderla de la cintura—. Ayer no tuve noticias tuyas. El día se me hizo eterno, estaba preocupado.

—¡Familia, Najib! —Sara se zafó de sus manos en un movimiento brusco, inédito hasta el momento en aquella relación. Estaba enfadada—. ¿Sabes lo que es eso? Padre, hijo, abuelo…, ¡vida familiar! Vale que tú no la tengas, pero… —De inmediato supo que había traspasado la barrera del buen gusto y, lo que era aún más grave, la de los sentimientos de aquel hombre. Intentó subsanar el error aunque sabía que su metedura de pata había sido mayúscula. Recuperó las manos de Najib para su cintura pero no logró la intensidad inicial que él había volcado en el ademán—. Lo siento. Perdóname. Soy una imbécil, una perfecta idiota. Por Dios, perdóname. Ni por un momento he querido decir lo que he dicho. Perdona. Perdona. Perdona.

—Tranquila. —Frenó el rosario de lamentos que amenazaban con romper en llanto e inundarlo todo—. Tienes razón. Solo quería verte antes de que te fueras. Soy yo quien debe disculparse.

—No. Me alegra mucho verte. Es solo que me has pillado desprevenida. No podía imaginar que fueras a venir. De hecho, te estaba llamando al móvil para dejarte un mensaje… y de repente te he visto y me he bloqueado. —Sara se le quedó mirando como si se tratara de una aparición divina—. Mi padre todavía no sabe nada. Y necesito explicárselo desde el principio para que lo entienda tal y como es.

—Ya es mayorcito —se atrevió a interrumpir.

—Quizá ese sea el problema, que es mayorcito. Pero confía en mí. Haré que comprenda que eres la persona destinada a hacer inmensamente feliz a su hija. Te lo prometo. Confía en mí. No habrá ningún problema.

Le besó en los labios con el sabor salado de las lágrimas resignadas en su garganta y con un punzante dolor que insistía en oprimirle la boca del estómago. Se odiaba a sí misma por haber reaccionado de aquella manera tan cruel, a años luz de una madurez de la que solía presumir, evidenciando ese lado tan desagradable e infantil en el que a ella misma le costaba reconocerse. Habría entendido que sus palabras provocasen el enfado de Najib, que le hiciesen huir de aquel portal y disparasen su ira, pero nada de aquel carrusel de temores impetuosos sucedió. Allí seguía, abrazándola como si el mundo se acabara, mientras sus manos recorrían su cuerpo empezando por el cuello y dibujando su espina dorsal, justificando su torpeza y disipando toda sombra de culpabilidad, que amenazaba con asfixiarla. Lo único que le provocaba un amago de apremiante ahogo era la intensidad con la que aquellos labios carnosos apresaban los suyos, los mordían, los inhalaban, los retenían como prisioneros de guerra desprovistos de toda voluntad y entregados deliberadamente al cautiverio.

—Solo te pido que me llames cuando regreses —murmuró él mientras sus labios iniciaban un nuevo tanteo detrás de su cuello.

—Lo haré. Te lo juro por mi vida.

Su oído capturó el suspiro que su juramento hizo brotar de la boca de Najib. A él le resultó imposible reprimir una sonrisa.

Ni con su más devanada e intrigante imaginación, Sara hubiese alcanzado a sospechar lo que aquella promesa significaba para él realmente.

7

Agradeció la vuelta a la rutina. El reencuentro con los de siempre, en especial con Pedro, Carol y doña Marga, la estresada directora de la escuela que ya desde el primer día sumergía su nariz aguileña entre los libros repletos de nombres y apellidos, horas, fechas, direcciones, anotaciones a lápiz y con tinta roja, itinerarios y propósitos para el nuevo curso. «Este año no llegamos. Este año, no.» Era la misma retahíla que cada curso salía de su boca. Los más veteranos nunca supieron con seguridad si se refería al número de alumnos, al de profesores, a las clases, al temario, a las matrículas o al dinero, porque cualquier pregunta lanzada al vuelo interesándose por aquello que tanto le perturbaba era sencillamente ignorada por la directora, inmersa en un rebuzno interior, poseída por el espíritu pesimista e histérico del conejo blanco de Carroll en *Alicia en el país de las maravillas*.

Sara tuvo que centrarse en los nuevos planes de estudio, la llegada de nuevos profesores y alumnos, los nuevos horarios, la organización de tutorías… Todo lograba vivificarla como lo hace el regreso al hogar después de años de ausencia. La vuelta a una vida regular le ayudaba a olvidar las tensiones y los silencios del verano. Prefería estar ocupada, con la agenda a rebosar de citas, tareas y obligaciones. Por eso se entusiasmó como ningún año anterior con la pesada y agotadora parafernalia que el nuevo curso de Iván imponía: forrar los nuevos libros, organizar el nuevo material escolar —carpetas, bolígrafos, cuadernos, calculadora, diccionarios…—, y sobre todo ocuparse de la necesidad imperante de elevar una talla el uniforme escolar, en virtud de la revolución que comenzaba a emanar de su pequeño cuerpo infantil.

Todos los esfuerzos eran pocos para recuperar la ansiada rutina; estaba convencida de que aquello contribuiría a asentar sus ideas y las de quienes la rodeaban. Ese codiciado proceso también incluía el deseo de recuperar su vida, su libertad de movimientos y, en especial y sobre todo, a Najib. Le había echado de menos como jamás pudo imaginar que extrañaría a nadie. Durante aquellos días de asueto vacacional con la familia abrazó una extraña sensación de vacío, nueva para ella hasta entonces. Aquella desconocida emoción no compartía ninguna similitud con la añoranza que se apoderaba de ella cuando su hijo o Mario estaban lejos. Era un estremecimiento radicalmente distinto a lo que, hasta el momento, había experimentado. Los recuerdos fueron el único bálsamo que alivió la carga de la separación, la distancia y la casi nula presencia telefónica entre ambos. Fue una decisión suya, madurada y consensuada con Najib, que respetó su petición de no llamarla en todo el tiempo que estuviera con su familia de vacaciones. No quería caldear más los ánimos, que entraron en ebullición cuando Sara intentó hablar sobre Najib con su padre, como había imaginado hacer durante el período estival.

Las vacaciones en familia se habían columpiado en algunas tensiones motivadas por la nueva compañía que había aparecido en su vida. A Mario no le gustaba el chico que amenazaba con perturbar el mundo de su hija, a pesar de que ella no pudiera borrarle de su piel, de su boca, de su mente. Por eso evitó cualquier conversación que girase en torno a aquel asunto. Mejor no mentarlo, dejarlo enfriar para luego servir.

El otoño no trajo grandes cambios en la escuela de idiomas. Todo seguía igual excepto por ciertas novedades que lograron alterar la vida de algunos profesores. Pedro parecía haber superado, al menos en parte, la pérdida de su madre y permitía que su mirada dulce y su sonrisa de bohemio cautivador volvieran a brotar en su fisonomía. Carol había vuelto con una noticia inesperada para todos: un embarazo de tres meses y medio que había callado hasta entonces para no echar las campanas al vuelto demasiado pronto, ya que sus anteriores embarazos no habían logrado superar la barrera de las diez semanas. Llegó también un nuevo profesor de francés y portugués, monsieur Louis Emile Fontaine, joven, culto, un tanto tímido y algo espigado, que pasaba a ocupar la vacante de don Venancio. El aire de actor francés de monsieur Fontaine tenía revolucionado a parte del profesorado femenino y preocupada a doña Marga, que después de la desagradable experiencia de Pedro con una alumna, temblaba cada vez que un profesor apuesto hacía su aparición y sus clases se llenaban de jovencitas repentinamente deseosas de iniciarse en un nuevo idioma.

Sin embargo, doña Marga tenía cosas más importantes de las que preocuparse y no precisamente como directora de la escuela. Desde el primer día del curso académico pasaba a recogerla un señor de mediana edad, de porte elegante y con unos enormes bigotes en un rostro de claro perfil aristocrático, al volante de un coche de gama alta, que la esperaba sin quitar la vista de la entrada principal de la escuela, ya le tocase aguardar cinco minutos o más de media hora. Cuando por ella aparecía doña Marga, él apagaba y encendía las luces de su automóvil advirtiéndola de su presencia, y no pasó mucho antes de que el misterioso acompañante de la directora se convirtiese en la comidilla de los improvisados corrillos de los profesores: «Es un marqués que acaba de quedarse viudo», «Un rico empresario gallego que ha decidido venderlo todo para entregarse a la buena vida», «Un millonario sueco que ha hecho fortuna viajando por el mundo y viene a dilapidarla en España»…

Todos comenzaban el curso con novedades personales en su mochila académica. También Sara, aunque desistió de compartirlas por mucho que deseara hacerlo. La mala acogida que había tenido su relación con Najib por parte de su padre, de quien esperaba una mayor comprensión e incluso una complaciente bendición, dinamitaron sus ganas de hacer partícipe a terceros de su secreto romance. De momento sería ella quien seguiría disfrutando de aquella situación en el mayor anonimato posible, hasta que la vida decidiese lo contrario. Había acordado no torturarse más con aquello.

El verse alejados durante el mes de agosto les había devuelto aún más sedientos el uno a los brazos del otro. La necesidad de verse a escondidas, sobre todo en casa de Najib, incentivaba aún más su deseo de estar juntos y pronto el deseo se materializaba en jadeos, en pasión desbordada, en jornadas maratonianas de sudor compartido, en un apetito desmesurado por tocarse, lamerse, dejando sus cuerpos al albur de una libertad inexistente en la calle, amedrentada por las miradas inquisitorias que acechaban en el exterior. Tampoco renunciaban a salir a tomar una copa, a cenar en un restaurante o disfrutar de una sesión de cine nocturna, siempre evitando la zona familiar y la de la escuela de idiomas. No necesitaban grandes planes ni escapadas; les bastaba un paseo por el barrio para compartir vida y descubrirse un poco más en cada momento. Una simple conversación era motivo suficiente para asentar un bienestar que Sara percibía cada día más auténtico y cercano.

—¿Sabes que hace años esta zona no solo se llamaba Tetuán? —le dijo él. Caminaban juntos por aquel barrio—. Tenía además un apellido ilustre: Tetuán de las Victorias. Al parecer fue en esta zona donde se asentaron sus primeros pobladores, que no eran otros que las tropas del general O'Donnell a su regreso de África. Era el año 1860 y con esos soldados llegaron las construcciones de casas bajitas, los menestrales, que, como ves, han permanecido en el tiempo. Cuando el siglo siguiente el Tetuán marroquí dejó de ser la capital del protectorado español, este barrio se convirtió de la noche a la mañana en el centro de reunión de los musulmanes. Por eso te digo siempre que este lugar es mi cuna: cuando paseo por sus calles, respiro el mismo aire que respiraron mis antepasados y me siento como en casa.

Sara, que como casi siempre que él hablaba le miraba embelesada, ya sabía que para él aquel barrio del norte de Madrid tenía algo mágico, algo prodigioso que le hacía sentir bien. Najib la miró y sonrió.

—Me gusta mucho este lugar.

—¿Por eso os quedasteis en esta zona al llegar a España?

—¿Porque el nombre nos recordara a la ciudad de las fuentes, a mi otro Tetuán en el norte de Marruecos? —Reía—. No, vine aquí con mi familia porque era una zona no muy cara y por aquel entonces era lo único que nos podíamos permitir. También porque estaba relativamente cerca de la Ciudad Universitaria. —Recordar aquello pareció mantenerle lejos de allí durante unos segundos—. Yo pensaba matricularme en Empresariales. Era mi máxima aspiración en la vida: quería estudiar, tener una carrera, labrarme un futuro para que los míos estuvieran orgullosos de mí. Incluso solicité una ayuda oficial para cursar mis estudios y por un momento llegué a creer que era posible... Pero no pudo ser. Demasiados contratiempos. Todo se complicó. La beca prometida no salió, en casa necesitábamos dinero y mi padre no podía ser el único que lo llevara al hogar. —De nuevo su mirada se nubló, herida, y con ella la de Sara. Al percatarse intentó arreglar las cosas y la besó en los labios—. No podía ser de otra manera, porque si todo hubiese ido según lo previsto, no te habría conocido. Y esa es la mayor aspiración que podría un hombre tener en su vida. Así que bien está lo que bien acaba. Todo lo que venga de Dios bienvenido sea. Ese es mi principio en la vida. ¡Mira! —dijo señalando una gran mole de ladrillo beis—: Esa es la mezquita Abu Baker. Algún día te la enseñaré, te encantará. Por dentro es mucho más amplia de lo que parece en su exterior. Allí es donde doy clases a los pequeños.

Lo que más desquiciaba a Sara era tener que regresar a casa cuando más a gusto se hallaba entre los brazos de su amor. Aquellas huidas, ya bien entrada la madrugada de los viernes o los sábados —puesto que entre semana se lo impedía una razón de peso llamada Iván—, estaban haciendo mella en su interior, cada día más contrariado y tenso. Quería dotar a todo aquello tan maravilloso que le estaba sucediendo de una imperiosa naturalidad, como solía hacer la mayoría de la gente. Necesitaba incorporar aquella vida de abrazos y encuentros ocultos a su realidad diaria, quería ventilar su universo de besos, mimos y caricias, sacar a la luz aquel amor forzosamente enclaustrado para que se alimentara y creciera aún más. Sería un sueño irreal, pero precisaba librarse de las amargas y dolientes ataduras que lo mantenían encadenado a la oscuridad.

En casa las cosas no habían mejorado en nada: el silencio al respecto de Najib reinaba en su interior y el mutismo parecía la única medida posible para ahuyentar daños mayores, aunque la tensión se filtraba por otras grietas. Además de la caída de las hojas, la nueva estación trajo consigo una serie de broncas y trifulcas que nunca antes habían aparecido en el hogar. Las disputas eran continuas y cada vez más escabrosas. Cualquier tema, anécdota, mirada o comentario, inicialmente ingenuo y sin pretensiones de buscar enfrentamientos, prendía la mecha, y las llamaradas, azuzadas por un calentamiento previo y mal contenido, avanzaban rápidamente haciendo ceder el techo de la tranquilidad que había imperado en los últimos años. Una de las más fuertes sucedió un sábado mientras padre e hija se hallaban inmersos en los preparativos de la comida del mediodía e Iván jugaba en su cuarto, ajeno a la tormenta que estaba a punto de desatarse a pocos metros. La pequeña televisión de la cocina, como de costumbre, permanecía encendida mientras cada uno se encomendaba a sus obligaciones culinarias: Mario sazonaba la carne, Sara pelaba las patatas, que iba depositando con paciencia en un cuenco, y cortaba en trozos el montón de verdura que le esperaba sobre una tabla de madera. La jornada parecía discurrir sin sobresaltos, sin nada que enturbiara el apacible comienzo del fin de semana e hiciera añicos aquella paz en el domicilio familiar. Hasta que el programa informativo atrajo la atención de ambos. En la pantalla, imágenes de varias redadas llevadas a cabo por los cuerpos de seguridad del Estado. De fondo, la voz de la presentadora del espacio:

«... los detenidos podrían estar financiando al grupo terrorista denominado Al Qaeda del Magreb Islámico. La policía cuenta con pruebas que los vinculan con el tráfico de drogas, el robo y la falsificación de tarjetas, además de robos en vivienda, entre otros delitos. Según la Confederación Española de Policía, Cataluña es uno de los mayores centros de reclutamiento de terroristas islámicos ya no de España, sino de toda Europa, superando así a Marsella o Bruselas. La policía europea ha alertado del masivo reclutamiento de terroristas árabes en España para luego partir al combate en Afganistán, Irak o Chechenia. Nos acompaña un miembro del Real Instituyo Elcano, fundación responsable del informe público titulado *¿Cuál es la amenaza que el terrorismo yihadista supone actualmente para España?* Señor Irturein Gallo, buenos días, díganos, ¿tenemos motivos para estar en alerta?

»Sin duda, los tenemos. —Una voz masculina, nueva, llegó a los oídos de Sara—. En los últimos años, centenares de jóvenes han sido reclutados en los senos de las sedes musulmanas establecidas en España. El reclutamiento puede ser en cualquier lugar: locutorios, comercios como las carnicerías *halal*, garajes, centros culturales, gimnasios... Está sucediendo ante nuestras narices y ni siquiera nos estamos dando cuenta. Son redes que intentan movilizar en su beneficio el apoyo que esta estructura terrorista y su líder tienen y parecen recibir entre el diez y el quince por ciento del millón o millón y medio de musulmanes que se calcula viven en España.

»Es decir, que hablamos de entre cien y ciento cincuenta mil musulmanes en nuestro país que simpatizan o apoyan de algún modo el terrorismo árabe en suelo español. Si no me equivoco, eso supera incluso los efectivos con los que cuenta el Ejército español. ¿Qué amenaza real es esa? ¿Podemos decir que estamos seguros?

»Hombre, como usted comprenderá, lo que le estoy diciendo no equivale a decir que todos los musulmanes de los que habla este estudio vayan a cometer mañana un atentado terrorista en nuestro país. Pero no deberían dolernos prendas a la hora de reconocer que son unas cifras que conviene valorar muy bien en un país democrático como el nuestro, tan profundamente permisivo con el mundo árabe. Sin duda, la situación preocupa en...».

Una delgada luz blanca procedente del centro de la pantalla se tragó todas las imágenes. Luego, el televisor quedó en negro. Sara había apretado el botón de apagado con tanta fuerza como fue capaz.

—¿Por qué lo quitas? Eso no lo hará desaparecer —comentó Mario, que parecía bastante interesado en la entrevista.

—Al menos de mi casa, sí —contestó seria, claramente molesta por lo que acababa de oír en las noticias.

—Es precisamente en tu casa donde lo quieres meter, hija. Quizá nos convendría verlo para estar preparados. —Sabía que su comentario había sido duro y directo a la línea de flotación, pero no estaba dispuesto a quedarse callado durante más tiempo. Necesitaba decirlo.

—¿Qué toca ahora, papá? —preguntó irritada ante la sospecha de una nueva descarga de sarcasmo por parte de Mario o, en el peor de los casos, otra gran discusión—. ¿Una nueva incursión en la historia de España sobre la Toma de Granada en 1492, o un nuevo capítulo de la expulsión de los moriscos? ¿Es ahora cuando toca que me cuentes que santa Brígida ya profetizó en el siglo xiv la destrucción de la secta mahometana en la que España tendrá un protagonismo principal? ¡Ah!, no, espera, ahora viene cuando me explicas que la yihad es el sexto pilar no declarado del islam, después de la profesión de fe, las cinco oraciones diarias, la limosna, el ayuno en el Ramadán y la peregrinación mayor a La Meca al menos una vez en la vida. ¿Lo he dicho bien, padre? ¿Tengo bien aprendida la lección, o vas a explicarme ahora que para los islamistas la yihad no terminó con la Toma de Granada y que la guerra santa se disputará hasta la victoria final, que no será otra que la conquista de la tierra usurpada por los colonialistas, es decir, nosotros, y la conversión forzosa de sus habitantes? Dime, tú eres el erudito en esta materia, ilústrame.

—No quiero discutir. Estoy cansado de hacerlo y desde que sales con esa persona —se resistía a pronunciar el nombre de Najib como hacía siempre que salía el tema—, es una constante entre nosotros. Solo quiero que entiendas las cosas tal y como son, y no como te las cuenta él. Por mucho que cierres los ojos para no verlo, el problema seguirá ahí fuera. Conozco el mundo mejor que tú, hija.

—Ah, claro, cómo no, tú has estado en Francia, en Sudáfrica, en los Estados Unidos...

—He *vivido* muchas ciudades, Sara. He paseado por los barrios latinos de París y ya hemos hablado muchas veces de su arte multicultural, o de la tolerancia y el respeto que se respira en los barrios chinos, donde un hombre y una mujer o dos hombres y dos mujeres pueden departir sin problemas en la terraza de un café. He estado en barrios negros del sur de África y he entrado en sus comercios, en sus teatros, en sus conciertos, en sus casas; he sido testigo de cómo las personas se hermanan y te aceptan en cuanto asomas el hocico, sea del color que sea... Pero he intentado hacer lo mismo por los barrios musulmanes, más bien guetos, de muy diferentes países y no he sido capaz de encontrar nada de esa confraternización. Solo figuras de hombres donde la mujer no tiene cabida, y si la tiene, es siempre bajo la bandera de la esclavitud o de la muerte, sin derechos, sin libertades, sin dignidad, siempre convertida en una sombra que nadie echará de menos cuando falte, ni siquiera sus propios hijos. ¿Es ahí donde quieres vivir? ¿Es ahí donde pretendes encontrar tu lugar en el mundo?

—Papá, por Dios, el islam es mucho más que toda esa imagen prefabricada que nos intentan vender unos pocos. Tú deberías saberlo. Eres un hombre culto, con estudios. ¡Tienes el despacho repleto de títulos, premios y honores! Puede que haya radicales, sería absurdo negarlo, pero la mayoría son moderados. Como en todas las sociedades, como en todas las religiones. ¿Cuál va a ser tu próximo argumento?, ¿que si leemos la palabra «islam» al revés, obtenemos «malsi», que en realidad quiere decir...? Señor... A ver, papá, ¿con qué me vas a sorprender ahora?

—Hablas de moderados... ¿Dónde están los musulmanes moderados? ¿De verdad crees que existen? ¿Dónde has visto tú las manifestaciones de repulsa y condena al terrorismo islámico en alguno de los países del arco que va desde Mauritania a Indonesia? ¿Dónde ves tú a los moderados? ¿Dónde? —El tono de Mario se iba crispando. Aquel tema le mantenía en una tensión que no estaba seguro de saber y poder controlar.

—La veo en Najib.

—¡Oh!, la ves en él. ¡Cómo no! ¿En cuántos países musulmanes puedes encontrar una verdadera democracia, donde se permita la libertad de expresión, de movimiento, la igualdad, la homosexualidad?

—¡Vaya!, ahora resulta que te preocupa la homosexualidad, eso sí que es nuevo, padre.

—No me preocupa que la haya, pero sí que no permitan que así sea.

—Me sorprendes, papá. Y créeme si te digo que me estás asustando.

—¿Cómo es posible que te asusten mis palabras y no las suyas? Deberías temerlas más a ellas y a los ideales que representan, y no a los que te han ayudado a crecer. Solo hay que leer, que estudiar y prestar atención para darse cuenta de que es la única civilización que, lejos de evolucionar, ha vivido un retroceso en los últimos años.

—No comprendo cómo tanta lectura y tanto estudio te pueden haber llevado a esas conclusiones tan radicales e infundadas. Es patético. Pero ¿te estás escuchando? Te crees en posesión de la verdad absoluta.

—Estás muy equivocada si piensas eso, hija. Son tus nuevos amigos quienes pretenden ser los únicos poseedores de la verdad. Están convencidos de ello. Y el terrorismo islámico se basa en esa convicción, el mejor pasaporte para la barbarie. Ellos y solo ellos están en posesión de la verdad y los demás, los cristianos, los judíos, los ortodoxos, en definitiva los infieles, como ellos nos llaman, estamos equivocados y por tanto, condenados. —Los ojos de Mario echaban chispas—. No te engañes, Sara, para ellos tú eres una infiel y punto. Ese es su espíritu excluyente; ese, el nuevo fascismo de este siglo. ¿Es que no escuchas a sus líderes, a sus imanes, cuando dicen en sus sermones que la bandera negra del islam deberá ondear algún día en el número 10 de Downing Street? Dicen que hay que derrotar a las democracias occidentales por sus sistemas corruptos. El mismo argumento que el nazismo utilizaba mientras decía luchar contra la corrupta democracia liberal.

—¡Bravo, padre, bravo! Se te ha olvidado decir que ya está aquí el nuevo caballo de Troya y que nuestra mejor arma es el rosario y el amparo de la Virgen. Siempre te ha gustado dramatizar, pero se te está yendo de las manos. Se te olvida que una cosa es el islam y otra muy distinta es el fundamentalismo radical. Pero ¡por qué estamos hablando de terrorismo cuando solo pretendo hablarte del amor que siento por Najib? ¿Qué locura es esta? No lo entiendo. Te juro que no lo entiendo.

Sara estaba al borde del llanto. No comprendía los argumentos de Mario, los encontraba vacíos, demagógicos, rozando la hipocresía y el fanatismo del que tanto abominaba. Tenía la impresión de que el mundo se había vuelto loco y nadie la había incluido en sus planes de paranoia global. Quería despertar de aquella pesadilla, la peor de todas, para reencontrarse con su padre verdadero y no con aquel que distinguía distinto, perfilado a base de gruesos complejos y graves prejuicios. Sentía la necesidad de acabar con toda aquella farsa que le mantenía la cabeza embotada y el cuerpo agarrotado. Quería gritar, salir de sí misma, estallar de impotencia, y a punto estuvo de conseguirlo.

—Por Dios, papá, abre tu mente. ¡Hasta un niño de siete años vería la diferencia!

—Reza para que tu hijo no tenga que ver jamás esa diferencia de la que hablas. O al menos ten la delicadeza de mantenerle al margen de los absurdos fanatismos de adultos. —Era consciente del dolor que le había causado a su hija la mención del pequeño, pero creyó necesario hacerlo. Él, al menos, lo necesitaba—. Reza para que Iván no tenga que vivir una Intifada europea o una bomba atómica en nombre de Alá, porque entonces no sé cómo conseguirías explicárselo echando mano de tu discurso celestial.

—No quiero seguir con esto —dijo al tiempo que soltaba los utensilios que tenía entre manos para pelar y cortar las verduras—. No nos lleva a ningún sitio.

—Todo está en tus manos —anunció él, visiblemente más calmado y volviendo a su faena con la carne, que había abandonado por el acaloramiento de la discusión—. Tú sabrás lo que tienes que hacer.

—No me digas cómo debo vivir mi vida.

—No lo hago. Tan solo intento que la vivas.

Aquella misma noche había quedado con Najib. Llevaba toda la semana esperando ese momento para entregarse a él, imaginando cómo sería esta vez, cómo responderían sus cuerpos, con qué la sorprendería... Hacía la espera más llevadera con un café a media mañana que procuraba alargar todo lo que sus obligaciones le permitían, lo cual no dejaba mucho margen al esparcimiento. Como siempre que encontraba un hueco para encontrarse con él, no se perdía en explicaciones sobre el destino de su salida, ni mucho menos sobre la compañía. «Voy a salir.» Era la escueta información que salía de su boca. «¿Te encargas tú de Iván o llamo a la canguro? Está advertida, por si tú no puedes. Le dije que seguramente la llamaría.» A no ser que Mario tuviera otro plan, una probabilidad que no se daba con demasiada frecuencia, quizá dos o tres veces al año, era él quien se quedaba en casa con el pequeño.

A media tarde recibió una llamada en su móvil. Como era la hora de la siesta, lo había dejado en silencio. Echada en el sofá, atendiendo a duras penas a una de esas películas basadas en hechos reales que solían poner en la televisión los fines de semana y que siempre le parecieron excesivamente dramáticas, vio alumbrarse la pantalla de su teléfono. El nombre de Najib resplandecía entre aquel festival de luz. Se levantó con sigilo, procurando no hacer ruido para no despertar a su padre, que dormía plácidamente en el sofá contiguo al suyo. Agradeció que Iván estuviera acostumbrado a echarse la siesta en su cama, se dirigió a la cocina, entró en ella y cerró cuidadosamente tras de sí para minimizar el susurro.

—Ponte guapa. Nos vamos de fiesta. —La voz de Najib sonaba pizpireta al otro lado del teléfono—. ¿No querías conocer a los míos? Esta noche lo harás: nos vamos de cumpleaños. Y no te preocupes por el regalo, lo tengo todo controlado. ¿Quedamos en mi casa, como siempre?

El nuevo plan había conseguido desconcertarla. ¿Un cumpleaños? ¿De quién? No conocía a nadie, ¿cómo iban a reaccionar cuando la vieran aparecer? Rogó al cielo que lo hicieran de una manera más comprensiva que como lo había hecho su padre o las cosas se les pondrían aún más cuesta arriba si lo que querían era presumir públicamente de su relación. ¿Les gustaría? ¿Sería lo que ellos habían imaginado para Najib? ¿Y si mostraban la misma aversión hacia los cristianos que su padre hacia los musulmanes? ¿Qué haría entonces? ¿Qué pasaría? Sabía que él guardaba un gran cariño hacia su familia, ¿cómo podría afectar todo aquello a su relación? Algo más de lo que había dicho pasó a ocupar el primer plano de sus pensamientos. ¿Ponerse guapa? ¿Cuánto? ¿En qué sentido? ¿Debería arreglarse mucho o quizá eso echaría atrás a su familia? ¿Cómo acertar?

La tarde fue un verdadero desvelo que se encargó de mantener bien escondido pese a sus ojeadas coléricas a las agujas del reloj de pared, que parecían marcar las horas solo para ella, como si aquello le divirtiera. La cabeza le estallaba. Conjeturaba en su mente vestidos, atuendos, colores, peinado, maquillaje, zapatos, bolsos. Hasta se sorprendió ensayando gestos ante el espejo, imaginando el momento exacto en el que Najib la presentara a la familia. La llamada había prendido una zozobra en su estómago que no acertaba a apagar; ni siquiera compartió con Iván la merienda a base de crema de cacao y pan de molde, como hacía casi todos los sábados. «He comido demasiado. No tengo hambre», argumentó.

Faltaba solo media hora para que viniese el taxi que había solicitado por teléfono con tiempo suficiente para llegar sin problemas a la cita y todavía no tenía claro qué iba a ponerse; la indecisión le hacía cambiar de opinión cada dos segundos. Se debatía nerviosa entre dos vestidos, uno negro palabra de honor que resaltaba aún más su belleza y su hermoso escote, aún bronceado por el sol de agosto, y otro suelo, más ligero, casi veraniego, de tonos rojizos, elegante y aun así algo más discreto. Se debatía entre uno y otro, hasta que al fin se decidió. «El rojo. Sin duda, el rojo. Y que pase lo que Dios quiera.»

Cuando Najib la vio bajar del taxi, su cara se iluminó y le dedicó una enorme sonrisa. Se besaron, se intercambiaron cumplidos sobre su aspecto físico y subieron al coche de él, rumbo al cumpleaños.

«No estés nerviosa —se repetía ella—. No tienes por qué estarlo.»

8

Cuando Sara y Najib abrieron la puerta entornada de la pequeña vivienda e hicieron su aparición en el salón principal, la casa ya estaba llena de niños dispuestos a dar buena fe de la potencia de sus cuerdas vocales y de la excelente agilidad de sus cuerpos: no estarían quietos durante más de dos segundos aquella noche. Llegaban tarde y, para entonces, los nervios habían logrado que el estómago de Sara se convirtiese en un diminuto ovillo de cuerda punzado en un pellizco. No era un encuentro formal ni revestía mayor importancia de la que tiene la celebración de una fiesta de cumpleaños, pero se trataba del primer contacto con la familia y los amigos del hombre que había conseguido que sus planes de futuro fuesen más allá de la frontera de la escuela oficial de idiomas en la que trabajaba y del cuidado sobreprotector que dispensaba a su hijo. El reloj, aliado con un inoportuno embotellamiento en uno de los radiales de la ciudad, les había jugado una mala pasada, pero a nadie pareció importunarle más que a ella y a su rígido código de buena educación, herencia paterna.

La mesa circular que ocupaba el centro de la habitación y sobre la que descansaba un fino mantel en encendidos tonos anaranjados aparecía colmada de fuentes rebosantes de dulces de aspecto empalagoso, cargados de frutos secos y miel, como si las reservas mundiales de estos alimentos se hubieran agotado después de su cuidada preparación, platos rebosantes de aperitivos varios de los que suelen enloquecer a los niños y desesperar a los padres, adornos a base de papel pintado, juguetes, bebidas burbujeantes, servilletas de dibujos a juego con los vasos y los platos... Alguien se había esforzado concienzudamente para que no faltase detalle. Sin duda alguna, aquello era obra de la misma persona que protagonizaba continuos viajes de la cocina al salón, mostrando una magistral habilidad a la hora de esquivar a los niños sin que nada de lo que portaba en las bandejas, que parecían flotar entre sus manos, sucumbiera a la ley de la gravedad. Se trataba de Fátima, la madre del pequeño que cumplía años, la encargada de bregar con los chiquillos y, según le pareció a Sara, la única mujer que había en aquella fiesta. Vestía una túnica larga de color blanco y cubría su cabeza con un elegante pañuelo de un tono rosa palo que no dejaba al descubierto salvo el óvalo facial. Le resultó complejo calcular su edad, aunque se atrevió a aventurar que rondaba los cuarenta años, pese a su piel prematuramente ajada, ruda, quizá maltratada por el sol, posible responsable de las manchas y las señales que intentaba camuflar con la ayuda de un recargado maquillaje, que le confería aún más profundidad a una mirada felina encerrada en dos enormes y rasgados ojos negros, inquietos, incapaces de descansar más de un segundo en ningún punto. Sus movimientos, casi atléticos, revelaban a una mujer ágil, trabajadora, rápida e impulsiva, poco dada a abandonarse al reposo.

En un rincón algo más alejado estaban los demás adultos de aquella reunión familiar, todos hombres. Bebían té, enfrascados en una charla que, a tenor de su disposición alrededor de la mesa y de su manera de gesticular, los mantenía alborotados y a miles de kilómetros de aquella celebración. Tan solo uno de ellos se dignó a levantarse para reprender a Fátima por la elección de unas galletas dispuestas sobre la mesa. Musitó algo en árabe que Sara no alcanzó a comprender, pero, por la reacción de ella, parecía que llamaba su atención sobre la etiqueta de la caja antes de retirarlas de nuevo a la cocina:

—Llevaban manteca de cerdo —le explicó Najib, y sonrió tras encogerse de hombros. Sara no dijo nada, no quería meter la pata, aunque estaba claro que parte de la familia de Najib, al contrario que él, sí atendía a esos detalles.

Los niños —once en total, entre los tres y los siete años— permanecían ajenos a la preocupación de Fátima y al desinterés de los varones, y se afanaban en meterse en la boca cuanta más comida mejor y regarla con refrescantes burbujas de colores mientras daban vueltas alrededor de la mesa, jugaban al escondite o recorrían la casa persiguiéndose los unos a los otros.

Ninguno de ellos se había percatado aún de la presencia de los últimos invitados en llegar cuando Fátima corrió a la cocina para coger el teléfono, que insistía en sonar una y otra vez. El monumental bullicio reconcentrado en la pequeña vivienda mantenía a Sara a la expectativa: observaba desde una imaginaria platea la escena que se representaba en aquella suerte de circo ambulante con varias pistas centrales. Miró tímidamente a Najib en busca de algún tipo de explicación y un anhelado sosiego que pudiera reconfortarla; él lo consiguió con una enorme sonrisa y un fugaz guiño, y no le dio tiempo a añadir más. Por la puerta de la cocina y como poseída por un batallón de demonios apareció Fátima, fuera de sí, desbordada por la emoción que le había producido la noticia que llegó por teléfono.

—¡Se ha casado! —gritaba—. ¡Se ha casado! Mi hermano Mahmud se ha casado. ¡Alabado sea Alá! Se ha casado por fin, Mustafá —decía dirigiéndose a su marido, que permanecía sentado junto a los otros hombres. Todos celebraban la buena nueva como si Mahmud también fuera de su familia—. Se ha casado, se ha casado… Mi hermano pequeño, mi ángel, se ha casado. Mis padres, ¿cómo estarán mis padres? Tengo que llamarlos. ¡Su hijo se ha casado!

El espíritu festivo contagió a todos: los infantes no entendían mucho, pero habían encontrado la excusa perfecta para saltar, brincar y gritar por las esquinas sin que nadie recriminara su comportamiento; los hombres se besaban, se abrazaban, bebían té en medio de bendiciones y parecían haber olvidado la crispación que mostraban hacía unos instantes. Por la puerta de la cocina y como si de una aparición divina se tratase, una mermada corte de mujeres, hasta aquel momento invisible, se dignó a asomar sus siluetas envueltas en el tradicional velo islámico manifestando también su regocijo.

En ese momento Fátima, aún como loca por la buena nueva e incapaz de controlar su alegría, detuvo su mirada en los recién llegados. Sus ojos se agrandaron aún más, si es que aquello era posible.

—¡Najib, estás aquí! Ven a celebrarlo conmigo. ¡Mi hermano se ha casado! ¡Lo ha hecho, lo ha hecho! ¡Mahmud se ha casado!… ¡Y todo gracias a ti! ¡Tenemos tanto por lo que alegrarnos!

Sara entendió que la noticia del casamiento de Mahmud había entusiasmado a todos por igual y no pudo menos que contagiarse del júbilo reinante que, en principio, le era completamente ajeno. Dibujó una mueca de alegría en su rostro. Siempre había tenido una sonrisa encantadora, que atrapaba todas las miradas. Al menos en eso pensó cuando Fátima y el resto de los comensales aminoraron paulatinamente la celebración para observarla con detenimiento y, hubiera jurado, cierta desconfianza. En un acto inconsciente pero guiado por el temor de haberse equivocado a la hora de elegir su vestuario, se llevó la mano izquierda a uno de los tirantes que cruzaba su omóplato y se anudaba en su hombro. Lamentó no haber cogido un chal o una chaqueta antes de salir de casa, tal y como había planeado en un primer momento. Y aún le pesó más no haberse decantado por el color negro en vez de aquel vestidito suelto que tanto le gustaba. El corazón empezó a galopar dentro de su pecho.

—¿Y quién es esta mujer, Najib? —preguntó Fátima fracasando en su intento de mitigar la emoción que le había provocado la noticia.

—Es una amiga mía. Se llama Sara. También ella se casará pronto, aunque todavía no lo sepa. Yo me encargaré de que así sea.

La afirmación dejó sin palabras a la aludida y sembró el mutismo en la otrora bulliciosa vivienda. Sara sonrió al mismo tiempo que su rostro se teñía de un rubor bermellón, atrapado en un sofoco inesperado y delator. En aquel momento no se preguntó por qué aquel supuesto anuncio de boda no había enfervorizado a los presentes tanto como la noticia del casamiento de Mahmud.

La ignorancia y la ausencia de malicia no permitieron entender el verdadero significado de aquellas palabras en un lenguaje ajeno al de ella, en el lenguaje del terror, el que hablan los seguidores de la yihad islámica. Ahora era Sara quien estaba a años luz de lo que realmente había comenzado a fraguarse en aquella humilde vivienda del extrarradio de Madrid.

La noticia le abrasaba en la garganta, necesita dejarla fluir hacia el exterior, ponerla en contacto con el aire aunque solo fuera para que se enfriara y le brindara una cierta perspectiva. Estaba algo aturdida.

Todo había ido demasiado rápido. Su cabeza no cesaba de cocinar argumentos, supuestos, teorías sobre por qué Najib habría realizado semejante anuncio sin habérselo consultado antes. Pero ¿qué tenía que consultar? Los deseos de cada uno pertenecen a la esfera personal e íntima. Se dicen, se exponen y luego se comparten con el propósito de que alguien participe de ellos y los haga posibles. Sin embargo, fue todo demasiado ambiguo, le costaba darle forma. Podía entenderlo como una manera original de proponerle dar un paso más en su relación, pero había algo que se lo impedía. Las excusas que le iba sugiriendo su acelerado pensamiento no la convencían. Se sentía emocionada, no podía negarlo, pero también confusa. Necesitaba hablarlo con alguien, compartirlo con otra cabeza, con otros ojos, con otra boca, quizá más flemática que la suya. Era uno de esos momentos que requerían compañía para vivirlos con mayor intensidad. De inmediato desestimó la posibilidad de compartirlo con su padre. No podría resistir otro enfrentamiento con él. Tenía que admitir que Mario odiaba a Najib, aunque solo fuera por su nacionalidad y su religión, ya que ni siquiera le había dado opción a conocerle. No se arriesgaría de nuevo. No estaba dispuesta.

Pensó en su amiga del alma, Lucía de la Parra Mengual. Ella no le fallaría. Nunca lo había hecho.

Se equivocó y el rechazo la cogió sin calentamiento previo. Por primera vez en su vida, no encontró en Lucía el acostumbrado arsenal de apoyo absoluto, ánimo y comprensión que esperaba. La oposición de su amiga la dejó seriamente magullada.

—¿Todavía con esa historia? Creí que sería una nube de verano, un calentón rápido, algo para recordar los días de bajón y poco más. Y ahora me vienes con una petición de matrimonio un tanto surrealista, como toda esta historia, si quieres que te sea franca...

—Parecía decepcionada—. Debí insistir en que abandonaras esta estupidez en vez de reírte la gracia cuando me la contaste el primer día, aunque lo hiciera con la boca chica. —Apagó el cigarrillo que fumaba estrujándolo violentamente contra el cenicero, como si la boquilla del pitillo fuera la cabeza de alguien—. ¿Se puede saber qué crees que estás haciendo?

—Enamorándome. No sé por qué os cuesta tanto entenderlo.

—¿*Os?* A mí no me hables en plural, ¿o es que ves a más gente a mi alrededor?

Lucía estaba realmente irritada. El asunto le estaba afectando quizá más de lo normal, pero desde siempre se había adjudicado el rol de figura materna, de hermana mayor, y aquello le confería el derecho de ser la única persona que podía hablarle así si la situación lo requería. Y, a su entender, esa era una de aquellas veces. Igual que le ocurría a Mario, aquel chico no le convencía. Sencillamente, no le gustaba y no solo por el recuerdo de lo que le sucedió a su hermano —se consideraba lo bastante madura como para entender que no todos los musulmanes son iguales ni actúan de la misma manera—. Aunque tampoco necesitaba buscar excusas ni argumentos para justificar el desagrado que Najib le provocaba. No podía evitarlo. Era consciente de que en la vida hay personas que nada más verlas, mirarlas y estrecharles la mano intuyes que hay algo en ellas que nunca les hará garantes de tu confianza. No necesitaba darle más vueltas ni profundizar en razonamientos lógicos aunque también los hubiese. Y es que a Lucía no le gustaba cómo ese hombre iba apartando a su amiga del resto del mundo, ni le gustaban esos rezos en los que enredaba a Sara y que ella le contaba sin darle importancia. ¡Si llegó a sacarse un Corán del bolso, maldita sea! Simplemente no entendía una relación empeñada en cambiar a la otra persona hasta hacerla alejarse tanto de sí misma… Y a raíz de todo aquello, lo que le preocupaba era que detrás de ese chico hubiese bastante más de lo que Sara creía.

—A quien le cuesta entender que no está haciendo las cosas bien es a ti. Te estás metiendo en terrenos pantanosos y pueden hacerte perder muchas cosas. Para empezar, tu trabajo. ¿Olvidas que es tu alumno?

—Era —aclaró Sara. Todo lo que quería era que le dieran argumentos de peso que refutar, y no naderías como aquella.

—Me da igual. ¡A ellos les importará una mierda el tiempo del verbo que utilices! Te echarán. Yo lo haría. —Encendió otro cigarrillo con la esperanza de que aquello la tranquilizara. No lo hizo—. Y tu padre y tu hijo, qué. ¿Ya no piensas en ellos? A Mario no le gusta un pelo el tipo en cuestión, solo hay que ver cómo reacciona cada vez que se le nombra en su presencia, e Iván… ¿De verdad vas a permitir que se encariñe con alguien que puede desaparecer de la noche a la mañana?

—No lo hará.

—Sabes que sí… No te reconozco, Sara. —Lucía se la quedó mirando, sin poder controlar la rabia que irradiaban sus ojos—. Pero ¿es que no ves los telediarios?

—¿De qué me estás hablando ahora, de política internacional?

—¿No ves por lo que sale esa gente en las noticias?

—*¿Esa gente?* —Lucía continuó, no parecía haberla oído siquiera.

—¿No ves lo que ocurre siempre a su alrededor? ¡Oh, ya sé lo que quieres! Creo que tengo justo lo que necesitas. ¿Quieres más datos? —Echó mano a su pequeño maletín de piel negra y sacó unos folios—. Te los daré. Míralo tú misma. Esto es un estudio que puedes encontrar en cualquier portal de internet, a poco que busques. Habla del islam y de lo que sucede cuando los musulmanes se asientan en los países.

Lucía comenzó a leer ante la estupefacta mirada de Sara, que no entendía qué hacían aquellos papeles en el bolso de su amiga.

—Atiende, guapa, a ver si abres los ojos: «La islamización comienza cuando se alcanza en un país un número suficiente de musulmanes como para poder comenzar campañas a favor de privilegios religiosos. Cuando en las sociedades políticamente correctas, tolerante y culturalmente diversas, se aceptan las demandas de los musulmanes, algunos tienden también a infiltrarse en el resto de los aspectos de la vida cotidiana...».

Ante los atónitos oídos de Sara, Lucía fue desgranando los datos de un estudio según el cual mientras la población musulmana permaneciera por debajo del dos por ciento de la de cualquier país, la población local la vería como una minoría amante de la paz y no como una amenaza —caso de los Estados Unidos, Canadá o Italia—. Si alcanzaba entre el dos y el cinco por ciento, los musulmanes, afirmaba el estudio, iniciarían el proselitismo entre otras minorías, con reclutamiento en cárceles y bandas callejeras —caso de Alemania, Reino Unido, Dinamarca y España—. En el abanico del cinco por ciento, aumentan su presión en la sociedad y hacen lo imposible para introducir sus costumbres, como las amenazas para que los supermercados introduzcan alimentos *halal*, o exigencias al gobierno de turno para que les permitan regularse bajo su ley, la *sharia*, en sus propios guetos.

—¿Es que no ves lo que está pasando en Francia, en Holanda, Suiza, Suecia? Y escucha esto: cuando superan el diez por ciento de la población, empiezan a quejarse de cómo los trata la sociedad por el hecho de ser musulmanes. Para ellos, cualquier cosa ofende el islam. ¿No te acuerdas ya de las viñetas sobre Mahoma en Ámsterdam, la quema de coches en París? No, veo que no debes de acordarte.

Siguió leyendo, pasando un folio tras otro, dato tras dato: cuando alcanzan el veinte por ciento, dijo, los países se pueden esperar cualquier insurrección, la formación de milicias yihadistas, asesinatos, quemas de iglesias. Con un cuarenta, comienzan las masacres generalizadas como en Bosnia. Con el sesenta, las persecuciones de los no creyentes.

—De los infieles, como nos llaman ellos —apuntó Lucía, que hablaba ahora de limpiezas étnicas, de genocidios, del establecimiento de la Jizya, el impuesto sobre todos los infieles, como en Albania, en Malasia, en Sudán. Con más del ochenta por ciento de musulmanes impera la yihad violenta contra los no musulmanes, como en Egipto, Pakistán, Palestina, Marruecos, Irak, Irán—. Y cuando la población musulmana alcance el total de la población, el cien por cien, Sara, eso marcará el inicio del Paraíso de Paz Islámico, la Paz de Dar-es-Salaam, con el Corán como única ley; las madrazas, las únicas escuelas…, como en Afganistán, en Arabia Saudí, en Yemen, en Somalia.

Lucía terminó de leer la información y de mostrarle los gráficos y las estadísticas. Parecía hecha polvo, como si acabara de hacer un gran esfuerzo físico que le hubiese robado parte del aliento.

—Sara, no me invento nada. No soy una racista irracional. A mí me da lo mismo los negros, los amarillos, los rojos o los verdes. ¡Me dan igual! Pero los datos están ahí. ¡Mira la información, joder! ¡Abre los ojos! De aquí a unos años nos tienen a todos mirando a La Meca, arrodillados uno detrás de otro, oliéndonos el culo y repitiendo sus consignas doctrinarias. ¿Eso es lo que quieres para ti, para Iván? ¿Es eso? Porque si eso es lo que deseas, enhorabuena, estás en el camino perfecto.

Al fin Sara fue capaz de recuperar la palabra, no podía dejar de alternar su mirada entre los papeles que Lucía había desperdigado por la mesa y los ojos inyectados en ira con los que la miraba.

—Pero ¿de dónde has sacado toda esa mierda? ¿Te estás oyendo? No tiene sentido. Esto es solo basura, propaganda de sabe Dios qué grupo de fanáticos, ¡qué sé yo de dónde habrás sacado esta majadería! Y prefiero no preguntarte por qué la llevas en el bolso. —En un vistazo rápido, superficial, pudo reconocer el correo electrónico de Mario en uno de los encabezamientos de aquella ristra de folios—. ¿Mi padre? ¿Has estado hablando con él de todo esto? ¿A mis espaldas? Pero ¿cómo os habéis atrevido?

—No dramatices. Fue por casualidad. Nos encontramos en la calle, tenía mala cara, me lo contó y una cosa llevó a la otra. ¿Qué quieres que te diga? Él solo quiere lo mejor para ti —dijo sin apartar la vista de los papeles que empezaba a recoger—. Te quiere, como yo. Y no soportaría que te pasara nada malo.

—Lucía de la Parra Mengual, por favor, tienes que creerme. —Intentó virar el tono de la conversación, que se estaba tornando demasiado desagradable, y recurrir al nombre completo de su amiga para recordarle la larga amistad existente entre ambas—. No digo que no haya mala gente entre ellos, pero Najib no es así. Es distinto. No tiene nada que ver con todo esto. De verdad, no lo entiendo. Te hacía más abierta, menos…

—¿… xenófoba? Lo que me faltaba por oír. Mira. —Cogió el diario que traía en el bolso y le enseñó la noticia que aparecía en primera página—: Otro al que acusaban de xenófobo, de antimusulmán, de racista. Theo van Gogh, un director de cine que había hecho una película sobre la sumisión de la mujer dentro del islam. Le mató un islámico de origen marroquí, nacionalizado holandés, a balazos y después le rebanó el cuello con una daga. No contento con eso, le agujereó con un cuchillo el estómago y «le introdujo cinco folios dirigidos a una parlamentaria de origen somalí, Ayaan Hirsi Alí, quien había escrito el guión de la película que dirigió el sobrino nieto del pintor Vincent van Gogh» —dijo leyendo en el periódico la noticia que informaba del aniversario del asesinato. Se ayudaba de su dedo índice como guía—. Se ve que a los compatriotas de tu novio no les gusta mucho el cine. Pues mira, este ya no vuelve a hacer más películas. Y más vale que tú escribas el fin de esa que te estás montando en la cabeza como una ridícula colegiala. Despierta, rica, o lo haré yo a bofetadas. No quiero levantarme un día y encontrarme tu foto ocupando la portada de un periódico.

—Estáis enfermos. ¿Es que no hay asesinos blancos y con la primera comunión hecha?, ¿es eso lo que dices, Lucía? No lo entiendo. No puedo comprenderlo. Ni siquiera queréis darle una oportunidad. No sabéis quién es. —Sara parecía fuera de sí, al borde del llanto, que solo evitaba por la necesidad de poner en palabras todo lo que le quemaba por dentro—. No todos son iguales. ¡No todos son así! Najib no tiene nada que ver con eso.

—Tú eres la que no tienes nada que ver con todo eso, ni con ellos. Y sí, por supuesto que sí, estamos todos enfermos. Y sí, también somos unos racistas, unos antiguos y además, las peores personas sobre la faz de esta puñetera tierra. Pero hazte un favor, ¡haznos un favor a todos!: deja a ese hombre. Me da lo mismo que sea el santo Job, la reencarnación de Gandhi, el padre Vicente Ferrer o el mismísimo profeta Mahoma. Deja de comportarte como una egoísta. —Calló como si estuviera valorando la idoneidad de vomitar lo que se gestaba en su cabeza—. Por muy bien que te folle, tu familia y tus amigos están primero y, aunque ahora no lo creas, a ellos los necesitas más.

—No tienes ni idea de lo que estás diciendo. ¿Todo esto es por tu hermano, Lucía? ¿Es eso? ¿Vas a culpar a Najib por lo que pasó? —dijo tras sentirse violentamente hurgada en el terreno más sensible—. Jamás habría esperado algo así de ti.

—Mira, en eso, coincidimos. —Lucía se levantó, recogió su maletín, se colgó el bolso del hombro, del que previamente había sacado diez euros que dejó sobre la mesa para pagar la consumición, y cuando estuvo lista para marcharse, se inclinó hacia Sara y bajó la voz considerablemente—: Ódiame si quieres, si eso te sirve para canalizar todo lo que se mueve por ahí dentro —le dijo señalándole la cabeza—, pero deja a ese hombre. Prefiero que no me vuelvas a hablar en mi vida a que no vuelvas a hablar en la tuya.

La decepción sufrida a manos de las dos personas cuya opinión más le importaba, su padre y Lucía, la dejó sumida en un abatimiento difícil de disimular el resto del día. La angustia le impidió concentrarse en clase, lucir buena cara incluso delante de su hijo y ni siquiera trató de disimular frente a su padre. Ya todo le daba igual, no tenía necesidad de mostrarse de otra manera solo para hacerles sentir mejor a ellos. Le habían hecho daño, habían arrojado sal sobre una herida abierta en su corazón y merecían saberlo.

Aquella tarde recibió varias llamadas de Lucía al móvil que decidió no atender. Ya había escuchado bastante. Estaba enfadada, se tragaba las ganas de gritarle al mundo la injusticia que estaba cometiendo con ella. No entendía qué había hecho para convertirse en el blanco de un escarnio carente de un mínimo de misericordia, pero se juró que no iba a permitir que su vida la marcaran otros. También ellos tenían motivos de sobra para estar callados y abstenerse de juzgar con tanta ligereza a personas que ni siquiera conocían. La irritación enhebraba en su mente juicios imaginarios, delicadas disquisiciones que ni siquiera se atrevió a elucubrar en su día.

¿Acaso ella había responsabilizado alguna vez a su padre por conducir el coche el día del accidente que le costó la vida a su madre? ¿Le había echado en cara no haber cumplido con la revisión periódica en el taller, donde seguramente le hubiesen cambiado los neumáticos antes de ponerse en carretera? ¿Habría evitado ese gesto que las ruedas, gastadas en exceso y sin opción de aferrarse al firme de la carretera, patinaran sobre el asfalto mojado, inundado con restos de aceite, y el coche diera seis vueltas de campana para terminar empotrándose contra un árbol? ¿Había puesto en duda sus reflejos, su preparación, su actuación tras el accidente? ¿No había estado junto a él, sin permitirle ni un solo momento que se responsabilizara de lo que el destino había decidido para ellos sin molestarse en preguntarles?

Y con Lucía, ¿alguna vez se había atrevido a insinuarle siquiera que de no ser por ella quizá su hermano pequeño seguiría vivo? ¿No fue Lucía la que le echó de su casa la noche del miércoles 10 de marzo de 2004 porque no podía soportar más su adicción a la heroína? ¿No fue ella la que le gritó que no volviera jamás, que estaba harta de que le robara, que se fuera cuanto más lejos mejor y que no quería volver a verle en la vida? ¿No se encargó Sara de consolarla y quitarle de la cabeza todo complejo de culpabilidad por que su hermano hubiese pasado aquella noche en la estación de Atocha para, a primera hora de la mañana, subirse a uno de los trenes y huir bien lejos, donde no molestara a su hermana mayor, sin poder imaginar que el único lugar que le tenía preparado el destino era el interior de aquellos trenes donde unió su suerte a la de las 200 personas que fallecieron en el mayor atentado terrorista de la historia de España?

Entonces, ¿por qué estaban siendo tan crueles con ella, cuando sus actos ni siquiera habían tenido consecuencia para ellos? ¿Dónde residía su gran error, dónde el gran delito que debería condenarla a rechazar sus sueños, su bienestar, sus deseos, a favor de unos prejuicios malencarados? Le dolió la trama que enmarañaba recuerdos dolorosos en su cabeza pero no pudo evitarlo. No le habían dejado otra opción. Tampoco podía entender tanto odio acumulado hacia un desconocido, como el que profesaban ellos hacia Najib. El sufrimiento era insoportable.

Su teléfono móvil volvió a vibrar. Eran las once y media de la noche. Se convenció de lo pesada que era Lucía y se dijo que quizá el remordimiento por todo lo que había vomitado sobre ella hacía unas horas le impedía conciliar el sueño. Cuando vio el nombre de Najib en la pantalla, comprendió que se había equivocado. Conocía a su amiga: ya había llamado y ella no le había devuelto la llamada, aquello era todo; antes muerta que reconocer y enmendar un error. Aun así, en aquel momento casi agradeció el cóctel de orgullo y cabezonería de Lucía. Contestó la llamada con una fuente de lágrimas a punto de abrirse en su garganta. Cuando escuchó la grave y profunda voz que le hablaba al otro lado del auricular sintió que se abría la puerta del embalse de emociones y agonías que había estado almacenando durante la jornada y se vio abocada a la necesidad de dejarse arrastrar por el caudal del desahogo. Volcó sobre el teléfono el dolor encapsulado por la incomprensión que había estado golpeando sin piedad las paredes de sus entrañas. Lo sacó fuera con la ayuda de un ejército de lágrimas que a duras penas pudo controlar. Su voz, convertida en ocasiones en un fino hilo tejido por una contumaz congoja empeñada en apoderarse de ella y por sus esfuerzos para que no la oyeran quienes dormían en casa, buscaba el consuelo del timbre ronco y seductor de Najib, que no quiso faltar a la cita.

La reconfortó con palabras, reanimó su alma con augurios de un futuro mejor, con frases bonitas, con elaboradas complicidades solo aptas para su entendimiento. Como era costumbre en él, logró fabricarle un universo de paz y serenidad lejos de los inconvenientes externos, impermeable a las miradas insidiosas de los que no querían ver más que su parcela de tierra. Allí se sentía en armonía, se conciliaba con ella misma, resolvía sus dudas, alejaba los temidos fantasmas, se enfrentaba a sus miedos y salía vencedora de la contienda.

Quedaron para verse al día siguiente por la mañana y seguir hablando de todo lo que amenazaba su ánimo.

—Ahora quiero que duermas y solo pienses en mí. Solo en mí.

Obedeció con una disciplina militar. Lejos de asimilarse a una orden, en sus oídos aquello sonó como un deseo. Aquella noche hubiese ido donde la profunda e hipnótica voz de Najib la hubiese guiado. Sin pensarlo.

9

No supo cómo, pero Najib había utilizado todo su ingenio y su arrollador poder de seducción para conseguir que los compromisos laborales que le aguardaban aquella mañana se transformaran mágicamente en tiempo libre, tiempo para ella. Sara casi se sintió culpable de la intervención casi quirúrgica que había sufrido el envidiado cartapacio profesional de su novio y temió haber dramatizado en exceso la noche anterior. No quería crearle problemas en su lugar de trabajo, jamás se lo perdonaría.

—No seas tonta y deja de lamentarte —le dijo utilizando el tono más tierno y encantador del largo repertorio con el que contaba—. Quiero llevarte a un sitio que te gustará. Te llenará de paz. Y si no es así o te sientes incómoda, saldremos cuando tú quieras. —Añadió algo más que logró despistarla, aunque prefirió no preguntar—: No te pongas tan guapa como la otra noche. Si puedes viste con ropa holgada y con pocos colores, y no te maquilles mucho. Estás muy guapa tal como eres. De lo demás, me encargo yo.

Aquellas indicaciones consiguieron inquietarla lo suficiente para permanecer más de diez minutos clavada ante su armario, con las puertas abiertas y recorriendo con la mirada la ropa que había colgada y guardada en los cajones. No entendía los rigores de la vestimenta, pero decidió no complicarse más: unos vaqueros, una camiseta blanca interior y un jersey ancho de color azul marino que hacía años que no se ponía, los mismos que no iba de visita a Pechón junto a su padre. Dudó si disimular la palidez de sus mejillas con un discreto toque de colorete en tono rosado, casi imperceptible, y recurrir a un poco de brillo de labios para aportar cierta frescura a un rostro que había amanecido apagado. La brocha barrió rápido sus pómulos, como si desconfiara de ellos, y el brillo apareció tímido, huyendo del temido exceso. ¿Qué le tendría preparado esta vez el gran prestidigitador Najib Almallah, que había entrado en su vida como un torbellino para envolverla en juegos de artificio, a cuál más sorprendente?

La recogió en casa, aprovechando que Mario había acercado a Iván al colegio y que le llevaría al menos media hora de trayecto. Ese viernes le tocaba librar a ella, con lo que todo parecía controlado. Cuando se bajó del coche para abrirle la puerta, la observó de arriba abajo, con la cadencia de un fascinador profesional elevada a la categoría de marca de la casa, como si examinara cada detalle de su anatomía, y dejó escapar una media sonrisa como muestra de aprobación. Se alegró de que sus indicaciones hubieran sido al tiempo entendidas y atendidas. Le gustó.

—«Cuando decretamos la existencia de algo, le decimos tan solo nuestra palabra "sé"…, y es» —susurró un nuevo sura mientras se acercaba a ella.

—¿Qué dices? —preguntó Sara sospechando que acababa de escuchar alguna frase extraída del Corán, tal y como la tenía acostumbrada en momentos especiales. Y aquel parecía ser uno de ellos.

—Perfecta —aclaró él—. Perfecta.

—Perfecta ¿para qué? —preguntó sin poder evitar sentirse adulada—. ¿Dónde vamos? ¿Por qué tanto misterio?

—No seas tan impaciente. La paciencia es un don que deberías cultivar. Mírame a mí.

Sara subió apresuradamente al coche, tras un rápido beso a Najib en los labios. Le aterraba la posibilidad de que su padre regresara antes de lo previsto, como ya había sucedido alguna vez, y los sorprendiera en la puerta de su casa; una situación que se le antojaba demasiado violenta para siquiera imaginarla. Durante el trayecto se entretuvieron jugando a las adivinanzas sobre su más inmediato futuro. Por mucho que ella intentaba sonsacarle el destino de aquella aventura improvisada, no lograba de él más que pistas abstractas, frases ambiguas que, lejos de ayudarla a desenmascarar el misterio, conseguían confundirla aún más. Lo dejó por imposible y decidió abandonarse al placer de lo desconocido.

Por la ventanilla del coche reconoció que estaban en el barrio donde vivía y trabajaba Najib, con sus calles estrechas, sus edificios bajos de pocas plantas, la presencia —a su entender excesiva— de locales comerciales, el mosaico de nacionalidades de los viandantes que poblaban el distrito, el crisol de culturas que se respiraba en el ambiente… Era como asistir a una representación multitudinaria en un gran teatro con mutis continuos e improvisados, con personajes inagotables, protagonistas de tramas que se enzarzaban entre sí con olores únicos, sonidos exclusivos, todo un gran bastidor puesto en pie para dotar de vida a la función más larga y duradera del mundo. Contemplando aquel cosmos, que le pareció extraído de uno de los pesados tomos encuadernados en piel verde que descansaban en la librería de su padre, dudó que el aburrimiento o el tedio pudieran aparecer por alguna esquina de aquel decorado.

Quizá fuese la soleada mañana con la que había amanecido aquel viernes del calendario, que le contagió un optimismo desbordante, pero Tetuán se abría ante sus ojos como un gran zoco de vida, de realidades, de secretos, de colores, de gentes, de tradiciones, de lenguas, de ropaje, de visiones únicas e inimaginables unos cuantos kilómetros más allá.

Absorta como estaba en el tiovivo en el que se había subido su mente, apenas se dio cuenta de que Najib acababa de aparcar el coche en una calle donde estacionar solo podía ser fruto de un verdadero milagro.

—Ya hemos llegado. Es allí.

Por el parabrisas observó una construcción no demasiado espectacular, de color beis aunque con cierta tendencia blanquecina, apenas un poco más elevada que el resto de los edificios que se alzaban a su alrededor. Se erigía firme, orgullosa, importante.

—Es la mezquita de Abu Baker. Aquí es donde vengo de vez en cuando y donde doy clases al grupo de niños. —Sara sonrió y volvió a mirar aquel edificio que, después de escucharle, le pareció más solemne—. No te dejes engañar por su modesto exterior —le repitió; aquello ya se lo había oído antes—: Por dentro es mucho más grande, extraordinaria.

Cuando se disponía a abrir la puerta del copiloto, él se lo impidió.

—Espera. Quiero darte algo. —Abrió la guantera y extrajo una pequeña caja cubierta con un sencillo papel de regalo—. Es una tontería, pero dentro te vendrá bien. Te ayudará a sentirte más cómoda.

Emocionada y al mismo tiempo sorprendida por el detalle, rasgó con delicadeza el papel que recubría aquella ofrenda inesperada. Cuando levantó la tapa de la pequeña caja marrón, sus ojos se iluminaron tanto como su semblante. Era un sencillo pañuelo de seda liso, sin dibujos ni adornos, de un color verde encendido pero elegante y con un tacto extremadamente suave.

—Hay quien dice que el verde es el color del islam. Lo creen porque aseguran que el Profeta vestía capa y turbantes de color verde, porque elogia este color en el Corán y porque algunos creen que las almas de los mártires del islam entrarán al paraíso bajo la forma de aves verdes. A mí sencillamente me gusta ese color. Es la paz, la naturaleza, la vida. —Najib musitó una mueca de sonrisa—. Una tontería, pero quería que lo tuvieras, y no solo para entrar en la mezquita.

Sara se lo agradeció con un largo e intenso beso en los labios. Se quedó mirando aquel trozo de tela verde que tenía en las manos.

—¿Tengo que ponérmelo para entrar en la mezquita? —Se quedó pensativa durante unos instantes—. ¿Por eso decías lo de la ropa? —Se miró inquieta, examinando si su indumentaria representaría un problema—. ¿Podré entrar así?

—¡Por supuesto que sí! Puede hacerlo cualquiera que vaya de una manera normal, sin nada raro encima ni irrespetuoso o excesivamente llamativo para un lugar de oración. De la misma forma que entrarías en una iglesia o en una catedral. Con respeto. Nada más. Algunos te dan consejos para que te encuentres más cómoda cuando entres a la mezquita, aunque la mayoría de los nuevos visitantes no lo necesita: que tu ropa debe estar limpia pero sin perfume, que debes lucir sobria pero sin mostrarte extremadamente recatada... Te aconsejan que tu vestimenta cubra todo el cuerpo, menos el rostro y las manos, ¡bueno!, y los pies cuando te descalces, que tu ropa no debe ajustarse provocativamente al cuerpo, que evites lucir camisetas con fotos de personas, dibujos de animales o que tengan inscripciones o mensajes, sobre todo si son inapropiados.

¡Ah!, y aunque no suele suceder, te aconsejan no llevar ropa de marca para evitar que se confunda con una desafortunada arrogancia o deseo de ostentación. Esto no está bien visto. Y es mejor que no lleves maquillaje, ni siquiera rímel. Así que, como verás, vienes perfecta. De todas formas, dentro te pueden dejar alguna prenda si necesitas o deseas cubrirte alguna parte de tu cuerpo que consideres que pueda incomodarte durante el rezo. ¿Preparada? —Observó cómo Sara le mostraba el pañuelo que acababa de regalarle—. Solo lo necesitarás si accedes al lugar sagrado para el rezo. Como seguramente lo harían tu abuela o tu bisabuela cuando acudían a misa. —Ella le dio la razón con un asentimiento.

La primera impresión hizo bueno el comentario escuchado hacía unos minutos: Abu Baker era mucho más impresionante por dentro que por fuera. Su vista no pudo alcanzar a distinguir si el interior del edificio subía tres o cuatro plantas. Era enorme, majestuoso, y le sorprendió su distribución. Esperaba un enorme templo únicamente destinado al rezo más entregado y se encontró con una estructura parecida a una especie de centro comercial donde no faltaba detalle.

—Se inauguró en 1988 y en su día fue la primera mezquita en importancia en Madrid —decía ya Najib—. Luego construyeron la de la M-30 y esta se quedó pequeña, aunque a mí me gusta más. Fue proyectada por el arquitecto Juan Mora Urbano. —Captó el gesto de asombro de su aplicada alumna—. Sí, un español, ¿te extraña?, pero se hizo respetando la tradición y la cultura ornamental islámica. De hecho, la mezquita está en una calle estrecha, tal y como manda la tradición.

Caminaba despacio, ajena a todo sentimiento de presteza, dejándose embaucar por las descripciones y las explicaciones de su guía particular, extasiándose por lo que percibían sus sentidos, contemplándolo todo con un respeto que insistía en mostrar, lejos de toda posible suspicacia que temía encontrar en la mirada de los que se cruzaban a su paso. Siempre al lado de Najib, pegada a él pero sin sujetar en ningún momento su mano. Él era el encargado de explicarle en voz baja todo lo que se iba abriendo ante sus ojos. Le fue mostrando la cafetería —donde le extrañó lo barato que era el menú—, las pequeñas tiendas —con mostradores repletos de recuerdos y muchos objetos cuya utilidad o sentido no alcanzaba a entender—, las oficinas —convertidas en hervideros de gente que entraba y salía—, la nutrida biblioteca —por lo que le contó, uno de los mayores orgullos de la comunidad por el valor y la importancia de los ejemplares que allí dormían—... Perdió la cuenta del número de salones y aulas destinados para reuniones, encuentros de la comunidad musulmana, exposiciones artísticas o actos culturales. Algunas de esas salas se habían reconvertido en modestos gimnasios o zonas de descanso para los más pequeños. Le sorprendió lo que iba encontrando dentro del hasta entonces enigmático edificio, como la guardería que había en su interior para acoger a niños de muy distintas edades, el inmenso auditorio, con aforo para cientos de personas, y la curiosa escuela para niños y niñas.

—Esta mezquita tiene suscrito un convenio con la Universidad de Al-Azhar para la formación y provisión de imanes. Al menos, hasta donde yo sé. Quizá las cosas hayan cambiado por los últimos acontecimientos o por cuestiones políticas, ya sabes. —El gesto de Najib se terció divertido—. ¿Te había contado ya que mi padre quería verme convertido en imán? Le hubiese encantado. Pero mi misión en este mundo era otra. Yo elegí otro camino.

—¿Imán? —Por lo que sabía Sara, un imán era algo así como un cura, que hablaba desde el púlpito a los feligreses y los aleccionaba sobre cómo comportarse para ganarse el cielo. Bueno, con ella lo hacía y no tenía ninguna queja. Se permitió una confidencia—: Te diré, sin que puedas utilizarlo contra mí algún día, que mi madre también quería que yo fuese monja. ¿Te imaginas? Tú imán y yo monja. Menuda pareja.

Recorrieron pasillos, todos similares pero distintos, y al fin se encaminaron por uno de los muchos que conducían a la sala de oración de la mezquita.

—El llamamiento a la oración lo hacemos en el interior, para no molestar a los vecinos. Además, en España tenéis la ley de protección medioambiental y eso no permite hacer el llamamiento de puertas para fuera como suele hacerse en Marruecos, por ejemplo.

Le llamó la atención una serie de revistas y papeles que aparecían esparcidos sobre el suelo, a modo de propaganda. Le chocó ese abandono, semejante dejadez parecía fuera de lugar en un sitio como aquel, donde todo estaba cuidado al detalle. Cuando se disponía a agacharse para recoger uno de los papeles con forma de octavilla, Najib se lo impidió. Le extrañó que lo hiciera de una manera brusca y adusta, agarrándola de la muñeca antes de que su mano llegara al suelo. Su voz intentó suavizar el ademán.

—Déjalo. No vale la pena. No creo que encuentres nada que te interese.

Tan solo le dio tiempo a descifrar algunas de las palabras que aparecían impresas en aquellos pasquines, aunque algunos tenían la consistencia de auténticas revistas: «Egipto», «Afganistán», «Hamás», «GIA argelina». No pudo leer más.

Najib la invitó a dirigirse a un habitáculo destinado para las mujeres y situado a varios metros de donde se encontraban, para poder hacer una oración, si así lo deseaba.

—No olvides cubrirte la cabeza. Es un simple gesto de respeto y es mejor que te sientas integrada con ellas. Cuando te canses me esperas fuera. Yo no tardaré mucho. Aunque hoy hay más gente. Ya sabes, la oración del viernes.

Esa imprevista separación la disgustó, aunque procuró no exteriorizarla para evitar herir susceptibilidades. Se encaminó hacia el lugar indicado mientras veía cómo su pareja entraba en una sala con el acceso solo permitido a los hombres. Le dio tiempo a ver cómo Najib cubría su cuerpo con algo parecido a una chilaba y desaparecía. Respiró hondo. Estaba sola en mitad de un inmenso pasillo, en aquella mole de ladrillo que ahora le parecía más extraña que hacía tan solo unos segundos. No tenía miedo ni se sentía insegura, tan solo un poco perdida, y dudaba si encaminarse o no al lugar del rezo. Siguió el camino que él le había indicado. Le ayudó dejarse guiar por el rastro de mujeres que deambulaban a su alrededor, recibiendo alguna mirada de reparo y desaprobación más cercana a la incredulidad que a otra cosa. O al menos eso quiso pensar, aunque una vez notó sobre sí la enésima mirada, se percató del verdadero motivo de la incomodidad que parecía causar su presencia: no había seguido la recomendación de cubrirse con el pañuelo de seda. Se lo colocó, procurando imitar el modo en que lo llevaban las mujeres que pasaban cerca de ella.

—Trae, mujer. Yo te ayudo. Si es muy sencillo. Esto con la práctica es una tontería. —El ofrecimiento provenía de una mujer oronda, de rasgos árabes, como la gran mayoría de las que estaban allí. Llevaba un pañuelo blanco que le envolvía la cabeza, prendido estratégicamente por unos alfileres, y una enorme y holgada prenda de color verde que le tapaba el resto del cuerpo. Tenía una expresión sincera y su enorme boca, de labios gigantescos, encerraba unos dientes separados infantilmente entre sí, lo que le confería un cierto aire de bonachona simpática.

—Muchas gracias. Es que es la primera vez y estoy un poco perdida. No sabía cómo…

—No te apures. Ya te encontrarás. Aquí no hay prisa. —La mujer se la quedó mirando—. ¿Vas a la sala de oración? —El ademán afirmativo la llevó a una segunda pregunta—. ¿Y por qué quieres rezar allí? ¿Acaso buscas algo que no has encontrado fuera?

Sara no supo qué responder. No había un ápice de reproche en sus palabras, en ningún momento sonaron a reprimenda o dejaron entrever la posibilidad de que sus intenciones podrían haberla ofendido. Simplemente quería saber con la mayor naturalidad del mundo por qué iba a entrar en un lugar para el rezo musulmán si a todas luces no lo era ni tenía aspecto de querer serlo. El silencio que ofreció como única respuesta lo recibió la mujer con una amplia sonrisa que, esta vez, no mostró su dentadura.

—Estoy segura de que encontrarás lo que buscas, sea lo que sea. Este es un buen lugar para hallar respuestas. Alá sea contigo.

¿Por qué quería rezar allí? No lo sabía. ¿Para estar más cerca de Najib? No creyó que la razón respondiera a un mero argumento romántico de condición barata. Se quedó pensando durante unos instantes y en un acto reflejo decidió seguir los pasos de la misteriosa mujer. Llegó a escasos metros de la sala que se le antojó oscura, tapada exteriormente con unas rejas. La pregunta seguía martilleando su cabeza. «¿Por qué quieres rezar allí?» La indecisión le hizo dar marcha atrás. Quedó en medio de un enorme pasillo que conducía a una sala amplia del color del mármol blanco. Miró hacia arriba: unos enormes arcos la contemplaban. Cerró los ojos.

Respiró. Segundos. Minutos. Horas. No pudo saber. Hasta que una nueva pregunta le rompió la paz encontrada.

—¿Qué haces aquí? ¿Estás bien? —Najib la miraba intentando encontrar el motivo de la armonía reflejada en su rostro. Los dos se encaminaron a la salida.

—Gracias por traerme aquí, Najib. Me ha encantado. —Él sonreía—. Me ha impresionado mucho. Es algo especial, aunque yo sea de otra religión. No sé cómo explicarlo, pero me ha llenado de buenas vibraciones.

—No me agradezcas nada. Un buen musulmán debe ayudar a sus hermanos, orientarlos en el buen camino.

—Se respiraba tanta paz ahí dentro. Es algo que no puedo expresar con palabras...

—El islam es una religión de paz y no de odios ni de muerte, como algunos se empeñan en decir. —Aquel comentario le devolvió a la mente la imagen de Mario. La hizo desaparecer inmediatamente—. Y si no fuera porque tienes que ir a recoger a Iván, te invitaba a comer en el restaurante de la mezquita para sorprenderte con su estupendo menú. Aunque ya sabes que yo cocino mejor...

Centrados como estaban en la conversación, no advirtieron que, a pocos metros de ellos, alguien los observaba sorprendido desde la otra acera.

Vestido de sport, con vaqueros gastados y un polo azul marino por dentro del pantalón, Miguel se les quedó mirando con semblante serio. El agente especial Fernández acababa de salir de una casa acompañado de otro individuo, y tuvo que quitarse las gafas de sol para asegurarse de que aquella mujer que salía de la mezquita con el cabello cubierto por un pañuelo verde era realmente Sara.

Quedó absorto contemplando la escena, el modo en que ella reía y se abrazaba a un joven musulmán, como si el hecho de no apartar los ojos de ellos fuese a evitar a su mente la avalancha de preguntas.

—¿Subes o no? —Su compañero le esperaba ya al volante del coche y aquello casi abortó su pensamiento inicial de acercarse a saludarla. «Casi mejor así», pensó, aunque finalmente decidió que no podía irse de allí sin saludar a la mujer que todavía amaba, a esa mujer a quien ni su cabeza ni su cuerpo habían podido olvidar.

—Ahora vuelvo, Rodríguez —le dijo al otro agente que iba con él de paisano—. Dame un minuto. He visto a alguien a quien quiero saludar. No tardo nada, tú ve arrancando.

Miguel se acercó lentamente a la pareja, sin apartar su mirada de ella. Parecía muy distinta pero seguía luciendo hermosa, y escuchar su risa le despertó sentimientos que creía dormidos. En su cabeza se agolparon recuerdos, imágenes, conversaciones, gestos anclados en el pasado, que habían decidido mudarse al presente sin preocuparse por las posibles consecuencias. Pudo oler su colonia fresca con un ligero aroma a cítricos cuando apenas los separaba cinco metros. Le distraía el pañuelo que le cubría la cabeza, no lograba entenderlo, pero estaba dispuesto a intentarlo.

—¿Sara? —La voz sonó familiar en sus oídos, aunque tardó unos segundos en reaccionar. Tampoco ella podría creerse la inesperada visión de aquel hombre que tanto había significado en su vida.

—¿Miguel? ¡Miguel!, ¿qué haces tú aquí? ¡Qué sorpresa!

—Salía de una inspección rutinaria y te aseguro que la sorpresa me la he llevado yo... al verte... aquí.

Sus miradas se recorrieron todo lo rápido que las pulsaciones precipitadas que ensordecían su interior les permitieron. Por un momento temieron que ninguno de los dos pronunciara una palabra más, que permanecerían petrificados el uno frente al otro, como estatuas calizas sin voluntad propia a la espera de una fuerza exterior que rompiera el hechizo. Un ligero carraspeo de Najib, tan oportuno como descaradamente intencionado, rompió el ensimismamiento que los había atrapado.

—Te veo muy bien. Muy guapa. Aunque algo cambiada —acertó a añadir Miguel mirándole la cabeza.

—¡Ah!, esto. —Señaló divertida al advertir que había olvidado quitarse el pañuelo—. Es que he entrado en la mezquita. Quería conocerla, y claro… —explicó mientras dejaba su cabeza libre de ataduras y al rescate de los enormes rizos envueltos en cuidadas y delicadas mechas rubias que poblaban su envidiada cabellera. Estaba radiante y feliz y necesitaba compartirlo con su viejo amigo—. No sabes la sensación de paz que se respira ahí dentro, Miguel. Tienes que entrar un día. Tienes que vivirlo, es un lugar perfecto para perderse y encontrarse con uno mismo… —De repente, se percató de que estaba faltando a las más elementales normas de educación y se apresuró a corregir su error—: Por cierto, déjame que te presente a Najib Almallah, un amigo; Miguel Fernández… —pensó atropelladamente en cuál sería la presentación más adecuada, sin tener que mencionar su calidad de ex novio ni su condición de policía—: otro amigo.

Los hombres estrecharon sus manos en una forzada pantomima.

—Creo que debemos irnos. Se acerca la hora de recoger a Iván y no podemos llegar otra vez tarde. —Najib insistió premeditadamente en el uso del plural y en remarcar, con el nombre del pequeño, la confianza que existía entre ellos.

—Sí, claro. Es verdad. —Estaba nerviosa, aunque no entendió por qué—. Me ha alegrado mucho verte, espero que las cosas te estén yendo como querías.

—A mí también me ha gustado. —Miguel quiso evidenciar sus sospechas y comprobar la reacción del acompañante de Sara. Se engañó atribuyendo sus intenciones a la deformación profesional, cuando el único interés que le movía en aquel momento era el personal—. Quizá algún día te llame, podríamos quedar a tomar un café, para ponernos al día. ¿Te parece bien?

—Perfecto. Llámame y charlamos. Ahora tengo que irme. Cuídate, Miguel.

Los ojos de Najib asistieron serios a los dos besos de despedida que Sara y Miguel cruzaron. La imagen se quedó grabada en su cabeza, y la repetiría luego, más tarde. Ella vio en su reacción ante Miguel el eco de los celos; él, algo que podría trastocar sus planes. El currículo sentimental de Sara no le importaba lo más mínimo ni representaba para Najib ningún problema, pero no estaba dispuesto a que ningún fantasma del pasado alterara los planes de futuro que tanto tiempo llevaba confeccionando para ella.

—Creo que está enamorado de ti —le dijo él para tantear el terreno, por si pudiera detectar algún peligro capaz de amenazar sus designios. Se esforzó en mostrarse ante ella tímidamente celoso—. No tendré nada de lo que preocuparme, ¿verdad?

—Solo de procurar que siga tan enamorada de ti como lo estoy en este momento. Ese debe ser tu único desvelo.

—Puedes jurar que así es —sentenció esbozando una sonrisa que escondía un arduo trabajo—. Vivo para eso.

La sensación de paz que le había regalado la visita a Abu Baker persistió varada en las entrañas de Sara: la llevó consigo durante toda la jornada, en las clases de la escuela de idiomas, e incluso permanecía viva cuando llegó a casa, uno de los momentos más temidos durante las últimas semanas por la posibilidad de una nueva discusión acalorada con su padre. Las tensiones, los miedos y las preocupaciones parecían estar guardando las distancias, en una cuarentena que se le antojó placentera. Deseó que aquel estado durase para siempre. Sin embargo, una ausencia imprevista, un silencio que escapaba a sus razonamientos, amenazó sus deseos.

10

Sara no supo de Najib el resto de aquel día. Tampoco al otro. Ni al siguiente. Era la décima llamada que le hacía al móvil pero la respuesta que obtenía no variaba: el buzón de voz. No lo entendía. ¿Dónde estaba? ¿Por qué no le había llamado como solía hacer cada noche? ¿Por qué no habían quedado aquel fin de semana, como hacían siempre? Y lo que era peor, ¿por qué no atendía sus llamadas? Cuando al enésimo intento, ya durante la noche del sábado, ni siquiera le saltó el buzón de voz y en su lugar lo hizo una grabación que explicaba que el número que marcaba no existía, empezó a engrasar la maquinaria de las conjeturas y su cerebro comenzó a abrazar todo tipo de fatalidades empujándola a un profundo e inalcanzable agujero negro.

La sensación de desamparo era absoluta. No sabía a quién llamar ni adónde acudir para averiguar si alguien sabía algo de él. No conocía a nadie de su círculo más íntimo: ni un amigo, ni un hermano, ni un compañero de trabajo. Nadie. ¿Cómo era posible? Si algo así le ocurriese a él, sabría dónde localizarla, a quién acudir: iría a la escuela de idiomas, a su casa, al colegio de Iván, a la cafetería donde solía quedar con alguna amiga por la mañana, o podría localizar incluso a la propia Lucía, a quien había conocido en una visita conjunta a la inmobiliaria donde él trabajaba. Pero ¿y ella? ¿Cuáles eran sus referencias? Ni siquiera recordaba la dirección a la que habían ido en verano para celebrar el cumpleaños del hijo de Fátima y consideró absurdo acudir en su busca a la mezquita. Pensó en acercarse a la sucursal de la inmobiliaria donde trabajaba, pero solo había ido una vez con Lucía y no sería capaz de encontrarla sin más indicaciones. ¿Cuántas oficinas de compra y venta de casas habría en aquella zona? Ni siquiera conocía el nombre de la empresa ni mucho menos su teléfono; nunca lo había necesitado, siempre le llamaba al móvil.

Lo único que podría hacer era ir a su casa, llamarle al telefonillo y esperar a que alguien contestara, pero si le había pasado algo y no estaba en su casa, sino… ¿Qué haría si el interconector del portal con la vivienda devolvía los mismos silencios que el móvil? No era posible que hubiese desaparecido de la noche a la mañana, sin dejar rastro, sin dar señales de vida, sin molestarse en realizar una llamada que hubiese aplacado sus llamaradas de ansiedad y desolación. No podía habérselo tragado la tierra. No lo aceptaba.

Pensó en actuar con determinación y acudir a su casa aquel mismo día. Pensó en pedir un taxi y plantarse allí, pero el miedo frenó su renovado ímpetu: temió estar procediendo de una manera exagerada, dramatizando aquella ausencia. Tan solo hacía dos días y medio que no hablaba con él. ¿Y si había tenido algún problema familiar y se había visto obligado a ausentarse? ¿Y si simplemente le había surgido alguna urgencia de trabajo? ¿Y si había quedado con los suyos? ¿Y si no se encontraba bien y prefería estar solo y descansar? ¿Y si había olvidado su teléfono en algún lugar? «Me hubiese llamado desde otro —pensó—. Y si está enfermo o le ha pasado algo, lo normal es que yo pudiera atenderle en lo que necesitara.»

El lunes por la tarde abandonó su clase durante unos segundos para llamar con tiempo suficiente al taxi que debería recogerla. Nada más hacerlo, una nueva llamada entró en su móvil: nueve dígitos que no conocía. Faltaba aún media hora para terminar su jornada y sus alumnos la esperaban en el aula. No podía hacerles esperar más. Además, nunca atendía llamadas en horario lectivo. Rechazó la llamada, pero una vez dentro del aula, el teléfono volvió a vibrar sobre su mesa. Terminó de escribir unas frases en la pizarra y mientras respondía a las preguntas de los alumnos, miró de reojo la llamada perdida: el mismo número desconocido de antes. Un pequeño símbolo con un sobre apareció en su pantalla, un mensaje. Sintió cómo el corazón se le paraba. ¿Y si era Najib intentando ponerse en contacto con ella? Podría estar llamando desde otro teléfono y por eso no conocía su número. Miró el reloj. Solo quince minutos para finalizar la clase y los alumnos no dejaban de plantear dudas. Fue el cuarto de hora más largo de su vida. Hasta en tres ocasiones estuvo tentada de excusarse de nuevo y salir al pasillo para escuchar el mensaje, pero no lo hizo por miedo a resultar poco profesional y faltar a su deber. Podría haberse encontrado a doña Marga y conocía perfectamente lo mal que llevaba ese tipo de prácticas, salvo motivo de vida o muerte. Y este, de momento, no lo era: si había estado cerca de tres días sin tener noticias de él, podría aguantar otros quince minutos.

Cuando el reloj marcó al fin las nueve y el pasillo comenzó a llenarse con la bulliciosa presencia de estudiantes, Sara despidió a sus alumnos y sin abandonar el aula, marcó rápidamente el número de su buzón de voz. El saludo de inicio le pareció eterno. Eterno, absurdo y prescindible. Su cuerpo se relajó cuando escuchó que la voz de aquel mensaje correspondía a Miguel, que había decidido cumplir su promesa de llamarla para verse algún día. De nuevo la desolación. No esperó a que la decepción la machacara más, recogió rápidamente sus cosas y salió a la calle en busca del taxi que ya debería estar esperándola. Cuando se disponía a entrar en él, el insistente claxon de un vehículo aparcado bajo la única farola que no alumbraba la avenida la hizo detenerse y mirar. La bocina del vehículo volvió a reclamar su atención y Sara vio cómo se encendían y apagaban las luces largas. De entrada pensó que era el pretendiente de doña Marga, pero luego el conductor salió del coche y ella no pudo evitar la sonrisa.

Era Najib. Sí, era él.

—Señorita, ¿va a subir o nos quedamos aquí toda la noche?

Alargó la mano y le tendió al taxista un billete que saldaba con creces lo que marcaba el taxímetro y salió corriendo hacia el coche de Najib. Quería abrazarle, besarle, colgarse de su cuello y no separarse de él en horas. No lo hizo.

—¿Sabes lo preocupada que me has tenido? Llevo tres días pensando que te había pasado lo peor. ¿Por qué no contestabas al teléfono? ¿Por qué no me has llamado en todo el fin de semana? —La piel de su cara estaba completamente asaltada por el rubor y sus lagrimales, al borde de la ruptura, amenazaban con abrir las compuertas para dejar escapar un manantial de lágrimas—. ¿Dónde estabas, por Dios santo? He estado esperándote, estaba preocupada, no sabía nada de ti…

—Perdóname, mi amor, no fue mi intención preocuparte. El viernes por la noche tuve que salir de Madrid por una urgencia familiar —hizo un ademán con la mano, como restándole importancia—, no era cosa de vida o muerte, pensaba volver el sábado pronto, pero al final todo se complicó y… Para colmo perdí el móvil, en realidad creo que me lo robaron, y ya sabes que con estas agendas es imposible aprenderse un número de memoria. Llegué ayer a mediodía y pensé en acercarme a tu casa, pero con las cosas como están, yo…

Poco a poco Sara iba bajando la guardia. Sí, en su situación más les valía que él no se acercara a saludar a Mario.

—Estaba deseando verte… —Buscó su mano y se dio cuenta de que ella comenzaba a aceptar sus argumentos.

—Podías haber venido aquí antes de las clases, aunque fuera un minuto —replicó, borrando de un plumazo eso que tantas veces se había dicho a sí misma acerca de no mezclar su relación con el lugar de trabajo. No, mejor que no lo hubiese hecho, ¿por qué tenía que ser todo tan complicado?

—Hoy me he pasado la mañana ayudando a un amigo en su nuevo negocio… Te va a encantar. —El recelo de Sara había quedado atrás. Sabía que aún tendría que darle algunas explicaciones, pero la tormenta había pasado. Siguió hablando—: Además, he estado acordándome de ti todo el día. Mi amigo quiere que te lleve a su local. Quiere que seas la primera.

—¿Su local? ¿Qué local? ¿Para qué? ¿Ser la primera en qué? —El mohín de su rostro le hizo saber que la reconciliación estaba cerca.

—Es una sorpresa —anunció buscando la complicidad perdida.

—Una sorpresa… Están empezando a no gustarme… —le dijo aceptando, ahora sí, el abrazo fuerte que él le ofrecía—. No me vuelvas a hacer esto a no ser que me quieras matar de un disgusto.

Najib acató la advertencia, madurándola en su interior. Cuando la dejó en casa, le dio su nuevo número de teléfono.

—¿Uno nuevo? ¿No te han respetado el que tenías? ¿Por qué?

Las operadoras tienen la obligación de hacerlo. Tenías que habérselo exigido. Seguro que te vieron tan apurado…

—No importa. Lo prefiero así y de paso aprovecho para limpiar mi agenda de contactos que ya no me son útiles. —Se acercó a ella para besarla en los labios—. Te quiero. Y estoy deseando que llegue el fin de semana para que podamos dormir juntos, aunque solo sea un poquito. ¡Ah! —le recordó—. Mañana no te olvides, a las nueve paso a buscarte. Tu sorpresa.

Sara asintió. Otra sorpresa. Aquel hombre era un monumento al asombro continuo, a la fascinación, al embrujo. Aquella noche la venció el sueño tejiendo cábalas sobre el día siguiente. Sin embargo, sus esfuerzos conocieron de nuevo el fracaso. Jamás podría habérselo imaginado.

Cuando Najib la invitó a cruzar aquella puerta de cristal reforzada con láminas blancas y negras, y sobre cuyo escaparate se podía leer «Centro de Estilo Internacional Abdala», no podía sospechar que cuando volviese a cruzarla lo haría como una mujer diferente, o al menos, pareciéndolo. Al principio la idea de verse privada de su hermosa cabellera, de desprenderse de una manera tan drástica de sus envidiables rizos dorados que tanto tiempo la habían acompañado, no le pareció nada afortunada.

—Tienes una cara de ángel. Pareces una estrella de cine. El pelo no puede robarte protagonismo —le decía el dueño, Abdala, como bien rezaba el nombre del local—. Mírate, eres bellísima. ¿Cuánto hace que no te cortas el pelo? ¿Cuánto que no lo dejas nacer como él quiere y le permites lucir su color natural, sin tintes que lo disfracen y lo estropeen?

—Es que a mi pelo le da lo mismo que lo disfrace de lagarterana.
—A juzgar por el gesto de despiste que asoló el rostro del estilista, este no tenía ni idea de qué significaba eso realmente—. Mi pelo no se rebela nada. No hay discusión. Lo siento, pero no me convence.

Por muchas tazas de té que el dueño del local le sirviera, por muchas fotografías de bellas mujeres —la mayoría de origen árabe— que le enseñara, por muchas muestras sobre la pantalla del ordenador de lo bien que le quedaría a su rostro ovalado el corte y el color que le proponía, no iba a tener nada fácil el convencerla. Estaba dispuesta a defender su imagen con todas las armas que tuviera a su alcance, que adivinaba serían múltiples y eficaces. Podría ceder a un baño de color, a una mascarilla nutritiva especial, a un tratamiento alisador, a un corte escalonado, pero nada que ver con el disparate que le proponía... Hasta que habló Najib:

—A mí me gustaría —medió. Había permanecido en silencio, sorbiendo su taza de infusión humeante y sin perder de vista un segundo la mirada de Sara—. ¿Por qué no pruebas? Yo creo que estarás guapísima. Y así varías, te abres a otras opciones. Abdala tiene razón. Eres preciosa, ¿qué pierdes con probar? Pero claro, la última palabra es tuya.

La sonrisa de Najib hizo que Sara se contemplase en el espejo con otros ojos. Quizá la propuesta no fuese tan descabellada como imaginaba, quizá ya era hora de acabar con un monopolio ondulado y rubio que había durado años. Volvió a observar la imagen de su rostro en el ordenador y alternó su retrato entre la opción presente y la que le proponían. Le llevó unos segundos decidirse, y en aquel tiempo nadie se atrevió a interrumpir su sesuda reflexión. ¿Por qué no? No tenía que darle cuentas a nadie: su imagen era suya y solo suya. No había pedido opinión ni temió la reacción de nadie cuando se dejó el pelo largo y se lo tiñó de un rubio más platino que el que la naturaleza le había concedido, en origen castaño oscuro, y no tenía por qué hacerlo ahora. Además, a él le gustaría y eso le agradaba. Le agradaba mucho, hasta el punto de agitarla por dentro con solo pensar que aquello le haría sentirse más deseada ante sus ojos. Todos esperaban una decisión que acatarían sin más.

—Vale. Lo hago. Me pongo en tus manos.

Najib recibió el anuncio con una enorme sonrisa que le ocupó todo el rostro y que hizo centellear sus ojos negros más de lo habitual.

—Verás lo guapa que quedas. No voy a poder ni sacarte a la calle.

Cambiar de imagen le llevó escasamente una hora y media. Desde que Abdala comenzó la obra de ingeniería que tenía en mente, Sara escondió la nariz en unas revistas que ni siquiera entendía; encontró en las fotos el punto perfecto para centrar su visión sin ceder a tentativas de elevar su mirada en busca de novedades. No se atrevía a comprobar su nueva imagen en el espejo hasta que no fuera definitivo. No quería vistazos parciales que resultaran embusteros o que la distrajeran del resultado final. También el inductor de aquel cambio radical había entrado en la trastienda del negocio, y allí permaneció hasta que Abdala dijo que ya estaba, había terminado.

Con un grito requirió la presencia de Najib. Sara no supo por qué extraña razón le había advertido a él antes que a la propia clienta y aquello la ofendió de primeras, pero después de pensarlo mejor, se dijo que casi prefería ver la cara de su amor para evitar un impacto demasiado brusco. Cuando observó el gesto de complacencia y aprobación de Najib, se sintió aliviada y volvió sus ojos hacia el espejo situado enfrente. Estaba bella. Diferente. Muy distinta. Pero bella. El cambio a un pelo más corto, que apenas le llegaba a la altura de los hombros, y mucho más oscuro, incluso más que su tono natural, fue lo primero que le impactó. Mas conforme fue descubriendo matices, perfiles, detalles, tonalidades, sombras y siluetas desconocidas hasta el momento, se fue sintiendo realmente satisfecha de la decisión que había tomado. Se encontraba a gusto, atractiva, moderna. Estaba convencida de haber acertado. Y a juzgar por la reacción de Najib, no había duda de que lo había conseguido.

Abandonaron el local contentos y orgullosos. De nuevo había logrado sorprenderle.

—Te dije que te gustaría. Abdala es un gran profesional. Antes tenía otro centro de belleza en la calle Tribulete, un poco más por el centro. Se llamaba Abdou. Allí hacían ritos… —rectificó rápidamente sus palabras, achacándolo a un mero error lingüístico—, tratamientos de purificación con enorme aceptación entre la clientela. Yo mismo los probé y funcionaban. Pero tuvo que cerrar.

—¿Por qué? —Najib evitó contestar a la pregunta.

—Una larga historia. Lo importante es que estás guapísima. Verás cómo le encanta a todo el mundo

—A mí, con gustarte a ti me vale.

Se sentía feliz. Le gustaba el aire que le confería su nuevo corte de pelo, más fresco, más moderno, vanguardista, y por descontado, mucho más cómodo. Se alegró de haber recuperado, casi, su color de pelo original, después de tantos años torturándolo con tintes: el castaño oscuro marcaba aún más sus facciones y las resaltaba de tal forma que evidenciaba aún más su belleza natural.

—Hay que tener una cara perfecta para que te quede bien ese corte —le confió Carol en un receso de las clases en la escuela de idiomas—. Y tú eres preciosa, lleves el pelo como lo lleves. A mí me gusta. ¿Qué sabrá Pedro? Nunca he entendido por qué a los hombres les gusta tanto el pelo largo. Es como una especie de obsesión, como la de los pechos grandes. Claro, como ellos no tienen que pasar horas arreglándoselo, nutriéndolo e hidratándolo, gastándose un pastón en rizarlo, alisarlo, secarlo, peinarlo…

No es que Pedro hubiese dicho que no le gustaba; solo invirtió más tiempo en mirarla, en sacudirse de la retina la sorpresa inicial, el impacto del nuevo look de su colega favorita y en decidirse a emitir, apremiado por las presentes, un veredicto:

—Yo siempre te veo guapa, te cortes el pelo, te plantes una peineta en todo lo alto o te coloques una réplica de la Venus de Nilo. Pero sigo pensando que esos cambios responden a algo que no nos has contado. Mejor dicho, a *alguien*. Y dejadme en paz ya con tanta pregunta sobre estilismos, que no tengo nada más que decir.

El pasmo había sido demasiado brusco y necesitaba algo más de tiempo para asimilarlo. Eso era todo. Lo mismo le sucedió a Mario cuando vio entrar a su hija luciendo nueva e impactante imagen:

—Hija, no pienses que no me gusta. Tú siempre estás guapa. Me ha sorprendido, y ya está. Además, eso crece enseguida.

Es posible que en otro momento aquel comentario un tanto ambiguo de su padre hubiese conseguido desmoralizarla, pero en el actual lo tenía francamente difícil. Estaba feliz y nada ni nadie podría cambiarlo. Lo estuvo pensando mientras buscaba su reflejo en todos y cada uno de los escaparates ante los que pasaba para comprobar lo acertado de su cambio radical de imagen. No podía ser una mera coincidencia: relacionaba su buen ánimo con la aparición de Najib en su vida. Desde su llegada todo se había magnificado, enriquecido. Sus barreras se habían abierto; sus temores, disipado; sus expectativas, engrandecido; sus sueños, revitalizado. El tiempo que pasaba junto a él solo podía calificarlo de extraordinario, aunque no era tanto como a ella le hubiese gustado. Estaba de mejor humor, más amable, simpática y afectuosa, actitudes que ya en ella eran bastante habituales pero que entonces se veían amplificadas. Incluso disfrutaba más de Iván: le miraba ensimismada en el parque o mientras velaba su sueño, al tiempo que se decía que quizá esta vez sí, quizá por fin podría ofrecerle una figura paterna que no se diluyera a la primera prueba de fuego. La relación con su padre era la única espina de vital importancia que continuaba clavada en su corazón y eso era lo que más le dolía. De momento, una calma tensa había tomado el relevo de las continuas y desesperantes discusiones entre ellos, aunque era cierto que habían decidido aparcar el tema de Najib para evitar males mayores. Lo mismo ocurría con Lucía de la Parra Mengual: desde el día de la acalorada conversación en la cafetería, no habían vuelto a hablar. Le gustaría, pero no pensaba ser ella la primera que agarrara el teléfono y marcara su número. Todavía se sentía herida y tratada injustamente. Mejor dejarlo correr.

Por lo demás, no podía estar más satisfecha con su vida. Quería devolverle algo a Najib, expresarle su agradecimiento de una manera más clara, fehaciente, demostrarle que ella también era capaz de sorprenderle, que era capaz de improvisar, que también a ella se le daba bien proponer aventuras y no dejarse siempre llevar por los aires que le venían marcados. Deseaba sorprenderle.

Durante varios días pensó en la manera de hacerlo. Quería

arriesgarse como él lo había hecho, cometer alguna pequeña locura, casi de adolescente, que les divirtiera y alimentara aún más la complicidad que existía entre ellos. Después de darle varias vueltas y tras sopesar los pros y los contras, creyó que había encontrado el modo. Aún era martes, quedaban tres días para el fin de semana, cuando daban rienda suelta a su amor y desataban la pasión acumulada. Pensó que sería buena idea adelantar el encuentro y planeó todos los detalles para poder hacerlo. Pidió una tarde en la escuela de idiomas y llamó a Mónica, la canguro, para que se encargara de recoger a Iván en el colegio, darle de merendar y ayudarle unas horas con los deberes. Durante la mañana preparó la cena para los dos hombres de la casa. A Mario le explicó que esa noche llegaría tarde, e inventó una cena fantasma con algunos compañeros de la escuela. Recalcó lo de «algunos», no fuera que la maldita casualidad propiciara que encontrase a alguno de ellos y el castillo de naipes que tanto le había costado alzar se derrumbara antes de poder disfrutar de él. Todo estaba dispuesto para que nada malograra su pequeña aventura. Cualquier detalle que se le antojó crucial fue controlado y encauzado de inmediato en sus planes. Por supuesto, a Najib no le diría ni una sola palabra: ahora era ella la que exigía el papel de artesano de sorpresas y él sería el asombrado personaje que se sentiría gratamente abrazado por la divina improvisación. Saboreó cada minuto que invirtió en madurar los preparativos, en disponer hasta el último de los pequeños detalles, esos que podrían arruinar un plan a priori perfecto, en fabricar las mentirijillas con las que iba tejiendo una red salvadora cuando la curiosidad ajena o una pregunta inoportuna estuvieron a punto de hacerla caer al vacío, y mientras, minuto tras minuto, imaginaba las reacciones de ambos cuando sus ojos se encontraran.

A media tarde, cuando las agujas del reloj marcaban las seis, Sara bajó del taxi que la dejó frente al portal de Najib, en el barrio de Tetuán. Sabía, porque así se lo había confiado en conversaciones anteriores, que a esa hora le encontraría en casa. Le imaginó descansando, viendo la televisión, sorbiendo un delicioso té, preparando sus clases de gramática árabe y de interpretación coránica, o leyendo el Corán, algo que solía hacer bastante a menudo a juzgar por la envidiable capacidad de memorizar y reproducir fragmentos literales del libro sagrado —porque a aquellas alturas si algo tenía claro es que Najib sentía predilección por la sunna (los dichos y los hechos del Profeta), los hadices (los relatos, las narraciones de vida del Profeta, las máximas que marcan las tradiciones proféticas) y las fiqhs (las sentencias)—, o quizá se encontraría navegando por internet, una de sus grandes aficiones, en sus propias palabras «por el mundo de conocimientos que descubres tan solo apretando una tecla».

Sus ojos buscaron apremiantes el número y la letra del piso en el telefonillo del portal. Cuando localizó el piso cuarto y la letra C, apretó el botón de color blanco, que hizo brotar un afinado sonido. Esperó unos segundos, sonriendo para sí mientras imaginaba la cara de sorpresa que se le quedaría a Najib al escuchar su voz a una hora en la que la suponía en la escuela de idiomas. Al no obtener la respuesta rápida que esperaba, volvió a insistir una y otra vez como si su dedo índice lo hubiera poseído un extraño tic nervioso. Al cabo de unos veinte segundos, una voz se filtró por los pequeños agujeros del intercomunicador.

—¿Quién es? —preguntó un tono neutro, que casi le costó reconocer.

—¡Sorpresa! ¿Me abres? —Solo obtuvo un silencio y se preguntó si la habría escuchado—. Hola, mi amor, soy yo. ¿Me oyes? Soy Sara. —El mutismo persistió aún durante unos segundos—. Najib, ¿estás ahí?

Por fin, el sonido de apertura de la puerta, accionado desde la vivienda, le permitió empujar el portón de cristal y acceder al portal. «Debe de estar estropeado, por eso no me puede oír. Estos trastos siempre están igual», pensó mientras subía en el ascensor. En el pequeño marcador luminoso situado en la parte superior del panel de los botones, los pisos treparon rápido hasta llegar al cuarto. Cuando oprimió el cajetín de llamada de la puerta C, tuvo la sensación de que alguien la observaba por la mirilla. Echó un vistazo a la letra y al número de piso por si se había equivocado. No había ningún error.

Por fin apareció.

—Pero ¿qué haces aquí? —preguntó con la puerta entornada.

—Quería darte una sorpresa. He pedido la tarde libre para estar juntos. ¿No te parece genial? En casa creen que esta noche tengo una cena, así que podemos dar rienda suelta a nuestra imaginación… —Intentó darle un beso, pero Najib se alejó, quizá de manera inconsciente, como si la situación le incomodara—. ¿Qué pasa?

—Nada, nada —contestó mientras abría un poco más la puerta—. Es que estoy reunido con una gente por un tema importante que ha surgido y que tenemos que solucionar, y la verdad me has pillado un poco por sorpresa —le explicó haciendo esfuerzos por bajar la voz.

—Esa era la idea —replicó. Empezaba a intuir que quizá no había sido tan buena idea como ella pensaba—. Igual que haces tú conmigo.

—Sí, pero yo te aviso antes. ¿No recuerdas cómo te pusiste conmigo cuando aparecí una mañana en tu casa para devolverte el móvil? —Percibió que Sara, que aún continuaba en el descansillo, no estaba aceptando nada bien su pequeña reprimenda. Rápidamente corrigió su tono de voz y su postura, un tanto a la defensiva, y la invitó a entrar—. Pasa, no te quedes ahí. No te confundas, me ha encantado la sorpresa, es solo que me has pillado liado en este tema —dijo señalando al salón, donde parecía estar esperándole un grupo de personas—. Te voy a pedir un favor y espero que lo comprendas: espérame en mi cuarto. No me va a llevar más de diez minutos. Despido a esta gente y enseguida voy contigo y te lo cuento todo. Puedes escuchar un poco de música si quieres o ponerte aún más guapa de lo que estás —le insinuó con una mirada en la que ella reconoció a su compañero de siempre—. ¿Lo harás?

Al pasar por la estancia en la que se estaba celebrando aquella enigmática reunión, Sara pudo ver a cuatro hombres que le lanzaron miradas de desconfianza y recelo; le quedó claro que no era bien recibida y que su llegada había interrumpido aquello tan importante que se traían entre manos. Eran árabes, o al menos eso parecía. Dos de ellos, los que lucían largas barbas, vestían con una chilaba amplia y larga, la misma indumentaria que vio en la mayoría de los hombres el día que fue a la mezquita. Otro estaba de espalda y ni siquiera se giró para contemplarla, aunque de haberlo hecho, hubiese sido con el mismo rechazo que sus compañeros. Cuando el dueño de la casa la presentó, más por obligación que por deseo, ninguno de ellos le dedicó una sonrisa y solo uno pronunció unas palabras en árabe que ella no alcanzó a entender; desde luego, habría jurado que no era ningún cariñoso saludo de bienvenida, como intentó hacerle creer Najib antes de llevarla en volandas hasta la habitación.

—Son unos bordes. Unos maleducados. ¿Qué hacen en tu casa? ¿Por qué estás con ellos? ¿Quiénes son? Yo solo quería darte una sorpresa. Solo quería estar contigo y pensaba que tú también conmigo. ¿Sabes todo lo que he tenido que hacer para poder venir esta tarde?

—Siempre haciendo preguntas, profesora —le dijo besándola, esta vez sí, en la boca y mordisqueando sus labios como a ella tanto le gustaba—. Espérame aquí. Vuelvo enseguida. En cuanto te lo cuente todo, lo comprenderás y dejarás de decir cosas tan absurdas. Estoy deseando estar contigo. Y me ha encantado tu sorpresa.

Sencillamente no le creyó. Ni cuando le dedicó una sonrisa y clavó en ella sus profundos ojos negros, ni cuando cerró la puerta tras de sí para mantenerla lo más aislada posible del salón. Le fastidió que su llegada no hubiese respondido a las expectativas que se había fabricado en su cabeza, por mucho que Najib le asegurase lo contrario. Estaba molesta, furiosa y muy decepcionada. Se sentó al borde de la cama y empezó a observar el cuarto que casi siempre contemplaba a oscuras y desde una perspectiva horizontal. Le extrañó que a esas horas no estuviera hecha todavía la cama; también el desorden reinante en el cuarto. No era lo habitual, al menos cuando ella pisaba la casa los fines de semana.

Después de unos minutos en los que intentó calmar la indignación que devoraba a dentelladas su interior, se levantó. Se aburría. Pegó la oreja a la puerta intentando escuchar algo de lo que se debatía con tanto secretismo a escasos metros de donde ella estaba, pero no fue capaz de oír más que su respiración. Finalmente se dirigió al escritorio. Pensó en poner algo de música que consiguiera relajar su maltrecho espíritu. Seguramente encontraría algún CD entre el desbarajuste que anidaba en la mesa o en las pequeñas baldas que se apostaban en la pared. Un manto de libros, nuevos y antiguos, cuadernos, papeles, revistas, folios, libretas y sobres se desplegaba sobre la superficie de la escribanía. El caos pareció abatirla y se dejó caer en la silla situada frente a la mesa. Sus ojos se desplazaron en busca de algo que atrajera su atención lo suficiente para poner fin al hastío que la dominaba en aquella espera no planeada. Finalmente, su retina se posó sobre la pantalla del ordenador, y algo llamó su atención. Una figura abstracta daba vueltas sobre sí misma y cambiaba de forma y de color en cada movimiento. Sus dedos se posaron en el teclado y apretaron la barra espaciadora, con la única intención de hacer desaparecer aquella figura absurda que la estaba poniendo nerviosa. Y entonces un nuevo grafismo apareció en la pantalla.

Parecía una página web. Se acercó un poco más y pudo observar, en la franja derecha de la pantalla, la imagen de un hombre vestido con prendas militares, un pañuelo dispuesto sobre su cabeza y su cuello a modo de pasamontañas que tan solo le dejaba los ojos al descubierto, una cinta negra con una leyenda bordada en letras blancas coronando su frente y un fusil enorme entre sus manos. Unas inscripciones, también con caracteres arábigos, completaban los adornos de la página; pudo distinguir algunas palabras como «reconquista», «muerte» y «sangre». Su mirada se posó en el chat que ocupaba la parte inferior de la pantalla. Casi todos los comentarios estaban en árabe y en inglés, algunos en alemán y muy pocos en español. Cuando comenzó a leer, su gesto se transformó. Su cerebro no podía dar crédito a sus ojos.

Salaam345: No habrá salvación para la Umma, salvo que sigamos
el principio de colgar al último infiel con los intestinos del último sacerdote cristiano. La victoria será nuestra, hermanos.

Dar-al-islam: Si yo fuera general de los muyahidines me dedicaría
a cortar con un cuchillo pequeño el cuello de los malditos infieles, pero lo haría despacio para mantenerlos vivos mientras se
tragan su propia sangre.

FathAndalusí: Mientras haya un palmo de terreno musulmán invadido por infieles, existe la sagrada obligación de liberarlo con la
yihad. Luchad, morid, hermanos, por el regreso de Al Ándalus.

jangsalar: Lograremos un rezo del viernes en la actual mezquita
catedral de Córdoba. Ese será el primer paso para la Reconquista total. No hay más Dios que Alá y Muhammad es su profeta.

Wafa 23: Hemos empezado la lucha. El resto de los árabes, el mundo entero nos está mirando. Judíos, judíos, el ejército del profeta volverá. Mártir, mártir, descansa en paz, estamos detrás de ti
y somos el símbolo de la lucha.

La sequedad que inundó su garganta no le permitía ni siquiera
tragar saliva. Sentía un nudo enquistado en su tráquea. No entendía nada. ¿Qué era todo aquello? ¿Qué hacía en el ordenador de
Najib? Las frases incendiarias que leía le iban apuntillando las sienes como alfiles al rojo vivo. Los latidos de su corazón bramaban
por más sangre y algo punzante parecía estar atravesando su ya
maltrecho estómago. Su dedo se desplazaba frenético por el teclado
del ordenador, se dejaba llevar a enlaces que le descubrían otras
páginas con los mismos textos apasionados y violentos, con imágenes de guerra, de atentados, mapas de diversos emplazamientos
geográficos, planos aéreos con rutas que atravesaban Europa y los

Estados Unidos, cartografías de países como Afganistán, Pakistán, Somalia, Chechenia y Yemen, y gráficos con garabatos a modo de croquis que versaban sobre una amplia gama armamentística… En una de ellas pudo ver cómo se detallaba minuciosamente, con dibujos y esbozos, los pasos que dar para fabricar una bomba en la cocina de casa. Sus ojos no podían permitirse el lujo del pestañeo. Los llegó a sentir secos.

De pronto, un tremendo portazo se unió al sonido de unos pasos acercándose a la habitación, y aquello logró despertarla del letargo sensorial en el que aquella visión la tenía sumida. Quiso apagar el ordenador, pero cuando iba a hacerlo la invadió un sentimiento de terror. Al fin y al cabo, aquellas imágenes estaban allí cuando ella entró en la habitación. Si las hacía desaparecer con un movimiento rápido de sus dedos, Najib sabría que había estado curioseando. Mejor dejarlo todo como lo encontró. No entendió por qué tanta cautela ni por qué el temor. Optó por minimizarlo dentro de la pantalla del portátil, algo que consiguió justo cuando el dueño de la casa abrió de golpe la puerta. Temió que la hubiera descubierto fisgoneando en sus cosas, como una burda detective en busca de las pruebas de un delito cuya naturaleza desconocía. Cuando le vio acercarse a ella con aparente parsimonia intentó buscar alguna excusa que consiguiera salvarla de aquella situación de la que empezaba a sentirse tremendamente avergonzada.

—Ya estoy aquí. Te dije que no tardaría. ¿Me has echado de menos? —dijo cogiéndola de la cintura y llevándosela a la cama. Sus manos la desnudaban más rápido que nunca, como si tuviera una especial urgencia por poseerla—. ¿Y cómo se te ha ocurrido todo esto? Me encanta cuando esa cabecita se pone a pensar en cómo sorprenderme.

No esperó una respuesta. La besó como si codiciara robarle hasta el último aliento, mordiendo cada parte de su cuerpo con una voracidad animal; deseaba someterla a su entera voluntad, lamer la suave y delicada piel con la misma sed de un alma perdida en el desierto durante días. La poseyó con una intensidad desconocida, con embestidas cargadas de una ira inédita, con un ímpetu avasallador, con firmeza. De su boca salían murmullos indescifrables, expresiones insondables, arcanos gemidos, roncos y profundos, que acababan varando en el oído de Sara. Ella se había rendido a él y el placer que sentía enmudecía su garganta. Por primera vez él le habló en su idioma paterno pero no pudo saber qué encerraban las palabras que salieron de su boca. La autoridad con la que Najib la poseía la llevó a un estado de abandono absoluto, le había cedido toda iniciativa. Aquello era algo distinto, alejado de la delicadeza acostumbrada entre la pareja, pero que no parecía disgustar a ninguno de los dos, aunque fuera él quien más lo exteriorizaba.

Fueron unos momentos eternos, entregados a la total inconsciencia y al aturdimiento sensorial, en los que el tiempo perdió el sentido. El espacio se difuminó hasta evaporarse en la nada y la realidad se convirtió en una mera entelequia. Solo cuando Najib dejó de moverse sobre ella, cuando sus jadeos y sus palabras cesaron de acariciar su oído, el cosmos volvió a recuperar su forma más mundana. Una fina capa de sudor empapaba como único disfraz a los dos cuerpos, abandonados sobre la cama, agotados por el torbellino de fuerza y entrega desatado, arrollados por el placer, por la energía derrochada y vencidos por el deseo más terrenal que en otro momento hubiese sido motivo de rubor. Poco a poco sus respiraciones se avinieron a una calma redentora, sembrando la paz donde antes se desató la guerra.

Cuando Najib regresó del aseo, hacia donde se había dirigido sin terciar palabra, recuperó su lugar en el desbarajustado lecho al lado de Sara, aún desfallecida.

—Gracias por esta sorpresa —le susurró él al oído, una vez recuperó el aliento—. Cada día me gusta más poseerte, cabalgar sobre tu silencio. No podría imaginar todo esto sin ti. Me has cambiado. Has entrado en mi vida arrasándolo todo. Has hecho de mí un hombre nuevo.

—Yo no he hecho nada de eso. Has sido tú. Siempre eres tú el que consigue volverlo todo del revés: mi vida, mis planes. Siempre tú. —Permaneció unos instantes en silencio, mirando el techo de la habitación—. ¿En qué piensas ahora mismo?

—En un cuento popular que me contaron de pequeño y que me ha acompañado toda mi vida, esperando el momento en el que por fin pudiera entenderlo y vivirlo en primera persona.

Era consciente de que acababa de despertar su interés, como siempre que anunciaba uno de esos relatos. Hizo una pausa e inició la narración. Le encantaba relatar este tipo de leyendas. Se sentía bien en el papel de cronista.

—Un árabe inició un viaje existencial adentrándose en el más duro desierto, con un calor abrasador durante el día y un frío glacial durante la noche. Sucedió que una de ellas, una de las más gélidas que había vivido durante el largo trayecto, el hombre consiguió guarecerse del frío en una hermosa tienda de campaña que logró levantar, no sin mucho esfuerzo. Removía las ascuas que había conseguido prender en el interior de la carpa, y a punto estaba de ceder a la conquista del sueño, cuando notó la presencia del camello sobre cuyos lomos hacía el viaje. «Camello —le preguntó—, ¿por qué tienes la nariz en mi tienda?» «¡Oh, amo! —contestó el camello—, hace tanto frío ahí fuera que si solo pudiera calentarme la nariz, podría dormir a gusto.»

Najib se giró hacia Sara y rozó su nariz en un gesto divertido, cariñoso.

—El árabe, condescendiente con su compañero de viaje, permitió que dejara la nariz dentro. Minutos más tarde, el camello tenía toda la cabeza en el interior de la tienda. «¿Qué estás haciendo, camello? Solo me pediste que te dejara meter la nariz dentro de mi aposento.» «¡Oh, amo! No sabes el frío que hace fuera. Si mantengo mi cabeza dentro, estaré satisfecho.» El hombre se lo pensó, esta vez un poco más detenidamente, pero al final se lo permitió.

La voz de Najib sonaba ronca, y sus manos dibujaban arabescos sobre el brazo desnudo de Sara. Siguió hablando:

—Un extraño ruido hizo que volviera a despertarse a media noche y fue entonces cuando descubrió que el camello tenía la cabeza, el cuello y dos de sus patas dentro del tendal. «¡Camello! —exclamó visiblemente contrariado—, esto es demasiado. ¡Alto, detente!» «¡Oh, amo! —volvió a responder el dromedario—, ahora estoy muy a gusto y así podré dormir toda la noche sin molestaros.» «Muy bien —dijo el árabe—, ¡pero esta es la última vez! No cederé más.» Cuando unas horas más tarde el hombre se despertó, descubrió que todo el camello estaba dentro de la tienda, dejándole a él muy poco espacio, le gritó encolerizado: «¡Camello!, ¿qué estás haciendo?» «Si no estás contento con la situación —le contestó el camello—, sal de mi tienda, árabe estúpido.» —Después de mantener silencio durante unos segundos, Najib clavó sus pupilas en las de Sara y concluyó—: Y ahora, amor mío, adivina quién de los dos es el camello y quién el árabe.

Ella se le quedó mirando, sin entender muy bien cuál era la moraleja real de esa historia. Sería una percepción equivocada, pero no la entendió demasiado. Le pareció ambigua, cruel, lejos de la típica fábula que esperaban escuchar sus oídos.

—¿No te ha gustado? Lo que hace el camello es una revolución silenciosa. Lo mismo que nos ha pasado a nosotros. —Najib volvió a ocupar su lugar de dominador, se colocó encima de ella y aprisionó con sus brazos y sus piernas el pequeño cuerpo de Sara, que ya había comenzado a excitarse—. Así me revolucionas tú a mí, mi amor. Así me conquistas.

Su mente entregada volvía a volar lejos de aquella habitación. Ambos lo hacían. Ella, elucubrando entre gemidos y ráfagas de inconsciencia quién de los dos jugaba el rol del camello y quién el del árabe. Él, observando con sus ojos bien abiertos el placer que provocaba en ella, con la mente puesta en la particular versión de la Da'wah que acababa de realizar. La Da'wah, una expresión por la que muchos reconocen la forma silenciosa en la que algunos musulmanes tratan de obtener nuevos adeptos para el islamismo, insistiendo en que los no musulmanes abracen esa creencia religiosa. «Es algo parecido a vuestras misiones —le llegó a explicar en una ocasión—. Es una llamada, una invitación a conocer un mundo espiritual nuevo.» Él, convertido en un docto y entregado misionero, en su idioma arábigo en todo un *daa'i*, enviado a aquel recóndito lugar en la tierra que resultó ser el cuerpo de Sara. Aquella era su particular revolución silenciosa, que aún nadie había descubierto. Aquella era la misión que tenía encomendada.

Mientras tanto Sara, perdida entre gemidos, intentaba encontrar su lugar en el mundo.

11

Cuando Sara trató de despegar los ojos, se convenció de que sus pestañas habían llegado al acuerdo de abrazarse entre ellas hasta la eternidad y no ceder a ningún intento de separación involuntaria. Le costó un esfuerzo descomunal alzar los párpados. Cuando lo consiguió pudo distinguir, entre la neblina que poblaba su visión, todavía borrosa, la familiar esfera del reloj: parecía observarla para recordarle cuál era su sitio y la hora que marcaba la realidad. Las cuatro y media de la madrugada, había imaginado que volvería mucho antes a casa.

Najib permanecía tumbado junto a ella, entregado a su característico resuello fuerte, desfallecido, por la intensa actividad que había decidido capitanear durante toda la noche. Procuró no hacer ruido para no despertarle; no le gustaría malograr el reposo de su particular guerrero. Sonrió ante este último pensamiento, que dudó de calificar de patético o de esclarecedor. Mientras recogía su ropa esparcida aleatoriamente por toda la habitación, iba recordando cómo el guerrero fue despojándola de ella unas horas antes, y no pudo evitar un estremecimiento. La camiseta de tirantes sobre la cómoda; la falda con la cremallera reventada en el suelo; la ropa interior sobre el cabezal de la cama; el chaleco sobre el marco del espejo y el pañuelo de seda verde que le había regalado él en su visita a Abu Baker, y que llevaba anudado elegantemente al cuello cuando llegó a la casa, prendido de uno de los vértices del cajón derecho del escritorio, que había quedado entreabierto.

Cuando lo recogió, una pequeña astilla que sobresalía de la madera fraguó un fruncido en el delicado fular. Por la expresión de sufrimiento de Sara pareció dolerle físicamente, como si el inoportuno saliente hubiese prendido parte de su dermis en vez de un fragmento de la tela. Lo cogió con cuidado, intentando deshacer con los dedos la cicatriz de pliegues. Ensimismada en la operación, buscó algo de la luz que la farola de la calle, haciendo las veces de oportuna linterna, vertía en las tinieblas del dormitorio. Fue entonces cuando, gracias a un vistazo involuntario, atisbó en el interior del cajón algo que le resultó familiar. Tuvo que abrirlo un poco más para asegurarse. Era el antiguo móvil de Najib, el que según él le habían robado días atrás fuera de Madrid, el que impidió que se comunicaran durante casi setenta y dos horas. El hallazgo sembró cierta confusión en su cabeza. No entendía nada. ¿Sería un despiste de su dueño? ¿Por qué le habría mentido? ¿Qué necesidad tenía de hacerlo? ¿Habría sido por no preocuparla o por tapar una torpeza suya que le avergonzaba reconocer? Otra mirada involuntaria le hizo posar la mirada en la pantalla del ordenador, de nuevo cruzada por la figura abstracta que modificaba su forma y su color a cada segundo. Los mensajes que había leído aquella tarde mientras esperaba en el dormitorio a que terminara el misterioso encuentro retornaron a su cerebro. Los creía olvidados, como la conversación pendiente entre ellos sobre qué hacían aquellos hombres tan bruscos y malencarados en el salón de la casa. Se dio cuenta de que no habían hablado nada sobre aquel misterioso asunto. Habían estado demasiado entretenidos en protagonizar conquistas de otra índole que las meramente informativas.

En ese momento, cuando su cabeza estaba a punto de estallar, un ronquido aceleró la salida de Sara del cuarto. Sentía la necesidad de salir de aquel domicilio, una sensación desconocida para ella hasta aquel instante. Lo necesitaba para encontrar un alivio que parecía negársele desde hacía unos segundos, como si sus pulmones no encontraran la ventilación que requerían. Su desconcertada cabeza le exigía organizar toda la información que había almacenado en ella y la amenazaba con no parar de golpear sus sienes hasta que así lo hiciera. Le había dado tiempo de recoger todas sus cosas: los zapatos, el bolso, la ropa, el pañuelo, pero olvidó algo. Lo descubrió al examinar su imagen en el espejo del ascensor: los pendientes de oro con un pequeño brillante en el centro, regalo de su padre con motivo del nacimiento de Iván, se habían quedado en algún lugar de la habitación, pero se dijo que ya los recogería. Regresar al domicilio conllevaría despertar a Najib y, sin duda, volcar sobre él las dudas y las incertidumbres que le amartillaban el cerebro. Ahora su problema era encontrar un taxi.

Cuando salió apresurada del portal, temió haber pecado de imprudente al no permanecer dentro para llamar a un taxi y, al menos, esperarlo a cobijo. Miró a un lado y a otro de la calle. Estaba completamente vacía. No se veía un alma. De uno de los portales, dos o tres números más arriba, salieron un par de hombres. No pudo distinguir sus rostros, pero su cuerpo se puso en alerta. «Parezco imbécil. ¿Por qué no he esperado en el portal? ¿Por qué he tenido que salir tan deprisa de la casa? ¿Qué demonios me pasa?» En plena tormenta de recriminaciones, y mientras veía cómo se aceleraba el paso que marcaban aquellas siluetas, Sara adivinó una luz verde al principio de la calle. No estaría a más de cincuenta metros. Sin pensarlo, se situó en mitad de la calzada, y movió sus brazos arriba y abajo para llamar la atención de aquel milagroso taxi libre que había aparecido cuando apenas la separaban unos diez metros de aquellos fantasmas con forma humana y paso firme. Las sombras, al percatarse de la presencia del vehículo, aminoraron la zancada y frenaron su marcha. Subió al taxi a toda prisa, con la respiración entrecortada y una mezcla de susto y confusión iluminando su semblante.

—¿Está usted bien, señorita? —acertó a preguntar el taxista, al observar por el retrovisor el estado de ansiedad que mostraba su pasajera.

—Ahora sí. Gracias. —Poco a poco fue recuperando la respiración—. A la calle Trinidad número 8, por favor. —Volvió a recurrir al mecanismo de tres respiraciones profundas para recuperar el aliento perdido. Quizá todo era fruto de su imaginación, quizá aquellos hombres no se dirigían hacia ella, quizá la noche no estaba tan oscura ni las calles tan solitarias, quizá aquellos mensajes en el ordenador de Najib carecían de importancia, quizá recuperó de alguna manera el móvil que descansaba ahora en uno de los cajones y había olvidado comentárselo, quizá...

No logró tranquilizarse hasta que el taxi se detuvo frente al portal de su domicilio. Cuando abrió la cerradura de la puerta de su casa, encontró una paz y un silencio que agradeció tanto como la aparición de aquel taxista en mitad de la noche. Dejó las llaves en el cuenco destinado para ellas, se quitó el pañuelo de seda del cuello, que descubrió empapado en sudor, y se miró en el espejo del recibidor. Todavía le sorprendía su imagen cuando la descubría con el nuevo peinado, por momentos se le olvidaba el radical cambio al que se había sometido. Sus ojos se clavaron en su reflejo. Había pasado del máximo placer al máximo terror en cuestión de segundos. De tocar el cielo con las manos sobre la cama de Najib a creer que las entrañas se le salían por la boca unos metros más abajo de su casa. Volvió a pensar en la extraña página web que había encontrado abierta en el portátil de su pareja, en el teléfono que supuestamente le habían robado, en las miradas de aquellos hombres rudos sentados en el salón que la observaban con desconfianza, hubiera jurado que con odio, en la historia del camello y el árabe... Y de repente, las embestidas de Najib, la voracidad desplegada sobre su cuerpo, la dominación absoluta sobre su capacidad de gozo y su disposición al placer.

Con la vista aún fija en su reflejo, recordó las creencias de ciertas civilizaciones antiguas que aseguraban que cuando se miraban a un espejo veían otros mundos misteriosos, otras realidades similares a las suyas pero con ligeras variaciones. ¿Y si lo que veía en el espejo no se correspondía con lo que ella era realmente, con lo que le estaba sucediendo, con lo que estaba viviendo? ¿Y si correspondía a otro mundo, a otro universo? ¿Y si no era real y estaba contemplando tan solo una farsa o una mala copia de lo que creía que era su vida? ¿Y si los antiguos tenían razón y lo que sus ojos contemplaban correspondía a otro cosmos, a otro escenario, a otra realidad? ¿Y si era mentira la explicación guiada por las leyes físicas que aseguraba que aquella imagen no era más que un reflejo de los fotones de luz en la superficie especular? Recordó la teoría de Everett que tanto le apasionó durante su adolescencia sobre los múltiples universos, sobre la existencia de infinidad de copias de uno mismo en universos paralelos, donde otras personas parecidas a ella hacían prácticamente lo mismo que hacía ella pero con grandes o pequeñas variaciones, según el universo en el que se encontrara. ¿Y si la imagen del espejo tergiversaba su realidad y le mostraba otra distinta que, sin embargo, ella confundía y asumía como propia? ¿Y si era demasiada la diferencia entre la realidad y el reflejo? ¿Y si no era ella? ¿Y si todo era una burda mentira que se estaba creyendo como una tonta? ¿Y si nada era lo que parecía? ¿Y si ellos, Mario y Lucía, tenían razón? ¿Qué lugar ocuparía Najib y su historia de amor en ese universo? ¿En qué lugar del espejo estaría?

Cerró los ojos. Estaba mareada y le resultaba imposible pensar con claridad. Demasiado tarde, demasiadas sensaciones, demasiada energía consumida. Peligrosa mezcla para pensar con cierto raciocinio. Volvió a examinar su imagen. Quizá se había precipitado al cortarse el pelo. Tal vez su color natural no era el que más le favorecía. Se retiró timorata del espejo. Necesitaba cierta distancia, observar el mundo desde una perspectiva más real, más personal, más intrínseca. Y en esa nueva configuración física también se encontraba su vida y su relación sentimental. Pero estaba demasiado cansada para madurar elucubraciones a las cinco y cuarto de la madrugada. En apenas dos horas y media tendría que ponerse nuevamente en marcha. Necesitaba descansar, dormir, soñar. Y puede que también olvidar.

Al día siguiente, la confusión encumbrada la pasada noche se derrumbó convirtiéndose en un monumento a la vergüenza. Intentaba abstraerse del noticiario que Mario seguía atentamente en la pequeña televisión aquella mañana de febrero como si le fuera la vida en él, y concentrarse en que Iván terminara su desayuno mientras jugaba con tres coches en miniatura que habían encontrado en la mesa de la cocina el circuito perfecto para realizar sus acrobacias. Pensó que su hijo ya era mayorcito para jugar con coches mientras desayunaba, pero no le apetecía regañarle a esas horas. No se sentía con fuerzas. El dolor de cabeza persistía y sus ojeras evidenciaban el acalorado debate interior sobre deseos, teorías, realidades, ficciones y universos paralelos que aún la rondaba. Era cierto que había cosas que no le cuadraban, sombras que la llenaban de dudas, preguntas que necesitaban una respuesta lógica, un nutrido repertorio de aspectos oscuros, sospechas, desconfianzas, nubes de confusión a punto de descargar una gran tormenta eléctrica, pero la lluvia de meteoritos que sufrió su cerebro la noche anterior le parecía ahora desproporcionada y un tanto infantil. Quería aclarar sus ideas, pararse y observar su vida con la calma que extrañaba desde hacía meses. Miró a su padre y se sintió mal por todo lo que ambos se habían dicho. Necesitaba frenar.

Sin embargo, las llamadas de Najib no se lo ponían fácil. Decidió no responder a todas. Esquivó las proposiciones elaboradas desde el otro lado del teléfono con evasivas y excusándose tras supuestos problemas familiares o en la escuela de idiomas. Rezó por no encontrarle a la salida de la academia ni en la puerta de su casa. Prefería no poner a prueba su capacidad de reacción ante algo tan inesperado y en aquel momento tan poco deseado, lo que le sirvió para entender como un tremendo error su visita a la casa de Najib. No es que evitara verle o hablar con él, pero pensó que no se encontrarían hasta el siguiente fin de semana. Nada de encuentros matinales, de cafés a escondidas, de viajes sorpresas a centros de estilo o de apariciones sorpresa en su casa. Sus pendientes podrían esperarla hasta el sábado por la noche, cuando quedara nuevamente con él. Deseaba besarle, abrazarle, olerle, pero no quería basar su relación únicamente en una dependencia física tan fuerte. Su cuerpo y su mente necesitaban parar y pensar. Tan solo pedía unos días de desintoxicación, de avituallamiento en soledad. Pronto llegaría el fin de semana y volverían a estar juntos.

No se equivocó. La tarde del sábado se anticipó a sus deseos, que pedían a gritos una tregua más amplia. No fue posible. Además, Mario ya le había preguntado dos veces por sus pendientes y sabía que haría una tercera intentona por descubrir su paradero, ya que no los llevaba puestos. Lo que experimentaba era algo extraño: por un lado deseaba esconderse bajo el cuerpo de Najib, abandonarse a su merced, y por otro le urgía sentarse frente a él y exponerle sus dudas. Necesitaba saber qué hacían esos mensajes tan exaltados en su ordenador o aquellos hombres en su casa, por qué escondía en su cajón su antiguo teléfono móvil, por qué le mintió diciéndole que se lo habían robado y por qué se comportó de una manera tan exaltada, aunque no tuviera queja alguna, cuando regresó al dormitorio. Sin embargo, cuando se encontró ante él exponiéndole sus incertidumbres, se vio superada por las explicaciones. Aquel hombre que la miraba con un destello de decepción y sorpresa irradiando desde el interior de su retina parecía tener una explicación lógica para cada duda.

—No sé de qué mensajes me estás hablando ni cómo pudiste leer esas cosas que dices en mi ordenador. Lo único que se me ocurre es que uno de los que me acompañaban aquella tarde entrara en esa página web y la dejara abierta, aunque tampoco lo entiendo. No son de ese tipo de personas.

—¿Y qué tipo de personas son?

—Son miembros de la junta directiva de la mezquita, Sara. —Se mantuvo pensativo durante unos minutos y prosiguió, como si su cabeza hubiese encontrado algo nuevo—. A no ser que fuera para enseñarnos una prueba más de por qué nos reunimos el otro día. Al final no pude contártelo, aunque tampoco creo que sea plato de buen gusto y espero que no se haga público, porque de lo contrario podríamos tener problemas. No sé si es adecuado ni oportuno que te lo confíe todo, pero ya que tienes tantas dudas, lo haré. Varios niños han acusado al imán de una de las mezquitas de abusos sexuales. Al parecer, llevaba haciéndolo bastante tiempo, pero se encargaba de amenazar a los pequeños para que no dijeran nada a sus padres ni a sus amigos, les asustaba para que no le denunciaran. Siete niñas han contado que las convenció para ir a una habitación dentro de la mezquita y allí les hacía tocamientos debajo de sus ropas. Creía que con las amenazas y con algunos dulces y frutos secos podría ganarse la confianza de las chiquillas y, sobre todo, asegurarse su silencio. —Parecía que le costaba hablar, como si estuviera revelándole un secreto que amenazara su vida—. Una de las madres descubrió señales en el cuerpo de su pequeña; otra notó que su hijo había vuelto a hacerse pis en la cama; otra, que su hija de cinco años no quería que su padre se acercara a ella y rompía a llorar y a gritar cada vez que lo intentaba…

Tomó un respiro en su narración y buscó la comprensión en la mirada de Sara. Ella guardaba silencio, aunque tampoco retiró su mano cuando Najib a buscó.

—Yo le conocía, ¿sabes? También es de Marruecos. Me caía bien, hablamos varias veces, me echaba en cara que no fuera con más asiduidad a la mezquita, que no participara de una manera más directa en la comunidad. Era un hombre afable, educado, siempre dispuesto a ayudar. Llevaba más de veinte años predicando en distintas mezquitas; una vida austera, recta, sin escándalos.

Vivía de los donativos que recibía de sus fieles, en especial durante la oración de los viernes, y de lo que sacaba con sus clases de cultura islámica y de semántica árabe. Tenía treinta niños a su cargo, la mayoría niñas, algunos de esos niños eran alumnos míos y no fui capaz de darme cuenta de lo que estaba pasando... Ahora los pobres están asustadísimos, no quieren salir de casa y por la noche, las pesadillas no les dejan dormir. Se despiertan llorando, y sus padres apenas pueden calmarles si no es con la ayuda de algún fármaco. No puedo ni imaginar lo que habrán pasado... —Una nueva pausa hizo creer a Sara que Najib iba a romper a llorar. Finalmente, no lo hizo.

»Como te imaginarás, porque eres madre, los padres y el resto de la comunidad islámica quieren matarle; tocar a un niño es el mayor pecado que puede existir dentro de nuestra comunidad. Están indignados, no entienden cómo alguien elegido para regir un lugar sagrado puede haber llegado tan lejos. En fin, que necesitaban tomar decisiones y que estas no se filtraran al exterior. Y por eso vinieron a verme, para pedirme ayuda y mediación con los progenitores. Preferí que fuera en mi casa, el lugar más discreto que se me ocurrió. Ellos saben lo que me importan sus hijos y que sus padres confían en mí. El imán ha sido apartado y denunciado ante la justicia, al menos así no podrá acercarse más a los niños. Y era necesario buscar un nuevo imán, que hoy ya ocupa su puesto. —Miró fijamente a su interlocutora y siguió hablando—. Por eso estaban esas personas en mi salón la tarde que viniste a casa.

—¿Y eso qué tiene que ver con los mensajes del ordenador? —Sara no entendía adónde iba a parar todo aquello.

—Al parecer, esta persona tiene vínculos con organizaciones radicales, con las que mantiene un contacto directo a través de internet. Por lo que me han contado, es una práctica bastante habitual entre este tipo de gente: hacen discursos y llamamientos en la red para lograr lo que ellos llaman el califato global. No me preguntes más porque en ese tema ando un poco perdido.—Tragó saliva como si pretendiera barrer todas las barbaridades que habían salido de su garganta, y siguió respondiendo a las sospechas de Sara—. Abrirían esa página para enseñármelo y al final no lo hicieron…

—Pero tu teléfono… Me dijiste que…

—¿El teléfono? Claro que me lo robaron, y lo denuncié. Por eso cuando la policía lo encontró me lo devolvió. Pero ya me había comprado uno nuevo y me estaba acostumbrando a él. No quería volver a cambiar la tarjeta, los contactos, y decidí dejarlo en el cajón. Es todo así de sencillo. No hay historias rocambolescas, no hay mentiras. No hay nada de eso. No sé qué más quieres que te explique, la verdad, se me hace extraño. No termino de entender tu desconfianza y me preocupa. —Cuando terminó su sarta de explicaciones parecía satisfecho y al tiempo medianamente ofendido y decepcionado—. No tengo secretos para ti. Deberías saberlo. Aunque tampoco me gusta que registres mi casa. Me entristece, eso es todo. Pero siempre te daré todas las explicaciones que necesites.

Había vuelto a hacerlo. Había conseguido darle la vuelta a toda una historia de tramas, contubernios y conjeturas y se erigía de nuevo como señor y gran dominador de la situación. Sara adivinó inútil deshacerse en disculpas, buscar justificaciones y esgrimir alegatos a favor de su persona y sus sospechas. Volvió a invadirla un sentimiento atroz de culpa acompañado de un deseo contumaz de flagelarse en mitad de una plaza pública. Ahora era ella la que no sabía cómo desaparecer del mundo: le habría dado igual cómo, tragada por una enorme grieta que se abriera bajo sus pies, eliminada por un rayo que no dejara de ella más que una huella humeante sobre el suelo o cayendo por un túnel secreto que la escupiera a miles de kilómetros de aquel lugar. Hubiese dado media vida por mirarse en el espejo y que no fuera su imagen la que apareciera reflejada, sino la de otra persona, rescatada de uno de aquellos famosos universos paralelos que preconizaba días atrás en el recibidor de su casa. Al menos así se evitaría el bochorno que iba acumulándose en su cuerpo. Pero no era posible. Debía pagar su pecado, bajar al purgatorio, donde expiar sus errores y el daño que podrían haberle provocado a la persona amada, y soportar la vergüenza que no le permitía ni mirarle a los ojos. Se sentía estúpida. No soportaba la cara de imbécil que seguramente se le habría quedado y se maldecía una y otra vez por haber caído en esa trampa barata de las suspicacias. Le sudaban las manos y el ardor que sentía en el rostro no se correspondía con el sudor frío de su espalda. Advertía a Najib dolido por su desconfianza, aunque intentara disimularlo. Le devolvió sus pendientes, la besó en la frente y la estrechó entre sus brazos, en un gesto por expresarle su consuelo.

—Mejor salimos a dar una vuelta, creo que nos vendrá bien tomar un poco el aire. Me voy a dar una ducha.

De nuevo se quedó sola en la habitación que hacía unos días había convertido en el escenario de todos sus ridículos recelos. Tuvo que hacer verdaderos esfuerzos para no llorar. De nuevo sentada ante el escritorio, miró con expresión de rechazo el ordenador y juró no volver a tocar una sola tecla. Su afán explorador había terminado, ya sabía todo lo que necesitaba saber.

Mientras escuchaba el sonido del agua en la ducha, notó que necesitaba respirar un poco de aire puro. Se levantó para abrir la ventana y mientras aspiraba el aire y lo soltaba por la boca, algo en el suelo llamó su atención. Al agacharse para recogerlo pudo distinguir que se trataba de una especie de libretilla de color rojo, un pasaporte. Sintió una punzada en el estómago. Lo cogió del suelo con una mano; la otra tapaba su boca. Su memoria comenzó a engrasarse. Hacía varias semanas que Najib le había propuesto realizar un viaje romántico fuera de España, probablemente a su Marruecos natal, aunque también le había hablado de Francia, de uno de esos hotelitos con encanto ubicado a pocos kilómetros de Marsella del que tenía buenas referencias. Se vino abajo al pensar que su actitud retrasaría, a buen seguro, aquel idealizado viaje. Abrió el pasaporte y de nuevo sintió que el alma se le resquebrajaba: la foto correspondía a Najib, pero el nombre que aparecía impreso en él no era el suyo. Basel Al Fath.

Instintivamente, sin detenerse a pensar en lo que hacía, volvió a llevar sus rodillas al suelo y alargó la mano bajo la cama en busca de algo más. No tardó en encontrarlo: dos pasaportes nuevos. No le tembló el pulso ni la determinación tras el mazazo recibido minutos antes por su curiosidad malsana y abrió los dos documentos. En ambos aparecía Najib en una fotografía similar, con distintos ropa y peinado, y también con diferente nombre: Saffet Alí Mouhannad en uno, Najib Almhalah en otro. Este último era el que más se acercaba a su nombre, pero las letras de su apellido bailaban de lugar o directamente algunas desaparecían. Sus dedos siguieron pasando las finas hojas que constituían cada uno de los pasaportes, en busca de alguna información que esclareciera lo que sus ojos empezaban a descubrir. El resultado llegó pronto. Sobre las hojas, sombreadas con dibujo de animales, algunos de ellos exóticos, aparecían estampados sellos de diversos países en los que el portador del documento había estado: Malasia, Bélgica, Alemania, Reino Unido, Jordania, Egipto, Indonesia, Bosnia, Afganistán, Egipto, Pakistán, Francia, Turquía, Dinamarca… Las fechas variaban, pero todas correspondían a los últimos cinco años.

Aún arrodillada en el suelo y con los pasaportes en la mano, percibió una incómoda presencia a su espalda. Cuando se incorporó y se dio la vuelta, le vio de pie, observándola, recién salido del baño, con una toalla azul marino enroscada a su cintura y el cuerpo parcialmente mojado. Se mantuvieron la mirada durante un tiempo que a Sara se le antojó eterno, los dos en un absorbente mutismo. Con un gesto rápido, Najib le arrebató los documentos que aún sostenía en las manos. Ella se armó de valor, esta vez la razón estaba de su parte.

—¿Para esto también tienes una explicación? —La pesadumbre y la vergüenza que se apoderaron de su ánimo apenas unos momentos antes habían desaparecido de su expresión sin dejar huella—. ¿Qué significa esto?

La mirada oscura y dantesca de Najib la aterraba. Era un pánico indefinible, desconocido. Ignoraba cuáles serían las consecuencias pero las predijo funestas.

—Esta vez voy a dejar que lo descubras tú solita. —Más que hablarle, le escupía—. Estoy empezando a hartarme de tu maldita costumbre de husmear en cada rincón de mi casa como si fueras una rata.

Sin pronunciar una palabra más, dio media vuelta, salió de la habitación y cerró la puerta de un gran portazo. Sara pudo escuchar el sonido de la llave mordisqueando la cerradura hasta darle dos vueltas. Tardó unos segundos en reaccionar y entender que acababa de ser encerrada. Corrió hacia la puerta y, tras comprobar que el pomo no obedecía a sus esfuerzos, comenzó a golpearla con los puños, a darle patadas, a gritar exigiendo a viva voz que la dejara salir. Ya se giraba para mirar hacia la ventana, por la que pensaba asomarse y seguir propinando berridos de auxilio, cuando la puerta se abrió violentamente. Ni siquiera le dio tiempo a darse la vuelta. Najib le asestó un puñetazo en la mandíbula que la dejó inconsciente en el suelo.

Allí despertó horas más tarde.

Aún le dolía el golpe y pudo sentir que tenía hinchada la parte izquierda de la cara. Le costó aclarar en su cabeza lo que había sucedido, pero lo consiguió pasados unos segundos. No podía creer lo que estaba viviendo. Notó su lengua apresada, medio anestesiada. Pronto entendió que le había colocado una mordaza en la boca para acallar sus posibles gritos. Su mano derecha permanecía aprehendida por unas esposas que también apresaban uno de los cilindros de hierro que conformaban la estructura de la cama, a la que tantas veces se había aferrado, pero en otro contexto y por otras razones ahora tan lejanas. Le ardía la mitad del rostro. Se tocó con la mano que le quedaba libre para comprobar si tenía sangre. Ni rastro. Inmersa en la rápida auscultación de su persona, vio cómo la puerta del dormitorio se abría y llevada por el instinto de protección, intentó alejarse, retroceder, pero se lo impidieron los hierros de la cama que tenía a su espalda. Provisto de una gran bolsa de hielo, Najib se arrodilló frente a ella y se la colocó sobre la mandíbula.

—Mira lo que me has obligado a hacer. No te entiendo. ¿Es que te has vuelto loca? ¿A qué viene este numerito? ¿Por qué tanta suspicacia? ¿Es que acaso no me he portado bien contigo, te ha faltado algo a mi lado? ¿No te he dado motivos suficientes para que confiaras en mí? ¿Acaso no te he dado todo lo que has necesitado en cada momento?

Al pronunciar esta última cuestión se abalanzó sobre ella. En sus ojos llameaba una cólera desconocida que desprendía fuego e irradiaba pavor. Sara cerró con fuerza sus párpados y deseó que no volviera a golpearla; que la mantuviera encerrada y maniatada de por vida, pero que no volviera a ponerle la mano encima. Sus plegarias fueron escuchadas. Su carcelero abandonó la habitación, no sin antes advertirle que si se portaba bien le quitaría la mordaza de la boca, no así las esposas. Cumplió su palabra. Al poco tiempo, imposible vaticinar cuánto para la desconcertada cautiva, volvió a entrar en su dormitorio y le retiró el trozo de tela que aprisionaba su dentadura y que había conseguido convertir sus labios en un terreno árido y quebradizo.

—¿Has encontrado ya las respuestas a tus preguntas o necesitas más tiempo? —Sonrió al comprobar que su consulta no obtenía respuesta. Su prisionera se había quedado muda. Prefería el silencio, era el mejor parapeto ante la posibilidad de un nuevo brote violento. Ni siquiera se atrevía a mantenerle la mirada. Le asustaba demasiado. No reconocía aquellos ojos, aquel aliento, aquella boca, ni mucho menos aquella voz. No era el Najib que conocía, del que se pensó rabiosamente enamorada, por el que se creyó con fuerzas y argumentos para enfrentarse a su padre y a su amiga del alma, al que imaginó representando, algún día no muy lejano, la figura paterna en la vida de Iván. No le reconocía en aquel hombre que le había golpeado, amordazado, insultado, amenazado, humillado y abandonado maniatada a uno de los hierros de la cama. No era el mismo. No podía serlo.

La dejó allí toda la noche y durante gran parte del día siguiente. No volvió a entrar para darle de beber un poco de agua ni para ofrecerle algo de comida como seguramente hubiese hecho con un animal enjaulado. Pero aquello no suponía un problema para ella. Tenía otros de los que ocuparse que comenzaron a rondarle la cabeza. Sara había escuchado un nuevo portazo durante la madrugada del sábado al domingo, luego el inmueble quedó inmerso en un espeluznante silencio y ella, abandonada en aquella improvisada cárcel. Pensó en gritar todo lo fuerte que le permitieran sus pulmones para llamar la atención de algún vecino pero no estaba del todo segura de que Najib no estuviera en la casa, maquinando qué hacer con ella. Lloró al preguntarse si saldría con vida de aquella habitación, y de ser así, cómo enfrentaría su regreso a casa, de qué manera se lo contaría a su padre, cómo miraría a su hijo, con qué cara se lo explicaría a Lucía, cuáles serían las palabras que utilizaría para narrar su pesadilla a Pedro, a Carol, a doña Marga. Quizá no la creerían, suponiendo que antes no criticaran su decisión de unirse a un antiguo alumno y se convirtiera en el blanco de todas las miradas condenatorias. Temió no ser capaz de encontrar una forma de enfrentarse a su futuro. ¿Y si Najib se había vuelto loco y había decidido dejarla morir en su casa para luego deshacerse de su cuerpo? Una pregunta le rondaba coléricamente el entendimiento. ¿Qué estaba pensando?

Desistió de cualquier intento de escapar después de que su mente contemplara varias posibilidades. Todas resultaron ridículas por imposibles. Observó que su secuestrador había tapado la ventana con un papel de color marrón que impedía la entrada de luz. No había ningún objeto a su alrededor que pudiera ayudarle a deshacerse de la pulsera metálica que apresaba su muñeca. Tampoco podía golpear ningún mueble por mucho que estirara las piernas o el brazo que le quedaba libre. El ordenador había desaparecido del escritorio, supuso que como medida de precaución en el hipotético caso de que fuera capaz de deshacerse de sus cadenas. Tampoco divisó su bolso, en cuyo interior aún estaría su móvil, que podría ofrecerle alguna solución si sus fuerzas le hubiesen permitido arrastrar el pesado armatoste de la estructura de la cama. Le iba a resultar difícil escapar de allí. Todas las posibilidades que cruzaban su mente parecían haber cruzado antes la de su inesperado guardián, que parecía saber muy bien lo que se traía entre manos. Le dolía el cuerpo, pero el mayor padecimiento lo sentía en el alma. Solo le restaba aguardar y rezar para que todo aquello terminara de la manera menos traumática posible, aunque su depósito de esperanza estaba bajo mínimos.

Se había abandonado a los designios de su suerte cuando la puerta del dormitorio se abrió de nuevo. Najib entró, la miró y se dirigió a la ventana. Retiró el papel de embalaje que cubría el cristal. Por la luz que se coló en la habitación debía de ser media tarde del domingo. Después cogió una silla y se sentó frente a Sara. Sin infundir ninguna urgencia a su acción, se metió la mano en el bolsillo y sacó la llave de las esposas. No dejaba de mirarla.

—¿Qué me vas a hacer? —preguntó asustada.

—¿Qué quieres que haga? —respondió como si no tuviese nada que ver con lo sucedido horas atrás, mientras dejaba libre su muñeca, todavía enrojecida—. Dejarte ir. Me imagino que tendrás que llegar a tu casa antes de que Iván se acueste. No puedo aspirar a que pases más de un fin de semana conmigo. Es lo acordado, ¿lo recuerdas?

La explicación logró desconcertarla. ¿Habría perdido la cabeza? ¿Por qué actuaba como si no hubiese sucedido nada durante las últimas veinticuatro horas, como si sus manos no le hubiesen golpeado y amordazado? Acto seguido, se levantó de la silla y salió de la habitación para volver a entrar con el bolso en la mano y un gesto de sorpresa en el rostro.

—¿No te vas a levantar? ¿No quieres irte?

Ni siquiera esperó la llegada del ascensor. Sus agarrotadas piernas se comieron los cuatro pisos de escaleras que separaban la casa donde había estado enclaustrada el fin de semana de la calle. Estuvo a punto de tropezar y caer por la escalinata en más de cinco ocasiones pero no pensó en reducir la marcha. Más bien, al contrario. Necesitaba salir de allí lo antes posible. No se atrevía a mirar atrás por si acaso él la perseguía. Solo quería llegar al portal, abrir el portón y correr, no importaba en qué dirección pero rápido, muy rápido. El ímpetu con el que pisó el asfalto cosechó algunas miradas de extrañeza en quienes deambulaban por la calle con la tranquilidad y el sosiego que suele encerrar una tarde de domingo. Ya era libre. Estaba fuera de todo peligro. Dirigió su mirada hacia el piso cuarto, letra C, sin saber muy bien en busca de qué. No había nadie. Ni siquiera se había asomado a la ventana para verla marchar. Juró que jamás volvería a pisar esa casa, ni esa calle, ni ese barrio. Pensó en parar un taxi, pero sabía que había una boca de metro a dos manzanas de donde se encontraba y prefirió el suburbano. Comprendió que precisaba serenarse antes de llegar a casa y un trayecto en coche sería demasiado breve para sus necesidades. Ni siquiera imaginaba qué aspecto tenía. No podía presentarse de cualquier manera ante Mario y ante su hijo. Un nuevo temor la asaltó. Se dio cuenta de que no les había llamado en todo el fin de semana ni había vuelto a dormir a casa el sábado, como estaba previsto.

Buscó nerviosa su móvil en el bolso. Estaba encendido, aunque la cobertura era nula. Le sorprendió no ver en la pantalla ninguna llamada perdida. ¿Es que su padre no habría intentado llamarla, extrañado de que no regresara a casa? Tuvo que asegurarse de que era domingo, por miedo a que su cautiverio le hubiese jugado alguna pasada a su percepción del tiempo; no habría sido descabellado, pero tampoco fue así: eran las nueve y diez de la noche del domingo. Acudió al menú para ver las llamadas recibidas. Había una de su padre a las siete y cuarto de la mañana pero figuraba como contestada. «Qué extraño. ¿Quién ha podido contestarle?» Tuvo que ser Najib. «No. Imposible. ¿Qué le habría dicho? "Su hija está secuestrada, pruebe a llamar más tarde."» Aquello no tenía sentido. Intentó calmarse y pensar con la nitidez que las circunstancias le negaban.

En cierto modo, agradeció no encontrar más llamadas de su padre en el móvil, lo que claramente indicaba que no había cundido la alarma ni tampoco tenía motivos para sospechar que algo malo había ocurrido. Mejor así. Se convenció de que lo mejor para todos sería no contarles nada, ni a ellos ni a nadie. Cuanto menos supieran de la experiencia dantesca que había vivido, mejor. Además, no podría soportar la mirada y los comentarios de Mario recordándole que él ya la había avisado. Su padre, como casi siempre, tenía razón. Y no había sido el único en advertirla. Tampoco acudiría a la policía. Analizando la situación y por muy descabellado que se le antojara, sabía que no tenía pruebas para sostener su denuncia. ¿Cómo iba a demostrar que había sido retenida contra su voluntad en casa del hombre con el que le habían visto infinidad de veces, casi todas en actitud cariñosa? Había entrado por su propio pie, como hacía siempre, varios testigos podrían corroborarlo. Su cuerpo no presentaba más herida que un golpe en la mandíbula y una rojez que tendía a desaparecer en su muñeca derecha. Durante el breve cautiverio no había gritado, ni había golpeado muebles, no había llamado la atención de ninguna manera por lo que nadie sabía que estaba allí, excepto los vecinos de puerta de Najib, los del cuarto D, que la habían visto entrar, no solo la tarde del sábado, sino también entre semana, el fatídico día en que decidió sorprenderle, por no hablar de las numerosas veces que se habían cruzado en el ascensor del inmueble durante los últimos meses. Sería su palabra contra la suya y, aunque ella no era abogada, sabía que tenía todas las de perder.

Tampoco le convencía la idea de que Miguel, su ex, pudiera enterarse. Recordó que tenía un mensaje suyo en el buzón de voz que ni siquiera se había molestado en contestar. Se le había olvidado completamente y se martirizó por ello. ¿Con qué cara se iba a presentar ante él pidiéndole ayuda? ¿Qué le iba a contar? Él mismo la había visto salir de la mezquita junto a Najib, con un pañuelo en la cabeza. Todo le pareció demasiado rocambolesco. Mejor olvidarlo. Además, no quería alargar aquella historia surrealista que había decidido elegirla a ella como protagonista. Solo quería olvidarse de ella, enterrarla. No había tenido suerte con aquella relación. De nuevo. Lo mejor sería seguir su camino y dejar la impotencia y la sed de venganza que la devoraban por dentro apartadas en algún lugar de su memoria, resguardadas de la luz exterior, de las miradas y de las preguntas.

Utilizó el espejo que había en una de las paredes del interior de su portal para peinarse un poco y maquillar, en lo posible, el moratón que comenzaba a aparecer en su mandíbula. No era demasiado escandaloso. El maquillaje que llevaba en el bolso podría hacerlo desaparecer y convertirlo casi en imperceptible. Pensó en que quizá Najib sabía cómo golpear para no dejar señal alguna. ¿Y si no era la primera vez que lo hacía? ¿Y si antes de ella hubiesen existido otras que sufrieron el mismo desengaño? Desterró de su cabeza la hipótesis que amenazaba con zambullirla en otro debate intenso. No le importaba. No quería que le importase. Buscó sus llaves en el bolso y abrió la puerta. Se quedó de pie, aguantando la respiración, esperando a que alguien apareciera o que alguna voz viniera desde el salón. Nada. Silencio. Lo agradeció, aunque no supo si realmente tenía motivos para alegrarse. Atravesó el pasillo y se dirigió al comedor, donde Mario se encontraba viendo la televisión y terminando de ojear los dominicales.

—Hola, papá. —Esperó un respuesta.

—Hola, hija —dijo casi sin mirarla—. Iván está en su cuarto, durmiendo. Ha estado casi toda la tarde en casa de su amigo Pablo jugando a un nuevo juego de la Play que le habían regalado y querían probarlo juntos. Se lo han pasado muy bien pero venía roto de cansancio. Supongo que como tú. No has tenido ni un minuto para llamar. —El saludo ya empezaba a sonar a regañina—. Superman cogió el teléfono cuando te llamé esta mañana nada más despertarme y me dijo que estabas en la ducha y que me llamarías en cuanto salieras, pero claro, no te debió de resultar posible. No creas, temí que te hubieras resbalado en el baño y que ni siquiera me hubiese enterado. Aunque en ese caso alguien me habría llamado, ¿verdad? —Esta vez sí se molestó en volver la cabeza para observarla, como si quisiera ver la cara que pondría su hija cuando le contestara.

—Papá, Najib y yo hemos terminado. —Le dolió el tono irónico que había utilizado su padre.

—Bonita manera de demostrarlo. Y dime, ¿fue antes o después de la ducha?

—No hubo ducha. Lo que te contó es mentira. Acabábamos de discutir y me había marchado. Olvidé mi móvil en su casa y fue cuando tú llamaste. Te contó lo de la ducha para hacerme daño a mí, y de paso a ti. —Observó el gesto de su padre, que no parecía muy convencido—. Puedes creer lo que quieras. Supongo que estás en tu derecho. Pero eso es lo que hay.

—¿Qué te ha pasado en la cara? —preguntó Mario, temiéndose lo peor, después de fijarse con más detalle en el rostro de su hija.

—Abrí con tantas ganas la puerta del taxi que calculé mal la distancia. Y esto también te lo puedes creer o no. Estoy cansada. Me voy a dar, ahora sí, un baño y me acostaré pronto. No tengo hambre ni ganas de hablar. Espero que lo entiendas. —Dudó si acercarse a su padre a darle un beso. Le hubiese sentado bien. Sin duda le hubiera reconfortado, como siempre lo hacía cuando era pequeña y algún disgusto en el colegio o con las amigas le amargaba la existencia. Pero desistió de hacerlo. Temió que la dosis de cariño terminara por vencerla y ahogarla en un llanto interminable, que la obligaría a confesarle todo lo que había sucedido durante el fatídico fin de semana. Desestimó la idea, aunque le doliera el corazón.

Entró en la habitación de Iván, que dormía entregado a un sueño calmado y reparador, y le abrazó con fuerza, tanta fuerza que temió despertarle. Luego se dejó caer sobre su cama y cedió a los designios de su dolorido y maltrecho cuerpo; rompió a llorar desconsoladamente, como no lo había hecho en años. No podía controlarlo, era superior a ella. La dominaba, la tenía bajo su control, a su antojo tal y como había logrado mantenerla Najib durante el infernal fin de semana que había vivido y que ni en sus peores pesadillas se atrevió a imaginar. Se juró que jamás volvería a verle. Se prometió a sí misma mantenerse lo más lejos posible de él, de sus manos, de su voz, de sus ojos, víctimas de la mayor metamorfosis que había contemplado en su vida. Le aborrecía. Preferiría estar muerta antes que recaer en sus redes, en su festival de mentiras, de engaños, de burdas estratagemas destinadas a someterla y a anular su capacidad para poder actuar a su antojo. El odio que había ido almacenando durante su cautiverio solo era capaz de tejer un escondite tras otro: se mantendría bien alejada de aquel hombre al que ahora veía como un fiel enviado de Satán.

Olvidaría todo. El tiempo se encargaría de ello.

12

No volvió a recibir una llamada de Najib hasta cinco días más tarde. Por supuesto, no le contestó. No había borrado su contacto de la agenda para saber que era él quien llamaba y poder rechazarla. Apretó la tecla del móvil que le permitía dejarlo en silencio y contempló la pantalla luminosa con su nombre resplandeciendo intermitente en ella. Llamó diez, veinte, treinta veces en un solo día. Pero no dejó mensaje. «Mejor», pensó. Ni siquiera tendría que escuchar su voz. No quería recibir ninguna explicación porque sencillamente no la había. Rechazaba concederle una oportunidad de justificar su conducta. No le interesaba si su actitud fue motivada por la tensión, las drogas, el alcohol o lo que fuera que hubiese encontrado aquella vez para salir airoso de tan delicado asunto. No había excusas posibles para su comportamiento. Habían llegado a un punto de no retorno donde las palabras se tornaban vacías. Nada de lo que pudiera decirle habría reparado el grave error cometido. Ya ni siquiera le interesaba saber por qué había descubierto al menos tres pasaportes falsos, y tampoco deseaba esclarecer la red de mentiras y embustes que tenían como protagonistas a los chats, a internet, a un imán y varios de sus correligionarios. Nada de lo que saliera de su boca tenía ya sentido para Sara. Ya no le valían las historias, los relatos ni las fábulas populares. No quería volver a escucharlas. No le interesaban. Podía quedarse tranquilo, no pensaba denunciarle, pero le quería fuera de su cabeza, de su cuerpo, de su vida.

Cada vez que vibraba el móvil o se encendía la pantalla, el corazón de Sara se disparaba y se encogía hasta sentirlo del tamaño de una avellana que amenazaba con romperse en mil pedazos ante cualquier fuerza exterior en el momento más inesperado. Siguió recibiendo sus indeseables llamadas a cualquier hora del día o la noche, y se acostumbró a llevar el teléfono en silencio o directamente apagado si se encontraba en casa con los suyos y el reloj marcaba más de las nueve y media de la noche. Poco a poco fue recuperando su vida anterior a la aparición de Najib. Se dedicó aún más al bienestar de Iván. No es que durante su relación le hubiese desatendido, jamás le escatimó dedicación, mimos y cariño, pero tenía la impresión de que sin otro asunto que le distrajera su hijo se sentiría más arropado por su madre. Podía ser un razonamiento irracional pero a ella la reconfortaba. Sin duda, pasaría mucho tiempo antes de embarcarse en una nueva aventura amorosa. La experiencia le había negado la posibilidad de acariciar la menor esperanza de segundas y terceras oportunidades. Tampoco le importaba.

Tenía más tiempo libre, sobre todo por las mañanas, pero se resistía a salir de casa por si se encontraba con él y la tierra se abría bajo sus pies. No sabía cómo podría reaccionar. Solo pensar en ello le robaba el aliento. Quería evitar esa posibilidad y cualquier otra capaz de perturbarla. Había pensado llamar a Lucía, a su Lucía de la Parra Mengual, a la que maldijo y castigó con su silencio como nunca hubiera hecho una buena amiga. Quería hablarle, no para contarle lo vivido durante aquel fin de semana grotesco que se resistía a desaparecer de su memoria, sino para pedirle perdón, ya que los últimos acontecimientos habían abolido cualquier problema de orgullo en su persona, algo impensable en el caso de su amiga. Cada hora que devoraban las agujas del reloj y no sabía de él la entendía como una victoria, como una dosis extra de tranquilidad y sosiego a la que intentaba acostumbrarse. La pasión, la entrega y el amor tan profundo que había sentido por aquel hombre se habían transformado en miedo, en terror y en un odio tan fuerte que le resultaba difícil de digerir. Aun así, las llamadas no cesaron. Cada día la acorralaban más y por un momento temió que se atreviera a presentarse en la escuela de idiomas o a plantarse en el portal de su casa. Aunque no lo creyó muy probable, tuvo que vivir con ese miedo. Supuso que no le interesaría presentarse allí donde no la encontraría sola.

Un día, al fin, Najib se decidió a dejarle un mensaje en su buzón de voz. «Sara, no sé qué te pasa. No entiendo por qué no quieres hablar conmigo. ¿Por qué no me contestas? Por favor, mi amor, llámame. Tenemos que solucionar esto. Te quiero.» Tuvo que escucharlo una segunda vez para comprobar que su imaginación no le había jugado una mala pasada cambiando las palabras de aquel sorprendente mensaje. En su vida había escuchado semejante desfachatez ni atrevimiento. Temió que aquel mensaje fuera el primero de una larga lista e incluso se planteó, si a aquel le seguían otros, acudir a Miguel para denunciarlo, esta vez sí, por acoso. Pero no hizo falta. Fue la primera y la última vez que utilizó el contestador para dar buena fe de su descaro. Con lo que no contaba ella era con recibir otro tipo de correspondencia. Empezaron a llegar, tanto a su domicilio particular como a la dirección de la escuela, sobres de distinto tamaño y color con poemas y dibujos. No aparecían firmados por nadie, pero a Sara le resultó demasiado sencillo adivinar quién era el remitente: su contenido no dejaba espacio a las dudas sobre su autoría.

Le parecieron infantiles, ridículos, pueriles cuando no macabros. Si no escondieran tras de sí una situación tan dolorosa, se hubiese reído de ellos. Algunas veces introducía en el sobre pétalos de rosas de color rojo o blanco e incluso un día le envió un pequeño peluche en el que prendió un alfiler con una escueta nota: «Para Iván». Aun tan lejos como estaba de su vida, conseguía sorprenderla, aunque en esa ocasión para mal. El peluche y la referencia a su hijo la irritaron como ninguno de los poemas anteriores, los que había enviado como si fuese un adolescente. Definitivamente, aquel hombre se había vuelto loco. Decidió que no abriría más correspondencia que viniera en esos sobres tan característicos y con destinatario anónimo aunque presumible. Los rompería en mil pedazos y los tiraría sin más a la papelera.

Un día las llamadas cesaron, los mensajes desaparecieron, los sobres y las cartas dejaron de llegar y la figura de Najib se fue diluyendo. Sara imaginó que por fin el infatigable perseguidor se había cansado de recibir la callada por respuesta. Se felicitó por cómo había llevado aquel desagradable asunto. No le había resultado fácil pero creía que, definitivamente, había logrado sacarlo de su vida y con un poco de suerte, en un futuro no muy lejano, lo recordaría como una mala experiencia vivida por un capricho del destino y por la excesiva idealización del amor y, aunque le costara reconocerlo, del sexo.

Habían pasado tres meses y medio y la maldita remembranza solo aparecía en alguna pesadilla que ni siquiera era capaz de romperle la barrera del sueño. Una noche soñó que era ella quien le amordazaba, le colocaba las esposas y le soltaba una elegante soflama. Quizá fue un exceso de confianza, pero entendió que aquel sueño ponía punto y final a la telaraña de temores que sus malos recuerdos habían venido tejiendo en algún rincón de su cerebro. Aquella mañana se levantó más optimista de lo normal. El desayuno en casa había vuelto a ser uno de los mejores momentos familiares del día y las noticias que aparecían en la televisión no suponían un cóctel molotov con la mecha encendida para ser lanzado a una polémica incontenible. Era viernes y se antojaba un fin de semana tranquilo y especialmente casero, aunque el buen tiempo con el que desde hacía más de un mes les obsequiaba la primavera les hacía sentir a todos con ansias renovadas de echarse a la calle, les inflaba las ganas de vivir y acentuaba su buen humor, como si los pájaros y los jardines en flor revitalizaran el ánimo.

Aquel día de finales de mayo Sara tenía su única clase a las cinco de la tarde y no terminaría antes de las seis y media; Mario se encargaría de recoger a Iván en el colegio. Había pensado mil veces en pedirle a doña Marga que le eliminara esa única clase de los viernes alternos que por contrato le correspondía. Se animó a hacerlo aquella misma tarde.

—Mire, prefiero venir toda la mañana del viernes. Me supondría menos trastorno y, la verdad, me daría menos pereza. Y estoy convencida de que para los alumnos no supondría ningún inconveniente. Entiéndalo, venir solo para una clase en la que aparecen no más de cinco alumnos no sé si tiene mucho sentido. —Lo único que obtuvo de la directora del centro fue la promesa de que lo estudiaría, pero a Sara le sonó a una clara aprobación: doña Marga ni siquiera había fruncido el ceño, un gesto característico cuando alguna propuesta no le convencía y no pensaba perder más tiempo en considerarla.

El resto de tiza en sus manos la obligaba a sacudirse el polvillo blanco que se escondía entre sus dedos. Sara solía llevar un pañuelo de hilo fino para limpiárselas de una manera más eficaz, y lo buscó en el bolso al tiempo que alcanzó también su móvil y lo dejaba encima de la mesa. Lo tenía en modo silencio, como solía dejarlo siempre que impartía clase. Miró de reojo la hora que aparecía en la pantalla.

Las cinco y diez.

Le resultó extraño que su padre no le hubiese hecho una llamada perdida o enviado un mensaje escrito, como era habitual, para hacerle saber que ya había recogido a Iván y que se dirigían a merendar a casa o a tomarse un helado a una confitería del barrio donde hacían los mejores batidos de chocolate blanco.

Las cinco y cuarto.

Intentó tranquilizarse. Iván se habría retrasado al salir por cualquier tontería, habría olvidado algo en su pupitre o le habría entretenido alguna tarea encomendada por su profesora. Continuó repartiendo los folios entre sus alumnos, escribiendo en la pizarra, contestando algunas dudas y lanzando miradas desesperadas a su móvil, que permanecía inalterable sobre la mesa. Sin embargo, sí se había producido una llamada que no había visto, justo cuando ella se encontraba al final del aula resolviendo un problema con uno de sus alumnos. El móvil vibró apenas sobre la mesa pero ella estaba demasiado lejos para escucharlo. Y ojalá lo hubiese hecho.

Las cinco y veinticinco.

«Se habrá quedado sin batería. Iván le estará poniendo la cabeza como un bombo con ir a comer una hamburguesa o tomarse un helado y se le habrá olvidado llamarme. O peor aún, como sabe que no me gusta que tome comida de este tipo, no me llama para no tener que escuchar mis reprimendas. Lo hará en cualquier momento. Siempre lo hace.»

Las cinco y media.

Sus excusas ya no le convencían. Treinta minutos era demasiado tiempo para no tener noticias y se iba inquietando cada vez más y más, ajena al cuadro de nerviosismo que en aquel momento vivía su padre.

Desde las cinco menos diez, Mario permanecía atascado en una de las calles cercanas al colegio. Tocó el claxon una y otra vez, presa de la impotencia y la desesperación. Sacó la cabeza por la ventana, intentando encontrar la causa de semejante retención: un camión se había cruzado en mitad de la calle estrecha en la que se encontraba e impedía el paso. Clavó su vista en el retrovisor con la esperanza de que ningún vehículo se hubiese situado tras él, lo que le permitiría dar marcha atrás y abandonar el atasco: imposible. Le separaban apenas cinco minutos del centro escolar, pero parecía a horas de allí. El desquiciante recital de cláxones interpretado por los furiosos e impacientes conductores que habían caído en aquella encrucijada de asfalto no ayudaba a calmar sus nervios. Pensó abandonar su coche en la acera e ir corriendo a buscar a Iván pero los demás vehículos se lo impedían. Miró el reloj del salpicadero.

Las cinco y cinco.

«Ya debe de estar saliendo y yo todavía en esta maldita ratonera.» Mario odiaba llegar tarde. Nunca lo hacía. Desde pequeño le habían enseñado que la puntualidad era más un deber que una consideración hacia las personas con las que había quedado y su tiempo no tenía por qué valer menos que el de él. Se imaginó el patio escolar convertido en un auténtico hervidero de niños que salían gritando, corriendo enloquecidos, con la mitad del uniforme en una mano y en la otra una pesada mochila que a duras penas eran capaces de arrastrar. Mientras tocaba nuevamente la bocina, imaginaba al resto de los padres recogiendo a sus pequeños mientras Iván seguía buscando en vano a su abuelo. Le tranquilizó recordar los cientos de veces que le había dicho a su nieto que si algún día salía del colegio y no estaban mamá ni él, debía esperar en el patio o volver adentro hasta que ellos llegaran. Se tranquilizó un poco al pensar en lo obediente y responsable que era aquel pequeño. Volvió a tocar el claxon, como si eso ayudase a espantar los coches de su alrededor. Miró nuevamente su reloj.

Las cinco y diez.

Pensó que a esa hora Sara empezaría a inquietarse al no recibir un mensaje confirmando la recogida. Empezaba a sudar demasiado y forzó a su mente a buscar alternativas menos traumáticas. Inmerso en esos pensamientos, le pareció ver que el camión que había originado aquel desaguisado por fin había resuelto el problema. Pudo ver cómo el conductor del tráiler dejaba de hablar por el móvil, hacía un gesto con la cabeza a su compañero y ambos se subían al inoportuno vehículo que había estado colapsando el tráfico más de veinticinco minutos en una calle que no solía ofrecer problemas y que, en condiciones normales, se recorría en dos minutos.

A las cinco y veintitrés Mario hacía su entrada en el patio del colegio, asfixiado y al borde de la arritmia. Apenas quedaban niños en su interior. Escrutó con su mirada la amplia superficie del colegio, examinó cada esquina, cada soportal, cada árbol tras el que podría ocultarse su nieto. No podía verle. No le encontraba. A quien sí avistó fue a la señorita Alicia, cuya visión sirvió para aliviarle el espíritu: ella sabría dónde estaba Iván. Pero el gesto en las facciones de la profesora le hizo sospechar que algo no iba bien.

—Señor Dacosta..., pero ¿qué hace usted aquí? Iván acaba de marcharse... Estuve con él esperando a que vinieran a recogerle... —Las palabras comenzaban a salir de su boca por cuentagotas—. Usted y su hija se retrasaban... y apareció él... Ustedes se lo pidieron, le pidieron que...

—¿Quién ha recogido a Iván? —Los ojos de Mario estaban dispuestos a devorar a la asustada señorita, que cada vez se iba haciendo más pequeña y encontraba más problemas para respirar de manera acompasada—. ¿A quién ha entregado usted a mi nieto? ¿Con quién se ha ido?

—El muchacho, el joven que solía venir con su hija. No recuerdo su nombre. Pero ¿es que usted no lo sabía? Me aseguró que le había enviado Sara... No creí necesario... Había venido muchas veces con ella, pensé... —La señorita Alicia empezó a entender que algo sumamente grave acababa de suceder ante sus narices y ella no había hecho nada por impedirlo. La secuencia de los hechos se reprodujo en su cabeza como si fuera una secuencia macabra y rápida de fotogramas que auguraban un drama demasiado temido.

—¿Qué tal está usted, señorita Alicia? Tan elegante como siempre. ¡Iván, campeón!, ¿cómo estás? —le dijo al niño, que no tardó en devolverle el gesto cariñoso con la mano. Conocía a aquel hombre: era el amigo de su madre, Najib, el dueño del coche deportivo, el que le compraba dulces y juguetes, el que hacía reír a mamá, el que paseaba con ella y le había

ido a buscar en algunas ocasiones—. Perdóneme por el retraso, señorita
—dijo señalando su reloj, que marcaba las cinco y once minutos—. No
se lo creerá, pero llevo casi un cuarto de hora atascado en una calle por
culpa de un camión que se ha estropeado y que ha conseguido paralizar
el tráfico de medio Madrid. Creí que no llegaba. Me ha mandado Sara
a recoger a Iván. No se crea, ella todavía lo lleva peor que yo. Ha tenido
que irse a las afueras para comprar no sé qué relacionado con la casa y a
estas horas todavía no ha podido entrar en Madrid.

—No me han llamado para decirme nada. Siempre me avisan si
hay algún imprevisto... —dijo dubitativa la señorita Alicia.

—¡No me extraña! ¡Si casi no me ha avisado ni a mí! Pero se lo rue-
go, no la culpe, eso nos pasa a todos. Esperamos hasta última hora cre-
yendo que nos va a dar tiempo y siempre nos confiamos. Y claro, me lo
han dicho a última hora y por mucha prisa que me dé, cualquier atasco
me hace la puñeta. Perdóneme, no debo decir estas cosas delante de
Iván. —Se acercó a ella en busca de una complicidad que no le costó
encontrar a juzgar por la sonrisa nerviosa de la señorita Alicia. Hasta
ella llegó el intenso olor a canela que desprendía el cuerpo del hom-
bre—. Luego lo repiten todo, y no vea Sara las broncas que me echa.

—Claro, lo entiendo. Pero aun así, creo que debería llamar para
asegurarme... —El rostro de la profesora mostraba cierta confusión

—Discúlpeme, tiene usted razón. ¡Qué estúpido soy! Siempre me
pasa igual, soy un confiado. Creí que se acordaría usted de mí. Y Sara
también lo dio por seguro. Por favor —dijo invitándola a usar su pro-
pio teléfono móvil, que acababa de sacarse del bolsillo del pantalón y
en el que ya tecleaba—, si quiere usted llamar a Sara, tome, hágalo
desde mi teléfono. De hecho, me parece una buena idea. Y eso dice
mucho sobre usted. Ahora me explico la buena imagen que tiene usted
en el colegio, que de todo se entera uno, no crea.

La sonrisa cruzaba el rostro de Najib. Sabía que Sara, al ver su nombre en la pantalla del teléfono, no respondería a la llamada, como evidenciaba el gesto de la señorita, que negaba con la cabeza de derecha a izquierda.

—*¿Nada? ¿No le contesta? Pruebe otra vez si quiere. O mire, si lo prefiere y se queda más tranquila, yo le dejo a Iván y cuando logre localizar a su madre, ya le explicaré que no me lo he podido llevar. A ver si consigo dar con ella... Seguro que lo entenderá y ustedes dos sabrán cómo resolverlo de la mejor manera. Lo siento, campeón —le explicó a Iván, acuclillándose frente a él.*

El rostro del niño reflejaba el sentimiento de abandono en el que empezaba a sentirse al pensar que le tocaría quedarse allí solo con la señorita Alicia.

—*Tu mamá no se ha acordado de llamar a tu señorita para decirle que venía yo a buscarte, pero no creas que se ha olvidado de ti, eso no lo pienses nunca. Seguro que lo ha intentado, será que ha tenido algún problema con el teléfono. Vas a tener que esperarla aquí. Ojalá no tarde mucho. —Comenzaba ya a incorporarse para despedirse de la responsable escolar—. Señorita Alicia —le espetó alargándole la mano—, siempre es un placer verla.*

—*No, espere... —dijo finalmente, tras titubear durante unos segundos. La idea de quedarse con el niño y el posible enfado de Sara la hicieron recapacitar. Además, había visto a la pareja en varias ocasiones y no tenía por qué haber problema alguno si permitía que, por esta vez, se lo llevara. Ya hablaría con Sara para recordarle las normas del centro por si había una próxima—. Verá, no creo que haya problema. Si se lo han encargado a usted...*

—*¿Seguro? —se atrevió a jugar con la presión del momento—. No quiero forzarla a nada. —El ademán afirmativo de Alicia le hizo no*

tentar al destino—. Perfecto. Me lo llevo a merendar, que ya debe de
tener hambre. Y mire, si se va a quedar usted más tranquila, en cuan-
to hable con Sara, le digo que la llame, ¿le parece bien?

De haber tenido poderes especiales, la mirada de Mario habría ful-
minado a la señorita Alicia, que no sabía si aquellos rayos que le
salían de los ojos al siempre apacible abuelo eran fruto del odio, la
indignación, el miedo o la locura. O quizá, todo junto.

—Pero ¿es que se ha vuelto usted loca? ¿Cómo ha permitido que
mi nieto se vaya con el primero que ha venido a buscarle? ¿Qué
clase de colegio es el suyo? —Mario se olvidó de su habitual tono
sereno. La irritación que le abrasaba la garganta era superior a él y
no le importó exteriorizarla.

—Señor Dacosta, le ruego que se tranquilice. Yo no he entregado a Iván al primero que venga a buscarle. Cálmese. Ya le digo que
ese joven solía venir con su hija. De hecho, la hemos estado llamando al móvil y no nos ha contestado. Quizá si usted hablara con ella,
estoy segura de que le podría explicar…

—¡Aquí los únicos que deben darme explicaciones son usted y
la dirección de este colegio! —Mario se sentía al borde del colapso
físico y mental. Estaba fuera de sí, sus ojos miraban en todas las
direcciones, como si guardara aún alguna esperanza de encontrar a
su nieto saliendo a la carrera de alguno de los soportales. Los gritos
habían llegado hasta los oídos de otros profesores, que no tardaron
en acercarse a conocer los motivos de tanto alboroto. El director del
centro bajó raudo de su despacho, situado en la primera planta y
cuya ventana daba al patio exterior. Hasta allí habían llegado las
voces de la acalorada discusión.

—Esto debe de ser una tremenda confusión que se aclarará en pocos minutos. Verá como todo se debe a un malentendido. —Las palabras del director no lograron apaciguar los nervios que dominaban al abuelo de Iván.

—Más les vale que así sea. Más les vale.

—Relájese, por favor. Todo se arreglará —insistió el otro.

—Son ustedes los que se han relajado demasiado en sus funciones. Y les aseguro que esto no va a quedar así. Como mi nieto no aparezca... —Mario prefirió no terminar la frase. Miró la hora. Las cinco y media. Pensó en su hija, en que estaría aún esperando su llamada, en la ansiedad que debía de estar sintiendo. En verdad, no se podía imaginar cuánta.

Las cinco y treinta y cinco.

La pantalla del móvil de Sara se iluminó antes de que el aparato comenzara a vibrar. «Por fin. Ya era hora.» Alargó la mano y atrapó el teléfono, aunque las prisas a punto estuvieron de acabar con el celular estrellándose contra el suelo. La serenidad se convirtió en un fantasma cuando leyó en la pantalla la identidad de la llamada: «Número oculto». Najib lo había hecho a sabiendas: sabía que Sara tendría una llamada perdida suya, la que él mismo realizó cuando se encontraba con la profesora Alicia. Pero Sara ni siquiera la había visto. Ahora ese número oculto bramaba desde la pantalla de su móvil. No tenía tiempo ni ganas de vacilaciones. Estaba desesperada por tener noticias de su padre y de su hijo, y debían ser esas. Solo se equivocó en parte.

—Qué sorpresa, profesora. Creí que nunca iba a contestarme. —La voz de Najib logró turbar sus sentidos hasta tal extremo que a punto estuvo de desplomarse contra el suelo. El aula comenzó a dar vueltas en su cabeza. Necesitaba sentarse. Le asustó que hubiera vuelto a tratarle de usted; aquello no podía significar nada bueno—. Estoy aquí con Iván disfrutando de un enorme helado. Lo estamos pasando en grande. ¡Hay que ver el apetito que tiene el chaval! Claro, que tiene a quien salir, ¿no es cierto, profesora, o eso también lo ha olvidado?

La respiración de Sara se aceleró, su pecho se elevaba en pequeñas bocanadas y una leve película cristalina comenzaba a cubrir sus ojos, incapaces de ceder al parpadeo. La voz del inesperado interlocutor se volvió seria, más grave y deliberadamente reservada, regresando al tuteo después de la teatralidad utilizada en el trato.

—Escúchame bien. Si quieres volver a abrazar a tu hijo y tener la oportunidad de verle crecer y hacerse un hombre de provecho, ven ahora mismo donde tú ya sabes, de donde saliste corriendo, dando un portazo y sin despedirte. No pases por tu casa, ni des explicaciones a nadie y mucho menos cometas el gravísimo error de avisar a alguien o pedir ayuda. La única que puede salvar a tu hijo eres tú. Si abres la boca, te juro que le mato. Sabes que lo haré si es preciso, así que no seas tan estúpida de ponerme a prueba. Si tardas más de media hora, entenderé que tu hijo no te importa demasiado, como tampoco te importé yo.

Najib hizo un pequeño silencio. Podía escuchar a través del auricular la agitada respiración de su ex pareja. Sara estaba en estado de shock, su mente no podía procesar con objetividad lo que estaba escuchando y ni siquiera le dio opción a rogarle que no le hiciera daño a su pequeño.

—Media hora. En mi casa. No te retrases, profesora.

Aquello fue lo último que dijo antes de cortar la comunicación. Habían sido los dos minutos más largos de toda su vida.

13

El mundo se quedó vacío, en un fúnebre y denso silencio, con la calma trágica que caracteriza la fatalidad inesperada, y el perfume de lo tétrico que destila la peor de las desgracias. El desierto de los sentidos. El mayor sufrimiento que el umbral del dolor podría soportar. El más lóbrego de los duelos. El ocaso. La nada.

No supo cuánto tiempo pasó en un estado de colapso mental absoluto pero llegó a su fin cuando uno de sus alumnos se acercó hasta ella.

—¿Está usted bien, profesora? —No lo estaba, pero asintió y disfrazó su muerte en vida. Despertó a la realidad de la última llamada: aún tenía el teléfono entre las manos, que se habían quedado frías, gélidas, como si la sangre se hubiera congelado impidiendo la circulación por las venas. Las cinco y treinta y ocho. Tenía que llamar a su padre.

—Papá, soy yo.

El nudo de su garganta apenas permitía el libre tránsito del aire que necesitaban sus cuerdas vocales para dar voz a las palabras más embusteras de toda su vida. Ni siquiera pudo escuchar el aluvión de preguntas que salía de la boca de su desesperado interlocutor, que al escuchar las explicaciones de su hija, fueron marchitándose y quedando en nada. Un nuevo desierto.

—Iván está bien. Le pedí a Najib que lo recogiera. No te preocupes por nada. Vete a casa. Nos veremos allí y te lo contaré todo.

—¿Qué pasa? ¿Te encuentras bien? —Mario conocía a su hija y sabía distinguir los silencios escondidos en el tono y el timbre de voz de su pequeña—. No puedo creerme que él haya venido a recoger a Iván. Me pediste que lo hiciera yo. —Se alejó adrede del círculo de docentes que le rodeaban y que empezaban a cruzar miradas—. Creí que ese asunto estaba ya liquidado. Tú misma me lo dijiste. ¿Qué pasa, hija? Háblame, ¿qué pasa? No entiendo nada.

Sara volvió a insistir en sus palabras y a Mario no le quedó más remedio que acatar el frágil argumento y admitirlo como válido. Levantó la cabeza y observó a todo un ejército de ojos que le acuciaban sedientos por saber qué es lo que pasaba y cuáles eran esas novedades que llevaban minutos esperando.

—Es mi hija. Iván está bien. —Miró a la señorita Alicia y después al resto de los profesores, que se habían ubicado alrededor suyo como si con esa disposición formal buscaran confortarle—. Discúlpenme si me he mostrado grosero y si he dicho algo... inadecuado. No suelo perder los nervios, pero comprenderán que la situación... —Tampoco entonces fue capaz de finalizar la frase. Su mente todavía escrutaba la conversación con su hija y lo poco que le había convencido.

—Por favor, no se preocupe por nada. No tiene por qué disculparse. Todos lo entendemos. —El director del colegio parecía más aliviado que Mario, después de apartar los fantasmas del más que probable escándalo que se hubiera desatado de haberse cumplido el peor de los pronósticos—. Lo único importante es que Iván está bien y todos nos alegramos de ello. Váyase usted tranquilo a casa y disfrute con los suyos del fin de semana, señor Dacosta. Por favor, olvídese de todo lo demás.

Sara dio por terminada la clase veinte minutos antes. Salió de la escuela de idiomas precipitadamente, sin distinguir a ninguna de las personas que encontró a su paso ni escuchar la pregunta de Pedro, que le gritaba desde el otro extremo del pasillo al que había salido después de que uno de los alumnos de Sara corriera a su despacho para informarles de que algo le pasaba a su profesora.

—¿Qué ocurre, Sara? ¿Qué pasa? —Sus voces no llegaron hasta los oídos de su colega, anestesiados por una dosis extrema de terror que conseguía envolverlos con una membrana impermeabilizada a la realidad. Su cabeza se había convertido en un auditorio cerrado, hermético donde el único sonido reinante era el eco de las palabras de Najib. El recuerdo de su voz hería su cerebro, le desgarraba el alma. Todo su interior era una enorme confusión, una nube de incógnitas, de vacíos, un laberinto de misterios. Una anarquía mental que invalidaba sus sentidos. Ni siquiera podía recordar cómo se había subido en el taxi que la llevaba a la casa de Najib, al lugar donde tres meses atrás juró no regresar jamás. Le atormentó pensar en lo poco que servía en la vida molestarse en confeccionar planes cuando la maldad rige los siniestros hilos de un destino impuesto.

Sintió la necesidad de rezar pero ni siquiera supo por dónde empezar o qué palabras emplear. Estaba en el ascensor que la llevaría hasta el piso cuarto; cuando sus puertas se abrieran, le mostrarían la puerta C. El trayecto de no más de veinte segundos se le hizo eterno, demoledor. Hubiese dado lo que fuera por tener el privilegio de apretar el botón de parada, que sobresalía en rojo del panel, y detener el mundo para pensar, enfriar su cabeza, urdir un plan que le permitiera recuperar a su hijo y salir airosa de aquella nueva pesadilla. Pero ni había tiempo ni aquel era el mejor lugar para abrigar quimeras que solo servirían para mermar su capacidad de reacción y la posibilidad de controlar la situación.

Notó que le temblaba la mano cuando alargó el brazo con la intención de apretar el cajetín del timbre de la puerta C. Cerró los ojos e intentó armarse de valor forzando el regreso a su cerebro de imágenes de los buenos momentos que había vivido en aquel lugar. Le resultó imposible. Tan solo recordaba el golpe en la mandíbula que la dejó inconsciente y el fin de semana que pasó con una de sus muñecas esposada a la cama donde un día demasiado lejano se sintió renacer. Fue un ejercicio en balde intentar rememorar la pasión, el amor, las risas, la plenitud y la felicidad vivida entre esas cuatro paredes. Era como si nada de aquello hubiese sucedido, como si todo fuera parte de una enorme farsa orquestada únicamente para burlarse de ella e infligirle el máximo daño posible.

La primera llamada, como su intento por recuperar buenos recuerdos, resultó infructuosa. Apretó una segunda vez el timbre. Miró su reloj. Eran las seis y ocho. Tan solo se había retrasado uno o dos minutos. No era posible que por sesenta segundos Najib hubiese cumplido su promesa de hacer daño al pequeño. Pegó su oreja a la puerta en busca de algún ruido, algo que la informara de que había alguien en su interior. Nada. La desesperación empezó a gobernar sus pensamientos y, de un manera más notoria, sus actos. Tocó el timbre una y otra vez, sin control, sin tiempo de espera entre una llamada y la siguiente, sin dar tregua a la resonancia metálica convertida, por su insistencia, en una sirena incesante. Estaba dispuesta a tirar la puerta abajo a patadas de ser necesario, pero esta se abrió y la aparición de Najib frenó su ímpetu.

—Te dije treinta minutos, llegas tarde.

—¿Dónde está mi hijo? —preguntó levantando la voz todo lo que pudo—. ¿Qué has hecho con él, hijo de puta? —La mano de Najib la agarró del cuello y la obligó bruscamente a entrar en la vivienda.

—No creo que estés en condiciones de insultar ni de exigir mucho, profesora. Te conviene estar calladita, a no ser que quieras que vuelva a atarte a la cama, que, por lo visto, es lo único que funciona —le susurró al oído mientras con la mano que le quedaba libre le tapaba la boca.

Sara no intentó gritar. Tampoco hubiese podido. Ni siquiera se atrevió a modificar su postura. Tan solo su mirada buscaba desesperadamente a Iván, inspeccionando desde su posición, con la espalda apoyada contra la pared, cada metro cuadrado de la casa, cada mueble, cada rincón. Nada. Ni rastro del pequeño.

—No está aquí —dijo Najib, que disfrutaba al ver cómo aquellas tres palabras lograban desmoronar a Sara. El cuerpo de ella empezó a rebelarse, intentaba inútilmente escapar de los brazos del hombre que había decidido romperle la vida—. ¡Estate quieta! Iván está bien. Mejor que tú. ¿No creerías que iba a tenerle aquí mientras tú te presentabas con la policía y con algún amiguito? ¿Acaso me crees tan estúpido?

Sus palabras salían envueltas en odio y brotaban del interior de una garganta incendiada por la maldad, inmune a la compasión. Permanecía impertérrito ante la desesperación de aquella mujer de ojos encharcados en impotencia, entregada a la más descarnada desesperanza ante un horizonte tan poco grato para el optimismo. Ni un solo gesto perturbó la expresión de Najib al ver el dolor en el rostro que tantas veces había visto gemir de placer bajo su cuerpo. Retiró la mano de la boca de Sara. Era la única licencia que tenía pensado concederle, aunque solo fuera por regodearse en su posición de dominio absoluto.

—¡He hecho todo lo que me has dicho! ¡No he venido con nadie y tampoco he contado nada! ¡Ni siquiera a mi padre! Tienes que creerme. Dime dónde está, por favor. Dime qué es lo que quieres y terminemos con esto de una vez. —Había decidido mostrarse complaciente. Haría todo lo que marcasen los deseos de aquella bestia con tal de que le permitiera recuperar a su hijo y marcharse.

—Con esto terminaremos más rápido de lo que imaginas. —Najib aún la tenía aprisionada con su cuerpo contra la pared, parecía estar disfrutando—. Todo depende de ti. —Se separó de ella y la dejó paralizada, como si el contorno de su silueta formase siempre parte del antiguo papel pintado de la habitación. Se encendió un cigarrillo y dejó caer su cuerpo en el sofá del salón—. Vendrán a buscarnos en unos minutos para llevarnos a la casa donde encontrarás a Iván. Si haces todo lo que yo te diga, no habrá ningún problema. Te prometo que a tu hijo no le pasará nada… —Aspiró profundamente una interminable calada, como si deseara fumar en una sola vez el cigarrillo, y soltó el aire despacio, casi a cámara lenta, regodeándose—. Siempre que colabores.

Los minutos se convirtieron en casi dos horas y media eternas y tortuosas. El móvil de Najib, diferente al último que ella le había conocido, sonó cinco veces, casi tantas como el de ella, aunque él le había prohibido contestar. Sara se había sentado en el suelo y permanecía con la espalda pegada a la pared, igual que cuando fue introducida en la vivienda de manera violenta. La sexta llamada fue la definitiva.

—Supongo que no será necesario que te amordace, ¿verdad? Imagino que tendrás ganas de ver a tu hijo y procurarás no hacer demasiadas tonterías. Si nos encontramos con alguien en el ascensor, cosa que no creo, le sonríes como has hecho siempre. No hables con nadie. Si te preguntan, ya contestaré yo, ¿entendido? —ordenó mientras recogía unas llaves del aparador, guardaba su móvil y el de Sara en los bolsillos del pantalón y amarraba a su víctima por el antebrazo.

—¿Por qué me haces esto? —acertó a preguntar desvalida y con la amenaza del llanto en sus ojos.

—¿Y por qué no? —le respondió con una media sonrisa que le heló la sangre—. ¿Te crees alguien especial? ¿Hubieses preferido que se lo hiciese a tu amiga Lucía o a tu padre? Y por lo que nos habéis hecho a nosotros, ¿por eso no me preguntas, profesora?

Sara no entendió la última cuestión pero tampoco dispuso de tiempo para pedir explicaciones. Al salir vio a un hombre de rasgos árabes en el descansillo, mantenía la puerta del ascensor abierta. Entró con ellos en el elevador y pareció dar el relevo a un segundo hombre, también de aspecto árabe, que los esperaba en el portal. Junto a un tercero, los acompañó en silencio hasta el vehículo que aguardaba aparcado en la calle, justo enfrente de su casa. Debió de ser el nerviosismo o su deseo de apartarse de todo aquello lo que la llevó a pensar en la suerte que habían tenido de encontrar aparcamiento en una calle que solía estar atestada de coches. No tardó en tildarlo de estúpido, aunque, en cierto modo, agradeció ocupar su mente en algo que no fuera la situación en la que la había colocado una mala elección en la vida.

Subieron rápidamente al coche, Sara en el asiento trasero escoltada a un lado por Najib y al otro por el hombre que les abrió la puerta del ascensor, mientras que el que los había recibido en el portal se sentaba en el asiento del copiloto y el tercero se ponía al volante. No intercambiaron ni una sola palabra durante el trayecto y Sara se contagió de ese mutismo. El itinerario le resultó farragoso y extraño. No pudo cerciorarse de si habían seguido nuevos caminos o si habían optado por rutas confusas para intentar desbaratar su sentido de la orientación para que luego no fuese capaz de recordar la travesía por la que la conducían. De ser así, estarían realizando un esfuerzo innecesario: lo único que ocupaba su cerebro eran imágenes de Iván intercaladas con alguna de su padre. El tiempo del recorrido lo pasó tratando de rezar para que a su pequeño no le hubiera pasado nada, pero la confusión no le permitía recordar las oraciones que había aprendido de memoria cuando era pequeña, y si por casualidad lo conseguía, ni siquiera era consciente de lo que decían esas frases.

Cuando llegaron al destino era ya noche cerrada. Resultaba imposible ver nada, excepto lo que quedaba preso dentro de los haces de luz que proyectaban los faros del coche. Habían atravesado un camino rural en muy malas condiciones, a juzgar por los exagerados baches que tuvieron que soportar y el incómodo y brusco vaivén que la obligó a sujetarse con las manos sobre los respaldos de los asientos delanteros. En más de una ocasión notó el cuerpo de Najib chocar contra el suyo y el contacto consiguió ponerle el estómago del revés y provocarle un estremecimiento de repulsa que le recorrió toda la piel.

El coche se detuvo al fin y el hombre que había estado sentado a su izquierda durante el viaje la ayudó a salir del vehículo, sin dar muestras de consideración alguna. Sara buscó con la mirada a Najib, que se había quedado en el interior del automóvil. Era él quien había organizado el secuestro de su hijo y era a él a quien quería tener localizado. Pero el hombre que le asía del antebrazo era más fuerte que ella, y consiguió empujarla al interior de la casa sin que pudiera ofrecer resistencia.

Estaba oscuro, en silencio, aunque pudo ver algo del exterior del inmueble gracias a un bombín colocado sobre la puerta de entrada de la vivienda. La luz que daba una ridícula y tenebrosa bombilla le reveló una edificación antigua, de altura baja. Las sombras de la noche cerrada, huérfana de luna, le permitieron calcular que la vivienda tendría dos alturas. Por el sonido de sus zapatos al contacto con el suelo, supo que bajo sus pies había gravilla o arena, no asfalto. Subió un tosco escalón de hormigón y accedió a ella por una puerta situada a pie de calle, tapada por una especie de esterilla, gruesa y trenzada por hilos de varios colores. En el interior todo era penumbra. Ni una sola luz prendida que permitiera reventar la oscuridad enquistada en el seno central del inmueble. Tan solo el resplandor tembloroso de una vela encendida en alguna estancia de la casa y que conseguía hinchar, macabra, las sombras que anidaban en el interior, confiriendo un aspecto aún más tenebroso a la vivienda.

Para hacerse una idea de la estructura de la casa tendría que esperar a que amaneciera o que alguien encendiera alguna luz artificial. Con un poco de fortuna, pensó, no tendría oportunidad de comprobarlo. Solo quería recuperar a su hijo y salir de allí lo antes posible, olvidar aquellos rostros fiduciarios de misterios malignos, sus lascivas miradas, sus gestos gobernados por los maléficos designios que sin duda albergaban sus mentes. Y en especial, anhelaba relegar a la indiferencia un perfil sobre todos los demás, el que había logrado abrirle las puertas del paraíso durante meses para luego cerrárselas de un portazo ensordecedor e hiriente en milésimas de segundos, haciendo trizas su vida y sus sueños.

Najib.

Repitió aquel nombre en su interior. Najib. ¿Cómo pudo producirse semejante metamorfosis? ¿En qué momento su destino viró hacia un pantanal de oscuridad y terror? ¿Cuándo aquella pesadilla había cobrado vida propia y se había apoderado de las riendas de su existencia y, con ella, la de los seres que más quería? Deseaba cerrar los ojos con fuerza durante unos instantes, los suficientes para viajar a través del espacio y del tiempo y aparecer en otro lugar y en otra compañía cuando los abriera. Aquello debería esperar.

El mismo hombre que la mantenía sujeta del brazo la condujo hasta una de las habitaciones interiores. En el recorrido casi a ciegas, mientras temía tropezar al ser incapaz de ver el lugar exacto donde asentaba sus pies, no encontró a nadie más. Los únicos testigos de su visita eran las sombras alargadas y siniestras y sin embargo, se sentía observada. Sus oídos no pudieron percibir ningún ruido procedente del resto de las habitaciones; ni una respiración rompió el tenebroso e impostado sigilo y sin embargo, el eco mudo de unas voces amordazadas le rompía los sentidos. Escuchó el cerrojo de una puerta que se abría y acto seguido el hombre que la aferraba del brazo prácticamente la arrojó al interior del habitáculo y volvió a cerrar tras de sí valiéndose del manojo de llaves que llevaba en la mano.

Sara se quedó inmóvil en el mismo lugar donde su cuerpo había ido a parar. No se atrevía a mover un músculo. Estaba a oscuras, como si sus ojos hubiesen sido cubiertos por un manto profundamente negro que le privara no solo de su capacidad visual, sino también del resto de sus sentidos. No sabía si se hallaba en un lugar espacioso o reducido, si había alguien más con ella o se enfrentaba a aquel desierto de penumbra en solitario. Se atrevió a alargar sus brazos, con el deseo de que sus manos palparan algo, algún contorno que le permitiera salir de aquel ostracismo al que había sido arrojada. Pero sus dedos solo acertaban a atravesar el vacío, como si estuviera al borde de un precipicio pronunciado, con los ojos tapados, mientras unas voces misteriosas a su alrededor le instaban a avanzar y a romper el camino que se abría bajo sus pies. Cuando ese vacío estaba a punto de engullirla, la puerta se abrió de nuevo. Sabía que alguien aguardaba en el umbral pero no pudo distinguir de quién se trataba hasta que este no buscó el interruptor, situado a escasos centímetros del marco lateral del portón, y encendió la luz.

Najib la observaba como si le hubiese decepcionado, depositando sobre ella toda la responsabilidad de la situación en la que ambos se encontraban. A Sara no le importaban ni su mirada ni sus pensamientos. Solo le importaba una cosa y ya estaba tardando demasiado en conseguirla.

—¿Y mi hijo? ¿Dónde está Iván? Me dijiste que estaría aquí ¡y no lo veo!

—Te dije que si te portabas bien, no me dabas problemas y hacías lo que yo te decía, volverías a verle. —Sabía que mentía solo por el placer de hacerlo. Mientras hablaba extrajo de su bolsillo el teléfono móvil de Sara y se lo tendió—. Llama a tu padre. Dile que estás bien, que no te llame más, que necesitas tiempo para ti y para Iván, que te hace falta un largo período para pensar. Invéntate lo que quieras. Pero que no te llame ni te busque más. Te vas y punto. Serás tú la que se ponga en contacto con él. —Najib vio que no reaccionaba—. Coge el teléfono y llama a tu padre. Ahora.

—No pienso hacer nada de eso. Devuélveme a mi hijo y me iré. No me verás más en tu vida. No iré a la policía, no le contaré a nadie lo que ha pasado esta tarde, como tampoco lo conté cuando me tuviste secuestrada. Solo quiero volver a casa con mi hijo y los dos recuperaremos nuestras vidas, como si nada de esto hubiese pasado. —Su comentario pareció divertir a Najib, que no pudo evitar una media sonrisa.

—Tú no vas a recuperar nada a menos que yo lo decida. —Le volvió a ofrecer el móvil—. Llama a tu padre y dile lo que te he dicho. Hasta que no lo hagas, no verás a tu hijo.

—No.

Las pupilas de Najib se clavaron en el aterrado iris de su prisionera, que ya comenzaba a arrepentirse de su negativa. Los dos, uno frente al otro, retándose, observándose como si fuera el preámbulo de un duelo en el que al menos uno de ellos acabaría muerto. No había más arma que la improvisación, que la espera, que una respuesta rápida y definitiva que parecía prolongarse excesivamente en el tiempo y mantener sus corazones suspendidos en el vacío. Uno de los dos tendría que dar con el modo de poner fin a ese desafío.

Fue él. Se guardó el móvil en el bolsillo, dio media vuelta y salió de la habitación. Sara corrió tras él. Chilló, gritó, golpeó con los puños la puerta que se había cerrado con violencia, bramó palabras de auxilio, de perdón. El festival de clamores no pareció llamar la atención de nadie pero ella insistió. Cada vez más fuerte. Temía que su negativa significara una sentencia fatal para Iván, para su padre y, por descontado, para ella misma. Pero no le importaba lo que le sucediera a ella y por eso no cesó en sus desgarrados aullidos; sentía cómo sus cuerdas vocales se tensaban y parecían romperse, se dejó la piel de las manos y los nudillos aporreando la maldita puerta y seguiría todo lo que fuera preciso para provocar el regreso de su carcelero. Sin embargo, no regresó nadie hasta que su garganta se quedó seca y vacía y su llanto se convirtió en un delgado hilo de angustia, en un gemido casi inaudible.

Cuando la puerta volvió a abrirse, arrastró bruscamente su cuerpo, que permanecía agazapado contra ella. Najib había entrado con un ordenador portátil en la mano, que colocó sobre la pequeña mesa que había en la habitación, al lado de la cama y de la silla que su nueva inquilina ni siquiera había podido ver. No había más muebles. Se levantó a toda prisa del suelo, se enjugó las lágrimas con la palma de su mano. Entendió que Najib quería enseñarle algo y comprendió que debía hacerle caso. Se posicionó tras él. Los dedos del hombre se desplazaban rápidamente por el teclado convencidos de que sus impulsos marcaban, elegían y destrozaban el destino de quien él decidiera. Por fin, hizo aparecer en la pantalla del ordenador lo que tanto ansiaba mostrar. Obligó a Sara a sentarse en la silla y puso las manos sobre sus hombros, como si quisiera asegurarse de que su víctima no se movería de aquel lugar, vieran sus ojos lo que vieran.

Como recién llegadas de algún infierno lejano, fueron apareciendo en la pantalla imágenes de niños de entre cinco y dieciséis años armados con fusiles, pistolas, explosivos y granadas, vestidos algunos de ellos con ropas militares, otros con un simple chándal, con camisetas anchas o envueltos en amplias ropas blancas sobre las que se ajustaban cinturones negros con cargas explosivas de color rojo y negro. El horror se completaba con una cinta de color negro o verde con una inscripción en idioma árabe que, aunque Sara no supo interpretar, los consagraba a Alá y los identificaba como mártires. Su corazón se aceleró al observar la fotografía de un bebé de pocos meses vestido de blanco, ataviado con un cinturón de explosivos, con la misma cinta verde sobre su pequeña cabecita y envuelto en cables. Al ampliar el plano del retrato, se podía ver con claridad cómo las manos que sujetaban al bebé mientras le hacían la foto eran las de su padre, que le mostraba orgulloso ante el objetivo como si se tratara de un trofeo.

Sin dar opción a su cerebro de procesar el despropósito que ya almacenaba en su iris, comenzó un vídeo en el que un grupo de niños cantaba una canción sobre una retahíla de fotogramas de atentados, muertes, saqueos y explosiones. Era una melodía chirriante, saturada, estridente. Najib se inclinó sobre ella y acercó la boca al oído de Sara para traducirle lo que estaba escuchando.

—«Hemos venido, con la ametralladora y el Corán en las manos. Hemos crecido y también la justicia en los ojos de los despojados. Juramos recuperar la tierra. Hemos venido. La sangre pura traerá honor y gloria.»

Las imágenes se sucedían sobre la pantalla a una velocidad de vértigo que contrastaba con el inexistente pestañeo de Sara, incapaz de cerrar los ojos.

—Míralos. —La voz del diablo volvió a conquistar sus tímpanos—. Son niños felices, orgullosos, satisfechos de aprender aquello con lo que siempre han soñado. Convertirse en héroes, en alguien importante. ¿Lo ves? Están disfrutando. Están en un campamento de verano donde les regalan zapatos, cuadernos, ropa, comida y de paso aprenden y se forjan un futuro. Estos pequeños aprenden rápido. Es fácil convencerlos, meter en sus cabecitas la historia del islam, de su Profeta y de cómo la yihad es una obligación de todo musulmán gracias a la cual logran prestigio, dignidad, inmortalidad y sus familias se benefician social y económicamente de esa entrega.

»En tan solo dos meses de instrucción, los niños se han convertido en futuros mártires del islam, deseosos de consagrar su vida y su cuerpo en nombre de Alá. Son caras limpias que no levantan sospechas si entran en un restaurante, en un hotel, en un mercado, en un puesto fronterizo o acceden a una escuela con su mochila y sus libros. ¿Quién va a sospechar de ellos? Son el orgullo de su familia. ¿Sabes lo que muchos padres son capaces de hacer para que sus hijos puedan estar entre el selecto grupo de elegidos? ¿Sabes lo que darían por tener esa suerte? Dime, Sara, ¿qué darías tú por ver a Iván en uno de estos campamentos?, porque supongo que este año también se te habrá olvidado reservar una plaza para tu hijo, ¿verdad?

Aquella mención hizo que el cuerpo de ella se tensara y luchara por erguirse en busca de una explicación sobre su paradero, pero Najib se lo impidió con un ademán firme y brusco.

—No te inquietes, todavía no. Aún quiero aclararte algunos conceptos. En estos campamentos no hay límite de edad y las oportunidades son las mismas para todos. Lo mismo pueden ser niños donados voluntariamente por sus familias que huérfanos desamparados que vagan por la calle en busca de un hogar, discapacitados mentales o físicos o niños secuestrados cuyos padres ignoran dónde están sus retoños y lo que están a punto de cometer. Ahora necesito que prestes atención. —Cada anuncio suyo, presentado con una cruel ironía, lograba arrancarle un suspiro de vida, provocarle una punzada en el corazón que emigraba al estómago—. Quiero que conozcas a Nabil —dijo al congelar en la pantalla la imagen de un joven de quince años, cuya mirada, infantil aunque cargada de un odio ancestral, quedó grabada en su retina—. Era un estudiante brillante, como bien intuyó el imán del barrio de Kouva, en Argel, donde el joven residía con sus padres. No tardó en convencerle para participar en la yihad; un día Nabil desapareció de su casa y a las pocas semanas una fotografía suya apareció con una gran sonrisa en la web de Al Qaeda. Días después se hizo estallar a bordo de un camión bomba cargado con 800 kilos de explosivos en el puerto de Dellys. Mató a treinta personas.

Después de aquella historia, ocupó la pantalla el rostro de otros dos niños.

—Ni siquiera sé sus nombres pero eran obedientes, sin duda —dijo Najib antes de contarle cómo dos hombres llevaron a aquellos pequeños en una furgoneta al mercado de Adamiya, en Bagdad, donde los abandonaron. Les dijeron que no se bajaran del coche, que volverían pronto con algunos dulces. Ese día el mercado estaba abarrotado de gente—. Los dos niños explotaron y mataron a decenas de personas. —Hablaba con voz fría, sin sentimiento—. Pero tengo especialmente interés en que conozcas a Abdullá, un niño palestino de once años.

Sara oyó su historia, escuchó hablar a Najib con los ojos muy abiertos: le contaba cómo Abdullá iba al colegio con su mochila llena de libros, como todos los días; cómo antes de cruzar por un puesto de control un hombre le dio una bolsa y le pidió que se la entregara a un familiar que vivía cerca de la escuela y que le estaría esperando; cómo, a cambio, aquel hombre le dio cinco shékeles, menos de un dólar. Le contó cómo, cuando los soldados le dieron el alto y le preguntaron qué había en las bolsas, Abdullá les explicó que en una de ellas llevaba sus libros y que desconocía el contenido de la otra porque se la había entregado un hombre.

—Cuando uno de los soldados inspeccionó su interior, descubrió 10 kilos de explosivos preparados para detonar a distancia mediante un teléfono móvil. Algo había fallado, porque la bomba fue desactivada y el pequeño Abdullá volvió a casa sano y salvo, con sus padres. Estuvo a punto de convertirse en un mártir y ni siquiera lo sabía. Y es que no todos saben hacia dónde están siendo conducidos. ¿Te lo puedes imaginar? ¿Te haces una idea?

Las imágenes de los infantes armados quedaron suspendidas en la pantalla, como lo habían hecho sus vidas. El silencio tomó el relevo del descabellado relato de Najib.

—¿Qué has hecho con mi hijo? —preguntó finalmente, intentando que su cuerpo no desfalleciera como lo estaba ya su espíritu.

—Yo no he hecho nada con tu hijo. Todo dependerá de lo que su madre esté dispuesta a hacer por él. Dímelo tú.

Los latidos del corazón de Sara resonaban en su pecho con la fuerza de mil palomas revoloteando al amparo de inmensas bóvedas. El odio y el miedo le negaron el desahogo del llanto.

—Hazte a la idea de que está en un campamento de verano. Hace un año llorabas por conseguir plaza en uno, así que este te la he conseguido yo. En el colegio lo entenderán y tu padre también lo hará. No les quedará más remedio. En vez de en julio, se irá a principios de junio.

Najib podía ver que Sara estaba abatida. Su rostro irradiaba una palidez enfermiza y sus labios permanecían sellados mientras su pecho se elevaba cautivo de la ira y del dolor que el visionado de aquellas imágenes le había legado, al tiempo que en su cabeza comenzaban a germinar las descorazonadas hipótesis sobre el paradero de su hijo. Satisfecho de la superioridad que, una vez más, parecía vitorearle, alargó su brazo para acercarle el móvil. Sara lo recogió con el mismo temor con que cogería un revólver con el que la obligaran a descerrajarse un tiro en la sien.

—Ahora llama a tu padre y dile exactamente lo que te he dicho.

Tuvo que tragar y vencer el muro de cemento construido a base de impotencia en su garganta para poder aclarar su voz, que parecía sepultada bajo toneladas de granito polvoriento. Cuando escuchó al otro lado del teléfono la voz de Mario, sintió que las fuerzas la abandonaban y que lo único de lo que sería capaz era de romper en sollozos. La visión de Najib y su manera de agarrarla del cuello la devolvió a la realidad.

—Papá, soy yo.

—Hija, por fin. —La alegría que había provocado en su padre escuchar su voz le hirió el corazón; sabía que muy pronto iba a destrozarle—. Te he estado llamando toda la tarde. ¿Qué ha pasado? ¿Dónde estás, cómo está Iván? ¿Por qué no me has llamado antes? He estado a punto de llamar a la policía. ¿Cuándo venís a casa? Por Dios santo, hija…

—Escúchame, papá. No llames a nadie. Ni siquiera a mí. No me llames más. —Le costaba encontrar las palabras con las que mentir a su padre, pero la maldad que irradiaba la mirada de Najib le facilitó la tarea—. Estamos bien. Todo está bien. Iván y yo vamos a marcharnos unos días. Solo necesito un poco de tiempo. Eso es todo.

—¿Tiempo para qué? ¿Para qué necesitas tiempo? —Mario guardó silencio durante unos instantes. Su cerebro comenzó a diseñar conjeturas en las que padre e hija quedaban separados por culpa de un imprevisto en el camino. Y él conocía muy bien la naturaleza del problema—. Es él, ¿verdad, cariño? Todo esto es por él.

—No, papá. Es por mí y por Iván. Por favor, hazme caso. Confía en mí. Esto es muy importante. Tú no lo entiendes. No me llames, no me busques, no hagas más preguntas. Solo espera a que te llame. Todo saldrá bien.

—Hija, vamos a vernos y a hablarlo. Y luego, decidas lo que decidas, lo aceptaré, no haré nada para retenerte si no quieres. Pero vamos a vernos, te lo pido por favor. —Mario presentía que estaba perdiendo a su hija—. Te lo ruego, no te vayas así. No desaparezcas. No me dejes. Soy tu padre, hija. Y solo te estoy pidiendo que me des unos minutos.

—No puedo, papá. No puedo. Tengo que colgar.

La voz de su padre había supuesto un nuevo puñetazo, seco y sordo, en la boca de su estómago. Sentía seca la garganta y una soledad asfixiante ocupaba su cabeza, a punto de reventar. Notaba un dolor agudo en el pecho y en los ojos, como si se mostraran incapaces de seguir contemplando durante más tiempo el espectáculo dantesco que se había improvisado ante ellos. Las palabras de su padre se reproducían una y otra vez en su cerebro, lacerándolo y haciéndolo más pequeño. Aquel eco solo desapareció durante unos instantes, cuando la voz de Najib volvió a alzarse para ocuparlo todo.

—«Se os ha prescrito para combatir contra los que se nieguen a creer, aunque sea odioso», dice el Corán, aleya 214, sura 2. —La miró como quien contempla a un animal desvalido y duda entre abandonarlo a su suerte o apiadarse de él.

Sara odió su voz tanto como antes la había amado. Aborreció sus tonos y sus inflexiones. Detestó el artificio de aquellas frases aprendidas de memoria. Abominó de su presencia, de su olor. Maldijo a la vida por haberlo puesto en su camino y deseó que el cielo hubiese acabado con ella, con él, segundos antes del primer contacto con aquel monstruo de mirada oscura como las tinieblas.

Najib la había convertido en una destartalada marioneta a la que manejaba con hilos toscos. Estaba en sus manos. Las mismas manos rebosantes de odio y hambrientas de muerte con las que jugaba a fabricar su maldito destino.

SEGUNDA PARTE

«Hemos aprendido a volar como los pájaros, a nadar como los peces, pero no hemos aprendido el arte de vivir juntos, como hermanos.»

MARTIN LUTHER KING

14

El vacío existencial se ancló en su vida. Desde la noche en que fue violentamente conducida a aquella vivienda anegada en un mar de tinieblas, tenía la impresión de haber entrado en una realidad diferente, como si su cuerpo hubiese atravesado una puerta y se hubiera dado de bruces con una dimensión en la que se sentía extraña, perdida. Sin duda, el mutismo sensorial tomaba macabra forma bajo aquel techo. El mundo se le negaba y la vida parecía contagiarse de aquella privación que los patrones del nuevo orden se encargaron de dejarle claro desde el primer día.

Al principio, el resto de los inquilinos ignoró premeditadamente su presencia, en lo que Sara tomó como un castigo cruel enviado por los dioses con el propósito de aislarla y noquearla. Sus preguntas caían en oídos sordos; sus llamadas de auxilio eran desatendidas; sus miradas, esquivadas; su llanto, obviado; sus ruegos solo encontraban indiferencia y silencio. Era como si una extraña enfermedad la hubiese vuelto invisible, o aún peor, víctima de un mal contagioso y mortal que todos evitaban.

Ella los veía deambular por la casa, entrar y salir a la calle, escuchaba sus conversaciones y sus rezos, olía sus comidas, las saboreaba incluso, pero se diría que nadie la veía a ella, que nadie la oía ni sentía siquiera. Pudo comprobarlo el primer día, cuando tras armarse de valor para abrir la puerta del cuarto en el que Najib la había recluido, vio cómo la vivienda que se le antojó vacía la noche previa había tomado vida. Le llevó un tiempo esclarecer el número de individuos que se paseaban ante su atónita y aterrorizada mirada, y en mitad de aquel crisol de nuevos rostros reconoció uno que le era familiar. No recordaba su nombre pero lo había visto antes… A los pocos segundos le ubicaba en el lugar exacto. Sí, era él, no tenía la menor duda: uno de sus alumnos de la escuela de idiomas.

Le recordaba perfectamente. Se colocaba al final de la clase, en una de las últimas sillas. Al contrario que Najib, que registraba hasta las respiraciones de sus profesores, este apenas apuntaba nada en su cuaderno. Era callado, jamás hacía preguntas sobre el temario o alzaba la mano en clase, y sin embargo, sus exámenes eran casi perfectos. No fueron pocas las veces que el claustro de profesores se preguntó si aquel joven, al igual que Najib, necesitaba de veras las clases o estaba perdiendo dinero y tiempo al asistir a unas enseñanzas que todos creían superadas. Sus enormes ojos negros, escoltados por unas nutridas pestañas que los hacían más hermosos y le conferían un aire exótico, parecían empeñarse en reptar por el suelo, como si el joven temiera que alzar la mirada le trajese problemas. Esquivaba saludos, sonrisas, conversaciones. Le costaba hablar con el resto de los alumnos, comunicarse con ellos —desde luego, nunca llegó a integrarse en el grupo—. Entraba el último en el aula y la abandonaba el primero para correr a sentarse junto a otros compatriotas en uno de los bancos del parque situado a escasos metros de la academia. Más de una vez, mientras esperaba el autobús que la llevaba a casa o sentada en el asiento del copiloto del coche de Pedro, Sara se había preguntado por la naturaleza de aquellas conversaciones, de qué hablaría aquel grupo de jóvenes que tanta prisa tenía por reunirse en aquel parquecillo. Ahora lo sabía, o al menos, lo intuía.

Se acercó a él, como si sintiera la intrínseca necesidad de tocarle para cerciorarse de que su presencia en medio de aquella casa no era un espejismo, un engaño de su imaginación. De pronto, sin ella proponérselo y como llegado de la nada, las letras ocuparon su lugar y conformaron el nombre que le venía rondando la cabeza. Adel. Eso era lo que aquel muchacho escribía en el margen superior izquierdo de los exámenes: Adel Mezaine.

—¿Tú? Eres tú, Adel. ¿Qué...? ¿Cómo...? Pero... —Las palabras se agolpaban en su boca, se negaban el paso unas a otras. Igual daba. De haber podido decir algo coherente, tampoco hubiese obtenido respuesta.

El antiguo alumno la miró con desprecio primero y con una hiriente indiferencia después. Aquella mirada era la prueba fehaciente de cómo la belleza puede ser el mejor antifaz del odio y el resentimiento más enquistado. El cerebro de Sara parecía haberse puesto en funcionamiento y rápidamente recordó cómo había ayudado a ese chico a rellenar un cuestionario. ¿Qué era? Tenía que acordarse. ¿Qué eran aquellos papeles? La imagen apareció nítida en su memoria: una solicitud de empadronamiento. Ella misma le fue indicando cómo cumplimentarla de manera que no tuviese problemas con la administración. Como si hubiese tirado de un hilo o empujado la primera ficha de dominó de una larga fila de ellas, la información le fue llegando a borbotones. Adel necesitaba entrar en el padrón, inscribirse en el registro, porque tenía pensado casarse con su novia española. Le habló de la consecución de una beca, de una ayuda económica por parte de algún organismo oficial. Fue el único día que le recordó hablador. De hecho, le resultaba imposible recordar su voz. No la hubiese reconocido.

El recuerdo se fue terciando en una complicada madeja que pronto comenzó a llenarse de nudos; imposible localizar una hebra de la que ayudarse. Entendió su esfuerzo vacuo, carente de toda lógica. ¿Para qué seguir recordando los detalles? ¿Qué sentido tendría? No le serviría de nada. Seguramente todo había sido mentira, un sainete orquestado de principio a fin en el que ella había caído como una tonta. En el mejor de los casos, la habrían utilizado. Se sintió estúpida. Amplió su perspectiva y en ella aparecieron otros dos hombres que ni siquiera se molestaron en dirigirle una mirada: uno estaba sentado ante una mesa comiendo una suerte de empanada que devoraba a grandes bocados; el otro, el de mayor edad de todos, entraba y salía de un cuarto ubicado en el extremo opuesto al de Sara, siempre manipulando algo entre las manos. Ninguno de los dos mereció convertirse en el blanco de su curiosidad más minuciosa. Lo que sí atrajo su atención fue la llegada de varias mujeres, todas enfundadas en amplios y oscuros vestidos y con la cabeza cubierta con un pañuelo, un velo o una tela.

En un primer vistazo, habría jurado que eran cuatro o cinco, pero no le dio tiempo a fijarse bien porque ante su presencia algunas de ellas optaron por retirarse al interior de una de las habitaciones que nacían al final de un largo pasillo. No sabía quiénes eran, aunque verlas calmó un tanto sus temores: creía que era la única mujer en aquella vivienda. Tan solo una de ella se quedó observándola con descaro en mitad del pasillo. Parecía joven, aunque no tanto como Sara. Vestía una amplia abaya de color negro bajo la cual se podían ver unos pantalones azul marino y unas zapatillas de felpa con una gruesa suela de goma color caramelo, de las de estar por casa. Enmarcaba su rostro un pañuelo blanco, desde el nacimiento del cabello hasta unos centímetros por debajo de la barbilla; le cubría orejas y cuello, y solo quedaba a la vista el espacio comprendido entre la frente y la barbilla. La peculiar mortaja dejaba al aire unas facciones casi perfectas: cejas bien delineadas en un arco pulcro, nariz recta y proporcionada, labios carnosos, pómulos altivos y pronunciados, como recién esculpidos con cincel, y unos ojos pequeños que un maquillaje casi profesional agrandaba.

La mujer llevaba en la mano un capacho de medianas dimensiones. Durante unos instantes, ambas se observaron. Sara advirtió que los ojos de aquella mujer desviaban su objetivo unos centímetros hasta aterrizar su mirada en el hombre que continuaba engullendo como un energúmeno. El ambiente era asfixiante. Nadie parecía querer moverse, como si un solo gesto fuese capaz de provocar algún estallido mortal que catapultara a los presentes. Tuvo la impresión de que algo muy grave estaba a punto de pasar, pero se sentía demasiado perdida para imaginar qué. Todos se miraban, como si sospecharan los unos de los otros. Y así era. Nadie pronunció una palabra, ningún ruido más allá de la desagradable batida de mandíbula del hombre. Sara volvió a mirar a Adel. Le pareció que aquella persona había venido de otro mundo y acababa de aparecer en uno que no le correspondía. De nuevo la teoría de Everett: en algún momento dos universos habían chocado y sus habitantes se había caído de manera aleatoria en el mundo contrario, en el que no les correspondía, confiriéndoles una apariencia dantesca y ridícula.

—Parece que no guarda muy buen recuerdo de usted, profesora.

La voz de Najib apareció a su espalda y Sara se dio la vuelta tan bruscamente que sintió cómo crujían sus vértebras. Solo a ella pareció desestabilizarla física y emocionalmente.

—A saber lo que harías o dirías a mi pobre hermanito. —El rostro de ella dejó ver su sorpresa—. No se llama Adel. Su nombre es Yaser y sí, somos familia. Como ves, profesora, nada es lo que parece. Aún te queda mucho por aprender. Pero no te apures, nadie nace enseñado.

—¿Dónde está mi hijo? ¿Cuándo podré verle? —La pregunta valió una honda respiración de Najib, como si el requerimiento le hubiese molestado.

—Estás muy pesada. Siempre lo has sido, aunque con lo de tu hijo, te estás superando.

—¿Y cómo quieres que esté? ¿Cómo estarías tú?

—Feliz, orgulloso y agradecido. Ya te lo expliqué ayer, pero por lo que veo no te enteraste de nada. Siempre obcecada en tus cosas, lo demás no existe, ¿verdad? —Najib la obligó a sentarse en el sofá del salón y con un ademán hizo que el hombre hambriento y la mujer que la observaba al fondo del pasillo desaparecieran de allí; el primero entró en la habitación del final del pasillo, la segunda se encaminó hacia la calle. Se quedaron completamente solos—. Quiero que hagas de correo humano. Así de sencillo. Necesito que lleves una serie de mensajes a unos hermanos en varios lugares que ya te iré indicando. Nosotros nos encargaremos de todo: pasaportes, desplazamientos, rutas, billetes, manutención, seguridad, gastos, contactos. Tú solo tienes que convertirte en una especie de paloma mensajera. Se te entregará un mensaje, viajarás a un país, contactarás con alguien por medio de una cuenta de correo electrónico, le entregarás la información y vuelta a casa. Irás acompañada en todo momento, no te dejaremos sola, contarás con nuestro apoyo. Cuando lo hayas hecho, recuperarás a Iván y yo desapareceré de tu vida.

Najib se la quedó mirando como si estuviera tentado de añadir algo más, como si necesitara hacerlo. Se sentó él también en el sofá e intentó rescatar de su garganta un tono lo suficientemente convincente.

—Siento que esto no haya salido como lo había planeado. Pensaba haberte pedido el favor, confiaba en que nuestro amor sería suficiente. Lo hubiésemos hecho de una manera menos traumática e Iván no se habría visto involucrado como moneda de cambio, como garantía del éxito de la operación. Pero en vista de cómo se pusieron las cosas entre nosotros, de tu desconfianza enfermiza, de tus sospechas, de tu falta de respeto, no me dejaste otra salida. Es una pena pero no supiste estar a la altura. Para ser sincero, me decepcionaste.

—¿Dónde está mi hijo, Najib? Te lo ruego, dime dónde está. —Sara no parecía haber escuchado nada de lo que acababan de decirle. Ni siquiera le ofendió que aquel psicópata sacara a relucir a aquellas alturas el amor —falso al menos por parte de él— que ambos se profesaron en un pasado, o que la responsabilizase a ella por que llegase a su fin. La imagen de su hijo anulaba cualquier otra referencia.

—Está en uno de nuestros campamentos de verano, ya te lo dije. No ha sufrido ningún daño. Está bien, con otros niños, y no le falta de nada.

—¿Dónde, Najib? —Aquella explicación no bastaba. Necesitaba saber más.

—En Pakistán, en el valle Swat. A buen recaudo. En buenas manos siempre que su madre cumpla y sepa, esta vez sí, estar a la altura… Quizá vaya a verle. Hasta entonces, no admitiré más preguntas al respecto. Debes centrarte en tu nueva labor. Estar preparada para cuando llegue el momento.

—¡Y qué voy a hacer yo aquí! ¿Por qué no acabamos con esto de una vez? Dime dónde quieres que vaya e iré. Haré todo lo que me pidas. ¡Todo!, ¿me estás entendiendo? —Era cierto: haría cualquier cosa que él le pidiese, lo que fuera, con tal de recuperar a su hijo—. Pero hagámoslo ahora mismo. No esperemos más. No perdamos más tiempo, te lo suplico. No puedo estar sin él, él me necesita, él querrá estar con su madre.

—No dramatices. Hace unos meses era a mí a quien asegurabas necesitar y mira… Míranos, mírate. No todo en la vida es tan necesario como nos creemos. Las necesidades van cambiando igual que lo hacemos nosotros.

—Por favor, Najib. Por lo que existió un día entre nosotros. —La propuesta le sonó falsa incluso a ella. Aunque sabía que toda su historia de amor había sido una farsa, no se resignaba a apelar a algún resquicio de cariño en aquel cuerpo que había abrazado, besado, en tantas ocasiones—. Hagámoslo ya.

—Será cuando tenga que ser —exclamó incorporándose del sofá—. Yo seré quien lo decida y tú obedecerás, sin más. ¿No me dijiste un día que querías conocer mi mundo? Cómo era… —Hizo como si buscara en su mente las palabras exactas que ella utilizó en su día—. ¡Ah, sí!, querías «degustar nuestra comida, entender nuestra cultura, bailar al son de nuestra música»… Ahora tienes la oportunidad de hacerlo. Aprovéchala porque no creo que vayas a tener muchas más. —Najib hizo un intento de aproximarse a Sara, y ella retrocedió asustada—. Puede que incluso te guste y nos comprendas un poco mejor.

—¿Comprender el qué? ¿Es que toda esta locura tiene algún sentido?

Najib la miró con tal indignación que temió que sus preguntas se saldaran con una sonora bofetada. Tuvo que esperar unos segundos para comprobar aliviada que no sería así.

—¿Qué sabrás tú? El mundo ha tratado muy mal a los musulmanes. La única solución de los seguidores de Alá ante las injusticias cometidas contra ellos es… —Pareció pensárselo dos veces antes de continuar, como si su subconsciente encontrase inapropiada la explicación que iba a darle—, es defendernos, agrupándonos, informando al mundo de que estamos aquí, y que esta vez sí, hemos venido para quedarnos. No nos han dejado otra salida. Es la única forma de resolver este problema. Y si tiene que ser poniendo bombas, estrellando aviones o dinamitando mercados o ciudades enteras, así será. —La miró durante unos segundos y siguió con una de sus citas—: «Preparad contra ellos todas las fuerzas y guarniciones de caballos que podáis, así atemorizaréis a los enemigos de Alá». Corán, aleya 61, sura 8.

Sara intentaba encontrar en aquel rostro y en aquella mirada oscura al hombre del que se enamoró. No tuvo suerte. Tan solo reconocía la cansina repetición de suras, lo único que aún quedaba de aquel Najib del pasado.

—Se acabó la cháchara.

Él se levantó y salió por la misma puerta por la que había entrado Sara la noche anterior y por la que había desaparecido la mujer de la abaya negra y el capacho. Ella quedó exhausta por lo que sus oídos habían recogido. Estaba confundida. Desde donde estaba, sentada en el sofá, miró a su alrededor y se dio cuenta de que estaba sola. Al menos no vio a nadie. Pensó en salir corriendo en busca de ayuda. Quizá tuviera suerte y alguien en aquel barrio, fuera cual fuese, escuchara sus gritos de auxilio. Llamaría a la policía, ellos buscarían a Iván y todos volverían a estar juntos. Pero el miedo a perder a su hijo para siempre pudo más que sus quimeras de libertad. ¿Cómo podrían encontrar a su pequeño si realmente estaba en un valle perdido de Pakistán? ¿Cómo lo harían? Eso suponiendo que Najib no hubiese falseado la realidad sobre su paradero. Le había mentido otras veces. ¿Por qué no una más? Se quedaría en esa casa, haría todo lo que le pidieran. Simplemente esperaría.

Intentó canalizar la ansiedad que le brotaba a chorros de su interior. Sentía que le faltaba el aire y cuando su corazón aceleró el ritmo de los latidos, se levantó y en un acto reflejo corrió hacia la puerta en busca de oxígeno. Apartó el grueso tapiz que la cubría y asomó la cabeza. Una inesperada presencia le cortó la respiración.

—Supongo que no cometerás la tontería de huir de esta casa. —Najib sonreía mientras contemplaba la palidez del rostro de Sara—. Primero, no tienes pruebas de nada de lo que puedas contarle a la policía. Segundo, la policía en tu país es bastante tonta. Y tercero, si lo haces, te juro por lo más sagrado que jamás volverás a ver a tu hijo. Yo soy el único aval que tiene Iván para seguir con vida, su única esperanza. Espero que actúes en consecuencia y que por una vez en tu vida dejes de ser una pésima madre y no abandones a tu hijo.

Tras él vio aparecer, como si de un espectro se tratara, a la mujer del capacho. Lo traía repleto de comida, pero nadie acudió a ayudarla y tampoco ella pidió ayuda. Esperó pacientemente a que Najib le diera unas indicaciones al oído, subiera a un coche y desapareciera; solo entonces siguió caminando.

—Entra en casa —dijo la misteriosa mujer en un perfecto español cuando llegó a la altura de Sara, que escuchaba boquiabierta. Su indumentaria y su mutismo le habían hecho creer que se trataba de una mujer de origen árabe, musulmana y sin conocimiento del idioma. No supo por qué, pero aquello le alegró.

—¡Eres española! ¡Hablas mi idioma! ¿Quién eres? ¿Qué haces aquí? —Las preguntas se amontonaban: ¿también ella estaba retenida contra su voluntad?, ¿desde hacía cuánto?, ¿por qué? Pero la desconocida no abría la boca, la observaba impertérrita, sin pronunciar palabra—: Por favor, habla conmigo, dime algo. Me estoy muriendo de miedo. ¡Tienen a mi hijo! Me han secuestrado y quieren que haga algo horrible para recuperarlo. Por favor... —insistió—. ¿Qué está pasando? ¿Quiénes son ellos?

La misteriosa mujer tan solo abrió la boca para gritar el nombre de Yaser, que no tardó ni dos segundos en aparecer. Le dijo unas palabras en una lengua que Sara supuso que era árabe, pero ella no entendió nada hasta que su antiguo alumno la obligó a entrar en la habitación de la que había salido y la encerró de nuevo.

Allí pasó el resto del día. De nada le sirvió gritar y aporrear la puerta, nadie le hizo caso. Únicamente una mujer a la que no había visto antes se dignó a entrar en el dormitorio para darle la comida y la cena, que Sara ni siquiera probó.

Permaneció tres días confinada entre aquellas cuatro paredes. De la impotencia y la desesperación inicial pasó a analizar tan fríamente como fue capaz su situación y la conveniencia de colaborar en todo lo que le pidieran. No tenía otro remedio. Ya había comprobado que dejarse los nudillos contra las paredes no daría ningún resultado. Tampoco estaba en situación de dudar de la palabra de Najib, no porque no le hubiese dado suficientes motivos para hacerlo, sino porque su entereza se haría añicos y, con ella, la posibilidad de volver a ver a su hijo.

Pasaba las horas contemplando la puerta de la habitación, el techo y el suelo. No había ni una sola ventana que la comunicara con el exterior; la habría agradecido, no ya como vía de auxilio o de escape —una posibilidad que ya había descartado por completo—, sino para respirar un poco de aire fresco. Tampoco las había en el minúsculo cuarto de baño del que disponía aquel dormitorio y que contaba únicamente con una taza de váter y un lavabo. Le hubiese gustado darse una ducha, aunque tuvo que conformarse con asear su cuerpo por partes. Cada vez que el cuenco de sus manos llevaba algo de agua a su cara y esta caía derramada por sus brazos, por su cuello y hasta por sus piernas, un fatídico recuerdo arruinaba aquel sosiego que había logrado a base de mentirse a sí misma: acudía a su mente el recuerdo de la sesión de introducción al rezo, cuando Najib la inició en el ritual de purificación con el agua que sus dedos iban rescatando de una pequeña fuente. Le irritaba acordarse de aquello y maldecía su memoria y su facilidad para recuperar episodios que debían permanecer ocultos, enterrados para siempre. Día tras día, aquello le dejaba un estremecimiento eléctrico en la piel, un sabor amargo en la boca que invitaba al vómito, y un principio de migraña que intentaba atajar colocando la cabeza bajo el grifo.

No supo si se debía a una estrategia deliberada y concienzudamente orquestada por los de fuera, pero la luz de la bombilla que colgaba del techo de su habitación se apagaba cuando caía la noche. Pensó que sería una manera de amedrentarla, de dictar sus horas de sueño, de tenerla más controlada. No le preocupaba. Le daba exactamente igual. La luz no cambiaba un ápice su exilio del mundo y del resto de aquella casa terrorífica habitada por sombras y silencios, y a esas alturas, con o sin luz, su memoria ya era capaz de reproducir fielmente cada grieta, cada mancha, cada objeto de aquella celda.

Dormía en una cama algo pequeña, de uno ochenta, de aspecto destartalado y sábanas y almohada limpias, aunque algo raídas por el uso. No podía negar que fuera cómoda aunque cualquier movimiento de su cuerpo sobre el colchón se traducía en una sinfonía de sonidos metálicos que, al principio, la obligaba a frenarse en seco para abortar el concierto. Pasados los días, la fuerza de la costumbre hizo incluso que dejase de escuchar los ruidos de las varillas del somier. Había una silla de madera con asiento de rejilla de color beis, tremendamente incómoda, con varios agujeros que alguien había intentado arreglar con parches inútiles. Frente a ella, una mesa de madera oscura, desierta de todo adorno o de los consabidos cajones. El tablero superior, vacío, presentaba unas marcas que parecían corresponder a alguna inscripción semioculta bajo una generosa y tosca mano de barniz. Era allí donde le dejaban la bandeja de la comida que le preparaban a diario y que solía entrar una mujer oculta en telas.

Habría dado igual que lo trajese en una fuente de plata o en una escudilla: pese al olor de la comida —que dejaba en el aire el aroma de algo sabroso— no podía comer. Tenía el estómago cerrado. Quizá su estómago entendía que dar un solo bocado a algo que habían preparado las mismas manos que la retenían en aquel lugar era a fin de cuentas una forma de rendición. No estaba segura de que aquello tuviese algún sentido, pero tampoco estaba dispuesta a ceder tan fácilmente, a entregarse sin rebelión, por nimia que se le antojara. Tan solo era capaz de beber el vaso de agua que lo acompañaba.

Al cuarto día, la puerta de su cuarto se abrió de par en par y la mujer que le había hablado en español la observó durante unos segundos desde el umbral, en principio, manteniendo las distancias. Sus ínfulas de carcelera se vinieron abajo sin dejar apenas una huella del engreimiento en su rostro.

—Tienes que comer. Sal y come conmigo. Estamos solas.

Sara no iba a creerse así como así la metamorfosis sufrida por aquella mujer, se negó a deshacer el ovillo en el que estaba convertido su cuerpo. Un nuevo intento de la mujer, esta vez en un tono algo más conciliador, la convenció a medias.

—No seas tonta. Sal y hablemos. Quizá te ayude. Quizá nos ayude a todos. Al fin y al cabo, somos compatriotas.

Al abandonar la habitación pudo comprobar que no estaban tan solas como aquella mujer le había dado a entender. En el salón, sentadas en el sofá, vio a tres mujeres ataviadas con una vestimenta similar, siempre amplia y en colores discretos —negro, azul marino, gris—. En la mesa del comedor, justo enfrente del sofá, otras dos mujeres terminaban de comer de una manera sigilosa y delicada, como imaginó que harían las monjas. Estaban de espaldas al resto, ajenas a lo que sucedía, al menos, teóricamente. Sin necesidad de darse la vuelta ni echar un vistazo siquiera, entendieron que debían ceder su lugar y se adentraron en silencio en una de las habitaciones de la casa. Tardaron tan solo unos segundos en hacerlo, los suficientes para ajustarse el velo.

Cuando se dieron la vuelta, Sara no pudo evitar sobrecogerse: aquellas jóvenes no se limitaban a ocultar su cuerpo como las otras mujeres de la casa, más bien parecían competir por ver cuál de las dos dejaba menos centímetros de piel al descubierto. A primera vista, le costó reconocer cuántos velos y cuán diferentes las cubrían.

Las dos vestían severos niqab, largos sayos que las ocultaban de punta a punta, uno de color negro y otro azul marino. Sus cabezas aparecían totalmente cubiertas por otro velo que, ayudado por una doblez estratégica, llegaba a esconder por completo las cejas y caía hasta las rodillas, prendiendo los dos extremos del velo a la altura de la garganta con la ayuda de un alfiler casi invisible. En aquel objeto tan minúsculo, en la cabeza blanca del alfiler, residía la única nota de color de aquella montaña humana de sombras. En el obsesivo afán por no dejar nada al descubierto, las dos mujeres llevaban un tercer velo, el lizam, más corto y de un color más claro, que les cubría el resto del rostro, desde el nacimiento de las pestañas inferiores hasta el pecho.

El asombro de Sara creció más cuando vio cómo una de ellas, haciendo gala de una naturalidad que resultó hiriente, se afanaba en colocarse una ligera gasa prácticamente transparente sobre los ojos, anulando así la única parte de su rostro que quedaba sin vestir, sin ocultarse al mundo. Volvió a ella un miedo que creía dominado. No pudo evitar que aquella imagen sembrara en ella una consternación que tardó un tiempo en desaparecer. Apartó la vista, necesitaba sacudirse esa impresión espectral que había grabado a fuego en su retina.

La boca del pasillo por la que las dos mujeres desaparecieron como por arte de magia estaba bastante oscura, aunque pudo discernir que la vivienda tenía tres habitaciones sin incluir el dormitorio en el que ella había estado encerrada prácticamente desde que llegó, el salón —sin duda la estancia más amplia de todas— y una puerta blanca con apariencia de armario empotrado, situado frente a la entrada principal de la casa, que según comprobaría más tarde escondía un cuarto de baño. La cocina no superaba los dos metros cuadrados, con paredes alicatadas hasta la mitad a base de azulejos blancos y verdes, color hospital. Una minúscula ventana era incapaz de ventilar el exceso de humo y de olores concentrados y adosados al techo, como una pesada capa de contaminación sobrevolando una gran ciudad. La casa no estaba demasiado iluminada, en parte por la tosca cortina de color naranja que caía sobre la única ventana de dimensiones normales con la que contaba, situada unos centímetros por encima del sofá. Ni un solo cuadro, póster o litografía en las paredes. Ni una triste lámpara que cubriera las bombillas que colgaban del techo de cada una de las habitaciones. Ni un solo espejo más allá de los situados en los aseos. La voz de la mujer desconocida interrumpió su repaso.

—Siéntate. Comamos —le dijo señalando los alimentos que alguien había dispuesto sobre la mesa en pequeñas bandejas de acero inoxidable y platos de cristal. Grandes pedazos de carne generosamente condimentados, cuencos de arroz, frutas y dulces conformaban el menú elegido. En los vasos metálicos, agua, que a su paso por la garganta dejaba un ligero sabor a hierro, no sabía muy bien si por el recipiente que contenía el líquido o por las tuberías de la casa.

Sara no tenía hambre, pero no apuntó nada cuando la mujer le sirvió un trozo de aquella carne y la regó con una consistente salsa marrón cuya apariencia no invitaba a la gula.

—Me llamo Ruth. Y sí, soy española, como tú. ¿Pan?

Le tendió un cesto cubierto por un trapo de color verde y luego, ante el silencio de Sara, que la miraba fijamente como si hubiese visto una aparición mariana, volvió a dejar el recipiente sobre la mesa, cerca de ella, por si acaso cambiaba de opinión.

—Soy la mujer de Yaser… Ahora mi nombre es Arub, que significa «mujer que ama a su esposo». No creo que pudieran haberme elegido un nombre tan certero, que me definiera tan bien. Pero si lo prefieres, tú puedes llamarme Ruth —le dijo. Sara no abrió la boca, aunque su gesto habló por ella: ¿cómo podía haberse casado con aquel hombre? Ruth sonrió y decidió responder a aquella pregunta no formulada—: Me enamoré de él hace dos años, a los veinticinco. Los dos viajábamos en el mismo autobús, hacíamos el mismo trayecto: subíamos en la primera parada del 27, la de plaza de Castilla, y bajábamos en Atocha, luego él cogía el metro, hacía dos trasbordos y llegaba a su casa. Yaser salía de la mezquita Abu Baker de Tetuán y yo de una academia de formación de azafatas. Prácticamente coincidíamos todos los días, pero cada uno iba por su lado.

La mente de Ruth la llevó a aquellos días, casi podía ver a Yaser de pie en la plataforma oscilante que había en mitad del autobús, justo en la parte donde el vehículo se vuelve articulado, como un fuelle de acordeón: le gustaba quedarse allí, guardando el equilibrio, sin apenas apoyarse en el pliegue de goma negra, como si batiera sus fuerzas con el mecanismo. Sonrió.

—Yo notaba que él me miraba, a veces de manera insistente, y yo también lo hacía cuando pensaba que él no estaba mirando. Me enamoré como una loca. Y sigo estándolo, como el primer día, cuando se acercó a mí tras bajar del autobús y me propuso que fuese a desayunar con él.

Las palabras salían de su boca, pero su mente estaba lejos, recordando aquel momento en que Yaser se acercó a decirle que era la chica más bonita que había visto en su vida y que si accedía a tomarse un café con él, le haría el hombre más feliz del mundo. Ella quiso hacerse rogar pero no supo cómo; en el fondo lo deseaba más que él. Recordaba aquella cafetería, la más bulliciosa de toda la calle, llena de gente por todos lados, con barra tomada por decenas de bocadillos de todos los gustos, aquel penetrante olor a cocina, y las enormes bandejas de churros que iban menguando a una velocidad endiablada.

—Ese café me hizo abrir los ojos y me regaló una vida que jamás soñé tener —continuó hablando—: Me convertí al islam, me quité los vaqueros, me corté el pelo, dejé de hablar con mis amigas que ni entendían ni respetaban mi elección. Me alejé de mi familia, de mis estudios y de los trayectos en el 27. En definitiva, cambié mis planes de futuro porque estaban equivocados.

«Porque aquello no estaba bien», pensó Ruth para sí. Se dio de baja en la academia y rechazó todos los trabajos de azafata para los que la llamaban constantemente porque era una de las mejores: guapa, alta, simpática… Su mirada desprendía orgullo por la decisión que tomó en su día.

—A los pocos meses nos casamos y aquí estamos. Viviendo en familia. Felices.

—Esa «felicidad» asusta.

—¿Cómo puede asustarte esto?

—¿Que cómo…?

A Sara no le ofendió la pregunta, tan solo le sorprendió que se atreviera a cuestionarla de una manera tan natural e inocente. ¿Estaba loca o ciega? No parecía ninguna de las dos cosas. Al contrario. Pero ¿es que acaso aquella mujer desconocía su historia y sus circunstancias? ¿No había visto cómo la habían encerrado desde el día que llegó? ¿Qué es lo que no entendía Ruth de su situación? Temió que le hubiesen lavado el cerebro y por un momento imaginó cómo debió haber sido de vital y hermosa aquella mujer que ahora contemplaba amortajada de cuerpo y mente.

—A ti no te secuestraron ni cogieron a tu hijo y se lo llevaron Dios sabe dónde. A ti no te han amenazado, ni te han golpeado. Tu historia y la mía son diferentes. ¡Yo también me enamoré! Pero mi historia no terminó bien, como puedes ver. Lo tuyo fue una elección. Lo mío no.

—Siempre es una elección, pero te equivocas si crees que tú tienes algo que ver en ella. Es Alá quien elige, no sus hijos. Ni tú ni yo hemos elegido esto. Él nos ha puesto en su camino y debemos completarlo para abrirnos a una vida mejor. Si no lo entiendes de ese modo, sufrirás mucho en esta vida y harás sufrir a los tuyos. Aquí todas hemos encontrado la felicidad… o la encontrarán muy pronto. —Ruth miró a las tres mujeres que continuaban sentadas en el sofá—. Ya te hablaré de ellas. Te las presentaré. Puede que al principio te cueste entenderlas, pero luego te resultará fácil. Pareces inteligente y seguro que tienes buen corazón. Es todo lo que se necesita para comprenderlas y respetarlas… Y ahora come, ¡no has probado bocado!

No se vio con fuerzas ni con ánimo de seguir la invitación de Ruth. Si antes tenía el estómago cerrado, ahora le daba la impresión de que había desaparecido, dejando en su lugar un gran agujero, el vacío. Sara posó su mirada en la oscuridad que abrigaba el pasillo por el que las dos mujeres habían desaparecido forradas de sombras, de oscuridad. Le costó encontrar un argumento que justificara esa supuesta felicidad en la que decían vivir.

—Lo que nos ha pasado a nosotras es muy difícil de defender ante los demás. —Las palabras de Ruth la confundieron en un principio. No sabía muy bien de qué le hablaba y decidió escuchar en silencio—. Pero el amor puede con todo. Por amor se pueden hacer las mayores locuras y también las mejores proezas, aquellas de las que un día hablará la humanidad. ¿Sabes que no somos las únicas españolas que se han enamorado de hombres musulmanes, de hombres inteligentes, cultos e importantes? Cada día somos más. Y eso nos hace fuertes. Y sin embargo, ahí fuera la gente nos mira con desconfianza, como si estuviéramos robándoles algo, como si nuestra felicidad les ofendiera, como si nos odiaran por besar a un hombre de rasgos árabes, con la piel oscura y el cabello negro. ¿Te has fijado? Nos miran con odio porque cubrimos nuestras cabezas. ¿Es que no lo hacían nuestras abuelas cuando iban a misa? ¿Es que ya se han olvidado? —Ruth parecía exaltada, como si a su memoria hubiese regresado un recuerdo que lograra irritarla lo suficiente para transformar su rostro y barnizarlo con un halo de sudor frío.

»Nos miran como si fuéramos los culpables de todos sus males. Para ellos somos sospechosos de todo lo que les pasa a ellos como consecuencia de sus actos. Son unos cobardes, prefieren culparnos a nosotros antes que asumir sus propios errores. Muchas españolas como tú y como yo están sufriendo un infierno por culpa del racismo de la gente, de la xenofobia que no les permite ver la verdad y prefieren vivir en la oscuridad y en la mentira.

Ruth calló unos segundos, como si tratase de retener el ímpetu de sus palabras, de hablar en un tono más relajado para no asustar a Sara. Ella la miraba muy quieta, a la expectativa, y la esposa de Yaser retomó su discurso:

—Hace un tiempo conocí a Helena Moreno. Ella también es madrileña, de Moratalaz, igual que yo. Su delito fue enamorarse de un hombre que rezaba a Alá y que estudiaba el Corán: se llamaba Mustafá Setmarian. Se conocieron, se casaron a los pocos meses y tuvieron tres hijos. Todo iba bien hasta que dos aviones se estrellaron contra las Torres Gemelas en Nueva York. Entonces, todos nos convertimos en terroristas por cómo íbamos vestidos. La gente necesitaba culpables y empezaron a cazar cabezas de turco. Uno de ellos fue Mustafá: le acusaron de ser un líder de Al Qaeda, de ser el responsable de la yihad moderna, de tener acceso directo a Bin Laden, de aconsejarle, de guiarle intelectualmente. Cuando conocí a Helena ella me lo negaba. Me decía que lo único que hacía su marido era estudiar, leer y escribir, trabajar por su pueblo, por su gente, por su dios. Y yo la creí, pero muchos no lo hicieron. Los servicios secretos detuvieron a Mustafá en Pakistán, lo entregaron a la CIA y lo metieron en una cárcel secreta de la isla de Diego García. Ahí desaparece su pista. Ahora no sabe nada de él. No sabe dónde está ni si está vivo o muerto.

»Helena se ha visto obligada a vivir fuera de España, creo que en Qatar, con sus tres hijos. Y ya no sabe cómo pedir a su país y a su gobierno que luchen por su marido, por saber qué ha sido de él. Al fin y al cabo, Mustafá tenía la nacionalidad española desde que se casó con ella, pero nadie le hace caso.

Ruth negaba con la cabeza de un lado a otro, parecía apenada y no apartaba los ojos de Sara, buscaba su comprensión, su apoyo.

—Y hay más, muchas más. Por ejemplo, Marisa Martín Ayuso. Yo no la conozco pero he oído hablar de ella, ¿no te suena el nombre? Dicen que cuando era joven trabajó incluso con Pedro Almodóvar. Era actriz, una mujer moderna, abierta y, según cuentan, muy divertida. Se casó con Imad Edin Barakat y enseguida comenzaron los problemas. También a él le acusaron de ser el líder de Al Qaeda en España, de estar implicado en el 11-S, de conocer a los suicidas de la casa de Leganés tras el 11-M. Lo que decía su mujer, Marisa, ¡cómo no los iba a conocer si todos iban a la mezquita de

Abu Baker! —Había comenzado a alzar la voz, indignada—. Todos se conocían pero eso no tenía por qué significar nada.

Según contó a Sara, de nada sirvieron los ruegos de la española: metieron a su esposo en la cárcel —«Y en las peores condiciones»— y ella, con sus seis hijos a cuestas, se embarcó en una sucesión de viajes kilométricos para poder visitar a su marido en las distintas cárceles españolas, tren arriba y autobús abajo de Castellón a Zaragoza.

—Menos mal que nunca estará sola porque la comunidad musulmana cuida de ella, como de todos nosotros. Y lo mismo pasó con Raquel Burgos, otra madrileña que conoció a un musulmán, Amer el Azizi, se casó, tuvo tres hijos y enseguida acusaron a su marido de ser el líder de Al Qaeda en España. ¡Otro líder de Al Qaeda!, ¿de verdad lo creerán? O con Karima Benedicto, una catalana de Vilanova i la Geltrú que se casó con Saffet Karakoc, al que enseguida implicaron en el 11-M. O con Rosa, otra española que se casó con Jamal Ahmidan, *el Chino*, que más tarde se inmoló en Leganés. ¿Es que se han vuelto locos? ¿Es que todos los líderes de Al Qaeda han venido a España a casarse con españolas? ¿Es que todos los implicados en los atentados del 11 de marzo en Madrid estaban casados con mujeres españolas? ¿Quién se puede creer eso? Pero ¿qué es esto, una conspiración mundial?

Ruth había ido levantando la voz sin darse apenas cuenta, llevada por la emoción del discurso que parecía embriagarla. La bajó de nuevo, al advertirlo, e incluso avanzó la mano unos centímetros sobre la mesa, buscando la de Sara.

—Mira, lo del 11-M aquí en Madrid, en mi ciudad y en la tuya, y en la de Helena y Raquel, fue algo tremendamente triste, pero no todos los musulmanes tienen culpa de ello, ni mucho menos los que ya están integrados en España, con mujeres españolas, con hijos, con trabajos e incluso con ayudas. Por eso te digo, Sara, que lo tenemos francamente complicado, y por eso nosotras debemos ser las primeras que nos apoyemos. Estamos en el mismo barco, ¿por qué vamos a intentar hundirlo en vez de trabajar para que cada vez sean más los que suban a él? Tú me entiendes, ¿verdad? —Ruth interpretó su silencio como un sí—. Tú y yo nos parecemos mucho. Y no solo porque seamos españolas. Nos entendemos y quiero que seamos amigas. Necesitamos serlo. Verás como todo será más fácil. Confía en mí.

A pesar de sus esfuerzos, notorios y sin duda elaborados, Sara no creyó el relato apasionado de Ruth, que se empeñaba en mostrarse ante ella como su aliada en mitad de aquella sinrazón. Había algo en su discurso que no la convencía, que la advertía de que todo era una fábula inventada y confeccionada al milímetro para engañarla: si todo era una gran mentira contra los musulmanes, ¿qué hacía esa mujer en casa de unos secuestradores, dándoles su apoyo?, ¿es que no sabía que al menos uno de ellos, Najib, apoyaba y defendía abiertamente la yihad islámica?… Y eso que todavía no conocía los agujeros negros, los detalles olvidados de esas historias de mujeres españolas que tanto se había esforzado Ruth en narrarle.

Porque los olvidos de aquella mujer hablaban de que Mustafá Setmarian Naser, alias *Abu Musab al Suri* —al que la policía española también solía apodar *el Pelirrojo*—, que efectivamente había conseguido la nacionalidad española a raíz de su matrimonio con Helena Moreno en octubre de 1987, un año después de su boda ya pertenecía al consejo de Al Qaeda, como emir de los islamistas sirios y uno de los hombres fuertes de Bin Laden. Durante los nueve años que vivió con Helena en España organizó una célula de Al

Qaeda, reclutó a jóvenes islamistas que enviaba a campos de entrenamiento de Afganistán para convertirse en muyahidín de la guerra santa contra los infieles, y pronto se convirtió en uno de los mejores, si no el mejor, instructores militares de los campamentos que Al Qaeda montó en Afganistán y por los que pasaron más de cuarenta mil hombres procedentes de muy diferentes países dispuestos a matar y a entregar sus vidas en nombre de Alá. Setmarian era un experto en la ingeniería de explosivos, en la estrategia del terror a quien se llegó a considerar lugarteniente de Bin Laden. Ruth se había reservado dos detalles macabros que sin duda hubiesen levantado sospechas en Sara: uno, que Helena y Mustafá se conocieron en la escuela oficial de idiomas, como lo habían hecho Najib y ella; y dos: que la primera gestión ante la policía española que Mustafá realizó tiene fecha del 11 de marzo de 1986, dieciocho años antes del mayor atentado vivido por los españoles.

—Es tarde. Si no vas a comer, es mejor que regreses a tu habitación.

La mirada de Ruth pareció desnudarla. Francamente, le incomodó hasta el punto de tratar de cubrir su cuerpo con los brazos, como si con eso lograra ocultar no sabía muy bien qué. No es que hubiera nada extraño en sus vaqueros y en la camisa blanca que llevaba, excepto que durante cuatro días no habían abandonado su piel.

—Vamos a tener que hacer algo con tu vestuario. No es el correcto. Te sentirás más cómoda con otra ropa. Y ellos también.

—¿Quiénes? Aquí no hay nadie más que ellas —dijo dirigiendo su mirada a las tres mujeres que permanecían sentadas en el sofá.

—Ellos. Los hombres.

—Nos conocieron vestidas así, tal y como yo voy ahora mismo

o como tú ibas hace unos años. Les gustamos así. ¿Por qué ahora no? ¿Es que no lo entiendes?

—No sé por qué todas las occidentales le dais tanta importancia a la ropa. —No pareció reparar en el hecho de que ella misma se había excluido, como si quisiera dejar claro desde el principio que Occidente no era su lugar en el mundo—. Agradecerás deshacerte de ese falso mito que nos han vendido, de esa absurda creencia en la que nos han obligado a creer la corrupción y la degeneración humana. Ahora entra en tu cuarto antes de que llegue Yaser. Hoy será el único hombre en casa. Luego te llevaré otra ropa y la cena. Será el último día. Mañana ya comerás con todas.

—¿Dónde está Najib? —preguntó extrañada al saber que aquella noche tan solo su ex alumno estaría en la casa.

—De viaje. Se ha ido. Volverá en unos días, en unas semanas, quién sabe el tiempo que necesitará esta vez. Pero me ha pedido encarecidamente que cuide de ti, y eso es lo que quiero hacer.

—Eso es imposible. ¡Él no se puede ir! ¿Y mi hijo? ¿Qué va a pasar con él? ¿Por qué no me ha dicho nada?

—Mientras Najib esté bien, tu hijo estará bien. Te conviene rezar por él y por su misión.

La noticia la confinó en una alarmante desesperación. Aquel destierro en medio de la nada era un castigo inhumano. ¿Por qué se había ido? ¿Cómo se había atrevido a dejarla allí sola? Al fin y al cabo, pensaba Sara, el problema lo tenían ellos dos, solo a ellos incumbía. Eran dos actores en una representación atormentada y debían beber el uno del otro si querían llegar a buen puerto. Los demás eran solo figurantes, personajes de atrezo, inanimados, secundarios. Por muy macabro que pareciese desde fuera, los dos se necesitaban, al menos así lo había entendido ella. Al parecer, las reglas habían cambiado en una sola noche. ¿Y si Najib no regresaba? ¿Y si le sucedía algo? ¿Qué pasaría entonces con su hijo? Las preguntas se le amontonaban en la cabeza como las piedras en el camino y levantaron tanta polvareda que otra vez sintió arder su garganta.

En otras circunstancias quizá hubiese dedicado más tiempo a reflexionar sobre Helena, Raquel, Rosa y Marisa, a imaginar cómo serían y dónde estarían o si su historia de amor también fue una mentira y estarían condenadas, como lo estaba a ella, a cumplir la penitencia de error. Sin embargo, la noticia sobre la marcha de Najib se lo impidió. La imagen de Iván devoraba al resto.

15

Los días posteriores no trajeron grandes novedades: Najib aún no había vuelto y Sara aún seguía odiándole. Le consideraba el hombre más cruel sobre la faz de la tierra y su solo recuerdo le revolvía el estómago, pero necesitaba saber dónde se encontraba para que la vida de su hijo no estuviera pendiente de un hilo manejado por un fantasma. También la vivienda continuaba siendo un inmenso vaho de humanidad concentrada, que en horario de comidas se entremezclaba con otros olores más fuertes, abiertamente condimentados. Era el único descaro que se permitía bajo ese techo, cada vez más asfixiante. El olfato era el único sentido con licencia para percibir, imaginar y disfrutar. El resto se basaba en suposiciones. La vida parecía detenida en aquel habitáculo: el tiempo se había estancado, como la luz del sol, convertida en un bien preciado, solo a la altura del aire puro y limpio que se intuía desde el interior de aquella prisión de cemento.

Tal y como le había anunciado Ruth días atrás durante su primera conversación —más bien monólogo—, Sara tuvo que ceder ante la cotidianidad vacía y rancia que regía la casa. Era cierto que no la obligaban a levantarse a las cinco de la mañana para realizar los rezos que reunían a todos los hombres en el salón de casa y a las mujeres en una de las habitaciones del pasillo. Sin embargo, el eco de las jaculatorias no le era ajeno, ya que traspasaba las paredes y se colaba bajo las sábanas, martilleando sus oídos con el sonido monocorde tan característico de las plegarias. En esos momentos no podía evitar pensar en Najib, y se preguntaba dónde estaría, qué se traería entre manos, y cómo influiría aquel viaje en la suerte de Iván.

Tampoco compartía habitación con nadie, a diferencia del resto de las mujeres, que veían cómo los colchones sobre los que dormían se apilaban en arcaicas literas amontonadas en un dormitorio de dimensiones mucho más reducidas que el cuarto donde ella se alojaba desde la primera noche que llegó a la vivienda. En una habitación dormían cinco mujeres distribuidas en dos catres, uno de dos alturas y el otro de tres. Ruth dormía con Yaser en otro de los dormitorios mientras que el tercero y último, el más alejado dentro del profundo pasillo, era la estancia reservada para Najib o, en su ausencia, para cualquier otro hombre con apariencia de mando en plaza que hiciera su aparición en el domicilio, siempre sin previo aviso.

Tuvo que acostumbrarse a ducharse una vez cada cinco días, ya que no le permitían hacerlo con más asiduidad. El aseo se llevaba a cabo en un baño de uso comunitario que tenía la vivienda y que daba servicio común como mínimo a ocho o nueve personas. No se sentía cómoda, ya que el cuarto era extremadamente pequeño y cada vez que utilizaba la ducha le devoraba el temor de que alguien entrara y corriera de golpe la raquítica cortina de baño que amenazaba con deslizarse hasta el suelo en cualquier momento. En más de una ocasión su cuerpo se sobresaltó al escuchar cómo alguien abría la puerta. Entonces se quedaba quieta, paralizada, mientras sus ojos recorrían la cortina, y sus oídos se esforzaban por escuchar algún ruido al otro lado, algo que le diera una idea de lo que estaba pasando, de quién acababa de entrar. Aquello duraba segundos, pero a ella se le antojaban horas en las que su imaginación urdía todo tipo de temores y situaciones violentas. Al poco volvía a escuchar la puerta del baño, aguardaba unos instantes con la respiración aún en pausa, cerraba los ojos y cuando se cercioraba de que estaba sola y de que nadie más amenazaba su intimidad, se afanaba en terminar la ducha cuanto antes.

La cocina era terreno vetado para Sara, a no ser que hubiera que fregar los cacharros o el suelo, una tarea que rara vez le encomendaban, como tampoco el resto del cuidado de la casa. Durante unos días y siempre bajo la indicación de Ruth, se encargó de la limpieza del baño hasta que, al parecer, Yaser y otro de los hombres que solía dormir en la casa se opusieron. Nunca supo muy bien el porqué de sus quejas, pero según pudo escuchar en una conversación que llegó a retazos a través de las paredes de su habitación, la consideraban impura e indigna de limpiar algo que ellos utilizarían posteriormente.

Las tres comidas del día las realizaba siempre en el salón, acompañada del resto de las mujeres, incluida Ruth, a la que no paraba de rogarle que le facilitara alguna novedad sobre la fecha del regreso de Najib, el paradero de su hijo y cuánto más se iba a dilatar aquella situación. Cada vez que la veía a punto de perder los nervios, la mujer sabía cómo calmarla y llevar su mente a otro lugar, alimentándola de explicaciones y de historias que, aunque nada convincentes, al menos impedían males mayores: «Pronto llegará y quién sabe si lo hará con tu hijo», «Yaser habló con él ayer y no creo que tarde mucho», «Cuanto más tranquila estés, más fácil se lo pondrás a él y a Iván»…

Sara se pasaba el día esperando en su cuarto, sentada en el salón y observando cómo la muerte en vida pasaba ante sus ojos y se reía de ella, la provocaba, la instaba a rebelarse para luego dejarla en la estacada, abandonada a sus propias fuerzas, que cada día eran menos. Había momentos en los que no se veía capaz de nada: no tenía fuerzas ni ánimos, y llegó a temer que estuvieran escondiendo algún tipo de sustancia en la comida, lo que explicaría su veto en la cocina y su manifiesta debilidad. A raíz de aquello, durante unos días hizo todo lo posible por no probar bocado: un acto de protección más que de rebeldía que no pasó inadvertido a Ruth.

—Tienes que comer. No hagas tonterías. ¿No querrás complicar las cosas ahora que están muy cerca de terminar? Acuérdate de lo que te dije: tienes que colaborar, tenemos que apoyarnos entre nosotras. Estamos en el mismo barco, ¿recuerdas?

Cada día que pasaba en su enloquecedor estatus de rehén la reafirmaba en su primera impresión: el mensaje de Najib a Ruth antes de su marcha, cuando se encargó de advertirla de que la huida sería un suicidio para ella y la muerte para Iván, buscaba por encima de todo mantenerla bajo control y hacerle entender lo que la lógica nunca le permitiría racionalizar. Lo supo desde el primer día. Las palabras que modulaban los labios de Ruth traían consigo el sonido de la voz ronca y seductora de Najib. Sabía que estaban jugando con ella, que aquella española tenía encomendada la misión de lavarle el cerebro, de meterla en vereda para que no hiciese ninguna tontería que arruinara su misión. Y tenían el arma perfecta para conseguirlo. Sara era consciente de que de esos planes pendía la vida de su hijo y quién sabe si la de toda su familia. Animada por ese pensamiento, supo que debía controlar la situación, hacerles creer que la tenían en su mano, que habían vencido y que sus métodos funcionaban, pero sin dejar de recordarse a sí misma que jamás cedería a sus pretensiones. La habían obligado a participar en una macabra ruleta rusa, recurriendo al chantaje más vil y rastrero de cuantos pueden existir en la escala de la perversión. Jugaría a su juego pero lo haría con sus propias reglas. No quería acabar como aquellas mujeres, que arrastraban los pies después de haber abandonado su cuerpo y entregado su alma. Ellas representaban ahora el mejor espejo en el que mirarse para luchar en silencio: no rendiría el timón de su vida y de sus reacciones.

De puertas para fuera, Sara no tardó en convertirse en una de esas mujeres que, lejos de caminar, arrastraban el aliento de una vida que no había sido diseñada por ellas. Sus miradas reptaban por el suelo de azulejo barato que alfombraba la vivienda, jamás alzarían el vuelo. Sus gargantas, agrietadas por el silencio y la prohibición, habían olvidado hacía mucho las risas, los jadeos, los deseos, las voluntades. Hasta sus manos huían del oxígeno, escondidas siempre en unos guantes que las tiznaban de un negro azabache; más que nunca, el color de la muerte. Estaban lejos de parecer un grupo de jóvenes mujeres en edad de devorar el mundo y sí más bien un cortejo de viudas resignadas, entregadas a que el universo las engullera a ellas.

No se cansaba de observarlas e imaginar cómo serían las mujeres que yacían enterradas tras el amasijo de telas y paños. Podía pasarse horas aguzando sus sentidos con el deseo de descubrir un gesto, un ademán, un suspiro, una mirada, algún detalle nimio pero alentador que le permitiera comprobar que aquellas mujeres seguían vivas por algo más que la inhalación de aire en sus pulmones. Por un momento temió acabar como ellas, mirarse un día en el espejo del baño y descubrir que su imagen había desaparecido, y con ella, su existencia, su mundo, su nombre, su todo. De momento iba ganando la partida: el amplio vestido en tonos pastel —rosas y azules— que Ruth le había entregado días atrás no la convertía en un bulto sospechoso tal y como ella percibía a las otras. Era como una especie de chilaba que le cubría todo el cuerpo, desde el cuello hasta los pies, con una capucha triangular que Sara no utilizaba. No sabía por qué su cuerpo era el único cubierto por un tejido colorido ni por qué no habían revestido su cabeza a semejanza del resto, pero, sinceramente, lo agradeció.

Quizá estaba escrutando con demasiado descaro a las otras mujeres, y al fin Ruth se acercó a ella.

—Creo que ya es hora de hacer las presentaciones, antes de que tus ojos se desgasten de tanto mirar.

Aquella voz, que seguía insistiendo en parecer dulce y cercana, entró de improviso en sus oídos y la sobresaltó. Se sonrojó e incluso juraría que la ansiedad hizo que rompiera a sudar. Se imaginó en mitad de una gran hoguera, azuzada por los ojos de las presentes, que aunque cercados parecían alentar el fuego que devoraba sus entrañas. Estaba comenzando a probar la medicina de su propia indiscreción. Tragó saliva.

—Quiero que conozcas a mis hermanas —dijo mientras hacía un ademán con su mano invitándolas a que se acercaran.

Esas dos mujeres eran las que Sara veía más asiduamente deambular por la casa. Siempre estaban trabajando, encargándose de las labores del hogar: barrían la casa, fregaban el suelo de rodillas junto a un cubo de agua y jabón, salían a hacer la compra, preparaban la comida, lavaban la ropa y la tendían al sol, cosían, planchaban… No recordaba haberlas visto jamás entregadas al ocio, sin sostener algo entre sus manos, como si tuvieran prohibido parar un solo instante. Su frenética actividad las diferenciaba de las otras tres mujeres que solían salir de uno de los dormitorios para sentarse en el sofá del salón y allí acabar su trayecto rutinario.

Aquel trío de féminas era aún más enigmático, ya que parecía estar enclaustrado sin razón aparente. Se podía llegar a la conclusión de que eran unas elegidas, una especie de protegidas a las que se les tenía prohibido el trabajo físico. Hasta el momento, había sido imposible escuchar el sonido de sus voces. Si acaso, hablaban entre ellas en un tono muy bajo y parecían estar más a gusto recluidas en la habitación que compartían. Por un momento, Sara se identificó con ellas. ¿También las habrían retenido contra su voluntad? ¿Serían igualmente víctimas de una sucia trampa disfrazada de relación sentimental? ¿Tendrían ellas que actuar también como correo humano para salvar la vida de algún familiar? La voz de Ruth hizo que desterrara de su mente al enigmático trío al que en algún momento se sintió próxima, para centrar su atención en las presentaciones de las otras dos mujeres.

—Ella es Hurriya, y ella, Aicha, la más pequeña.

Lo único que Sara pudo observar con claridad, sin que la tela lo ocultara a su mirada, fue que ambas poseían unos ojos negros espectaculares, fijos y duros como dos piedras de carbón, hermosamente brillantes, tallados como una pieza de ónix calcáreo. No supo bien si la miraban rogando ayuda o revelándole peligros que terminarían acechándola.

—Hurriya tiene veinte años y es de Marruecos. Lleva dos años en España y está deseando encontrar un buen marido que la respete y la haga digna de ser llamada mujer. —Como le dijo Ruth, Hurriya buscaba a un hombre marroquí, o al menos musulmán, alguien capaz de cumplir el precepto del islam según el cual el marido tiene la obligación de mantener a su mujer, de darle una casa, tres comidas al día, vestidos y protección—. De hecho, según nuestra ley, si el hombre no cumple, la mujer puede solicitar el divorcio y, sin duda, se lo darían.

—Quiero que mi futuro marido esté preparado para darme todos los derechos, todos los que me da el islam por ser mujer. —La voz grave de Hurriya la sorprendió, como lo hizo su español acariciado por un leve acento marroquí—. Por eso cuando hago el *duaa*, el rezo que nos permite pedir algo concreto en nuestra súplica a Alá, siempre pido un buen marido. Quiero que sea un hombre recto, que cumpla con lo que el Profeta dejó escrito. Yo sabré cumplir con mis obligaciones. Estoy preparada para ello.

—Su sueño es casarse con un imán, ¿verdad? —decía Ruth con una sonrisa—. A ver lo que se puede hacer. ¿Sabes que Hurriya significa «libertad»? —Sara no entendía el orgullo que desvelaban las palabras de Ruth—. Y ella es Aicha. Viene de las montañas del Rif, lo que dieron en llamar el protectorado español. Cumplirá dieciocho años en unas semanas. Es una estudiante estupenda, hubiese llegado a ser una administrativa espléndida, pero mucho me temo que su formación no le servirá de nada mientras esté en España. No creo que le permitan ir a trabajar con el niqab y ella no quiere problemas. Prefiere estar en casa, a salvo de amenazas. Aquí tiene todo lo que necesita y gente que la protege hasta que vuelva su marido, Moutaz. Él es quien acompaña a Najib en su viaje. Y, como te he dicho, pronto volverán a casa.

Sara no podía borrar el gesto de horror de su semblante. Aquellas dos chicas hablaban de libertad, pero lo hacían ocultas tras el modelo de niqab más severo de todos cuantos había visto en la televisión o en los periódicos. Daba la impresión de que su cuerpo estaba amordazado más que cubierto.

—Tú no entiendes que vayamos así. Puedo sentir tu rechazo —dijo Hurriya mientras la castigaba con su mirada franca e intimidatoria—. Cuando salgo a la calle, los hombres y las mujeres se ríen de mí, se dan codazos, me señalan con el dedo. Algunos se cruzan de acera o se apartan como si vieran un fantasma, como si yo amenazara su existencia, cuando son ellos los que no me permiten disfrutar de la mía. No les gusta, no lo aceptan. No se identifican con eso y de ahí que lo teman y lo prohíban. Les da miedo una niña con un pañuelo en la cabeza porque sus hijos no lo llevan, y eso convierte a nuestros hijos en sospechosos solo por ser diferentes. Es lo mismo que puedo ver en tus ojos, es lo mismo que expresas con tu cuerpo.

Sara no podía dejar de mirar cómo el velo que le cubría el rostro se elevaba ligeramente a la altura de su boca cada vez que una frase desbordaba sus labios. Por un momento, se sintió víctima de una acusación falsa de la que no sabía cómo defenderse. Resultaba curioso, porque aunque era Hurriya la que parecía amordazada, sin embargo, era ella la que no tenía la oportunidad de hablar y defenderse, como si un trapo taponara su boca. Hurriya seguía hablando:

—¿Sabes por qué me puse primero un pañuelo, luego un velo, más tarde el hiyab, y ahora el niqab? Para rebelarme. Quería protestar contra mis padres, que me decían que era demasiado joven para cubrirme la cabeza, que esperara a ser mayor, que quizá cambiara de opinión. Pero había algo dentro de mí que me empujaba a ponérmelo. Era Alá, era mi religión, la que nunca me miente, la que siempre me guía. No podía pecar de desobediencia a mis padres, pero una fuerza interior me invitaba a usar el pañuelo y así lo hice. —Hurriya bajó su mirada durante un instante para ajustarse un poco más los guantes negros que le cubrían las manos, como si temiera que su piel quedase expuesta—. Una revelación del Corán nos dice que las mujeres debemos ir tapadas, ¿por qué yo no puedo seguir los dictados de mi dios como vosotros seguís los del vuestro?

—Creo que te equivocas —habló al fin Sara—. Aquí hay libertad para que vayas como quieras. De hecho, tú ahora tienes esa libertad que a mí me falta. Sinceramente, yo soy la que está en condiciones de quejarse: jamás he criticado vuestra forma de vestir, por muy ajena que me considere a ella. Claro que te he mirado, y si te ha molestado, lo siento. Pero es normal que te mire, no es lo que suelo ver. ¿O es que acaso no nos miráis vosotras a las mujeres que no vamos tapadas?

—¿Tú crees que yo tengo libertad? No entiendo ese concepto en vuestra boca. —Aun tras el velo, quedó claro que Hurriya estaba furiosa—. Para vosotras la libertad es acostaros con los hombres que queráis, poneros minifaldas y escotes para luciros ante ellos, sean o no vuestros maridos. Utilizáis vuestro cuerpo para seducir, para provocar, solo por diversión. En vuestros países hay violaciones, se falta al respeto a la mujer constantemente y, sin embargo, se os llena la boca con palabras como «libertad»… Vestís como los hombres, fumáis como los hombres, bebéis como los hombres, trabajáis como los hombres, habláis como los hombres y a eso lo lla- máis igualdad. ¿Es esa vuestra libertad? ¿Es ese vuestro ejemplo? No deberías juzgar a nadie por su aspecto. Lo importante es lo que se lleva en el corazón.

La última frase de Hurriya desbordó el autocontrol que Sara tenía comprometido. Sentía hervir la ira en su interior, fuera de control, y amenazaba con romper los diques y barrerlo todo a su paso. No pudo contenerla: las compuertas se abrieron y el alud de cólera e irritación envuelta en sinceridad manó sin mesura.

—Hasta hace unos días lo que yo llevaba en el corazón era a mi hijo, que viste como seguramente vestirá tu hijo si algún día encuentras ese marido que tanto deseas. Y alguien que respeta las ropas que tú llevas me lo quitó, lo secuestró y lo mantiene alejado de mí y de su familia. No sé lo que dirá tu religión al respecto, pero la mía, y sobre todo mi sentido común, dice que eso no está bien y que no hay ningún dios que lo justifique.

Sara apartó la vista de Hurriya y Aicha, que aunque enmudecida parecía entender perfectamente el giro violento que había tomado una conversación que en un principio se prometía feliz y tranquila, dentro del orden del día del particular lavado de cerebro que Ruth capitaneaba.

—Sinceramente, Ruth, tampoco creo que sea mi problema. Lo único que quiero es salir de aquí, recuperar mi vida, a mi hijo y a mi familia. Este no es mi mundo. Vosotras haced lo que queráis, vestid como os plazca, rezad como, cuando y donde creáis oportuno. Pero esto que estáis haciendo conmigo es un secuestro y eso no lo ampara ninguna religión. No creo que en tu Corán encuentres nada que lo justifique. Lo conozco bien, alguien se encargó de recitármelo casi al completo, y nunca me habló de secuestros y amenazas. A lo mejor ese velo que os empeñáis en poneros os impide ver con claridad.

Las últimas palabras las pronunció Sara ya de pie, sabiendo que su retirada urgía, que no podía ni debía dilatarse más en el tiempo. Huyó a su cuarto, porque no disponía de más opciones. Se dejó caer sobre la cama como si la hubiese abatido el tiro de gracia de un pelotón de fusilamiento, y con la esperanza de encontrar el alivio si se abandonaba al llanto. Pero no pudo conseguirlo. El desahogo nuevamente se le negaba. Era demasiada la rabia que le bullía con violencia en su interior, arrebatándole los sentidos, asolando sus miedos, aniquilando la prudencia que había tratado de conservar con grandes dosis de paciencia y autocontrol. De nada había servido. Las palabras envenenadas de Hurriya, parapetadas tras una tela de color azul, lograron que su capacidad de aguante se desmoronara como un castillo de naipes.

Cuando la puerta de su habitación se abrió sin previo aviso y vislumbró la silueta de Ruth, temió que el festival de ira al que se había entregado minutos antes le saliera demasiado caro. Vio caer sobre su cabeza toda una suerte de castigos divinos, de esos que los dioses disfrutaban enviando a su pueblo cuando creían que su comportamiento no había sido el esperado. Aguardó en silencio la lluvia de amenazas y de reproches, también el castigo. Su corazón galopaba dentro de su pecho, y su cabeza estaba a punto de estallar, incapaz de manejar tanta tensión.

—No has sido justa con Hurriya. Es una mujer buena y consecuente. Ella no se merece lo que le has dicho. —En el fondo, la sentencia le decepcionó por su falta de dureza, y aquello le dio fuerzas para incorporarse y mirarla a la cara.

—¿Y yo? ¿Acaso yo me merezco esto? ¿He hecho yo algo en esta vida para estar aquí, en estas condiciones? ¿Y mi hijo? ¿Se merece mi hijo lo que le estáis obligando a pasar?

—No se trata de merecer, sino de asumir lo que la vida te va dando. Hay mucha gente que no se merece la vida o la muerte, pero la asume con respeto y dignidad. Además, tú puedes irte cuando quieras.

—Sabes muy bien que no. Tenéis algo que me pertenece y esa es vuestra garantía. —Sara la encaró, empeñada en concentrar en su mirada toda la ira que aún le quedaba enredando sus entrañas—. ¿Cómo puedes ser así? ¿Cómo te has convertido en algo que no te correspondía? ¿Es que no recuerdas tu vida anterior? ¿Es que no entiendes que lo que sale de tu boca, lo que te han metido en la cabeza, no está bien? ¿Es que nunca te acuerdas de tu padre o de tu madre? ¿Es que tu nueva vida también te prohíbe tener una foto suya escondida entre tus ropas? ¿Acaso no guardas algún retrato tuyo de cuando eras pequeña o es que verlo te asustaría demasiado?

Sara estaba fuera de sí. Lo sabía y ese conocimiento, lejos de amedrentarla, daba alas a su discurso. Aunque bajara la cabeza y se mostrara humilde, una reacción que estaba fuera de sus expectativas reales, no le serviría de nada porque en nada cambiaría su situación. Al menos así se quedaría más tranquila y no tendría que pasar la noche en vela procurando apagar la hoguera de mentiras y embustes que habían levantado en su honor aquellas mujeres y cuyos rescoldos continuaban en permanente combustión.

—Dime, Ruth, y tú, ¿qué es lo que quieres esconder con ese velo? ¿Qué es lo que ocultas? ¿Qué es lo que no quieres ver? Porque me cuesta entenderlo y ¿sabes qué?, no me lo creo.

La expresión de Ruth se mantuvo impertérrita, como si supiera que un solo gesto, un mohín, podría delatarla y descubrir alguna verdad de consecuencias traumáticas. Cualquier inspección resultaría inútil. Su rostro se mostraba firme, imperturbable, limpio como si un velo de parafina se hubiera deslizado sobre él hasta eliminar el mínimo rastro de debilidad. Ni una sola palabra salió de sus labios: sabía bien que el silencio haría más daño que cualquier expresión ardiente. Con gesto sereno y porte elegante, retrocedió sobre sus pasos y cerró la puerta tras de sí dejando a Sara abandonada en una incomprensible indiferencia, que dio al traste con su fingida fortaleza.

La habitación quedó completamente a oscuras, a merced de las sombras y los destellos luminosos que se habían quedado prendidos de la retina de Sara y que parecían interpretar un baile en mitad de aquella ceguera impuesta. De nada le sirvió apretar los párpados con fuerza para intentar que aquellas luciérnagas que lapidaban su iris alzaran el vuelo y desaparecieran. Continuaban allí, se reían de ella.

16

No paró de llover en toda la noche. El estruendo de la lluvia sobre el tejado de la vivienda retumbaba con una inusitada violencia, como si el cielo se hubiese abierto en busca de un desahogo. La fiera luminosidad de los rayos que pretendían desintegrar el mundo; el grotesco estrépito de los truenos, ávidos por remover la tierra; el susurro ensordecedor de un viento excitado, jadeante, que envolvía todo con su velo de aire... Sara se convirtió en oyente de excepción de esta orquesta empeñada en su particular sinfonía. Acurrucada bajo las sábanas, no sabía si le asustaba más aquella tempestad que bramaba en el exterior o la tormenta dialéctica que se había desatado en el salón de la casa. Quizá una era consecuencia de la otra. O quizá eran la misma. Los truenos sonaban como las palabras de Hurriya; los rayos abrasaban como su mirada negra e inquietante; y el viento no ayudaba a borrar el veneno que ambas habían vomitado. Se durmió deseando amanecer en una inmensa calma, en una nueva vida.

Cuando abrió los ojos y vio el fino haz de luz que entraba por la puerta de su habitación, creyó que todo había sido un mal sueño, pero los recuerdos la devolvieron a la realidad. La tormenta había cesado aunque aún se la sentía en el aire. Permaneció unos minutos con la mano posada en el pomo, acopiando fuerzas para abrir la puerta y enfrentarse al nuevo mundo al que la habían arrastrado. Sabía que si no lo hacía de inmediato, el miedo a enfrentarse al día después del vendaval se enquistaría como una fobia en el subconsciente. Temió encontrar la vivienda anegada en agua y a las mujeres achicándola con grandes cubos. Sus temores se desmoronaron al encontrar el mismo cuadro costumbrista que veía todos los días.

—No sé cómo puedes dormir con la nochecita que hemos tenido. Yo no he podido pegar ojo. —Ruth llevaba prisa. Al menos así lo daba a entender: se ajustaba el pañuelo que envolvía su cabeza y se echaba al brazo el capacho de mimbre con el que apareció por primera vez en la retina de Sara—. Pero ¿qué haces todavía así? ¡Venga!, date prisa, mujer. Hoy te vienes conmigo a la compra. Tenemos algo que celebrar y quiero preparar una buena comida.

Ni el buen tono de la mujer ni su amplia sonrisa parecieron calar en el entendimiento de Sara, que la observaba como quien contempla algo más propio de la ciencia ficción que de la realidad. Su mente se diría presa de una profunda hipnosis; su cuerpo, incapaz de accionar el mecanismo que le permitiera mover algún músculo. No era el saludo que esperaba después de cómo terminó la conversación la noche anterior y tampoco se creía que, por fin, la invitaran a salir a la calle.

—¿Quieres reaccionar de una vez? Rápido, vístete y en marcha, que tenemos muchas cosas que hacer. Ya tomaremos algo en la calle, no quiero entretenerme con el desayuno.

No había tiempo para que Ruth envolviera la cabeza de Sara con el consabido hiyab, así que decidieron que Sara llevaría sobre su chilaba de tonos pastel un velo de color blanco que le cubriera el pelo y que ella misma cerraría, ayudándose con las manos, a la altura del pecho. La capucha del sayo era demasiada amplia para cubrir nada y existía un empeño especial en tapar su cabeza.

—No quiero tener un solo problema. Ni uno solo. No vayamos a estropear nada, justamente ahora —repitió Ruth mientras se afanaba en enseñarle cómo sujetar el velo. La noticia de su salida al exterior la había cogido por sorpresa y todavía no sabía cómo interpretarla para no confundir las cosas.

Caminaron durante algo más de diez minutos hasta llegar a un mercadillo repleto de puestos entre los que se abría un mundo de variedad y exquisiteces desconocido, al menos para Sara. Aún era pronto, pero ya se dejaban ver las primeras mujeres, algunas acompañadas por niños pequeños: examinaban los productos que cada tendero mostraba con orgullo. Ante sus ojos se abría un peculiar bazar donde las piezas de carne sacrificadas por el rito *halal* compartían espacio con arquitectónicos montículos de arroz, de trigo, de centeno, de avena, de cebada; pirámides de verduras y hortalizas frescas y lustrosas, apiladas unas sobre otras en precario equilibrio; bandejas de pescados encima de papeles grisáceos, con bocas y ojos abiertos como si la muerte los hubiese sorprendido sin sospecharlo siquiera; bandejas rebosantes de frutas de colores dispares, que el tendero ofrecía tras abrirlas con un cuchillo para que las probase el posible comprador. Los sitios más solicitados, por su belleza y el vergel de olores que los cubría, eran los que ofrecían un espectacular escaparate a base de sacos rellenos de un mundo de especias que competían en colores intensos y nombres exóticos y, por supuesto, los de fruta desecada: un edén de dátiles, ciruelas y uvas pasas, higos secos u orejones, al lado de montañas de frutos secos —avellanas, nueces, anacardos, almendras…—, que lo mismo atrapaban la atención de los niños como la de las moscas a las que el comerciante intentaba espantar.

El olfato de Sara se dejó seducir por un penetrante olor a té y otras hierbas que llegaba desde un coqueto puesto situado en uno de los rincones de la plaza en la que había crecido aquel desbordante zoco. Observó que había más de cien latas, adornadas en tonos dorados, amontonadas a modo de exhibición en la parte frontal del tenderete, mientras en la parte interior habían dispuesto cuatro pequeñas mesas para el descanso de los compradores. Fue allí donde las dos mujeres decidieron sentarse a saborear una exquisita infusión antes de comenzar las compras del día.

—Casi no has hablado desde que salimos de casa. Me ha costado encontrar un tema de conversación que no liquidaras con monosílabos —le dijo Ruth—. Parece que no te ha alegrado mucho mi idea de salir juntas. Creía que te iba a hacer más ilusión, la verdad.

—No es eso, es que después de lo de ayer, no pensé que tuvieras muchas ganas de volver a hablar conmigo, y menos de llevarme a la calle.

—Ninguno de nosotros nos mostramos como realmente somos. Es normal, por las circunstancias. Además, lo que me dijiste sobre mis padres me hizo pensar. —Ruth fijó la mirada en el vasito de cristal que acababa de llenar inclinando apenas la tetera humeante que había sobre la mesa—. No quiero que te lleves una imagen equivocada de mí. Yo tampoco lo he tenido fácil, sobre todo al principio. Quería a mi madre, y adoraba a mi padre: él ha sufrido mucho en la vida y sin embargo, siempre ha procurado ser amable y simpático con todo el mundo. Yo era su única hija y se desvivía por mí. Siempre me educó en los valores de la libertad, del derecho, de la humanidad, como él decía. Quería que yo descubriera el mundo y que fuera libre para elegir aquello que me hiciera feliz, pero cuando lo encontré se distanció de mí. Yo no entendía nada, era como si el mundo se me negara por capricho.

La mirada de Ruth permanecía clavada en el vaso —pensaba en el rostro triste de su padre, en aquellos días ya lejanos en los que en casa solo encontraba rechazo, dudas, preguntas sin sentido: «Qué he hecho mal, hija, en qué me he equivocado…»—, pero cuando después de unos segundos retomó la palabra, fijó sus ojos en los de Sara y ya no los apartó de allí.

—Me enamoré de Yaser, amaba a ese hombre y elegí libremente cambiar por él, dejarlo todo por él, por lo que él significaba, no por una idea ñoña y peliculera del amor… Es que me descubrió un mundo lleno de cariño, de amor, que hasta entonces no había probado. Era él y su mundo lo que yo quería para mí, sin importarme la religión o la vestimenta que los envolviera. Pero mis padres no lo entendieron. Y siento mucho que tú tampoco puedas llegar a comprenderlo. —Dio un primer sorbo al té que continuaba esperándola en la mesa—. Sara, lo que te estoy diciendo es que yo por Yaser lo daría todo. ¡Estoy dispuesta a morir por él! Si él desapareciera de mi vida, ya nada tendría sentido.

Algunas noches, a Ruth le daba por pensar en cómo reaccionaría si un día él no regresara de alguno de sus viajes, qué pasaría si alguien le hiciera daño en la calle o si le apartaran de ella. En esos momentos rompía a llorar, a sudar, a ahogarse y tenía que salir incluso en plena madrugada a la calle para tranquilizar sus ánimos.

—Le amo —decía ahora—. Le amo sobre todas las cosas y eso me hace sentirme la mujer más afortunada del mundo. Tengo lo que otros tardan en encontrar toda una vida, si es que lo encuentran. Y no quiero que nadie me lo quite ni que nada haga peligrar mi felicidad. Esa es mi única religión. Créeme, no oculto nada. No me avergüenzo de nada. Es todo muy sencillo aunque algunos se empeñen en complicarlo. Y por eso algunas veces reaccionamos así, quizá de una manera desproporcionada... Solo es una reacción motivada por la impotencia.

Sara la observaba como si cada una de sus palabras ocultara un doble sentido, algún tipo de acertijo que ella debía descifrar si quería cerciorarse de sus verdaderos motivos. Recordó el día en que Najib le confió que cada verso del Corán tenía siete significados, empezando por el sentido literal y terminando por el último, sin duda el más profundo, que al parecer solo Alá conoce. «Todo depende de la intención con la que el lector lea cada versículo. El problema llega cuando las interpretaciones de cada uno se contraponen y comienza la lucha», le había confiado en una de sus muchas conversaciones, que parecían surgir al azar, pero que ahora comprendía preparadas de antemano. La desconfianza hacia todo cuanto veía y escuchaba la mantenía permanentemente en alerta, le negaba la posibilidad de relajarse y vaciar de tensiones su cabeza.

—Confía en mí cuando te digo que me gustaría que fuéramos amigas. ¿Te acuerdas de que te hablé de Helena Moreno y de Raquel Burgos? Ellas también se encontraron y unieron sus fuerzas. Sus maridos se conocían, trabajaban juntos y ellas dieron con un oasis de amistad, de entendimiento. Se ayudaban, se apoyaban, se desahogaban la una con la otra. Las dos aman a sus maridos y serían capaces de hacer cualquier cosa por ellos. Cualquier cosa. —Ruth la miró, vio la desconfianza en el gesto de Sara—. Sé que ahora te cuesta entenderlo, pero también sé que un día amaste a Najib y que de alguna manera, y aunque insistas en negarlo, aún lo amas. Y sé que él también te ama. Nunca le había visto tan enamorado de una mujer como de ti.

Sara no sabía si reír o gritar. Mascó su respuesta:

—Alguien que te ama no te trata como me está tratando él a mí, llevándose lo que más quiero en esta vida lejos de mi lado con engaños y amenazas.

—El amor es lo más grande de este mundo, pero cada uno lo entiende de una manera. Dos personas distintas jamás lo interpretan y lo expresan de la misma forma. ¿No has pensado que quizá reaccionó así por un afán de protección, por un exceso de amor, quizá egoísta, no te lo niego, pero amor al fin y al cabo? No creas que todo en la vida tiene un solo sentido, un único significado. Piensa en ello, Sara. No te cierres. Además, pronto podrás comprobarlo. —La mirada de Ruth se terció traviesa, como la de una niña cuando presume de tener una información que puede hacer feliz a su hermana pequeña—. ¿Es que acaso no te imaginas lo que celebramos? ¿No sabes por qué he querido que vinieras conmigo de compras para preparar una comida de bienvenida?

—¿Najib? ¿Cuándo va a venir? —preguntó con la desesperación brotándole de los ojos.

—Muy pronto. Hoy o quizá mañana, no es fácil saberlo. Y tal vez no venga solo, ¿lo entiendes? Quizá tu hijo venga con él.

El anuncio de Ruth llenó de luz el rostro apagado de Sara. Por un segundo dio licencia a su pensamiento para imaginar el reencuentro con su pequeño, y cómo le abrazaría y le besaría y le colmaría de mimos y cuidados, y cómo él le daría buena cuenta de dónde había estado y de lo que había hecho. En la quimera de su subconsciente contempló su regreso a casa y cómo Mario, después de verles acercarse asomado a la ventana del salón, bajaría raudo las escaleras para encontrarlos en el portal de casa, y cómo todos llorarían y se fundirían en un eterno abrazo, y cómo la vida le sería devuelta y regresaría a su trabajo, a su gente, a un mundo donde no cabría la amistad con Ruth, ni la felicidad de Hurriya, ni la sumisión de Aicha, ni el sacrificio por ningún amor que sobrepasara los límites de su familia.

La realidad bajó a plomo el telón de tan onírica elucubración, cayó como una rígida cortina de hierro fundido antes de que la decepción volviera a instalarse en su semblante. Temió que fuese una artimaña más, una nueva mentira de la retahíla de embustes que hubieran tejido a su alrededor. Sin embargo, se resistía a abandonarse en las profundidades del pozo oscuro en el que presentía su presente y su confuso futuro. Una débil luz de esperanza quería abrirse paso entre tanta desconfianza y lo hacía tímidamente, poco a poco. Todo aquello tenía que terminar algún día y no encontraba una razón de suficiente peso para que Ruth le mintiera sobre el retorno de Najib.

La noticia había conseguido anestesiar su cerebro y, ya en marcha las dos, fue la responsable de que deambulara como hechizada entre los tenderetes del bazar. A cada paso que daba se abrían en su camino nuevos y sugerentes puestos en los que nacía un variado mundo de comidas, de utensilios de cocina, de telas, de libros, de botecitos de todas las formas y colores con contenidos enigmáticos, pero nada parecía atrapar la atención de Sara, cuyo pensamiento seguía braceando entre una hilera de nubes esponjosas, aunque algunas de ellas amenazaran tormenta. Su ensimismamiento le valió una buena reprimenda de Ruth, que no se sentía auxiliada en su concienzuda tarea de llenar con un sinfín de productos aquel capacho de mimbre.

—Debes prestar atención, poner mucho cuidado en lo que escoges, porque cualquier despiste te puede suponer un grave problema. Estamos hablando de cometer un pecado, de ofender a Alá. No entiendo cómo Najib no te lo explicó en su día.

Solo el sonido de aquel nombre jugando con el eco dentro de su cabeza logró rescatarla del estado hipnótico que la gobernaba. Fijó la mirada en Ruth.

—¿Desde cuándo no me escuchas? —le decía en ese momento—. Estoy intentando aclararte lo que debes y lo que no debes comprar. Te será muy útil en el futuro. Son dos conceptos que debes tener muy claros. Por un lado está lo prohibido, lo ilegal, los productos *haram*, y por otro, lo que se nos permite ingerir, los alimentos *halal*.

Sin poder evitarlo, la mente de Sara vagó hasta aquella noche en casa de Najib, cuando él le habló de la carne preparada según los preceptos islámicos. Se sacudió aquel recuerdo y volvió a atender a Ruth, que ahora le hablaba de que nunca —«Nunca, ¿me oyes bien?»— debía poner en la mesa carne de cerdo, ni derivados porcinos como el jamón, el tocino, las salchichas, el embutido, el salchichón, el chorizo o la morcilla.

—Nada que tenga que ver con la sangre y sus subproductos. Tienes que acostumbrarte a leer las etiquetas de todo lo que vayas a comprar. Tú hazte a la idea de que tu familia tiene algún tipo de rechazo a esos alimentos, como hacen los celíacos o los diabéticos.

Y otra vez a detallar todo un listado de etiquetas —en los postres, los yogures, los helados, los paquetes de galletas, las bolsas de aperitivos salados, los envoltorios de dulces, los sobres de condimento o los cartones de comida preparada— en las que vendría claramente detallado si aquel producto estaba hecho a base de gelatina, si habían utilizado manteca de cerdo o contenía emulsionantes, grasas o enzimas.

—Todo eso fuera. Tienes que estar muy pendiente porque te la pueden colar por cualquier lado. No sabes la que organicé un día…

—Sonreía—. Era una de las primeras veces que cocinaba, y como no quería decepcionar a Yaser, decidí hacer lo que hacía mi madre con los guisos: añadirle una pastilla de caldo para darle un poco más de sabor. Y claro, era carne, así que le puse una tableta de caldo de carne de cerdo. —Ruth alzó los brazos y se encogió de hombros mientras recordaba aquel momento, divertido en el presente aunque traumático en el pasado—. Pero claro, ¿cómo iba yo a imaginar…? Es que ni se me pasó por la cabeza. De hecho, cuando él intentó explicármelo me miraba con la misma cara que si le hubiese metido cristales en la cacerola, y yo seguía sin entender dónde estaba el gran problema. No veas cómo se puso Yaser. Tuvimos que tirarlo todo a la basura, fue un desastre. Tardaron mucho en permitir que les demostrara mi buena mano en la cocina, pero lo logré. ¡Ay, si hubiese tenido en su día a alguien como me tienes tú a mí, que me explicara todas estas cosas! ¡Cuántos malos momentos me hubiese ahorrado! Así que no lo olvides y aprende de mis errores.

Como le indicó unos puestos más allá de donde en ese momento estaban, en las carnicerías *halal* o en mercados como aquel podían encontrar las mismas pastillas pero obtenidas con procedimientos que respetaban el ritual islámico. Como hiciera Najib en su día, Ruth le explicó que no debía consumir carne de animales sacrificados de manera incorrecta, o matados en nombre de otro dios que no fuese Alá. Y por descontado, nada de carnívoros, rapaces de presa o todo animal que no tenga oídos externos, como los reptiles, los insectos, las serpientes… La incansable retórica de Ruth dejaba caer las palabras como pétalos de rosas entre los puestos del zoco, sin mirar un sola vez, al menos de manera consciente, a su única oyente. Parecía cómoda en su papel de primera actriz, sabia e importante, convencida de que eran los demás los que debían seguirla a ella y no al revés.

—Si tienes alguna duda, pregunta. Hay productos que no está muy claro si son *halal* o *haram*. Por ejemplo, el café. Para algunos es un alimento *mashbooh* porque no está prohibido, pero no todos lo ven con buenos ojos, así que queda al criterio de cada uno. Tampoco se trata de obsesionarse —le dijo—, sobre todo al principio. Es puro sentido común, pura lógica. Hay que tener cuidado con los derivados y con la elaboración. En eso hay que estar muy alerta. El alcohol es una bebida prohibida, pero también lo es todo aquello que se elabore con él, como el vinagre de vino o el colutorio de la boca. El mismo cuidado debes llevar con la carne picada, la salsa teriyaki o la de soja. Recuerda: siempre hay que mirar la etiqueta. Siempre. Y no olvides que hay una alternativa a todos los productos que son *haram*, y que no te resultará nada complicado encontrarla en lugares como estos.

Ruth parecía estar disfrutando con la lección. Acompañaba sus recomendaciones con movimientos certeros de brazos y manos, que danzaban en el aire señalando uno u otro alimento, como si fueran piezas ilustrativas encajadas en su relato para hacerlo más verosímil. Todo se diría preparado de antemano, parte de una estudiada coreografía, y sin embargo, tal cual entraba la melodía por el oído izquierdo de una estupefacta Sara, salía por el derecho. Su cerebro fue incapaz de atender las explicaciones, aunque la otra mujer no daba muestras de advertirlo y seguía hablando.

—Y ojo también con las medicinas, que algunas están hechas

con gelatina. Me pasó con unas cápsulas que le compré a Najib de aceite de hígado de bacalao, ¿no te lo contó? —De nuevo aquel nombre que lograba sacudirla como ningún otro. De nuevo los recuerdos. De nuevo la ingratitud que viajaba desde el pasado—: Resulta que tenían gelatina y yo ni me lo había imaginado. Menos mal que Najib es menos dramático que su hermano, y el asunto no fue a mayores. De hecho, creo que Yaser ni se enteró, así que ni se te ocurra comentar nada. La verdad es que Najib es un encanto, ¿no le echas de menos? —Ni siquiera intercaló una respiración en su endiablado discurso; no hubo opción a la respuesta. Seguramente daba el sí por hecho.

Ruth se alejó unos pasos de ella, preocupada por escoger el pescado que tuviera mejor aspecto de todos los expuestos en el escaparate ante el que se habían detenido. Sara siempre como una autómata, convertida en la sombra muda de aquella mujer con la que, de haber coincidido en otro lugar y en otras circunstancias, ni siquiera hubiera intercambiado unas palabras de compromiso. Optó por el silencio, por dejarse llevar, por la disciplina mecánica y condescendiente, mientras el tendero intentaba envolver una enorme merluza en uno de los papeles grises, enganchado en un pincho en forma de garfio que colgaba del techo del puesto ambulante.

—Es una manera bien fácil de evitar problemas. El Corán asegura que toda criatura del mar es *halal*. Algunos, los más estrictos, dicen que el marisco como las gambas, la langosta, los cangrejos deberían ser alimentos prohibidos, pero no hagas caso. No lo son. Gracias, señor, *Assalam alaikum wa rahmat Allah* —se despidió del hombre que la había atendido y luego se dirigió a Sara en voz baja, como si fuera a revelarle un secreto, para traducir sus últimas palabras: «Que la paz y las bendiciones de Alá sean con vosotros».

Continuó su particular inspección por los puestos del mercado, que a Sara se le antojaba más agobiante a cada paso, al tiempo que insistía infatigable en su particular docencia.

—El Profeta nos dejó escrito que todo esto nos valdría en condiciones normales, pero que en casos de extrema necesidad y siempre que se pudiera justificar, no supondría ningún pecado el no respetar algunos de estos preceptos. Si alguien se ve empujado por el hambre, sin intención de pecar, pues qué quieres que te diga... Dios es indulgente, misericordioso. Lo dice el Corán: «Así pues, no profiráis mentiras dejando que vuestras lenguas determinen: "Esto es lícito y eso está prohibido", atribuyendo a Dios lo que son falsas invenciones vuestras, pues, ciertamente, los que atribuyen a Dios sus falsas invenciones nunca alcanzarán la felicidad».

El comentario le devolvió la voz de Najib, y aquella mirada suya cuando le recitaba los versos del libro sagrado. Sintió cómo la ansiedad avanzaba por su interior sin ruta determinada, ni otro fin que desgarrar a dentelladas su fortaleza. También aquello pasó inadvertido a los ojos de Ruth.

—Si supieras todas las cosas que algunos dicen que están prohibidas y de las que el Corán ni siquiera habla, te sorprenderías. He oído que nuestra religión prohíbe que las mujeres viajen solas, que usen perfume, se maquillen o se depilen las cejas. También dicen que tenemos vetada la oración del viernes en la mezquita, que no podemos opinar, ni votar, ni expresarnos en voz alta, ni estudiar o trabajar, y mucho menos convertirnos en líderes políticos. También dicen que nos está vetado el ayuno y recitar el Corán, como acabo yo de hacer, y algo totalmente surrealista: he oído decir que nuestra religión prohíbe a las mujeres entrar en una mezquita cuando tenemos la menstruación, ¿qué te parece? Claro que no es solo a nosotras. —Ruth, que parecía divertirse con todo aquello, se lanzó a una enumeración interminable ante la que Sara se limitó a mostrar una total indiferencia.

»También dicen que los hombres no pueden sentarse en una silla donde antes se ha sentado una mujer hasta que no se pase el calentamiento que han dejado las posaderas femeninas; y que tienen prohibido vestir con sedas, lucir adornos de oro o tocar algún tipo de instrumento musical. ¡Ah! Y según algunos tarados, nada de escultura, pintura, arte o teatro; y lo mismo con hacernos tatuajes, adoptar niños, trabajar en lugares donde se manufacture cerdo, permitir que los perros entren en nuestras casas, masturbarnos, caer en matrimonios mixtos o darnos la mano entre hombres y mujeres.

Se detuvo ante un nuevo puesto, aunque Sara vio que aquello solo buscaba reforzar la confidencia, porque al instante Ruth bajó la voz de una manera teatral, como si estuviera a punto de confiarle un secreto inconfesable, y hasta puso la mano sobre su brazo y se acercó aún más a ella. Sara controló el reflejo de dar un paso atrás aunque sí rehuyó su mirada.

—Y lo creas o no —le decía casi entre susurros—, muchos creen que tenemos prohibido ducharnos o bañarnos dejando al descubierto los órganos sexuales porque estaríamos ofendiendo a los ángeles, que no podemos silbar porque convocaríamos a los demonios y que estaríamos cometiendo el mayor de los pecados si se nos ocurre evacuar hacia La Meca. ¿Te lo puedes creer? ¿Cómo pueden inventarse semejantes barbaridades? ¿Quién nos quiere presentar al mundo como auténticos locos y majaderos? Estoy convencida de que son invenciones con el único fin de hacernos daño, de dejarnos en ridículo. —Algo pareció detener su aturdida explicación—.

¡Queso! ¿Te gusta el queso, Sara? A mí me encanta, desde pequeña. Pero cuidado, porque la mayoría están hechos con cuajo y si la vaca no fue sacrificada por el rito islámico, podríamos tener problemas. De todos modos no suele haberlos, entre otras cosas porque hoy día se está utilizando el cuajo de muchas verduras para elaborar muchos quesos. Recuérdame comprar un poco de leche antes de irnos. —Algo pareció llamar su atención en medio de aquel tiovivo de productos—. Miel, tengo que comprar miel, y mira qué dulces, míralos, no podemos irnos sin ellos…

Sara no podía más. La verborrea de Ruth, unida a la incesante visión de trozos de carne sanguinolenta, el olor del pescado fresco y la confusa mezcla de efluvios procedentes de la mayoría de los puestos estaban consiguiendo que el estómago de Sara comenzara un baile que no podía acabar bien. Sentía el sabor de la bilis ascendiendo por su tráquea y una sensación de bochorno asfixiante le recorría el cuerpo. El bazar giraba a su alrededor; el suelo, bajo sus pies. Hacía un rato que había perdido el diminuto alfiler encargado de casar los dos extremos del velo y este había decidido deslizarse sin control por su cuerpo. Sentía un calor insoportable y el único alivio que se le antojaba eficaz para remediar la fiebre que la devoraba era desembarazarse de la cárcel que llevaba encima y hacerlo delante de toda aquella gente, aunque les supusiera una tremenda ofensa. No sabía si vendría antes el vómito o el desmayo, pero tenía la seguridad de que el final se hallaba próximo.

Cuando el cielo estaba a punto de convertirse en su único horizonte, sintió que algo asía con fuerza su antebrazo, como si buscara rescatarla de una inminente caída. Le llevó unos segundos distinguir a quién pertenecía aquella silueta borrosa que trataba de sostenerla en pie. Cuando su mirada retornó limpia y sin amenazantes nebulosas que enturbiaran la visión, se vio obligada a pestañear para asegurarse de que no era víctima de un espejismo, de un tétrico desvarío fruto de la calentura que la consumía segundos antes.

Miguel. El agente especial Fernández.

El impacto de encontrar parte de un pasado feliz en aquel desolador presente la hizo titubear: pensó en alargar los brazos, presa de extrañas agujetas, y aferrarse a él; dudó si emprender una endiablada carrera de obstáculos que la alejara de allí lo antes posible; especuló con la idea de abandonarse al desahogo del llanto o dejarse llevar y romper en un grito capaz de quebrar sus pulmones, un bramido de auxilio. Pero no hizo nada. Nada. Se quedó mirándole fijamente, agarrotada por la sorpresa, por la trampa de una realidad que había saltado de universo sin encomendarse a ningún dios. En su boca, el sabor de la impotencia que le queda al náufrago ante la broma macabra del destino: encontraba una tabla de salvación en mitad del océano y no podía llegar a ella porque manos y piernas permanecían atados, convirtiendo en inútil todo esfuerzo por sobrevivir.

El mundo que giraba segundos antes se detuvo en seco como si un aliento gélido hubiese congelado el tiempo; ellos, los dos únicos seres animados, lejos de la escarcha solidificada, con voluntad de movimiento y libertad de acción. Los oídos de Sara solo percibían su respiración, agitada, cada vez más acelerada, hasta que el timbre de una voz llegó del pasado para hacer añicos la campana de cristal en la que parecía haberse escondido y aislado del resto del mundo.

—Sara…

A Miguel también le resultaba difícil articular palabra: su boca las negaba, aunque en su cabeza se pelearan por ser las primeras en emerger. No podía dejar de observarla. No era solo su nueva vestimenta, era su mirada lo que le confundía, el color de su piel, el desierto en el que parecían vivir sus labios, la desaparición del rubor que siempre presidía sus mejillas. Todo aquel mundo de vida se había venido abajo y los escombros apenas permitían distinguir a la mujer que un día amó y cuyo recuerdo había conseguido mantenerle vivo en los momentos difíciles a los que su trabajo le había llevado.

—Sara. ¿Qué te pasa? ¿Estás bien? Te veo tan cambiada… —Prefirió no descargar sobre ella la fotografía real que sus ojos acababan de mandar a su cerebro porque, lejos de intimidarla o molestarla, lo que más deseaba en ese momento era ayudarla. Aunque el cómo se le antojaba incierto—. Te llamé hace meses, pero nunca me contestaste. Me tenías preocupado.

La nula reacción de ella y el velo que había empezado a formarse sobre sus ojos le hizo volver a su única preocupación. Miguel se desesperaba porque no sabía encontrar la pregunta correcta. Se sentía inútil al no dar con las palabras que hicieran encajar las piezas y trajeran a Sara, a la Sara que él conocía, de vuelta. Ella le miraba como si no entendiera su idioma, como si no fuese ella.

—¿Va todo bien? Si tienes algún problema puedes contármelo. Te ayudaré, pase lo que pase. Sabes que puedes contar conmigo para lo que sea. Lo sabes, ¿verdad? Háblame, Sara, por favor. No entiendo por qué…

El verla así vestida, tan diferente a su estilo habitual, le incomodaba, le hacía tartamudear. No es que no estuviera acostumbrado a ese tipo de indumentaria, cada día más frecuente en las calles, pero no en ella, no escondiendo el cuerpo de la mujer que amaba. Recordó su anterior encuentro, justo a la salida de la mezquita, con un pañuelo verde cubriendo su cabeza.

—Estoy preocupado. Tu padre me llamó para decirme que te habías marchado sin más explicaciones, que le dijiste que necesitabas tiempo para…

—¿Has hablado con mi padre? —preguntó más asustada que contrariada. Solo aquella mención había sido capaz de despertarla de nuevo a la vida—. No debió llamarte, ¿por qué lo hizo? No, no tenía que haberlo hecho. —Comenzó a mirar a su alrededor, como si temiera la aparición de alguien que, sin duda, censuraría aquel encuentro. De repente, se volvió hacia Miguel—: ¿Cómo está él, mi padre? ¿Está bien?

—No, Sara, no está bien. Y yo tampoco lo estoy. —Temió dejar en evidencia sus sentimientos y no quería pecar de un inoportuno egoísmo en un momento tan delicado—. Tu padre está preocupado, no sabe nada de ti, no comprende tu silencio, no sabe por qué te fuiste ni dónde estás. Te echa de menos. A los dos: a ti y a Iván. No entiende nada aunque lo intenta y no me permite que haga algo para remediar esta situación tan absurda. Dice que se lo hiciste prometer, que prácticamente se lo ordenaste. Pero los tres sabemos que algo no va bien. Dime qué pasa, Sara. ¿Por qué haces esto? Ayúdame a entenderlo. Deja que te ayude, por favor. Vente conmigo, tomemos un café o demos un paseo, pero hablemos, Sara, hablemos.

—No puedes. Nadie puede. —La mirada de Sara volvía a saltar inquieta, perdida, y sus manos temblaban tanto como su voz—. Tienes que irte. Vete, por favor. Pronto todo esto habrá terminado y te podré contar todo, te lo prometo. Yo…, yo…, yo te llamaré, y llamaré también a mi padre y todo volverá a ser como antes, pero ahora vete. No quiero que… Vete, por favor. Estoy bien. Necesito que te vayas.

—No estás bien. Te conozco. O me dices ahora mismo qué pasa, o lo descubriré yo por mis propios medios. Y sabes que lo haré…

—¡No, no! Te digo que me dejes. ¡Que me dejéis todos! —dijo casi gritando y con un caudal de lágrimas que empezaba a rodar por sus mejillas. Temía que si cedía a los deseos de su corazón y se aferraba a aquel hombre que le brindaba protección y confianza, perdería para siempre a Iván y jamás se lo perdonaría. La amenaza de Najib la acompañaba siempre en los momentos de debilidad, cada vez que casi se dejaba convencer por su subconsciente de la necesidad de huir y pedir ayuda a la policía. No era lo suficientemente valiente para encarar la situación y no ceder al chantaje emocional, o quizá sí lo era y de ahí el porqué de su sacrificio.

—Sara… Sara… —Al escuchar su nombre en la voz de Ruth, tuvo el tiempo justo para enjugar las lágrimas con sus manos y lanzarle una mirada de súplica a Miguel. Le imploraba una complicidad que ella se había negado a mostrarle segundos antes—. Cuando me he querido dar cuenta, ya no estabas a mi lado. ¿Va todo bien? —preguntó mirando con toda la desconfianza que su mirada fue capaz de expresar. ¿Quién era este hombre?, ¿la estaba molestando? Sara respondió a la pregunta antes de que la formulase.

—Es un viejo conocido. Nos hemos encontrado por casualidad. Hacía mucho tiempo que no nos veíamos, la verdad. Es un amigo, nada más.

Tanto Miguel como Sara entendieron que el momento era delicado y no escatimaron esfuerzos para actuar con naturalidad, intentando no levantar sospechas ni dar pistas sobre la conversación que manejaban segundos antes, aunque no lo consiguieron del todo.

—Se nos está haciendo tarde. Será mejor que volvamos a casa —dijo Ruth con la mirada fija en Miguel, sin disimular el análisis exhaustivo de cada detalle de su rostro y su cuerpo—. Encantada. Si acostumbra a venir por aquí, seguro que nos volvemos a encontrar… Porque ¿viene usted mucho?

—Vengo menos de lo que debería, señora, aunque tengo en mente volver con más asiduidad. —A Miguel no le agradaba ni la voz, ni la presencia, ni la intención que mostraba el absurdo interrogatorio de Ruth, pero en los ojos de Sara veía una súplica de discreción, y se obligó a reaccionar como lo hubiese hecho en cualquier otro momento—: Sara, ¿puedo llamarte? Quizá podamos vernos y… —No pudo terminar la frase.

—Pues claro que puede llamarla, ¿dónde se cree que está, retenida en galeras? Está con su familia, con su gente. De hecho, puede venir a visitarnos cuando quiera. —No era buena Ruth fingiendo sonrisas, pero en aquella ocasión no le importó en absoluto—. Lo que no sé es si a su prometido le hará mucha gracia que aparezca. Ya sabe que los hombres son celosos por naturaleza. Usted seguro que lo entiende, señor… ¿Cómo me dijo que se llamaba?

—No se lo he dicho —le respondió secamente—. Miguel. Me llamo Miguel. Sara, te llamaré, me gustaría verte de nuevo.

—Pues adiós, Miguel. Insisto, mucho gusto. Seguro que a Sara también le encantará verle otro día.

Ni siquiera tuvieron opción de despedirse como les habría gustado. Él se mantuvo en el sitio, triste, impotente, a punto de estallar, mientras los ojos de Sara luchaban por congelar el momento en el que se colgaron de la mirada de Miguel. La ahogaba una extraña sensación de oportunidad perdida, la misma que le había presionado el pecho durante el encuentro a tres bandas, quizá porque insistió en contener la respiración ante el temor de escuchar algo inadecuado. Inútil tragar saliva y olvidar. Deseaba darse la vuelta y contemplarle por última vez, aunque solo fuera para comprobar si, como sospechaba, él seguía observándola mientras su silueta, urgida por la de Ruth, desaparecía entre la marabunta de personas que abarrotaba a esas horas el mercado.

La embestida de Ruth la obligó a frenar el gesto, mantenerse alerta y deshacerse en explicaciones:

—Es solo un amigo al que hacía mucho que no veía y me ha sorprendido, eso es todo. —La aclaración de Sara no parecía borrar el gesto de desconfianza instalado en el rostro de Ruth—. De hecho, Najib también le conoce: les presenté un día hace ya meses, al salir de la mezquita de Tetuán. —Le costó rescatar del olvido una sonrisa para mostrarle, pero lo consiguió—. Y recuerdo que Najib también se puso celoso cuando le vio, igual que tú.

—Yo no me he puesto celosa —exclamó Ruth, como si hubiese entrado en el juego de falsa confianza que proponía Sara.

—Sí lo has hecho. Pero no me importa. Lo que no quiero es que te preocupes. ¿No me estás siempre pidiendo que confíe en ti y que seamos amigas? Pues dime, ¿cómo voy a hacerlo si tú no confías en mí?

Ella misma se sorprendió por aquella salida, que pareció agradar y convencer a Ruth. Durante el trayecto de vuelta a casa rezó cuantas oraciones sabía, rogó a dioses desconocidos, invocó cultos ancestrales, imploró a las fuerzas del cosmos para que le ayudaran en el peligroso y resbaladizo paso que acababa de dar sin encomendarse más que a la suerte. Temió que la buena estrella no fuera su mejor aliada pero necesitaba un mínimo de esperanza que alumbrara el túnel en el que se habían convertido sus días.

El encuentro con Miguel iluminó la noche repleta de fantasmas en que se había convertido su vida.

17

Habían pasado tres días desde la excursión al mercado y la imprevista aparición de Miguel, y Najib aún no había regresado. Su paradero seguía siendo un misterio que torturaba el corazón y el pensamiento de Sara. Cualquier sonido procedente de la calle —ya fueran las ruedas de un coche sobre la gravilla de la entrada o unas pisadas que se acercaran apremiantes hacia la casa— prendía en su ánimo una fugaz mecha de ilusión que se desvanecía apenas un segundo más tarde, devolviéndola a la penumbra más cruel. No entendía la eterna espera. La sentía densa y pesada sobre su pecho, aprisionaba sus sienes, como si fuese allí donde residiera el problema.

Desde que Sara retiró la tosca cortina de colores y entró a la vivienda a su regreso del bazar, no había hecho otra cosa que esperar. La impaciencia rompía su cordura, consumía sus días, sus fuerzas y su rebeldía. Ruth se empeñaba en hacerle entender que los viajes se complican, que una escala en un país puede prolongarse en el tiempo más de lo esperado, que los vuelos se cancelan y que los imprevistos suelen aparecen en forma de encuentro, retraso o despiste. Le insistía en que se tranquilizara, que él estaba de camino y que llegaría pronto, cuando menos se lo esperase.

—¿Sabes algo de Najib? —preguntó una vez más. Y aquella tarde, por fin, la respuesta fue distinta.

—Sí, sé algo de Najib. Pero antes quiero enseñarte un cosa.

El anuncio de Ruth, que ya había desaparecido tras una de las puertas del tenebroso pasillo, la desconcertó. Agradeció que solo tardara unos segundos en regresar, porque su imaginación empezaba a tantear siniestras posibilidades. Pudo ver que traía algún objeto entre las manos, como si temiera perderlo o que otros ojos lo descubrieran. Cuando estuvo a su altura, alargó el brazo y le mostró una fotografía.

—¿Sabes quién es? —El no de Sara era justo lo que esperaba para lanzarse a hablar—. Se llama Wafa Idris y es un ejemplo para muchas mujeres. Incluso para muchos hombres. Dicen que su verdadero nombre era Shihaz al Amoudi, pero qué más da, se llamase como se llamase, también ella juega un papel en tu vida, y en la mía. Era una joven palestina de la ciudad ocupada de Lod, que vivía en la miseria en el campo de refugiados cisjordano de Al-Amaari, a las afueras de Ramala.

Según le contó Ruth, con los ojos brillantes por la emoción y el retrato fuertemente apretado contra el pecho, el padre de aquella muchacha había muerto de un ataque al corazón y su madre había tenido que buscarse la vida para sacar a su familia adelante.

—Aun así dicen que Wafa Idris jamás perdía la sonrisa. Tenía un gran corazón y por ese motivo, después de licenciarse en Enfermería, entró como voluntaria en la Media Luna Roja. Con ellos, recorrió en ambulancia los lugares más peligrosos de Cisjordania —mencionó Ruth las ciudades de Nablus, Tulkarem, Yenín, Aram, Ramala. Nombres que Sara había oído en los informativos una y mil veces—, y pudo estar en contacto con la injusticia que vivía su pueblo, asediado, humillado por los israelíes. Día tras día presenció la muerte de musulmanes a manos de los judíos, vio morir a casi un centenar de jóvenes en los frentes de la Intifada. Y al fin, a los veintiocho años, fue testigo de algo que la empujaría a tomar la decisión más importante de su vida. Algo que marcaría las nuestras.

Separó la foto de su pecho y se la tendió a Sara, que la cogió sin desviar los ojos de los labios de Ruth. Le contaba ahora cómo la joven palestina atendió a un chico de quince años que había recibido un disparo en la cabeza a manos de los soldados israelíes. No pudo hacer nada: el muchacho falleció horas más tarde y ella, acostumbrada a la muerte, a la guerra, esa vez no pudo soportarlo: tenía que hacer algo. Ya no le bastaba con haberse adherido a la revolución palestina, como sus tres hermanos.

—Porque Wafa se había afiliado al partido gubernamental, Al Fatha, de Yaser Arafat, y de ahí había pasado rápidamente a ser miembro activo de los Tanzim, que engendraría a su brazo armado, la Brigada de los Mártires de Al Aqsa —había explicado, como un paréntesis al vuelo en mitad de la narración.

Lo dijo con prisas, como quien lo da por sabido… Algo bastante lejos de la realidad de Sara, para quien esos partidos y grupos terroristas no resultaban más que piezas inconexas de un conflicto que jamás había entendido. La mirada de Raquel brillaba como animada por una fuerza interior.

—El 27 de enero de 2002, Wafa pidió autorización en el trabajo para ausentarse durante un par de horas y se dirigió al centro de Jerusalén. Cuando llegaron a la calle Jaffa, se inmoló con 11 kilos de explosivos. —Sara apenas escuchaba, solo podía pensar: «¿Por qué sonríe al decirlo?, ¿cómo puede?»—. Mató a un israelí de ochenta y un años y dejó más de ciento cincuenta heridos. Y así fue como hizo historia… Y cambió nuestras vidas, abrió un camino que…

Se sacudió el impacto y buscó fuerzas para negar con la cabeza.

—Esa mujer no abrió caminos… No hables de ella como si fuese… —Le devolvió el retrato como si quemase—. Esta mujer no tiene nada que ver conmigo, con mi vida…

—Tal vez ahora creas eso… pero Wafa Idris era una mujer como tú, joven, guapa, moderna, que llevaba vestidos escotados, camisetas sin mangas, maquillaje, el pelo suelto. Había estudiado, se había casado e incluso tiempo después se divorció. Y de la noche a la mañana, se convirtió en la heroína del pueblo, la dama negra de la Intifada palestina: un ejemplo para todas.

Orgullosa, Ruth le aseguró que a partir de ese día de 2002, aquella mujer se convirtió en todo un mito.

—Un símbolo de nuestra lucha —dijo. «*Vuestra* lucha», pensó Sara—. Todo el mundo hablaba de ella; sus fotos colmaban las paredes, las farolas, los autobuses. Le dedicaron canciones, poemas. Hasta Sadam Husein ordenó levantar un gran monumento en su honor en una de las plazas de Bagdad: la primera mujer kamikaze desde que comenzó la Intifada. Bueno, no es que fuera exactamente la primera… —Y como si estuviese recitando un salmo, Ruth desplegó un listado macabro que Sara apenas oyó:

9 de abril de 1985, Sana Khyadali, 16 años: se suicidó en Jezzin, Líbano; 14 de noviembre de 1987, Shagir Karima Mahmud, 37 años: dejó siete muertos y veinte heridos; 21 de mayo de 1991, Thenmuli Rajaratnam: con su suicidio mató a Rajiv Gandhi, primer ministro de la India; 1996, Zeynep Kinaci, 24 años; cargadas con cinturones explosivos, Laila Kaplna, de 17, y Otas Guiar, de 29, fingieron estar embarazadas y mataron a trece personas… La

lista era inacabable, aunque Ruth seguía pensando en la palestina y pronto volvió sobre ella.

—Y muchas más, te sorprendería saber cuántas. Pero ninguna consiguió lo que logró Wafa Idris. Abrirnos los ojos, marcarnos el camino de la lucha. Ella dio su vida para que otros vivan. ¿Lo entiendes? No hay nada más grande que esa entrega.

A Sara le costó asimilar aquellas palabras. Por supuesto que no lo entendía, y tampoco quería escuchar nombres que le sonaban peligrosos, ni saber nada más sobre leyendas de héroes y villanos. En su mente solo había espacio para una pregunta y no entendía qué pintaba Wafa Idris en todo aquello.

—¿Qué sabes de Najib? Me dijiste que había noticias, que...

—La pregunta despertó una sonrisa en el gesto de Ruth, que la cogió de la mano y la condujo hasta una de las habitaciones del pasillo.

—Sí, sé algo. Pero antes debes conocer a alguien. Y luego te diré lo que quieres saber.

En el interior de la habitación cuyo umbral acababan de traspasar con el mismo sigilo que si hubieran entrado en un lugar sagrado ya se encontraban las tres mujeres que solían ocupar el sofá durante horas, con la parsimonia de quien ve pasar el tiempo sabiéndose su dueño. Sin embargo, no tardó en darse cuenta de que sus suposiciones no podían estar más equivocadas: pronto entendió que el tiempo no les importaba porque carecían de él. Alguien se lo había arrebatado y había hecho saltar por los aires la medida de su existencia.

Las tres estaban sentadas en la primera cama de la triple litera situada en uno de los lados de la habitación, como si esperaran aquella visita desde hacía horas. Sara y Ruth tomaron asiento en el primer camastro de la doble litera ubicada justo enfrente y, como ya sucedió con Hurriya y Aicha, fue Ruth quien hizo las presentaciones.

—Pocas personas saben lo que tú estás a punto de descubrir y créeme que no exagero si te digo que algunos matarían por hacerse con esta revelación. Ellas están de acuerdo en confiarte su gran secreto aunque eso les suponga un gran esfuerzo. Estoy convencida de que las entenderás y que no podrás evitar verlas con otros ojos. Sé que sabes varios idiomas, ellas también, un poco, así que confío en que las ayudes a expresar lo que tienen que decirte.

Sara notó que le sudaban las manos. La lentitud que presidía cada gesto, cada mirada, cada amago por iniciar una conversación contribuía a ponerla cada vez más nerviosa.

—¿Hablas alemán? —preguntó de pronto una de las mujeres mientras apartaba el pequeño velo de muselina que le tapaba el rostro, dejando al descubierto su pelo negro y ensortijado, que mantenía atado con una correa. Se trataba de una muchacha de no más de veinte años con los ojos más azules que Sara había visto en su vida. Era hermosa y de algún modo eso hacía aún más macabro su entierro en tela.

Se presentó como Louiza, una chechena de Ilínovka, una pequeña aldea a unos veinte kilometros de Grozni, y le explicó que fue allí donde estudió en un colegio bilingüe —«Hablar alemán me hace sentir mejor»—. Conforme hablaba, la chica de ojos azules se levantó a buscar algo que mantenía oculto bajo el colchón de la cama en la que dormía: sus manos tardaron solo unos instantes en encontrarlo y, una vez lo tuvo, volvió a ocupar su sitio junto a las otras dos mujeres, que guardaban un silencio sepulcral. Sus delicados dedos desenvolvieron el paquete de paño que envolvía su particular tesoro: sacó de él una camisa sucia, de color tierra, había retomado su discurso y le hablaba ya de cómo unos soldados rusos detuvieron a su hermano en la calle, mientras iba con ella y con la prima de ambos.

—A él le golpearon con la culata de sus kalashnikov y le metieron en un coche. A Zarina, que tenía diecisiete años, la violaron tres hombres antes de fusilarla y echarla a una alcantarilla… A mí se conformaron con darme un culatazo en la frente y decirme que corriera a casa a informar a mi madre de que su hijo había sido detenido y que preparara todo el dinero que pudiese. Horas más tarde, dos soldados se presentaron en casa con la camisa que llevaba puesta mi hermano cuando le detuvieron: tenía diecisiete agujeros de bala y estaba manchada de sangre —dijo extendiendo los brazos hacia Sara mientras sus dos puños aferraban con fuerza el tesoro que había sacado al empezar su relato.

Ella escuchaba en silencio mientras Ruth, que no entendía el alemán, no le quitaba ojo, atenta solo a sus reacciones.

—Les pidieron quince mil dólares, y ni siquiera les dijeron si su hijo estaba vivo o muerto. Les dijeron que lo buscaran en las cunetas, pero al final encontraron su cadáver en un vertedero, a unos diez kilómetros de su casa.

Sin proponérselo, arrastrada por el horror, Sara se puso en el lugar de aquellos padres. Se imaginó a sí misma destrozada junto al cadáver de Iván: sabía que si pasase algo así se volvería loca. Miró a las otras dos mujeres y de nuevo a Louiza, a sus profundos ojos azules. Le contaba ahora que su madre y sus tres hermanas no habían vuelto a salir de casa desde entonces, y que su tía —que nunca encontró el cadáver de su hija pese a que Louiza les dijo dónde la habían arrojado— había muerto en vida: trataba a los vivos como si estuvieran muertos, y a Zarina como si siguiera viva, convencida de que la joven aparecería por la puerta algún día y todo volvería a ser como antes.

—Dolor y locura van a menudo de la mano en la mente humana... —le dijo la chechena con una profundidad que Sara no esperaba. Luego susurró algo, más para sí misma que para el resto—: Y a veces, ante la injusticia, uno no tiene más salida que la lucha para seguir cuerdo.

Sara notaba los ojos de Ruth clavados en ella. Cuando Louiza calló, fue su anfitriona quien rompió el silencio:

—¿Crees que esta chica está aquí porque era lo que soñaba de niña? —Sara se encogió apenas de hombros, sin entender nada—. ¿Crees que de niña soñaba con asesinatos y violaciones? Pues no, era una buena estudiante que de mayor quería ser bailarina y soñaba con conseguir plaza en algún conservatorio europeo, ¿te lo ha dicho? —preguntó—. Y lo habría logrado de no estallar la segunda guerra de Chechenia.

Sara recordaba algo de aquel conflicto que durante años ocupó su espacio en las noticias. Cuando Rusia, con Vladimir Putin como primer ministro, se embarcó en una guerra contra los insurgentes chechenos que aún coleaba de tanto en tanto con denuncias internacionales. ¿Adónde quería ir a parar Ruth con todo aquello?

—Porque las guerras no empiezan y acaban, Sara. Dejan heridas abiertas para siempre, mucho dolor, y mucho odio. El sueño de cambiar las cosas. Y un deseo inmenso de venganza... Una cólera tan fuerte dentro de uno que muchos estarían dispuestos a volar en pedazos —le dijo, y Sara comprendió. Lo supo antes de que Ruth siguiera hablando—: Desde que mataron a su hermano, desde que la mataron a ella misma y a su familia sin disparar siquiera, Louiza tiene claro lo que quiere. Y desea hacerlo. Por eso se puso en contacto con gente que prometió ayudarla: pronto los nuestros la llevarán hasta los asesinos, hasta los responsables de la muerte de su hermano y su prima. Ya tienen sus nombres, ella los conocía y averiguó dónde trabajan, dónde viven... Louiza entregará la vida para que ellos mueran. Ese es el valor que tiene ahora mismo su existencia: morirá con la misma dignidad con la que el odio de algunos no le permitió vivir la vida.

Guardó silencio y Sara se removió inquieta sobre su asiento en la litera. No sabía si aquella mujer de veras sabía algo del paradero de Najib, de la suerte de su hijo, de su propio futuro, pero estaba segura de que entendía la inmolación como el sacrificio supremo no ya por Alá o por cualquier otro dios, sino como única respuesta posible ante la injusticia —ya fuera cierta, como suponía la de Louiza, o imaginada ante ataques externos—. La barbarie como respuesta a la barbarie. La muerte como forma de vida.

—Cuando no te permiten vivir tus sueños, la muerte es la única salvación posible, y no será difícil conseguirlo: basta con desearlo. Por eso está aquí, para que nada le impida hacer lo que quiere hacer; para que alguien que la entiende la ayude a cumplir su sueño —afirmaba Ruth en un discurso que se pretendía cargado de principios y en el que Sara no hallaba más cimientos que el odio—. Le facilitarán los explosivos, la llevarán al lugar exacto, ella misma conectará los cables o apretará un botón, según le indiquen, se acercará a ellos y se hará explotar. Entonces su vida volverá a tener sentido... —Pronunció estas últimas palabras con una enorme sonrisa en los labios. Apartó la mirada—. Morir es fácil —le decía entre susurros, como quien cuenta un secreto—, a veces lo difícil es vivir...

Al tiempo que la española hablaba, Louiza había recuperado el velo y sus ojos azules la observaban fijamente, su cuerpo ya alineado con el de las otras mujeres. La que ocupaba el centro de la terna, la de mayor edad, se adelantó un poco en su sitio a una seña de Ruth: había llegado la hora de contar su experiencia. Su rostro reflejaba un halo siniestro, como si la maldad hubiese quedado grabada en sus facciones; los ojos pequeños, minúsculos, de un color marrón apagado; la mirada, vacía; la manera de hablar, en un inglés macarrónico y precario, denotaba la pedantería de quien se considera por encima del resto.

—Alá sea alabado. Me llamo Amina y soy madre de doce hijos. Él me ha dado un vientre que yo he sabido entregar al islam. Siete de mis hijos ya están en el paraíso, fueron en busca de martirio porque así se lo pedía su religión y su país, y porque así se lo pidió su madre. Yo he sabido educarles, prepararles para la muerte, hacerles fuertes en el deber sagrado…

La mujer había apartado su velo negro y el rictus que presidía su semblante parecía remarcar de crueldad sus palabras. Sara no pudo evitar un escalofrío: notaba la amargura, la maldad, la codicia en cada golpe de voz.

—«Preparadles a ellos cualquier fuerza y corceles de guerra que podáis, para atacar con terror en los corazones del enemigo de Alá y del tuyo propio», lo dice el Corán y yo lo enseño, Alá sea alabado. Él nos ha dado lo más valioso que tenemos, la vida, ¿cómo no vamos a entregarle lo que para nosotros es más valioso? Soy madre, una buena madre, y el amor es entrega, ¿qué mayor muestra de amor que animar a un hijo a rendirse a los brazos de Alá? Mis hijos han entregado su vida a cambio de la muerte de una veintena de infieles.

Y comenzó a enumerar una lista de «logros» de sus vástagos: los dos hijos mayores se inmolaron en un paso fronterizo y mataron a cinco soldados; otros tres lo hicieron entrando en un cuartel enemigo armados con granadas y con dos kalashnikov y se llevaron con ellos la vida de tres personas; otro decidió estrellar un camión cargado de explosivos contra una embajada occidental dejando cuatro muertos...

—... y el más pequeño se entregó a Alá envuelto en un cinturón explosivo dentro de un restaurante en el que murieron seis hombres y dos mujeres. Yo misma les entregué el papel metalizado con el que envolvieron sus órganos genitales para llegar al paraíso prometido y poder disfrutar de los placeres carnales con las huríes como premio de su martirio... Ellos no están muertos, están viviendo una vida más feliz que yo y que cualquiera de nosotros.

El horror apenas dejaba paso al aire. Así como con Louiza había podido meterse en su piel por un instante, con Amina fue incapaz. Sara ni siquiera se planteó entenderlo, jamás podría. «¿Y los civiles que murieron, y niños, los más inocentes? ¿Y los que mueren sin culpa alguna?», quería gritar. No lo hizo, pero fue como si Amina leyese su mirada:

—Es cierto que murieron algunos civiles..., tres niños y cuatro mujeres, pero nadie puede tener la autoridad moral de culparnos, porque son necesidades de guerra. Mis hijos no fueron a por ellos, sencillamente se los encontraron en el camino y no pudieron hacer nada...

Y al segundo dejaba a un lado aquella explicación vacía —«Cosas de la guerra»— y volvía a hablar de grandes ofensas ancestrales, y de la injusticia en que vivían, y del daño que hacían los otros, y citaba al presidente de Argelia Houari Boumedienne en las Naciones Unidas hace más de treinta años: «Será el vientre de nuestras mujeres musulmanas el que nos dé la victoria».

—… el que dé la victoria a Alá —decía feliz mientras Sara sentía que un sudor frío la envolvía y tenía que morderse la lengua para no ponerse delante de aquella mujer y vomitar sobre ella todo el desprecio, asco y desolación que se había alojado en sus entrañas, gritarle a la cara que era una asesina, que lejos de ser una buena madre, era una de las personas más crueles y despiadadas que se habían cruzado en su camino—. Cuando mis hijos llevaron a cabo su operación sagrada, Alá sea alabado, no lloré. No pude hacerlo. No tenía motivos. Solo podía alegrarme, festejar la bendición que acababa de caer sobre mi familia. Compré chocolates y dulces, preparé cajitas y las repartí entre nuestros amigos y familiares. Todos estábamos contentos. ¿Acaso no teníamos razones para estarlo?

—Estás loca. —No pudo frenar sus palabras. Lo había intentado, pero aquella mujer, aquella madre dispuesta a sacrificar uno a uno a todos sus hijos en nombre del odio… Le costaba permanecer sentada delante de ella—. No sabes lo que dices.

—Sé lo que piensas —la voz raspada de Amina logró asustarla, aunque no más que su mirada—: que soy una madre despiadada, sin corazón, sin sentimientos. Me juzgas, me llamas terrorista y lo haces por ignorancia. Puede que sea una terrorista… pero me he convertido en asesina por Alá y eso me hace grande. ¿Quién es aquí la loca, quién malgasta su vida? Soy musulmana y creo en la yihad, y por Alá, mis hijos no están muertos —repitió de nuevo—, son más dichosos que antes gracias a Él. ¿Acaso tú puedes decir lo mismo? —Sabía que aquello había roto algo dentro de Sara, y calló unos segundos antes de la estocada definitiva—: No te mueras antes de ser la madre de un mártir o no sabrás lo que es la felicidad.

Después de aquello, Amina calló como antes lo había hecho Louiza. Ninguna de las otras dos mujeres parecía conmovida ante el alegato de muerte de su compañera: tal vez lo había escuchado más veces y la rutina se había encargado de anestesiar sus sentimientos, o quizá su nivel de horror seguía un baremo distinto, ajeno a cualquier sensibilidad. Todas parecían inmunes a la narración del horror, del odio, del sufrimiento, como si alguien les hubiera arrancado el corazón del pecho y en su lugar dormitara una enorme piedra negra.

Sara se dio cuenta de que Ruth había desaparecido de su lado. No sabía en qué momento se había producido aquel cobarde abandono, pero hasta ese instante no se había percatado de su ausencia. La entendió como una señal de su inmensa y descorazonadora soledad: no tenía a nadie en esa casa, no había cómplices ni apoyos; debía actuar sola, afrontar su terrible situación y encontrar en su interior la solución que pusiera fin a la pesadilla que estaba viviendo. El resto eran palabras preñadas de mentiras, engaños, falsedades, tejidas en historias rocambolescas que la obligaban a escuchar como parte de un desquiciado plan urdido para amedrentarla.

Aún le faltaba escuchar a la última de las mujeres, a la que parecía costarle empezar su relato. Era la más menuda de las tres, delgada, apocada, y se diría que agradecía el manto de anonimato que le concedía el velo. Cuando supo que había llegado la hora de contar su historia —tal como, suponía Sara, Ruth las había aleccionado—, el nerviosismo que la agarrotaba también estranguló su voz. Antes de que saliera una sola palabra de su boca, sus ojos, desproporcionadamente grandes, ya lucían acuosos, a punto de romper en llanto. Su grado de ansiedad y excitación hizo temer a Sara que aquella mujer menuda fuera a saltar por los aires, pero se obró el milagro y logró acopiar fuerzas para su discurso: una voz frágil, tímida y casi inaudible obligó a la madrileña a realizar un esfuerzo extra de atención.

—Me llamo Nadia. Vivía con mis padres y con mi hermana pequeña, Muna, en un pueblecito de la provincia de Diyala, en Irak. Nunca he sido una mujer rebelde, jamás he desobedecido a mis padres ni he hecho nada para hacerles sentir deshonrados. Siempre he huido de los problemas y he acatado todas las reglas que me han sido dadas. —Su pronunciación era perfecta y su dicción pulcra. Sara imaginó que aquella mujer de apariencia aniñada habría recibido una educación elevada y que con toda probabilidad en un pasado no muy lejano había sido una excelente estudiante—. Hasta que un día conocí a un chico.

Casi sin emoción en la voz, Nadia le habló entonces de cómo, tras ser violada por el hombre de quien creía haberse enamorado y ante el temor de que su propia familia la repudiase —«Pues es sabido que una mujer violada deshonra a los suyos a ojos de terceros»—, accedió a escuchar a una mujer que le prometió ayuda y le explicó que el único camino para la salvación era el martirio.

—Samira Ahmed Jassim, conocida como Umm Al Munimeen, «la madre de los creyentes», cuidó de mí y me guió por el camino correcto. —Una vez más, Sara supo qué había detrás de aquello: como si tuviera ante sí todas las piezas del rompecabezas más sencillo del mundo, vio en la violación una herramienta para fabricar mártires, para reclutar yihadistas entre los más débiles, aquellos a los que su propia educación y unos principios contra natura habían puesto al borde del abismo. E imaginó a aquella mujer desalmada al frente de un grupo de hombres y cómo señalaba con el dedo a las más inocentes y cómo con eso las sentenciaba para ofrecerse luego como única ayuda, como paño de lágrimas. La comandante de las milicias de la muerte buscaba soldados y no había mejor recluta que quien cargaba con el estigma de la deshonra.

—Habló con mis padres y ellos estuvieron de acuerdo. ¿Qué mejor modo de devolverles la honra que entregando la vida? Las mujeres somos las protectoras del honor familiar, las responsables de transmitir la cultura, la tradición, las creencias —oyó Sara repetido por enésima vez, ahora en voz de aquella joven—. ¿Cómo podría yo hacerlo ahora si he llevado la vergüenza a mi familia? No puedo hacer otra cosa. No me queda otro camino. —Nadia la miraba fijamente, como si buscase la aprobación de sus palabras.

Igual que le pasó con la chechena, también ahora le pareció a Sara que el suyo era un camino equivocado a raíz de una injusticia; una vida truncada por el odio de otros y la manipulación de quienes deberían haberla apoyado y no espoleado a la muerte. La iraquí le hablaba ahora de cómo había vivido en los campos de entrenamiento a los que Umm Al Munimeen las desterró a ella y a otras tantas chicas, donde les enseñaron a manejar los explosivos para adherirlos a su cuerpo.

—También fuimos instruidas por un grupo de imanes que nos hablaban del islam y nos obligaban a leer pasajes del Corán durante al menos cinco horas al día. Días antes de la inmolación, separaban a las elegidas para entregar su vida en nombre de Alá y otros las preparaban psicológicamente para el momento. Ayunaban y rezaban con ellas. No les permitían tener ningún contacto con su familia, ni siquiera como despedida: en vez de eso, les hacían grabar un vídeo o escribir una carta en los que ellos mismos se encargaban de incluir algunas de sus reivindicaciones. Después de eso, no las volvíamos a ver.

La joven Nadia convivió con varias mujeres que le contaron que Umm había reclutado a más de ochenta jóvenes a las que previamente había ordenando violar, y que había conseguido que al menos la mitad se inmolara. Hasta que un día, según contaba a Sara con voz apenas más alta que un susurro, la informaron de que la policía había detenido a aquella mujer y un grupo de hombres las trasladó a ella y al resto a otro lugar.

—Luego pude ver una entrevista suya en televisión: la presentaron como un miembro de la organización terrorista Ansar al-Sunnah, que según decían, estaba vinculada con Al Qaeda, y por encima del resto lo que recuerdo bien es cuánto me extrañó ver a Umm tan callada…, precisamente ella…, con lo que le gustaba hablar. Decía que era una víctima de los terroristas, que la habían obligado a hacerlo porque de lo contrario matarían a sus seis hijos. —«Cuatro hembras y dos varones», especificó Nadia—. Y mientras ella hablaba la televisión iba mostrando la tienda de vestidos tradicionales que, según dijeron, le habían proporcionado los terroristas como pago a sus servicios. Fue la última vez que la vi. A mí y a otras nos metieron en aviones, en barcos, en trenes, en autobuses e incluso, si la documentación se resistía, en contenedores, rumbo a distintos rincones del mundo con una misión pendiente.

La joven iraquí tenía la mirada fija en el suelo de la habitación y Sara sintió que el silencio que habían dejado sus palabras quemaba. Nadia se quedó pensativa durante unos segundos y luego levantó la vista.

—Lo único que quiero es que todo esto acabe. Rezo a Alá para que llegue ese día en el que acabe con mi vida y también con mi sufrimiento y el de mi familia. Si ha de ser así, lo asumo. —La congoja que irradiaba su rostro no se correspondía con las excusas que escupían sus labios—. He llevado la vergüenza a mi familia —insistió—, no puedo hacer otra cosa. Estoy viviendo en pecado. Cuando el honor se ha perdido, es un alivio morir… Mi padre siempre me lo decía y así me lo repitió la última vez que le vi, cuando aquellos hombres vinieron a mi casa para llevarme con ellos. Me dijo que debía morir porque la muerte es un refugio seguro contra la infamia. Y él tiene razón, aunque a mí me cueste tanto entenderlo, pero tiene razón. Debo suicidarme en nombre de Alá para recuperar mi honor y el de mi familia. Nunca me lo perdonaría si no lo hiciera. Además, si yo me niego, irán a por mi hermana pequeña. Y eso sí que no puedo permitirlo. No. No puedo.

El llanto al que se había abandonado Nadia pareció incomodar a una de sus compañeras de cuarto, a Amina, a la productora de terroristas. Sara le deseó la muerte a esa desagradable mujer que ofendía solo con su gesto. Cuando las bocas de las tres mujeres quedaron secas después de parir relatos de odio y de muerte, entendió que su presencia en la siniestra habitación había dejado de tener sentido, se levantó y salió de aquella habitación. Se sentía vacía.

Estaba a un paso de alcanzar la puerta de su cuarto cuando notó que una mano fría aferraba su brazo. Al darse la vuelta, la atraparon los ojos azules de la chechena —«No hay vida en ella», se dijo como si la verdad le golpease—. La mujer bajó la voz, no porque temiera que alguien la escuchara, sino porque entendía que su anuncio merecía ir envuelto en un tono más templado.

—No quiero que pienses que hago esto en nombre de ningún dios —le dijo de nuevo en alemán, y Sara, sorprendida, solo pudo asentir con la cabeza—. No busco convertirme en mártir, ni paraísos de vírgenes, ni guerras santas. Tampoco me ha drogado nadie, ni me han obligado a morir matando. Es verdad que hay mujeres de mi país que han caído en redes insurgentes chechenas y a las que han forzado a convertirse en terroristas suicidas, con golpes, amenazas y palizas de hombres árabes como los que están en esta casa con nosotras. Pero yo no necesité que nadie me manipulara ni me convenciera a la fuerza —aseguró obligándola a mantener la atención en sus pupilas, las más claras que ella había contemplado nunca. Sus ojos estaban enrojecidos, más por el orgullo y la pasión que se adivinaba en su interior que por algún sentimiento de ira o de rabia—. Es una opción que he elegido libremente porque ya no encuentro sentido a esta vida. Prefiero morir. Y lo haré por venganza, no por ninguna causa religiosa o nacional. —Louiza negó con la cabeza, de lado a lado.

»Ni soy una combatiente del islam, ni una *wahabi* que siga a un líder radical religioso y sus preceptos hasta el final, ni soy una de esas viudas negras que proliferan en Chechenia y que identifican con un movimiento terrorista vinculado a Bin Laden. Mi caso es mucho más sencillo que todo eso: seré una *shahid*, una mártir por venganza. Nada más. Y ese día no llevaré nada conmigo, nada —recalcó: «ni pasaportes, ni fotografías, ni libros sagrados, nada»—, salvo el parte de defunción de mi hermano en mi bolsillo, para que todos sepan el verdadero motivo de mi muerte. Quiero que los familiares de los asesinos de Djennet —era la primera vez que Sara oía mencionar al hermano por su nombre— sepan por qué los maté. Deseo que sus madres, sus hijos, sus esposas, sus hermanas se acuerden del nombre de mi hermano durante toda su vida. Esa será mi venganza, la única forma de justicia que me vale.

Las dos mujeres permanecieron observándose en el pasillo, como si el mundo se hubiera detenido en su honor, conscientes de la importancia que el momento representaba para ambas. Sara pudo ver en los ojos de la chechena un brillo especial, fuerte, intenso, motivado sin duda por el orgullo de su decisión.

—A mí no puedes engañarme, aunque quieras. ¿Es que acaso tú no lo harías si te hubiesen hecho lo mismo que a mí? —Hizo una pausa y al ver que no obtenía respuesta, insistió en la pregunta—. Sé que tienen a tu hijo, ¿no harías lo mismo que yo si le hicieran daño? Dime, ¿no harías lo mismo?

Sara no rompió el silencio, pero aquellas palabras habían hecho desaparecer la incomprensión de su mirada. Se sintió incapaz de seguir manteniéndole la mirada y volvió la vista hacia la puerta de su cuarto: deseaba abrirla y cerrarla tras de sí, dejar fuera el resto del mundo, sentarse, recobrar el aliento perdido y sacudir la confusión que reinaba en su cabeza. Quería olvidar todo lo que había escuchado, olvidar las últimas frases de Louiza y, por encima de todo, esconder y apartar de su cerebro la respuesta que por miedo había dejado encallada en su garganta, prohibiéndole emerger en un alud de sinceridad. En su cabeza se batían en duelo los más diversos pensamientos, enzarzados en debates sobre la voluntad y el deseo de venganza. Cerró los ojos en un intento de borrar el resultado de tan macabro pulso.

—Solo quiero vengarme. *Eto otchen tijiloh*, así se dice en mi idioma. Y así lo gritaré cuando explote por los aires, mientras recuerdo a mi hermano. La venganza es lo único que se mantiene en el tiempo. Nunca lo olvides —le dijo a modo de despedida, al tiempo que regresaba a su cuarto.

Sara entró en el suyo, aunque durante horas la acompañó el eco de aquellas palabras. Seguían acompañándola cuando al rato Ruth se acercó para cumplir su palabra y anunciarle que «mañana te despertará Najib». No lograba borrar una imagen que había quedado grabada a fuego en su mente: en ningún momento habían dejado los dedos de aquella joven chechena de entrar y salir —como quien pasa las cuentas de un rosario— por los agujeros de bala que mostraba la tela de la camisa de su hermano.

18

En contra de todas sus previsiones, aquella noche pudo dormir aun sabiendo que Najib, y quizá su hijo, estaban de verdad cerca. Cuando dejó a un lado el sueño y se desperezó, todavía con los párpados cerrados, se sentía como si hubiese dormido doce horas seguidas. Seguía sin ver apenas en aquel cuarto sin ventanas, pero un aroma del pasado rompió con violencia y de imprevisto su presumida soledad, y la sensación de tener una sombra cernida sobre su espalda, observándola mientras volvía en sí de una larga ensoñación, la hizo incorporarse de golpe y con el corazón desbocado.

Ruth no le había mentido aquella vez: allí estaba.

Najib permanecía sentado a los pies de la cama, con los ojos fijos en su cuerpo como si pugnaran por traspasar su piel y descubrir sus secretos. La confusión se apoderó de ella. Era él pero su aspecto era diametralmente distinto a la última vez que le vio, hacía en torno a un mes. Lucía una espesa y negruzca barba que escondía su piel morena, brillante y suave como la seda. También quedaban ocultos sus labios carnosos y sus perfectos dientes alineados. El pelo se había librado de la sujeción y el orden del fijador y se mostraba rebelde, ondulado y más largo de lo habitual. Había reemplazado la vestimenta occidental por una camisa larga y amplia, de color blanco, sobre la que llevaba un amplio chaleco de un indefinido color grisáceo, y un pantalón de tela fina, muy suelto. Solo sus ojos permanecían fieles a los de su recuerdos, tan negros y brillantes como antaño, aunque con una profundidad sombría más inquietante e intimidatoria.

Vio que estaba despierta y le sonrió con expresión lasciva mientras Sara intentaba taparse inútilmente con una sábana que se resistía a cubrirla del todo. La embargó una mezcla de vergüenza, humillación y miedo.

—Me alegra saber que sientes necesidad de cubrir tu cuerpo. Ahora sé que tu presencia en esta casa ha dado sus frutos y que mis hermanas han sabido cuidar de ti.

El cinismo de sus primeras palabras despertó en ella un escozor punzante que se convirtió en pánico cuando el cuerpo de Najib avanzó sobre la cama a su encuentro. Cuantos más centímetros ganaba él, más se retraía el cuerpo de ella, relegada ya al papel de presa fácil en una tierra demasiado pequeña para esconderse y con unas armas ineficaces para mostrar resistencia. Quiso cerrar los ojos para evitar hacerle frente, pero algún resorte de su organismo falló y le negó aquella posibilidad redentora. Con el rostro de aquel hombre a quien amó un día a escasos centímetros del suyo, su mirada se quedó anclada en la nutrida barba, asustada, perdida, abandonada al devenir de los acontecimientos. Llegaba a ella el olor de aquel cuerpo encerrado en una apariencia diabólica.

—Te veo bien y eso me alegra —dijo Najib, que había retomado un tono de voz cálido y suave. Tras unos segundos, se incorporó y la miró desde arriba, una nueva posición dominante—. Levántate. Quiero que desayunemos juntos.

Sara le observaba como si su retina todavía se negara a aceptar aquella presencia.

—¿Y mi hijo? —acertó a decir venciendo el miedo—. ¿Cómo está Iván? ¿Ha venido contigo?

—He dicho que te levantes. Hablaremos durante el desayuno.

Nunca tardó menos en vestir su cuerpo con aquella túnica que se había convertido en su segunda piel desde que entró a formar parte de la rutina de esa vivienda. Corrió al pequeño cuarto de baño anexo a la habitación, abrió el grifo del lavabo, formó un cuenco con las manos y se refrescó la cara para ayudar a despertar sus anestesiados sentidos. Se incorporó y advirtió su rostro reflejado en el diminuto espejo que la contemplaba. Hacía mucho que no había dedicado unos segundos a observarse con detenimiento. Se vio más delgada, como si su perfil se hubiera retraído: los pómulos resaltaban prominentes, huella de una dentellada del sufrimiento; su rostro había perdido frescura y color y descubrió sombras que nunca antes había advertido en él. Sin embargo, a pesar de los surcos que el destino había trazado sobre su tez, aún conservaba su belleza y lo consideró una pequeña victoria. Se acicaló un poco, con la esperanza de obtener una imagen mejor para sí, lejos de un intento de agradar al contrario, que ya debería estar esperándola en la mesa del comedor donde días atrás había compartido comida y conversación con Ruth.

Ruth. Pensar en ella hizo que retirara por un instante sus ojos del espejo para posarlos en un punto indefinido de aquel horizonte tan cercano. No había escuchado su voz ni presentido sus pasos como solía hacer cada mañana. En realidad, no había oído ninguno de los sonidos acostumbrados en la casa: los murmullos y los pies arrastrados de la terna de mujeres cuyos secretos había descubierto horas antes; el trajín al que se entregaban día tras día las dos marroquíes, Hurriya y Aicha, con quienes no había vuelto a cruzar palabra; ni siquiera las pisadas de Yaser al dejar la habitación en la que había decidido enclaustrarse desde la partida de Najib y de la que tan solo salía para abandonar la casa —cosa que no hacía sin asegurarse de que la puerta de su dormitorio quedaba bien cerrada con llave—, o sus rezos de las cinco de la mañana, que solía realizar en el salón de la casa, arrodillado sobre una pequeña alfombra verde que acostumbraba a doblar y desplegar como si de una reliquia se tratara. Ni siquiera el murmullo de sus plegarias había llegado hasta sus oídos aquella mañana… Nada.

Por un momento acarició la idea de que todo había sido un mal sueño, y se castigó al instante por abrazar una esperanza tan estúpida. Sacudió la cabeza para airear sus desafortunados razonamientos e hizo lo mismo con su cabello para recogerlo acto seguido en una coleta a la altura de la nunca. Había crecido mucho en los últimos meses, como si hubiera sentido la urgencia de olvidar aquel corte de pelo que ahora veía como una circuncisión cruel y aberrante. Todavía no había recuperado su envidiable melena, pero lo haría, igual que pensaba recobrar su vida, a su hijo, a su familia y la eterna sonrisa que la máquina manipuladora que ahora se escondía tras un velo de pelo negro azabache había desterrado con las armas del engaño y las malas artes.

Encontró a Najib sentado a la mesa, bebiendo té y masticando la comida que sus dedos iban llevándose a la boca. Sara dedicó una tímida mirada al resto de la casa y confirmó su primera impresión: no había nadie. Como siempre, todo estaba limpio, ordenado, cada objeto ocupaba su lugar en el mundo, excepto la rutina que se prometía emigrada: nadie sentado en el sofá, ni deambulando por la casa como fantasmas ausentes; las puertas de las habitaciones que daban al pasillo permanecían cerradas contraviniendo la costumbre cotidiana —tan solo dos, la suya y la del dormitorio de Najib, permanecían abiertas—; y no había más movimiento que el lento rumiar de mandíbulas.

—¿Echas de menos a alguien? —preguntó sarcástico antes de beber de un vaso de aluminio como si acabara de regresar de una larga expedición por el desierto.

—Sí, a mi hijo —respondió aun sabiendo que no lo encontraría allí. Tuvo que forzarse a apartar de su imaginación el interior de aquella guarida al final del pasillo, como si sus entrañas ocultaran la respuesta a todas sus preguntas—. Creí que regresarías con él. Así me lo dio a entender Ruth.

—Estas mujeres —comentó como si no hablara con nadie—. No te puedes fiar de lo que digan ni de lo que hagan. Aunque te juro que yo lo intento. Y aunque no lo creas, apuesto por ello. Mis nobles hermanas. La mujer dentro de la familia es madre, esposa, hermana, hija. En la sociedad su lugar y su cometido son vitales. Es la educadora fiel, la propagadora ferviente y la predicadora constante del islam. Apoyan a sus esposos en la lucha y educan a sus hijos. ¿Qué haríamos sin ellas?

Sara empezaba a cansarse de ese discurso que ensalzaba a las mujeres mientras las mantenía ocultas tras velos y atadas a la casa. Lo había oído demasiadas veces desde que entró por aquella puerta tantas semanas atrás: Ruth, Amina, Nadia, Najib... No pudo evitar chasquear la lengua contra el paladar y llevar los ojos al techo. Él ni siquiera se dio cuenta:

—«¡Oh, humanos! Os hemos creado de un hombre y de una mujer y hemos hecho de vosotros pueblos y tribus para que os conozcáis unos a otros. Ciertamente, el más honrado de vosotros ante Alá es el que sea más piadoso», dice el Corán, sura 49:13. Y también: «Nunca despreciaré el trabajo de quien obre de vosotros, sea hombre o mujer, porque descendéis unos de otros», Corán 3:195. —La oratoria de Najib no perturbó el gesto ni la mirada de su antaño rendida admiradora, que le observaba impertérrita, dejándole claro que ya no le impresionaba su retórica memorizada. Suspiró—. Sara, tu hijo está bien. Y no lo he traído conmigo porque tenemos un trato: cuando hagas lo que hemos acordado, serás tú misma la que recojas a tu hijo, le traigas a España y continuéis con la vida que teníais antes de conocerme.

La miró como si esperase algún comentario, que no llegó a producirse.

—¿Piensas alguna vez en lo que compartimos en el pasado? —Calló durante unos segundos—. Yo sí.

—No te creo, Najib. Ya no. —Y al instante—: Y sí, ¡claro que pienso en el pasado! Pero para castigarme por haber estado tan ciega como para enamorarme de ti —le explicó con toda la rabia que antes no había encontrado—. ¿Crees que no sé lo que intentas? ¿Crees que soy tan tonta como para no darme cuenta? Sé que me has dejado aquí, encerrada con todas esas mujeres, con la única intención de amedrentarme y lavarme el cerebro. He escuchado las historias de Ruth, su sermones, sus opiniones, su manera de ver la vida, me he tragado sus reproches, sus insultos y si no les he gritado es solo porque sé que en el fondo son también víctimas de la gente como tú. Se lo creen porque se lo han hecho creer. ¿De verdad creías que iba a tragármelo, que un par de charlas ridículas me iban a convencer de lo equivocada que es mi vida y lo correcta que es la vuestra? Hay que estar muy loco para no darse cuenta de la contradicción en la que viven, pero enhorabuena, lo habéis conseguido, porque están encantadas, repitiendo como loros las monsergas que les metieron un día en la cabeza. Ellas verán. Ellas sabrán. No es mi guerra. A mí me da igual, ¿me oyes? Me da igual vuestro mundo, vuestra manera de vivir, de vestir, de comer o de rezar.

»Nunca fue un problema para mí hasta que tú apareciste en mi vida y aunque no tengo ni idea de si todo lo que me han contado es verdad o fruto de un plan de intoxicación enfermizo y barato, voy a creérmelo porque me da igual. No sé en qué momento de nuestra relación viste un amago de debilidad en mí, pero te equivocaste. No cederé a tus intimidaciones, no borraré las creencias que hay en mi cabeza y en mi corazón para cambiarlas por las tuyas. Aun así no te preocupes, pienso hacer todo lo que me pidas, todo, con tal de recuperar a Iván.

—Solo te equivocas en una cosa. —Najib la miraba serio. Había olvidado seguir comiendo—: Sí es tu problema y será el problema del mundo entero. ¿Piensas que hago esto para divertirme? Yo también estaría más a gusto en mi casa, con mi familia, con mis padres, mis hermanos, mi mujer, mis amigos, mi coche y mi trabajo. Pero no me lo han permitido. Me han negado ese derecho. —Hizo una pausa y adelantó el cuerpo sobre la mesa para acercarse más a ella—: *Vosotros* me lo habéis arrebatado. Te lo dije un día. Tu arrogante mundo ha maltratado a los musulmanes durante siglos y ahora queremos que nos oiga, pero se niega a escucharnos. Por eso debemos gritar más alto hasta que nos escuchen y nos respeten.

Sara sabía que sus palabras escondían realidades muy distintas, pero prefirió mostrar indiferencia y defenderla como estandarte de su posición ante él. Eso le enfureció más aún.

—Mírate…, tan digna, tan altiva, tan… occidental. Ese es vuestro problema y el ego ni siquiera os permite verlo. Desde hace siglos venís practicando la humillación, la deshumanización de los musulmanes, os empeñáis en degradar nuestra imagen, en desacreditarnos ante el mundo presentándonos como locos, como violentos, como el símbolo del mal, pero preferís veros como víctimas y no como verdugos. Sois hipócritas, nos dais lecciones de democracia, se os llena la boca de conceptos como «derechos humanos», «tolerancia» y «paz», cuando sois vosotros los que, al mismo tiempo, permitís guerras que casualmente tienen a los musulmanes como únicos sufridores: Palestina, Bosnia, Chechenia, Pakistán, Irak, Irán, Afganistán...

La apariencia serena que mostró Najib en un primer momento fue mudando en una irascibilidad manifiesta. Las facciones de su rostro se tornaron tensas, su rictus se mostraba rígido y su voz iba ganando autoridad y violencia. De repente no pudo permanecer sentado por más tiempo y se irguió en un movimiento rápido y brusco. Se movía nervioso pero consciente de su superioridad y Sara se dijo que no le convenía irritarle más, aunque comprendió que ya era tarde para eso. Resistiría el chaparrón plagado de amenazas y exaltaciones que parecía ser su sino bajo ese techo.

—Queréis decirnos cómo vivir nuestra fe, nuestra cultura, cómo educar a nuestros hijos, cómo llevar nuestra economía, cómo adiestrar a nuestro ejército, cómo dirigir un país, y lo hacéis violando a nuestras mujeres y matando a nuestros hijos. Sois vosotros los que organizáis guerras para romper el orden mundial y después declaráis tratados y firmáis acuerdos para dividir al mundo musulmán como hicisteis tras la segunda guerra mundial. ¿Y tú me vas a dar lecciones de dignidad? ¿Vas a hacerlo tú, Sara? ¿Con qué moralidad te presentas ante mí con esta actitud provocadora sabiendo que tengo en mis manos tu vida y la de tu hijo? ¿Y tú eres la persona que presume de inteligencia?

«Calla. No digas nada. No le provoques», pensó aun sabiendo que ni siquiera tenía ya poder sobre sí misma:

—No sé de qué me estás hablando. Solo sé que la fe se propone, no se impone. Tú mismo me lo dijiste un día: «No cabe coacción en asuntos de fe». Lo sabes. Así no lograréis nada.

—Corán 2:256 —dijo antes de dejar escapar una enorme y burlesca carcajada nacida en los rincones más recónditos de la garganta de Najib.

La risa rompió la tensión sofocante de la casa, que en cuestión de segundos se había transformado en un lugar pequeño, diminuto, donde los bramidos golpeaban las paredes y rebotaban contra los muebles consiguiendo carambolas preñadas de terror y pánico.

—Sara, Sara, Sara… ¡Ya lo estamos consiguiendo! Mira cómo tenemos al mundo: llenamos los colegios de toda Europa de cabezas de niñas vestidas con hiyab y conseguimos que los medios de comunicación demonicen a quien no lo permite; levantamos grandes mezquitas en las principales ciudades del mundo y colmamos su cielo de espléndidos minaretes mientras hacemos retirar otros símbolos religiosos de los centros escolares; paramos nuestra jornada laboral para cumplir con nuestros rezos mientras el resto tiene que pedir permiso o recurrir a engaños para tomar un café… Hemos entrado en vuestras empresas, en vuestros colegios, en vuestras cárceles, en vuestros hospitales, en vuestros centros de ocio, y os hemos obligado a preparar menús islámicos, a respetar y aceptar las festividades de nuestro calendario, a enseñar el islam en detrimento de vuestro credo… Hemos logrado que nadie se atreva a ilustrar libros sobre nuestro Profeta. Pero ¿es que no tienes ojos?

La mente de Sara voló hasta una noticia que su padre le había comentado meses atrás, cuando estaba embarcado en su cruzada particular contra el novio de su hija. Le habló entonces de un autor de libros infantiles, Kaare Bluitgen, que recibió numerosas negativas de dibujantes que se negaban a ilustrar un cuento sobre Mahoma —o Muhammad, como diría Najib— y quien finalmente aceptó hacerlo pidió que su nombre no figurase en la publicación. Lo mismo pasó con los traductores europeos del libro *Yo acuso*, de la diputada holandesa Ayaan Hirsi Ali: también ellos se negaron a ver su nombre publicado.

—En la Tate Gallery de Londres han retirado exposiciones sobre el islam por temor a ofender a los musulmanes y en otros museos han tenido que aceptar la censura y el beneplácito de imanes y representantes culturales del islam si querían inaugurar cartel. En los diarios y en las revistas ya no se editan viñetas sarcásticas sobre el Profeta ni sus fieles mientras que en los teatros de media Europa y en Estados Unidos se representan obras donde se ridiculiza la imagen de Jesucristo y de los cristianos. Ninguna canción, ninguna película, ningún libro, ninguna escultura, ningún cuadro osa ridiculizar nuestra religión y a su Profeta, y mira, sin embargo, lo que se atreven a hacer con vuestras cruces, vuestro credo, vuestros papas, vuestras vírgenes, vuestras catedrales y vuestras biblias. Así se gana el respeto —Najib descargó el puño sobre la mesa—, mediante la coacción y el miedo.

Sara se había sentado y ahora él la miraba a menos de un metro. Se dobló y apoyó las palmas de las manos sobre la mesa. Respiraba agitado, los ojos en llamas.

—Lo estamos consiguiendo. Hemos iniciado la reconquista y os tenemos comiendo de nuestra mano. Gracias a vuestras leyes democráticas os invadiremos, gracias a nuestras leyes religiosas os dominaremos. Lo tenemos todo a nuestro favor. Los petrodólares que entran en las cajas de Arabia Saudí y otros gobiernos islámicos se emplean en levantar mezquitas y centro culturales en países cristianos con inmigración islámica. No me mires así, no lo digo yo, lo han dicho grandes líderes islámicos, lo sabe todo el mundo, hasta los vuestros, hasta el arzobispo Giuseppe Bernardino, que tuvo a bien reproducirlo en Roma. ¿Y sabes lo mejor? —preguntó mientras intentaba recuperar su aliento pausado y sus manos amansaban sus cabellos negros, que, al igual que sus ojos, sus músculos y sus venas, también habían cedido a la flema de su discurso—, que no tenemos prisa. Volveremos a la senda de Alá, reinstauraremos el Califato, todos los países ampararán regímenes musulmanes y tendremos una sociedad perfecta, justa, equilibrada, regida por nuestra ley, por la Sharia, liberaremos los lugares sagrados del islam colonizados y ultrajados por Occidente: esa será nuestra política, nuestra sociedad, nuestra economía y nuestra religión.

Dos fogonazos regresaron a la mente de Sara: uno, la fotografía de un Najib sonriente, posando delante de un mapa con la inscripción «Dar al-Islam»; dos, las hojas que desperdigó Lucía sobre la mesa la última vez que se vieron: «Superan los 1500 millones de musulmanes en todo el mundo; ya son más de 50 millones en Europa y esas cifras se duplicarán en breve: cuando Turquía ingrese como miembro de pleno derecho en la Unión Europea. Dentro de un breve plazo de tiempo, en países europeos como Holanda, la mayoría de los adolescentes serán musulmanes...». Quiso sacudirse el miedo de la cabeza. Aquello jamás le había preocupado.

—No todos los musulmanes creen que...

—Los perros de Occidente que dan la espalda a la yihad no pueden llamarse musulmanes. ¡Quien reniega de la lucha reniega de la

Umma! —bramaba un Najib decidido a aunar en un solo término musulmán y terrorista.

Por un instante Sara se preguntó a cuántos hermanos de religión desterraban de la comunidad islámica aquellas palabras cargadas de odio. Al menos ella, educada en un clima tolerante, era aún capaz de ver la diferencia. Solo se preguntaba si, en el caso de que no gritaran bien alto los musulmanes de paz contra sus hermanos de guerra, Occidente no caería asimismo en el error forzado de confundir ambos términos para acabar pensando justo como Najib quería.

—¡Esos no son mis hermanos! Mis hermanos siguen a Alá, y Alá ha guiado a la nación musulmana para que se alce y ocupe el lugar que le corresponde. En 2050 habrá un Estado islámico tal y como vaticinó el presidente libio Gadafi. ¿Y has visto alguna reacción ante semejante profecía?

Lo que aterraba a Sara era que ahora tenía datos más concretos y sabía de sobra que los fanáticos como Najib no tenían problemas con subir a una mujer o a un niño en un avión con explosivos escondidos en su cuerpo, para activarlos luego en pleno vuelo. Contaban con un ejército humano instalado en la desesperación y eso daba vía libre a las mayores atrocidades del mundo. Najib sonrió, intuyendo la victoria.

—Pasará lo mismo que sucedió en la primavera de 1453 durante la conquista de Constantinopla, cuando el ejército turco de Mohamed II rodeó y asedió los muros de la que fue la mayor catedral del Imperio romano en Oriente, la iglesia de Hagia Sophia. El emperador Constantino XI pidió ayuda a Europa y al Papa para que los protegieran en el ataque, pero de nada le sirvió. Después de más de dos meses de intensa lucha, el ejército turco encontró una pequeña puerta en el muro que fortificaba la ciudad, una entrada aparentemente sin importancia que ya nadie vigilaba. Esa pequeña puerta permitió que Mohamed II penetrara a lomos de su caballo en Santa Sofía y ordenara a los presentes que empezaran a rezar a Alá, poniendo fin a mil años de rezo cristiano. De momento, tú serás mi pequeña puerta de entrada... Recoge todo esto —dijo señalando los restos del desayuno que descansaban sobre la mesa y dando por terminado su discurso—. Tengo cosas que hacer.

Sara siguió la trayectoria marcada por los urgentes pasos de Najib. Retiró el grueso tapiz a modo de cortina que custodiaba tras la puerta la entrada de la vivienda y salió de ella como alma que lleva el diablo. Sin duda, la charla —el monólogo, más bien— había sembrado su espíritu de grandes dosis de excitación que convertían su ánimo en un torbellino hambriento de furia. Cuando el cuerpo del hombre desapareció y de él tan solo quedaba el eco de su voz reverberando en los altillos de la casa, y su característico olor, Sara giró sobre sí misma en un intento de entender su situación en aquel agujero. De nuevo el silencio jugaba a advertirse preñado de peligros sordos y taciturnos. Le asustaba aquel artificio, desconfiaba, pero no estaba dispuesta a achantarse ante su presencia.

Como una autómata, obediente y desprovista de voluntad propia, se dispuso a acatar la orden que le había lanzado Najib antes de iniciar su desaforado mutis. Se aproximó a la mesa y acumuló los restos de comida en uno de los platos que apiló sobre otros vacíos, que nadie había utilizado. Dobló las servilletas, recogió los cubiertos, vació el contenido de los vasos en uno único y limpió de migas la superficie de la tabla. Cuando ya había formado una montaña de menaje, se encaminó a la cocina, donde introduciría todo en una de las pilas del fregadero. Luego regresó al salón al tiempo que limpiaba sus manos en la chilaba que vestía.

Tímidamente recorrió todas y cada una de las estancias de la casa para asegurarse de lo que ya sabía: por primera vez la habían dejado sola. Se atrevió a abrir las puertas que se mantenían cerradas e incluso corrió la cortina del baño colectivo, aquella tras la que había imaginado ataques sobre su persona. Repitió la ronda un par de veces, más con el objetivo de tranquilizarse que de comprobar que su misión de centinela había sido correcta. No supo discernir si aquello le agobiaba o, por el contrario, lograba aliviarla. Rozaba con las yemas de sus dedos la supuesta libertad pero el miedo a enfrentarse a ella la mantenía en su encierro. Se lamentó de lo fácil que lo tenían sus carceleros.

Durante la segunda inspección una idea comenzó a gestarse en su cabeza: la puerta de la habitación de Najib continuaba abierta y tiraba de ella, de su curiosidad, con embaucadores cantos de sirena. Cuanto más armaba su resistencia, más se negaba su voluntad a someterse a sus dictámenes. Sabía que era territorio vedado, un lugar prohibido para todos salvo para Najib, Yaser o alguno de los hombres que con cierta asiduidad entraban y salían de la casa, siempre con presteza en sus maneras y gravedad en el rostro. Sin embargo, algo turbador roía sus entrañas y la animaba a franquear aquella puerta para descubrir el paraíso de almas oscuras que seguramente encerraba. No le llevaría más que unos segundos calmar su curiosidad y quizá no encontraría otra ocasión para tan arriesgada aventura. Al fin se sacudió los fantasmas de las dudas y los miedos que minaban su coraje, y se adentró segura en la última habitación del pasillo.

Ante sus ojos se abrió un bazar de aparatos de última generación: baterías, brújulas, GPS, prismáticos, teléfonos móviles y ordenadores portátiles a cuál menor, reproductores... Un vistazo más detallado le permitió advertir la presencia de numerosos dispositivos de almacenamiento de datos, tarjetas SIM, algunos casetes, tarjetas de crédito de todos los colores, pasaportes y documentos oficiales que parecían visados y tarjetas de residencia, fotografías, planos, minúsculos pen-drive y varios CD sobre los que aparecía escrita, con rotulador negro, rojo y dorado, diversa nomenclatura árabe. Era como un gran rastro en el que los escasos muebles y el suelo hacían las veces de improvisados tenderetes. Sobre la mesa y la única cama que había en la habitación, distinguió varias pilas desestructuradas de libros y revistas, sin orden ni criterio, como si alguien las hubiera dejado allí olvidadas, en un gesto de indiferencia absoluta.

Las dimensiones de aquella leonera cibernética eran similares a las de la suya, aunque el caos la hacía parecer más pequeña. Con la cautela como único escudo, Sara inició un tímido recorrido por la peculiar lonja. De entre todo aquel caos de papiros, libros, papeles y revistas, su mano rescató un documento que parecía ocupar un lugar privilegiado en mitad de la anarquía. Su encuadernación era más cuidada que la del resto y la tapa posterior estaba decorada con motivos florales en tonos rojos, verdes y dorados. Unas letras a modo de título llamaron su atención: *Estudios militares para la yihad contra los tiranos.*

Con cuidado, como si esperase algún tipo de sorpresa desagradable emergiendo de entre sus páginas centrales, abrió el documento elevando la tapa dura que lo cubría. Sus ojos recorrieron obedientes la senda del negro sobre blanco marcada por las dos leyendas que encontró inscritas en la primera página:

Prohibido sacar fuera de la casa
En nombre de Al, el Clemente, el Misericordioso

Notó cómo su nuez ascendía con dificultad por su garganta, como si fuera un arcaico pozo de petróleo cuyos engranajes hubieran cedido a la oxidación antes de tiempo. No hizo caso del aviso de retirada de su sentido común, y sus dedos continuaron pasando las hojas: eran ciento ochenta páginas fraccionadas en dieciocho lecciones de lo que parecía ser un cuidado y detallado manual de terrorismo. Sus ojos se detuvieron en algunos fragmentos sueltos, ya que el nerviosismo no le dejaba dotar de coherencia a la lectura.

«La misión principal de la organización militar es la de derrocar a los regímenes ateos y reemplazarlos por un régimen islámico. Pero también asesinar a los soldados enemigos y a los turistas extranjeros, liberar a los hermanos encarcelados, hacer explotar y destruir embajadas y centros económicos, destruir los puentes de las grandes ciudades… —Leía a borbotones, sin detenerse apenas a analizar lo que veían sus ojos—. Los miembros deben ser musulmanes y estar listos para convertirse en mártires para lograr su objetivo y establecer el reino de Alá en la tierra. Deben aprender cómo falsificar documentos de identidad y cómo utilizar los medios de comunicación.»

Conforme su mente iba devorando las palabras que desfilaban ante ella como un ejército de soldados belicosos, el cerebro de Sara iba rescatando episodios del pasado, imágenes que creía enterradas en el olvido, y que solo esperaban que algo la despertara de su letargo. Volvió al momento en que descubrió los pasaportes falsos bajo la cama de Najib sobre la que tantas veces habían dado rienda suelta al deseo. Su mirada siguió cayendo en cascada sobre las hojas del documento.

«Se debe adoptar una apariencia que no sea islámica, por lo que se evitarán lucir barbas, usar camisas largas y ejemplares del Corán. Es conveniente no frecuentar en exceso lugares islámicos como las mezquitas y abstenerse de hacer acto de presencia en los centros culturales islámicos. Tener siempre papeles falsos. Aunque está prohibido beber alcohol y fornicar, el fin siempre justificará los medios.»

Una batalla de imágenes le mostraba tan pronto a un Najib riéndose de los falsos mitos que solían tenerse sobre los musulmanes, como bebiendo copas en sus numerosas salidas nocturnas, vistiendo vaqueros, traje y corbata, deshaciéndose en sudor y arrojo entre las sábanas, con la piel de su rostro rasurada y siempre perfumada… Era tan real que creyó estar escuchándole en aquel mismo instante: «Tú eres una persona inteligente, bien preparada. Puedo entender que a ellos les hayan engañado durante muchos años, ¡siglos!, si te descuidas. Pero ¿a ti? A ti no, amor mío…». Mientras su vida pretérita se desmoronaba con la misma facilidad de un castillo de naipes, continuaba con la lectura de frases que se asemejaban a condenas.

«Es preferible alquilar apartamentos en planta baja para escaparse o poder cavar túneles. Es mejor alquilar en barrios nuevos donde la gente no se conoce. Deben estar perfectamente entrenados en el manejo y mantenimiento de las armas, así como en su compra y almacenamiento.»

Ante sus ojos se abrían espeluznantes y macabros croquis, bocetos, planos sobre cómo manufacturar de forma doméstica detonadores y bombas a partir de lavadoras, radios, televisores o coches, consejos para resistir la tortura y salir airosos de los interrogatorios de la policía o los servicios secretos —«Siempre deben quejarse de haber recibido malos tratos y durante los traslados, gritar eslóganes islámicos»—, fórmulas para descifrar mensajes en clave, recetas para la elaboración de venenos caseros —«a base de maíz, frijoles, un trozo de carne y un par de cucharadas de excrementos humanos frescos habiéndolos dejado macerar dos semanas»——, y esquemas gráficos para fabricar explosivos a partir de productos básicos de limpieza o artículos que suelen encontrarse sin mayor dificultad en el interior de cualquier casa.

«Un asesinato con explosivos no deja rastro. Además, ataca al enemigo provocándole terror y espanto. Para asesinar con un arma blanca, el enemigo debe ser herido en alguno de los siguientes puntos mortales: la caja torácica, uno de los ojos, la pelvis y la zona inmediatamente superior a los órganos genitales. Y por detrás, en la nuca o en la base de la columna.» Los encabezamientos de los disparos apartados parecían no conocer fin y proliferaban como lo hacían en su interior el rencor y la angustia.

Secuestro y asesinato con fusiles y pistolas.

Interrogatorios e investigaciones.

Prisiones.

Operaciones tácticas especiales.

Formas de comunicación y transporte.

Códigos secretos.

Espionaje y recolección de información.

Bases militares.

Asesinatos con explosivos.

Asesinato con veneno y arma blanca.

Detuvo la vista: «Asesinatos, atentados, asaltos, tomas de rehenes, robo de documentos, liberación de prisioneros. Todas las operaciones deben dividirse en reconocimiento, planificación y ejecución».

Acababa de encontrar la primera pieza del rompecabezas en el que se había convertido su día a día. Todo había sido, desde el principio, una burda maquinación elaborada por mentes enfermas para robarle su vida, su voluntad, sus valores, su personalidad. Había caído en una confabulación ideada para traicionarla y manipularla para sus fines más sucios y rastreros. En su interior todo se derrumbó como se derrumba un edificio en ruinas tras cargar de explosivos sus pilares: cayó envuelto en una nube de polvo, cemento y escombros. Así se sentía. Su voluntad demolida y su vida amenazada.

«Se puede apremiar a un no creyente para que revele sus secretos... Los mártires religiosos también pueden matar al rehén que se obstina en no proporcionar información a los musulmanes... Debe haber un plan de emergencia para cada actividad susceptible de ser descubierta por el enemigo», leía al vuelo.

Aquel documento la tenía tan subyugada que ni siquiera se dio cuenta de que no estaba sola.

—«Al ladrón y a la ladrona cortadles las manos como retribución de lo que han cometido, como castigo ejemplar de Alá. Alá es poderoso, sabio.» —El sonido de aquella voz familiar avanzaba a sus espaldas, conquistando su persona y sembrando en ella el pavor—. Corán 24:2.

No le hizo falta mirarle para saber que estaba colérico. La sangre comenzó a incendiar sus venas y prendió la mecha que haría explotar su cuerpo, empezando por el corazón, continuando por sus pulmones y terminando por su cerebro.

—Por lo que veo, tu insaciable curiosidad nos sigue regalando situaciones incómodas. No sé qué pensarías encontrar aquí, pero te puedo asegurar que no has descubierto gran cosa. Ese documento que tienes en las manos —dijo al tiempo que apretaba en un puño las suyas— lo conocemos como La Enciclopedia y fue entregado a la CIA y al FBI y presentado en el juicio en Nueva York contra cuatro hermanos islámicos que fueron declarados culpables por su participación en los atentados contra las embajadas de los Estados Unidos en Tanzania y Kenia en 1998. Bienvenida al mundo real, aunque, como siempre, llegues tarde.

—Todo era mentira —le respondió tragándose el odio y la ira que la quemaban por dentro, como si la herida que le supuraba el alma le importara más que cualquier atentado sobre cualquier edificio oficial de cualquier país del mundo—. Ni siquiera te molestaste en improvisar nuevas artimañas de seducción. Solo has tenido que seguir las instrucciones de un libro para engañarme como a una idiota.

Najib dio un paso más y redujo al mínimo la distancia que los separaba. Todo sucedió tan deprisa que lo hizo invisible, ni siquiera le dio tiempo a ver cómo le quitaba el documento de las manos y lo empleaba como eficaz arma para golpearle la cara: el cuerpo de Sara se estrelló sobre los numerosos libros y revistas que había sobre la cama, y quedó tendido sobre ella, de espaldas. Sintió cómo le ardía el rostro pero trató de no moverse, como si temiera una reacción aún más violenta si respiraba siquiera. Su sentido se nubló, cubriéndose de negras brumas a punto de descargar un infierno de fuego. De nada le sirvió permanecer inmóvil. La máquina de perversión en la que se había convertido Najib parecía incapaz de detenerse ante nada y sus palabras, pronunciadas con saña, eran la gasolina que su motor requería.

Se plantó ante ella y se mantuvo unos minutos erguido, sin añadir nada, observándola, dándole tiempo a masticar el temor que su presencia despertaba en ella. Quería oler el miedo en aquel cuerpo que ya comenzaba a estremecerse. Cuando lo consiguió, sobre su rostro se dibujó una tétrica mueca similar a la sonrisa.

—«Vuestras mujeres son campo labrado para vosotros. ¡Venid, pues, a vuestro campo como queráis, haciendo preceder algo para vosotros mismos! ¡Temed a Alá y sabed que Le encontraréis! ¡Y anuncia la buena nueva a los creyentes!», Corán 2:223 —dijo sin desviar los ojos del cuerpo de Sara, mientras se desprendía de sus ropas hasta quedar desnudo por completo—. «Los hombres tienen autoridad sobre las mujeres en virtud de la preferencia que Alá ha dado a unos más que a otros y de los bienes que gastan. Las mujeres virtuosas son devotas y cuidan, en ausencia de sus maridos, de lo que Alá manda que cuiden. ¡Amonestad a aquellas de quienes temáis que se rebelen, dejadlas solas en el lecho, pegadles! Si os obedecen, no os metáis más con ellas. Alá es excelso, grande», Corán 4:34.

Un velo de vergüenza e infamia cubrió a Sara mientras su cuerpo acogía sin resistencia alguna las brutales embestidas de un Najib mudado en bestia depredadora. Su cuerpo se agitaba como un muñeco de trapo, cercado por bruscos zarandeos. Temblaba. Su alma, mientras, había volado a kilómetros de distancia, se había refugiado en otra parte lejos de aquella casa, de aquella habitación, lejos del mundo entero. Abrazó la salvadora cobardía y se rindió al olvido de los sentidos: solo llegaba a ella el eco de un latido sordo, de un dolor inmenso que le incendiaba las entrañas. Llegó a sentirse una intrusa en su propia piel, hasta que al fin un extraño vacío asedió su cabeza y a su entendimiento se le negó el sentido del tiempo y del espacio.

Una vez el Mal transmutado en hombre hubo descargado sobre ella toda la ruindad, Najib se separó de su espalda y la abandonó allí, atrapada en un cauce de dolor y paralizada por la dominación salvaje. No podía pensar, ni moverse. Dudaba si su cuerpo continuaba respirando, si su mente seguía conservando la consciencia. No podía abrir los labios o modular palabra, sus oídos continuaban ensordecidos, y sus ojos no lograban ver nada por mucho que lo intentasen.

Esa ceguera le impidió ver cómo las manos de Najib amarraban con fuerza una correa abandonada en uno de los rincones de la habitación y cómo su cuerpo volvía sobre sus pasos para aproximarse una vez más sobre su presa. Tampoco se percató de la presencia de Ruth, detenida bajo el umbral de la puerta. Hacía tan solo unos minutos que había regresado a casa después de hacer unos recados, y los gritos procedentes de la habitación la pusieron sobre alerta. Najib le dedicó una mirada.

—«Flagelad a la fornicadora y al fornicador con cien azotes cada uno. Por respeto a la ley de Alá, no uséis de mansedumbre con ellos, si es que creéis en Alá y en el último día. Que un grupo de creyentes sea testigo de su castigo», Corán 24:2.

La delicada piel de Sara no tardó en amoratarse y rasgarse en cada nuevo envite. Cuantos más agudos y desgarradores eran sus gritos, más contundentes los azotes. Najib se mostraba enloquecido, fuera de sí. El sudor revestía su cuerpo y engrasaba su sadismo, que no cesó hasta que su brazo sucumbió al cansancio y su mente al hastío del verdugo que observa cómo el cuerpo ultrajado de su víctima permanece inanimado ante su martirio.

—«¡Mujeres del Profeta! A la que de vosotras sea culpable de deshonestidad manifiesta, se le doblará el castigo. Es cosa fácil para Alá», Corán 33:30 —dijo un Najib agotado, jadeante, mientras abandonaba la habitación y le tendía a Ruth la correa con la que había llevado a cabo su particular castigo—. Sácala de aquí y que no salga de su habitación.

Ruth asintió servicial, como hacía siempre que Najib o Yaser le ordenaban algo. Buscó en el cuarto algo con lo que envolver el cuerpo magullado y acurrucado que yacía sobre la cama, envuelto en espasmos. Encontró la chilaba tirada en el suelo y hecha trizas por obra de la fuerza de Najib. Sus ojos localizaron una manta que actuó sobre el mancillado cuerpo de Sara como el alcohol sobre la herida. No había tiempo para contemplaciones. Tenían que cruzar el pasillo, atravesar el salón y llegar a la habitación de Sara antes de que Najib saliera de la ducha. Cruzar los escasos metros del pasillo se convirtió en un martirio; cada paso, una tortura que acrecentaba el dolor en el cuerpo de Sara.

—Venga, mujer —le dijo Ruth mientras la tendía sobre su cama—. Se te pasará en unas horas. Aséate y lávate las heridas. Hoy es un gran día. ¿Sabes quiénes vienen a visitarnos? Raquel y su marido. —El mutismo de Sara, que intentaba limpiarse con sus dedos la sangre de los labios, le hizo ir más allá en sus explicaciones—. Raquel Burgos, ¿recuerdas que te hablé de ella? ¿Sabes lo que eso significa? Estoy emocionada. Tengo tantas ganas de verla y hablar con ella… Aséate un poco y lávate las heridas. Mañana ni te acordarás de ellas. Si fueras un poco más colaboradora… —masculló mientras abandonaba la alcoba, cerrando tras de sí la puerta.

Sara escuchó cómo la llave giraba dos veces en la cerradura, pero lejos de sentirse encerrada, agradeció el confinamiento que la mantendría lejos de aquel monstruo. Se libró de la manta que la cubría, que más parecía estar hecha con puntas de alambre que con hilos de paño. Le temblaban las piernas, que encontró amoratadas, con la huella de los golpes y los latigazos. Sus brazos y sus manos mostraban caminos de sangre abiertos por la correa y los puños de Najib. Sus pechos y su vientre, campos dolientes, maltratados, enrojecidos por la ira de un hombre. La cabeza empezó a dolerle conforme fue deshaciéndose de la tenue burbuja que la había condenado al rol de espectadora. Necesitaba ir al baño, pero le aterraba la idea de contemplar su rostro, que sentía inflamado, deforme.

Se incorporó aunque supo de antemano que el dolor tiraría de ella hacia abajo, como así sucedió. Venciendo los preceptos del sufrimiento, se arrastró hasta el cuarto de baño, posó sus manos sobre el lavabo y se abandonó a una cadencia de tres respiraciones profundas, antes de alzar la mirada y contemplar el fruto de la infamia cometida sobre ella. La visión la abandonó en un frenético y persistente llanto, que entendió redentor: su imagen no estaba tan dañada como su mente había conjeturado pero le costó encontrarse a sí misma en el reflejo que le devolvía el espejo. No pudo atisbar uno solo de sus gestos cómplices, ninguna mueca característica, algún guiño familiar. No había resto en su rostro de lo que la vida le regaló un día. La realidad había terminado por borrarlo. La careta que velaba parcialmente sus facciones le dolió más que la sesión de ultraje vivida minutos antes. Quizá aquello fuese lo último que pensó antes de desplomarse contra el suelo.

19

El blanco brillante de los azulejos de la pared del pequeño aseo cegó sus ojos y los condenó a un parpadeo múltiple y obstinado. Despertó acurrucada entre el lavabo y el inodoro. Le llevó unos segundos entender qué hacía allí completamente desnuda, con los músculos contraídos y una sensación de frío que taladraba sus huesos. Estaba sola y por un segundo llegó a preguntarse si lo que había vivido la noche anterior era real o bien fruto del desvarío de sus neuronas, alteradas ante tanto encierro y sufrimiento. En cuanto trató de moverse supo que no había pesadillas tan brutales en los parajes del sueño.

En un primer intento, el dolor le recorrió la médula espinal y los pinchazos conquistaron sus articulaciones. Temió verse recluida a aquellas cuatro paredes el resto de sus días. Después de varios esfuerzos, consiguió ponerse en pie, incapaz de aventurar cuánto tiempo habría permanecido sin sentido en el suelo. Volvió a situar su cuerpo ante el espejo y encontró sus heridas más asentadas y los labios más hinchados; sobre su pómulo derecho había aparecido un montículo en tonos verduzcos y se diría que alguien se había dedicado a pintarle sombras marrones sobre el ojo izquierdo. Sinceramente, creyó que se encontraría mucho peor.

Decidió seguir las recomendaciones de Ruth. El agua refrescó sus heridas, enfrió sus pensamientos y revivió su espíritu. Se lavó delicadamente y lo hizo por partes, como tantas veces le había contado Mario que hacía su abuela paterna. El recuerdo de su padre le hizo temer la llegada de una nueva recaída, y notó los ojos al borde del llanto.

—Papá, papá… —Pronunció en voz alta su nombre, esperando que aquel sonido le sirviese de eficaz medicina. Le dolía pensar cómo se sentiría su padre al verse abandonado por su familia, sin apenas mediar una explicación. Le imaginaba sentado en el mismo sillón del salón donde solía esperarla cuando se retrasaba, o tumbado en el sofá que tantas veces los había reunido frente a una película antigua, de esas que tanto le gustaban. Le pidió perdón mil veces sin decir palabra. El sufrimiento de Mario le afligía más que el suyo propio, que al fin y al cabo aceptaba como un merecido castigo a su rebeldía infantil y egoísta, a su desobediencia paterna, a su analfabetismo vital, por haber permitido que la debilidad de su cuerpo se impusiera a la advertencia de quienes la amaban. Por su recuerdo desfilaron como un pesado tren de mercancías las conversaciones con su padre, sus últimas discusiones, sus desencuentros plagados de insinuaciones e insultos, sus temores respecto a la nueva relación de su hija, su desconfianza hacia Superman —como él llamaba a Najib, quizá para evitar que aquel nombre odiado se formara en su boca—. El tren se había abandonado a una velocidad endemoniada y comenzaba a descarrilar por la excesiva carga de sus vagones, llenos de imágenes familiares cosidas con retratos de Iván y Mario. Su insolencia y su narcisismo se estaban cobrando una hipoteca abusiva que estaban pagando injustamente su padre y su hijo. No cabía mayor egoísmo, mayor ejemplo de ingratitud extrema y dolosa.

Cuando la toalla secó en parte la humedad que el agua había dejado sobre su piel, se preguntó con qué cubriría su cuerpo. Sabía que su chilaba había sufrido la ira de Najib, y debía de continuar abandonada en el suelo de la habitación en la que tanto le pesó haber entrado. Al salir del baño, vio que alguien había dejado sobre su cama un chador negro —como los que solían vestir las tres mujeres que soñaban con volar sus cuerpos para encontrar el sentido de sus vidas— y se dijo que Ruth habría entrado en la habitación mientras ella estaba inconsciente a pocos pasos. Asumiendo que no le quedaba otro remedio, aceptó las ropas y se vistió con ellas. Luego se sentó sobre la cama, para seguir esperando aunque no sabía muy bien qué.

La luz natural no entraba al vientre de su aposento, pero sabía que habían pasado al menos cuatro o cinco horas desde que recibiera la brutal paliza y su habitación se convirtiera por enésima vez en su mazmorra. Debían de ser las seis, quizá las siete de la tarde. Recostada sobre la cama o sentada en el suelo, apoyada su espalda contra la pared, sus oídos habían escuchado el deambular de personas en el salón, los pasos arrastrados habían vuelto; también las voces masculinas y los murmullos apagados. Luego, poco a poco, su cuerpo volvió a reclamar la tregua del sueño.

Serían más de la nueve cuando llegaron a ella unas risas infantiles. Se había quedado medio dormida y aquello la despertó al instante, pero aun así tuvo que esforzarse para convencerse de que no soñaba. Con la cabeza pegada a la pared que daba al pasillo, buscaba distinguir la voz de Najib, la de Yaser, la de Iván incluso, pero apenas oía una voz de hombre desconocida para ella.

Cuando escuchó unos pasos y luego cómo la llave comía el interior de la cerradura, su corazón se aceleró y lejos de acurrucarse en una de las esquinas de su camastro como había hecho tantas veces, permaneció en pie en mitad del cuarto, expectante. Al poco no fue Najib sino Ruth quien abría la puerta y la mantenía abierta, con una inmensa sonrisa en la cara, mientras una segunda mujer vestida de riguroso negro entraba en la celda. El velo cubría todo su cuerpo salvo los centímetros comprendidos entre cejas y barbilla, y dejaba ver unos labios finos y unos ojos oscuros, pequeños. Ni rastro de maquillaje en su rostro.

—Sara, ella es Anani, nuestra Raquel. —Sonrió cómplice unos instantes, mientras colocaba en una mesa el candil eléctrico encargado de encender las tinieblas de la habitación. Luego añadió mirando a su invitada—: Le he hablado mucho de ti. Esta noche dormirás aquí, con los niños —dijo señalándole la cama, y volviendo luego la vista a Sara—: Quiere conocerte. También le he hablado de ti a ella. —El tono excesivamente servicial de Ruth retumbó en su cabeza y se le antojó despreciable, pero aquello, más que alimentar su odio, le arrancó un imprevisto sentimiento de lástima hacia esa mujer y lo que representaba.

Raquel Burgos no estaba a la altura de lo que su imaginación había esbozado a raíz de los apasionados relatos de Ruth sobre la joven casada con Amer Aziz, uno de los hombres fuertes de Al Qaeda, considerado jefe de la organización en Europa y cuya alargada sombra se extendió sobre los atentados del 11-S en Nueva York y el 11-M en Madrid. Su perfil se alejaba sobremanera de la imagen de mujer occidental, española, atrapada como estaba en una cárcel de tela. Tanto su cuerpo como el óvalo de su rostro parecían ligados a aquella vestimenta islámica y de haberla visto caminando por la calle, no hubiese dudado de su origen musulmán, probablemente arábigo. A duras penas habría creído que aquella era una mujer nacida en 1975 en el seno de una familia madrileña de clase media, hija única, cuya máxima aspiración profesional era convertirse en una intrépida periodista a la que su conocimiento de varios idiomas le abriría puertas y le permitiría viajar por el mundo, seguramente como corresponsal de guerra. A menudo habló de aquel sueño a sus padres, Juan y Henar, al menos hasta que en 1995 un vagón de metro de la línea siete cambió su destino.

Fue allí donde Raquel comenzó a coincidir con Amer Aziz: ella cubría el trayecto que separaba su casa de la Facultad de Ciencias de la Información de la Universidad Complutense; él regresaba de sus rezos en la mezquita de la M-30. Con esos encuentros, jamás fortuitos, Amer buscaba obtener la nacionalidad española a través del matrimonio, y justo eso logró tres años más tarde. Ambos se casaron en la mezquita donde Amer dirigía los rezos y era conocido como Othman al Andalusí, el Español, idolatrado por los islamistas radicales debido a su experiencia y su formación militar en varios campos de entrenamiento en Bosnia y Afganistán. A la ceremonia no asistieron los padres de Raquel; nunca entendieron ni admitieron aquella relación que cambió a su hija de parte a parte: a partir de su conversión radical al islam, Raquel desterró su antigua forma de vestir, abandonó los estudios, el trabajo, a sus amigas, sus sueños e incluso su nombre hebreo —que cambió por el de Anani, «nube»—, y apartó de su vida a su propia familia. Se negaba a verlos y pocas veces hablaba con ellos por teléfono, pese a que Juan Burgos le entregaba cada mes cerca de trescientos euros para hacer frente al alquiler de la vivienda que compartía con Aziz. Lo hacía por ella, por su niña, y por sus tres nietos, a quienes nunca llegó a conocer.

—Así que tú eres la novia española de Najib —preguntó serena Raquel.

—Yo no soy la novia de nadie. Soy la madre de Iván y la hija de Mario. No soy la novia de nadie… —repitió, y notó cómo el dolor volvía a clavarse punzante en su vientre. Ni Ruth ni Raquel parecieron advertirlo, y tampoco tuvieron en cuenta aquellas palabras.

—Le conocí en la celebración del nacimiento de mi hija, en el verano del 2001. ¡Me recordaba tanto a Amer cuando le vi por primera vez! Los dos guapos, altos, elegantes… Era imposible no fijarse en él. —El español de Raquel transportaba un ligero acento arábigo que enfatizaba su apariencia musulmana. Sara se preguntó si con aquellas alabanzas a «su novio» pretendía agradarla a ella. No le serviría de nada—. Tantas ganas de comerse el mundo, tantas ansias de libertad… Los dos darían su vida si supieran que así ayudarían a remediar las injusticias que asolan a los musulmanes en todo el mundo. —Luego se giró hacia Ruth—: Y Yaser, también Yaser. —La otra sonreía orgullosa—. Resultaba tremendamente difícil resistirse a él. De hecho, pocas lo hicieron, aunque no todas corrieron la misma suerte que tú. Su primera mujer española…, ¿llegaste a conocer a Marina? —preguntó incluyendo de nuevo a Ruth en la conversación.

—Aquella chica de Murcia…, de Mula, era. Se enamoró de él hasta tal punto que no dudó en dejar a su novio de toda la vida. —Aquella revelación transformó el rostro hasta entonces impertérrito de Sara.

—No creerías que eres la primera, ¿no? —Raquel la miraba con gesto amable—. Yo tampoco fui la primera mujer en la vida de Aziz. No pasa nada. Najib necesitaba casarse con una española para tener acceso a ciertos privilegios: nacionalidad, pasaporte, tarjeta de residencia, ayudas sociales, acceso a una vivienda…

Hizo un ademán, como pasando página, y calló las palizas de Najib, la reclusión de Marina en casa, aquellas cosas que, en su opinión, bien podían quedarse entre las paredes del hogar y que no desmerecían ningún matrimonio. «Más aún —pensaba— si estaba clarísimo que ambos se querían.»

—Pobre chica, aquel accidente de coche... Todavía recuerdo la cara de sorpresa de Najib cuando el abogado de oficio le dijo que recibiría una indemnización de 150000 euros por la muerte de Marina, el pobre... Pero todo terminó, ¿verdad?, y por lo que sé de tu historia, aunque todavía no sea tu esposo, tú has supuesto un punto de inflexión en su vida, ¿me equivoco?

Sara prefirió mantenerse en silencio porque si abría la boca para decirle lo que en realidad pensaba, aquel encuentro no terminaría bien. Se sentó en un extremo de la cama y rodeó sus rodillas con los brazos. Podía sentir la sangre que se acumulaba bajo su mejilla hinchada, el dolor sordo en la cadera y el latido en la cabeza. Se dijo que debía de haberse abierto una pequeña brecha.

—Veo que no tienes ganas de hablar —dijo Raquel con una nueva sonrisa—. Yo estaría feliz, agradecida a mi suerte. Sí que somos distintas... ¿Ves?, compartir la misma nacionalidad no nos hace iguales, como algunos defienden: no sentimos igual, no pensamos igual, no creemos en las mismas cosas. No nos une nada. Nunca he entendido por qué hay gente que se alegra tanto cuando ve algún compatriota en un país diferente al suyo. ¡Qué tontería! Como si la nacionalidad bastase para sentirse identificado con alguien. Sin embargo, una creencia, un modo de ser, de vivir y comportarse..., eso sí crea un nexo de unión que no pueden romper ni la distancia, ni el idioma.

A su lado, Ruth asentía con énfasis.

—Eso mismo le decía yo —aseguraba por lo bajo.

—Y eso es lo que sucede con los musulmanes. Eso es lo que nos hace fuertes. No sé cómo la gente todavía no se ha dado cuenta de eso e insiste en rechazarnos... También veo rechazo en tu mirada.

—Había desaparecido la sonrisa—. ¿Por qué nos rechazas? ¿Por qué no te has sentido atraída por algo más grande que nosotros mismos?

—Sencillo —dijo Sara armándose de valentía, tras engañar a su mente con el argumento de que Raquel solo era una mujer como ella, por mucho que se empeñara en demostrar lo contrario—: No me gusta tu religión y sobre todo no me gusta la manera en la que intentáis convencer al mundo. Un día alguien me explicó que el islam era una religión de paz. Me llevó a una mezquita y pude sentirla... —Ruth asentía de nuevo, estaba dando la razón a sus argumentos—. Pero si quieres que te diga la verdad, en los últimos tiempos he visto muy poca armonía. ¿Crees que estoy encerrada bajo llave por voluntad propia? ¿O es que quizá para ti esto es una muestra de ese amor del que me hablas? —preguntó señalando su labio partido—. ¿Qué clase de paz es esa? Sinceramente, creo que deberías buscar a un dios más misericordioso, si lo que quieres es seguir presumiendo de tu fe.

Las dos mujeres se sostuvieron la mirada durante unos segundos. Fuera, de nuevo rompían el silencio unas risas de niños y le pareció oír dos voces de adultos: uno sería Aziz; el otro... ¿Yaser? No era Najib, en cualquier caso.

—Ni siquiera eres consciente de la insolencia que acabas de decir. —La voz de Raquel chirriaba—. ¿Qué sabrás tú de pueblos oprimidos, de mujeres y hombres asesinados por diversión, del rechazo a una cultura, a una religión, a una manera de rezar, de hablar, de vestir?

—Sé lo que veo. Con eso me basta.

El comentario de Sara incomodó más a Ruth que a Raquel, que la observaba ahora como si su rostro se hubiera convertido en un molde de cera fría. En un movimiento lento, ocupó sobre la cama el lugar contiguo a Sara.

—No tengo en cuenta tus palabras. Tú de momento eres una española infiel, como lo fui yo, como lo era Ruth. Pronto te convencerás de que nosotras somos el futuro de este mundo; un futuro que ya está aquí. Se engañan al creernos escondidas. Nosotras, las mujeres occidentales conversas, tenemos más posibilidades de ganar esta guerra. Cuando nos miran, nadie desconfía: ven rostros amigos, libres de amenaza, limpios de sospecha. ¿Quién va a pensar nada de unas mujeres vestidas a la manera occidental, rubias, de ojos azules…? Nadie. Y esa es nuestra gran baza. Sara, abre los ojos, que el egoísmo no te ciegue, que no te impida ver el horizonte que nos espera, el mismo que te está esperando a ti.

—Nosotras podremos llegar donde los hombres no llegan. Las mujeres somos más valientes, aunque ellos ni se lo imaginen —intervino Ruth, y al instante Sara supo que hablaba de la «valentía» de Wafa Idris, de Sana Khyadali, de Otas Guiar—. Tenemos valor para embarcarnos en misiones peligrosas, por orgullo, por amor, por honor, por nuestros hijos y nuestras familias. Tenemos más decisión de entrega, más capacidad de sacrificio. Se engañan los ojos que nos miran y creen que estamos escondidas bajo estas telas: no son cárceles como dicen los ignorantes, no son una muestra de humillación ni atentan contra nuestra dignidad ni contra nuestras libertades y derechos.

—Eso son tonterías —coincidió Raquel—, grandes palabras que llenan las bocas occidentales para justificar sus razones, sus privilegios, su supuesta superioridad sobre nosotros, y no hay nada de eso. Chador, abaya, niqab y burka son nuestros escudos, aliados frente al mundo exterior entregado a la corrupción y a la prostitución. —«Y os ayudan a esconder vuestras verdaderas intenciones», se dijo Sara al recordar el discurso de Ruth—. Esta tela es nuestra ventaja sobre ellos, sobre esos que se dejan la voz para devolvernos una libertad impuesta que ellos mismos confunden con el libertinaje.

—Bajo estas ropas está el futuro de los musulmanes —afirmaba nerviosa la anfitriona—, la vía para hacer realidad nuestra meta.

—Nosotras somos responsables de la formación de nuestros hijos. A través de nosotras sabrán lo que es el bien y el mal y conocerán el sentido del deber. —«Las mismas palabras, siempre las mismas palabras», se dijo Sara mientras Raquel seguía hablando—: Somos las encargadas de inculcarles la cultura y la religión y de marcarles el camino. Tenemos en nuestras manos la posibilidad de cambiar el futuro, de transformar la sociedad. ¿Acaso tenemos derecho a rechazar ese privilegio, a privar al mundo de un cambio que lo convertirá en un territorio de paz y amor? ¿Crees que yo no lo pasé mal al principio, que no me costó entender que mi mundo había cambiado?

—Confórmate con tu mundo, entonces —Sara hablaba despacio—. Pero ¿quién eres tú para cambiar el mío? ¿Quién te lo ha pedido? ¿Qué te ha hecho a ti la sociedad para que nos odies de ese modo? ¿Y a ti? —dijo mirando a Ruth—. ¿Qué os han prometido? Porque no imagino para qué queréis ninguna de las dos un paraíso repleto de huríes —dijo recordando las palabras de Amina.

—Te equivocas. A mí solo me mueve una cosa: el amor. El amor a mi marido. —Pudo notar la irritación en la respuesta—. Soy una mujer dispuesta a todo por su esposo.

—¿Y qué has hecho con el amor a tu padre, Raquel? ¿Y con el amor a tus hijos? ¿Qué estarías dispuesta a hacer por ellos? ¿Cómo les vas a explicar que su madre un día atentó contra su propio país, contra su propia familia y contra el mundo que la vio nacer?

Fue la primera vez que vio temblar el rictus de Raquel Burgos García. La mención de su padre, del que no sabía nada desde el año 2001, cuando se despidió de él por teléfono mientras Amer la urgía, removió sus certezas e hizo tambalear esos pilares de fe que minutos antes parecían de acero. La última conversación entre padre e hija cruzó su recuerdo —«Nos vamos a ir a Marruecos, papá. Aquí las cosas no están bien para los musulmanes», «¿Cómo que vas a irte?», «Es mejor que nos marchemos…»— y junto a ella la imagen de aquel hombre menudo, de pelo blanco y poco más de metro sesenta y cinco. Le vio caminando por el pasillo de su casa, arrastrando los pies ocultos en unas zapatillas de felpa en tonos marrones y azules que ella misma le había regalado unos años atrás, y vistiendo uno de los pijamas que su madre —muerta al poco de su marcha a Marruecos, aunque eso Raquel lo ignoraba— tanto se afanaba en planchar. Un anciano encorvado por el peso de la pena que asomaba a sus ojos desde que ella le dijo que se había enamorado de Amer Aziz. Hizo desaparecer el recuerdo y contuvo las lágrimas. Su espíritu se recompuso y la española alzó el mentón y miró a Sara, sin odio, sin rencor.

—Estoy segura de que volveremos a encontrarnos y entonces las cosas serán distintas. Nuestras posturas estarán más cerca, como lo estaremos nosotras. —Luego se levantó despacio, como si la conversación hubiera mermado sus fuerzas, y cuando estaba a punto de abandonar el dormitorio al que volvería en breve acompañada de sus tres hijos, se giró de nuevo—. Hay un refrán marroquí que dice: «Quien cava un agujero acaba cayendo en él». Ten cuidado, Sara, esto no es ningún juego y tampoco lo resolverá un discurso. Este asunto es más grande que las palabras.

Su última afirmación provocó en Sara el impacto que no logró la mirada intimidatoria y acusadora que le lanzó Ruth desde el umbral de la puerta. Fue el único argumento que consiguió amedrentar su espíritu y terminó por derrumbarla cuando, media hora después, aparecieron por la celda los tres hijos de Raquel y Aziz. Uno de ellos captó de inmediato su atención y provocó que todos los músculos de su cuerpo se tensaran cuando también él la miró a ella de manera distinta a como lo hicieron los demás, como si entendiera que los ojos de Sara guardaban un secreto oculto para otros ojos que no fueran los suyos. No apartó su vista de ella hasta que su madre le acostó en la cama junto a sus hermanos, apagó la luz del cuarto y todo quedó en tinieblas.

Aquel pequeño podría ser su hijo Iván por la estatura, el peso, la edad, la intensidad de su mirada. Podría serlo pero no lo era, y sin embargo, algo los unía: ambos estaban a miles de kilómetros de su verdadero hogar, de su particular paraíso.

20

Sara escapó poco a poco de su duermevela. Aquella noche había tardado más de la cuenta en conciliar el sueño entre el calor y el olor a humanidad reconcentrado, y las respiraciones rumorosas —casi asmáticas— de uno de los niños: eran demasiados en la habitación en la que habitualmente solo dormía ella. Raquel y los tres pequeños durmieron en la cama, y ella lo hizo sobre un colchón que Ruth introdujo y dejó caer contra el suelo con malos modos, traicionada por la actitud de Sara con su invitada. Debería haber tomado aquella visita como un regalo, haber agradecido la posibilidad de conocerla, y en cambio se mostró arisca y poco dialogante: no era ni de lejos lo que Ruth esperaba de ella.

Sara incorporó el cuerpo apoyándose sobre los codos y descubrió que la cama que había servido de lecho a Raquel y a sus tres pequeños estaba vacía. Le costó entenderlo. Temió que la espesa oscuridad en la que permanecía la habitación la engañara, pero la luz que se colaba por la pequeña rendija entre la puerta y el suelo le bastó para convencerse de que era cierto. No había nadie en la cama, solo un nudo de sábanas arremolinadas.

—Me duele la cabeza. —Logró escuchar al otro lado de la puerta. Le pareció la voz de Najib y sintió que su cuerpo se tensaba. Por sus pausas, se dijo que aquel malnacido hablaba por teléfono—. Creo que estoy enfermo. Hace unos días que no descanso bien. Vamos a tener que retrasar nuestra cita. Ya os avisaré yo cuando me encuentre mejor y podamos vernos.

Los pasos inquietos que recorrían el suelo del pasillo de un lado a otro correspondían a sus andares. El aletargado oído de Sara escuchó cómo se cerraba el móvil de Najib, una operación que solía realizar con gran violencia. Se incorporó un poco y al llevar la mano derecha a su mejilla una ráfaga de dolor la atravesó de parte a parte. De golpe, la puerta de la habitación se abrió y la sorprendió sentada sobre el colchón.

—Fuera. Rápido —ordenó Najib—. Hay que irse.

Su cuerpo estaba encorvado, quizá por la cadena de nudos nerviosos que ataba su cuerpo y lo mantenía anquilosado. La ira le brotaba a chorros de los ojos y las palabras salían de su boca disparadas entre perdigones de saliva. Estaba furioso, visiblemente contrariado, y no tardó en hacérselo saber.

—Todo es por tu culpa, zorra. Debí deshacerme de ti el primer día que me empezaste a dar problemas. Nos están vigilando, tenemos a la policía pegada al culo y todo es por tu culpa, ¡por tu culpa! —dijo mientras destrozaba de una certera patada la mesa del dormitorio.

Sara no entendía aquella nueva acusación. A Najib no le dolía la cabeza tal y como le había escuchado decir por teléfono, tampoco parecía enfermo. Era la manera de informar a su interlocutor, utilizando una de las muchas expresiones en clave acordadas, de que estaba siendo vigilado por la policía.

—Ruth me ha dicho que hace unos días os encontrasteis a ese hombre en el mercado. El mismo fantoche que nos abordó al salir de la mezquita de Abu Baker, ese que parecía ansioso por secuestrarte y llevarte con él para recordar viejos tiempos... —Se acercó a ella, la levantó del cuello y la aprisionó entre su cuerpo y la pared—. Pero ¿es que te crees que soy idiota? ¿Piensas que no sé que ese novio tuyo al que te follabas antes es un puto policía? Has cometido un gravísimo error, Sara. Uno muy muy grave. Ni siquiera creo que seas capaz de valorarlo hasta que veas las consecuencias de no saber estar calladita y alejada de todo lo que pueda representar una amenaza para mí.

La irascibilidad de Najib iba creciendo como la tensión acumulada en la alcoba, cuyas dimensiones parecían menguar por segundos. Su mano liberó el cuello de Sara, permitiendo que el aire pudiera entrar de nuevo en su tráquea. Ella, incapaz de asimilar la retahíla de reproches y amenazas que colmaban su cerebro y anulaban su capacidad de reacción o cualquier capacidad de defensa, volvió a encogerse sobre su vientre, en busca de un respiro que no llegaba.

—Esto le puede costar la vida a tu hijo. Y por descontado, cambia mucho nuestros planes.

—No le dije nada. Te lo juro —le imploró intentando retenerle, impidiéndole que saliera de la habitación como marcaba el ademán de su cuerpo—. Tienes que creerme. No le conté nada. No sabe nada. No puede sospechar nada. Le dejé bien claro que me dejara en paz, que no me llamara, que no tratara de localizarme, que estaba bien. Le dije lo mismo que a mi padre, tal y como tú me ordenaste. Ruth te lo puede decir. Ella estaba con nosotros.

—Yo llegué al final. No tengo ni idea de lo que hablarían antes —informó Ruth. Sara se preguntó si aquella era otra forma de venganza por haberle roto el momento idealizado junto a Raquel Burgos la pasada noche.

—No le dije nada. No sabe nada. ¿Cómo puedo explicártelo, por favor, qué puedo hacer para que me creas? No haría nada que pusiera en peligro a mi hijo, debes creerme. Ese hombre no sabe nada. Hacía años que no le veía. Solo he coincidido con él esas dos veces, y no sabe nada, te lo juro por mi hijo, no sabe nada —insistía sin cesar, y los miraba a uno y a otro con los ojos desorbitados.

—¿Y por qué tienes treinta y cuatro llamadas perdidas de él en tu móvil? —preguntó Najib mientras le mostraba su teléfono, el mismo que no veía desde que él se lo quitó después de obligarle a llamar a Mario para decirle que dejara de llamarla y de buscar a su nieto—. ¿Por qué te pide que le llames, tal y como quedasteis? ¿Por qué te ruega que le devuelvas la llamada? ¿Por qué te dice que no está tranquilo, que te notó rara y que sabe que algo va mal? ¡Me lo puedes explicar! Dime —le preguntó de nuevo, dándole una fuerte y repentina bofetada que volteó su cuerpo contra la pared y la hizo caer al suelo—. ¿Cómo se supone que debo entender esta preocupación por tu persona? Me has subestimado. Creo que todavía no eres consciente de dónde estás metida ni con quién te estás jugando la vida.

Mientras Najib deambulaba frenético de un lado a otro de la casa, Sara se consumía poco a poco sin que su cuerpo osara despegarse del suelo, donde la ira de Najib la había enviado. Permanecía postrada, doblada de dolor, pero su mente, repleta de preocupaciones y malos augurios, se mantenía lejos de allí, había viajado hasta el agujero donde imaginó que estaría recluido su hijo.

Sabía que las cosas habían cambiado y lo habían hecho a peor. Solo podía pensar en Iván. ¿Dónde estaría, con quién, qué pensaban hacer con él, cómo le afectaría el fatal cúmulo de casualidades, de mala suerte, de rencores, de injusticias? ¿Cómo lograría salir de aquel estercolero en el que el destino le había arrojado a sus ocho años como si fuera un objeto invisible, inútil, sin ninguna esperanza de futuro? No encontraba alivio para su mente, llena de reproches caducos. Deseó que la vida se le apagara en aquel mismo instante, si eso avivaba en lo más mínimo las posibilidades de que su hijo escapara de las garras del mal, del fantasma de la muerte que parecía rondarle desde que la puerta de la habitación se abrió con violencia aquella mañana. Ni siquiera el pequeño oasis de esperanza que representaban las llamadas de Miguel a su teléfono móvil pudo calmar su ansiedad y la sensación de encontrarse al borde de un precipicio mortal en el que estaba abocada a caer y arrastrar con ella a lo que más quería en la vida.

En aquel momento su cabeza no estaba preparada para una esperanza que se le antojaba estéril. La presencia de Miguel solo había provocado la aparición indiscriminada de brotes de venganza que consumían a sus carceleros y, por descontado, sus posibilidades de salir airosa de aquel farragoso trance.

—Eres una estúpida. —La voz de Ruth quebró sus fantasías—. Lo has estropeado todo. Podía haberse hecho de la manera más sencilla, limpia y rápida para todos y tu torpeza ha hecho que todo salte por los aires. Me has decepcionado. Eres realmente torpe, Sara. Nunca he encontrado a nadie tan torpe como tú. ¿Es que no piensas en tu hijo?

—Solo pienso en él —le espetó entre el ruego y la súplica—. Me da lo mismo lo que hagáis conmigo, pero, por favor, a él dejadle al margen. Solo es un niño, solo tiene ocho años, él no os puede dar nada. Yo en cambio puedo daros lo que me pidáis, no me importa cuánto cueste, el esfuerzo ni las consecuencias de mis actos. Tienes que convencer a Najib...

—Ya es tarde para eso. Podías haberlo pensado antes. Además, ¿crees que yo tengo autoridad de decirle a Najib lo que debe hacer?

—¿Es que no oíste a Raquel ayer? —Sabía que quemaba su último cartucho—. Las mujeres tienen en sus manos la posibilidad de cambiar el mundo. Ningún cambio que se produzca puede tener éxito si no se cuenta con ellas. ¡Por Dios, Ruth, es un niño de ocho años! Seguramente la misma edad del hijo de Raquel. ¿Es que eso tampoco te dice nada?

—Por supuesto que me dice. En otros lugares del mundo, un niño de ocho años ya tiene edad de combatir y merece idéntico trato que un adulto. ¿Por qué tu hijo iba a ser una excepción?

—Él no ha hecho nada, es inocente. —Las súplicas de Sara se entremezclaban con las lágrimas que inundaban sus mejillas—. Ni siquiera debe saber qué pinta en medio de todo esto. Mi hijo es inocente, es inocente…

—Los niños que mueren cada día en Kabul o en Palestina también lo son y a nadie parece importarle. —La observó con rencor, con un halo de superioridad que aniquilaba la careta de persona amable y cómplice que se había colocado desde el primer día con la única intención de engatusarla y engañarla hasta la manipulación más absoluta—. Nos iremos de aquí en media hora. Vístete como debes y procura no volver a abrir la boca hasta que así se te ordene. No creo que te interese empeorar aún más las cosas… Aunque, sinceramente, tampoco sé si podrías.

Esa fue la primera vez durante todo el cautiverio que no imaginó un futuro más allá de aquellas cadenas.

Mientras sentía su cuerpo caer en el vacío de un pozo profundo y oscuro, la actividad en el resto de la casa era vertiginosa. Todos estaban nerviosos. Najib daba órdenes a Yaser y este transmitía las suyas a Ruth, formando una perfecta cadena de trabajo: bien engrasada, sin fisuras, sin preguntas, sin tiempo que perder. La habitación ubicada al final del siniestro pasillo —el bazar de última generación que Sara había visto la mañana previa— se desmanteló en poco más de veinte minutos. Ella misma fue testigo de cómo las baterías de decenas de teléfonos móviles y ordenadores portátiles saltaban por los aires, al igual que lo hacían sus teclados y el complejo engranaje interior compuesto por diminutas piezas. El hermano de Najib se esmeraba en recoger algunas de las pequeñas piezas que salían disparadas de las tripas de las computadoras, así como de rallar y romper en mil pedazos algunos CD, y guardar otros en las bolsas negras de deporte que parecían esperar hambrientas, con sus cremalleras abiertas, hasta ser colmadas de secretos.

Najib dirigía la operación de destrucción y almacenaje e incluso instó a Yaser, al igual que lo hizo él, a guardarse algún pequeño pendrive en su propio cuerpo. Controlaba la situación con energía, bebiéndose a tragos las dosis de tranquilidad que le mantenía inmune a la perturbación, sin dejarse vencer por un inconveniente nerviosismo que sin duda hubiese complicado las cosas: el mismo autocontrol que no había conseguido, o quizá ni siquiera buscado, cuando hizo su aparición en la celda de Sara. Sus ojos negros albergaban una suerte de dispositivo de rayos X que le permitía ver con total claridad qué debía ser destruido y qué no. No le temblaba el pulso, su gesto era firme y nadie gozaba del privilegio de réplica, nadie podía contrariar su veredicto, que se acataba en silencio y con una devota obediencia.

Los rayos de sol entraban con saña en las dependencias policiales donde Miguel ultimaba las órdenes a su equipo y repetía telegráficamente los pasos de la operación policial que estaba a punto de emprender, siempre bajo la atenta mirada de su superior, Roger. Estaba nervioso pero convencido de que la operación tendría un desenlace satisfactorio. Desde que formaba parte de los cuerpos de élite de las fuerzas de seguridad del Estado, no era la primera vez que capitaneaba una misión similar, pero sí la primera en la que sus circunstancias emocionales le implicaban directamente y le sometían a una presión diferente a la que sentía cuando desmantelaba un piso franco o detenía a los integrantes de una célula islamista. En esta ocasión, además de la amenaza terrorista, en su cabeza cobraba fuerza la imagen de Sara.

Su encuentro en el mercado, aunque fortuito, no fue casual: llevaba tiempo sobre la pista de un peligroso grupo de árabes asentado en España desde hacía años que mantenía conexiones con Al Qaeda. Las últimas informaciones de sus confidentes y las pesquisas obtenidas como resultado del arduo seguimiento realizado durante el último mes situaban a un grupo de islamistas en una casa de las afueras de Madrid, a escasos dos kilómetros del peculiar mercado convertido en un punto de encuentro habitual de numerosos ciudadanos árabes asentados en Madrid. Seguramente, la misma casa donde estaría retenida Sara. Todo cuadraba. Tenía que actuar. No había tiempo que perder.

Una montaña de papeles, documentos, planos, fotografías, manuscritos, cuadernos garabateados, revistas y cartas se consumieron rápidamente entre las anaranjadas llamas que nacían del interior de las pequeñas hogueras engendradas en el seno de unos recipientes de aluminio que Ruth se afanaba en aguar en cuanto veía que el humo conquistaba demasiado territorio; no querían que nadie pudiese intuir nada extraño desde el exterior, y no era fácil disimular el humo en el mes de julio. Al final, solo un ordenador pequeño, un par de cuadernos, media docena de CD y cuatro pequeños dispositivos de almacenamiento se salvaron de la quema, de la barbarie que asolaba la habitación desde aquella mañana.

Sara se quedó a la espera de que alguien le diera instrucciones sobre cómo comportarse. Se había convertido en la mujer invisible. No había ojos que repararan en ella ni bocas que le dedicaran un comentario, ni siquiera un insulto. No existía. No merecía la atención de nadie.

En un momento en el que el ritmo atropellado que reinaba en la casa logró empequeñecerla al nivel de lo inexistente, la curiosidad sobre el paradero de Raquel y sus hijos volvió a su mente como lo había hecho cuando abrió los ojos aquella mañana: no era capaz de recordar un solo ruido que pudiera explicar la desaparición de la familia en mitad de la noche; en cierta forma, aquella mujer y sus tres hijos también eran fantasmas. Tampoco sabía qué había sido de Louiza y su desaforada sed de venganza, que manaba a borbotones por los diecisiete agujeros de bala incrustados como fósiles en la camisa de su hermano muerto; de Aicha y su afán de permanecer recluida en casa junto a su marido Moutaz, a quien igualmente había perdido la pista; de Hurriya y su deseo de casarse con un hombre musulmán que supiera darle los derechos que como mujer le correspondían; de Amina y su controvertido y prolífico útero, convertido en un cálido nido de terroristas suicidas; de Nadia y su curiosa manera de recuperar su identidad ultrajada y el honor de su familia…

Se preguntó si alguien, en un futuro no muy lejano, también la recodaría a ella como una mujer que pasó, contó su historia y se marchó para siempre, sin dejar pruebas pero sí alguna huella. Le entristeció el futuro tan devastador que le venía a la cabeza y se odió por fabricar razonamientos tan funestos; se decepcionaba a sí misma. Intentó disculparse. No llegó a saber si lo conseguía.

Las calles de Madrid y el tráfico pesado que a menudo colapsan sus principales arterias de hormigón se aliaron para aumentar los nervios de Miguel, sentado en el asiento del copiloto del coche policial: el trayecto desde la sede central hasta la casa que pensaban asaltar se le estaba haciendo eterno. Aunque el desasosiego que anulaba su respiración le hacía sentir mal por un complejo sentimiento de falta de profesionalidad, no podía dejar de pensar en Sara, en cómo estaría y si llegaría a tiempo.

No podía apartar de su cabeza los momentos que compartió con ella: el primer encuentro a raíz de un robo en la tienda de informática situada en los bajos de la calle Trinidad 8, los fines de semana abandonados al placer de estar juntos, las tardes de domingo junto al pequeño Iván, las comidas en casa bajo la supervisión del chef Mario, la posibilidad de poner a su alcance una vida normal… Le debía muchas cosas, entre ellas, llegar a tiempo y recuperarla.

Las ruedas del coche parecían adheridas al firme.

—Joder, Domínguez, que somos los buenos. ¿Es que no puedes salir de esta mierda de atasco? ¿Para qué coño nos sirve la puta sirena?

En menos de media hora todo estaba listo para abandonar la casa. Sara seguía sentada sin mover un músculo, a la espera de que alguien se dignara a tomar el timón de su vida, ya que a ella se le había negado ese privilegio. Najib y Yaser entraron por última vez en la habitación desolada y allí permanecieron unos minutos reunidos, hablando en una lengua que Sara no pudo entender, sin molestarse en bajar la voz y envolver sus peroratas en susurros que dieran a sus palabras la condición de confidencias.

—Estamos muy cerca, señor. Cinco minutos y llegamos al destino. —El agente Domínguez se sintió en la necesidad de informar al inquieto copiloto de su posición, más con la intención de serenar sus nervios que por dar parte.

Miguel miró la hora que marcaba su reloj de pulsera, regalo de cumpleaños de Sara del que no había prescindido nunca. «Parece que los sueltan a todos a la misma hora», maldecía para sus adentros. Ya ni siquiera escuchaba los cláxones de los coches que dejaba a su espalda, el sonido de la sirena policial ni las continuas y metálicas comunicaciones por radio. El abrupto sonido de los latidos de su corazón lo silenciaba todo. A lo lejos comenzó a divisar los tejados color ocre de la colonia de casas bajas a la que se dirigían. Ya estaba cerca, aunque aún demasiado lejos. De nuevo, el sonido de la radio le obligó, esta vez sí, a comprobar en su retrovisor los cuatro coches policiales que le seguían.

—Acelera —ordenó al conductor. «No se nos pueden escapar. Ahora no.»

Ruth acarreó hasta la puerta de la vivienda las dos bolsas de deporte que se prometían como único equipaje en la travesía que arrancaba ahora, y aguardó las órdenes que movilizaran de nuevo su cuerpo y la hicieran sentir útil.

—¿Dónde vamos? ¿Voy yo también con vosotros? —preguntó Sara, que había emprendido un lento acercamiento a Ruth, con la esperanza de encontrar en ella alguna información que calmara su ansiedad.

—No lo sé —mintió la mujer sin preocuparse siquiera por disimular—. Solo sé que por tu culpa tenemos que huir. Has estropeado muchos planes y nos estás poniendo en peligro a todos. No sé que van a hacer contigo.

—Nos vamos. —De nuevo la voz inconfundible de Najib zarandeaba su cuerpo—. Dejad algunas luces encendidas y también la televisión. Son estúpidos y lentos, puede que así los engañemos si de verdad están tan cerca. ¿Sabes lo que es esto? —le preguntó a Sara mientras le mostraba una pistola—. Abre una sola vez la boca cuando no te corresponda y te juro que comprobarás en tu piel el dolor que causa una de estas balas. ¿Y sabes qué es esto? —le requirió nuevamente mientras le enseñaba un teléfono móvil—. Haz cualquier tontería y tu hijo morirá. Para que suceda solo tengo que marcar un número… —la miró desafiante—, o dejar de marcarlo. ¿Te ha quedado todo claro esta vez, Sara? ¿Necesitas alguna aclaración?

—¿Dónde vamos? —preguntó ella de nuevo en voz baja, y ya se arrepentía antes de finalizar la frase.

—A dormir. Vamos a desaparecer durante una temporadita. Espero que no sea muy larga. Y hazte un favor —le explicó serio y amenazador Najib—: No preguntes más hasta que lleguemos y mejor pide permiso antes de hacerlo.

Después de la inquietante aclaración que solo le sirvió para acrecentar su desánimo, los cuatro salieron de la casa, que por primera vez en mucho tiempo quedaba por completo vacía. Lo hicieron en primer lugar las mujeres. Un Mercedes de color verde oscuro y más de diez años de vida esperaba aparcado a escasos metros de la puerta. El sol apretaba ya a esas horas: rondaba el mediodía. Sara, totalmente cubierta con ropa de color negro, seguía los pasos de Ruth, con idéntica vestimenta. Ambas ocuparon su lugar en el asiento trasero del vehículo; Sara, justo detrás del conductor. Yaser se sentó al volante y Najib viajaría como copiloto, después de encargarse de guardar los bultos en el maletero.

Miguel abrió la puerta del vehículo antes de que este se detuviera por completo. Necesitaba ser el primero en apearse y así lo hizo, aunque la tracción del coche y su apresurada salida casi le hace caer al suelo. Desde el exterior contempló las cortinas anaranjadas que cubrían la única ventana exterior con la que contaba el inmueble. Un destacamento de quince hombres armados le seguían, dibujando una imaginaria tela de araña a su alrededor. Había luz en el interior y se podía escuchar con nitidez el murmullo de un televisor encendido.

También fue él el primero en retirar la espesa cortina que custodiaba la puerta. A una señal suya, uno de sus hombres se encargó de tirarla abajo. La toma de la vivienda fue tan rápida y precisa como inútil. Una calma en exceso prefabricada, lo que le infundía un toque macabro, los estaba esperando desde hacía más de dos horas, cuando sus inquilinos abandonaron la vivienda. No había nadie en esa casa que parecía haber sido saqueada a sabiendas. Habían llegado demasiado tarde.

Miguel abandonó furioso el interior del inmueble. El sol pegaba fuerte, con violencia, como empeñado en derretirlo todo, principalmente la esperanza. Se secó el sudor de la frente con la misma mano con la que aún empuñaba su arma reglamentaria. Una sensación de fracaso absoluto le abordó.

Había vuelto a fallarle.

Dos horas antes de que Miguel echara abajo la puerta de la casa, el sonido del motor había puesto punto de partida a un viaje apresurado e inoportuno para los hombres, temido para Sara. No lograba reconocer lo que sus ojos contemplaban a través de la ventana del coche. Aquellos edificios blancos no le resultaban familiares, ni los descampados que atravesaron; ni las calles que se abrían ante ellos; ni los comercios que mantenían sus puertas abiertas ante la constante entrada y salida de clientes. Tampoco los parques infantiles en los que las madres y las cuidadoras vigilaban los juegos de los más pequeños antes de subirles a casa a comer; ni las rotondas tan nuevas a las que todavía les faltaba alguna señal de tráfico; ni los otros edificios de ladrillo visto que se alzaban ante ellos; ni las caras de la gente que caminaba por la acera ajena a su drama, a su encierro, a su ignorancia.

Nada de lo que veía le resultaba familiar. Era la primera vez que veía esa zona de Madrid. Se preguntó cómo era posible aquel desconocimiento si desde que nació jamás había vivido fuera de su ciudad y creía conocerla a la perfección. De pronto recordó que no era la primera vez que su cabeza le hacía caer en ese error: tuvo la misma sensación casi cada vez que paseó junto a Najib por determinadas calles del barrio de Tetuán, y cuando accedió a la mezquita y sucumbió al encanto desconocido que encerraba aquel lugar nuevo para ella. Repudió ese mundo extraño ante cuyos pies un día cayó estúpidamente rendida y maldijo la noche en que se le ocurrió aceptar la proposición de su alumno Najib Almallah de acercarla a casa después de la fiesta de despedida de don Venancio en la escuela de idiomas. De nuevo la asfixia de los recuerdos.

El calor oprimía su pecho y apretaba sus sienes, amenazando con abandonarla a un desmayo inmediato: se ahogaba bajo las telas de color negro superpuestas y la recalcitrante villanía de los rayos de sol, que caía a plomo sobre el asfalto y recalentaba el interior del automóvil. Cuando consiguió que la respiración terminara de acoplarse al ritmo de sus pulmones, y después de enjugarse el sudor de la cara y del cuello con la misma tela que la cubría de manera rigurosa, comprendió que había perdido la oportunidad de ubicarse en su ciudad. Las vistas urbanas habían desaparecido de su horizonte y en su lugar se desplegaba una alfombra de hormigón prensado, que parecía dispuesto a asfaltar su presente y guiar su futuro.

21

Las señales azules colgadas del invisible cielo de las autopistas y los indicadores con grandes letras que formaban los nombres de ciudades y pueblos que la carretera iba devorando le dieron una pista de adónde se dirigían: Alicante. Respiró profundamente. La primera y última vez que había planeado un viaje a la ciudad levantina, *la millor terreta del mon* como tantas veces le había repetido su padre, fue con sus compañeras de colegio como viaje de fin de curso. En aquella ocasión, su precoz embarazo le impidió lanzarse a la carretera con sus amigas y la obligó a posponer el descubrimiento del Mediterráneo, con el que tanto había fabulado su cabeza. Jamás había tenido una nueva ocasión de intentarlo y saciar su curiosidad, comprobar si lo que su cabecita había imaginado se correspondía con la realidad. Ahora, el destino la situaba en esa encrucijada: con la esperanza puesta en recuperar con vida al fruto de aquel embarazo.

Ni una conversación durante el trayecto. Solo los hombres intercambiaban algunas palabras que únicamente parecían entender ellos. Se cruzó varias veces con la mirada intimidatoria de Yaser, congelada en el espejo retrovisor del automóvil, y la visión le horrorizó hasta el punto de retirar sus ojos de lo que consideraba una trampa mortal. Prefirió mantener su mirada fija en el árido paisaje del exterior y ni siquiera se atrevió a pedir un poco de agua a pesar de que su garganta ardía, mirar a Najib o comprobar si Ruth seguía sentada a su lado o si, como venía siendo habitual en los últimos días, había desaparecido sin hacer ruido ni dejar rastro igual que las otras mujeres que se cruzaron en su camino. Por mucho que le doliera el cuello por la incómoda posición —impertérrita, ladeada hacia la izquierda—, se prometió no alterar en nada la paz que se respiraba en el vehículo y que tan solo rompían las canciones, en forma de plegarias religiosas, de la cinta que Yaser acababa de poner en el radiocasete del coche y que contribuyeron a alimentar su incipiente dolor de cabeza.

Estuvo tentada de bajar la ventanilla: la entrada de un poco de aire, aunque fuera caliente, refrescaría su rostro y le haría sentir mejor. Se lo pensó mucho antes de alargar la mano e intentarlo, pero pronto comprobó su inutilidad: el mando del cristal estaba bloqueado, como supuso que estaría el seguro de las puertas y cualquier otro que pudiera dotarle de cierta autonomía. «¿Qué piensan, que voy a abrir la puerta y arrojarme en marcha, sin más? ¿Creen que estoy tan loca como ellos para suicidarme de esa manera sin antes luchar por mi vida y la de mi hijo?» Aquel pensamiento rebelde le hizo abrazar la posibilidad de que no todo estaba perdido. El optimismo y la seguridad en sí misma eran bien recibidos en su cabeza: resistiría el calor, la sed, la apremiante sensación de mareo, la humillación que representaba el silencio impuesto, el encierro en tela. Todo la ponía a prueba y, de momento, lo iba superando.

Cada vez que el sopor estaba a punto de vencer a su consciencia y amenazaba con desterrarla a un sueño ligero, aparecía el sonido de un móvil y la voz de Najib, que lo acallaba y llenaba el coche con palabras en diversos idiomas. Esta vez sí entendió algo de lo que llegó a sus oídos. Presintió que la mirada de Najib la buscaba en el retrovisor, que incluso ladeaba hacia sí el espejo en su busca, de modo que prefirió mantener los ojos cerrados. Fingió una soñera inexistente pero que le serviría de escudo protector y quizá de tapadera, tal vez Najib se relajaba si la veía rendida. Hablaba una mezcla de francés y alemán, alternando ambas lenguas y mezclándola con otros términos, en árabe. Era normal su prevención a la hora de confeccionar semejante dialecto, en apariencia disparatado: sabía perfectamente que Sara dominaba ambos idiomas. Gracias a eso pudo saber que aquel repentino viaje había truncado el que tenían previsto realizar los dos hermanos Almallah a Hamburgo para encontrarse con dos personas que le posibilitarían la entrega de dinero y unos documentos importantes que contenían información de lo que entendió podría ser una misión. Habló veladamente de un viaje a Holanda y a Bélgica donde se encontraría con contactos que le harían llegar a Turquía, a Irak y a Pakistán, pero empleaban muchas palabras clave y no pudo entender su significado real. Tampoco ayudaba el ruido del coche en su parte trasera.

Hubo un total de siete llamadas, ninguna de ellas excedió los dos minutos de duración, y hasta en tres ocasiones pudo ver cómo Najib cambiaba la batería de los teléfonos y se deshacía de alguno de ellos, incluso arrojándolo por la ventanilla del coche cuando divisaba un lugar propicio para que no lo encontraran nunca. Solo mantenía uno de los móviles encendido y no siempre lo atendía; a veces se fijaba en el número de llamada entrante, lo memorizaba y era él quien volvía a llamar a través de otro móvil. Cuando quería realizar una llamada, encendía un nuevo terminal, al que previamente le colocaba la batería, y lo mantenía en cobertura el tiempo justo que durase la conferencia. Una vez terminada, el recorrido inverso: apagar el móvil, quitarle la batería.

Ahora entendía Sara el verdadero porqué de los continuos cambios de teléfono que se trajo Najib entre manos durante la farsa de su noviazgo, y que llegaron a producirse cada dos meses: no se lo robaban, no lo perdía, no lo olvidaba en un restaurante, ni en un taxi, ni en ningún probador como más de una vez le hizo creer. Lo cambiaba a menudo para evitar dejar rastro, para impedir que lo localizasen si es que alguien lo intentaba. No compraba los móviles en tiendas desconocidas, igual que tampoco aceptaba que le regalaran nuevos terminales si no los elegía él mismo, seguramente para ahorrarse problemas de idéntica naturaleza. Sara odiaba que los recuerdos tomaran al asalto su cabeza al modo de piezas de un complicado puzle, no era agradable ver cómo todo iba encajando a la perfección y dotando de sentido a la sucesión de hechos en la que se había convertido su vida.

Hubiese preferido no entender ciertas partes de su existencia, pero ya era tarde para abrazar imposibles.

Al principio les pareció un espejismo provocado por las altas temperaturas al contacto con el firme de la carretera, que provocaban que ciertos tramos se vieran presos de un característico temblor, como envueltos en una lámina acuosa. Pero esta vez la realidad se imponía: no estaban soñando. Las luces azules y rojas en mitad de la carretera, salpicadas ininterrumpidamente por otras más leves de color rojo, no permitían lugar a equívocos. Najib vio cómo un guardia civil les hacía gestos ostentosos para que se detuvieran a escasos cincuenta metros. Junto al agente de la Benemérita que les estaba dando el alto, dos patrullas de la policía con las luces encendidas aumentaban la tensión en el interior del vehículo. No había tiempo para pensar.

—¿Qué hago?... ¿Paro o me los llevo por delante? —La propuesta la hacía Yaser, visiblemente alterado.

—No seas idiota, para el coche. Yo seré quien hable. No quiero oír a nadie más. Actuad con naturalidad. —Ni siquiera ladeó el retrovisor para que sus ojos encontraran los de Sara, pero tampoco fue necesario. Ella se sabía la destinataria de la amenaza—: Si abres la boca, te mato. Y luego mato a tu hijo. No me pongas a prueba, sabes que lo haré.

El Mercedes detuvo las ruedas junto a uno de los policías y Yaser bajó la ventanilla del conductor, aunque fue Najib quien se dirigió a él.

—Buenos días, agente. ¿Sucede algo?

—Por favor, estacionen el coche cerca del arcén. Ha habido un accidente y la carretera va a estar cortada durante un tiempo, hasta que logremos limpiar de restos el lugar. Van a tener que esperar.

—No se preocupe —dijo Najib sin pretender mostrarse excesivamente amable con el guardia civil. Aquella sencilla explicación acababa de disipar todos sus temores. De forma instintiva miró a uno de los lados de la carretera y allí vio el vehículo siniestrado con importantes daños en la carrocería y una moto de gran cilindrada tirada sobre el asfalto, a unos metros de distancia—. ¿Ha habido víctimas? —Quiso interesarse para disimular su verdadero sentir, aunque temió haberse equivocado porque aquella pregunta evitó la rápida retirada del guardia.

—Dos jóvenes, pero ya han sido evacuadas. Está todo controlado. Ustedes solo esperen aquí. —El policía echó un vistazo al interior del vehículo, en especial a las dos mujeres que viajaban en la parte de atrás. Le llamó la atención su vestimenta y no pudo evitar pensar lo inadecuado de aquellas ropas oscuras para soportar el calor reinante.

Najib volvió a notar un pellizco en el estómago; no le gustó cómo miraba aquel agente. ¿A qué venía tanta insistencia? ¿Qué buscaba? ¿Acaso no tenía bastante con despejar la carretera y dejarles continuar? ¿No tenía que seguir parando el tráfico que viniera tras ellos, que en esa carretera y a esas alturas del mes de julio era bastante? De avisar al resto de los conductores se encargó su compañero, que aparcó la moto de la Benemérita justo detrás del coche de Najib, donde permanecía el guardia civil inspeccionando. Tras unos segundos eternos el agente hizo amago de irse, pero cuando apenas había dado unos pasos, se detuvo y volvió sobre su marcha.

—¿Adónde se dirigen? —preguntó en un tono neutro.

—A Alicante —contestó Najib, al tiempo que en su cabeza comenzaba a idear un plan B que les permitiera salir airosos si la situación se complicaba—. Vamos a pasar unos días con unos familiares. —Temió haberle dado demasiadas explicaciones.

—¿Me deja ver la documentación del coche, por favor…?, y la suya también.

—Claro —contestó Najib abriendo la guantera del vehículo y alargándole los documentos solicitados. Sara recordó el día que descubrió los pasaportes falsos de Najib bajo su cama. Rezó para que el agente se diera cuenta de la farsa.

—¿Viven allí? —preguntó el policía sin levantar la vista de los papeles. Por supuesto, estaban falsificados y en la licencia del coche, aunque en regla, figuraba un nombre distinto.

—¿Quiénes? —contestó Najib casi pensar.

—Los familiares a los que van a ver... ¿viven en Alicante?

—No, no. Vienen en un ferry desde Orán. Pensábamos recogerlos y pasar unos días de vacaciones juntos.

—¿Son también marroquíes?

—De Tetuán.

—Eso antes era España... —comentó sin mucho interés el agente.

—Y antes, todo esto era Al Ándalus —dijo Yaser. El comentario sorprendió a todos, en especial a Najib.

Los segundos que el guardia civil invirtió en examinar la documentación se hicieron eternos.

—Esperen aquí —dijo finalmente al tiempo que les devolvía la documentación. Ninguno se atrevió a respirar con normalidad, era un lujo que de momento se les negaba. Yaser esperaba una buena reprimenda de su hermano mayor por sus palabras (sabía que podía haberles puesto en peligro a todos), pero no tuvo esa suerte: los silencios de Najib solían ser aún más aterradores que sus grandes enfados. Si a raíz del comentario al guardia civil se le antojaba complicarles la vida, tendrían difícil salida.

Todos permanecían expectantes, en tensión, pero los motivos de Sara eran distintos. Tardó solo unos segundos en advertir la encrucijada que le ofrecía el destino: o llamaba la atención de la policía y, ya a salvo, le contaba toda la verdad, o se quedaba calladita tal y como le había ordenado Najib. Su cabeza le apremiaba por lo primero; su corazón, por lo segundo: si llamaba la atención de la policía, probablemente ella se salvaría y sus secuestradores tendrían su merecido, pero ¿cómo encontraría a su hijo? Nunca lo haría.

Transcurridos unos minutos, en los que observaron cómo una primera grúa se llevaba del lugar el coche siniestrado, y una segunda hacía lo propio con la moto, el guardia civil volvió a aproximarse al coche donde los cuatro aguardaban noticias. Delante de ellos, ya habían comenzado a moverse los que aguardaban asimismo junto al arcén.

—Pueden seguir —les informó—. Y tengan cuidado, las carreteras están llenas de peligro aunque no nos demos cuenta. Circulen. Buenos días.

—Descuide, lo tendremos. Muchas gracias.

El resto del trayecto, el caluroso asfalto de la nacional A3 pareció convertirse en un camposanto, a tenor del silencio y el talante tétrico que reinó en el interior del automóvil. Los rostros de los hermanos Almallah se habían transformado y habían tornado en un tono similar al mármol, como si sus facciones hubiesen sido moldeadas con cera, salpicadas por gruesas gotas de sudor que resbalaban por el óvalo de su rostro. No eran hombres acostumbrados a los contratiempos y cada vez que aparecía uno, jugaban en campo contrario. Sara quiso que sus labios saborearan la venganza, que esbozaran una sonrisa al ver el mal rato que habían pasado sus captores, pero creyó más conveniente congelar la mueca. Tampoco tenía motivos de celebración. Su situación no había mejorado.

La entrada en la ciudad le supuso una bocanada de aire fresco que intuyó, valiéndose de un derroche de imaginación, como una agradable acaricia en su rostro, ya que el automóvil en el que viajaban continuaba cerrado a cal y canto y sin visos de cambio. Accedieron a la gran urbe por la carretera que abrazaba el paseo marítimo —cálidamente inmerso en un olor a salitre— y envolvía a su vez su característico paseo central, su hermosa y alegre Explanada, poblada por altas y orgullosas palmeras empeñadas en tocar el cielo con sus ramas puntiagudas y en asentar sus vetustas raíces en un suelo milenario. Se mostraba este legendario camino pródigo en quioscos, donde se reunían los transeúntes para reposar el paseo y darse a una animada conversación, aunque algunos de ellos preferían ocupar las contadas sillas exentas de la obligada consumición, y dispuestas a lo largo del recorrido con el único objetivo de ver pasar a los caminantes o quizá aun la vida. La hermosa travesía se extendía en curiosos y variopintos puestos ambulantes en los que se agolpaba el personal, curioso y hambriento de las novedades que mostraban los feriantes en sus pequeños escaparates. Completaba el escenario la riada de terrazas, abarrotadas, en las que se servían tanto helados y refrescos como apetecibles paellas y suculentas parrilladas de pescado que devoraban hambrientos lo mismo los visitantes ocasionales que los lugareños. Todos encontraban su lugar, por extraños y pintorescos que se mostraran en sus gustos.

Desde la ventanilla del coche, Sara observó el torrente de personas que circulaba por el paseo marítimo, muchos de ellos con paso firme, decidido, como si tuvieran prisa por llegar a su destino. Unos metros más allá entendió por qué los niños tiraban de los brazos de sus padres como si desearan arrancárselos: su mirada quedó prendida del peculiar y siempre sorprendente paisaje que ofrecen las ferias cuando llegan a las ciudades para amenizar las fiestas patronales. Un sinfín de atracciones motorizadas y llamativos puestos de dulces —nidos de algodón dulce envueltos en torno a un palo casi invisible, y manzanas caramelizadas que brillaban tanto o más que las luces de neón—; tenderetes del ocio más variopinto y estandartes cosidos con cientos de globos de todos los colores y formas; barracas aglutinadoras de luces y música a decibelios desquiciantes pero que no parecían molestar a nadie… Un auténtico bazar de los sentidos que, a juzgar por las caras de los viandantes, colmaba, y mucho, sus expectativas.

Un brusco volantazo frustró la idílica visión que estaba consiguiendo mantener entretenida su mente en algo que no fuera su cruda realidad. El coche había entrado en una calle paralela a aquel espectáculo; una calle gris, estrecha, apagada, silenciosa, sin más alegría que el eco de fiesta proveniente del otro lado. Apenas había luz que alumbrara la vía, abocada al fantasma de las sombras, y quienes transitaban por aquella desangelada rúa no se parecían en nada a los que caminaban al otro lado de la manzana: no sonreían, no hablaban con nadie, no salpicaban su rostro con gestos de alegría, sino que más bien caminaban mirando al suelo, y si alzaban la mirada, esta destilaba desconfianza y vaticinaba peligros desconocidos. Tuvo la amarga sensación de haber entrado en otro mundo, de haber sido engullida por otro nivel de la realidad.

Le dio la impresión de haber ingresado en un territorio hostil donde ni siquiera los establecimientos de servicios que se agolpaban a ambos lados de la calle parecían muy dispuestos a darle la bienvenida. Había tiendas gestionadas por ciudadanos chinos —de esas que suelen abrir todas las horas que la ley permite y algunas más—, cafeterías y mercerías. Pudo distinguir una farmacia, una frutería y un par de restaurantes. Lo que más le llamó la atención fue el número de locutorios que pudo contabilizar en ambas aceras, en especial en la derecha: las puertas y ventanas de sus locales aparecían prácticamente tapadas por carteles que informaban de las ofertas en las tarifas de llamada a diversos países, sobre todo a Argelia. Se fijó en que todos los establecimientos tenían nombres árabes y que su clientela —la que abarrotaba el interior y la que se apostaba en el exterior como si esperasen recibir algo o ser recibidos por alguien— también lo era. La mayoría, casi todos hombres, vestían chilabas o los tradicionales camisa y pantalón amplios, como los que usaban Najib y Yaser, aunque también vio vaqueros y camisetas. Las pocas mujeres que caminaban por la calle —siempre en constante movimiento, de un lado a otro, nunca paradas como los hombres— vestían todas el característico chador, los vestidos largos hasta los pies que les cubrían todo el cuerpo y todas sin excepción mostraban sus cabezas cubiertas por velos o directamente con el hiyab.

Un escalofrío le recorrió el cuerpo. No supo con certeza el motivo, pero le dio miedo siquiera intuirlo. Entraba en terreno enemigo, podía sentirlo. Respiró hondo buscando la tranquilidad que sus neuronas le pedían a gritos, y alzó la vista para tomarse un descanso y no martirizar más su aquejado espíritu. Se encontró con varios carteles de pensiones. En el mismo recorrido divisó a varias personas apostadas en la barandilla de los pequeños balcones de las viviendas que daban al exterior. Algunos comían pipas, altramuces o cualquier otro fruto seco, y no vacilaban en arrojar las cáscaras a la vía; otros hablaban a gritos entre sí, de un balcón a otro; muchos perdían su atención en el suceder de la calle; algunos de ellos exhibían el torso al aire y acarreaban a un niño en brazos, que no dejaba de llorar. Era como una tradicional corrala extrañamente cosmopolita, aunque carecía de la familiaridad, el compadreo y la vida que mostraban las que Sara conocía de su Madrid natal.

Yaser no paraba de mirar una y otra vez el papel en el que aparecía dibujado una suerte de plano que supuestamente los llevaría hasta su destino final, pero algo no cuadraba en los garabatos que emborronaban aquel papel cuadriculado y no se cansaba de darle vueltas y de pasárselo a su hermano mayor para que le ayudara. Cada repaso al croquis lo acompañaba de un nuevo vistazo a las fachadas de la calle, pero lo dibujado sobre el papel no parecía hallar su reflejo en la realidad. La sensación de estar perdidos en la ciudad a la que acababan de llegar los desesperaba más a ellos que a Sara. Ella invirtió esos minutos de indecisión general para que su imaginación se explayara en imposibles, como la aparición de una patrulla de la policía que detuviera el coche y la salvara de las garras de un destino que repudiaba, o la visión de su hijo Iván en brazos de uno de los agentes que avanzaba hacia ella a cámara lenta. También se permitió regodearse un instante con la imagen de varios policías empujando a Najib contra el capó del coche para ponerle las esposas, a pesar de su enorme resistencia, mientras levantaba la cabeza para observar con odio y resignación el reencuentro entre madre e hijo.

Mientras ella tejía los minutos con su particular ensoñación, Yaser ya había realizado dos llamadas. Con una mano aferraba el volante; con la otra, el móvil.

—Sí, sí. Lo tengo aquí —decía en español—: San Fernando... Sí, calle Médico Manero Mollá y calle San Fernando... Sí, sí, pero no lo encontramos. Baja y búscanos, o vamos a llamar la atención dando vueltas... Es un Mercedes, color verde. Date prisa.

Sara se fijó en la placa que había en la esquina de una de las fachadas de la calle en la que se encontraban y se dio cuenta de que coincidía con uno de los nombres que acababa de pronunciar Yaser. Ni por un segundo se le pasó por la cabeza sacarles del error en el que estaban. No tenía por qué hacerlo. Entendió su mutismo como una pequeña y particular venganza a los que se creían tan inteligentes y lo tenían todo bajo control. Disfrutaba observando cómo Najib trataba, sin éxito, de disimular su enfado por aquel contratiempo. Le encantó verle irritado, presa de la desazón, mirando a través de los espejos retrovisores, moviendo la cabeza de un lado a otro y vertiendo sobre su hermano expresiones que transmitían todo menos buenas palabras. Ruth se mantenía erguida y muda como una estatua de sal, con las manos entrelazadas sobre el regazo, del que no retiraba la mirada, sin atreverse a mediar en la discusión entre su marido y su cuñado. Seguramente estaría escarmentada de episodios pasados.

Su pequeña victoria también tenía fecha de caducidad. Sara pudo comprobarlo cuando, apenas cinco minutos después de la última conversación telefónica, vio a un hombre de rasgos árabes, de entre cincuenta y cinco y sesenta años, con una gran barba gris bajándole hasta el pecho y ademán nervioso, buscando con la mirada lo que parecía haber perdido. Apareció encuadrado en el horizonte del parabrisas del coche, y un gesto de Yaser elevando la cabeza y apuntando el perfil del desconocido aplacó la intranquilidad de Najib.

—Brahim. Por fin —dejó escapar Yaser en un suspiro de alivio. Aquello le valió una mirada reprobatoria de su hermano mayor, que no parecía compartir con él ningún sentimiento positivo.

El hombre se subió al Mercedes a un gesto de Najib. Ruth tuvo que quitarse a toda prisa el cinturón de seguridad que aprisionaba su cuerpo y apretarse contra Sara para dejarle espacio en la parte trasera del coche. Las explicaciones del desconocido fueron claras y concisas, justo lo que necesitaba Najib para controlar la zozobra que empezaba a asfixiarle y dejar al descubierto una debilidad que se esforzaba por esconder. Había dos destinos claramente diferenciados. Yaser y Ruth ocuparían una habitación en una pensión de la calle San Fernando, ubicada unos números más abajo del lugar de la vía donde se encontraban en aquel momento.

—Es limpia, discreta, no hacen preguntas y el precio no supera los 39 euros por una habitación doble con baño. Es céntrico y está bien comunicado. No muy lejos tenéis la estación de autobuses, el puerto y el tren. Lo que me pedisteis. Además, vuestra presencia no levantará sospecha: hay muchos musulmanes en este barrio y en esa posada. Ninguno da problemas y todos pagan dentro de los plazos. La reserva está hecha para una semana pero podéis ampliarla lo que os convenga.

La voz de Brahim continuó con las indicaciones. Las siguientes les incumbían a ella y a Najib: el hombre los acompañaría a un pequeño piso situado en la calle inmediatamente paralela a San Fernando, la calle Médico Manero Mollá.

—Allí pasaréis la noche y mañana te esperan en el piso de la calle San Francisco, una manzana más arriba. Está tan solo a unos metros, no hay pérdida. Todo está preparado. No hay peligro.

Los hermanos se fundieron en un abrazo, aún dentro del coche. No hubo semejantes muestras de cariño hacia Ruth, ni mucho menos hacia Sara, que intuía que aquella iba a ser la última vez que sus ojos se encontrarían con los de la primera española que hizo aparición en su particular pesadilla. Al menos, esa fue la impresión que tuvo cuando ambas mujeres se mantuvieron la mirada. De algún modo aquella despedida sembró la agitación en el pecho de ambas, en especial en el de Sara. La mujer que la había acompañado desde el principio convertida en su sombra, en su particular carcelera; la mujer que había hecho todo cuanto estuvo en su mano por ganarla para una causa en la que ella misma creía convencida por el amor a Yaser; la mujer que apareció por primera vez en su retina vestida con una abaya negra y un capacho en la mano… Aquella mujer desaparecía ahora de su vida como llegó, como llegaron todas, de repente, sin previo aviso, sin ocasión de despedirse y sin saber cómo hacerlo. Fueron segundos de intercambio de miradas, instantes en los que los ojos se expandieron en busca de territorios ajenos, inalcanzables, pero lo suficientemente lejanos y densos para esconderse en ellos. Las palabras no acudieron a sus bocas ni se modularon en sus labios. Sus gargantas las tragaron por deseo, cobardía o desconocimiento.

Brahim abrió la puerta trasera del auto para permitir la salida de Ruth, que se encargó de recoger las dos bolsas de deporte que esperaban en el maletero. Sentada en el interior del coche, mientras aguardaba a que Brahim se acomodara al volante del automóvil, Sara siguió con la mirada a la pareja compuesta por su antiguo alumno Adel Mezaine y por la amiga que se empeñó en serlo sin conseguirlo. No apartó la vista hasta que ambos accedieron al portal del establecimiento. Sus ojos treparon por la fachada buscando el cartel que indicara el nombre de la pensión, pero estaba demasiado lejos y no era lo suficientemente claro. Cuando el coche arrancó, sintió un dolor sordo en la boca del estómago. De ahora en adelante no tendría a nadie que se molestara en explicarle las cosas que sucedían a su alrededor, aunque fuera de una manera manipuladora y farisea. El fantasma de la soledad volvió a asustarla, a intimidarla y a enturbiar su razonamiento. De nuevo tendría que hacerse fuerte y resistir las embestidas de un futuro desconocido.

22

El piso de la calle Médico Manero Mollá era un cuarto con ascensor. Sin embargo, y a petición de Najib, Brahim los guió por las escaleras, elevadas hacia el infinito, a lomos de una alargada sombra de claroscuros que se divertía perfilando siluetas: aspiraban a sembrar temores y dudas en el vacío en el que anidaban las tinieblas. Sara precedía los pasos de su guardián. Podía escuchar la respiración a su espalda y sentir su aliento templado surcando los pliegues del velo hasta llegar a su nuca. Se notaba cansada, hambrienta, desmoralizada y realmente asustada ante los acontecimientos que la aguardaban al final de las escaleras. No sabía qué le esperaría en aquella casa y aquello le arrancaba un estado febril que comenzaba a arrancar pequeñas gotas de sudor sobre su frente. Temía quedarse a solas con Najib, que su cuerpo volviera a sufrir su violencia enloquecida y desmedida, acabar sus días en aquel lugar en el que estaba a punto de entrar y no volver a disponer de autonomía en su vida para decidir por ella misma…, no volver a ver a su hijo ni a su padre…

—¿Necesitas que me quede? —preguntó Brahim. Pese a ser el mayor de la terna, parecía el menos afectado después de subir a pie los cuatro pisos.

—No hace falta. Asegúrate de que no haya movimientos raros y ven mañana a buscarme. Nos iremos juntos.

Se preguntó si Najib la dejaría allí sola y supo que esta vez no sería así. El uso exclusivo de la primera persona del singular, cuando era evidente que la acción los englobaba a ambos, se había convertido en una constante y ella lo interpretó como una descarada muestra de indiferencia hacia su persona. Ese menosprecio, lejos de resultarle un problema, alimentaba la distancia que había entre ellos y que procuraba tener siempre bien presente. Casi lo agradeció. Había asumido con resignación el hecho de ser invisible a los ojos de sus carceleros, así como a los del resto del mundo, gracias a las telas que la cubrían. Comenzaba a vivir enterrada en vida, en una pétrea montaña de paño que tejía lóbregos lienzos de humillación y vergüenza. Las imágenes de mujeres cubiertas con un largo y fantasmagórico burka o con un no menos claustrofóbico niqab —esas que tantas veces habían taladrado su cerebro desde los noticiarios y que observaba como si aquello tuviese lugar en un mundo lo bastaste lejano para que jamás representase un problema en su vida— ya no le parecían tan extrañas. La amenaza se había materializado, recorriendo miles de kilómetros para ahogarla en vida y hacerlo en su entorno familiar. Ahora era su mundo el que parecía estar a años luz de distancia de donde su aliento pugnaba por recabar aire.

—He dejado algo de comida y bebida en el frigorífico —añadió Brahim mientras le entregaba las llaves del piso—. Y te he traído esto. —Le tendía un pequeño Corán que sacó, cuidadosamente envuelto en un delicado trapo de color beis, de un bolsillo interior.

—Este es el único alimento que necesito —respondió Najib como si el inesperado obsequio le hubiera enternecido. Acercó el pequeño libro a su frente, dándose tres pequeños toques sobre ella y besándolo en cada uno de ellos—. *Choukran Djazilan Azizi* —le agradeció en su idioma patrio.

—*La Choukran aala Wadjib* —contestó Brahim. Sara lo había oído antes y pudo interpretarlo sin problema: «Un deber no se agradece».

Cuando Brahim desapareció por la puerta de madera, lo hizo dando un sonoro portazo, como si quisiera dejar evidencia de su marcha. Sara sintió cómo el techo de la inhóspita vivienda se le derrumbaba encima. Le asustaba no saber qué le deparaba la mente enferma de aquel hombre, reconvertido en su cerebro en una bestia depredadora, que ya había empezado a recorrer las distintas estancias de la casa: parecía buscar algo que echaba en falta, algo cuya ausencia le incomodara y amenazara con irritarle. Pero no lo hacía. Tan solo estaba realizando una inspección visual de las habitaciones para hacerse una composición de lugar: tener bien claro dónde estaban las ventanas y a qué calle se asomaban —algunas daban a San Fernando; otras, a un patio interior bastante estrecho y colmado de tendederos cruzados que nacían como enjambres de los márgenes inferiores de las ventanas del resto de las viviendas—. Sus puños iban dando certeros golpes sobre las paredes y los muros de carga, como si esperara alguna respuesta al otro lado de los tabiques. Solo le devolvían un eco huero, un sonido escabroso a cavidad vacía.

Observándole, a Sara no le hubiese extrañado que empezara a golpear una de las paredes y que de sus entrañas surgiera una persona, envuelta en un rojizo polvo de ladrillo y manchada de pintura blanca, que se abalanzaría sobre él para fundirse ambos en un abrazo y romper a hablar en árabe. Su capacidad de sorpresa prácticamente se había anulado en las cinco semanas largas que llevaba cargando cadenas. Su cerebro podría asimilar como normal cualquier realidad que, un par de meses antes, le hubiese resultado una locura maquiavélica digna de una película de ciencia ficción, de esas que tanto entusiasmaban a Iván y que provocaban más de una regañina materna cuando el pequeño intentaba verlas a escondidas, a pesar de la prohibición categórica.

Ella le esperaba en el pequeño vestíbulo de entrada de la vivienda, una ubicación estratégica que le permitía seguir, sin problemas y sorteando los siempre inoportunos ángulos ciegos, el acalorado itinerario de Najib. Ahora se había detenido unos segundos a observar con detenimiento el suelo de la habitación más amplia, situada en el ala derecha del piso. Sus pasos le llevaron atropelladamente a la estancia ubicada en el extremo izquierdo de la casa, de cuyo interior salió al poco acarreando un colchón: lo arrastró unos metros hasta dejarlo caer de golpe sobre el parqué que cubría el suelo de la primera de las estancias, a la diestra.

—Dormiremos aquí —dijo sin molestarse en mirarla—. Tú lo harás sobre este colchón. No creo que tengas frío. A estas alturas del año y en esta ciudad, más bien pasarás calor. De todas formas, creo que hay unas mantas en el armario. Cógelas si te hacen falta.

Sara se dirigió a acatar sin rodeos ni preguntas inoportunas la orden que Najib le había dado. Dotó a su caminar de un paso delicado, leve, procurando huir del escandaloso crujido que las pisadas provocaban sobre el suelo de tarima flotante que alfombraba la vivienda. Comprobó que la habitación, impregnada de un fuerte olor a pintura reciente al igual que el resto de la casa, estaba vacía por completo. Se notaba que alguien se había esmerado en limpiarla, porque el olor a pintura se mezclaba con el rastro aromático de los productos de limpieza y el característico olor a cerrado que enclaustra el interior de las viviendas vacías. En su interior, tan solo dos colchones nuevos, aparentemente sin usar. Nada más. Ahora entendía por qué la voz de Najib había llegado hasta sus oídos encerrada en un inconmensurable eco, como si hubiese sido engendrada en el seno de una bóveda y luego parida por una especie de gramola que amplificaba su potencia y su modulación, haciéndola parecer más profunda e intimidatoria.

Se sentó tímida sobre el colchón. A lo único que se atrevió fue a moverlo unos centímetros hasta toparlo con la pared, contra la que recostó su espalda y acomodó su silueta encogida, formando un ovillo con las piernas plegadas hacia su pecho, y los brazos retraídos y pegados al pecho. Luego cogió la almohada, todavía envuelta en una bolsa de plástico, la colocó sobre su regazo y se abrazó a ella. Así se mantuvo el resto de la tarde y toda la noche, mientras observaba la sombría silueta de Najib. Su carcelero parecía haberse petrificado, apoyado en el marco de la ventana, desde la que no se cansaba de observar el transcurrir de la calle, el ir y venir de los paseantes, las luces intermitentes de los rótulos de varios locales —que mantenían sus puertas abiertas aun después de las diez de noche—, el sonido de los cláxones entremezclado con algún grito o insulto... Le entretenía la vida, ese extraordinario espectáculo que parecía empeñado en destruir.

Sara se durmió abrazada al miedo y a la certeza de que en cualquier momento su cuerpo podría ser de nuevo víctima del malvado guardián de su sueño, del nuevo dueño de su vida. Apenas descansó: fue más bien un ensayo de ensoñaciones breves y confusas del que despertó varias veces sobresaltada, con el corazón galopándole a mil por hora, bien por el sonido de una bocina, de unas risas procedentes de la calle, o de un nuevo crujido del parqué alertando de nuevas pisadas sobre su superficie.

En uno de esos despertares, del que emergió envuelta en sudor, comprobó con estupor que Najib no estaba apostado en la ventana donde su recuerdo le había abandonado antes de sucumbir al duermevela. Se incorporó sobresaltada sobre el colchón, intuyendo un ataque por sorpresa, oliendo su peligro, buscando sombras que le dieran una pista del escondite de la bestia y que le permitieran elaborar alguna defensa, por inútil que fuese. Sin embargo, los fantasmas que se agolpaban en su cerebro se negaban a dejarse ver fuera de él, por mucho que sus ojos escrutaran frenéticos la oscuridad. Tuvo que inclinar un poco el cuerpo y alargar unos centímetros su cuello para encontrarle. Najib estaba arrodillado sobre la pequeña alfombra de color verde, adornada por una nutrida hilera de flecos blancos, que había visto por primera vez en el salón de la casa de Madrid donde fue encerrada. Allí había visto rezar a Yaser, sobre ese diminuto tapiz, como ahora lo hacía su hermano mayor.

Le observó durante unos segundos, puede que minutos, quizá varias horas. Imposible concretarlo. Najib parecía en trance: su cuerpo se mostraba relajado y su espíritu parecía abrazar la paz y el sosiego que se le negaba el resto del tiempo; los ojos cerrados, los labios presa de un movimiento veloz que les impedía cerrarse por completo, y dejaba escapar un leve silbido en forma de plegaria que ascendía hasta el techo del dormitorio y se abría generoso a la conquista del resto de los aposentos. Estaba amaneciendo y la tímida luz que empezaba a inundar la vivienda le pareció la más hermosa que había visto en la vida. La iluminación de la escena era tan sobrenatural que Sara dudó si estaría soñando. Esa imagen consiguió sosegarla, aunque no pudo evitar sentirse culpable por albergar aquel sentimiento: sabía que en cualquier instante podría volverse contra ella. No lo hizo. Sara le observó hasta que la venció nuevamente el sueño.

La despertó un descompensado concierto de pisadas, aturdidas y codiciosas, que llegaban casi hasta ella. En contra de lo que había sucedido durante toda la noche, su despertar fue apacible, nada de sudores fríos y sacudidas nerviosas. Abrió los ojos lentamente y vio cómo Najib y Brahim iban de un lado a otro de la casa: entraban a la cocina, salían del dormitorio, volvían a una habitación para luego dirigirse a otra y de ahí a la salida, regresaban sobre sus pasos para acabar de nuevo en la cocina o en el baño o en la entrada, se asomaban a las ventanas... Su desconcertarte itinerario no destilaba nerviosismo, al contrario, parecía responder a una coreografía ensayada, pactada y serena.

—Despierta. —La voz de Najib hizo que sus párpados se abrieran por completo—. Tenemos que irnos. Hay algo de té en la cocina. Si te das prisa, podrás beber algo antes de marcharnos.

El estómago de Sara no albergaba deseo alguno de un té pero su mente estaba lejos de reparar en remilgos. Se levantó de un salto, se dirigió con ademanes de sonámbula a la cocina, se sirvió una taza de tisana, se la bebió sintiendo cómo el líquido ennegrecido le abrasaba la garganta y de ahí se encaminó a toda prisa al cuarto de baño. Algo la detuvo cuando su mano ya sujetaba el pomo de la puerta. Su cuerpo se paralizó durante unos instantes hasta que finalmente reunió fuerzas para girarlo y acompañar el gesto de una escueta pregunta que brotó del antojo de sus cuerdas vocales.

—¿Puedo ducharme?

Najib tardó en contestar, aunque cuando lo hizo, la firmeza consagró su autoridad aún más.

—Sí. Pero date prisa. No quiero esperar más.

Quince minutos más tarde, Sara volvía a pisar la calle.

Con un sol de justicia cayendo sin piedad sobre los adoquines cuadrados, como si quisiera cobrarse alguna ofensa antigua, la vía parecía más animada, incluso luminosa, y desprendía una vitalidad que el día anterior habría considerado imposible. No tuvo mucho tiempo de admirar la metamorfosis callejera; sin embargo, le bastó para observar, mientras ascendían por una de las pequeñas y estrechas calles perpendiculares a San Fernando, que los rostros tenían otro color, que la gente miraba diferente y hasta su caminar distaba mucho del que había encontrado a su llegada. Parecía como si la ciudad hubiese vuelto a la vida y sus habitantes revivieran al presente con la única condición de olvidar el pasado.

El día, borracho de luz y entreverado con gruesas hileras de calor, deshacía apatías e invitaba al optimismo. El cielo derrochaba cantidades ingentes de un azul celeste prodigioso, fresco y limpio, que estrellaba grandilocuente sobre la tierra, hambrienta de tonalidades propias de aquel principio del mes de julio. Un aire límpido, preñado de salitre y henchido de relente marino, se entretenía acariciando las fachadas de los edificios, zarandeando las señoriales ramas de los árboles y haciendo bailar sus hojas bañadas en lustrosos verdes; flirteaba con las faldas de las mujeres y las corbatas de los hombres; abatía cortinas y entraba a raudales por las ventanas abiertas para sembrar los espacios de seductoras fragancias. Si sus circunstancias hubiesen sido otras y fuera de su padre la mano que le prendía el brazo, Sara habría cerrado los ojos y abandonado su andar al azar del caprichoso destino, como solía hacer de pequeña cuando se dejaba llevar sin miedo y con plena confianza en su particular lazarillo. Pero Mario estaba lejos y Najib era el guía que la vida le había designado; no había lugar para derivas mentales en busca de paraísos inexpugnables.

El trayecto fue corto, apenas diez minutos tras los pasos que marcaban las sandalias de Brahim, y aun así Sara agradeció el breve contacto con el mundo exterior. Sus pulmones estaban hartos de ambientes rancios, cerrados, y su dermis y su cabello bramaban por el roce de la brisa y el sol. Si pudo disfrutarlos fue gracias a unas inesperadas palabras de aquel hombre:

—No conviene que salga a la calle tan tapada. Aquí no —dijo Brahim refiriéndose al riguroso velo negro con el que Ruth le había ordenado vestirse antes de salir de Madrid. Parecía una viuda recién salida de uno de los dramas matriarcales extraídos de la literatura y teñido de penurias—. Bastará con el chador y si lo ves necesario, un pañuelo que cubra su cabeza. Así no llamará la atención.

El comentario se convirtió en una nueva orden que brotó de los labios de Najib y Sara acató en el acto: con un gesto se deshizo de aquel trozo de tela que la había acompañado desde la mañana anterior. Gracias a aquello, su cabeza se refrescó por partida doble: todavía llevaba el pelo húmedo tras la ducha, y la brisa que se abalanzó sobre ella nada más pisar la calle contribuyó milagrosamente a refrescar sus pensamientos.

El portal de la calle San Francisco en el que entraron se le antojó más amplio y moderno que el que acababan de abandonar. Su nuevo hogar los esperaba unos metros más abajo, a doce escalones de distancia, enclaustrado en un semisótano donde en breve encontraría un auténtico zoco humano. Cuando Brahim introdujo la llave en la cerradura y franqueó el umbral, Sara sintió la bofetada de una extraña asfixia que la dejó sin respiración. Una densa bocanada, concentrada en un opresivo olor a humanidad, la obligó a dar varios pasos hacia atrás buscando alejarse y deshacer el camino. El cuerpo de Najib actuó de dique y abortó su amago de huida o, en su defecto, de desmayo. No supo diferenciarlo. Avanzó unos metros con la certeza de que aquel extraño hedor le estaba perforando las entrañas.

El interior de la vivienda tenía forma de vientre: podría pasar por el de un animal enorme, perdido en el interior de un bosque; también por una cueva abandonada, oscura y plagada de sombras que auguraban mil peligros y otros tantos misterios. A pesar de aquella penumbra, pudo comprobar que a ambos lados custodiaba su camino un regimiento de ojos, que la observaban como si aguardasen el momento adecuado para saltar sobre ella. La inseguridad que la devoraba era tal que la mano de Najib sobre su encorvada espalda le pareció redentora, e incluso deseó no haberse desprendido del velo que la cubría y que a buen seguro la habría mantenido a resguardo de aquellas miradas insidiosas. Aquel pensamiento apenas sobrevivió unas décimas de segundo en su cabeza: le asustó tanto su propia argumentación que la desestimó, más por sentido de la dignidad que por lógica racional.

Prácticamente la condujeron en volandas hasta una habitación. Desorientada por completo, no podría decir si su cuerpo había virado a la izquierda, a la derecha o si había seguido recto. No lo sabía. El miedo que gobernaba su cuerpo y la mantenía agarrotada impidió que su cerebro racionalizara sus movimientos. Tampoco creyó que hubiese merecido la pena memorizarlo: si algo tenía claro desde que comenzó la pesadilla era que siempre estaría custodiada por sombras; unas visibles, otras imaginadas… No sabría decir cuál de ellas le daba más miedo.

Entró en el cuarto con ganas y aferrada a un extraño sentimiento de gratitud, entregándose desarmada al abrazo con el que parecía acogerla el interior de la estancia. Najib pasó tras ella y cerró tras de sí la puerta. Permanecieron en silencio tres o cuatro minutos, como si esperasen instrucciones para el siguiente paso, como si necesitaran un manual para continuar respirando, armando sus pensamientos y decidiendo sus acciones.

Sara no se atrevió a sentarse sobre una de las dos camas que ocupaban la superficie del dormitorio. Su garganta permaneció cerrada; la boca, seca; los labios, sellados. Durante unos instantes, las miradas de los dos únicos inquilinos del oscuro dormitorio se cruzaron en un punto indefinido, suspendido en el tiempo y en el espacio. Era la primera vez en meses que ninguno de ellos rehuía los ojos del otro, como si en ese punto muerto del horizonte compartido residiera algún tipo de esperanza por recobrar el sentido de lo que los unió un día. No se pronunció una sola palabra, ni el más mínimo silbido, la más tímida vacilación. Tan solo se observaron como lo harían dos fantasmas, viendo el uno más allá del iris del otro, intentando penetrar en la córnea ajena para recabar información de lo que su cerebro mascullaba. Fue la mano de Brahim la que rompió estrepitosamente aquel instante congelado en el tiempo.

—Cuando quieras —dijo después de abrir la puerta—. Te están esperando.

Aquel hombre bajito, delgado, de hombros huesudos que ocultaba bajo las costuras de una larga chilaba, supo que había interrumpido algo. No adivinó si bueno o malo, ni para quién. Tampoco le interesaba, no era de su incumbencia y él solo estaba allí para resolver problemas y evitar que su aparición contraviniese los intereses de su hermanos, y por ende, los suyos.

Brahim era un argelino que llevaba más de doce años viviendo en España, diez de ellos en Alicante. El aura que envolvía su enclenque figura le daba la apariencia de un devoto servidor, un fiel escudero dispuesto a todo por atender a su señor, por no decepcionarle ni fallarle nunca... Pero era más, mucho más.

Hacía tiempo que había dejado atrás un pasado violento de integrista radical que le había convertido en el cerebro y brazo instructor de un comando terrorista islámico. Aquello le hizo viajar por medio mundo (Marsella, Nápoles, Dublín, Pisa, Fráncfort, Granada, Barcelona...) sembrando el pánico allá donde asentaba y extendía sus redes, tejidas al albur del patrón de la yihad islámica. Ahora la organización integrista argelina a la que pertenecía —ligada con fuertes lazos a Al Qaeda y aun al propio Bin Laden, a decir de muchos— le había enviado a Alicante para organizar y diseñar la célula durmiente de muyahidines, y desde ese momento había conseguido hacerse casi invisible para todos, tanto vecinos como fuerzas de seguridad españolas. O al menos, eso pensaba.

Era él quien recibía a todos los aspirantes a mártir de la yihad que su grupo se encargaba de captar y adoctrinar, y también el responsable de facilitar un lugar seguro y discreto a los miembros de la organización que necesitaran esconderse durante un tiempo, ya fueran pequeñas piezas del engranaje o los más altos cargos de la organización, acostumbrados al lujo y a un tren de vida acomodado en el que eran ellos los que daban las órdenes y dispensaban los favores: a estos últimos tan pronto los hacía pasar por mendigos —vestidos con harapos y teñidos de suciedad— como por manteros —provistos con un trozo de sábana cosida con cuatro cuerdas a modo de hatillo que dispuesto sobre el pavimento urbano se convertía en el escaparate perfecto para la venta ambulante de perfu-

mes, gafas de sol, bolsos, cinturones o pañuelos, todos falsificados—. ¿Quién sospecharía? Nadie. ¿Y si querían salir? Brahim era
capaz de embarcarlos en un ferry rumbo a Orán con el simple disfraz de un niqab femenino. Ese trayecto que unía España y Argelia
por mar era una de sus travesías preferidas para abrir rutas de tránsito rumbo a las zonas de conflicto bélico como Afganistán, Pakistán, Yemen, Chechenia o, en su día, Bosnia. También para coordi-
nar los envíos de correos humanos y de voluntarios dispuestos a
saltar por los aires en mitad de un mercado o de una plaza atestada
de gente.

Financiación no faltaba: la tela de araña que había diseñado gracias a sus contactos, a su preparación militar y logística se nutría del
dinero que le enviaba la organización terrorista y el que conseguía
recaudar por medio del robo de tarjetas de crédito, coches y casas
particulares, el tráfico de drogas y el blanqueo de divisas. Nadie lo
diría al ver aquel rostro lleno de recovecos, desniveles y sombras,
aquella barba larga y canosa que le caía hasta el pecho en forma de
cascada, o aquella piel excesivamente amarillenta, aquella apariencia inofensiva.

—¿Tienes hambre? —preguntó Brahim, acompañando su pregunta de un gesto y un tono que bien podría haberse confundido
con el escuchado en cualquier centro de ayuda.

Sara se fijó en sus dedos, extremadamente largos y huesudos,
con unas falanges escuálidas y presididas por unas uñas afiladas y
rosadas, que sobresalían dos o tres centímetros de la yema del dedo.
Luego se limitó a negar con la cabeza como única respuesta al inau-
dito ofrecimiento. Aquel hombre que permanecía observándola en
el umbral de la puerta era un ejemplo más de la metamorfosis radical a la que un individuo podía someterse cuando abrazaba un ob-

jetivo firme en la vida, asentado en una inamovible creencia religiosa llevada al límite del integrismo. Sin embargo, Sara aún no lo sabía y su mirada no le atemorizaba lo suficiente. Debería haberlo sospechado, en realidad: ya había visto antes una mutación de similares características. Najib.

Esperó durante horas sentada, ahora sí, sobre una de las camas cubierta por una fina colcha entretejida con hilos de lana de vistosos colores. Se entretuvo metiendo los dedos por los agujeros que daban forma a los dibujos de flores entrelazadas, mientras su pensamiento volaba a abrazar a su hijo. Se esforzaba por imaginarlo riendo, sano, a salvo de todo peligro, entretenido junto a otros niños de su edad en aquel lugar donde Najib lo mantenía alejado de ella. En el antojadizo puzle de su memoria hizo aparición Mario, con una de sus sonrisas abiertas y sinceras, y aquella devoción con que a veces observaba a su única hija. Cerró los ojos para saborear el luminoso destello de aquella caja de recuerdos. «Papá, Iván, cómo os quiero.»

De pronto, el tiovivo de luz y color se detuvo en seco y el camino imaginario que recorrían sus dedos entre los agujeros de la colcha multicolor trajo a su mente un escenario sombrío. Abrió los ojos de golpe, como si un resorte bien engrasado y activado a distancia le hubiese obligado a ello, y la imagen de Louiza —la muchacha que había conocido en el piso de Madrid, la que bramaba por vengar la muerte de su hermano— apareció con total nitidez en su retina. No bastó con un parpadeo para que se desvaneciera. Un fugaz estremecimiento cubrió el cuerpo de Sara de una escarcha gélida mientras recordaba cómo los dedos de la joven chechena entraban y salían por los agujeros de bala de aquella camisa manchada de sangre. Cesó de inmediato el movimiento nervioso de sus falanges entre las aberturas enmarcadas en hebras de lana, como si hubieran sido víctimas de una desconocida parálisis que les hubiera robado la capacidad de acción. El recuerdo le asustó y secuestró en parte su respiración. ¿Por qué habría invadido aquella imagen su territorio más íntimo? ¿Por qué había aparecido en el momento más inoportuno, cuando una dosis de optimismo invadía su cerebro y anestesiaba su derrotado espíritu? ¿Tendría algún significado? ¿Existiría alguna relación entre Louiza y ella, o aún peor, entre la suerte que corrió su hermano y la que podrían correr Mario e Iván?

Se incorporó de un brinco del lecho que ocupaba, como si sus pulmones le hubiesen hecho entender que sin una buena y pronta bocanada de aire no seguirían funcionando. Su pecho se elevaba bruscamente, presa de una agitación que presagiaba la aparición de males peores. Su mano buscó desesperada el tirador de la ventana, dividida en dos láminas acristaladas, pero comprobó que el asidero no obedecía sus órdenes. La ansiedad se apoderó de ella, constriñendo su corazón y pellizcando su estómago, erosionando su cuerpo. Tiró una y otra vez, convencida de que la ventana cedería si era capaz de imprimir una dosis extra de fuerza y se abandonó a una retahíla de golpes, con los que solo consiguió hacerse daño.

La asfixia conquistaba terreno. La sentía avanzar en su interior como una boa a lo largo del cuerpo adormilado de un hombre, ajeno al fatal desenlace. Podía verla riéndose de ella, burlándose de la inutilidad de sus exasperados intentos por abrir la ventana y aliviar un ahogo que oprimía su pecho al grito de muerte. Sentía que el corazón se le paraba, que la sangre dejaba de bombear en el interior de sus venas, que los pulmones se empequeñecían, que las lágrimas comenzaban a resbalar por sus mejillas, provocando a su paso surcos profundos. Sus brazos y sus manos cada vez tenían menos fuerza para seguir golpeando y tirando de la empuñadora del ventanuco. Se le acababa el tiempo y su respiración era ya apenas un hilo asmático que seguía la partitura del final de su vida. ¿Así iba a acabar todo? ¿Esa iba a ser su despedida del mundo? Su vista comenzó a introducirse en terrenos cubiertos de una niebla espesa, mientras su brazo se aferraba al tirador, ya no para conseguir que cediera, sino para retrasar en lo posible el momento en que su cuerpo impactara contra el suelo.

Cuando a punto estaba de desfallecer, una mano irrumpió de entre las sombras de la habitación y tiró de ella hacia arriba: Najib agarró con fuerza el maldito abridor, aún cubierto por los dedos de Sara, y consiguió abrirlo violentamente. El aire se estrelló contra la lívida tez del rostro de la joven, que, a fuerza de profundas inhalaciones, procuraba recuperar la vida que se le escapaba a borbotones. Todavía no se había dado cuenta de que permanecía acurrucada contra el pecho de Najib, ni de que él sostenía su peso muerto entre los brazos. Solo al recuperar el resuello alzó la vista y dio dos pasos atrás, rápidos, al advertir quién era. Sus ojos se desplazaron inquietos en busca de alguna explicación que no la condenara en su cabeza. Apenas sin fuerzas, acopió las precisas para sostenerle de nuevo la mirada.

—Te he salvado la vida —dijo Najib recurriendo a uno de esos temidos tonos encharcados en una ácida ironía a los que tan a menudo acudía para desesperación de los presentes—. Estás en deuda conmigo. Recuérdalo.

La respiración todavía jadeante de Sara se encumbró como única respuesta para aquella provocación. Cuando ya Najib volvía sobre sus pasos con el firme propósito de abandonar la habitación, ella le detuvo con una súplica inesperada para ambos:

—Espera. No te vayas, te lo ruego. Necesito hablar contigo. Necesito que me hables. Por favor, concédeme un minuto, solo un minuto y luego aceptaré que me ignores como lo vienes haciendo.

Najib giró su cuerpo y avanzó unos metros para situarse frente a Sara. La presencia de aquella figura masculina tan cerca de ella le inspiraba pánico desde la violación apenas dos días antes: todavía notaba el dolor en los huesos, la hinchazón de la cara. Sin embargo, se sobrepuso y arrinconó el miedo, o al menos, lo relegó ante una urgencia que se le antojaba más perentoria. Tragó saliva con fuerza, en un gesto que encerraba orgullo, dignidad y el odio concentrado en su interior a lo largo de todo su cautiverio.

—Sé que estás enfadado conmigo porque crees que hice algo que te juro que no hice. —Insistir en el encuentro fortuito que tuvo con Miguel y en la promesa de que no le dijo nada que pudiera traicionarle y ponerle en peligro no cambiaría las cosas, así que desistió y optó por otro camino—. Sé que estoy en tus manos y que no tengo ninguna posibilidad de pedirte nada porque me odias. Pero quiero pedirte... —corrigió sus palabras antes de que estas terminaran de salir de entre sus labios—, no, no, quiero *suplicarte* que me utilices lo antes posible. Que adelantes aquello que quieras que haga. Te juro que estoy preparada, que aceptaré lo que sea. Solo quiero que salves a mi hijo, como me prometiste. Él no tiene culpa de nada. Haz lo que quieras conmigo, pero, por favor, hazlo ya, no puedo esperar más. —A veces sentía que estaba al borde de la muerte, que ni su cuerpo ni su mente resistiría demasiado. Y si eso pasaba..., no quería que su familia pagase las consecuencias.

Sara terminó de hablar y permaneció en espera de una contestación. Él le hizo esperar segundos eternos, minutos incluso, mientras ella se preguntaba si su requerimiento habría sido inoportuno, si estropearía aún más las cosas, si podría haber mayor humillación que suplicar clemencia al hombre que la había vejado, golpeado, que había secuestrado a su hijo y privado de vida a su padre. Se flageló mentalmente por cobarde, por ruin, por miserable. Tenía que haberle gritado, colmarle de insultos y de golpes, como había hecho él con ella y con muchos menos motivos. ¿Y qué había hecho, sin embargo? Ceder a su dictadura del terror, amilanarse como un animal herido en vez de batallar por su vida, defenderse de sus indiscriminados ataques, salvaguardar su dignidad y exigir respeto. Sintió una inmensa repugnancia por la piel que la vestía. Deseó arañarse, arrancarse el cabello, abofetearse, magullarse sin piedad; en definitiva, todo lo que no había sido capaz de hacerle a él.

—«Y os pondremos a prueba hasta saber quiénes de vosotros son los que luchan y son los pacientes y para probar vuestros actos», Corán 47:31. —La recitación de Najib estranguló sus ya maltrechos nervios. Él pudo notarlo e insistió en su envite—: «Esos recibirán su recompensa dos veces por haber sido pacientes, por haber rechazado el mal con bien y haber gastado de la provisión que les dábamos», Corán 28:54. Alá está con los pacientes, lo dice el Corán 2:153 y 2:249, también 3:146: «Alá ama a los pacientes». —Guardó silencio y ladeó la cabeza para mirarla, casi decepcionado—: No sé qué vi en ti, Sara, ni qué me llevó a elegirte para ser conquistada... —dijo por fin, amparándose en el patrón de un juglar de palabras y sus innumerables sentidos—. Aunque mirándote mejor... —comentó libertino, al tiempo que recorría su afligido cuerpo con una mirada lasciva y descarada—, creo que sí lo sé. Es más, creo que acerté contigo. Solo me falta una última etapa para felicitarme por la elección. Y no temas, será pronto. Me lo has puesto demasiado fácil.

Se aproximó a ella, que le contemplaba maniatada y amordazada en su propia piel, y la besó en los labios: los apresó entre sus dientes y los hizo sangrar, y aquello pareció despertar en él un sentimiento macabro de orgullo y placer. Sara ni siquiera sintió el dolor ni apreció el hilo de sangre que comenzaba a fluir de la pequeña herida. Tampoco advirtió el empujón que la dejó sentada sobre la cama.

—¿Está vivo? —le preguntó a voz en grito a pesar de la mordaza que la congoja había colocado en su boca—. ¡Dime!, ¿está vivo? —insistió.

—«Sed pacientes, tened aguante, manteneos firmes y temed a Alá para que podáis tener éxito», Corán 3:200.

El portazo que dio al salir de la habitación no hizo sino confirmar sus temores. Una vez más, no le quedaba nada salvo una larga y desquiciante espera.

Y el silencio.

23

Llevaba una semana en su nuevo emplazamiento de la calle San Francisco y todavía no había salido de los ocho metros cuadrados en los que se distribuía su celda. La única novedad con respecto a las mazmorras en las que había sido enclaustrada hasta el momento era que aquel aposento disponía de dos camas y Najib dormía en una de ellas. Era fiel al mismo ritual que repetía noche tras noche: entraba en la habitación cuando la madrugada mantenía, por fin, en silencio la casa y el mundo exterior; se aproximaba a la ventana, donde permanecía unos minutos como si esperase una señal que le permitiera acostarse; se desnudaba por completo para meterse en la cama, no sin antes contemplar el cuerpo de Sara tendido en el lecho contiguo, inmóvil, conteniendo el temblor, completamente tapado con la sábana y la colcha a pesar del calor con el que las noches de julio estaban castigando a los habitantes de la ciudad.

Durante esos segundos Sara luchaba por acallar los malditos fantasmas que se arremolinaban sobre ella y le susurraban las barrabasadas que Najib estaba a punto de acometer contra su cuerpo. Temía que el fino oído de su compañero de cuarto pudiera escuchar la velocidad y la furia de los latidos de su corazón, que descubriese que estaba despierta, fingiendo un sueño que ambos entendían inútil: si él quería, nada podría evitar la reacción temida. De momento, la amenazadora profecía de los espíritus solo conocía el fracaso, aunque Sara no conseguía dormir hasta escuchar la respiración fuerte y profunda que emitía el cuerpo de Najib vencido por el sueño.

El único rostro que se había dignado a aparecer por aquella habitación, convertida casi en santuario, era el de Brahim. El argelino se encargaba de suministrarle las tres comidas del día; nada variado, al menos en la bandeja destinada para ella: un plato de arroz y unos paupérrimos trozos de pollo, con la carne blanca adherida al hueso como a la vida, acompañados de una lámina fina y redonda de masa de pan, semejante a una pita, un vaso de té frío y una pieza de fruta, que a veces era sustituida por un recipiente lleno de frutos secos o una pasta fría de textura similar al yogur, y un sabor mucho más agrio. La única variación permitida residía en la salsa que acompañaba a la carne, especialmente en el color y el espesor, ya que en el paladar apenas se apreciaba diferencia alguna.

Cada día, los restos y las sobras de comida que Sara dejaba en el plato eran más abundantes. La mayoría de las veces se limitaba a esparcir con el tenedor la comida, apartándola hasta el borde del recipiente y dejando limpio el centro para simular que había ingerido algún alimento. Se limitaba a mordisquear la torta de pan o a pellizcarla con los dedos para acto seguido llevarse a la boca pequeños trozos, y a beber el té frío que le servían con algunos cubitos de hielo y que durante unos instantes lograban engañar a su cuerpo, haciéndole olvidar el asfixiante ambiente del cuarto. No había aire acondicionado en la casa, aunque desde su habitación podía escuchar el runrún de algunos aparatos de refrigeración en funcionamiento en otras salas. La suya no estaba entre las elegidas. Pensó que quizá respondiera a una estrategia, porque el sopor que sembraban las altas temperaturas la mantenían en un inquebrantable letargo, extremadamente cómodo para sus carceleros. Tan solo encontraba cierto alivio entrada la medianoche, casi rozando el alba, cuando la ventana —abierta de par en par pese a estar casi a la altura de la calle— permitía el paso de un aire fresco y húmedo, que lograba refrescar el ambiente y mitigar en parte la asfixia reconcentrada durante todo el día.

El chador negro que vestía desde que salió de Madrid tampoco ayudaba a aliviar su temperatura. La tela no era fina, más bien rugosa, y el paño se convertía en una especie de sauna que quebraba su piel para extraer las gotas de sudor que barnizaban su dermis dejándola pegajosa. Por eso, su alivio fue infinito cuando una mañana Brahim entró en su habitación para hacerle entrega de una chilaba de color azul celeste con una gran greca blanca dibujada en el centro, una pequeña abertura abotonada a la altura del escote y mangas cortas que acababan a mitad del antebrazo. La decisión no obedecía a ningún acto de caridad. Nadie pensó en hacerle un favor ni en apiadarse de ella: sencillamente, el negro era un color demasiado lúgubre para una ciudad que desprendía luz por cada una de sus esquinas y todos parecían empeñados en no llamar la atención.

Los días eran eternos, profundamente tediosos. Sara entretenía las horas dando paseos de la cama a la ventana, cuidándose mucho de no asomarse a ella en exceso, tal y como le había ordenado Najib.

—No quiero que pueda verte alguien —le había dicho—. No quiero problemas, ya me has dado bastantes. Además, no hay nada que ver más que las piernas de los viandantes. No creo que eso te interese mucho.

La rutina era una vacía y monótona espera enmarcada en el espacio claustrofóbico de aquella habitación llena de sombras, de miedos, de espantos, de ruidos. Jamás pensó que le urgiría tanto la compañía de otro ser, que le quemara en la garganta la necesidad de hablar con alguien, de comunicarse, de escuchar otras voces. Más de una vez se sorprendió hablando sola, e incluso llegó a asustarse al percibir el sonido de su propia voz. Estaba volviéndose loca. Su desesperación alcanzó tales cotas que llegó a echar en falta las absurdas y ridículas charlas con Ruth, y aun la compañía espectral de las mujeres enterradas en cien capas de velos. Brahim nunca hablaba con ella; se limitaba a entrar y a salir de la habitación o, como mucho, a darle alguna indicación sobre la comida. Por su parte, Najib solo la miraba, se negaba a contestar a sus cada vez más escasas consultas. La única compañía con la que podía contar era el monótono murmullo, casi inaudible y la mayoría de las veces indescifrable, que atravesaba los tabiques de la vivienda hasta llegar a las paredes que la recluían.

Los silbidos eran continuos. Rara vez lograba estar la casa en silencio, sin el sonido de un portazo, la voz ronca de Najib o sus gritos aislados y contundentes —capaces de sembrar la afonía de los cuchicheos—, el eco de los rezos conjuntos y las canciones enlatadas que salían de un radiocasete, o la sucesión de pisadas que recorrían el pasillo y morían al entrar en alguna de las habitaciones. Muchas veces se sorprendió pegando la oreja a la pared con la esperanza de descifrar los balbuceos de las voces que se perdían en el aire antes de ser interpretados. Eran siempre voces masculinas. Ni siquiera podía diferenciar si las palabras que armaban ese insistente susurro eran pronunciadas en español, en árabe, en inglés... Su percepción era demasiado débil, muda y enfermizamente cautelosa. La opacidad del mundo que se levantaba al otro lado del antiguo y cuarteado papel de su cuarto agudizaba su imaginación, que se entretenía en confabular secretos, amenazas y peligros que hablaban de vida y muerte.

Cada vez que Brahim o Najib la conducían a su sesión diaria de aseo, los ojos de Sara procuraban captar alguna información que le ayudara a ordenar sus ideas y descifrar sus sospechas. Imposible: las puertas de las habitaciones se cerraban a su paso, y si alguna se mantenía abierta, su interior no le facilitaba ningún hilo del que tirar para cuadrar las piezas. Tampoco le parecía ya cosa del azar que jamás se cruzara con ningún propietario de las voces que traspasaban las paredes durante el rápido trayecto del dormitorio al cuarto de baño, aunque un día la casualidad hizo que un insignificante incidente mostrara ante sus ojos algo que la desconcertó.

Caminaba por el amplio pasillo de la vivienda tras los pasos de Brahim, que iba entretenido en una llamada telefónica que le había alterado el rictus, cuando se le cayeron al suelo la pequeña toalla que le facilitaban para la ducha y los dos botes de champú y gel con los que contemplaba la higiene diaria. Sara se vio obligada a detener su camino unos instantes para recoger todo y tuvo que alargar la mano e invadir escasos veinte o treinta centímetros del suelo de la habitación que mantenía su puerta entreabierta, pero no lo suficiente para que su mano lo alcanzara, de modo que se vio obligada a empujar un poco la hoja. Cuando sus dedos apresaron el bote de champú y en un gesto reflejo alzó los ojos hacia el movimiento que advirtió con el rabillo del ojo, la visión la sobrecogió por inesperada y dantesca.

De un rápido vistazo pudo contar más de una treintena de hombres sentados en el suelo; apenas podían acoplarse en él por la cercanía del resto y la escasez de espacio. Los había negros, árabes y algunos otros de rasgos claramente occidentales. Muchos de ellos vestían camisetas de equipos de fútbol españoles —Real Madrid y Barcelona sobre todo—. Guardaban silencio, con la vista fija en las imágenes que se proyectaban sobre una macropantalla de televisión. Fueron unos segundos, pero pudo distinguir la figura de un imán y escuchar parte de su discurso, sorprendentemente para ella, en español:

«La yihad debe realizarse en aquellos emplazamientos donde residan musulmanes sin necesidad de viajar a lugares de conflicto abierto con el islam...», decía. Le siguió el visionado de un vídeo que incluía subtítulos en inglés en los que Sara acertó a leer: «Judíos, judíos, el ejército del Profeta volverá. Mártir, mártir, descansa en paz, estamos detrás de ti y somos el símbolo de la lucha...». La proyección continuaba y era incapaz de apartar los ojos o despegarse de allí. Nadie parecía haberse percatado de su presencia hasta que uno de los botes volvió a resbalársele de las manos. Su corazón se paralizó y su respiración huyó despavorida al oler el peligro. De golpe, un regimiento de ojos se desplomó sobre ella.

Por un momento creyó que sería aplastada, lapidada por las miradas de aquellos hombres que parecían estar contemplando un fantasma. No le dio tiempo a buscar alternativas: el brazo de Brahim, que hasta ese instante continuaba inmerso en la conversación telefónica sin advertir que ella se retrasaba, la recuperó del suelo y la zarandeó bruscamente. Su gesto no auguraba nada bueno y su boca no tardó en corroborarlo.

—Hoy no habrá aseo. Eres demasiado torpe. O demasiado entrometida.

Ya la conducía de nuevo a su dormitorio, sin que mediara ninguna queja ni saliera excusa alguna de su garganta, cuando Sara distinguió la figura de Najib observándola al fondo del pasillo.

—Espera —le ordenó a Brahim casi en la puerta de su cuarto—. Quizá sea bueno que sacie su curiosidad. Incluso puede que nos ayude. —Se aproximó a Sara con aquella mueca ladeada en sus labios, la sonrisa sarcástica—. No puedes evitarlo, ¿verdad? Siempre tan curiosa, tan fisgona..., en definitiva, tan mujer.

De nada le sirvió a Sara la negación nerviosa que se había apoderado de su cabeza y con la que intentaba hacerle entender que todo había sido fortuito, que simplemente había tropezado, se le habían caído las cosas e intentaba recuperarlas. No lo había hecho a propósito, no era su intención husmear en aquella habitación, pero ya era tarde para justificaciones; como de costumbre, nadie las escucharía.

Sara fue introducida violentamente en la habitación donde aguardaba el batallón de hombres; se diría que la esperaban a ella, ya que sus miradas permanecían tal y como las había dejado segundos antes. Su cuerpo se convirtió en la diana contra la que se estrellaba el vergel de ojos apilados. Eran ojos de odio, contenedores de terror y proyectores de un miedo irracional. Najib la conducía por el interior del dormitorio patera como si fuese una muñeca de trapo, sin atender a sus tropiezos ni percatarse de la torpeza de sus piernas, sin reparar en su voluntad, que le gritaba que fuera más despacio, que procurara que sus pies no pisasen los cuerpos de los hombres, que continuaban sentados sobre la tarima sin variar un ápice su ubicación.

Mientras se abrían paso entre el mar de piernas que cubría la estancia, estuvo a punto de caer y estrellarse contra la alfombra humana en un par de ocasiones. Los brazos de Najib lo impidieron sobre la marcha, al tiempo que la obligaban a seguir avanzando. No supo cómo, aunque supuso que algo tenían que ver los empujones y los pisotones propiciados, pero encontraron un lugar donde situarse para seguir viendo la proyección. Ellos, a diferencia del resto, permanecerían de pie. Las imágenes congeladas sobre la pantalla reanudaron su movimiento gracias a un gesto de Najib. Sara no sabía si sería mejor atender a las miradas insidiosas de los presentes —que aún entendían menos que ella lo que estaba sucediendo— o estrellar sus ojos contra la pantalla y no distraerlos de ella durante el tiempo que durara aquella representación infernal a la que Najib la había arrojado. Estaba nerviosa, consciente de que le faltaba poco para ser vencida por un arrebato de histeria. Necesitaba salir de allí, huir, o ponerse a gritar para romper los nudos que ataban sus tripas y que comenzaban a brotar al exterior en forma de temblores y espasmos.

Hasta entonces no se había dado cuenta, pero el aire en aquel dormitorio era prácticamente irrespirable. Sintió que su interior, convertido en una ciénaga de bilis, ácidos y jugos gástricos, bramaba por vaciarse sobre la multitud encerrada. Su cerebro ya estaba contemplando el desagradable y escatológico fotograma, que de momento solo residía en su imaginación, y considerando las posibles consecuencias que el lamentable episodio supondría para su futuro. Suplicó por un autocontrol que dudaba tener. Notaba cómo su cuerpo transpiraba escandalosamente y aunque no quería mirarse, estaba convencida de que el sudor le había pegado a la piel la tela de la chilaba que vestía. La vergüenza solo le sirvió para aumentar su congoja. Se sentía cohibida, violentamente observada. Las manos de Najib se habían convertido en garras y su corpulenta anatomía aparecía transformada en un muro de contención de hierro forjado, indemne a cualquier sacudida que su mermada voluntad pretendiera imponer. Las arcadas engendradas en el centro de su estómago fueron remitiendo y el vómito quedó reprimido. Quizá obedecieron y se doblegaron de manera inconsciente a las últimas palabras que él abandonó en su oído.

—Cálmate, Sara, y presta atención. ¿No era esto lo que querías?, ¿no es esto lo que buscabas? Pues ya lo tienes. Disfrútalo.

La sinrazón comenzó a desfilar ante sus ojos en aquella pantalla que había tomado dimensiones cinematográficas. Fueron pasando vídeos que mostraban películas espeluznantes de la muerte de civiles en las guerras contra países musulmanes. Apareció Bosnia, con sus grupos de soldados serbios prendiendo fuego a edificios repletos de gente atrapada en su interior, entre gritos de espanto y dolor. Afganistán, y las imágenes crudas de varios talibanes desenterrando los cuerpos sin vida de soldados estadounidenses para abrirlos en canal y abandonarlos al sol mientras otros derribaban con ráfagas de kalashnikov las cruces cristianas colocadas en los márgenes de la fosa común. Chechenia, con violaciones de mujeres, de bebés, de ancianas, matanzas de niños, ejecuciones sumarias.

Sara intentó retirar la mirada de aquellas atrocidades, pero Najib se lo impidió. Las imágenes se encadenaban sin pausa y cada vídeo ganaba en crueldad y vileza. No faltaba nada capaz de salir de la imaginación más enferma, y nadie se había molestado en editarlas, como si pretendieran que los gritos, la sangre y el dolor de las víctimas salpicaran a todos los presentes.

Una voz sobreactuada y esperpéntica iba explicando cómo los infieles, los enemigos de Alá, masacraban sin piedad a los musulmanes y como estos tenían la obligación de responder a semejantes afrentas, que, según el locutor, iban única y exclusivamente dirigidas a provocar y desacreditar al Profeta y a sus seguidores. Sara escuchó llamamientos a la aplicación de la *nusra* —la solidaridad entre los musulmanes frente a los infieles—, que ellos entendían como la obligación de acudir en su ayuda para vengar su muerte y hacerlo con la propia vida. También una perseverante repetición de versos coránicos, extraídos a conciencia y descontextualizados para que dieran justificación a sus actos criminales y garantía de bondad a sus asesinatos; y discursos incendiarios y apocalípticos en boca de varios imanes que utilizaban sus mezquitas para dirigirse a sus fieles y justificar los crímenes de guerra de los soldados musulmanes en Irak, en Palestina, en Chechenia, en Cachemira, o el maltrato a la mujer si esta no aceptaba su lugar en el mundo y las pautas de comportamiento estipuladas, según sus discursos, en el libro sagrado.

Se estremeció al escuchar parte del sermón que el líder espiritual de los musulmanes australianos, el muftí Taj al-Din al-Hilaly, pronunció en el año 2006 antes del inicio del Ramadán, bajo el título *Por qué los hombres fueron mencionados antes que las mujeres por el delito de robo y las mujeres antes que los hombres por el pecado de la fornicación.* Las palabras del imán actuaron como objetos punzantes sobre su estómago: «Si pones carne sin cubrir en la calle, en el suelo, en un jardín, en el parque o en el patio trasero, y vienen los gatos y se la comen, ¿de quién es la culpa, de los gatos o de la carne descubierta? El problema es la carne descubierta... Si la mujer está en sus habitaciones, en su casa, y si está llevando el velo, y si muestra modestia, los desastres no ocurren».

La pantalla volvió a llenarse de fotografías de hombres musulmanes que eran presentados como *shahids*, héroes de guerra, mártires: se sucedían las imágenes de los pilotos suicidas de los atentados contra las Torres Gemelas de Nueva York, y también de una mujer que Sara no tardó en reconocer. Era la misma fotografía que sus ojos habían contemplado antes, en la casa de Madrid. Su memoria recuperó el momento en el que Ruth le mostró aquella imagen. «¿Sabes quién es?», le había preguntado. La mujer de la fotografía era Wafa Idris. La única mujer que apareció, en alabanza, en aquella dantesca proyección.

La voz de Najib volvió a quebrar su mundo. Notó su aliento en el interior de su oído pero nada pudo hacer por impedirlo.

—«Oh, vosotros, creyentes, no me preguntéis de ciertas cosas que al abrirlas a vosotros os harán mal.»

El sonido de sus palabras despertó un escalofrío que recorrió su columna y le dejó un ligero sabor metálico en la boca. Sara quedó a la espera de la cita exacta, de la aleya, el número de sura que acompañaba siempre a este tipo de oratorias y que solía pronunciar justo a su término, pero la voz de Najib parecía haberse quebrado antes de tiempo. No pudo girar la cabeza como hubiese deseado para observar el rostro masculino de Najib recorrido por las lágrimas: eran el fruto de la emoción que le embargaba, orgullo y dolor a partes iguales, al contemplar las imágenes de muerte y sufrimiento de sus hermanos. Sara tuvo que conformarse con escuchar el débil sollozo, el leve silbido en su nuca.

Sentía cómo subía y bajaba el pecho de Najib contra su espalda, y pudo observar el resto de humedad en la mano de su captor después de haberse secado con ella los ojos. ¿Realmente estaba llorando? ¿Cómo era posible que alguien como él rompiera en lágrimas? ¿Es que no observaba sus actos? ¿Acaso él se apiadaba de sus víctimas y del dolor que les provocaba? ¿Qué derecho tenía de llorar al ver una violación cuando él había hecho lo mismo con ella tan solo unos días atrás? ¿Es que las lágrimas de ella o las de su hijo Iván le conmovían menos que las de los niños palestinos, bosnios o pakistaníes ajusticiados en el vídeo que acababan de ver? «Yo es que lloro mucho, ¿sabes?» El recuerdo de aquella lejana confesión retornó nítido a su mente. Su cerebro no daba para más. Era demasiada la indignación que la gobernaba para seguir intentando dotar de un razonamiento lógico lo que había sido obligada a presenciar, incluido el ataque de sensibilidad de Najib.

Toda esta confusión reinaba en su interior cuando se dio cuenta de que la proyección había terminado y que una vez más era conducida en volandas hacia su dormitorio.

—¿Te ha gustado? —le preguntó él recuperando su característica media sonrisa ladeada. Su garganta parió una risa fingida y teatral que resultó repugnante—. ¡Y me preguntabas que por qué tú! ¿Ves como no eres única, como no se trata solo de ti? ¿Te has fijado en ellos, en cómo observaban las imágenes? Seguro que sí, he visto cómo los mirabas con ese aire de superioridad tan tuyo. Esos aires siempre te han perdido, mi amada Sara. —La última referencia le revolvió el estómago—. Y haces mal, porque eres como ellos. Puede que vuestro inicio fuera diferente, pero vuestro final será muy similar.

»A ti te encontré en una academia, es cierto, y a ellos los encontraron en la celda de una cárcel partiéndose el alma por sobrevivir, en el banco de un parque inyectándose el último chute de heroína o acurrucados en una patera, luchando con el resto de sus compañeros de aventura por esconderse en el fondo de un bote de madera para que la policía o la Guardia Civil no los descubriese. Es curioso. Hay quien no entiende que una patera llena de inmigrantes reporta más beneficios que un cargamento de hachís. Sin embargo, yo he sabido verlo. Yo les he sacado de su mundo de fracasos y desesperanza para acogerlos con los brazos abiertos en el mío. No sabes lo fácil que resulta: están solos, perdidos, la sociedad los rechaza, los mira con odio, con la misma repugnancia con la que los observabas tú, o como mucho con indiferencia. Los consideran basura, un lastre incómodo para poder disfrutar de sus privilegios sin problemas de conciencia, una presencia molesta que prefieren ignorar mirando hacia otro lado antes que cruzarse con ellos. Son los desperdicios de su manera de vivir.

Con un tirón de su brazo la obligó a sentarse en la cama. El cuerpo de Sara temblaba. Luego se quedó de pie ante ella, con la manos en los bolsillos, desenredando otro monólogo interminable.

—Y yo los recojo de la calle y les brindo mi ayuda. Les ofrezco una casa, un techo bajo el que dormir, comida y agua calientes, ropa, abrigo; los rodeo de compañía, de palabras de bienvenida, de amor, de paz, de cariño; les consigo un trabajo, les doy dinero, les hablo de una vida mejor, de un dios misericordioso que no duda en apiadarse de ellos y que solo pide que se le rece. Y ¿cómo van a negarse? Tampoco es mucho pedir, ¿no te parece? Se entregan y saben que están en deuda conmigo. Yo los he devuelto a la vida, los he rescatado de una muerte segura. Yo me he molestado en acercarme a los puertos y a los aeropuertos donde según llegan se les rechaza, se les comunica que no son bien recibidos en este país y se los encierra como animales en espera de ser deportados.

»He sido yo quien se ha presentado en los barrios de chabolas, el que ha entrado en esos nidos del delito, infestados de droga, prostitución y corrupción, y a quien no le ha importado mancharse de mierda bajando a la mugre de esta sociedad únicamente para rescatarlos. Yo he sido quien he mandado a mis hombres a la cárcel para que los pobres desgraciados no estuvieran solos, para que esa generación perdida para Occidente encontrara la redención de sus pecados, para que contara con la compañía y la protección de Alá, a través del rezo y del ejercicio físico que los mantendrán vivos y preparados para cuando se enfrenten al exterior. Algunos dicen que los reclutamos, que los sometemos a un proceso de fanatización religiosa y social, que les llenamos la cabeza de consignas radicales, cuando lo único que hacemos es tenderles la mano y darles la oportunidad que les niegan los que tanto nos critican. La ignorancia de los infieles es siempre muy atrevida.

Resultaba ridículo verle entregado a la soflama que le henchía el pecho y marcaba las venas de sus sienes y del cuello, a punto de estallar en cualquier momento. Sin embargo, gracias a aquella patética oda a su persona, Sara entendió el trasiego que inundaba aquella casa. Entendió el eco de las voces que se colaban en su cuarto, la presencia fantasmagórica de aquellos hombres encerrados en las distintas estancias del piso, obligados a madrugar para orar, a ayunar, a entrenarse física y mentalmente, a ver vídeos de contenido bélico, a instruirse en el arte de la guerra, en el manejo de armas, en la preparación de explosivos, y algunos de ellos, en el uso de las nuevas tecnologías.

Todo el misterioso y constante runrún que envolvía la casa las veinticuatro horas del día; los intempestivos ruidos que la despertaban al alba; los murmullos que recorrían el pasillo; las continuas pisadas sobre el parqué de la vivienda; todo el festival de sonidos, desconcertante por momentos, cobraba sentido. Ahora lo veía claro. Todo formaba parte de un macroproyecto de lavado de cerebro con el fin de mantener a toda vela el negocio de la muerte. También aquel piso era un supermercado de carne, como el que había encontrado en la casa de Madrid. Cambiaban los rostros, las miradas, el color de la piel, la nacionalidad, los nombres, las historias…, pero todo era lo mismo. Tan solo habían logrado mejorarlo y reconvertirlo en un zoco de supervivencia donde la falsedad y el chantaje se alzaban como pilar principal.

Las elucubraciones que ocupaban la atención de Sara habían dejado en un segundo plano la perorata de Najib, que seguía mostrándose satisfecho y orgulloso de sus logros, que no escatimaba en reconocer y apuntar al detalle. Observó cómo el hombre al que había amado como a ningún otro se había transformado en un patán patético. Su voz volvió a inundar sus oídos y a asentarse en su cerebro.

—… y ellos, a cambio, me entregan su vida. Esa es la única diferencia que os separa: ellos se muestran agradecidos, mucho más participativos. Aceptan su destino, es más, lo abrazan, lo desean, trabajan para conseguirlo. Bien es cierto que no todos sirven para llegar hasta el final, pero nosotros no repudiamos a nadie. Siempre hay un lugar en nuestro mundo para ellos. A los analfabetos y a los torpes les conseguimos trabajo como jardineros, cocineros, camareros, conductores, empleados domésticos, dependientes, incluso guardias de seguridad… Son conscientes de que somos sus salvadores, se sienten en deuda y por eso contribuyen con nuestra causa dándonos parte de su vida, de su tiempo, de su familia, de sus beneficios, de su sueldo, o actuando de señuelos cuando así se lo requerimos, o de tapaderas, o de correos humanos. Y si algún día necesitamos ir más lejos para conseguir lo que queremos…

La memoria de Najib se colmaba de imágenes, de violentas intimidaciones a comerciantes del barrio, pintadas amenazantes en las fachadas de determinados negocios y en las casas familiares de quienes se negaban a colaborar con ellos, coches incendiados, robos, secuestros exprés, palizas por encargo, actos de vandalismo, campañas de desprestigio… e incluso asesinatos. Ese crisol de recuerdos le hizo sonreír, y heló la sangre de Sara en sus venas. Ella no podía saber con exactitud lo que le rondaba la cabeza, pero conocía esa sonrisa y estaba segura de que no era nada bueno.

—Es como una cadena de favores. Y tú también estás en ella.

Najib comenzó un paulatino y sigiloso acercamiento que la hizo retreparse en el asiento. No había terminado su arenga. Todavía tenía algo más que decir.

—Deberías ver cómo agradecen sus mujeres lo que hacemos por ellos. También de ellas te convendría aprender.

Najib terminó su aviesa aproximación cuando apenas los separaban un par de centímetros. Pasó la mano por el óvalo de su cara, dibujando su afilado perfil con los dedos índice y corazón y abandonando el pulgar sobre los labios de ella.

—«Las mujeres virtuosas son las verdaderamente devotas y guardan la intimidad que Alá ha ordenado que se guarde. Pero a aquellas cuya animadversión temáis, amonestadlas, dejadlas solas en el lecho; luego pegadles», Corán 4:34. —Proyectó en su mirada toda la infamia que fue capaz de encerrar en las pequeñas dimensiones de su córnea y se concentró en observarla sin pestañear, avivando los temores de la joven, cuya respiración volvía a dispararse—. Dime, Sara, ¿qué debería hacer contigo?

24

Cuando su cabeza y su torturado espíritu le hicieran saber que llevaba quince días encerrada en aquella casa, Najib se sirvió de una enorme sonrisa que petrificó en su rostro para informarla de la sorpresa que tenía preparada: su inminente salida a la calle.

—Arréglate. Nos vamos a dar un paseo. Hace un día precioso, ¿no querrás perdértelo?

A Sara la desesperaba aquella facilidad pasmosa de la que su carcelero hacía gala por aparentar que nada había pasado, aunque hubiese protagonizado la mayor de las vilezas. En cuestión de segundos, minutos o amaneceres, la memoria de Najib parecía poner a cero su contador de atrocidades y emprender un nuevo trayecto en el que los recuerdos no suponían ningún obstáculo al quedar ahogados en el olvido. No sabría decir si estaba ante un claro trastorno de personalidad, un elocuente caso de locura transitoria o si sencillamente habría que atribuirlo a la maldad más cruel e inhumana. Esta última teoría era la que ganaba fuerzas. Sara aprendió a vivir con ello y a entender que sus accesos de orgullo y dignidad, útiles en una vida normal y corriente, resultaban vanos en el oasis de la sinrazón que habitaba. Asumió la propuesta, que como siempre le sonó a mandato incontestable. Cualquier otra reacción se volvería en su contra más pronto que tarde.

La calle. El contacto con el sol quemándole la piel; la fresca sensación del aire contra su rostro; la luz que lo inundaba todo; el sonido directo de las voces y de las conversaciones, sin que mediara una pared de ladrillos o los cristales de una ventana; el ruido de los coches, la contaminación de los tubos de escape, los gritos de los niños, las tertulias, las prisas, los olores… La vida en directo. La vida real. La vida que le habían negado, de la que se había visto privada de la noche a la mañana, la misma que había desfilado inadvertida ante su cuadro emocional y de la que ahora recelaba como un reo al verse libre. Rezó por que no desapareciera de su horizonte por completo.

No terminaba de creérselo. Mientras caminaba junto a Najib y presentía la escolta de otros dos hombres a sus espaldas, tuvo la impresión de estar viendo una película: podía observar a sus personajes, pero estos no la veían a ella. Parecía la única que se fijaba en todo lo que rozaba el asfalto, en los rostros de los hombres, la ropa de las mujeres, los anuncios sobre los cristales de los comercios. Nadie se fijaba en ella. Dudó de si realmente su cuerpo estaba allí o si a fuerza de tanto empeño ajeno se había vuelto al fin invisible. Le cruzó por la cabeza la idea de simular un desmayo, un ataque epiléptico o de ponerse a gritar y a patalear como si su cuerpo estuviera poseído por una fuerza extraña y sobrenatural, a ver si de esta manera tan poco ortodoxa conseguía despertar la curiosidad de alguno de tantos paseantes. Una tímida mirada a Najib le sirvió para desestimar el absurdo pensamiento.

Intentó concienciarse de que debía disfrutar de aquel pequeño regalo de libertad, durara lo que durase, y amparase las oscuras intenciones que sin lugar a duda amparaba. Sin embargo, su cuerpo no era capaz de relajarse y abandonar la tensión que cargaban sus espaldas como un pesado fardo. El paseo estaba siendo irregular: atravesaban plazas y cruzaban calles, casi todas pequeñas y estrechas. Estaban lejos de la hermosa y concurrida Explanada cercana al paseo marítimo que había contemplado al llegar a Alicante. Sus pasos los llevaban unas calles más arriba, hacia el interior de la ciudad. Hacía calor, pero no era el mismo que provocaba su asfixia cuando estaba encerrada en su dormitorio: era un calor fresco, agradecido, un aliado.

Najib caminaba junto a ella. La instaba a avanzar si se rezagaba o aminoraba su marcha por cansancio o porque algo le había llamado la atención. Parecía relajado, aunque de vez en cuando la inquietud le perturbaba y volvía la cabeza con disimulo en busca de sombras o presencias amenazadoras; luego variaba la dirección de su paseo o la longitud de su zancada o se detenía en los escaparates para intentar encontrar el reflejo de perfiles no deseados. Sara dedujo que toda aquella parafernalia era para comprobar si alguien los seguía. Aprendió a valerse igualmente de los escaparates para cerciorarse de si los dos individuos que los escoltaban desde que salieron de la casa continuaban a su espalda. Eran dos hombres. Uno de ellos solía acompañar a Brahim y, aunque jamás había escuchado su voz, sí sabía que se llamaba Mourad por las veces que le habían requerido a voz en grito. Al otro, de complexión menos corpulenta, mucho más joven y de piel negra, le recordaba por un incidente del que fue testigo accidental.

Sucedió en los primeros días de estancia en el piso de San Francisco. Sara salía del baño después de realizar su rápido y diario aseo corporal cuando escuchó unos gritos que provenían de una de las habitaciones anteriores a la suya. Justo después vio cómo la espalda de un muchacho de piel oscura se estrellaba contra la pared del pasillo y cómo Najib se encaraba a él con violencia. Brahim, que iba tras de ella, la sujetó para que se detuviera y entonces fue cuando vio cómo Najib, después de abofetear al joven, le ponía el brazo izquierdo sobre el cuello y con la mano derecha le arrancaba de cuajo el pequeño piercing metálico que llevaba en el labio inferior. El chico empezó a sangrar abundantemente y llenó la casa de berridos de dolor, mientras intentaba parar la hemorragia con sus manos, que pronto se tiñeron de rojo. «Un buen musulmán no agujerea su cuerpo con estas mierdas», gritó Najib dirigiéndose al nutrido corro de curiosos que se había reunido en torno a él.

Desde luego, aquella no era la primera vez que le había visto fuera de sí, lejos de la imagen de tranquilidad y de férreo control que solía mostrar. Otro día se acercó a uno de los jóvenes de la casa y le arrancó los auriculares que colgaban de sus orejas: «Oír esta música siendo musulmán… Debería darte vergüenza. Ofendes a Alá y a tus hermanos». Era el mismo joven al que le había prohibido trabajar en un restaurante cercano al paseo marítimo porque en su carta se ofrecían suculentos platos hechos a base de carne de cerdo y en su local se despachaba alcohol. Najib no podía permitir una ofensa semejante. Aquella vez la amenaza fue clara y no terció violencia física: «Qué estúpido eres. Si trabajaras en ese endiablado lugar, estarías en pecado mortal —le dijo cuando el joven le propuso usar guantes para esquivar todo contacto con la carne—. Irías contra los preceptos del islam, ofenderías al Profeta y a nuestro Dios. Y ya conoces el castigo por mucho arrepentimiento que quisieras mostrar. La pena de muerte».

Episodios similares —que daban buena muestra de la interpretación más radical del islam— sucedían a menudo en el interior de la casa, siempre con Najib como principal protagonista. Rechazaba que los hombres vistieran pantalón corto y no tenía reparos en azotarlos si descubría a uno con semejante prenda; prohibido también ver la televisión, un aparato gris que permanecía siempre apagado sobre un mueble del comedor hasta que un día, en pleno ataque de ira por algo que ni siquiera recordaba, decidió estrellarlo contra el suelo. Las prohibiciones bajo amenaza de sufrir castigos de distinta gravedad se extendían al uso de la radio —salvo que fuera para escuchar cánticos y rezos del Corán—, la asistencia al cine, al teatro o cualquier arte escénica que, según las soflamas de Najib, fuese contra la religión y contra Alá.

Tal era el ímpetu con el que defendía sus preceptos que un día golpeó a un joven hasta la inconsciencia cuando le sorprendió entreteniendo el tedio con unos juegos de magia que había encontrado en el altillo de uno de los armarios: aquello le deparó un aluvión de golpes que a punto estuvo de enviarle al hospital. «Un musulmán nunca debe practicar esta basura —le recriminó Najib mientras clavaba sus ojos, inyectados en una espeluznante mezcla de sangre e ira, en el aterrado rostro del hombre—: "Salomón no dejó de creer, pero los demonios sí, enseñando a los hombres su magia", Corán 2:102.» En aquella ocasión no fue solo Najib quien descargó en aquel joven toda la furia que fue capaz de imprimir en cada golpe; también los demás se sumaron gustosos.

El reflejo de aquel muchacho del labio partido en el escaparate le hizo aparcar su cargamento de recuerdos y la devolvió a la realidad. Aquello no parecía un paseo, sino más bien una expedición planeada y con destino fijo. También comprobó que Mourad había desaparecido, y eso la inquietó sin saber muy bien por qué. El hombre había entrado en un locutorio dos calles más abajo, con la misma habilidad y presteza de una anguila en el agua. Todos parecían haberse percatado del mutis menos ella, absorta en sus pensamientos, aunque seguramente conocieran sus intenciones de antemano. Lo confirmó cuando miró a Najib y este le devolvió una sonrisa sardónica. Al principio esas muecas mordaces regadas de superioridad le molestaban, pero su proliferación convertida en rutina había conseguido que se acostumbrase a ellas; ya solo había indiferencia.

Continuaron andando un buen rato hasta llegar a un barrio que a Sara le pareció vivo y alegre. Pudo sentir un penetrante olor a mar que consiguió despertarle los sentidos, y un lejano murmullo de humanidad alcanzó sus oídos.

—Es la playa, está ahí mismo, pero no creo que podamos ir —le dijo Najib. Había detenido la caminata y la había obligado a tomar asiento en un banco de madera—. Ahora me esperarás aquí. Él se quedará contigo —ordenó señalando al chico del labio partido—. No hagas tonterías porque le obligarás a él a hacerlas, y créeme que no te gustaría.

Sara vio cómo Najib se alejaba y desaparecía por la esquina de una de las pequeñas calles dispuestas a modo de laberinto por la ciudad. Cada vez que la figura de aquel hombre desaparecía de su horizonte, la zozobra se asentaba en su vida y conseguía nublarle la razón. La paranoia comenzaba a escalar posiciones en su cabeza y a medrar su espíritu. Era como si alguien le susurrara al oído que jamás volvería a verle y, por lo tanto, tampoco volvería a abrazar a su hijo. No podía evitar entenderlo como una señal premonitoria, como una amenaza velada, como una posibilidad de que todo había acabado sin que ella hubiera tenido la oportunidad de remediarlo. La idea le obsesionaba. Por la noche se despertaba envuelta en sudor y asmáticos jadeos después de haber tenido el mismo sueño que se repetía una y mil veces y siempre comenzaba de la misma manera: con la despedida de Najib, con sus pasos perdidos en un bosque, sobre la arena de una playa, en una gran ciudad, en el desierto, y cuando a punto estaba de desaparecer, Iván aparecía de la nada corriendo y riendo a carcajadas, y él lo cogía en brazos y se lo llevaba lejos, dando la espalda a su madre y dejándose engullir por una nube de humo blanco que borraba sus siluetas en cuestión de segundos.

Sentada en el banco, se entregó a un contoneo nervioso, un leve balanceo de atrás hacia delante: acunaba el abanico de amenazas que acechaban su cabeza. Sus oídos apreciaron un lejano repicar de campanas interpretando una partitura que le era completamente desconocida. Su mirada revoloteaba inquieta por su alrededor sin encontrar ningún punto fijo en el que posarse y descansar. Al fin, lo consiguió. Sobre un cuadro de azulejos vio escrito el nombre de la calle donde se encontraba: calle Virgen del Socorro. El descubrimiento la intranquilizó más. Dudó si entenderlo como una señal o como una sentencia en firme. La cabeza estaba a punto de estallarle cuando escuchó la voz del chico del labio partido.

—Este es el mejor barrio de toda la ciudad. El Raval Roig. Yo me crié aquí. —La confesión llenó de extrañeza el semblante de Sara, que no esperaba que aquel muchacho fuera un lugareño—. Mis padres vinieron a este barrio hace diecisiete años, cuando yo tenía trece meses. Mis padres me contaron que era un barrio de pescadores, con casitas bajas a pocos metros de la playa, donde tenían las barcas para salir a faenar. Ahora ya no queda ninguna, porque han levantado muchos edificios altos para que la gente viva en ellos y pueda ver el mar, pero mi padre me dijo que toda esta parte estaba llena de casitas de colores porque los pescadores compraban botes grandes de pintura para pintar las barcas, y con la que les sobraba, barnizaban también las casas. No sé si será verdad…

El joven se calló. Sara estaba perdida, desconcertada. Al escucharle hablar en un perfecto español, la sorpresa le había zarandeado como le sucedió al escuchar por primera vez la voz de Ruth hablando su idioma. No sabía qué hacer ni cómo reaccionar, y solo tuvo valor para dirigir su mirada hacia la esquina por donde había desaparecido Najib.

—No te preocupes, volverá enseguida. Ya sé que estás muy enamorada de él. —Sonrió, y Sara no pudo reprimir un gesto de repulsa, que, sin embargo, él entendió como una muestra de vergüenza—. Las cosas se terminan sabiendo. Pero no te preocupes, no comentaré nada. Siempre que no le digas a Najib que he hablado contigo. Lo último que quiero es que se enfade: él es como un padre para mí. Desde que falleció el mío…

Guardó unos segundos de silencio, como si un recuerdo emocionado le hubiese dejado mudo. Tampoco ahora se atrevió ella a decir nada.

—¿Sabes que en esta zona puedes encontrar una parroquia ortodoxa, una iglesia cristiana y una mezquita? En esta misma calle están la parroquia ortodoxa de San Andrés y San Nicolás, y si sigues un poco más y subes por unas escaleritas empinadas, llegas a donde estaba la ermita de la Virgen del Socorro. Y enfrente del paseo del Postiguet, por ahí —dijo señalando en dirección al mar—, está el centro islámico que acoge la mezquita. Allí es donde ha ido Najib. Allí vamos todos. A ochocientos metros hay, bueno, no estoy seguro de que continúe, porque desde que salí de la cárcel no he paseado por aquí... —La verborrea cesó en el momento en que sus ojos se encontraron en busca de respuestas—. Yo no hice nada. No violé a esa chica, solo cargué con el marrón porque soy negro y un muerto de hambre y todos se pusieron de acuerdo para arruinarme la vida, hasta mi abogado. Ahora las cosas son distintas...

Bajó la mirada una vez hubo terminado su alegato de defensa, y cuando vio que no había reproches en los ojos de Sara, retomó el discurso donde lo había dejado, en su peculiar tour religioso por el Raval Roig:

—Te decía que a unos ochocientos o novecientos metros había una iglesia anglicana y un poco más alejada del centro del barrio, enfrente del hospital Perpetuo Socorro, otra iglesia evangélica: Cristo Vive, se llama.

Su rostro mudó de color y desapareció la tranquilidad de su cara al escuchar en su propia voz el nombre de la última iglesia. Fue como si los casquetes de un edificio en ruinas estuvieran a punto de caer sobre él porque había enunciado esas dos palabras que parecían malditas. Miró nervioso a su alrededor, presa de una excitación neurótica. Cubrió todos los frentes comprendidos, temiendo encontrar la presencia de alguien, seguramente Najib, que a buen seguro le haría pagar aquella ofensa. El joven hundió sus hombros, puso los codos sobre sus rodillas y se dobló sobre sí mismo, con las manos en la nuca. Sara podía oler el miedo de aquel muchacho que parecía haberse convertido en un niño de meses, avergonzado y temeroso.

—Por favor, no le digas nada a él. Olvida todo lo que te he dicho. Alá es misericordioso. Alá es bondadoso. No hay más dios que Alá.

A juzgar por el nuevo repique de campanas, que volvió a escucharse franqueando el cielo a una distancia que se apreciaba cercana, había pasado más de una hora y, excepto por el monólogo bruscamente interrumpido del joven del labio partido, en ausencia de Najib el silencio era el único vínculo de unión entre ellos. Sara no se atrevía a preguntar por una tardanza que entendía excesiva, y mucho menos se aventuró a levantarse y encaminar sus pasos hacia la calle por donde había desaparecido, en un acto desesperado por encontrarle. Trató de distraerse observando el ir y venir de los vecinos de aquel barrio, pero no encontró en ellos nada lo bastante poderoso para atrapar su interés más allá de unos segundos.

Sentada en el banco de madera, le había dado tiempo de memorizar las fachadas de ladrillo rojo y de piedra de los edificios que la rodeaban, las ramas colmadas de hojas del árbol que les daba sombra —aunque apenas mitigaba un calor que los golpeaba de lleno—, las persianas de color verde y marrón que colgaban de los balcones empeñadas en repeler el sol y la claridad, las macetas de orgullosos geranios de hojas rojas que esperaban en el suelo la misericordia del riego, los toldos blancos que se extendían sobre las ventanas de algunos pisos. Incluso se había quedado con las caras de los inquilinos de algunos pisos que se habían asomado tímidamente al balcón antes de volver adentro, al refugio de aquel calor infernal: unos tendían la ropa, otros regaban las plantas, algunos apuraban un cigarrillo que se consumía entre la boca y los dedos antes de apagarlo en la tierra de alguna maceta.

En la inspección ocular que parecía haberse impuesto para entretener la desquiciante espera, reparó en algo que estaba allí desde el principio pero que hasta ese momento no había llamado su atención. Una antigua cabina telefónica. No recordaba que nadie se hubiese acercado a ella para descolgar la mancuerna y hablar. No era extraño, muy pocos utilizaban las cabinas ante la invasión del teléfono móvil. ¿Quién iba a introducir unas monedas en la ranura, marcar un número y ponerse a hablar en mitad de la calle, sujeto a un cable y sin libertad de movimientos, cuando podía hacerlo a través de un pequeño móvil? ¿Quién utilizaba hoy en día las cabinas? Qué absurdo.

No obstante, justo en ese momento un hombre —el mismo al que había visto asomado a uno de los balcones, el que había mirado a un lado y a otro antes de arrojar la colilla de un cigarrillo a la calle— se disponía a usar la cabina. Mientras marcaba el número, iba echando miradas al balcón que él había ocupado unos minutos atrás y que ahora permanecía vacío. Mantuvo una conversación sin que sus ojos perdieran de vista el mirador, hasta que de repente una mujer con un vestido blanco de tirantes apareció en él. El hombre retrocedió e intentó esconder su cuerpo de la mirada de aquella señora. Dos o tres frases más y colgó el teléfono para acto seguido abandonar la cabina extremando la cautela para no ser visto.

Sara contemplaba la escena. «No quiere que la mujer le vea —pensó al ver cómo el hombre se las ingeniaba para esconderse—. Ni que le oiga hablar con alguien. Por eso ha bajado a llamar desde la cabina.» Algo se encendió en su interior, que la obligó a incorporarse. Su corazón comenzó a galopar en su pecho como cada vez que Najib se acercaba a ella. Una tormenta de meteoritos con forma de ideas se desataba en su cabeza. Sus ojos volvieron a fijarse en la cabina. Estaba como hipnotizada por aquella imagen que momentos antes le había parecido antigua, inútil y absurda. Tan abstraída se encontraba con lo que se cocinaba en su cerebro que ni siquiera se dio cuenta de que Najib había vuelto.

—¿Todo bien? —quiso saber.

—Todo perfecto —respondió el joven del labio partido.

—Y a ti, ¿qué te pasa? —le preguntó a Sara al verla ensimismada, distraída, como si acabara de despertar de un profundo letargo.

—Nada. No me pasa nada —mintió—. Que tengo calor.

—Creo que estaba inquieta por si no volvías —dijo su escolta en un intento continuo de ganarse la confianza de su héroe—. No ha hecho más que mirar hacia la calle por la que desapareciste, pero no ha habido ningún problema.

Najib dio por buena la explicación del chico, que pareció orgulloso, a juzgar por la sonrisa de complacencia que se colgó en sus labios.

—¿Me has echado de menos, Sara? Me gusta. Eso quiere decir que lo estamos haciendo bien —le dijo mientras le lanzaba cínicamente un ademán de besarla en los labios.

La obligó a incorporarse del banco asiéndola del brazo e iniciaron el camino de vuelta. Antes, Najib decidió comprar una botella de agua en un pequeño quiosco situado a dos metros de donde estaba la cabina. Cuando pasaron por su lado, Sara la miró de reojo, con cierto disimulo, como si quisiera hacerla partícipe de un mensaje en clave que solo ella conocía. Por eso se sobresaltó al escuchar la voz de Najib asaltando su cifrada privacidad.

—Toma, bebe —le dijo entregándole la botella helada que le había dado el encargado del quiosco—. Lo último que quiero es que mueras deshidratada.

Sara bebió el agua aun sabiendo que no era el sofocante calor lo que incendiaba su cuerpo, sino un ardor entusiasta, una nimia esperanza que decidió renacer en la calle Virgen del Socorro.

Cuando apenas les faltaban cinco minutos para llegar al portal de su casa, Najib se detuvo ante un joven que pedía limosna con el cuerpo medio derrumbado sobre la acera y claros signos de hallarse bajo los efectos de algún tipo de sustancia estupefaciente. Se le quedó mirando un buen rato hasta que el mendigo, al sentirse observado, alzó la cabeza y su mirada perdida se encontró de bruces con los ojos negros de Najib. Este metió la mano en el bolsillo de su pantalón y cuando la sacó, sobre su palma aparecieron dos billetes de cien euros y unas cuantas monedas sueltas, la vuelta de los cinco euros con los que había pagado el agua en el quiosco. Sus dedos apresaron los billetes y desestimaron la calderilla.

Se agachó ante el mendigo, poniéndose en cuclillas ante él.

—Quiero que dejes la droga y vayas a rezar a la mezquita. Allí tengo amigos que te ayudarán. Diles que yo te di el dinero y ellos sabrán quién soy. Te mereces otra vida y esto te puede ayudar a encontrarla.

Los ojos del mendigo tenían tantos problemas para encajar dentro de sus órbitas como los que empezaba a tener Sara para dotar de sentido a lo que acababa de ver. Najib se fijó en su anonadada expresión y sonrió al verla.

—«Gastad por la causa de Alá y no os entreguéis a la perdición. Haced el bien», Corán 2:196 —dijo mientras reanudaba su camino y se alejaba del mendigo, que no podía parar de tocar los billetes que aquel extraño hombre había dejado caer en su caja de cartón.

Cuando por fin llegaron a la casa, pudo observar cómo Najib depositaba sobre el pequeño mueble de la entrada el juego de llaves con el que había abierto la puerta, y las pocas monedas que aún guardaba en su bolsillo. Le llamó la atención el brillo que desprendían, como si también ellas quisieran hacerla partícipe de un mensaje cifrado. Najib volvió a entrometerse en su terreno más íntimo, aunque en una parcela totalmente distinta a la que alfombraba la esperanza que empezaba a tomar forma en la cabeza de Sara.

—No temas. No voy a irme —dijo convencido de que el objeto de la absorta mirada de Sara era el llavero—. Puedes estar tranquila.

Por primera vez, las palabras de Najib le devolvieron la serenidad perdida. Sus secretos pensamientos estaban a salvo y a buen recaudo.

Sara se quedó tranquila.

Najib no era estúpido, pero su vanidad podía ir en su contra y esa era la baza que Sara se propuso jugar. Las explicaciones que le había dado el chico del labio partido —sobre la inquietud que mostró al no verle regresar el día que decidió ir a la mezquita— y el comportamiento apocado y sumiso que ella mostraba desde entonces le dieron a entender que la tenía bajo su control. Era lo que pretendía, lo que había buscado desde un principio: que Sara pensase que sin él su vida no tendría sentido. Creyó tenerla donde quería. Le gustaba sentirse adorado, admirado, tenerlo todo y a todos bajo su estricto control. Cuando obligaba a Sara a escuchar alguna de sus charlas incendiarias con las que dictaba el proceder y el comportamiento de los hombres de la casa, o cuando la forzaba a presenciar una clase sobre el manejo de armas o la preparación de explosivos, su orgullo crecía al mismo ritmo que su prepotencia. Ella lo aceptaba todo insistiendo siempre en mostrarse asustada y sometida. En realidad no tenía que fingir en exceso, solo acentuar el miedo que sentía devorarla por dentro. Y Najib se lo ponía fácil.

Un día había reunido a todos los inquilinos de la casa —cuyas caras iban variando y renovándose—, para hacerles participar en un ejercicio práctico sobre la elaboración de explosivos caseros. En el cuarto escogido para la demostración, habían dispuesto un tablón de madera a modo de mesa, sujeto por dos sillas a cada extremo haciendo las veces de borriqueta. Sobre ella pudo distinguir varios montículos de sustancias y recipientes con artículos fácilmente reconocibles, aunque por si alguno de los presentes tuviese dudas, Najib los fue enumerando uno por uno.

—Azúcar molido: lo podemos encontrar sin ningún problema en cualquier tienda. Agua oxigenada: la tenéis en cualquier farmacia o incluso en un supermercado. Nitrato de potasio —dijo mientras su mano, enfundada en un guante blanco desde antes de iniciar la sesión informativa, señalaba el interior de un recipiente negro—: se puede conseguir en las tiendas donde venden material agrícola, porque se suele usar como abono. Ácido sulfúrico: creo que ya todos sabéis cómo obtenerlo sin problemas —dijo refiriéndose a una clase pasada—, y también cómo manejarlo. Polvo de aluminio: un producto muy habitual en las carpinterías o en las tiendas de bricolaje. Es el serrín que usan los carpinteros, así que tampoco resultará complicado adquirirlo.

Cuando terminó de señalar y nombrar todas las sustancias que utilizaría en la mezcla, prosiguió dotando de una mayor energía a su voz y asentó, aún más, su compostura.

—Acordaos de que *siempre* debemos comprar estos materiales con dinero en metálico o en su defecto alguna tarjeta de crédito falsificada. Y muy importante: utilizar nombres falsos, *siempre* —de nuevo el énfasis en su voz—, nada de ir dando nuestro nombre real. La clave fundamental no está en los ingredientes, sino en el tratamiento que de ellos hagamos. Hay que ser cuidadosos, manejarlo todo con suma cautela porque cualquier error, cualquier despiste puede ser fatídico para nuestra integridad y, por supuesto, para nuestra misión.

A su alrededor, los espectadores asistían a la explicación entregados, como si no se les ocurriese un mejor sitio que aquel y una mejor actividad que aquella para pasar el resto de sus días. Najib iba saltando la vista de un rostro a otro como el mejor de los ponentes. En aquel lugar, él era el amo.

—Para la preparación de un explosivo necesitaremos un espacio abierto, con buena ventilación, donde tengamos a mano extintores. Si es posible, conviene cubrir el suelo con arena: arena normal, de la playa, del desierto, de cualquier parque infantil... Eso queda a la imaginación de cada uno. Mientras estemos preparando la mezcla, debemos ir vestidos con ropa de color blanco y que sea amplia, que nos baile en el cuerpo. —Conforme iba hablando Najib, un hombre a su lado representaba cuanto él decía—. Es fundamental que nos protejamos los ojos con unas gafas como estas a la hora de hacer la mezcla de los componentes; por ejemplo, cuando añadamos el ácido al agua. Debemos ponernos siempre una máscara sobre la nariz y la boca para no inhalar gases perjudiciales.

»Muchas veces os encontraréis en lugares donde las condiciones no son las más favorables. Seguramente tendréis que preparar los explosivos en sitios pequeños, con mala refrigeración, demasiada humedad o excesivo calor. Lo que debéis hacer es tomaros un café bien cargado antes de empezar a manipular los ingredientes. Si aun así os entran ganas de vomitar, sentís un amago de mareo o tenéis revuelto el estómago, tomad un vaso de leche fría y eso os aliviará al instante. Si tenéis cualquier tipo de contratiempo durante la elaboración, si tenéis dudas sobre su resultado o no recordáis los pasos, abandonadlo todo. Si os es posible, recogedlo todo para no levantar sospechas si alguien entra en el lugar donde pensabais preparar el explosivo. Lo fundamental es que no abandonéis en la sala nada que os pueda relacionar con la elaboración de este tipo de mezclas.

Cuando terminó de hablar, su mirada recorrió atenta y acusadora entre el público.

—Y bien, ¿quién quiere hacerlo? ¿Quién se ofrece para probar?

Había unos quince hombres y casi la totalidad levantó el brazo para ofrecerse como voluntario. Sara respiró tranquila porque por un momento se temió lo peor: no solía exponerla a los demás, pero con él nunca podía estar completamente segura. Fueron tres los elegidos para poner en práctica las recomendaciones de su clase magistral. Durante la puesta en escena de los tres aprendices, Brahim se acercó al maestro de ceremonias y le legó una confidencia en el oído. Nadie pudo escucharla, pero la información iluminó el rostro de Najib. Pronto tendría lugar una reunión importante que llevaba esperando mucho tiempo.

Cuando el último de los voluntarios estaba terminando, Najib se acercó a ella y le preguntó al oído:

—¿Sabes lo que sucederá cuando consigamos un arma nuclear, la subamos a un avión, a un camión o a un contenedor y desaparezcan tu ciudad y tu país? ¿Puedes imaginarlo? Mira lo que han hecho en Madrid cuatro locos. Piensa en lo que podríamos llegar a hacer con cuatrocientos como ellos. —Le gustaba atemorizarla y no perdía ocasión de hacerlo.

También proliferaron las muestras de su dominio en el plano más íntimo. La intimidación sexual se incrementó. Disfrutaba llegando al dormitorio en el que ambos dormían y anunciando con gestos, mirada y palabras lo inevitable. No tenía reparo —como el que parecía haber albergado en un principio— en tomar con violencia el cuerpo de Sara y manejarlo a su antojo. Ya no necesitaba amedrentarla con la posibilidad de no volver a ver a Iván. Tampoco necesitaba acallar con sus manos o con alguna almohada sus llantos de dolor y de impotencia.

Al principio, Sara intentó plantarle cara, repeler sus acometidas violentas, pero toda la fuerza que pretendía infundir a sus brazos y a sus piernas resultaba inútil y no hacía más que alimentar la ferocidad de Najib, a quien parecía excitar su resistencia. «¿Sería justo decirle al cordero que se esté quieto a la espera de ser devorado por el lobo?» Aquella era su frase favorita, la que repetía una y otra vez cuando la tenía atrapada bajo su cuerpo, al antojo de sus deseos más mezquinos, mientras se divertía por lo infructuoso de su pataleo. Odiaba esa frase porque definía a la perfección el lugar que ambos ocupaban en aquella infame humillación. Las palabras se quedaban encerradas en un eco que reverberaba incansable dentro de su cabeza, cada vez con más ímpetu. «¿Sería justo decirle al cordero que se esté quieto a la espera de ser devorado por el lobo?»

Sara recordó haberla escuchado en uno de los visionados. Su cabeza la rescató de los archivos de la memoria: la había oído en uno de los vídeos citada como una de las frases más célebres de Bin Laden. Entendía que estaba perdida y que no le quedaba más remedio que aguantar y esperar a que el lobo se cansara de degollar al cordero. Se dejaba hacer y sofocaba los gritos, aunque no siempre lograba reprimir los sollozos y las muestras de dolor. Najib estaba convencido de que era el propietario de aquel cuerpo que cada día ofrecía menos resistencia y obedecería sus órdenes sin atreverse a cuestionarlas. El camino se le allanaba para conseguir lo que quería.

No podía imaginar ni por un momento que todo fuera una estratagema, que la sumisión y el silencio de Sara formaran parte de una farsa que abrazaba un único fin, aunque no pudiera estar segura de su éxito. Tendría que esperar a que se presentara la ocasión. Y no tardó mucho en llegar.

25

Hacía calor esa mañana. Estaba agonizando el mes de julio y las temperaturas lucían orgullosas en lo alto del termómetro. No había conseguido sumergirse en un sueño reparador. La noche previa había sido tranquila, al menos para ella, que no tuvo que soportar el peso y las bruscas y dolorosas embestidas del cuerpo de Najib contra el suyo. Sentada a los pies de su cama, se resistía a abrir la puerta y salir al pasillo en busca de una ducha apacible y refrescante. Le aterrorizaba encontrarse con él y que su cuerpo volviera a abandonarse a un temblor difícil de controlar. El inesperado sonido de la puerta abriéndose de par en par cambió sus planes.

—¿Estás lista? —le preguntó Najib—. Hoy quiero que me acompañes. Nos vamos.

No pudo verlo hasta situarse delante del espejo del cuarto de baño, después de protagonizar la sesión de aseo más rápida de toda su vida, pero su rostro se iluminó como si un millón de voltios encendieran su tez. Iba a salir de nuevo a la calle y eso significaba muchas cosas. Tendría la oportunidad de llenar sus pulmones con aire puro, rompería la desesperante burbuja que la comprimía haciéndole creer que estaba sola en el mundo y, sobre todo, pondría a prueba si su pequeño atisbo de esperanza —alimentado durante los últimos días con dosis extra de voluntad— guardaba o no algún sentido.

Mientras subía las escaleras que le permitían emerger del sótano en el que la mantenían enterrada en vida, urgía a su optimismo en busca de una oportunidad que saciara sus anhelos. Necesitaba confiar en su buena suerte, aquella que la había abandonado hacía meses. A su espalda, la misma representación de la anterior salida: dos hombres caminaban a escasos dos metros de ellos; Sara podía seguir su rastro a base de discretos vistazos a los escaparates de las tiendas. La caminata era más pausada que la del primer día, cuando la aparente urgencia por llegar a la mezquita aceleró el paso de Najib y, por consiguiente, el de todos. Aquella mañana su agenda se presentaba tan ajetreada como siempre. Dos reuniones le esperaban: la primera de mero trámite; la segunda, tal y como le anunció Brahim unos días atrás, con los dos hombres con los que él y Yaser se tenían que haber encontrado en Hamburgo y cuyo encuentro frustró su precipitada salida de Madrid. Era un día importante para Najib.

Como de costumbre, la madrileña desconocía el destino al que se dirigían pero entre sus dedos, escondidos en el bolsillo de la chilaba, jugueteaba con el objeto que mantenía despierta y bien alerta su confianza. Se trataba de un par de monedas de euro que había conseguido coger del aparador de la entrada, aprovechando la salida del baño, sin que ni siquiera Najib se diese cuenta de ello gracias a que un problema de última hora acaparó su atención y su presencia en el comedor de la casa —la estancia más alejada de la entrada de la vivienda y del cuarto de baño, ubicado justo al lado del recibidor—. Su cabeza no dejaba de girar en torno al momento, la ocasión, el segundo que la vida le ofrecería para cambiarlo todo. El tacto de las monedas le infundía el ánimo y el valor que necesitaba en aquellos instantes cruciales.

Anduvieron durante unos diez minutos. Se paraban ante las tiendas, entraron en algunas de ellas, se detuvieron incluso a tomar un té en una de las terrazas de una calle peatonal. Sara estuvo tentada de declinar la invitación: temía que las monedas resbalaran del bolsillo al sentarse en la silla, y que cayeran al suelo, haciendo añicos su ilusión. Finalmente aceptó tímida un té para no despertar sospechas ni malas interpretaciones, sobre todo por parte de Najib.

Se sentaron los cuatro en una mesa. A ella le extrañó que también se sentaran alrededor del tablero las sombras que los perseguían: eran Mourad y el muchacho del labio partido. Nada nuevo en el horizonte. Hablaron entre ellos en árabe ignorando en todo momento a Sara, aunque ella lo agradeció: ya estaba demasiado nerviosa palpando el interior de su bolsillo como para atender a conversaciones que poco le interesaban en aquel momento. Cuando terminaron, pagaron la cuenta con un billete de diez euros que depositaron en el platillo metálico que la camarera dejó sobre la mesa con el tique de la consumición, se levantaron sin esperar las vueltas y continuaron su camino.

La disposición había cambiado. Uno de los hombres, el tal Mourad, caminaba al lado de Najib encabezando la marcha, mientras que ella y el joven del labio partido caminaban casi a la par, unos pasos por detrás de ellos.

Cinco minutos más tarde, los cuatro llegaron a una calle abierta a una plaza diáfana, con aspecto de recién asfaltada: las baldosas todavía brillantes y entreveradas alfombraban el pavimento, sobre el que quedaban aún vestigios de obras inacabadas como las vallas de alambrado, dispersas en el centro de la plaza. Hermosos soportales la flanqueaban, y al frente, presidiendo, un magno edificio con tres grandes portones de un color verdoso indefinido, colmado de balcones distribuidos en dos alturas. Del balcón principal salían los mástiles de las banderas que ondeaban fuera —distinguió la rojigualda del Estado español, la Senyera coronada de la Comunidad Valenciana y la enseña azulona, con doce estrellas dispuestas en un círculo, de la Comunidad Europea—. Dos torres se elevaban a ambos lados de la construcción central del edificio; en la de la derecha, un inmenso reloj y una suerte de campanario en su parte más alta. El centro de la plaza estaba decorada con varios bancos de madera y de hierro; maceteros que acogían el crecimiento de pequeñas plantas aún tiernas; árboles recién plantados que no levantaban dos metros y medio del suelo; orondas papeleras de un tono grisáceo y una serie de pivotes de hierro de medio metro supuestamente ideados para impedir el tráfico rodado o el aparcamiento de vehículos. Mientras, los márgenes exteriores estaban inundados de terrazas que se refugiaban en el vientre de los soportales.

Se hallaban en la plaza del Ayuntamiento.

Sara se sintió sobrecogida ante aquel espacio abierto, amplio, que se abría magnífico ante sus ojos: su cuerpo ya había cedido a la rutina carcelaria, a los ocho metros cuadrados en los que solía pasar sus días. El resto de la comitiva no compartió el embeleso mostrado por la joven. Najib y Mourad entraron en un local de una calle adyacente.

—Esperad aquí —dijo pasando la mirada de Sara al joven del labio partido. Fue a él a quien dirigió las últimas palabras—: Y tú ya sabes lo que debes hacer. —El encomiendo se refería a la vigilancia de Sara, algo que ella dio muestras de comprender bajando la mirada en un gesto que no pasó inadvertido a Najib: su captor entró en el local satisfecho y seguro con lo que dejaba fuera.

Sara sabía que aquella era su oportunidad. No podía calcular cuánto tiempo pasaría Najib dentro de aquel lugar, pero llevaba días esperando la ocasión, y esta al fin había llegado. Inspeccionó la plaza y sus alrededores. Necesitaba encontrar un teléfono, una simple cabina como la que vio días atrás durante su visita al barrio del Raval Roig. No podía ser tan difícil. En el primer rastreo, rápido y nervioso, sus ojos no encontraron nada. No le extrañó: si todos pensaran lo mismo que pensó ella en un primer momento sobre la inutilidad de las cabinas telefónicas en plena época de nuevas tecnologías móviles, lo normal era aquella sequía. Volvió a escrutar no ya solo la plaza, sino las vías colindantes. «Seguro que en las calles de alrededor hay algún teléfono. Tiene que haber algo», pensó. Su atención se detuvo en el cartel luminoso de una cafetería situada a escasos metros de donde ella se encontraba. ¿No había siempre teléfonos públicos en este tipo de establecimientos? «Ahí tienen que tener uno. Sería mala suerte…» No quiso incitar a la maléfica estrella por miedo a que hiciera acto de presencia. La mala fortuna ya le había causado suficientes estragos.

Buscó con la mirada al joven del labio partido que debía vigilarla. Allí estaba, mascando chicle en un exagerado movimiento de sus mandíbulas, que parecían a punto de desencajarse. Pasaron cinco, diez minutos, quince. La esfera del reloj del Ayuntamiento le informaba puntualmente de la tragedia que representaba para ella el paso del tiempo. La impotencia de no poder actuar como había planeado durante tantas noches consumía los últimos rescoldos de su esperanza y anidaba en su interior con robustos hilos de estrés que estrangulaban su espíritu.

Tanto Sara como el muchacho permanecían de pie, permitiéndose pequeños paseos de no más de diez pasos en una dirección y en la opuesta. Tenía que hacer algo, pero ¿qué? Sus dedos continuaban manoseando las monedas que esperaban en el fondo del bolsillo de su chilaba. La impaciencia la devoraba. Sentía su cuerpo atado por mil cadenas y otros tantos candados, arrojado al fondo del mar sin que ni su pericia ni su voluntad pudieran hacer nada para librarse de aquellas ataduras. Volvió a dirigir la mirada hacia la cafetería. Lo tuvo claro. Allí estaba su última oportunidad. Entraría en ella con la excusa de una necesidad imperante de ir al baño y aprovecharía para hacer esa llamada de teléfono con la que venía soñando.

Era el momento.

Estaba convencida de que la vida no le ofrecería una nueva posibilidad.

Cuando su cuerpo se volvía ya en dirección al del labio partido y su boca buscaba las palabras exactas para dar voz a la fingida coartada, el joven se adelantó a sus pensamientos, sin ser consciente de lo que provocaba con ello.

—Espérame aquí. Tengo que ir al servicio, no aguanto más —dijo inclinando su cabeza en dirección a la cafetería en la que Sara había depositado sus anhelos—. No tardo nada. —Antes de iniciar la marcha, su cuerpo tan delgado como azabache se volvió hacia ella al tiempo que hacía un gesto con el mentón hacia los grandes ventanales del establecimiento—. Desde ahí podré verte sin problemas, ya sabes…

Sara sabía que la vida acababa de darle la puntilla, abocándola al desastre, al abandono y a la aceptación de un maldito destino que alguien se había empeñado en configurar para ella. El mundo se le derrumbó encima. ¿Cómo era posible? ¿Cómo podía ser tal cúmulo de mala suerte? ¿Qué había hecho ella para encontrarse con todas las fatalidades que ni el más cruel de los dioses podría haber planeado desde su plácido lugar en el cielo?

Cuando vio que su guardián entraba en la cafetería, una inusitada decisión que no pareció haber pasado el filtro de su cerebro tiró de ella y puso en marcha cada músculo de su cuerpo. Sin darse apenas cuenta, se vio arrastrada por sus piernas, que habían empezado una vertiginosa carrera hacia el interior de la plaza. No sabía exactamente dónde iba, lo único seguro es que no podía parar. Le iba la vida en ello. Pasó como un rayo por delante de la cafetería y supo que si en aquel momento su corazón no había explotado en mil pedazos, no lo haría nunca. Siguió corriendo sin saber con seguridad si la aceleración que la dominaba tenía lugar solo en su cabeza o era tan real como los golpes de su sangre en su recorrido por las venas. Luego, su cuerpo se paró de la misma manera que había comenzado a correr: sin previo aviso.

Ante ella, medio escondida en una de las bocacalles que iban a desembocar en la gran plaza, se alzaba una cabina telefónica. Corrió hacia ella mientras su mano buscaba ya las monedas de su bolsillo: brillaban como el día que Najib las dejó sobre el aparador de la entrada. La mano le temblaba tanto que temió que se le cayeran y rodaran calle abajo hasta perderse por una alcantarilla, pero desterró semejante visión fatalista de su cabeza y comenzó a marcar con su dedo índice uno de los pocos números que conservaba en su recuerdo. Notó que los dígitos palpitaban ante sus ojos, adquirían un relieve irreal, como en una danza macabra e inoportuna. La confusión que la gobernaba era total y fue la memoria la que guió la trayectoria de sus dedos. Esperó ansiosa el tono de llamada. La demora de ese sonido se le antojó eterna. La duda de si habría marcado bien la consumía: no sería capaz de repetir la llamada; tampoco sabía si dispondría de tiempo para hacerlo.

El primer sonido metálico llegó a su oído para tranquilizarla. Tuvo que aguardar cinco tonos más para encontrar una respuesta al otro lado.

—Dígame. —La voz de su padre desató todo el enjambre de impotencia y desolación que anidaba en sus adentros.

—Papá, soy yo. —Pudo escuchar el asombro aspirado de Mario a través del hilo telefónico—. Te llamo para decirte que te quiero papá, te quiero muchísimo. —Lo que tenía que decirle era tanto que las comisuras de sus labios se convirtieron en diques contenedores de emociones. No sabía por dónde empezar. No encontraba las palabras exactas, las que encerraran todo lo que quería decir en el poco tiempo que le quedaba.

—Hija. —La voz de Mario llegaba rota, quebrada por el asombro y la conmoción que sentía al escucharla—. Por Dios, ¿dónde estás? ¿Estáis bien? ¿Está Iván contigo? —Las preguntas paternas no encontraban descanso en ninguna respuesta porque, a esas alturas, Sara ya había comenzado a llorar y su voz renqueaba a causa del estremecimiento que ahogaba sus palabras.

—Te quiero, papá. Te quiero muchísimo, Perdóname por el daño que te he hecho... Yo no quería que esto fuese así, no sabía que... Te quiero, te quiero tanto...

En ese momento, un inesperado estrépito sombreó sus voces. El tañido de las campanas de la plaza del Ayuntamiento enmudeció la conversación, ensuciándola con un obstinado repique: reproducía la misma melodía que había escuchado ya antes, durante su paseo por el barrio del Raval Roig. Sara no contaba con aquella inoportuna interrupción que hacía inútil cualquier intento de seguir hablando. El nerviosismo se apoderó de ella y aquel escandaloso campaneo le dio a entender que urgía una despedida tan precipitada como dolorosa. No tuvo más remedio que pronunciarla.

—Te quiero, papá. Que no se te olvide nunca. Perdóname.

Luego colgó el teléfono al tiempo que buscaba con la mirada al responsable del quebranto de su esperanza. Lo encontró en la parte alta del edificio municipal. «Malditas campanas. Malditas seáis por siempre», pensó.

El mismo mecanismo de supervivencia que le había hecho emprender una carrera endiablada en busca de un teléfono la llevó de vuelta a la plaza. En ese momento vio cómo Najib y Mourad salían del local al que habían accedido, al tiempo que el joven del labio partido abandonaba la cafetería en la que había estado quizá menos de tres minutos. A Sara le dio tiempo a tomar asiento en uno de los bancos de la plaza, donde intentó recuperar el control de la respiración.

Desde allí pudo presenciar de reojo cómo Najib se mostraba visiblemente enfadado y no dejaba de barrer con la vista cada rincón de la plaza. Al instante Sara notó las miradas de los tres hombres sobre la suya. Fingió advertirlas de golpe, se levantó y se encaminó hacia ellos. Incluso a más de veinte metros de distancia podía apreciar la cólera y la rabia que irradiaban los ojos de Najib. Intentó controlarse porque no podía hacer frente a más fracasos.

—¿Dónde demonios estabas? —le preguntó Najib mientras zarandeaba su brazo—. ¿Y tú? —dijo dirigiéndose al del labio partido—, ¿qué se supone que estabas haciendo? ¡Debías estar vigilando que no hiciera ninguna tontería! —La saliva salía disparada de su boca como perdigones al aire.

—No la he perdido de vista más que diez segundos. Te lo juro —mintió el chico para intentar evitar una mayor reprimenda. Temía a Najib más que a una amenaza de bomba—. Fui yo quien le dijo que se sentara en aquellos bancos porque desde aquí podía controlarla —inventó al vuelo, no para disculparla a ella, sino para cubrirse sus propias espaldas—. Todo estaba controlado.

—Me he sentado donde me han dicho —aseguró Sara—. Yo no he hecho nada malo.

Najib dirigió una mirada reprobadora a ambos, pero su semblante dejaba entrever que las explicaciones le habían convencido.

—Cuando yo digo que me esperéis aquí, es exactamente aquí —dijo enfrentándose al muchacho—. No dos metros a la izquierda ni cuatro metros a la derecha. ¡Aquí! —gritó sin separar sus mandíbulas mientras con la mano señalaba el lugar exacto donde los había dejado.

Emprendieron el lento regreso a casa con gesto circunspecto en sus rostros. Todavía les quedaba una parada que los entretendría al menos un par de horas. Najib estaba contrariado por el episodio de la plaza del Ayuntamiento, pero tenía cosas más importantes en las que pensar: en tan solo veinte minutos se reuniría con dos hombres fuertes de su organización llegados especialmente desde Hamburgo con información esencial para sus intereses.

A cada paso que daba, Sara iba maldiciendo esas campanas, el execrable sonido que producían sus vientres hueros, la plaza maldita que le había cargado de ilusiones solo para arrebatárselas luego. Por culpa de ese tañir de bronce, el único momento de dicha del que había disfrutado en mucho tiempo se desvaneció, quedó reducido a unos segundos que, con seguridad, habrían frustrado aún más su ánimo y el de su padre.

No podía imaginar el error al que se aferraba su abatido espíritu. No podría saberlo.

26

Desde hacía semanas, el teléfono familiar de Mario Dacosta permanecía pinchado por orden de la policía y a instancias de una denuncia interpuesta por el agente especial Fernández.

Ni su padre ni ella supieron apreciar la melodía que, de manera abrupta, se colaba por las rendijas del auricular del teléfono y abortaba su desahogo. Pero la policía sí distinguió que el repicar de aquellas campanas iba tañendo el himno de Alicante. No necesitaron más. Gracias a eso, Miguel descubrió al fin el paradero de Sara.

Mario no supo si le agradaba o no la presencia de aquella terna policial que permanecía en el umbral de su puerta después de haber anunciado su visita de manera insistente haciendo sonar, hasta en cuatro ocasiones, el timbre de la vivienda. Los rostros de aquellos tres caballeros alimentaron sus temores, pero también avivaron su esperanza de saber algo sobre su hija y su nieto.

Le tranquilizó conocer a uno de los integrantes del peculiar triunvirato, que parecía haberse acicalado para la ocasión y con aquel traje nuevo daba la impresión de ir de prestado. A Mario siempre le había gustado Miguel como yerno: serio, trabajador, con excelente planta, de buen corazón y profundamente enamorado de su pequeña. No disimuló su disgusto cuando supo de la ruptura de la pareja, sobre todo cuando Sara le dijo que había sido ella la causante. De nada sirvieron sus consejos paternos: el carácter de su hija crecía fuerte y sin fisuras.

De sus dos acompañantes, Mario no tardó en entender que el de mayor edad, Rogelio —al que solían llamar Roger—, era el jefe al mando y el encargado de tomar la palabra y hacer las comunicaciones más difíciles y, en ocasiones, desagradables. A punto estaba de abandonar la cincuentena y su cabellera blanca empezaba a escasear, aunque aquello no restaba un ápice a la fama de maduro atractivo que se había labrado dentro y fuera del Cuerpo. Sus silencios y miradas eran admirados y temidos por igual y se había ganado a pulso el título de viejo lobo estepario, amante de la soledad y la tranquilidad, en especial desde que su esposa —miembro del Centro Nacional de Inteligencia— falleciera en un atentado terrorista en Irak en noviembre de 2003.

El otro era el más joven de los tres —«Darío», le habían presentado— y parecía afanarse en lucir un aspecto más desaliñado. Llevaba poco en el Cuerpo y a juzgar por sus gestos y su manera de hablar y proceder, había visto demasiadas películas de policías. Cuando los dejó acomodarse en el salón y el tal Darío tomó la palabra, Mario empezó a pensar que aquello más que visita era una encerrona.

—Pero ¿es que se han vuelto ustedes locos? ¿Mi hija una terrorista? —Ni podía ni intentaba disimular la indignación y el desagrado que le había causado la inesperada pregunta del más joven—. ¡Cómo se atreven a venir a mi casa con semejante falacia!

—Cálmese, señor Dacosta —terció Roger, después de dedicarle una mirada de desaprobación al novato, con la que le condenó a un mutismo absoluto—. Le ruego que disculpe a mi compañero: lleva tiempo trabajando en este caso y no siempre sabe comportarse como se espera de él. —A Darío no le agradó el comentario de su superior, pero conocía a Roger y lo asumió sin más.

—Mi hija es una víctima en toda esta historia. Tú la conoces, Miguel. Sabes cómo es. Díselo, ¡cuéntales cómo es Sara! Sería incapaz de tomar parte en ese terrorismo que ustedes insinúan, no hay sitio en su cabeza para algo así. Si hay algo de verdad en lo que ustedes cuentan, tienen que estar obligándola, estaría actuando contra su voluntad. —Mario se llevó las manos a la cabeza, como si en ella no hubiera lugar suficiente para acumular aquel tornado de información—. Mi hija fue educada en el amor, en el respeto a la vida, en los derechos humanos. Ustedes no saben de qué están hablando.

—Las personas cambian… —dijo Darío mientras observaba, sobre uno de los aparadores del salón, la fotografía de una Sara de tan solo cinco años de edad: la sonrisa mellada, el brillo en sus ojos y las dos coletas recogidas a ambos lados de la cabeza dejaban adivinar una infancia feliz—. No se engañe. —El comentario provocó un nuevo gesto de reproche por parte de Roger, a quien la locuacidad de su subordinado comenzaba a incomodar tanto como a Mario.

—No, no se engañe usted. Conozco a mi hija mejor que ustedes, por muchas placas que exhiban, y les digo que es incapaz de unirse a ningún grupo terrorista. Y menos por decisión propia. No tienen derecho a…

—Mario, esté tranquilo. —Miguel intentó dotar a sus palabras de un bálsamo de confianza que se hacía casi imposible en tan complicada tesitura—. Hemos venido a ayudar. Ellos saben cómo es Sara, ya se lo he contado. Debe estar tranquilo, aquí nadie está acusando a nadie, solo queremos encontrar a su hija y que todo esto acabe cuanto antes y de la mejor manera posible para todos.

Las palabras de Miguel mitigaron algo la ansiedad que empezaba a mostrar Mario desde la inesperada llegada de aquellos caballeros. Quizá tenían razón. Quizá solo querían encontrarla y devolverla a casa, con los suyos.

—Señor Dacosta —Roger había decidido situarse frente al desolado padre al que entre todos estaban enterrando en vida—, llevamos tiempo inmersos en una operación de seguimiento a varios ciudadanos de origen árabe, en los que la pareja de su hija…

—*Ex pareja* —enfatizó Mario interrumpiendo la explicación que había iniciado el policía—. Mi hija ya no mantenía ningún tipo de relación con ese hombre cuando desapareció. Ninguna. Ella misma me lo dijo.

—Está bien, disculpe… Ex pareja —se excusó Roger—. Tenemos pruebas documentadas que nos llevan a pensar que ese ciudadano marroquí, que en los últimos años utiliza el nombre de Najib Almallah, es el líder de un grupo terrorista perteneciente al Grupo Islámico Combatiente Marroquí, que, si nuestros datos no nos engañan y créame que no creo que lo hagan, está integrado en el grupo Al Qaeda en el Magreb Islámico.

Roger entendió que aquella información no aclaraba ninguna de las dudas que en esos momentos reinaban en la cabeza de Mario. Sin embargo, a él aquellos nombres le dejaban en la boca el regusto amargo de la muerte, el recuerdo de su esposa. Al Qaeda en el Magreb Islámico —que hasta 2007 llevaba por nombre Grupo Salafista para la Predicación y el Combate— tenía el dudoso honor de ser considerada una de las organizaciones terroristas islámicas más peligrosas de Europa, con cientos de atentados y secuestros a su espalda, y su brazo en Marruecos, aquel Grupo Islámico Combatiente Marroquí que había mencionado a Mario Dacosta, había sido el responsable de matanzas como la que desgarró Casablanca años atrás, y su nombre fue el primero que se alzó como sospechoso de la masacre del 11-M en Madrid. La unidad de Rogelio —sumada a otras muchas del plano internacional, todas ellas expertas en las redes del terrorismo islámico— tenía en marcha aquel operativo en concreto desde septiembre de 2007, cuando el número dos de Bin Laden, Aiman Abu Muhammad Al Zawahiri, hizo un llamamiento a la recuperación de Al Ándalus, entendido como «un deber para la nación en general y para ustedes —los pueblos del Magreb (y el AQMI)— en particular. Solo se podrá lograr ese objetivo desembarazando al Magreb islámico de los hijos de Francia y de España». Era allí donde el nombre de Najib cobraba importancia.

—Almallah no solo da refugio a conocidos mandos del organigrama de Al Qaeda o de cualquier filial de este grupo terrorista, acogiendo en España a muyahidines que actúan en zonas de conflicto armado en nombre de Alá y que hacen de la guerra santa su modo de vida. —Carraspeó, ahora llegaba la parte delicada—: Pero además se encarga de la captación, el reclutamiento y el adoctrinamiento de jóvenes, en especial hombres pero últimamente también mujeres, a los que envía a campos de entrenamiento asentados en Pakistán, Afganistán, Malasi, Indonesia, Yemen…, donde se incorporarán a la realización de atentados terroristas contra objetivo civiles y también militares.

Roger conocía bien el proceso mediante el cual un grupo de elegidos era inducido al suicidio. Se les convencía para inmolarse en nombre de Alá y si no lograban doblegar su voluntad, los inmolaban sin que ellos conocieran sus intenciones, en un fenómeno que desde hacía unos años había empezado a cobrar fuerza aunque no hubiese logrado adquirir, todavía, la suficiente notoriedad pública. Se trataba de un peligroso cáncer que se iba extendiendo en silencio, sin hacer ruido, sin llamar la atención, sin prisa pero carcomiendo las entrañas de la sociedad occidental.

—¿Qué me está queriendo decir con eso? —insistía Mario en negar con la cabeza—. ¿Cree que ese hombre ha reclutado a mi hija? ¿Cree que...? —Roger le interrumpió:

—Llevamos años estudiando y siguiendo las estructuras de estas células durmientes que encuentran un perfecto asentamiento en Madrid, Andalucía y la zona del levante español, en especial Cataluña, pero también la Comunidad Valenciana e incluso Murcia. Trabajamos y compartimos información con los servicios secretos de otros países como Bélgica, Estados Unidos, Francia, Jordania y Marruecos, y por supuesto también con el FBI y la CIA. Tenemos en nuestro poder pruebas que demuestran las relaciones de los integristas islamistas españoles que actúan y se esconden en nuestro territorio con la red de Al Qaeda y Najib Almallah es uno de ellos. De hecho, como le dije antes, es uno de los hombres fuertes de la organización y está en permanente contacto con los líderes de las células islamistas que operan en diversas ciudades españolas, a la sombra de nuestras leyes y al amparo de nuestra Constitución.

Aquellos hombres eran buenos en su trabajo, planificaban cada operación al milímetro, calculando cada paso y cada movimiento con sigilo. «Nos llevan muchos años de ventaja y lo saben, de ahí que nos resulte tan difícil detenerlos cometiendo el delito», había sostenido Roger más de una vez en comisaría. El agente posó su mirada en la fotografía de Najib que Miguel había extraído de la carpeta negra y depositado sobre la mesa.

—Sabemos que Najib Almallah no actúa solo: cuenta con apoyos directos y también indirectos, y son estos últimos los que nos preocupan en este momento. Llevamos meses vigilándole, hemos realizado vídeos de seguimiento, tenemos fotografías, grabaciones, datos, informes que le apuntan como uno de los líderes en la sombra de la red de terror islamista tejida con sus propias manos. Pero no disponemos de la prueba fundamental y definitiva que nos facilite el poder detenerle y acusarle, entre otros muchos, del delito de integración en organización terrorista e inducción al suicidio. Estamos hartos de escuchar sentencias judiciales remarcando que es la acción y no el pensamiento lo que se incrimina. Debemos pillarlos con las manos en la masa.

—Y la masa, en este caso, es mi hija —sentenció Mario.

—Con este tipo de individuos es mucho más rentable y seguro someterlos a estrechos seguimientos antes que meterlos entre rejas —le explicó Miguel en un intento de calmar los ánimos—. Nos es más útil conocer sus movimientos, su manera de actuar, descubrir sus contactos. Cuanta más información sobre ellos tengamos antes de proceder a su detención, menos posibilidades tendrán de quedar libres cuando se vean ante un juez. —Obedeciendo a un gesto de Roger, el agente especial Fernández le pasó una carpeta de color negro repleta de información y fotografías.

—Comprendo que esto sea difícil para usted y me gustaría que sepa que lo entendemos y nos hacemos cargo. Pero si queremos aclarar todo este asunto y recuperar a su hija y, por lo que nos ha contado el agente Fernández, a su nieto, necesitamos su ayuda.

Roger comenzó a mostrarle una serie de fotografías en las que aparecía Sara, ataviada con la vestimenta propia de las mujeres musulmanas. Algunas de ellas fueron realizadas entrando y saliendo de la vivienda de Madrid donde estuvo retenida, y otras correspondían a algunas de las pocas salidas que había realizado junto a Ruth. Aquella visión de su hija tornó vidriosos los ojos de Mario, que no reconocían lo que su retina recogía.

—¿Le reconoce? ¿Es el hombre con el que su hija… —se lo pensó durante unos instantes— mantuvo una relación? —Mario respondió con un gesto afirmativo de la cabeza—. Sabemos que su hija estuvo viviendo, seguramente retenida contra su voluntad, en esta casa de las afueras de Madrid, en el barrio de Peñagrande, en la zona norte de Madrid. Un día desaparecieron de allí. Cuando dimos con la localización exacta de la vivienda y conseguimos la orden para entrar, no quedaba nadie.

—Sin duda, cometimos un fallo, un grave error en los controles de vigilancia. Les perdimos la pista. —Roger negaba con la cabeza: no buscaría excusas—. Hasta esta misma mañana, cuando su hija se puso en contacto con usted. —Mario se mostró sorprendido de que aquellos hombres estuvieran al tanto de la llamada de Sara—. Le pinchamos su teléfono. Cuando el agente Fernández nos comentó sus dos encuentros con Sara, en especial el último, en un tradicional mercado al que acuden los musulmanes en el norte de la capital, y partiendo de su antigua relación con este hombre —dijo plantando el índice sobre el pecho de la foto de Najib Almallah—, solicitamos y obtuvimos la autorización de un juez y gracias a esa llamada sabemos que su hija está en Alicante.

Mario le observaba boquiabierto, incapaz de decir nada. Habría sido imposible imaginar todo aquello cuando se levantó de la cama apenas unas cuantas horas antes. Miguel miraba al suelo. A su lado, el otro, el joven, barría el salón con la mirada, como ajeno a la charla.

—Nuestro dispositivo especial ya está trabajando en la zona y preparándose para realizar las primeras detenciones. Nuestros hombres llevaban allí días porque habían recibido información sobre un posible encuentro con dos cabecillas de la organización terrorista islamista. Hemos tenido suerte de que Sara decidiera hacerle esa llamada de teléfono justamente hoy. Lo que queremos pedirle, señor Dacosta, es que colabore con nosotros. Es muy probable que su hija vuelva a llamarle. Y es fundamental que usted consiga sacarle algún testimonio de lo que está viviendo. Necesitamos confirmar nuestros temores de que su hija ha sido captada por una organización terrorista islámica, y nos sería de gran ayuda que le facilitara cualquier tipo de información al respecto: nombres propios, direcciones, próximas ciudades de destino, operaciones…

Roger calló de golpe para observar unos instantes el rostro desencajado de Mario. No pudo evitar compadecerse de ese hombre abatido al que la vida parecía haberle consumido veinte años en apenas un par de meses.

—No sé si he sabido expresarme con claridad y si he logrado hacerme entender.

—¿Por qué mi hija? ¿Por qué ella? No tiene nada que ver con esa gente, ni con su cultura. —Mario no entendía nada: su hija no conocía aquel mundo ni compartía sus costumbres. Era una mujer moderna, inteligente, preparada, con un gran conocimiento de idiomas, y sin ninguna preferencia religiosa ni política que la obsesionase. Lo único que hizo fue enamorarse de un hombre musulmán—. ¿Qué beneficio puede acarrearles ella? ¿Cómo hemos podido llegar a esto? ¿Cómo? —La mirada de Mario se dejó llevar por una riada de recuerdos—. Mi hija solo quería llevar una vida normal, trabajar, estar con su hijo, tener la posibilidad de recorrer el mundo…

—Pues si lo que quería era viajar, se va a hartar —apostilló Darío en referencia a los múltiples desplazamientos internacionales que suelen efectuar los agentes e integrantes de este tipo de organizaciones terroristas.

Su desafortunada acotación, carente de toda delicadeza ante la situación que estaba viviendo Mario, le valió una nueva mirada de Roger, que empezaba a cansarse de aquel joven insolente. Darío se vio en la necesidad de disculparse, como si él mismo se hubiese sorprendido al escuchar en voz alta el pensamiento que había pasado de su cerebro a su boca sin darse cuenta.

—Discúlpeme, por favor, no pretendía…

Roger carraspeó y retomó la palabra justo allí donde Mario Dacosta la había dejado:

—Precisamente su perfil es el más buscado por parte de estas organizaciones terroristas. Necesitan a personas que pasen inadvertidas, que resulte impensable el imaginarlas como miembros activos de una organización fanática islamista, y mucho menos atrincheradas dentro de un grupo terrorista. No es el primer caso de acercamiento premeditado por parte de hombres musulmanes a mujeres españolas con el único afán de conquistarlas y casarse con ellas para borrar suspicacias y obtener ciertas ventajas sociales…

Calló lo más duro, lo que tampoco Mario necesitaba saber, el hecho de que buscaban tanto matrimonio como hijos, cuantos más mejor: no solo ya para obtener la nacionalidad española y sus correspondientes beneficios y derechos, sino también para llevar a cabo lo que se daba en llamar «la conquista silenciosa», la reconquista de los territorios «ocupados» a través de los vientres de las mujeres españolas. En su unidad eran testigos de la epidemia y aun viéndolo a diario, a Roger no dejaba de impresionarle el número de mujeres españolas que se habían visto abocadas a esa realidad sin siquiera ser conscientes de ello.

—Además, señor Dacosta, no podemos olvidar el hecho de que este tipo de matrimonios es una fuente de conversiones al islam, bien sea por voluntad propia o de manera forzada. —Contempló el gesto de asombro e impotencia que presidía el rostro de Mario.

—¿Y mi nieto? ¿Qué utilidad tiene para ellos un niño de ocho años? ¿Qué mal puede hacerles?

—Existe la posibilidad de que el pequeño esté siendo utilizado como moneda de cambio —explicó Roger—. Puede que estén chantajeando a su hija para que colabore de la forma que sea, y el seguro más eficaz para ellos es retener a su nieto. Teniéndole a él bajo su custodia se aseguran la complicidad de su hija y la efectividad de su cooperación. Sara es una occidental. Su cara, su nacionalidad y su pasaporte no levantan sospechas en ninguna frontera. Y el golpe de efecto a nivel internacional que supone un ataque terrorista perpetrado por un occidental es espectacular, uno de los mayores logros que pueden mostrar al mundo estos grupos terroristas. Un occidental, a poder ser una mujer, de pelo rubio, ojos azules, formación académica y formada en el seno de una familia tradicionalmente cristiana, dispuesta a olvidar todo lo aprendido, cruzar una frontera, colocarse un cinturón de explosivos e inmolarse en mitad de una plaza pública de Irak, Afganistán, Estados Unidos, Francia, Alemania, España... Estamos ante la mayor amenaza terrorista de los últimos años.

Temió que su plática y los detalles de la misma estuvieran excediendo los límites necesarios para hacerse entender. Quizá un padre al que le acababan de arrebatar a su hija y a su nieto, a su única familia, no necesitaba conocer los pormenores de la situación con los que tan familiarizados estaban los servicios especiales. Pero Mario no pensaba en eso ahora, solo recordaba casi en forma de ráfagas la tarde en que *él* no fue capaz de llegar a tiempo a recoger al niño del colegio; en que *él* no cumplió con su parte; en que *él* dejó que todo aquello pasara… La culpa no necesita tener razón para devorar a nadie.

—¿Comprende ahora la gravedad de lo que tenemos entre manos? ¿Nos ayudará usted? Si necesita que le aclare cualquier otra cuestión…

—Lo que necesito es que traiga a mi hija de vuelta a casa. ¿Tiene usted hijos? —preguntó a Roger, que se limitó a negar con la cabeza como única respuesta—. Entonces, no sé si podrá llegar a entenderme.

Sin embargo, le entendía perfectamente. La vida también le había golpeado donde más le dolía, y la herida de aquel zarpazo mortal no cicatrizaría nunca, por muchas horas, días, semanas y años que pasaran. De repente el teléfono móvil comenzó a sonar en el bolsillo interior de su chaqueta: Roger pidió disculpas, se incorporó y, aproximándose al ventanal del salón en busca de una mayor cobertura, contestó al insistente requerimiento.

—Almansa, dime. —Se mantuvo a la escucha durante unos segundos sin pronunciar una sola palabra. El resto le contemplaba mientras esperaba en silencio a que finalizase la conversación—. Muy bien, gracias. Tenemos la fotografía de ese hombre en el informe. Se la mostraremos al padre. —Antes de colgar, advirtió a su interlocutor, con voz firme, acostumbrada al mando—: Mantenme informado de cualquier novedad.

Al cerrar su teléfono móvil y volver la vista, tres pares de ojos se clavaron en su rostro, a la espera de saciar su curiosidad. La mirada de Miguel y Darío, seria, profesional. La de Mario era distinta. La suya albergaba una luz de esperanza, tímidamente empañada por una sombra de fatalismo, que no se podía vislumbrar en el resto.

—Han detenido a Brahim Merizak en un piso franco de Alicante, en la calle San Francisco. Fernández, ¿puedes mostrarle su fotografía al señor Dacosta? Quizá le resulte familiar y pueda ayudarnos.

—¿Qué tiene que ver ese hombre con mi hija? —preguntó Mario como si la pregunta le quemara en los labios. Tenía frente a él el rostro de aquel hombre del que hablaban, pero no pudo reconocerle. No le había visto en su vida. Nunca había venido a casa con su hija ni parecía ser uno de sus alumnos—. Dígame, ¿qué tiene que ver en todo esto?

Roger le habló de aquel hombre, del terrorista disfrazado de ciudadano ejemplar, de los grupos de captación de mártires de la yihad y posibles muyahidines hacia zonas de conflicto, y de cómo sus redes internacionales colaboraban en la financiación del terrorismo, recaudando dinero mediante actos delictivos como robos, falsificación de tarjetas de crédito o blanqueo de divisas, para ayudar a viajar a los voluntarios y mantener activas las células durmientes a favor del Movimiento para la Yihad Global.

—Este individuo mantiene correspondencia y contacto permanente con el ideólogo de Al Qaeda en la península arábiga, Anuar al Awlaki, un clérigo de origen estadounidense al que se conoce como el Bin Laden de Internet —afirmó Roger, recordando al hombre que había descubierto la Red como el mayor mercado de voluntarios y adeptos a los sectores más radicales de los musulmanes de Occidente, con especial interés en los estadounidenses, que se mostraban deseosos de participar en la guerra santa y, por qué no, de inmolarse en su nombre—: Al Awlaki es un ideólogo radical, extremista y sumamente peligroso que tiene montado su chiringuito en Yemen, desde donde manda al mundo sus mensajes repletos de fanatismos. Según nuestros informes, este hombre y Brahim Merizak han mantenido contactos no solo cibernéticos, sino en persona, con el fin de unir sus habilidades en internet para hacer más fuerte su mensaje de muerte. Ese es Brahim Merizak... Al menos hasta hace cinco minutos.

—¿Y él sabrá dónde están mi hija y mi nieto?

—A eso no puedo contestarle, de momento. Habrá que esperar a ver qué nos dice en el interrogatorio. —Roger entendió que Mario se merecía un átomo de la esperanza que durante tanto tiempo parecía habérsele negado—. Confiemos en que así sea, señor Dacosta, no perdamos la fe.

—¿Es usted creyente, teniente? —le preguntó Mario.

—No mucho, la verdad. —No mentía Roger. Los últimos acontecimientos acaecidos en su vida, en especial desde la muerte de su esposa, le habían hecho abandonar toda creencia religiosa, que, en un principio, sí regía su existencia.

—Yo tampoco lo era. Hasta ahora —reconoció Mario, que se mostraba dispuesto a recuperar el abandonado hábito de rezar en cuanto aquella inesperada visita abandonase el domicilio.

27

La reunión con los dos hombres procedentes de Hamburgo le había reportado nuevas expectativas estratégicas, además de un apoyo económico en efectivo. Tras dos horas largas de encuentro, Najib y su reducido acompañamiento regresaban a la vivienda donde tenía asentado su centro de operaciones cuando, al doblar la esquina de la calle San Francisco, unos números antes de llegar a su destino, vieron un despliegue policial que ralentizó sus pasos. Varios furgones de la policía y la Guardia Civil cortaban la calle, y un buen número de curiosos se apostaba a ambos lados de la vía, especulando e informándose los unos a los otros de lo que estaba sucediendo. Volaban las teorías a cuál más descabellada:

—Han matado a una chica. Dicen que la han descuartizado en la bañera y han metido los trozos en varias bolsas de basura. Han sido los de la limpieza los que lo han descubierto. A uno le ha dado un ataque de ansiedad y se lo han llevado al hospital...

Otros dos especulaban justo al lado:

—Será un alijo de drogas.

—No me extraña, está el barrio lleno con tanto moro y tanto negro. A mi hijo ya le han ofrecido tres veces cuando el pobrecito regresaba del colegio. Menos mal que le hemos aleccionado bien desde pequeño.

—Mano dura es lo que ponía yo en esta zona. Pero claro, no quieren, no está bien visto. Así que a joderse tocan, aunque nos maten a todos.

Tres más, disfrutando de los rumores a unos metros de los furgones:

—Dicen que es una pelea entre un marroquí y un español. Al parecer, el árabe le ha dicho algo a la mujer que iba con el español, y han empezado a decirse de todo. Han sacado navajas y pistolas.

—¿Han disparado?

—Eso he oído. Lo que no sé es si se han cargado a alguien…

—Como no nos acerquemos más, no nos vamos a enterar de nada.

Algo más allá dos mujeres hablaban de un aviso de bomba.

—Un vecino ha visto una bolsa de deporte sospechosa en el portal de la casa y ha llamado a la policía. Y cuando han llegado, han visto la bolsa llena de cables y han llamado a los artificieros.

—Para haber saltado todo por los aires…

—… y aquí nadie dice nada…

Najib observaba la escena preocupado, aunque nadie que le viese habría sido capaz de advertirlo: su semblante permanecía tranquilo, apenas le traicionaba el gesto crispado de sus puños. Sabía ocultarse bajo perfeccionadas máscaras que había ido confeccionando sabiamente a golpe de estudio y preparación. No le gustó aquel revuelo y menos aún la excesiva y notoria presencia policial. Desde su posición, demasiada alejada del epicentro de los acontecimientos, no podía apreciar con claridad si el portal en el que no paraban de entrar y salir policías era el de su vivienda actual. Poco a poco y sin despertar sospechas, los cuatro se alejaron de la nube de curiosos que rivalizaban por ocupar la primera fila tras el perímetro policial que aparecía delimitado por vallas y una cinta kilométrica con la leyenda «Prohibido el paso. Cuerpo Nacional de Policía» impresa en ella.

—Establece un contacto seguro que nos mantenga a salvo de todo esto —indicó Najib a Mourad, que aguardaba una orden para separar su camino del resto y perderse en dirección opuesta por una de las calles de la ciudad. Luego se volvió hacia el joven del labio partido—: Y tú, acércate e intenta enterarte de qué ha pasado exactamente. Con discreción. No me llaméis. Yo me pondré en contacto con vosotros.

Como siempre, Sara se quedó sin papel en la operación que acababa de ponerse en marcha. Najib y ella subieron por una de las calles céntricas de la urbe hasta llegar a una avenida más amplia, de doble dirección; desembocaba en una plazoleta congestionada de coches, autobuses y transeúntes que corrían para aprovechar los últimos segundos de un semáforo en verde o para hacer valer su preferencia sobre los automóviles en los pasos de cebra. Ante ellos se alzaba el edificio de unos grandes almacenes en cuyos escaparates rivalizaban los carteles que anunciaban las segundas rebajas y los que avisaban de la llegada de las colecciones de nueva temporada. La respiración de Sara discurría atolondrada y sus pasos los guiaba, como de costumbre, la voluntad de Najib. Traspasaron la puerta de los almacenes junto con una marabunta de personas y ascendieron varios tramos de escaleras mecánicas. Cuando llegaron a la planta de «Moda Mujer», Najib la detuvo asiéndola del brazo.

—Escoge ropa moderna: unos vaqueros, una camiseta, un jersey y poco más. Me la traes, la pago y te cambias en el probador. Date prisa. —Antes de que Sara partiese a buscar la vestimenta ordenada, aún llegó a sus oídos una última advertencia—: Actúa con normalidad. Nada de prisas ni de caras de terror. Estás muy cerca de encontrarte con tu hijo, no lo estropees por una tontería. Recuerda, naturalidad.

A los diez minutos, Sara volvía a reconciliarse con su imagen en el espejo del probador. Al ver de nuevo recobrada su apariencia occidental, a punto estuvo de echarse a llorar, pero no se dejó ir: sabía que aquello no sería en absoluto del agrado de quien la esperaba a la entrada de los probadores. Aspiró su congoja, barrió la lámina húmeda que cubría sus ojos, respiró profundamente tres veces y se infundió fuerza con la mirada que encontró reflejada ante sí. Presentía que todo estaba a punto de terminar.

Idéntica operación realizó Najib con su apariencia física. En la planta de «Moda Hombre» adquirió unos vaqueros, unos mocasines azul marino y una camisa blanca como esas a las que tanta afición mostraba cuando conoció a Sara. Luego compró unas tijeras pequeñas, unas maquinillas de afeitar y un tubo de espuma de rasurar en la sección de perfumería y entró con todo en los aseos del centro comercial para aparecer al rato ante Sara sin aquella barba negra y nutrida que le venía acompañando en los últimos meses.

Antes de salir nuevamente a la calle, Najib se acercó a la planta de tecnología y adquirió dos teléfonos móviles. A petición de la vendedora —una hermosa joven de melena larga y rubia, y ojos extremadamente azules—, facilitó un documento de identidad en el que Sara descubrió su foto pero no así el nombre con el que le conocía. La dependienta aceptó sonriente el pago en metálico de los dos aparatos.

—Vienen de fábrica con un poco de batería pero es conveniente que los cargue usted en casa durante al menos doce horas. Con que los deje toda la noche es suficiente, ¿de acuerdo?

El perfecto cliente —que llegó, miró, no hizo preguntas y adquirió la mercancía— le agradeció la información con una complaciente sonrisa mientras pulsaba el botón de encendido en ambos teléfonos. Después del intercambio de monedas y recibos, se dirigieron a la zona de ascensores. Subieron en uno del que no se apearon hasta que se vació por completo, momento que Najib aprovechó para propinar un golpe certero a su antiguo móvil sobre una de las paredes del elevador: una vez roto en varios pedazos, arrojó la batería y la tarjeta SIM por la ranura del hueco del montacargas. El resto de las piezas del antiguo teléfono las depositó en una de las papeleras situadas en el descansillo de salida de los ascensores, al igual que la bolsa con la ropa que ambos vestían cuando entraron en el edificio comercial.

Por un instante, ambos contemplaron su imagen en el espejo que tenían delante. Demasiado parecida a lo que un día fueron, a lo que un día Sara creyó que eran. La memoria del pasado les disgustó tanto como la realidad de su presente, a cada uno por muy diferentes motivos.

Salieron de los grandes almacenes para adentrarse por una de las calles que conducían al centro de la ciudad. Sara estaba convencida de que Najib no sabía qué rumbo exacto llevaba su marcha, pero no era el momento de hacer comentarios que pudieran enervarle. En su cabeza se repetía la frase que le había confiado hacía unos minutos. «Estás muy cerca de encontrarte con tu hijo, no lo estropees por una tontería.» No pensaba hacerlo. Al menos ella no.

A pesar de llevar dos móviles en el interior de su bolsillo, Najib se detuvo a realizar una llamada desde una cabina telefónica. Solo dos palabras salieron de su boca: «dime» y «Brahim». La primera requería una dirección hacia donde dirigirse y un contacto seguro al que acudir, información que consiguió al instante. La segunda la pronunció con una mezcla de asombro y disconformidad que llevó a Sara a pensar que algo había pasado con el argelino que los recibió y acogió a su llegada a Alicante. No se equivocaba.

La policía había detenido a Brahim y el dispositivo de seguridad desplegado en la calle San Francisco correspondía a los momentos posteriores a la detención y a los trabajos de investigación en el inmueble incautado, donde había comenzado el registro y la confiscación de todos los ordenadores, vídeos, fotografías y el resto del material tecnológico. La noticia encolerizó a Najib: odiaba verse obligado a cambiar sus planes sobre la marcha, no le gustaban las improvisaciones, las prisas impuestas y aborrecía moverse en una atmósfera de presión que él mismo no hubiese configurado antes. No soportaba que fueran otros quienes dictaran las normas de su proceder y esa parecía ser la situación en la que se encontraba. Pero había algo más surgido de las entrañas de aquella breve conversación telefónica, que no excedió los diez segundos de duración.

—Brahim ha sido detenido —le espetó Najib nada más colgar confirmando sus sospechas—. Dice Mourad que ha sido por tu culpa, que alertaste a la policía de alguna manera. ¿Es verdad?

Le llevó un par de segundos sacudirse la sorpresa.

—*¿Yo?... ¿Y cómo?...* ¿Cómo he podido hacerlo si no he estado sola ni un momento? Me tienes atada de pies y manos con la amenaza de Iván y sabes perfectamente que no haría nada que pudiera estropearlo. Es absurdo. Lo sabes, Najib, lo sabes perfectamente.

Tú sí. Esa es tu garantía. Pero supongo que es más fácil culparme a mí, por muy descabellado que eso sea, que reconocer los propios errores. Si yo hubiese avisado a la policía, ¿estaría aquí a tu lado, soportando tus amenazas?

Hablaba con seguridad, con argumentos impregnados de lógica. Creía encarecidamente en las explicaciones que salían de su boca, y ni por un momento imaginó que la llamada que había realizado a su padre hubiese puesto en marcha todo un operativo de búsqueda y captura como el que se había iniciado. Es más, ni siquiera pensó en aquel contacto cuando escuchó la acusación conjeturada por Mourad. Najib no replicó, pero su silencio pareció dar por buena la defensa esgrimida por Sara.

Siguieron caminando durante veinte minutos más, sin intercambiar una palabra o un gesto. El peso de las tinieblas en las que había vuelto a ser arrojada presionaba el pecho de Sara: el no saber qué pasaría y cómo afectarían las novedades a su futuro más inmediato le hizo temer por ella y por Iván. Secuestrada por esos temores que hacían vacilar sus reservas de optimismo y esperanza, no tuvo tiempo de entender cómo había sido empujada al interior de un coche que se había acercado a la acera por donde transitaban y les había instado a subir en su interior.

Le costó un instante encontrarle el sentido: todo quedó claro cuando vio a Mourad al volante. A su lado, ocupando el asiento del copiloto, un hombre de rasgos árabes al que no recordaba, aunque tampoco podía estar cien por cien segura de no haberle visto antes. Sara supuso que los llevarían a un nuevo piso franco donde se mantendrían aislados de todo el operativo que las fuerzas de seguridad habían puesto en marcha, pero sus elucubraciones fallaron. Todo iba más deprisa de lo que pensaba.

—Las cosas se están poniendo feas, Najib. No creo que nos convenga demorar más nuestros planes —dijo el hombre misterioso—. Si quieres podemos mantenerte dormido durante el tiempo que haga falta, pero…

—Me conoces, sabes que no hace falta.

El desconocido asintió, parecía satisfecho.

—Lo más seguro para todos es que os marchéis hoy mismo. Es apresurado pero los acontecimientos y nuestras circunstancias no nos dejan una salida mejor. Podemos daros la cobertura necesaria y cubriros hasta vuestro destino. Allí os estarán esperando. Todo está preparado. Solo falta que tú des la orden para que la maquinaria se ponga en marcha.

—Me parece bien —dijo Najib. Parecía haber encontrado en las palabras de su interlocutor algún tipo de alivio—. Ya lo había considerado. Dime qué has pensado y cómo lo haremos.

—La policía tendrá vigilados los aeropuertos, las estaciones de tren y autobuses y las carreteras. El control en el puerto es mucho más sencillo de evitar. Eso os permitiría llegar hasta Argelia y desde allí iniciar viaje a Afganistán, donde os esperan. —Observó en el retrovisor el rostro inquebrantable de Najib. Su silencio reinó en el interior del vehículo—. También cabe la posibilidad de que viajéis por separado, quizá no sea mala idea para pasar más inadvertidos: no sabemos si la buscan a ella o a ti, o a ninguno de los dos. Ella puede viajar hasta Marruecos, allí la espera un contacto que viaja desde Holanda para entregarle dinero y material informativo, la metemos acompañada en un contenedor clandestino rumbo a Londres y desde allí, un avión a Kabul. Es una ruta segura. Ya la hemos probado con éxito antes.

—No. Viajaremos juntos. A ella no la buscan… Tenía pensado

viajar hasta Francia y desde allí coger un avión a Alemania. Necesito encontrarme con una gente para luego…

—Eso no es seguro, Najib —le interrumpió bruscamente aquel hombre—. Han detenido en Colonia a los responsables de una célula islamista operativa. Han incautado diverso material explosivo y grandes cantidades de dinero, aparte de la información con nombres, apellidos, direcciones y números de teléfono que hayan encontrado en los ordenadores. La policía tiene controles por toda la ciudad, el país incluso. No es seguro. Olvida ese itinerario. Y olvídate también de viajar desde Madrid a Teherán y desde allí entrar en Afganistán. Llevan tiempo con las alarmas activadas en los puestos de control fronterizo.

Le decía también que aquella misma mañana la policía había entrado en uno de sus pisos y había incautado sesenta kilos de hachís, cincuenta de pastillas de éxtasis, tabletas de cocaína, cuatro pistolas y cientos de miles de euros. Aún no lo habían relacionado con ellos pero el desconocido no creía que tardasen en hacerlo; que Najib pasara por la capital sería asumir un riesgo demasiado alto y no era necesario.

—Descarta Madrid —insistió.

Sara asistía absorta a la planificación ajena de su propia vida, como si estuviera leyendo una novela o asistiendo a la proyección de una película. Cada itinerario que proponía o rechazaba la voz del enigmático copiloto le hacía imaginar complejos traslados y peligrosas escalas en países de medio mundo, que tomaban fuerza o se desvanecían a tenor de las negativas o las afirmaciones que iban apareciendo en la conversación. Sorprendió un par de veces a Mourad observándola en el espejo del retrovisor, con su inquietante negrura. Cada una de ellas apartó la mirada.

—No me convence el ferry —decía Najib en ese momento—. Va siempre lleno, en este tiempo el calor es asfixiante y se tarda demasiado en llegar. Doce horas encerrado sin poder salir pase lo que pase, te encuentres a quien te encuentres... No sé si es lo que más nos conviene. Además, ahora no es como antes, el control es más estricto: saben que utilizamos el de Alicante a Orán para pasar mercancía, información y personas. Han sido muchos los compañeros caídos. —En caso de coger el ferry, Sara y él tendrían que pasar por varios controles del Cuerpo Nacional de Policía y de la Guardia Civil; sabía que rastrearían sus equipajes con mil ojos y que examinarían todo por el escáner tanto en el embarque como a la llegada al destino—. Cada vez es más difícil. Si queremos burlar esa seguridad, la improvisación no es nuestra mejor aliada. Y no hace falta que te diga en qué situación estamos. Además, si han detenido a Brahim justo ahora, es porque buscan algo en esta ciudad. No es casual. Desde aquí no es seguro salir hacia ningún lugar, ni por vía marítima ni aérea.

—¿Tú sabes lo difícil que es pillar a alguien entre un millar de personas embarcando con más de seiscientos coches? Hay una probabilidad entre mil. Ese ferry es una ciudad. Piénsalo bien, es lo único que te digo.

—Iremos a Madrid en coche. —El tono de voz de Najib, autoritario y recto, zanjó la conversación y las dudas que todavía pudieran quedar. No había lugar a réplica—. Allí volaremos hasta Londres y de allí a Túnez, Dublín y Kabul. Es una ruta segura. Además, míranos —dijo refiriéndose a su apariencia occidental y moderna—. ¿De verdad crees que nos pondrán problemas a la hora de pasar el control de seguridad de los aeropuertos? Mourad nos llevará. Necesito dinero y documentación. Nada más.

—Ya está todo previsto. Organizaremos el viaje atendiendo al itinerario que has dicho —cedió el copiloto mientras se disponía a iniciar los trámites encomendados.

Sara pudo observar cómo los músculos que cincelaban el rostro de Najib relajaron la tensión que los mantenía agarrotados desde que descubrieron la presencia policial en la calle. Incluso intuyó un esbozo de sonrisa burlona en sus gruesos labios. Giró la cabeza para observar a su compañera de viaje, ambos en el asiento trasero del coche.

—Por fin —le dijo—. Volvemos a casa.

TERCERA PARTE

«El más terrible de los sentimientos es el sentimiento de tener la esperanza perdida.»

FEDERICO GARCÍA LORCA

28

Las siguientes horas transcurrieron enclaustradas en un estrecho reloj de arena acristalado. Se imaginó sentada en lo alto del puntiagudo montículo de partículas de sílice dispuestas en el bulbo inferior y siempre preparada para esquivar el aluvión de arenisca, cada vez que el tiempo avanzaba camino y volcaba su contenido sobre ella.

Tenía la impresión de haber viajado a través del tiempo, sin prestar demasiada atención al espacio en el que se encontraba. Por sus ojos desfiló, impregnado de la misma irrealidad que muestran los sujetos en una película muda, un extraño carnaval de controles, azafatas, salas de espera, aviones, despegues, pasillos, puertas de embarque, turbulencias, escalas y aterrizajes. Lo había vivido porque su cerebro amparaba su recuerdo envuelto en una nebulosa, pero le costaba reconocerlo como experiencias propias. Su mente parecía cómoda en esa especie de oasis narcotizado al que le costó recordar cómo llegó. Quizá fueran las pastillas blancas que Najib depositó con sus dedos en el interior de la boca de Sara. Su lengua llegó a palpar las yemas de los dedos del hombre que la obligó a beber agua, inclinándole la cabeza hacia atrás para que pudiera tragarlas sin dificultad. Llegó a cuestionarse si la placidez que la embargaba, ajena a todo ruido, dolor, sufrimiento y al aluvión de pensamientos inoportunos que amenazaban su equilibrio, daba fe de un estado comatoso o, por el contrario, le informaba de que estaba muerta y que su espíritu seguía vagando por el universo espacial. Eso explicaría la ingravidez de su cuerpo y su mente. Durmió durante buena parte de los vuelos que realizaron. De esa manera, todo permaneció dentro de los parámetros del control y la seguridad, respetando fielmente lo planeado.

Su estado de semiinsconsciencia seguía permitiendo la llegada de información entreverada con imágenes dispersas. De nuevo las manos de Najib entraban en escena para articular su cuerpo como un buen artesano. Notó cómo sus brazos la vestían con una especie de chador de color azul, y envolvía con un pañuelo de color blanco su cabeza. Sara seguía sin poder controlarla: daba bandazos de izquierda a derecha y de atrás adelante, que se traducían en insensibles latigazos en sus cervicales.

Para la ingestión de la última de las pastillas que registró su mente, Najib pidió un poco de agua a la azafata, que ya estaba inmersa en las últimas atenciones a los pasajeros y en la preparación de la cabina para el aterrizaje. Sara observó entre brumas la expresión preocupada de la auxiliar de vuelo al inclinarse sobre ella. Por primera vez desde que iniciara el laberíntico viaje, comprendió que su apariencia física no debía de ser nada halagüeña. Los párpados le pesaban demasiado, como si un cargamento de cemento cayera sobre ellos, de modo que cerró los ojos. La oscuridad volvió a teñir su mundo.

La despertó una arcada creciente que ascendía por su tráquea. Su cuerpo se convulsionó por un jadeante ahogo que intentó evitar entre espasmos y con la boca abierta, en busca de una bocanada que aliviara su sofoco. Había algo sobre ella que le impedía respirar, algo que había logrado introducirse en su boca. Cuanto más esfuerzo hacía por escupir aquello que fuera que le estaba obstruyendo la respiración, más adentro se metía. Era como si estuvieran tratando de asfixiarla con una almohada, con un saco de tela áspera, con un trozo de paño.

Alguien le levantó la parte frontal del burka y le colocó, oportunamente, una bolsa de plástico delante de la cara a modo de palangana, sobre la que vertió todos los demonios que envenenaban sus entrañas. Cuando no quedaba más vómito en su interior, sacó la cabeza de la bolsa y respiró con el mismo ahínco que mostraría si hubiese estado bajo el agua durante cinco minutos. Empezó a inspeccionar dónde estaba. La niebla había desaparecido de los márgenes de su visión y las formas y los perfiles habían recuperado su claridad. Se hallaba en el interior de un coche que olía a tierra, a animal muerto y al vómito que acababa de parir su náusea. Se llevó la mano a la boca para limpiarse los restos de la arcada y, de paso, el asombro que le provocaba conocer su nuevo lugar en el mundo. A su lado viajaba una mujer que presentaba el mismo aspecto que esas mujeres a las que Sara había visto en la portada de algunas revistas, pero aquella era de carne y hueso, estaba allí y no ocupando un trozo de papel cuché. Eso lo hacía aún más dantesco. Llevaba el burka levantado y echado hacia atrás sobre su cabeza. En la parte delantera del coche, dos hombres: uno de ellos era Najib, aunque ni siquiera se dignó a volver la cabeza para comprobar que en la parte trasera del vehículo todo iba según lo planeado. El desinterés no le importunó. Sin duda lo compensaba con el alivio de saber que él seguía allí, igual que la posibilidad de encontrar a su hijo.

Intentó moverse, pero algo se lo impidió. Ingenua aun entonces, creyó que la atadura que sentía a la altura del pecho correspondería al cinturón de seguridad, aunque pronto se dio cuenta de que lo que la ataba era parte de la vestimenta con la que habían cubierto su anatomía. Era como si alguien se hubiese empeñado en amordazarla con patrones de tela con forma de vestido, velos y tejidos de paño. Lo que sentía abruptamente encajado sobre su cabeza, como si fuera un casco que estaba cortándole el flujo sanguíneo, era la parte superior del burka azul que a punto había estado de asfixiarla. Poco a poco fue recuperando su respiración y el adecuado ritmo cardiaco que ralentizaba la secuencia de sus latidos dentro de la cavidad torácica.

El vómito le había sentado bien, en cierta medida había conseguido asentarle el estómago, aunque le había dejado un sabor de boca agrio y metálico que intentaba olvidar tragando saliva una y otra vez, sin conseguirlo. La sequedad se había instalado en su boca, convertida ya en un agrietado y árido solar. Pensó en pedir un poco de agua que aliviara las grietas de la deshidratación. Necesitaba hacerlo. Y también quería preguntar dónde estaba, qué era todo aquel desierto árido y montañoso, plagado de arena y roca hasta donde se extendía la vista, y coronado con descomunales dunas de tonos dorados. La espesa nube de polvo que el todoterreno levantaba a su paso le dificultaba la visión. Sus preguntas se quedaron suspendidas en el viciado ambiente del interior del vehículo.

—Bienvenida a Herat, Sara —le informó Najib, que ya había recuperado la imagen con la que parecía sentirse más cómodo: había reemplazado el vaquero y la camisa blanca por una larga y amplia túnica—. Ahora sí que estás cerca de tu hijo. Y de tu misión, que es más importante. Sonríe. Lo has conseguido.

Herat.

Estaba demasiado lejos de casa y de los suyos como para sonreír tal y como él le ordenaba sarcástico. ¿Cómo había llegado hasta aquel lugar inhóspito? Tan solo lograba recordar con cierta nitidez su entrada en el aeropuerto de Barajas, su paso —rápido, sin contratiempos— por el control de seguridad y su entrada en la sala VIP, donde esperaron la llegada de su primer vuelo, rumbo a Londres. Después de eso, nada. No podía recuperar el momento en el que voló a Túnez e hizo escala en Dubái. Tampoco su llegada a Kabul. Y mucho menos podía ordenar en su cabeza cómo había acabado en Herat.

No podía imaginar que se había librado, por muy poco, de un viaje en coche desde Kabul a Herat que hubiese supuesto alrededor de seis días de itinerario peligroso, en unas condiciones infrahumanas. Aquella fue la primera intención de Najib, que consideraba que esa era una ruta segura, al menos para ellos, y haciéndola a bordo de un automóvil, no levantarían ninguna sospecha. Supondría, prácticamente, atravesar el país pero, a su entender, no había prisa. Es más, se habían visto obligados a adelantar unos días su llegada a Afganistán y eso había ampliado su margen de actuación, por lo que tenían tiempo suficiente para invertirlo como creyeran oportuno. «Y qué mejor inversión que la seguridad», comentó Najib. El hombre que en ese mismo instante conducía el todoterreno había logrado convencerle por teléfono: puesto que nadie los seguía y no había ninguna alarma que los apuntara, ¿para qué correr riesgos? Sobre todo, estaban en casa, y eso quería decir que jugaban en su campo y con sus propias reglas. Ese oportuno recordatorio frustró los planes de aventura diseñados por Najib y le llevó a utilizar los billetes con los que volaron hasta el aeropuerto de Herat para emprender desde ahí camino hasta su destino final.

Y fue en ese último trayecto cuando despertó Sara, envuelta en arcadas y vómitos, consecuencia de los cócteles de pastillas, somníferos y narcóticos que le había servido Najib para tenerla en todo momento bajo control y sometida a su voluntad, como a él le gustaba.

—Necesito beber un poco de agua. —Prefirió dar a la frase un tono informativo más que envolverla entre interrogaciones que le dieran opción a Najib a rechazar la propuesta.

—Es mejor que vayas acostumbrándote a este clima —dijo después de hacerle un gesto a la mujer sentada justo a su espalda para que le ofreciera una especie de cantimplora de color verde—. Estamos en agosto y aquí, en la parte superior de esas dunas que nos rodean, las temperaturas pueden alcanzar los cincuenta y dos grados. Si te limitas a estar quietecita, calladita y a no preguntar a cada momento, seguro que tu cuerpo sabrá cómo sobrevivir al termómetro.

Sara bebió con tantas ganas como odio sentía hacia Najib. El agua estaba caliente y frustró su anhelo de un chorro freso y cristalino inundando su boca y corriendo por su tráquea, pero lo agradeció de igual manera. Se sentía débil. No recordaba haber tomado alimento alguno aunque tampoco sentía hambre. Solo necesitaba descansar, deshacerse del malestar general que nacía en su estómago y le subía hasta la cabeza, donde un fuerte dolor amenazaba con devolverla al mundo de la inconsciencia. No pudo. El dolor era demasiado intenso y el violento traqueteo del todoterreno, que batallaba con un camino pedregoso e irregular, no ayudaba a conciliar el sueño si no era con una de las pastillas mágicas a las que su organismo parecía haberse rendido. Se conformó con cerrar los ojos, sujetar la cabeza sobre el asiento trasero, para evitar desnucarse en alguno de los muchos bandazos del vehículo, y hacer conjeturas sobre el momento en el que llegaran a su destino, cualquiera que este fuese.

Sintió el frenazo del coche al tiempo que el motor se detenía en seco. Tuvo que utilizar su brazo como parapeto para no estrellarse contra el asiento del conductor. Todos se apearon del automóvil en una rápida maniobra que parecía haber sido ensayada con tiempo. Se disponía a abrir la puerta cuando alguien lo hizo desde fuera.

—Sal. Date prisa —le ordenó Najib—. No tenemos todo el día. Ella cumplió las órdenes. Como siempre.

Al salir del vehículo sintió cómo un pesado y ardiente manto de fuego luchaba por enterrarla en el suelo, valiéndose de la inestimable ayuda de una nube de polvo que no tardó en alojarse en su garganta y adentrarse por sus fosas nasales, ocupando oídos y cegando ojos. Se diría que una plaga de insectos chocaba contra ella y ambicionaba su caída. A punto estuvo de conseguirlo. Con más dificultad que ayuda, logró alcanzar el umbral de una especie de cueva. Al menos, era la forma que tenía por dentro la cavidad que, de momento, los había librado de la tormenta de arena desatada fuera.

Cuando ella entró, alguien ya había encendido un quinqué que iluminaba y abultaba en sombras el vientre de aquella especie de caverna. En su interior había pocos muebles y la estancia, circular, carecía de distribución alguna. Sus techos eran bajos —tanto que los hombres más altos apenas podían caminar completamente erguidos—, y la luz del candil temblaba sobre ellos y despertaba sombras sobre las demás paredes, de roca dura y recubiertas de adobe, lo que le otorgaba un extraño color rojizo. Una mesa de madera, un par de taburetes y un hornillo de cocina era todo el decorado dispuesto en aquel escenario. Alguien había dispuesto sobre el suelo de arena un manto irregular de paja en el que se abrían calvas que nadie se había molestado en tapar de nuevo. Un par de mantas y cuatro o cinco esterillas descansaban sobre el terreno. En uno de los extremos de la cueva, carente de un fondo extenso que ampliara sus medidas, se había colocado una cortina: la única separación que albergaba la peculiar vivienda. Tras ella se intuía una fantasmagórica presencia a la que nadie convino saludar, hasta que al poco se apartó la cortina y un hombre emergió de la sombra.

Najib se abrazó a él con un halo de respeto reverencial en su gesto, y lo mismo hizo el conductor del todoterreno. La otra mujer se cubrió veloz el rostro con el burka. Solo Sara permaneció inmóvil, descubierta, observando la nueva escena como si fuera interpretada exclusivamente en su honor. Los ojos del hombre que había salido de detrás de la cortina se clavaron en ella, marcando el itinerario visual del resto. De nuevo la joven se sintió cohibida, juzgada, violentada, aunque esta vez no dio un paso atrás, no varió un ápice su posición.

Aquel hombre que insistía en taladrarla con la mirada era un anciano de larga barba blanca y un andar pausado. Lo comprobó cuando se fue acercando a ella de una manera lenta, calmada, parsimoniosa. El cuerpo de Sara comenzaba a vibrar al ritmo de las revoluciones que imprimía su agitado corazón, pero aguantó firme, como si quisiera dar muestras de que aún había en ella fortaleza, a pesar de todo lo vivido. Sentía que protagonizaban un pulso y por alguna extraña razón, confiaba en ganarlo. Cuando el anciano estuvo a un metro de distancia de ella, alzó la mano izquierda y, haciendo uso de una fuerza que su achacoso físico no presagiaba, le bajó de un certero tirón la parte superior del burka, dejándola al antojo de las tinieblas y herida en lo más hondo. Había recorrido muchos kilómetros hasta llegar a ese lugar, pero las cosas no habían cambiado en absoluto.

Tropezó y cayó al suelo, donde permaneció sentada sobre una de las esterillas. Decidió que aquel era un lugar tan bueno como cualquier otro del interior de aquella cueva para quedarse, al menos hasta que le indicaran lo contrario. La cárcel de tela y la monumental humillación que le suponía aquel burka le sirvió además para esconder sus lágrimas de dolor y de impotencia, también de indignación. Su interior rompió en llanto y se desbordó en sollozos liberadores. No lloraba solo por ella, lloraba por todos aquellos junto a los que no podía llorar en aquellos momentos. Alguna utilidad práctica tenía aquel burka que le aislaba del mundo exterior, pero también de sus enemigos, de sus carceleros, del mal absoluto.

Fue una noche de frecuentes desvelos, de imágenes borrosas, de ruidos intempestivos e irreconocibles, de susurros elaborados a la luz titilante del quinqué, de voces lejanas que tomaban la forma de fantasmas: unos se acercaban a mirarla, otros la abandonaban en su desesperado acurruco. Un duermevela viciado de despertares e inconsciencia la arrulló durante toda la noche, en un viaje abstracto y surrealista colmado de monstruos y veleidades que al despertar se quedaron en un brote de ansiedad controlado.

Cuando sus ojos se abrieron, seguía con el burka sobre su cuerpo. Fue ella misma quien lo alzó para permitir que el ambiente reconcentrado de la casa le acariciara el rostro. Allí fuera, todo permanecía igual, como si un fuerte impacto hubiese paralizado el correr de las horas en el reloj: las mismas sombras, el mismo vacío y la misma sensación de estar enterrada en un agujero a cientos de kilómetros de la superficie. Sin embargo, algo había cambiado. No había nadie en la cueva excepto Najib, que, en cuclillas y situado de espaldas a ella, removía el interior de un cuenco que había puesto sobre un infiernillo.

—¿Tienes hambre? —le preguntó—. Debes tenerla. Llevas varios días sin comer nada.

—Tengo ganas de que acabes con todo esto. Tengo ganas de ver a mi hijo —respondió Sara—. Y sí, también tengo hambre.

Adivinó el esbozo de una sonrisa en el rostro de Najib, y pudo corroborarlo cuando el hombre irguió su cuerpo y se aproximó a ella con un bol metálico entre las manos; el interior del cuenco desprendía una nube de humo. Le horrorizó conocerle tan bien, y lo que resultaba aún más aterrador, que él, a su vez, le tuviera cogida la medida.

—Lo verás. He dado orden de que lo traigan pero antes debemos hacer algo. Supongo que te hará feliz. Al menos la primera vez que te lo propuse pareciste encantada. Ahora come.

Sara era incapaz de tragar bocado. ¿Iba a ver a su hijo? ¿Por fin podría volver a abrazarle, a besarle, a estrecharle contra su pecho, a balancearle entre los brazos como cuando era un bebé? ¿Sería cierto, o la estaría engañando para jugar con sus sentimientos con el único fin de arrebatarle el último aliento de esperanza que sobrevivía en su cuerpo?

—¿Es verdad eso...? —Se animó a preguntar al fin, después de remover una y otra vez y observar, con gesto de nulo agrado, el mejunje en el que aparecían flotando trozos de carne, pan y desconocidos granos de cereales.

—¿Que te hará feliz lo que debemos hacer juntos? —preguntó, aun cuando le había entendido sin problema. Ella bajó la mirada al suelo de arena—. ¡Ah!, te refieres a lo de tu hijo... Sí, claro que es verdad. Como te dije, tu hijo estaba en Pakistán, en el valle de Swat. Yo estuve allí de pequeño y quería que Iván lo conociera: es uno de los paisajes más hermosos que he visto en mi vida. Lo riega un río que nace en territorio indio, en Cachemira, y nunca he visto unos verdes más brillantes. —Recordaba bien aquel valle tupido y

salvajemente selvático, con lagos limpios y cristalinos y unas increí-
bles montañas—. Lo llamaban la Suiza de Pakistán cuando aún
estaba bajo la dominación del Imperio británico. Dicen que es el
lugar de procedencia de Buda y donde se construyeron los primeros centros budistas... Ahora las cosas han cambiado. El mismo
problema de siempre: la gente no quiere entender lo que está bien
y lo que está mal. Hoy es zona talibán. Estoy convencido de que tu
hijo ha disfrutado de la estancia y, por descontado, habrá aprendido todo lo que en su entorno familiar jamás hubiese tenido posibilidad de descubrir. ¿Sabes?, es un gran chico. Por lo que me cuentan, su sed de conocimiento es inmensa. Has criado a un chico
fuerte e inteligente. Y debo felicitarte por eso.

Sara no sabía cómo procesar aquella información. Las palabras
de Najib le despertaban un sentimiento de congoja irrefrenable y el
tono de su voz parecía esconder realidades que adivinaba contrarias
a las de sus labios. Aun así, necesitaba creerle.

—Ahora mismo tu hijo está en Kanigoram, en Waziristán del
Sur. Es una ciudad preciosa y cuando terminemos nuestra misión,
aún lo será más. —Observó cómo en el semblante de Sara se reflejaba la desconfianza que había comenzado a germinar en sus entrañas—. Está en camino. Sabe que viene a reunirse contigo y que a
partir de entonces nadie os volverá a separar porque gracias al viaje
que habéis iniciado ambos, os unen lazos más fuertes que los de la
propia vida. ¿Qué pasa, no me crees?

—Como le hayas hecho daño a mi hijo... —inició la frase en la
que intentaba encerrar una amenaza que sabía baldía.

—Sara, no seas estúpida. ¿Es que no lo ves? He cumplido mi
promesa. Estoy devolviéndote a tu hijo. Ahora solo falta que tú
cumplas la tuya. Tienes una misión encomendada, ¿recuerdas? Y

será dentro de unas horas. Pero antes debemos prepararnos. —Empleó unos instantes en contemplarla. Parecía confundida—. Ahora es cuando te lo juegas todo. Ya no hay marcha atrás. No es tiempo de preguntas, de dudas, de amenazas ni de explicaciones. No hay lugar para miedos ni titubeos. Es la hora de la verdad, esa que no dejabas de pedirme que acelerase mientras estábamos en España. Pues bien, aquí la tienes, muy pronto podrás abrazarla. Lo que nos espera es más grande que nosotros.

Estaba a punto de salir de la cueva cuando una nueva pregunta de Sara le detuvo.

—¿Qué es eso que vamos a hacer juntos?

—«Abandónate a Alá, Alá basta como protector», Corán 33:3 —dijo permaneciendo de espaldas a ella para, acto seguido, abandonar el lugar.

La respuesta a sus dudas llegó en forma de visita un par de horas más tarde. Najib entró en la cueva acompañado del anciano al que había abrazado la noche anterior. Tras ellos iban otros dos hombres, que se situaron como recios centinelas con la encomienda de guardar la entrada de la cueva. El anciano se dirigió hacia el habitáculo que ocultaba la cortina y allí permaneció durante un buen rato. Sara lo observaba todo con una atención animal, como si en cada uno de los movimientos de los recién llegados fuese a encontrar la clave de su destino. Su interior se encharcó de riachuelos de incertidumbre, de miedos, de elucubraciones pesimistas y de un desconsuelo difícil de confortar. Su estómago, fiel y eficaz anunciador de malos augurios, volvió a rebelarse. En ese momento, cuando por su garganta avanzaba ya el gusto ácido de la bilis, Najib se postró frente a ella.

—Bebe, te sentará bien —dijo acercándole el borde de una taza a los labios, que ya comenzaban a presentar un color marfil, lejos de su habitual rosado—. Es normal que estés nerviosa, pero no tienes nada que temer. Pasará pronto.

Sara mojó sus labios con aquel líquido. Era un brebaje a base de hierbas con un acentuado sabor dulzón que contribuyó a menguar sus náuseas. No podía decir que le desagradara. Muy al contrario, aquella infusión le alivió el malestar que amenazaba con apoderarse de su interior y consiguió asentar en ella una tranquilidad que se vendía cara. Bebió dos tazas enteras y había iniciado la tercera —ya sin demasiadas ganas pero inducida por la insistencia de Najib—, cuando vio al anciano salir de su escondite. Forzada, terminó de beber el contenido de la taza y miró la mano de Najib, que permanecía tendida hacia ella: quería que se levantase.

Le costó mover su cuerpo, lo sentía pesado y Najib tuvo que ayudarla a ponerse en pie y mantenerse erguida. No había rastro de dolor ni temores gritando a su alrededor. Una ligereza irreflexiva dominaba su mente y gobernaba su cuerpo, y había tomado el testigo de las aprensiones que la acechaban hacía unas horas. Todo a su alrededor parecía más calmado, sosegado: solo sentía un plácido y liviano aturdimiento. Veía todo cuanto pasaba a su alrededor como si formara parte de una coreografía ensayada y lejana; oía sin dificultad los ruidos que se arremolinaban en derredor, las voces que llegaban a sus oídos convertidas en traviesas hadas prestas a cuchichear en el umbral de sus tímpanos, y entendía sin cortapisas lo que encerraban las palabras pronunciadas. Ante ella se levantaba una realidad que asumía sin la capacidad ni la voluntad suficiente para censurarla.

—Ahora, quiero que me escuches. —La voz de Najib llegaba a sus oídos envuelta en campanas de cristal, con un eco que le confería una profundidad ceremoniosa y revestía sus palabras de un cierto empaque—. ¿Recuerdas el día en el que te llevé al cumpleaños de unos familiares en Madrid?

Después de rebuscar entre los archivos de su memoria, Sara asintió ligeramente con la cabeza y tuvo consciencia de haber añadido una afirmación de sus labios, que resultó casi inaudible. A Najib le valió.

—Entonces te acordarás de lo que te dije, lo que anuncié delante de todos mientras celebraban que el hermano de Fátima, Mahmud, se había casado. Bien, eso te lo explicaré luego. Ahora quiero que sepas que vas a acoger el islam como tu nueva filosofía de vida.

—El entrecejo de Sara se frunció, como si aquel anuncio le llenara la frente de nuevas dudas y de un progresivo rechazo—. Es un paso necesario para que puedas enfrentarte a tu destino. No hay más remedio. Has llegado a ese momento en el que has visto cómo tu vida se ha derrumbado por los falsos preceptos sobre los que ha sido construida. Ahora tus dioses, tus ídolos, tus iconos, tu vida, tu antigua y farisea realidad, los valores que te han ido inculcando desde pequeña han dejado de tener sentido porque estaban equivocados. Se han venido abajo y es el momento de que te entregues al islam, que completes la *shahada*, que realices tu testimonio de fe y te reconozcas musulmana.

Entendió que le estaba hablando de una conversión y negó con la cabeza.

—No, no quiero —dijo con un débil hilo de voz, como si la pócima dulzona que había ingerido le hubiese restado la fortaleza de sus cuerdas vocales, además de ralentizar su capacidad de reacción—. No voy a hacerlo. No quiero.

—Creo que no lo has comprendido. Es algo que vas a hacer

aunque no quieras porque de lo contrario, las cosas no podrían salir tal y como hemos pactado. Y ninguno de los dos queremos incumplir nuestras promesas. No estaría bien. —Sara vio la sombra de Iván servida como una sutil amenaza—. Es muy sencillo: será rápido y te sentirás bien. Te estoy ofreciendo una vida mejor. Tú solo debes dejarte llevar. Y me consta que eso sabes hacerlo muy bien.

Con la ayuda de los otros dos hombres, Najib la condujo hasta una mesa sobre la que el anciano había colocado un Corán y una serie de folios, todos escritos con una caligrafía arábiga. Caminaba torpemente, como si notara que el suelo temblase bajo sus pies y aquella vacilación irresoluta la obligara a flotar, pero no cesó de oponerse torpemente a los designios que auguraba el brazo de su carcelero. Él la obligó a sentarse en uno de los taburetes dispuestos alrededor de la mesa, y ocupó a su vez la banqueta contigua.

El anciano dispuso entre sus manos el libro sagrado y comenzó a recitar unos versos en árabe. Su hablar era chillón, y la cadencia de su pronunciación envolvía su plática en un deje cantarín que chirriaba en el cerebro de Sara. Todos mostraban una actitud reverencial no solo por las palabras proferidas, sino, muy especialmente, por quien las declamaba. Por la pleitesía que le rendían y recordando el abrazo humillado y respetuoso con el que le obsequió Najib nada más verle, aquel hombre pequeño y de barba enredada sobre su pecho representaba una autoridad religiosa ante la que todos se postraban. Sin embargo, a ella le pareció repulsivo y no podía hacer nada para disimularlo. Sentía cómo su cuerpo tiraba de ella para que se desplomase sobre la mesa, pero cuando aceptaba el reto y a punto estaba de descansar la cabeza sobre aquel tablero de madera, la fuerza de los brazos de Najib se lo impedía. El sonido de aquellos fonemas árabes se estrellaba contra un portón de resistencia levantado en el cerebro de Sara, a quien ya comenzaba a marear aquel soniquete que estaba consiguiendo desbordarla. Deseaba con todas sus fuerzas que acabara ese ritual que ni compartía ni estaba dispuesta a reconocer. Se concienció de que estaba allí como una simple espectadora, y que si bien haría todo lo que le dijeran por debilidad física y por pura conveniencia ante la posibilidad de encontrarse con su hijo, aquella puesta en escena no representaba nada para ella.

En un momento de la oratoria, el anciano miró a Najib y le tendió uno de los papeles que había colocado sobre la mesa. Él lo cogió y después de una expeditiva mirada sobre su contenido, se lo mostró a Sara.

—Tienes que leer esto —le instó con urgencia mientras la obligaba a levantarse—. Lo tienes que hacer en árabe, tal y como está aquí escrito. No te resultará complicado, a estas alturas ya conoces algo del idioma.

—Pero ¿qué es esto? ¿Qué dicen estos papeles? ¿Por qué tengo que leerlos? —Sara hablaba con dificultad. Era consciente de que su lengua se trababa cuando intentaba dotarla de ligereza, y eso comenzó a desesperar a Najib, preocupado sin duda por la posible reacción del anciano, que contemplaba la escena con odio en su mirada, como si la actitud de la mujer le estuviera ofendiendo—. ¿Por qué tengo que leerlos? —preguntó de nuevo.

—Eso no importa. Tú limítate a hacerlo. Vamos —la apremió con gravedad Najib al ver la lentitud que mostraba.

Los ojos de Sara se clavaron en el papel. Distinguió cuatro frases dispuestas en una perfecta caligrafía. Sin embargo, no pudo evitar que las letras se abandonaran a un baile bullicioso ante su mirada y que las velase incluso una tenue niebla blanca que, por momentos, les confería el don de la invisibilidad. Le costaba dotar a su lánguida visión de una claridad y una integridad que le facilitaran la lectura.

—Me cuesta leerlo —le dijo a Najib, y él respondió con un violento gesto de su mano, que finalmente agarró la nuca de Sara y la acercó a escasos centímetros del papel.

—A mí también me puede costar traer a tu hijo. —Empezaba a mostrarse impaciente e irascible—. Si me complicas con esto, te juro que yo complicaré aún más tu camino. Y sabes que puedo hacerlo. ¡Lee!

La voz de Sara otorgó sonido a los caracteres escritos sobre el amarillento pergamino que la amenaza de Najib parecía haber aclarado. Lo hizo despacio, como si temiera que un error o una mala pronunciación tuvieran fatales consecuencias. Cualquiera que hubiese escuchado su declamación podría haber confundido su miedo con un infinito respeto.

—*Ash'hadu anna la ílaha ílla Allah.*

Aquella fue la primera frase pronunciada por Sara y antes de proseguir con la siguiente, la escuchó traducida en el umbral de su tímpano:

—«Declaro que no hay Dios excepto Alá, que es uno y único.» —La voz de Najib le iba abandonando en su oído el significado de lo que decía. Buscaba, como siempre, provocar, fomentar el dolor y el sufrimiento de su víctima.

—*Wa ash-hadu anna Muhammadan rasuluAllah.*

El eco de Najib volvió a acompañarla:

—«Y proclamo que Muhammad es el enviado de Dios.»

—*Wa ash-hadu anna Isa abdul-lahi wa rasuluhu.*

—«Y afirmo que Jesús es el siervo y enviado de Dios.»

—*Bari'tu min Kulli dinen yujalifu dina L-Islam.* —Era la última frase comprendida en el papel que Sara tuvo que leer y la que a su particular intérprete le provocó un mayor entusiasmo, a juzgar por el deleite con la que enunció su traducción al español.

—«Siendo el islam compendio y fin de todas las religiones, es por lo que no aceptaré jamás el compromiso con otra religión que no sea el islam.»

Sara se dejó caer sobre el taburete, rendida, hundida por el devastador peso de los ardides, cansada de tanta mentira, agotada de recorrer el infierno de farsas, de sobrevivir en el laberinto de engaños en el que había entrado por un tenue olor a canela y unos ojos negros que la habían desterrado al mayor de los absurdos. Otra batalla perdida. Era tal la desazón que la consumía que ni siquiera se dio cuenta de que Najib le agarraba la mano y la obligaba a firmar unos papeles.

—Supongo que has puesto intención de corazón en tu testimonio de fe —le dijo con su característico sarcasmo después de estampar la rúbrica—. Deberías sentir cómo la oscuridad desaparece de tu interior y cómo la luz lo invade todo. Esa fuerza te hace más libre, más pura, más limpia. Aquí ha muerto tu vida pasada, con todos sus pecados, sus errores, sus mentiras, y abrazas una nueva que te colmará de bien, de paz, de amor, y que te asegurará un lugar en el Paraíso. Ahora solo creerás en los ángeles, en las Escrituras, en los mensajeros, en el bien y el mal, en el destino…, el destino, Sara, el tuyo, el nuestro, el de todos. «Di: ¡Dios es Único, Dios es Eterno, jamás engendró ni fue engendrado. Y es incomparable!», Corán 112.

Najib abandonó durante unos segundos el horizonte que tenía puesto en el rostro de Sara, para alargar su mano y alcanzar un papel. El ritual aún no había terminado. Siguió hablando:

—Eres una persona nueva. Estás limpia, has nacido de nuevo y eso se merece un nuevo nombre. —El asombro de Sara iba en aumento—. Pensé en asignarte el de Jadiya, la primera mujer de Muhammad y la primera que se convirtió al islam, puesto que cuando el Profeta recibió la revelación divina estaba casado con ella y fue la que contribuyó a la propagación del nuevo dogma de fe. Sin embargo, he encontrado uno mejor, más acorde con nuestra situación: a partir de ahora, tu nombre será Aisha, como la más amada de las esposas de Muhammad. Y eso es lo que serás tú para mí, la más amada de todas.

La miraba a los ojos. Si aquel hombre tuviese corazón, Sara habría jurado que estaba emocionado. Fue solo un segundo.

—Ahora debemos continuar. Todavía te tengo más cosas preparadas.

La levantó del taburete donde procuraba asimilar la avalancha de despropósitos que sentía caer sobre su cuerpo, y la llevó al habitáculo oculto tras la cortina. Allí vio que la cueva duplicaba sus dimensiones, encerrando un dormitorio de apariencia más cómoda, aunque solo fuera por la presencia de una cama mullida con colchón y sábanas, y un servicio en el otro extremo, hacia donde la encaminó Najib.

—Tomarás una ducha para que el agua, limpia y cristalina, purifique tu cuerpo y borre la ignorancia acumulada durante tu vida pasada. Además, te vendrá bien —dijo refiriéndose al aturdimiento que presentaba la mujer, a causa del brebaje elaborado con fuertes narcóticos—. Quiero que estés despejada para enfrentarte a lo que nos espera.

Antes de darse cuenta, le había quitado la ropa que la cubría y situado bajo el chorro de agua que salía por un conducto metálico a modo de grifo que surgía de la parte posterior de una de las paredes. El agua caía helada contra su cuerpo, formando surcos de escarcha sobre su piel, rendida a un sutil encrespamiento y envuelta por una fina y blanquecina película que le cubrió su delicada tez. La fuerza de aquella particular limpieza le cortó la respiración como un punzante cuchillo. Aun debajo de aquel manantial infame y humillante, pudo escuchar la voz de Najib.

—«Pero habéis tomado dioses fuera de Él que no crean nada, ellos son creados; ni tienen capacidad para dañarse o beneficiarse ni tienen dominio sobre la vida, la muerte y el resurgimiento», Corán, sura del discernimiento 3.

La purificación cesó cuando lo decidió Najib. Entonces la sacó del plato de ducha y se encargó personalmente de secar la humedad de su cuerpo, envuelto en una estremecedora tiritona que se resistía a ser aplacada.

—Ahora ya estás lista. Ahora ya podemos.

De nuevo se vieron los dos ante el anciano, cuyos ojos grises ligeramente azulados recordaban a la mirada de un lobo depredador con ínfulas lunáticas. Sara llevaba puesta una amplia abaya de color blanco que cubría por entero su cuerpo, desde el cuello hasta los pies. Sobre su cabeza, un velo blanco que ocultaba su cabello, aún húmedo, y tapaba parte de la frente, las orejas y el cuello, a la altura de la barbilla. No quedaba en su anatomía vestigio de la confusión narcotizada que le indujo la bebida dulzona. El agua fría había cumplido su labor barriendo de su cuerpo no solo la impureza referida por Najib, sino la inanición que lo gobernaba hasta hacía unos pocos minutos.

Cuando vio que el anciano volvía a coger entre sus manos el libro sagrado y fue consciente de su atuendo, supo que la estaban guiando hacia un matrimonio forzoso. Barajó la idea de emprenderla a golpes contra todo aquel que se acercara a ella, arrojar al suelo todo lo que ocupaba el tablero de madera sobre el que el viejo había abandonado una serie de artilugios que le serían útiles para oficiar la ceremonia —entre ellos dos anillos que brillaban sobre el resto de los objetos—, desgañitarse profiriendo gritos y bramidos que buscaran, inútilmente, sembrar la alarma y alertar a quien fuera que pasara por el exterior de aquella cueva, convertida en improvisado altar. Quería informar al mundo de la ignominia que tenía lugar entre aquellas paredes de adobe de un sangrante color bermellón, advertirlos de la infamia que aquel grupo de hombres estaba cometiendo contra ella, pero la lógica de la supervivencia se impuso a sus impulsos más viscerales y decidió contener los demonios que carcomían su moral y devastaban su espíritu. No cabía más que la resignación para superar una situación como aquella. La serenidad y el estoicismo serían el escudo que la protegería de las palabras y los hechos.

Finalizada la ceremonia, durante la mayor parte de la cual Sara mantuvo los ojos cerrados, fue introducida de nuevo en el cuarto oculto tras la cortina. Otra vez los dos juntos, en una soledad delimitada por un fino tapiz de tela que los separaba de los tres hombres cuya presencia se podía intuir e incluso escuchar al otro lado, apenas a medio metro de donde ellos estaban. Sabía perfectamente lo que estaba a punto de suceder y el papel de víctima que, como dictaba la sensatez de la costumbre, volvería a jugar. Su cuerpo comenzó a prepararse para la agresión brutal que esperaba de manos de quien ya avanzaba hacia ella. Los fuertes latidos de su corazón y los pinchazos en la boca del estómago la advirtieron del inicio de una nueva barbarie.

—Mostraste más pasión cuando te lo propuse la primera vez en casa de Fátima —le dijo Najib—. Recuerdo que se te iluminó la cara.

—No eras el mismo. Me engañaste. No has dejado de hacerlo desde que te conocí. Como el encuentro con mi hijo. ¿Cuándo voy a verle? ¿Cuándo vendrá? —Cuanto más hablaba, menos alcanzaba a entender de dónde sacaba las fuerzas y el coraje para hacerlo.

—Te equivocas. Yo no te engañé —le dijo Najib mientras se desnudaba ante ella—. Tu problema ha sido siempre no saber escuchar y mira dónde estás por tu sordera y tu falta de atención. Lo que te dije, querida esposa mía, es que pronto te casarías. Lo que anuncié en aquella fiesta de cumpleaños es que *tú* te ibas a casar como el hermano de Fátima... Y que seguirías el ejemplo de Mahmud, que no dudó en inmolarse en un atentado en Kabul.

Y al fin Sara encajó la última pieza que faltaba. Y comprendió qué esperaba de ella. Y supo que «casarse», en el lenguaje de la yihad, estaba muy lejos de significar lo mismo que en el de los «infieles».

—Para nosotros, para mis hermanos y para mí, «casarse» tiene un significado aún más profundo, fuerte e inmortal que el que imaginaste. —Podía percibir el fuerte olor que desprendía el cuerpo de Najib y cómo el azabache de su mirada, ya por entonces aterradora, se clavaba en el cuerpo que sus manos ya habían empezado a desnudar—. «Casarse» significa unirse a Alá de la manera más salvadora que existe. Y eso, Aisha mía, es precisamente lo que estás a punto de hacer tú.

El primer golpe la pilló desprevenida. Al resto se entregó sin un asomo de resistencia. La experiencia le había enseñado que el dolor era menor si su cuerpo no se agarrotaba por infructuosas técnicas de defensa. De nuevo su entera anatomía estaba a merced de la violencia más macabra de quien ya era «su marido». No distinguía golpes de puñetazos, bofetadas, patadas. Todo formaba parte del aluvión de degradaciones que llovía sobre ella y solo podía esperar a la extenuación de su verdugo o, en un alarde de optimismo, que un oportuno desvanecimiento le impidiera seguir soportando el dolor y la vergüenza punitiva de las constantes violaciones.

Tampoco esta vez fueron escuchadas sus plegarias.

—«Vuestras mujeres son vuestro campo de cultivo; id, pues, a vuestro campo de cultivo como queráis», Corán 2:223 —recitó Najib antes de descender de nuevo el puño sobre ella.

Su cerebro vivió con toda crudeza aquella salvaje realidad que le había tocado aceptar como irremediable. Una vez el cuerpo de Sara quedó ultrajado sobre la cama, mostrando las huellas de la acometida brutal y sanguinaria que ya habían aparecido sobre su dermis, escuchó de nuevo la voz de Najib penetrar por sus oídos con la misma vileza que había empleado al introducirse en su interior.

—Aisha, amor mío —dijo mientras sus rudas manos recorrían las heridas engendradas en el cuerpo mancillado, provocando un nuevo estremecimiento en su estado nervioso—. Es curioso verte así, entregada al islam, a tu nuevo nombre y a tu marido. Es el destino. Fue precisamente Aisha, la más amada de las esposas del Profeta, la mujer de la que has tomado el nombre y el privilegio, la que se reconoció sorprendida ante la llegada del mensajero de Alá y le confió: «Nunca he visto sufrir tanto a una mujer como a las mujeres creyentes. ¡Mira! Su piel está más verde que su ropa». Y llevaba razón —dijo contemplando la tonalidad verdosa que su violencia había derramado sobre la anatomía de Sara.

Se incorporó y tomó el pantalón, que había quedado abandonado en el suelo. Se lo puso muy despacio, sin apartar la mirada de ella.

—También fue Aisha quien increpó a las mujeres que se quejaban de sus maridos: «Oh, mujeres, si conocierais los derechos que vuestros maridos tienen sobre vosotras, entonces cada una de vosotras limpiaría el polvo de los pies de su marido con su cara». Eso es algo que tú has tenido ocasión de aprender y así te será más fácil creer en ello. «Los hombres tienen autoridad sobre las mujeres porque Alá los ha hecho superiores a ellas», Corán 4:34 —le recordó.

Luego permaneció en silencio unos segundos, observando aquel cuerpo inerte. El pecho de Sara apenas se alzaba con una respiración agónica, un ahogo mortal.

—Pero aún te queda por aprender. «Las mujeres virtuosas son las verdaderamente devotas y cuidan, en ausencia de sus maridos, de lo que Alá manda que cuiden. Amonestad a aquellas de quienes temáis que se rebelen, dejadlas solas en el lecho, pegadles. Si os obedecen no os metáis más con ellas. Alá es excelso, grande», Corán 4:34. —La miró como quien contempla a un ciervo herido de muerte, presa de una trampa mortal de la que le resultara imposible salvarse—. Descansa, esposa mía. Pronto acabará todo.

—¿Y mi hijo? —dijo afónica por el dolor que le atormentaba hasta el paladar—. ¿Cuándo podré verle?

—Poco a poco, Aisha. Ya he cumplido la promesa de casarte. No tengas prisa. «¡Ciertamente, Alá está con los pacientes!», Corán 8:46.

29

El dolor no era el mejor somnífero para abrazar un reparador descanso a través del sueño, pero, a pesar de esto, el maltratado cuerpo de Sara cayó rendido y se zambulló en una ensoñación, que tan pronto tomaba por realidad como consideraba alucinación. No sabía distinguir si las extrañas sombras que atisbaba al otro lado de la cortina —esculpidas con deformados perfiles que se apareaban en un círculo alrededor de su lecho— eran sus fieles guardianes o una nueva amenaza dispuesta a desmoronarse sobre ella en cuanto su conciencia le permitiera el paso. También ignoraba cuánto tiempo había permanecido anestesiada por el dolor, adormecida por la resaca de los golpes.

No podía imaginar que había pasado tres días a lomos de constantes dolores, abandonada en endiabladas pesadillas, en sueños sin sentido, en un estado de semiinconsciencia provocado por los golpes, el cansancio y el deseo de que todo aquello acabara antes de que sus pestañas dejaran de abrazarse y la arrojaran de bruces a la pesadilla. Su cuerpo no había ingerido alimento alguno en aquel oasis en medio de la nada que resultó ser su existencia durante tres aciagas jornadas del mes de agosto. Tampoco parecía necesitarlo. Entre las brumas de la inconsciencia, pudo distinguir cómo alguien incorporaba ligeramente su cabeza y la obligaba a beber un líquido que corría a escaparse por la comisura de sus labios, y caía por su cuello, y resbalaba hasta su pecho. Quizá también eso fuese un sueño.

Cuando sus ojos se abrieron, pesados, como si los cubrieran dos losas de granito, sintió su presencia. Najib la observaba y parecía disfrutar del resultado de sus actos. En una reacción guiada por el absurdo, en un arrebato de vergüenza intentó cubrir la piel expuesta con el laberinto de sábanas que la enredaban torpemente a modo de sudario. Pudo sentir la burla de su enemigo, pero, a esas alturas, aquello no suponía dolor alguno.

—Convendría que vistieras tu cuerpo y lo adecentaras un poco. No creo que sea la imagen más adecuada para mostrar a tu hijo.

Por primera vez en una eternidad, las palabras de Najib la llenaron de paz y esperanza. Como si un resorte hubiese doblado su cuerpo, se incorporó de su posición fetal y quedó sentada sobre la cama. El rostro de Najib y la cortina separadora combatían por hacerse en exclusiva con la mirada de Sara; su garganta pareció secarse tanto como las dunas doradas que había contemplado durante el trayecto en coche hasta la cueva.

—¿Está aquí?

—Tardará unos minutos. Yo me daría prisa si no quieres que piense que su madre no es feliz. Al fin y al cabo, tú eres una recién casada; y yo, su nuevo padre. No querrás que se lleve una imagen equivocada de nuestro amor, ¿verdad? —preguntó Najib, bañado en retórica, mientras desaparecía tras la cortina.

De un brinco corrió a darse una ducha fría que, si bien no borraría sus heridas, sí aliviaría el cuerpo deshonrado y su espíritu irremisiblemente conformista. Se vistió con la misma abaya blanca que lució para su matrimonio con Najib y, a falta de un maquillaje capaz de disimular las marcas de los golpes en la cara, empleó un velo que le ayudó en la operación de camuflaje. En un arrebato mental no exento de espanto, agradeció que la mayoría de los golpes se hubiesen estrellado contra su cuerpo, respetando en su mayor parte el rostro.

Una vez hubo terminado, se sentó en el borde de la cama e intentó calmar el tornado de nervios y ansiedad que la asolaban. No supo por qué decidió poner en orden el desbarajuste de sábanas del lecho, pero lo hizo: quizá fuese un modo de relajarse, de mantener ocupada su mente y entretenido su cuerpo; o quizá todo respondía a un deseo de imprimir un poco de normalidad a aquella situación de locos. Volvió a sentarse en la cama para acto seguido levantarse de nuevo y recorrer con pasos apresurados el reducido espacio de la madriguera custodiada por la ridícula cortina —la miraba y deseaba rasgarla con sus propias manos—. La impaciencia la devoraba y se enquistaba en sus manos, los puños cerrados. Pronunció en voz alta el nombre de Najib dos y tres veces en espera de obtener alguna respuesta que calmara su ansiedad; nada.

Cuando se decidió al fin y asomó con más miedo que cautela la cabeza por uno de los lados de la cortina, comprobó que no había nadie al otro lado. La luz del quinqué seguía iluminando el interior de la cueva, pero ningún cuerpo cebaba las sombras engendradas por aquellas sinuosas tinieblas. Se atrevió a asomarse del todo y recorrió la cueva con la mirada y su mente comenzó a conjeturar mil fatalidades, todas de abrupto final: estaba sola, había sido abandonada a su suerte y su forzoso destino; nadie iba a venir a por ella, no iba a ver a su hijo, jamás lo haría, ni escucharía su voz, ni podría tranquilizarle con palabras que lograran calmarla a su vez a ella.

Todo había acabado allí, en pleno desierto, en Herat, a miles de kilómetros de su Madrid natal, enterrada en una montaña de piedra y arena donde en pocos días se consumiría el oxígeno, los víveres y, en especial, sus ganas de vivir.

La zozobra galopaba por el árido territorio de su anatomía cuando oyó unos ruidos que provenían del exterior. En un acto reflejo, volvió al cuarto que ocultaba el revés del odioso cortinaje. No sabía por qué había reaccionado de esa manera, como lo habría hecho un animal domesticado, pero, una vez más, su cuerpo sorprendió en rapidez y determinación a su mente. Escuchó las pisadas de Najib aproximarse hacia el zulo donde la había dejado, luego descorrió bruscamente la cortina y acompañó su mirada de una sonrisa delatora.

—¿Vas a quedarte ahí? ¿No tienes ganas de ver a tu hijo?

El ruido de unas nuevas pisadas sobre la tierra de la cueva hizo aparecer en su mente la imagen de Iván. Sara se levantó y se asomó al lugar donde apenas unos segundos atrás el mundo la lapidaba con los cascotes de su derrumbe.

Allí estaba.

Su hijo la miraba a menos de tres metros de distancia.

Su niño, la razón de su vida, la única fuerza para soportar los días que pasó enterrada en el infierno; el oasis donde se refugiaba en los momentos de violencia que amenazaban con romperla. Iván estaba vivo y estaba allí. No era una visión, no era un engaño. Era él.

Había cambiado: llevaba el pelo mucho más corto y vestía como un hombre mayor, como Najib, como el anciano, como Mourad, como el joven del labio partido, como Yaser, como Brahim. Pero bajo ese atuendo —que en él parecía más un disfraz que una tradición— estaba su pequeño. Corrió hacia él como si bastara con tocarle para recuperar el paraíso perdido y borrar la distancia que los separaba de su verdadero hogar.

—¡Iván, hijo mío, mi amor!

Por un momento tuvo miedo de abrir los ojos, aterrada ante la posibilidad de que no fuese cierto, de que su hijo no tendiese hacia ella los brazos, que no le devolviese el abrazo ni apretase su cabeza contra su pecho. Si todo respondía a una ensoñación fabricada a base de potentes alucinógenos, quería disfrutarla durante más tiempo, no darle opción a esfumarse rápidamente. Sin embargo, necesitaba verle, abrir su mirada para demostrarse que sus temores eran infundados y esquivar la risa burlona de lo improbable. Cuando lo hizo, encontró en Iván una mirada serena y limpia que la conmovió, y por un instante, le arrancó un estremecimiento de naturaleza indefinible.

—Cariño, ¿estás bien? ¿Te han hecho daño? ¿Cómo te encuentras?

Le bombardeó a preguntas sin importarle el auditorio, como si estuvieran los dos solos en mitad de un escenario desértico. No se cansaba de besarle, de pasarle la mano por la cara, de palparle el cuerpo con el tacto de una madre, de mesarle el cabello tan corto que llevaba debajo del *pakol*. Le quitó en un ademán el tradicional gorro afgano y aquel gesto no pareció gustar al anfitrión: el viejo no pudo evitar que sus músculos se tensaran en señal de desagrado. A Najib no le pasó inadvertido y decidió que madre e hijo se parapetaran al otro lado de la cortina: no es que buscase salvaguardar la intimidad del momento, es solo que no quería problemas (estaba demasiado cerca de todo para que una tontería lo estropeara). A Sara le dio igual el porqué; agradeció apartar de ambos los ojos de terceros.

Su hijo respondía con monosílabos, pero parecía tranquilo y aquello la calmaba:

—¿Estás bien?

—Sí.

—¿Te han hecho daño?

—No.

—Tenía tantas ganas de verte… ¿Me has echado de menos?

La mirada del niño seguía sorprendiéndola. Durante muchas noches la había imaginado temerosa, asustada, envejecida, pero la realidad le devolvía otra imagen que agradeció al cielo.

—Estás muy rara —le decía el niño mientras tocaba las mangas de su abaya y Sara sonreía. Habría sonreído dijera lo que dijese. A Iván le extrañaba su aspecto, tan lejano al que recordaba; aun así, seguía pensando que tenía una madre muy guapa.

—Iván, mi vida, todo este tiempo… cómo…, dime…, dónde…, yo no sabía…, no podía… —Sara tenía serios problemas a la hora de tejer el manto de palabras con el que trataba de cubrir a su hijo para protegerlo. Le parecía mentira aquella ineptitud, teniendo en cuenta las noches que pasó en vela pensando en aquel momento. La situación la superaba, algo que no parecía sucederle a su pequeño. De nuevo la vida la sorprendía, en esta ocasión, para bien—. ¿Dónde has estado? —logró preguntar al fin.

—En un campamento. —Y luego, como si quisiera remarcar algo para que no hubiera confusiones—: Pero no como el del año pasado. Otro distinto.

—¿Con más niños?

—Sí… Aunque no eran de Madrid y al principio no los entendía y me miraban raro y… —Y ahí estaba de nuevo ese Iván de ocho años al que tan bien conocía: ese que hablaba atropellado, el que quería contarlo todo sin dejarse nada, el que iba acelerándose conforme recordaba historias o batallas, el que no le dejaba meter baza para no perder el hilo, tanto había por delante que ella *debía* saber antes de que se le olvidara.

Así Sara se hizo una idea muy distinta a la que tenía la noche antes: su hijo hablaba de juegos, de sus nuevos amigos…

—Pero ya tengo ganas de volver a casa —zanjó la charla de pronto—: Me han dicho que mañana puedo irme con el abuelo. —Se notaba, por la forma en que lo dijo, que también él lo echaba de menos.

Sara se quedó observando el semblante de su hijo, como si necesitara comprobar a cada segundo que bajo esa piel que envolvía el cuerpo del pequeño se encontraba él de veras.

—¿Quién te ha dicho eso, cariño? —preguntó como si temiera escuchar la respuesta—. ¿Por qué sabes que te vas a ir mañana a casa?

—Me lo ha dicho Najib. Él pensaba que iba a tardar más, pero al final es mañana. Y me ha dicho que tú vendrás luego porque antes tienes que hacer una cosa. ¿A ti no te ha dicho nada? —Por primera vez desde su llegada a la cueva, la voz de Iván sonó infantil.

—Claro que sí, mi amor —mintió Sara para no romper la ilusión que se empezaba a tejer en el iris del pequeño—. ¿Y qué te ha explicado Najib? ¿Qué te ha dicho? ¿De qué habéis hablado? ¿Con quién has estado? —La preocupación disfrazada de curiosidad se desbordaba por la boca de Sara como un manantial de interrogantes. Quería saberlo todo sobre lo que había sido la vida de su hijo durante los últimos dos meses y no daba con el modo correcto y seguro para conseguirlo sin asustarle—. Este año el verano ha sido más largo, habrás hecho más cosas… —preguntó mientras el rostro de Iván se iba sonrojando por momentos. A Sara no se le pasó por alto el repentino rubor, y reiteró su pregunta con todo el tacto del que fue capaz—. ¿Ha pasado algo más que quieras contarme? ¿Te ha dicho algún secreto, te ha enseñado algo que yo deba saber? Iván, mírame —insistió—, entre nosotros no hay mentiras, ni secretos; no me importa lo que haya pasado en este tiempo, sabes que a mamá se lo puedes contar todo, que debes hacerlo.

—No es nada… —dijo con un tono vergonzoso, desterrando de su semblante el horror que la imaginación de Sara ya había comenzado a confeccionar—. Es solo que…, bueno… Me hicieron una cosa… ¡Pero se lo hicieron a todos! Como un tatuaje pero que no se ve. Además, Najib me dijo que tenías que habérmelo hecho tú y que se te había olvidado. —El niño casi balbuceaba, tan centrado en dar rodeos y poner tiritas que a Sara a punto estaba de darle algo.

—Iván, al grano, hijo —le espoleó.

—Pero ¿me prometes que no te vas a enfadar?

—Te lo prometo, cariño. —Observó como su hijo se levantaba un poco la amplia y larga camisa azul celeste que llevaba y se bajaba el pantalón mientras intentaba mostrarle a su madre el único secreto que aún guardaba.

—¿Ves? —Y luego, como quitándole importancia, todavía esforzándose por apartar de él cualquier posible castigo—. No se nota, y Najib me dijo que todos los niños se lo hacen para hacerse hombres, que él se lo hizo y que seguramente el abuelo también. ¿Se lo hizo el abuelo, mamá? Es que se te había olvidado hacérmelo, ¿a que sí? —repitió de nuevo—. ¿A que no te has enfadado? —le preguntó mientras buscaba una sonrisa en el rostro de su madre, algo que le transmitiera un «no» como respuesta.

—Claro que no, cariño —le dijo intentando controlar las lágrimas ante la noticia de la forzada circuncisión de su hijo—, claro que no.

—¡Y casi no me dolió!… ¿Qué pasa, mamá? —Iván detectó un velo de tristeza en los ojos de su madre—. Es que a mí me dijeron… Sabía que ibas a enfadarte… —protestaba.

—No se ha enfadado. —La entrada de Najib cortó todo amago de respuesta por parte de Sara—. Tenía muchas ganas de verte. Es que tu madre está muy sensible últimamente y llora por todo. ¿Te ha dicho ya que nos hemos casado? —La mirada reprobadora de Sara no le coartó en absoluto. Más bien, le animó al ver cómo Iván esbozaba una sonrisa, contento con la noticia—. Pero ¿cómo se te ha podido olvidar contarle a tu hijo algo así? ¿Ves, Iván?, tu madre anda un poco despistada, no se lo tengas en cuenta: es la emoción de verte y de convertirse en mi esposa, ¿verdad, Sara? —Los ojos de la mujer se encharcaron en ira, aunque no le respondió tal y como deseaba—. ¿Por qué no nos esperas fuera un segundo, Iván? Tengo que hablar con tu madre. Solo será un par de minutos. Luego podrás volver junto a ella.

Najib observó henchido de placer la obediencia que mostró el niño ante sus palabras, mientras que aquello enrabietó aún más a Sara. El niño ni siquiera le pidió a ella permiso con la mirada, se limitó a obedecer a aquel hombre.

—Buen chico —añadió al verle desaparecer tras la cortina. Sara no tardó un segundo en plantarle cara.

—¡¿Cómo te has atrevido a tocarle?! Me juraste que no le harías daño. Eres un monstruo…

—Cállate, no sabes lo que estás diciendo. Es algo que tenía que hacerse y se ha hecho. Ni siquiera le dolió, él mismo te lo ha dicho:

si no me crees a mí, por lo menos confía en tu hijo. Nadie le ha hecho nada malo… hasta el momento. —La amenaza volvió a crispar las facciones de la madre—. Creo que durante la consumación del matrimonio no has entendido bien lo que te decía, ¿puede ser, Sara? ¿Es posible que no te hayas enterado de lo que te he dicho?

Aquellas palabras escondían un mensaje demasiado cruel, demasiado monstruoso como para hacerle frente. Ella sintió que su piel se erizaba.

—¿Llegaste a entender qué significa para ti *casarte*? —pronunció la última palabra de una manera especial, remarcándola, sabiendo que encerraba un significado especial—. Creo que no… Sara, tú no te has casado hoy…, vas a casarte mañana.

Sabía de sobra qué significaba aquello, ya se lo había dicho, pero en el colmo de la tortura decidió repetírselo, casi susurrárselo:

—Mañana te pondrás un cinturón de explosivos, te llevaremos hasta una plaza abarrotada de gente y allí te harás explotar. Fácil, rápido y totalmente indoloro, ni te enterarás. No se puede pedir un final mejor para una persona: directo al paraíso. Me hubiese gustado que fuese lejos de aquí, en Bolonia… —la primera intención de Najib había sido viajar desde Alicante a Italia y guiarla abrazada por los explosivos hasta el interior de la iglesia de San Petronio, donde un fresco mostraba a Muhammad en el infierno; otra vez sería—, pero ya sabes que tuvimos que cambiar los planes. Esto también te gustará, ya verás.

—Estás loco —dijo por fin Sara, después de que la confusión le permitiera hurgar en su cabeza y encontrar las palabras exactas—. Completamente loco. No sabes lo que estás diciendo. Yo no me voy a inmolar en ningún sitio, no me puedes obligar a hacerlo. ¡No pienso hacerlo, no pienso participar en tus locuras, en tus paranoias absurdas! Antes tendrás que matarme con tus propias manos…

—Bueno, puede que tengas razón. De hecho, hay otra posibilidad. —La expresión de absoluta calma que presidía su rostro no daba cuenta de la envergadura del anuncio que estaba a punto de realizar—: Si no te inmolas tú, lo hará tu hijo. De hecho, estaría mejor preparado que tú para hacerlo después del… *campamento* —recalcó con fingida intensidad— de este año. Así que tú decides: Iván o tú.

—Eres un hijo de puta. —Aquello le costó a Sara una sonora bofetada, que no la calló, aunque la tumbó prácticamente sobre la cama—. Me dijiste que haría de correo humano y que luego podría volver a mi casa, con mi familia, con mi hijo… Ese era el trato, ¡me lo prometiste! —¿Cómo había sido tan tonta como para creerle? Casi se rio de sí misma al recordar lo rápido que había decidido la noche previa, al escuchar aquello mismo de boca de aquel hombre, que solo pretendía asustarla, que seguro que era mentira, que respetaría su palabra. Ya no lo creía.

—Es cierto, lo dije. Pero también te dije que tu encuentro con ese enamorado tuyo, el policía, lo estropeó todo y me obligó a cambiar los planes. Te lo dije cuando tu indiscreción nos obligó a salir corriendo de Madrid. Te dije que eso cambiaba las cosas, te lo advertí. Si no hubieras sido tan estúpida, ahora no tendrías que elegir entre tu vida y la de tu hijo. —Había odio en su mirada—. Piénsalo rápido. Hay un avión esperando para llevar a Iván de vuelta a casa en cuanto tú cumplas con tu misión.

—Maldito seas, Najib, maldito seas por siempre.

El desahogo de Sara no le sirvió más que para calmar una tensión que necesitaba sacar hacia afuera. Después de unos segundos de silencio, los que tardó en ordenar la anarquía de ideas que asolaban su cerebro, decidió abrazar una visión más práctica de las cosas. Ella ya estaba condenada a muerte, tendría que hacer todo lo posible para salvaguardar la integridad de su hijo.

—¿Quieres que me crea que si accedo y hago lo que tú dices, permitirás que mi hijo vuelva a casa? ¿Cómo voy a confiar en ti? ¿Cómo puedo estar segura de que esta vez sí cumplirás tu palabra?

—Yo he cumplido mis promesas. Tú no puedes decir lo mismo. Te dije que no le dijeras nada a nadie y te faltó tiempo para correr a los brazos de un policía y contárselo todo.

—¡No le conté nada! ¡No le dije nada! ¿Cómo quieres que te lo diga? ¡No pondría en peligro a mi hijo por nada del mundo!

—Ya lo has hecho. No es cosa mía: aquí tú has sido la única responsable… Aunque eso ahora no importa, como tampoco importa lo que le dijiste o no a ese ex novio tuyo que resultó tan inoportuno. Ahora el juego es otro y las reglas han cambiado. Además, no hay tiempo. ¿Qué has decidido, querida esposa? —Sonrió. Ella pensó en mil formas distintas de llamarle «bastardo».

—Dime que sacarás a mi hijo de este infierno. Es lo único que te pido. Demuéstramelo, dame algo para que pueda confiar en ti. Creo que es justo, teniendo en cuenta lo que me estás pidiendo que haga. Es justo —repetía, ilusa, como si la justicia hubiese viajado con ellos en algún momento de aquel viaje.

—No tengo por qué demostrarte nada. Te debería valer con mi palabra… —Sara seguía tendida en la cama, incorporada sobre los codos, y Najib la miraba desde arriba, dominante como siempre—. Podría enseñarte el billete de avión a nombre de tu hijo y el de la persona que le acompañará hasta Londres, donde el crío tomará el último vuelo en solitario. Está todo listo. Será mañana, poco después del mediodía. Pero no hará falta que aporte ninguna..., ¿cómo lo llamas?, ¿prueba de fe? —La expresión le hizo gracia, aunque solo él pareció apreciar el lado divertido de su ocurrencia—. Me conoces bien aunque ahora te esfuerces en negarlo: sabes de sobra que no estoy mintiendo, igual que sabes que todo está en tus manos, como siempre. Siempre ha estado en tus manos, desde el principio. Sinceramente, espero que esta vez no lo estropees porque ya no podrás culpar a nadie, ni compadecerte de ti misma, ni lloriquear porque la vida no ha sido justa contigo. La vida te ha dejado elegir y tú lo has hecho. «Alá no es nada injusto con los hombres, sino que son los hombres injustos consigo mismos», Corán 10:44.

La impotencia no permitía que ningún sonido emergiera de la emocionada garganta de Sara. Tenía muy claro que la encrucijada era una trampa más, pero no le quedaba otra salida que aceptarla, entrar en su macabro juego y arriesgarse.

—Tu vida por la de tu hijo —le decía él en ese momento—. Creo que esto sí es un acuerdo justo.

Ella se mordió el labio y bajó la mirada. Najib entendió su silencio y sus lágrimas como un sí.

—No esperaba menos de ti. —Se sentía exultante y no hizo nada por disimularlo—. Querida Sara, mi Aisha... El cuerpo es algo irrelevante. El paraíso está al final de la vida de un hombre y no tienes nada que temer ni por lo que llorar. Morir en la yihad no significa haber perdido el amor a la vida, sino haber perdido el miedo a la muerte. —Su tono era dulce, como el que empleaba cuando aún fingía que la quería. Tendió la mano hacia ella y le acarició la mejilla—: Eres una elegida. Hay muchas mujeres ahí fuera que desearían encontrarse en tu lugar pero no pueden, no han optado todavía a ese privilegio. Tu muerte dará la vida a otras personas, y no solo a tu hijo.

Najib se separó de la cama y otra vez volvió aquel tono duro a su mirada. Lo siguiente se lo dijo con una mano ya agarrando la cortina:

—No pensaba hacerlo, pero te permitiré que pases la noche con él. A primera hora de la mañana, mis hermanos vendrán a buscarle para llevarle a un refugio seguro donde esperará la confirmación de tu muerte para regresar a casa. A nosotros también nos recogerán para llevarnos a nuestro destino. —Luego elevó ligeramente su voz para llamar a Iván y convidarle a entrar en el pequeño habitáculo. Antes de que el pequeño apareciese, tuvo tiempo para contemplar de nuevo a «su esposa»—. Tu última noche antes de entrar en el paraíso. Créeme, tu hijo estará orgulloso de ti. Como te dije, es un niño muy listo…

Sara no pudo dejar de llorar en toda la larga y sombría noche, un largo peregrinaje hacia su muerte. Sobrevivió a la tétrica velada aferrada al cuerpo de su hijo, que, ajeno a la orfandad que se le avecinaba, dormía plácidamente sobre el regazo de su madre, como si los sollozos lo acunaran. Sara procuraba silenciar en lo posible su llanto, secar sus lágrimas que se desbordaban cada vez que se preguntaba el porqué de todo aquello. Dos meses llevaba dándole vueltas; otros dos mil necesitaría para dar siquiera con un amago de respuesta.

Jamás pensó que sus días tuvieran un final tan inhumano. No pudo imaginar qué pecado había cometido para que la vida la obligara a cumplir una penitencia tan cruel, tan desalmada. Pensó en rezar, pero las plegarias se le antojaron inútiles y superficiales. Prefirió entretener sus últimas horas en recordar su vida, un paseo lleno de alegrías, de momentos inolvidables, de amigos, de compañeros, de buenos recuerdos en los que su padre y su hijo ocupaban un lugar protagonista. No hubo espacio en su memoria para nadie más. Solo ellos, su verdadero mundo.

A las seis de la mañana, Najib fue el encargado de despertar al pequeño Iván. El último abrazo entre madre e hijo fue intenso, sentido y, por parte de Sara, el más triste que había dado jamás.

—Hijo mío, te quiero más que a mi vida —le dijo al oído—. Nunca estés triste y prométeme que serás feliz, que cuidarás del abuelo y que te convertirás en un hombre bueno. Prométemelo, Iván, tienes que prometérselo a mamá.

Los ojos del pequeño no se habían abierto del todo, pegados como estaban por el sueño, pero asentía con la cabeza más por darle gusto que porque en realidad comprendiera a qué venía tanta insistencia. Decía que sí mientras bostezaba y murmuraba que él también la quería, y que tenía sueño.

—Adiós, mamá —le dijo como sin darle importancia, como si para él fuera solo un hasta luego.

Nunca pensó que un adiós pronunciado por su hijo pudiera desgarrarle tanto el alma. Tampoco creyó nunca que el pensamiento de su muerte, tan próxima, pudiera resultarle tan redentor: la libraría de aquel dolor que la martirizaba. Quería que todo acabara cuanto antes: dejar de pensar, de respirar, de mirar, de sufrir, de llorar, de odiar, de anhelar imposibles, de abrazar una esperanza empeñada en darle la espalda y abandonarla a su suerte. Cuando vio a Iván desaparecer por la entrada de la cueva, solo pudo desear que el momento de su muerte llegara cuanto antes, porque eso significaría el comienzo de la vida de su hijo.

A los quince minutos de que el camión de color verde que transportaba a Iván desapareciera del horizonte, llegó una furgoneta de color blanco envuelta en un polvo amarillo que parecía traerla en volandas, como si no requiriese de un juego de ruedas para aferrarse a la arena del desierto. Sara creyó contemplar en aquella visión la representación más auténtica del mal que jamás pudiera haber imaginado.

Tras beber un par de tazas del brebaje dulzón subieron a la furgoneta. Durante el trayecto, de poco más de treinta minutos, no cruzaron ni palabras ni miradas. Estaba todo dicho. Estaba todo visto. Todo estaba preparado para abrazarse a la muerte. Antes de llegar al destino final, Najib se apeó de la furgoneta sin mediar explicación. Nadie se la pidió. Ni siquiera ella la necesitaba. Cinco minutos más tarde, entraba Sara en la habitación de la primera vivienda de un edificio de tres plantas. Solo le dio tiempo a distinguir que había dos camas pequeñas y un armario algo destartalado con un amplio espejo sobre una de sus puertas. Un hombre y una mujer la obligaron a tumbarse en una de las camas. Alguien a quien no pudo ver le vendó los ojos. Sintió cómo la manga del chador de su brazo derecho era levantada y cómo algo punzante, que entendió que era una aguja, penetraba en la fina piel de su antebrazo. La nada, la insensibilidad más atroz, surgió en décimas de segundos.

El mundo se apagó.

Lo siguiente que escuchó fue el sonido de una voz aniñada, cuando sus ojos ya estaban libres de la gruesa venda. Aquella voz salía de un cuerpo pequeño, de poco más de metro sesenta y piel clara.

—Me voy al paraíso, mamá. Todo está en manos de Alá. Reza por mí.

Ranya, una joven de catorce años, se observaba en el espejo mientras hablaba con su madre a través de un teléfono móvil de última generación.

—Estoy preparada para morir.

30

—Sara Dacosta Santos ha sido detenida en Herat. Está recluida en las dependencias policiales, acusada de terrorismo. Ha intentado hacerse volar por los aires con un cinturón de explosivos adheridos al cuerpo. La mujer que se piensa que iba con ella lo ha conseguido y ha matado a quince personas.

La información salía presta y a borbotones de la boca de uno de los hombres de confianza de Roger y dejó en silencio el despacho donde se estaba realizando una reunión para analizar y planificar los pasos que habían de seguir en un caso cuyo final acababa de precipitarse ante el asombro de todos los presentes, entre ellos, Miguel.

—Y hay algo más. —Las miradas de preocupación seguían fijas en el informador; a este, la noticia le quemaba en la boca—: Un camión cargado de explosivos ha atacado la Base Española de Apoyo Avanzado en Herat. Los dos ocupantes del vehículo han muerto. No ha habido bajas entre los nuestros, pero sí heridos y daños materiales de consideración en las instalaciones. Se cree que ambos atentados han sido perpetrados por el mismo grupo terrorista.

Roger se mesó una barba imaginaria en su rostro, un gesto suyo muy característico cuando los problemas apremiaban. Conocía la zona y sabía que era un semillero de terroristas. La primera mirada que notó como una sombra cerniéndose sobre su persona fue la del agente especial Fernández. La esperaba desde que uno de sus hombres había entrado en la sala con la noticia, de modo que no hubo lugar para la sorpresa. Tampoco la hubo en su respuesta: era algo que ya habían hablado, aunque los recientes acontecimientos obligaban a adelantar los tiempos.

—Nos vamos a Herat —informó.

—¿Cuándo? —preguntó Miguel.

—Ahora. Hoy mismo. Esta tarde, si es posible. No quiero que esto se engorde más y se nos escape de las manos.

—Ya es tarde para eso —dijo Darío. Sostenía en la mano el mando a distancia con el que había encendido el televisor y todos veían la fotografía de Sara ocupando la pantalla. Subió unos puntos el volumen del aparato. La voz de la locutora iba explicando la última hora sobre las imágenes del atentado: «Una española ha intentado inmolarse en una de las plazas más conocidas de Herat. Se trata de la madrileña Sara Dacosta Santos. Según han informado fuentes cercanas a la investigación, la mujer española está casada con un musulmán y hace poco que se había convertido al islam. Según las mismas fuentes…».

—Joder, siempre igual. ¿Por qué nos enteramos al tiempo? ¿Cómo demonios se enteran? —protestó Miguel, visiblemente enfadado.

—Son las agencias de noticias afganas, el propio gobierno o, como parece en este caso, el mismo grupo terrorista el que pierde el culo por enseñarle al mundo los detalles de un atentando cometido por uno de los nuestros, por un occidental. Quieren ocupar cuanto antes los titulares de los medios de comunicación y no hace falta explicar lo rápido que lo consiguen.

Roger miró el rostro desencajado del agente Fernández, que no podía separar sus ojos de la pantalla de televisión. En la cabeza del joven resonaban con especial fiereza cuatro palabras pronunciadas por la locutora y que tomaron forma de buril para atravesar su corazón: *Casada con un musulmán...* El eco de aquella revelación era tan fuerte que apenas podía escuchar lo que sus compañeros hablaban a su alrededor: su cerebro lo convertía en un permanente murmullo de fondo.

—Señor —uno de los policías requería la atención de Roger con la mancuerna del teléfono en la mano—, es Mario Dacosta. Quiere hablar con usted. Dice que se trata de su hija. Estaba viendo la televisión... —El oficial al mando ya le quitaba el aparato de las manos.

—Señor Dacosta... Sí, lo sé y lo siento, pero se han enterado al tiempo que lo hacíamos nosotros, nos ha resultado imposible llamarle para... —El gesto de Roger evidenciaba el enfado que debía estar mostrando Mario al otro lado. Quería atenderle con delicadeza aunque era consciente de que algo más importante prevalecía sobre su deseo de prestar atención a un padre dolido. Lo intentó durante unos segundos más, luego intervino—: Tiene usted razón pero ya le digo que no hemos podido hacer nada para remediarlo, por eso tampoco hemos tenido tiempo de avisarle a usted personalmente, como nos hubiese gustado... —Las explicaciones de Roger no parecían convencer a Mario, y Miguel le hizo un gesto: se ofrecía a intentar calmar los ánimos—. Mire, le voy a pasar con el agente Fernández. Él podrá explicarle lo que ha ocurrido y lo que tenemos pensado hacer. Lo que le puedo asegurar es que nos vamos a Herat para intentar recuperar a su hija y... Ya, lo comprendo... Disculpe, le paso con el agente Fernández.

Los preparativos del viaje transcurrieron con la mayor celeridad posible teniendo en cuenta las circunstancias y las limitaciones del traslado. Aun así, no todo eran malas noticias y pésimos augurios: Roger tenía amigos en la base de Herat donde estaba el grueso del contingente español en Afganistán con los que sabía que podía contar. La ayuda de algunos de ellos fue determinante a la hora de aligerar los trámites para las labores de deportación del cuerpo de su mujer asesinada en Irak, así como para identificar y buscar a los responsables de su muerte. También tenía contactos en las altas esferas de la policía afgana, en especial en el distrito occidental de Guzar, y podía presumir de tener buenos amigos en los servicios secretos de varios países de la zona. Antes de partir con destino a Afganistán, ya había empezado a mover sus hilos a través del móvil. Sin embargo, Roger prefería no engañarse: sabía que disponían de poco tiempo.

La noticia ya había nutrido los principales programas de noticias y el mundo quería saber más. Su margen de maniobra se iba estrechando por minutos a la vez que la inocencia de Sara se ponía en entredicho. Necesitaría algo más que suerte, trabajo bien hecho y la efectividad de sus contactos para conseguir demostrar su inocencia y traerla de vuelta a casa. Conocía a la policía afgana, como conocía a la de Marruecos y a la de Irak: no les agradaba especialmente el verse obligados a compartir información y espacio con miembros de los cuerpos de seguridad de otros países, algo que, hasta cierto punto, Roger podía entender porque también a él le había pasado.

Tampoco en España gustaba que los sospechosos de atentar en suelo patrio salieran inmunes de acusación y pena, por el simple hecho de ser occidentales. Más bien, al contrario, agradecían que de vez en cuando los culpables tuvieran nombres y rostros que no correspondieran al mundo musulmán: lo entendían como una especie de alivio, de tregua y de ejemplo para hacer entender al mundo que los terroristas podían proceder de cualquier país, portando una nacionalidad distinta a la esperada por todos. Roger era consciente de que debía manejar el asunto con tanta delicadeza como mano firme. Ya sabía lo que opinaban en esos países de las campañas de victimización que se montaban en los lugares de origen de los ciudadanos occidentales implicados en cualquier tipo de suceso delictivo acontecido en su territorio. Necesitaría templanza, respeto, seriedad y sangre fría.

Quizá por eso decidió que Darío se quedara en Madrid, al frente del operativo nacional, y él desplazarse junto al agente especial Fernández y otros cuatro agentes más hasta Herat. Antes de iniciar el viaje, Roger quiso dejarle las cosas claras a Miguel.

—No lo tenemos fácil. Debemos ir con pies de plomo pero podemos sacarla de allí. Con la información que tenemos sobre Najib, sus últimos días en España, sus movimientos, el registro de llamadas de sus diversos teléfonos, la información incautada en el piso de Alicante, la llamada de teléfono de Sara a su padre y demás, no tendrían que complicársenos las cosas más de lo necesario para traerla de vuelta a casa. —Tenían mucho en la manga: vídeos, informes, fotografías y dosieres de seguimiento, además de las declaraciones de Brahim, y los recién detenidos Ruth Miño y Yaser Almallah.

El veterano policía no sabía aún que contaría con un nuevo dato que podría hacer valer la inocencia de Sara y demostrar la intimidación y el chantaje que la joven española había sufrido para tomar parte en el atentado de Herat. Lo intuyó cuando fue recibido en las dependencias policiales donde se encontraba la joven, después de hablar con algunos compañeros de la base española que le esperaban en el aeropuerto de la ciudad afgana. La intuición se convirtió en presentimiento cuando le mostraron las fotografías del ataque terrorista contra la base española: imágenes dantescas de un amasijo de hierros del camión de color verde que transportaba el cargamento de explosivos. El presentimiento, en certeza cuando llegaron los resultados de los análisis de los cuerpos, la documentación incautada entre los restos de la explosión y el resultado de las investigaciones realizadas.

La pequeña bolsa de plástico contenía parte de los documentos recuperados del lugar del atentado y entre ellos destacaban los pedazos torpemente reconstruidos de dos pasaportes distintos con la misma foto de un niño de nueve años, moreno, con el pelo corto y dos hoyuelos escoltando una tímida sonrisa. Uno de los pasaportes era falso y estaba a nombre de Mouhannad Alí Almallah; el otro, el verdadero, había sido expedido a nombre de Iván Dacosta.

Sara permanecía ajena a todo esto, incomunicada como estaba en una de las celdas de la comisaría. Una patrulla de la policía la había encontrado caminando medio desnuda por las calles del centro de Herat mientras intentaba huir de un fatal destino al que temía encontrarse sin remedio de un momento a otro. Dos policías afganos habían atendido sus gritos de ayuda antes de descubrir el cinturón de explosivos que envolvía su cuerpo. Cuando lo hicieron, intentaron tranquilizarla y requirieron la presencia de los artificieros. El miedo a que alguien pudiera activar a distancia aquella carga que la estrangulaba seguía muy presente en la cabeza de la joven y esa zozobra no ayudaba a aliviar el estado de nervios en el que se encontraba, ni tampoco facilitaba la acción de los artificieros.

Mientras se dejaba manipular por ellos, preguntaba insistentemente por su hijo, les explicaba cómo había llegado ella hasta aquel lugar y les pedía que comprobaran las salidas de los vuelos de Herat.

—Necesito saber si mi hijo ha embarcado. Necesito saber si está bien, si está vivo, por favor, compruébenlo —rogaba a los policías en todos los idiomas que su turbada cabeza le permitía recordar. Nadie entendía la lógica de sus preguntas ni de sus explicaciones. La principal preocupación de la policía residía en desactivar los explosivos y en hacer callar a la mujer. Ya habría tiempo para el resto. No podían entender que tiempo era lo que Sara no tenía.

Cuando la española pudo distinguir entre los barrotes de su celda la imagen de Miguel, sintió cómo parte de la tensión de aquellas últimas semanas se evaporaba. Las barras de hierro que los separaban no evitaron que las manos de uno corrieran al encuentro de las del otro, y los ojos de Sara se cubrieron de un velo de agua que se empeñaba en romper con un rápido parpadeo para demostrarse que aquello no era un espejismo, que la realidad es la que aparecía ante ella, sin subterfugios ni artimañas.

—Miguel, tienes que buscar a Iván. Se lo llevaron al aeropuerto. Tienes que buscarle y ponerle a salvo. Yo no me exploté y no sé si ellos lo saben. No sé si cumplirá su promesa. Tenía que llevar a Iván a casa. —Sus súplicas parecían perdidas en el tiempo y su alocada verborrea podría dar a entender algún estado de shock. Sin embargo, Miguel sí la entendía y justo en ese momento se preguntaba cómo reuniría fuerzas para destrozar todas sus esperanzas—. ¡Ve a buscarle, tenéis que encontrarle!

—Sara, tranquila. Ya estamos trabajando para localizar a Najib Almallah, nos movemos tan rápido como podemos.

—¡Pero ya ha pasado mucho tiempo! —gritaba enloquecida Sara—. ¿Cuánto llevo en esta celda? ¿Cuánto hace que me trajeron aquí, que Ranya se inmoló?

—Casi veinticuatro horas. —Miguel no se atrevía a contarle lo que sabía de su hijo. Lo intentó pero no encontraba el momento adecuado.

—Ya tendríais que saber algo. Ellos no quieren escucharme —dijo Sara mirando a uno de los policías afganos que se encontraban a escasos cinco metros de distancia—. Solo me preguntan, me hacen las mismas preguntas una y otra vez. Yo ya les he contado todo lo que sé, y no hacen nada. Estoy segura de que no me creen, pero mi hijo está ahí fuera. ¡No sé dónde, pero está ahí! Díselo tú, Miguel, a ti te creerán.

—Escúchame, Sara. Todos estamos volcados para esclarecer las cosas y sacarte cuanto antes de aquí. En cuanto nos enteramos de tu detención, nos pusimos en marcha y llevamos varias semanas vigilando a la gente que te tenía retenida. Sé que lo que voy a pedirte es complicado, pero para que todo esto salga bien, tienes que mantenerte tranquila y volver a pasar por los interrogatorios que hagan falta para demostrarles que eres inocente, que dices la verdad. Nosotros estaremos presentes. Hemos traído pruebas que avalan la tesis de tu secuestro y del de Iván, pero necesitamos estar serenos.

La miró sin poder disimular en sus ojos la tristeza que le provocaba ver a la mujer que seguía amando convertida en una sombra, con el cuerpo castigado, mustio, el rostro cincelado por la huella del sufrimiento, que, sin embargo, no conseguía aniquilar la belleza de sus facciones. No tenía derecho a matar la esperanza que aquella mujer aún albergaba inocentemente.

—Están buscando a tu hijo —afirmo él, aun sabiendo que no era cierto, que ya le habían encontrado. Aquella mentira le ardió en la garganta y tragó saliva. Seguía sin atreverse a desvelarle el maldito secreto y sabía que no era el mejor momento para hacerle partícipe de la muerte de Iván. Eso solo complicaría las cosas—. Escúchame, Sara —pidió de nuevo—: Tienes que confiar en mí. Debes estar tranquila y echar mano de toda la paciencia que puedas. —Necesitaba decirle algo más que pudiera animarla y serenarla de la manera que fuera y lo encontró a miles de kilómetros, en Madrid—: He hablado con tu padre. Te manda besos y está deseando verte. Me ha pedido que te diga que tengas fuerza... y aunque sabe que te costará, ha insistido en que me hagas caso.

La sonrisa que nació en la comisura de los labios de Sara le sirvió para convencerse de que ahora sí había acertado. Miguel le besó las manos, le recordó que se verían pronto. Le valió como respuesta el leve asentimiento de cabeza realizado por Sara.

Fueron días de intensos interrogatorios. Las agujas del reloj de la sala de interrogatorios devoraban el tiempo con su ilimitada hambruna mientras Sara intentaba encontrar argumentos convincentes que despejaran las dudas de los policías. Las mismas preguntas, idénticas respuestas. Silencios y gestos parecidos, ademanes calcados, miradas repetidas, carraspeos análogos. La realidad se repetía una y otra vez y nadie, excepto ella, parecía apreciarlo. Un rosario de dudas, de elucubraciones, de acusaciones veladas y otras más regias y firmes sobre su supuesta culpabilidad de un delito de terrorismo, de condenas de casi diez años de cárcel, de preguntas con trampa, de tesis elaboradas con buenas y también con malas intenciones, de defensas encendidas, de pruebas irrefutables y otras menos convincentes, de informaciones corroboradas y de otras no tanto, de análisis físicos y psicológicos...

El cuerpo de Sara se examinó con detalle, aunque bastaba con un vistazo para apreciar en su piel las huellas de la última paliza recibida, o los desgarros vaginales que presentaban sus órganos sexuales. Fueron pruebas que obligaron a exploraciones delicadas, pero hacía tiempo que la joven había desterrado la vergüenza. Ante sus ojos desfilaron pequeños fragmentos rescatados de su pasado. Las carpetas y los archivos esparcidos sobre la mesa de la sala donde se llevaban a cabo los interrogatorios mostraban fotografías de Sara con Najib entrando y saliendo del número 8 de la calle Trinidad; de ella paseando con Ruth durante una de sus contadas salidas al mercado; de Najib solo y en compañía de otros hombres en las inmediaciones de la mezquita de Abu Baker; de un Najib mucho más joven acompañado de otra mujer que más tarde reconocería como aquella Marina de la que Raquel Burgos le había hablado...

También reconoció en una de las fotos a los hombres con los que sorprendió a Najib al presentarse en su casa sin avisar, con la intención de darle una sorpresa, y que según él estaban tratando de solucionar un escándalo de abusos a menores protagonizado por el imán de la mezquita. Las explicaciones de los policías fueron bien distintas: según le dijeron, aquel imán era realmente un infiltrado, un colaborador de la policía y de los servicios de inteligencia españoles y que, al despertar las sospechas de los amigos de Najib, estos optaron por organizarle una campaña de desprestigio que en la actualidad le mantenía entre rejas. Aquello le sorprendió, aunque se sorprendió aún más cuando los policías, al observar dos imágenes suyas radicalmente distintas —en una Sara aparecía con el pelo largo, rubio y envuelto en bucles y en la otra tenía el pelo corto y de un color casi azabache—, le preguntaron por qué había cambiado su peinado de una manera tan radical, y cuando ella les explicó cómo Najib la había convencido para acudir a un centro de belleza situado en la calle Tribulete de Madrid, propiedad de un amigo musulmán para erradicar los rizos, el largo y especialmente el tinte de su abundante cabellera, descubrió atónita que para los islamistas radicales ese tipo de mechas sobre el cabello estaban prohibidas y representaban una ofensa.

También supo que Abdala, el estilista que había transformado su imagen, regentaba junto a otro marroquí un centro de estilo internacional en la misma calle en la que se realizaron ritos de purificación con agua santa traída de La Meca a algunos de los terroristas que participaron en los atentados del 11-M en Madrid. Pero aún le quedaba algo por descubrir, algo que su mente había abandonado en las redes del olvido, un recuerdo casi olvidado de los días felices junto a Najib, cuando la normalidad empujaba a sus cuerpos a descubrirse mutuamente. Ni siquiera habría pensado en él de no ser porque uno de los agentes forzó el recuerdo: tras pulsar ciertas teclas, comenzaron a brotar por los altavoces del ordenador los primeros acordes musicales y un estremecimiento recorrió el cuerpo de Sara. La memoria le devolvió a la habitación donde ambos bailaron desnudos la noche antes de que ella se marchara de vacaciones con su familia y se viera forzada a separarse de Najib durante casi un mes.

Entonces le juró que volvería a él y que nunca le abandonaría. «Si vuelves, ya sé que no te irás. De eso me encargaré yo», le había dicho él como un enigmático augurio que ahora tomaba forma de amenaza cruel. Al igual que la melodía que sonaba.

—¿Ha escuchado usted esta canción con anterioridad? —le preguntó uno de los policías al observar el temblor en sus manos. Fue él quien le explicó que aquella canción estaba dedicada a un norte-americano, John Walker, un joven que decidió abandonar una vida cómoda y privilegiada para convertirse en talibán y responder al nombre de Abdul Hamid, con la única meta de ayudar a crear un Estado islámico puro. Cuando fue detenido después de protagonizar y sobrevivir al motín en el fuerte de Qala-i-Jangi, en la ciudad de Mazar-i-Sharif, y la prensa conoció su historia y su apoyo incondicional a los atentados contra las Torres Gemelas, el *New York Post* tituló: «Parece una rata, huele como una rata, se esconde como una rata. ¡Es una rata!». Mientras el policía seguía explicando cómo los talibanes consideraban la conversión de este joven estadounidense una gran victoria, Sara no podía parar de recordar aquel baile y la voz de Najib en su oído. «"John Walker's Blues". Es una de mis preferidas. Su letra alberga una historia apasionante. Algún día te la contaré.»

Sara no salía de su asombro. Todo lo que había sucedido en su vida durante los últimos meses poseía un sentido distinto al que había creído inicialmente, como si su existencia se bifurcara en dos planos distintos, como si hubiese vivido una misma situación en dos realidades diferentes. Su memoria recuperó una frase que Najib no se cansaba de repetirle y que entonces cobró más peso que nunca: «Nada es lo que parece». Las piezas del engaño iban encajando en aquel puzle de odios, aunque aquel acoplamiento, lejos de tranquilizarla al ir sumando pruebas de su inocencia, la iba destrozando aún más.

Sobre la mesa se extendían diversas pruebas caligráficas, el pasaporte auténtico de Sara que alguien le había metido en uno de los bolsillos internos del niqab, el Corán que habían guardado en otro de los fondillos, y otro documento falsificado en el que aparecía su foto pero con un nombre distinto: Mónica María Tordera Sánchez, utilizado para salir de España. Disponían asimismo de numerosas grabaciones telefónicas, entre las que se incluía la última que ella realizó a su padre estando todavía en Alicante y gracias a la cual localizaron su paradero. Los ojos de Sara se abrían a horizontes desconocidos en cada nueva explicación, como cuando contempló entre todo el material gráfico una fotografía de la señorita Alicia, una de las profesoras de Iván, la que permitió a Najib llevarse a su hijo aquella aciaga tarde.

—Es una de las testigos que vieron cómo Almallah se llevaba a Iván del colegio —le explicó Miguel. Sara se llevó las manos a la cabeza. Necesitaba que el mundo dejase de girar, que la información dejara de aplastarla. En aquel bazar de pruebas, pesquisas y retazos del pasado también estaban los documentos que Sara había firmado el día anterior al intento de inmolación, los pergaminos donde aparecía su rúbrica en su forzada conversión al islam, el escrito oficial que reconocía su matrimonio con el ciudadano marroquí Najib Almallah y la carta de despedida dirigida al mundo que, sin saber ni conocer su contenido, había firmado de su propio puño inducida por la mano de su captor.

Uno de los policías la leyó en voz alta y la tradujo para ella, aunque su contenido no le sorprendió en absoluto:

—«He elegido este camino por voluntad propia, el camino de los profetas y los enviados de Alá, pues el tiempo de la humillación y el deshonor ha llegado a su fin. Para mí es más digno morir honrada que vivir humillada viendo cómo mis hermanos son asesinados. Os recomiendo temer a Alá. Prefiero los Jardines a ese miserable mundo de sufrimientos.»

Más teoría de lo absurdo explicando facetas de su vida.

Cada nuevo interrogatorio constituía una nueva baldosa en el camino hacia el patíbulo y Sara auguraba que comenzaría a recorrerlo de manera inevitable. Los rostros de los policías e investigadores afganos no le daban pie a albergar demasiadas esperanzas en un final feliz; tampoco lo hacían el semblante serio y esa actitud tan silenciosa que mantenía en su presencia el grupo de españoles capitaneado por Roger.

No podía quejarse de un mal trato por parte de los agentes, pero advertía en sus miradas una mácula de desconfianza que a duras penas lograban maquillar de indiferencia y objetividad. No les culpó pero deseó que hubiesen aparecido mucho antes y haber evitado que su drama llegara tan lejos. Si llevaban tanto tiempo siguiéndole los pasos a Najib y a su entorno, ¿por qué habían tardado tanto en aparecer?, ¿por qué no habían abortado la inmolación de Ranya y, por poco, la suya propia? Además, nadie la informaba sobre el paradero de su hijo. Cuando preguntaba por él, todos cambiaban de tercio o aprovechaban para recordarle que allí eran ellos los que hacían las preguntas y ella la que estaba obligada a contestarlas.

Uno de los momentos más delicados fue cuando uno de los policías afganos le preguntó si sabía algo o había estado en contacto con un camión de color verde. El cerebro de Sara rebobinó a una velocidad endiablada en busca de aquella imagen y la localizó en el momento en el que su hijo Iván subía a él y lo veía desaparecer envuelto en una nube de polvo. ¿Por qué le preguntaban por ese camión? ¿Sabían algo de su hijo y no le habían dicho nada? Un incómodo silencio se apoderó de la sala y un semblante de espanto hizo lo propio en los rostros de los presentes, que buscaban acelerados una salida lo bastante airosa como para seguir retrasando la verdad. Aquellas miradas esquivas le confirmaron que ella era la única que estaba siendo sincera.

—¿Qué saben de mi hijo? —preguntó—. Sé que me están mintiendo. ¡Ustedes saben algo y no quieren decírmelo! ¿Por qué? —El mutismo de todos desató sus miedos. Gritaba histérica—: ¡¿Dónde está mi hijo?! ¡¿Qué le han hecho a mi hijo?!

Fue Roger quien, con una mirada rápida y gélida, instó a Miguel a comunicarle la desagradable noticia. No fue una petición que le disgustase; en cierta medida, lo agradecía. Estaba deseando hacerlo desde el mismo instante en el que supo el fatal destino del pequeño porque comprendía que no era justo que una madre desconociera la muerte de su hijo. Sin embargo, hubiese preferido tener la oportunidad de hacerlo en otra situación menos rocambolesca.

—Sara, cálmate... —Comprendió que el comienzo no había sido el más acertado.

—¡No quiero calmarme! ¡Lo único que quiero es que me digáis dónde está mi hijo!

—Sara... —Miguel sintió que el estómago se le encogía y que la garganta se le secaba—. Iván ha muerto.

El anuncio reventó sobre ella como lo hubiese hecho la carga explosiva que días atrás llevaba sujeta al talle. Su cuerpo quedó inmóvil, como si su corazón hubiese decidido detenerse para no seguir escuchando el relato que acompañó la noticia. Sus ojos se cubrieron con una película vidriosa y tras ella, apenas esbozado, Miguel iba desgranando cómo pasó todo:

—El camión en el que viajaba estaba cargado de explosivos que detonaron cuando el vehículo se estrelló contra uno de los muros de la base española de Herat. Fue el mismo día en el que tú... —prefirió buscar otras palabras para expresarlo—. Fue la misma mañana de tu detención.

—No, no puede ser, sigues sin decirme la verdad... No es posible, no puede ser. —La negación de la realidad era el único consuelo al que podía aferrarse.

—Lo siento, Sara —medió Roger al entender que el peso de la responsabilidad era excesivo para las espaldas de Miguel—. Debimos comunicárselo mucho antes pero consideramos que era preferible esperar un tiempo, al menos hasta que toda su situación se aclarase…

—¿Mi situación?

Sara notaba crecer la furia en su interior. Desbordaba. Se levantó de un salto de la silla que ocupaba de manera tímida durante los interrogatorios, empezó a dar zancadas por la sala, con los ojos inyectados en sangre; golpeaba las paredes con los puños y se enfrentaba cara a cara con los hombres que, hasta ese momento, le despertaban el máximo respeto y hasta un cierto temor. Todos sus miedos se esfumaron una vez que el peor de los posibles se había cumplido: una vez desaparecida su esperanza de volver a abrazar a su hijo.

—¡Me importa una mierda mi situación y lo que ustedes crean o dejen de creer! ¡Mi hijo está muerto!, lo demás no tiene sentido. ¡Ya nada tiene sentido! ¿Es que no lo entienden, maldita sea? —dijo barriendo con un gesto brusco del brazo la mesa. Varios de los papeles y del material que descansaba sobre ella se estrellaron estrepitosamente contra el suelo—. ¡Estoy muerta y ustedes me hablan de «aclarar mi situación»!

—Por favor, escúchame… —Miguel intentó detener el torbellino en el que se había convertido Sara.

—¡No me pidas que te escuche! No me has dicho más que mentiras desde que llegaste. ¿Es en ti en quien debo confiar?, ¿en ti? ¿Y por qué debería hacerlo? —Lloraba y las voces se mezclaban con sollozos, las palabras se quebraban en sus labios—. Todo ha sido un engaño, ¡y estoy harta!, ¿me oyes…? —le gritó a Miguel para luego dirigirse a los demás—: ¿Me oís todos? ¡Harta de aguantar mentiras, de soportar engaños, harta de vivir en una gran farsa, de tener que aguantar vuestras leyes, vuestros castigos, vuestros golpes, vuestras miradas, vuestras dudas, vuestra puta sociedad, vuestra religión de muerte, vuestro estudiado aire de superioridad! ¿Es que no os dais cuenta? ¡Por vuestra culpa han matado a mi hijo! ¡Por vuestros malditos problemas, por vuestros fanatismos, por vuestras guerras, por vuestros complejos milenarios…!

Sara se dejó caer al suelo, y apoyó la espalda sobre una de las paredes del cuarto. Estaba derrotada, hundida, deshecha. Se sentía vacía de vida. Era la imagen de la muerte, del desfallecimiento. De la nada. Su voz se volvió débil y acomplejada como si ya no tuviera nada que decir.

—Ojalá hubiese muerto… Ojalá hubiese explotado mi cinturón… Ojalá alguien lo hubiera hecho explotar. Me sentiría más viva que ahora. Malditos sean, malditos seáis todos.

Su cuerpo quedó arrinconado entre el suelo y la pared, y Miguel corrió a auxiliarla mientras el resto de los policías y agentes especiales contemplaban la escena entre el estupor y la compasión. No sabían qué hacer o, directamente, no querían hacerlo. Miguel y Roger llevaron a Sara a la celda que ocupaba desde hacía ya cinco días y allí le hicieron tomar un tranquilizante que la sumergió en un profundo sueño no exento de pesadillas.

—Está claro que una madre que hubiese enviado a su hijo al martirio no reaccionaría así —dijo Roger cuando volvió a la sala de interrogatorios, donde todos parecían esperar su regreso—. Eso lo saben ustedes mejor que yo, ya que por desgracia tienen que verlo casi a diario. Una madre suicida mostraría orgullosa su proeza y la de su hijo, aunque supiera que su sinceridad le costaría años de cárcel y que su familia sufriría la presión de la policía afgana a la vez que el reconocimiento y la protección del grupo terrorista responsable del atentado suicida. Aquí no hay una trama urdida por personas que se sienten humilladas desde hace siglos por los invasores. —Miró uno a uno a los allí presentes, convencido—. En este caso no podemos encontrar ese lenguaje porque sencillamente no existe: en esta mujer no hay deseo de venganza, ni ansias revanchistas, ni necesidad de alcanzar el martirio para limpiar el nombre de su familia o para hacerlo en nombre de un Dios al que ni siquiera conoce, ni reza, ni sigue, a pesar de haber sido forzada a abrazar su credo. Su historia es otra, aunque la hayan intentado desvirtuar con artificiosos disfraces. Ustedes están mucho más preparados que todo eso. Sinceramente, creo que las pruebas que tanto ustedes como nosotros hemos recopilado demuestran de sobra la inocencia de Sara Dacosta. Podemos perder todo el tiempo que quieran en ampliar la investigación, en buscar más testimonios, más testigos, más coartadas…, pero saben tan bien como yo que nos terminarán llevando a la misma conclusión: esa mujer es una víctima en todo este asunto, y lo ha sido por partida doble. Ella es tan inocente como lo era su hijo.

Roger observó cómo todos los hombres le escuchaban en silencio. Algunos asentían. Sabía que su discurso era justo y medido y el semblante de los miembros de aquel auditorio lo atestiguaba con su mutismo.

—Decidan ustedes cuánto tiempo quieren alargar esta situación y, como consecuencia, el martirio de una mujer que ya ha sufrido bastante y cuyo único delito ha sido enamorarse de un hombre que no ha hecho más que engañarla. Es a él al que deberíamos estar buscando sin perder más tiempo en algo que todos tenemos demasiado claro. Miren de nuevo la documentación, escuchen los testimonios, comparen informes, contrasten datos, nombres, fechas, países… Pero creo que ya se han arruinado demasiadas vidas inocentes en este caso. Sería injusto cobrarnos una nueva. Caballeros.

La última acotación de Roger sonó a despedida y tras ella vino la salida ordenada de toda la comitiva española, entre policías, agentes especiales y servicio secreto. Roger sintió que se lo había jugado todo a una carta pero estaba tranquilo: no era buen jugador pero sabía que la razón estaba de su lado. Solo faltaba por conocer la mano de la suerte.

Diez días más tarde, toda la expedición española desplazada hasta la comisaría de Herat para seguir de cerca la detención de una madrileña acusada de un supuesto delito de terrorismo iniciaba el regreso a España. Junto a la comitiva oficial, una pasajera con la que no compartieron viaje de ida: Sara volvía a casa aunque no de la manera que sus sueños habían ideado cientos de veces.

El vacío viajaba a su lado, impertérrito, glacial, inconmensurable. Ese presuntuoso y enrarecido vacío se instauró en ella con la intención de echar raíces: nunca pensó que la nada fuese capaz de ocupar tanto espacio y albergar tan colosales dimensiones. Era una sensación extraña. No quería acostumbrarse a ella, ceder a su voluntad, y en el viaje de vuelta, cuando sobrevolaba cielos repletos de nubes, se prometió no fenecer ante la rutina impuesta por aquel vacío que ya empezaba a arañar su persona. No sabía cómo iba a conseguirlo pero se prepararía para ello. Por su hijo. Por Iván.

Ella ya no importaba.

31

La primera visión de Madrid, tras la ventanilla del avión, fue la de un pequeño mosaico de paz y tranquilidad. Desde aquella perspectiva España se abría ante ella como un territorio en calma, muy distinto —opuesto— a lo que dejaba a siete mil kilómetros de distancia, en Afganistán, el lugar más peligroso para nacer y el más prometedor si lo que se buscaba era la muerte. El sosiego se evaporó cuando supo del interés que su caso había despertado entre los medios en su país de origen. Ya había sufrido lo suficiente como para verse de nuevo en la coyuntura de enfrentarse a más miradas inquisitoriales y a más preguntas recurrentes, la mayoría cargadas de malévola retórica y enunciadas desde el morbo y la curiosidad malsana. No quería tener que escuchar más opiniones elaboradas desde la ignorancia que otorga la distancia, no soportaría más juicios valorativos de lo que hizo o dejó de hacer, más maquinaciones caprichosas de la ficción o la realidad de sus propias vivencias. Solo ella conocía el precipicio sin fondo en el que se había transformado su existencia y no pretendía convertirlo en dominio público. Su tragedia había sido demasiado cruel como para que unos pocos la convirtieran en carne comercial de un negocio tan lucrativo como despreciable. Le reconfortó saber que alguien había pensado ya en la manera de evitarlo.

—Mario te espera en Pechón —le confió Miguel, adivinando sus más íntimos pensamientos; llevaba la preocupación grabada en el rostro—. Será mejor que no paséis por casa, al menos, hasta que todo esto se calme. En unos días se habrán olvidado —vaticinó. Sabía que ahora mismo habría una horda de reporteros apostada a las puertas del número 8 de la calle Trinidad, en espera de una declaración, una imagen—. Si no se les hace caso, se cansan, miran hacia otro lado, encuentran otro tema del que saben que pueden sacar más y se olvidan.

La última palabra de Miguel se aferró a la mente de Sara. *Olvidar*. Un verbo que difícilmente podría volver a emplear en su época post mórtem. ¿Cómo podría olvidar aquellos meses, cómo desterrar de la memoria las caras, los nombres, los gritos, los golpes, las amenazas, las promesas, los consejos, las voces, el humo, el ruido, los cuerpos…? El miedo. La muerte.

Ni siquiera lo había intentado, pero sabía que no podría olvidar jamás el tufo a pólvora y a sangre en el que quedó impregnada la plaza de Herat donde tan solo Ranya logró inmolarse, el sonido de la voz de su hijo diciéndole: «Ya tengo ganas de volver a casa… Me lo ha dicho Najib. Él pensaba que iba a tardar más, pero al final es mañana. Y me ha dicho que tú vendrás luego porque antes tienes que hacer una cosa. ¿A ti no te ha dicho nada?». Y la voz de su hijo se mezclaba en una sinfonía estridente con el incesante ruido de las ambulancias y de la policía al llegar a las puertas del infierno; el hedor a miedo que humedecía las paredes de la celda donde estuvo retenida más de quince días; el temblor de las manos del artificiero, que intentaba deshacer el entramado mortal de cables y explosivos; el olor al sudor de su piel cuando los plásticos y la carga mortal se separaron al fin de su cuerpo; el dolor de las heridas abiertas provocadas por la mano de Najib sobre su piel; el quemazón que el cuerpo de su verdugo provocaba en el suyo; el sabor dulzón de aquel extraño brebaje que envolvía su paladar y embriagaba su voluntad; el color dorado de las dunas de Herat; el aroma a canela del cuerpo del primer Najib…

Y tampoco podía olvidar el gusto de las pastas de chocolate que solía llevar a la academia de idiomas y que tanto gustaban a Pedro; el olor a la colonia infantil sobre la piel de Iván antes de meterle en la cama; el sabor del bizcocho de naranja favorito de su amiga Lucía; el olor a las tostadas de Mario o el sabor del primer café de la mañana en sus labios… ¿Cómo se olvidaba la vida? ¿Cómo se logra semejante proeza cuando todo se derrumba a tu alrededor? Olvidar es un privilegio que se niega una vez la barbarie irrumpe en la vida.

Hablar tampoco le resultaba sencillo, sobre todo cuando el que esperaba inmerso en una escucha silenciosa era su padre. Cuando Mario la vio entrar en la antigua casa de su pueblo natal, que había pasado de ser su refugio de verano a convertirse en una cámara acorazada impermeable al mundo exterior, sintió cómo la rigidez de su cuerpo le impedía desatar sus sentimientos, y asumió sin más la condena de concederle el tiempo y el espacio que su hija necesitara. Estuvieron una eternidad contemplándose, con la lluvia en sus ojos, la niebla cubriendo su cerebro, sintiendo el granizo sobre la piel y un ejército de copos de nieve resguardando los sentimientos. Solo cuando Sara se rompió en mil pedazos acudió Mario a recomponer su cuerpo.

—Ya estás en casa, mi vida. Estás con papá. Todo se va a arreglar. Ya todo pasó —mentía el padre cuando abrazaba a su hija, y lo hacía el abuelo al saber que jamás volvería a rodear con sus brazos el cuerpo de su nieto. La ausencia de Iván pesaba demasiado. No había lágrimas suficientes para llorarle, ni tiempo capaz de abonar el olvido. Los recuerdos dolían demasiado y provocaban heridas que ya nunca suturarían. Era la ausencia quien llenaba los días, las semanas y los meses a los que Sara y Mario sobrevivían.

Las frases de comprensión de Mario no parecían significar nada para ella. «Sabes que estoy aquí para lo que quieras... Si necesitas hablar, cuando quieras y de lo que estimes conveniente... Quizá te ayudaría compartirlo conmigo... Tu padre sabe escuchar sin juzgar, hija...» Palabras vacías para Sara, se perdían en el espacio de la casa de madera antes de alcanzar su oído.

Pasaron tres meses y Sara no asumía la necesidad de regresar al hogar y recuperar su vida, aunque supusiera una empresa complicada. Los ánimos de Mario tropezaban contra el muro de hormigón en el que se había convertido la cabeza de su hija, que ocupaba los días en rememorar el pasado, despreciando el presente y olvidando, esta vez sí, el futuro. Lo único que le importaba parecía haberse quedado atrás en el tiempo. Solo imaginar su vuelta a la escuela de idiomas la arrastraba a un malestar espiritual tal que no tardaba en traspasar el plano físico y entregar su cuerpo a un cuadro de ansiedad que no se pasaba sino horas más tarde.

Durante los dos primeros meses, las llamadas de sus antiguos compañeros y amigos de la escuela, en especial las de Pedro, se producían casi a diario a pesar de los numerosos intentos que debían hacer para localizarla debido a la mala cobertura de la zona, que convertía los intentos de comunicación en un vía crucis. Incluso Lucía de la Parra Mengual invirtió gran parte de su tiempo en llamar una y otra vez en busca de una sola palabra. Le dolía que su profecía se hubiese cumplido: «No quiero levantarme un día y encontrarme tu foto ocupando la portada de un periódico», le había dicho durante su última conversación, aquella a raíz de la cual dejaron de hablarse. Solo querían hablar con ella, mostrarle el cariño que le guardaban y la amistad, que seguía ahí: se deshacían en buenos deseos, cargamentos de ánimos, promesas de normalidad que se cumplirían en cuanto pisara su lugar de trabajo o su antiguo barrio. Pero las llamadas —como la tierra de Pechón oculta bajo la nieve que la cubría igual que antes lo hizo la alfombra de hojas caídas de los árboles que custodiaban la casa— pronto desaparecieron, y con ellas, las voces de ánimo, las muestras de cariño y los deseos de ayuda. Quizá notaron que su preocupación no era bien recibida, que sus palabras se perdían en un pozo sin fondo o, sencillamente, se cansaron del silencio perpetuo que siempre encontraban al otro lado.

El que más dolido se sintió ante aquel silencio fue Pedro; por mucho que lo intentaba, no terminaba de entenderlo y las excusas que daba Mario —algunas de ellas improvisadas sobre la marcha— parecieron levantar un muro entre ellos y el resto del mundo, un muro por el que cada día trepaban menos curiosos. El vacío solo llama al vacío y así el silencio solo obtenía el eco de su esencia.

Sara únicamente respondía al interés constante de Miguel, no porque le importara más que el resto, sino porque era el único que conocía su auténtico paradero y se molestaba, mínimo dos veces cada semana, en acercarse hasta el pueblecito asturiano y compartir con ella el tiempo que le permitiera. La mirada de Sara estaba tan perdida como su sed de vida y eso, más que preocupar a Miguel, le hundía en un agujero oscuro y profundo del que cada vez le resultaba más difícil salir. No podía reconocer en aquella mujer a la persona que había amado durante su relación, a la mujer que amó en silencio desde la distancia y a la que seguía amando a pesar de las trabas que la vida se había empeñado en colocar en su camino. Ella lo sabía, podía percibirlo en sus ojos, en su forma de mirar, de hablar, en la manera de mover las manos, de arquear las cejas, en el tono de su voz, en los besos de despedida. Aquel sentimiento, lejos de consolarla o motivarla para seguir avanzando, se le antojaba macabro y lo revestía todo de un halo de tristeza que hacía más complicado el tiempo que pasaban juntos. Sara le observaba y la pena la embargaba. Le entristecía la imagen de aquel hombre bueno volcado en ella, en su drama, dispuesto a arriesgar su propia vida para salvar la suya, y en ingrata recompensa, el único consuelo que recibía Miguel eran aquellas visitas que solo lograban acrecentar la pena.

Mario observaba cómo su hija se marchitaba.

—Hija. Esto tiene que acabar. Ya hemos perdido bastante. No podemos quedarnos aquí para siempre.

—¿Por qué no, papá? —preguntó Sara. ¿Qué alternativa había?

—Porque tenemos que salir al mundo. Porque nosotros tenemos la oportunidad de hacerlo. Porque no todos pueden.

Aquella explicación, hecha desde la sinceridad y con el ánimo de despertarla al mundo y recuperarla para la vida, sonó demasiado próxima a la respuesta que le dio Ranya al preguntarle por qué iba a inmolarse: «Porque no puede hacerlo cualquiera». Aquella frase pronunciada por la adolescente suicida se le había quedado grabada en el cerebro desde el instante en que la escuchó. *Porque no puede hacerlo cualquiera.* Y el recuerdo de aquel momento logró estimularla como no lo habían hecho el amor, la dedicación y los cuidados de su padre. Mario no podía imaginar que sus palabras encendían una mecha que Sara llevaba meses madurando en su interior, el mismo tiempo que llevaba germinando la simiente del odio que Najib había depositado en ella, y que había abultado su vientre en los tres meses que llevaba en España.

Estaba embarazada del hombre que había asesinado a su hijo, aniquilado su mundo familiar y arruinado su vida. El descubrimiento de aquella vida creciendo en sus entrañas le aterró tanto como el primer golpe que recibió de las mismas manos que un día, no muy lejano, la abrazaban y la colmaban de caricias. No lo esperaba, no lo vio venir, no entraba en sus planes y le dejó un dolor para el que no existía panacea. Sara había convertido su embarazo en un secreto que, junto a otros muchos, mantendría sellado y precintado en su interior hasta que sus planes encontraran la salida justa. Miró a su padre como si por fin hubiese hallado la misteriosa luz que le mostrara el camino, como si por fin hubiese dado con el momento oportuno para prender aquella mecha que había ido trenzando entre el baile de sus recuerdos. Sonrió a Mario como solía hacerlo tiempo atrás, cada vez que él le daba la solución al problema que la mantenía noches en vela o le impedía avanzar. Sin quererlo ni saberlo, Mario lo había vuelto a hacer.

—Quizá tengas razón, papá. Quizá ya haya llegado la hora de volver a casa.

32

Su vientre aumentaba a la misma velocidad que su impaciencia por cumplir sus planes. El secreto de su embarazo, que guardaba como un código encriptado, lo ocultaba magistralmente a base de ropa amplia, camisas y jerséis holgados, en los que encontró los mejores aliados para preservar su intimidad. A Sara siempre le había gustado vestir, en los meses más fríos del año, pijamas de franela de dos piezas, tan gruesos como confortables, que le daban una apariencia de bola de lana: con estas prendas, Mario no notó el aumento de peso de su hija, ni cómo su cintura iba perdiendo su forma.

La Navidad había traído un nuevo año de grandes nevadas y unas temperaturas tan bajas que solo ver el termómetro quitaba las ganas de salir de casa. Desde que habían vuelto de Pechón, Sara parecía haberse animado bastante. Al menos ya no se pasaba la mayor parte del día en la cama, con la cabeza bajo la almohada y el cuerpo escondido entre las sábanas. Recuperó su costumbre de levantarse temprano y volvió a su costumbre de ducha diaria: también aquello contribuiría a ofrecer esa imagen de progreso y avance personal que requerían sus planes. Se entretenía en la cocina preparando la comida para ella y su padre, con quien poco a poco retomaba el arte de la conversación que tan abandonado tenían, aunque las referencias al pasado más reciente eran impensables. Mario, por supuesto, continuaba respetando sus silencios, aunque ampliaran sus miedos: ojalá su hija le permitiese ayudarla con la excesiva carga que llevaba dentro. Lo asumió, lo respetó y se comprometió a no ir más allá a no ser que su hija así lo decidiera; estaba convencido de que lo haría en algún momento.

Fue ella misma la que, con una entereza fingida pero firme, entró un día en el cuarto de Iván y se encargó de recoger todas las cosas personales de su pequeño: la ropa, los libros de la escuela, los lápices, los juguetes, los tebeos… Todo encontró su acomodo en sus respectivos cajones, en los altillos del armario o cajas ubicadas bajo la cama. El aparente día a día que observaba Mario le invitaba a creer que su hija iba ganando la batalla a la barbarie del pasado, al recuerdo y a los atroces pensamientos. Lo que todavía no estaba en el ánimo de Sara era salir a la calle.

Esa era una prueba demasiado dura para ella y solo el tiempo decidiría cuál era el momento adecuado, en eso no admitía sugerencias externas. Tan solo una mañana salió de casa para acudir a una prueba ginecológica con una doctora a la que no había visto jamás. No le dijo nada a su padre. Aprovechó para salir las tres horas largas de soledad que le brindaba una visita de Mario a la Seguridad Social por algo relacionado con su jubilación. Era él el encargado de realizar la compra diaria y el resto de los recados a los que solía dedicar siempre la mañana para luego quedarse en casa durante el resto del día. Esa rutina les funcionaba y les permitía abrazar futuros avances.

Fue una de esas mañanas, aprovechando la ausencia temprana

de su padre, que había salido a por pan, un par de periódicos del quiosco situado a tres manzanas de su calle y unas flores del puesto ambulante ubicado a quinientos metros de su portal —con las que solía obsequiar a su hija casi todos los días tan solo para verle esbozar una leve sonrisa—, cuando Sara se animó a hacerlo. No le gustaba dejarse envolver por el silencio cuando estaba sola en casa. En cierta medida y aunque los aceptaba, sus pensamientos le asustaban. En la mudez de la casa, sus intenciones futuras resonaban con más fuerza dentro de su cabeza. Solía encender la radio cada vez que su padre salía, o ponía un poco de música clásica en el equipo de música del salón, o se dejaba embaucar por los sonidos más modernos de las cadenas de radio para así anestesiar recuerdos desagradables e inoportunos. Sin embargo, aquella mañana algo le impulsó a encender el pequeño televisor de la cocina.

Desde su regreso, únicamente lo encendía para ver películas en los canales temáticos; huía de los informativos y de los programas de actualidad para evitar que cualquier imagen o comentario la arrojara de bruces al infierno vivido. Cogió el mando a distancia para bajar el volumen casi al mínimo. Le valía un murmullo para sentirse acompañada. Andaba entretenida con los preparativos del desayuno, y solo de vez en cuando regalaba fugaces vistazos a las imágenes que iban apareciendo en el televisor. Hasta que una de ellas la obligó a fijar su mirada en la pantalla. No podía apartar los ojos, aterrada; ni parpadear siquiera.

Era ella. No había duda. La reconocería entre un millón.

Una ristra de fotografías de tamaño carné con la imagen de Raquel Burgos aparecía aprisionada bajo unas piedras grises y toscas que atrapaban, a su vez, un pasaporte español y varios fragmentos de hojas de cuaderno arrancadas, garabateadas con palabras y dibujos, amén de otras fotos y documentos de color verde, dorado y marrón que alguien había dispuesto como si fuera un muestrario. La imagen de Raquel, vestida con un velo negro que dejaba al descubierto únicamente el óvalo de su rostro, desde los ojos hasta la barbilla, le removió recuerdos que se afanaba en enterrar aun siendo consciente de que nunca lo conseguiría. Recordó sus últimas frases como si las estuviera escuchando en aquel preciso instante mientras contemplaba en la pantalla del televisor sus pequeñas fotos de carné: «Estoy segura de que volveremos a encontrarnos y entonces las cosas serán distintas. Nuestras posturas estarán más cerca, como lo estaremos nosotras... Ten cuidado, Sara, esto no es ningún juego y tampoco lo resolverá un discurso. Este asunto es más grande que las palabras».

La sacudida del recuerdo le había robado unos segundos del presente. Sara se apresuró a subir el volumen mientras la imagen de Raquel permanecía congelada en la pantalla. La voz en off le informó de algunos detalles.

«... entre los escombros de una vivienda asaltada por el ejército pakistaní en Sherwangai, una población de la región tribal de Waziristán del Sur, hasta ahora el refugio más seguro de los talibanes. Junto al pasaporte de la española Raquel Burgos García, convertida al islam y una de las personas más perseguidas por los servicios secretos españoles, se ha encontrado el de Sai Bahaji, uno de los miembros del comando responsable de los atentados del 11-S y que compartió piso en Hamburgo con Mohamed Atta, el jefe de los suicidas... La madrileña Raquel Burgos, de treinta y cuatro años, está casada con Amer el Azizi, supuesto jefe de Al Qaeda en Europa. Se le considera uno de los sospechosos de inducir los atentados del 11-M y uno de los eslabones perdidos del 11-S...»

Ante los ojos de Sara fueron apareciendo personas desconocidas, sobre las que titulaban un nombre o una relación con Raquel. Un agente de policía uniformado hacía declaraciones ante las cámaras, custodiado por un ramillete de micrófonos. El rótulo sobreimpresionado informaba que se trataba del portavoz del ejercito pakistaní, Athar Abbas: «No sabemos cuándo llegó, ni cuánto tiempo estuvo en Pakistán. No sabemos si está viva o muerta. Solo sabemos que estuvo aquí». Una señora de mediana edad, situada de espaldas a la cámara, comentaba: «Es una mujer dispuesta a casi todo por su marido. Su vida ha debido de ser un infierno». Otro hombre, vecino de la casa donde Raquel y Amer vivieron juntos en Madrid, también hablaba ante las cámaras con el rostro pixelado: «Iba siempre completamente cubierta». Más vecinos se sumaban al carrusel de testimonios: «Sí, es cierto, mi marido y yo escuchamos las palizas que le daba su marido pero la pobre nunca se quejó de nada. Al menos a nosotros no nos dijo nada. No solía hablar con nadie y ni siquiera se atrevía a mirarnos a los ojos. Era una mujer sometida». La única persona que se atrevió a aparecer en imagen sin miedo a mostrar su rostro recordaba: «Sus hijos pequeños jugaban en la escalera. Algunas veces subían a mi casa y yo les daba galletas pero a sus padres no les gustaba que tuvieran contacto con nosotros. A mí me daba mucha pena de los niños y de ella. La pobre no parecía feliz».

La atención con la que seguía el desarrollo de aquella inesperada noticia la mantenía absolutamente abstraída del mundo. La fotografía de Raquel Burgos tenía el poder de hipnotizarla y envolverla en una burbuja aislante en la que tan solo ella y sus recuerdos tenían cabida. Ni siquiera había escuchado la puerta de su casa ni se había percatado de la entrada de Mario en la cocina, cargado con varias bolsas y un hermoso ramo de margaritas blancas y moradas, sus preferidas.

—¿Qué pasa, hija? ¿Cómo es que has encendido la tele?

—Es Raquel, papá. Es una de las chicas que conocí antes de que me llevaran a Herat. Yo pasé una noche con ella. Me contó cosas... Está casada con uno de los líderes de Al Qaeda y han encontrado su pasaporte en un lugar de Pakistán. No saben si está viva o muerta. —Sara se quedó callada durante unos instantes, contemplando las imágenes que seguían en pantalla—. ¿Te importa que lo quite?

—Por supuesto que no —le respondió Mario, que miraba a Sara como si estuviera teniendo una visión, una especie de milagro. Era la primera vez que hablaba de alguien con quien había compartido su pasado más inmediato. Por un momento no supo qué decir ni cómo reaccionar. Finalmente rompió el muro de dudas y temores que le mantenía absorto—. ¿Estás bien?

—Sí, no te preocupes. Es que me ha impresionado verla de nuevo. No son buenos recuerdos. —Sara miró a su padre, que seguía manteniendo aquella mirada atónita—. Algún día los compartiré contigo. Por hoy ya he tenido bastante, si te parece bien.

—Claro, cariño. Cuando tú quieras...

Reencontrarse con la imagen de Raquel, aunque fuera a través del cristal de un televisor, le ayudó a fortalecer aún más su propósito. El paquete de recuerdos traumáticos importado del pasado representaba una herencia demasiado pesada para sobrellevar. Su cerebro no había parado de elaborar una serie de fantasías que poco a poco empezaban a tomar forma. No podía remediarlo. Era como si el mal hubiese ocupado su vientre de improviso, anulando su voluntad, aniquilando sus sueños de una paulatina recuperación y sus ganas de vivir. Tenía la asfixiante sensación de que aquel nuevo ser invadía sus entrañas, que le imponía la carga genética que transportaba.

Estar embarazada de Najib la hacía sentirse sucia. Intentaba luchar contra sus prejuicios, oponerse a su subconsciente, convencerse de que aquella criatura era tan víctima como ella, que compartían el mismo estatus de inocencia y que, por tanto, aquella vida que intentaba salir adelante no tenía ninguna culpa de los cromosomas heredados. Pero tratar de convencerse resultó inútil. Sentía asco de su propio cuerpo y llegó a despreciarlo cuando observaba cómo, día a día, su abdomen crecía, engordaba y se hacía más fuerte. Entendía aquella fortaleza como una nueva victoria de Najib, al que imaginaba envuelto en sonoras carcajadas, sabedor del último zarpazo con el que había mancillado su cuerpo. Esa victoria póstuma del hombre al que más odiaba le hacía más daño que algunos recuerdos. El odio que sentía por el padre multiplicaba el odio al hijo que ocupaba su vientre. Y sin embargo, fue allí donde encontró la única salida a su situación, la reparación de todo el dolor infligido. En su matriz estaba la solución que buscaba y con la que no dio hasta que su imaginación le devolvió una imagen quimérica: la de un Najib furioso al enterarse de las intenciones que Sara guardaba celosamente para su primer hijo.

No cabía mejor castigo para el más desalmado de los verdugos. Imposible imaginar una condena más cruel para el hombre más malvado sobre la tierra. La justicia también le reclamaría a ella un precio; pero, aun alto, le pareció ridículo porque *no podía hacerlo cualquiera*. Tan solo tenía que esperar el momento propicio. Y sabía que no tardaría mucho.

33

Cuando alcanzó la semana veintidós de gestación, lo tuvo claro. Se sintió preparada. No le había costado mucho adquirir todo lo que su plan requería; su padre tenía razón: hasta de los malos momentos se podía extraer siempre algo positivo y que, de alguna forma, serviría para cimentar objetivos futuros. Prácticamente no tuvo que salir de casa para hacerse con el pequeño arsenal que necesitaba: un poco de nitrato amónico, que consiguió en la propia composición de un fertilizante para el campo, mezclado en su justa cantidad con gasoil. Por si aquello fallaba, había preparado otro explosivo casero que había aprendido en una de las clases prácticas de Najib en la casa de Alicante. Fue sencillo, incluso se sintió orgullosa de su habilidad.

Aquella mañana de mediados de enero se levantó y dibujó en su rostro una sonrisa distinta a todas, se permitió ensayarla ante el espejo. La ocasión lo merecía, el que acababa de amanecer no era un día cualquiera. Miró por la ventana y agradeció que la alborada despuntara gris, que el cielo amaneciera cerrado con nubes llenas: pronto rompería a llover y alfombraría las calles una escarcha que facilitaría su disfraz y beneficiaría sus planes. Desayunó tranquilamente con su padre, le besó una, dos, tres veces en la mejilla, como hacía tiempo que no lo besaba, y le miró con un semblante de felicidad que Mario tenía ya olvidado en las facciones de su hermosa hija. Luego le dijo que le quería, no, que le amaba, y que ahora entendía el verdadero significado de esa frase que tantas veces solía escuchar de boca de su padre: «Lo que hago siempre lo hago por ti, por tu bien, aunque me duela».

Y logró sorprender a su padre con algo más.

—Esta mañana voy a salir. —El asombro de Mario se vio claramente reflejado en su rostro—. He pensado que me acercaré a la escuela de idiomas. Me llamó Pedro el otro día cuando tú estabas fuera y quedamos en que hoy iría a verle, a él y a mis antiguos compañeros.

—No me lo habías dicho…

—No quería ilusionarte por si luego no me encontraba con ánimos de hacerlo. Pero los tengo. Dios sabe que los tengo.

A Mario no le extrañó la referencia divina, lo entendió como una frase hecha. Además, ¡qué importancia tenía! Lo verdaderamente relevante es que Sara iniciaba su camino, que dejaba atrás el pasado y tendía sus brazos a un reluciente futuro.

—Quiero que mi vida vuelva a tener sentido y solo así lo lograré. Siento que debo recuperar la paz interior y esto me ayudará. —La última frase le iluminó el rostro—. Confío en que lo entenderás.

—Pero, hija, cómo no voy a entenderlo. No solo eso, sino que me das la alegría más grande que te puedas imaginar. —Mario estaba fuera de sí, se sentía dichoso. Tal y como Sara lo estaba—. Si te parece bien, yo mismo te acerco y…

—Prefiero ir yo sola. Es algo que tengo que hacer por mí misma. Debo demostrarme que puedo hacerlo sin la ayuda de nadie. Créeme, es mejor así.

—Como tú quieras, pero abrígate bien. Hace frío y no quiero que este tiempo nos dé un disgusto.

Mario no frenó, como venía haciendo desde el regreso de su hija, su ímpetu por abrazarla. Sintió cómo el cuerpo de Sara se estremecía entre sus brazos y lo vio como una buena señal. A su entender, las cosas volvían a la normalidad. Todo volvía a tener sentido. «Hoy es un gran día», pensó.

Sara hizo caso al consejo y salió bien abrigada de casa tras despedirse de su padre —«No te preocupes por nada. Estaré bien. Estoy preparada, papá»—. Llevaba en la mano una bolsa negra de medianas dimensiones que llamó la atención del padre y que ella explicó de manera improvisada y natural:

—Son libros y cuadernos que me prestó Pedro y creo que ya es hora de devolvérselos. A ver si no me va a dejar más... —Miró a su padre con el brillo de la tristeza en sus ojos, que no se correspondía con el gesto feliz de su rostro, como si aquella separación le doliese como ninguna otra, como si aguardara una eternidad hasta volver a verle—. Te quiero tanto, papá... No te lo imaginas.

Una vez ella salió de casa, Mario se dio cuenta de que el juego de llaves de su hija había quedado olvidado sobre el aparador de la cocina y junto a él, su teléfono móvil, ese que apenas utilizaba desde que había regresado de la pesadilla. Rápidamente se asomó por la ventana de la cocina por si aún pudiera alcanzarla, pero ya había desaparecido. Cuando media hora más tarde sonó el teléfono de la casa, pensó que sería ella: se habría dado cuenta de que no llevaba las llaves consigo y habría preferido llamarle y advertirle de que no saliera de casa por si ella regresaba antes de lo previsto y no encontraba a nadie en la vivienda. Al contestar al teléfono, comprobó que estaba en un error, cuya gravedad ignoraba.

—Don Mario, soy Pedro. ¿Cómo estamos?, ¿todo bien?

—Muy bien, hombre. Hoy mucho mejor. ¿Ha llegado ya Sara a la escuela?, ¿está contigo?

—¿Va a ir a la escuela? Vaya, no sabía nada. —Pedro empezó a intranquilizarse cuando su interlocutor le puso al día de los supuestos planes de su hija—. Mario, yo no hablo con Sara desde que… Quiero decir que no he quedado con ella para vernos en la escuela, y mucho menos hoy, que ni siquiera hay clases. Doña Marga aprovechó las fiestas navideñas para programar unas obras de reforma en el centro y todavía no han terminado. Estará cerrado una semana más. Pero, dígame, ¿qué ocurre? No entiendo nada. ¿Por qué no me ha llamado Sara si pensaba ir a la escuela?

—Y entonces —se preguntó Mario en voz alta, como si la pregunta fuera dirigida a él mismo y no a Pedro, que le escuchaba preocupado al otro lado del auricular—, ¿dónde ha ido mi hija?, ¿dónde está Sara?

34

Sara caminaba tranquila por la calle. Sus movimientos no eran fruto de la improvisación: lo tenía todo muy bien preparado. Había tenido tiempo suficiente para elaborar cada punto del plan y nada lograría estropearlo. El taxi que había cogido a pocos metros de su casa la dejó a las puertas de la mole arquitectónica en el barrio de Tetuán, cuyo umbral había traspasado por primera vez invitada por Najib. Su imagen, aliada con sus recuerdos, logró estremecerla de nuevo. Su visión impresionaba y lo que estaba a punto de suceder en su interior aún lograba estremecerla más. En un primer momento pensó que su venganza se merecía un escenario mayor y barajó la idea de trasladarse a la mezquita de la M-30, la mayor de la capital de España, pero finalmente descartó la idea: era en Abu Baker donde comenzó todo y allí debía terminar.

No había lugar posible en su cuerpo para el nerviosismo, la duda o el arrepentimiento. Todo en ella era seguridad, sus manos ya no temblaban y su mente, más sosegada de lo que habría cabido esperar, saltaba de recuerdo en recuerdo, de imagen en imagen. Primero fue la de Louiza, la joven chechena que clamaba por vengar la muerte de su hermano, la que bramaba por un lugar preferente entre sus remembranzas: «La venganza es lo único que se mantiene en el tiempo». Luego Ruth y aquella frase que ahora sonaba profética: «Cuando no te permiten vivir tus sueños, la muerte es la única salvación posible, y no será difícil conseguirlo: basta con desearlo». Más tarde Najib, y se vio murmurando una de las frases favoritas del hombre que le había destrozado la vida:

—¿Sería justo decirle al cordero que se esté quieto a la espera de ser devorado por el lobo?

En sus labios, la frase sonaba distinta.

Lejos de amedrentarla o hacerla recapacitar sobre lo que estaba a punto de realizar, el eco de aquella verbena desplegada por la memoria le infundía fuerzas y afianzaba su acción con firmes argumentos. Ahora la espoleaban aquellas palabras que tanto daño habían logrado hacerle.

Ya en el interior de la mezquita, volvió a sentir la misma paz y tranquilidad que había experimentado la primera y única vez que había estado allí. No hubiese sido extraño que sus ánimos se viniesen abajo, que verse allí le hiciera cambiar de planes y plegar velas, pero el remordimiento no hizo acto de presencia. Todo parecía empujarla: su destino, ahora sí, estaba claro. Su presente no había dependido de ella y ahora no se consideraba culpable ni mucho menos responsable de sus actos.

Antes de acceder al vientre de la mezquita, se dirigió a los aseos, donde se transformaría en una bomba humana. Envolvió su cuerpo de muerte y abandonó su antigua piel en una de las papeleras. Se aseguró de que llevaba consigo su pasaporte, una fotografía de su hijo y la única ecografía que se había hecho del bebé que esperaba. Antes de salir del cuarto de baño, se contempló en el espejo y casi entendió la sonrisa de Ranya al contemplar su imagen reflejada meses atrás. Ahora sí estaba lista para enfrentarse al mundo.

Siguió avanzando como si sus pasos los envolvieran pequeños fragmentos de nubes: se movía casi sin pisar el suelo. Por fin llegó a una de las salas más amplias para la oración y aunque la belleza de aquel lugar le seguía pareciendo extraordinaria, ni siquiera entonces flaqueó su moral o mucho menos su ánimo. Buscó un lugar desde el que poder observar a los presentes, un espacio que le garantizara una zona amplia donde poder situarse y contemplar el terreno. Ya había hecho lo más difícil. Ahora todo estaba en sus manos.

Era una sensación extraña pero en absoluto incómoda. Tenía la impresión de que todos los pensamientos que cruzaban su cabeza, más que propios, eran directamente sustraídos y adoptados de otras bocas. *Todo está en tus manos.* Oía la voz de su padre, la primera vez que le pidió que dejara de ver a Najib porque había algo en él que no le gustaba. *Todo está en tus manos.* Oía la voz de Najib, cuando la situó en la encrucijada de elegir entre su vida y la de su hijo.

Ahora sí que la advertencia tomaba forma.

Era cierto.

Todo estaba en sus manos.

35

No se lo ocurrió otra persona a la que llamar. Mario buscó en la agenda de su teléfono móvil el número de Miguel: quizá él supiera dónde estaba Sara y, en el caso de que lo desconociera, sin duda tendría más medios para localizarla.

—¿Seguro que no le dijo dónde iba? Quizá algún comentario al que en su momento no le dio importancia, eso suele pasar... —le dijo. Le había pillado en casa, aquel día no estaba de servicio.

—Que no, Miguel, no insistas, no me dijo nada. Solo que iba a acercarse a la escuela de idiomas porque había quedado con Pedro. Me dijo que quería que su vida volviera a cobrar sentido y que solo así lo lograría. Me dijo que necesitaba recuperar la paz en su interior. Insistió en que tenía que hacerlo sola, no quiso ni que la acompañara. Y me prometió que ya lo entendería.

No supo qué le llevó a pensar que Sara encontraría la paz en el interior de una mezquita. Quizá el recuerdo de la primera vez que la encontró saliendo del templo de Tetuán, cuando por primera vez la vio con un pañuelo cubriéndole la cabeza y acompañada por Najib Almallah. «No sabes la sensación de paz que se respira ahí dentro, Miguel. Tienes que entrar un día. Tienes que vivirlo, es un lugar perfecto para perderse y encontrarse con uno mismo...»

Le pidió a Mario que no se preocupara: creía saber dónde estaba su hija. Se disponía a coger su coche pero pensó que sería mejor ir en taxi. Eso le ahorraría el tiempo que tendría que dedicar a encontrar aparcamiento.

El trayecto le llevó pocos minutos. No era la primera vez que Miguel entraba en la Abu Baker, la mezquita central de Madrid. Motivos profesionales, como encontrarse con un confidente de la policía o seguir el rastro de una filtración sobre uno de los hombres que acudían allí con asiduidad, le habían llevado antes al templo. Sabía que podía estar equivocado. Sus corazonadas no siempre acertaban, pero tenía que intentarlo. Algo dentro de él le aseguraba que Sara no andaba lejos.

Sus ojos escudriñaron cada uno de los rincones de la mezquita, cada rostro con el que se cruzaba, cada cabeza en la que creía intuir la de la mujer que amaba. Tenía que encontrarla, por Mario, por ella y, sobre todo, por él mismo. Él también necesitaba volver a dotar de sentido a su vida y sin la presencia de aquella mujer no lo lograría nunca. Intentó serenarse. Inspeccionaría el lugar con mayor calma, empezando por el salón principal del rezo y de ahí al resto de las estancias. No podía ser tan complicado.

36

Sara notó cómo las uñas se le clavaban en la palma de la mano. Estaba apretando con demasiada fuerza aquello que escondían sus dedos. Relajó el gesto y, disimulando el ademán, volvió la mano hacia los ojos y observó el pequeño detonador. Ahí estaba: diminuto, frío, imperturbable y dispuesto a acatar sus órdenes. Esta vez no fallaría. Nadie le impediría cumplir con su misión. Podría vengarse y reunirse con su hijo en la eternidad. Su padre la entendería.

Sonrió. Lo había logrado. Había sido capaz de llegar hasta allí. Se sentía valiente, dichosa, orgullosa y, una vez más y por un momento, se notó más cerca de Ranya de lo que jamás se atrevió a imaginar. La adolescente suicida, la que aseguró que se encontrarían en el reino de los cielos antes de hacerse volar por los aires. Tenía razón: aquello no podía hacerlo cualquiera. Pero ella sí podía.

Tres respiraciones profundas y largas: Sara saboreaba el aire con los ojos cerrados para infundir una mayor concentración a sus pensamientos. Apenas fueron unos segundos, los necesitaba abiertos para no perderse la escenificación de su venganza. Por un instante intentó borrar de su rostro la tímida sonrisa que emprendían sus labios, pero ni pudo ni estaba segura de querer hacerlo. No pensaba en lo que estaba a punto de hacer como un ejercicio cruel y terrorista, sino como una liberación y, sobre todo, como un acto de venganza hacia la persona que la había arrastrado a entender el odio y la barbarie. Se vengaría de Najib con sus mismas armas, con sus mismos métodos, con sus palabras, sus frases, enarbolando sus argumentos. Le demostraría que había sido una buena alumna, una alumna aplicada.

Y había algo más, algo que lo hacía todo mucho más deleitable. Con su vida se llevaría también la del hijo de Najib, porque era eso, ese insulto postrero, el que dejaba sin cabida sus vacilaciones iniciales. Quería vengarse, necesitaba castigarle y resarcirse por todo el sufrimiento. Pensaba en Iván, en el vacío que su muerte había dejado, y no acertó a imaginar mejor modo de hacerlo. «La embriaguez de la muerte hace surgir la verdad.» Solo entonces las palabras de Najib cobraron todo el significado real que encerraban. La memoria le permitió repetir para sí lo que tantas veces había tenido que escuchar: «Combatid en el camino de Dios a quienes os combaten, pero no seáis los agresores. Dios no ama a los agresores. Matadlos donde los encontréis, expulsadlos de donde os expulsaron. La persecución de los creyentes es peor que el homicidio: no los combatáis junto a la mezquita sagrada hasta que os hayan combatido en ella. Si os combaten, matadlos: esa es la recompensa de los infieles. Si dejan de atacaros, Dios será indulgente, misericordioso». Corán 2, 186-188.

—Pues que Dios me perdone porque no fui yo quien atacó primero...

Le vio cuando la yema de su dedo rozó el botón de plástico del detonador, aunque Miguel todavía no había encontrado el rostro de Sara. Supo que no tardaría mucho en localizarla en mitad de aquel mar de personas que la rodeaba.

37

Cuando sus ojos se cruzaron, el joven corroboró sus peores augurios: adivinó la muerte más en la rigidez de su gesto y en la posición de su puño que en el contorno de su silueta y comenzó a caminar hacia ella, lentamente, esquivando como pudo a quienes se cruzaban en su camino, ajenos a lo que sucedía. Miguel temió que cualquier movimiento brusco la alterase y acelerase la locura a la que se había encomendado por decisión propia.

Más de veinte metros separaban sus cuerpos, aunque en realidad era todo un mundo lo que los distanciaba. Miguel negó con la cabeza, como si con su voluntad pretendiese evitar el desastre.

—Sara, no lo hagas —le rogó en voz alta—. No servirá nada. La venganza más noble es el perdón. Y tú lo sabes. Sé que lo sabes.

—La presencia de Miguel la contrarió hasta el punto de humedecerle sus ojos y desgarrarle el corazón. Él no debía estar allí. Quería a ese hombre pero tenía claro que aquel sentimiento no conseguiría detenerla.

—Pues entonces, Miguel, espero que Dios sea lo suficientemente noble para perdonarme. Que me perdonen todos. Tú también.

38

Sara dejó que la yema de su pulgar acariciara suavemente el botón del detonador. Lo sintió frío pero al mismo tiempo suave, como si le brindase una invitación macabra. Repitió el gesto y el corazón se le aceleró, aunque trató de dejar a un lado ese estado de nervios traidor y contraproducente.

Cerró los párpados: buscaba sentirse mejor y lo consiguió. Quizá no sabía que andaba con los ojos vendados al filo del abismo. Dudó si había dejado de sentir la vida. No tuvo ocasión de saber si, por fin, descansaría en paz.

Todo había terminado. Todo estaba a punto de comenzar…